아홉 명의
완벽한 타인들

아홉 명의 완벽한 타인들
Nine Perfect Strangers

리안 모리아티
김소정 옮김

마시멜로

Also by Liane Moriarty

카티와 아버지에게
무한한 사랑을 보냅니다.

"너는 네가 골칫거리라고 생각하지만
너는 치료제란다.
너는 네가 문을 잠그는 자물쇠라고 생각하지만
너는 문을 여는 열쇠란다."

-루미(이란의 신비주의자이자 시인)

"인생의 의미를 발견한 순간,
그 의미는 바뀌어버렸지."

- 조지 칼린(미국 코미디언)

. 1 .

야오

"난 괜찮아요. 아무 문제도 없어요."

여자는 그렇게 말했지만 야오가 보기엔 전혀 괜찮지 않았다. 여자의 창백한 얼굴이 땀으로 미끈거렸고 숨소리는 거칠었다. 수습 구급대원이 된 첫날이었고, 세 번째 출동이었다. 야오는 떨린다기보다 초긴장 상태였다. 아주 작은 실수도 하고 싶지 않았다. 어렸을 때 야오는 실수를 하면 너무 속이 상해 엉엉 울곤 했는데, 어른이 된 지금도 실수한다는 생각을 하면 위장이 조이는 것만 같았다.

여자의 이마에서 땀 한 방울이 흘러내려 화장한 얼굴에 달팽이가 지나간 것 같은 자국을 남겼다. 야오는 여자들이 얼굴에 오렌지색을 칠하는 이유가 궁금했지만, 지금 상황과는 아무 상관도 없는 일이었다.

"정말 괜찮아요. 잠깐 이러다 말 게 분명해요."

여자의 말투엔 동유럽 억양이 섞여 있었다.

"'나는 비밀 요원이다'라고 생각하고 환자와 환자 주변을 철저하게 관찰해야 해. 환자 상태를 정확하게 진단하고 싶다면 말이야."

야오의 선임인 핀은 그렇게 말했다.

야오는 독특한 초록색 눈 밑에 진한 분홍색 섀도를 바른 과체중의 중년 여자를 자세히 관찰했다. 목 뒤에서 올려 묶은 갈색 머리는 애처로울 정도로 숱이 적었고, 입에서 재떨이 냄새가 나는 것으로 보아 엄청난 흡연가임이 분명했다.

여자는 거대한 책상 뒤의 등받이 높은 가죽 의자에 앉아 있었다. 바닥부터 천장까지 이어진 커다란 창문으로 항구가 내려다보였다. 17층에서 보이는 오페라하우스의 지붕은 아주 가까워서 다이아몬드처럼 생긴 크림색과 흰색이 섞인 타일이 선명하게 눈에 들어왔다. 안락하고 고급스러운 사무실이었다. 여자는 대단한 인물임이 분명했다.

그녀의 몸 상태를 살피고 있는 두 구급대원이 마치 컴퓨터를 고치러 온 남자들인 양, 여자는 불편한 기색을 내비치며 마우스를 쥔 채 대형 모니터로 이메일을 보고 있었다. 여자가 입고 있는 감청색 정장은 그녀가 받아야 할 지독한 형벌처럼 느껴졌다. 재킷이 여자의 어깨를 꽉 조이고 있었다.

야오는 마우스를 쥐지 않은 여자의 다른 손을 잡고 그녀의 손가락을 맥박산소측정기에 끼웠다. 여자의 붉은 팔뚝에는 번들번들한 비늘처럼 보이는 부분이 있었다. 당뇨전증인 걸까? 야오는 생각했다.

"혹시 복용하는 약이 있나요, 마샤?"

핀이 물었다. 핀은 바비큐 파티에서 맥주를 들고 옆 사람과 얘기를 나누는 사람처럼 환자들에게 늘 허물없이 말을 걸었다. 처음 보는 사람에게 오랜 친구처럼 이름을 부르며 말을 걸어야 하다니, 생각만으로도 불편했지만 구급대원 일을 계속하려면 그래야 할지도 몰랐다.

"먹는 약 없습니다."

마샤는 모니터에서 눈을 떼지 않은 채 단호하게 뭔가를 클릭했다. 그러고는 핀을 올려다봤다. 그 눈은 독특하고 아름다웠다. 그것은 그녀의 눈이 아니라 다른 아름다운 이에게서 빌려온 눈 같았다. 혹시 컬러 렌즈를 낀 걸까?

"난 아주 건강합니다. 시간을 낭비하게 해서 미안하군요. 하지만 내가 구급차를 부른 게 아니에요."

"제가 불렀어요."

오페라하우스의 타일을 떠오르게 하는 다이아몬드 무늬 치마에 하이힐을 신은 검은 머리 여자가 말했다. 예쁘고 어린 여자였다. 그녀가 손톱을 잘근잘근 씹으며 몹시 부끄러운 얘기를 하고 있다는 듯 작은 목소리로 말했다.

"전 마샤의 비서예요. 마샤가…… 꼭 죽을 것처럼 얼굴이 하얘지더니 갑자기 의자에서 떨어졌어요."

"난 떨어진 적 없어."

화가 난 듯 마샤가 쏘아붙였다.

"그러니까, 미끄러지셨어요."

어린 여자가 자기가 한 말을 정정했다.

"잠깐 어지러웠던 것뿐입니다."

마샤가 핀에게 말했다.

"이제 일을 해야겠어요. 그러니까 빨리 끝내죠. 아무튼 비용은 모두 지불할게요. 요금이라고 해야 하나? 뭐가 됐건 두 분이 한 일에는 보상을 제대로 하겠습니다. 건강보험은 당연히 들었습니다. 지금 이럴 시간이 없어요. 11시에 라이언 만나기로 돼 있지?"

마샤가 비서를 쳐다보며 물었다.

"제가 취소할게요."

그때 꽉 끼는 자주색 셔츠를 입고 서류철을 잔뜩 든 남자가 건들거리면서 사무실로 들어왔다.

"누가 내 이름 불렀어요? 대체 무슨 일이에요?"

마치 왕족이라도 되는 양 잉글랜드 상류층 발음을 하는 남자였다.

"아무 일도 아니에요, 라이언. 앉아요."

"마샤는 지금 일을 하면 안 돼요."

가여운 비서가 말했다.

야오는 건강 문제를 하찮게 여기는 마샤의 태도가 마음에 들지 않았다. 구급대원이라는 직업은 좀 더 존중받아야 했다. 꽉 끼는 셔츠를 입어 과도하게 키운 가슴을 드러내고 왕족처럼 말하는 남자에게도 반감이 들었다.

"아니, 아니에요. 빨리 앉아요, 라이언. 난 괜찮아요."

마샤가 급하게 손을 흔들며 남자에게 자리를 권했다.

"혈압을 재도 될까요…… 마샤?"

야오는 마샤의 팔에 혈압측정기를 두르면서 용기를 내어 그녀의 이름을 중얼거렸다.

"여기에, 마샤 사인이 꼭 필요하거든요."

자주색 셔츠를 입은 남자가 비서에게 작은 목소리로 말했다.

나도 당신 상사의 혈압을 꼭 재야 한단 말이야, 이 망할 녀석아. 야오는 생각했다.

"서류 줘요, 라이언."

마샤가 크림색 실크 셔츠의 단추를 매만지며 말했다.

"위에, 두 장만 사인해주시면 됩니다."

자주색 셔츠의 남자가 서류철을 내밀면서 말했다.

"지금 뭐 하는 거예요?"

비서가 믿을 수 없다는 듯 두 손을 번쩍 들어올렸다.

"나중에 다시 오셔야 할 것 같은데요."

핀이 바비큐 파티에 참석한 사람의 목소리를 간신히 넘어서지 않는 말투로 자주색 셔츠의 남자를 제지했다. 자주색 셔츠의 남자는 뒤로 물러났지만 마샤가 손가락을 탁 튕기자 재빨리 앞으로 걸어와 서류를 내밀었다. 남자는 핀보다 마샤를 더 무서워하는 게 분명했다. 핀이 매우 건장한 남자라는 사실을 생각하면 그의 반응은 의미심장했다.

"기껏해야 14초면 돼요."

마샤가 핀에게 말했다. 그런데 발음이 흐트러져 '돼요'가 아니라 '되으요'로 들렸다. 야오와 핀의 눈이 마주쳤다. 순간 마샤의 머리가 졸고 있는 사람처럼 축 늘어졌고, 서류철이 마샤의 손에서 스르르 빠져나갔다.

"마샤?"

핀이 큰 소리로 불렀지만 그녀는 양손으로 허리를 짚은 채 앞으로 고꾸라졌다.

"맞아요. 아까도 저렇게 쓰러졌어요."

비서의 목소리엔 자기 말이 맞았다는 만족감이 묻어 있었다.

"이런 세상에, 세상에나. 죄송해요. 난 그냥……."

자주색 셔츠의 남자가 뒷걸음질을 쳤다.

"일단 바닥에 눕혀볼게요."

핀은 마샤의 겨드랑이 사이로 팔을 집어넣어 그녀를 들었고, 야오는 마샤의 다리를 잡고 핀을 도왔다. 마샤는 정말 컸다. 야오보다도 컸다. 키가 180센티미터도 넘는 것 같았고 몸무게도 엄청날 게 분명했다. 야오와 핀은 마샤를 회색 카펫 위에 모로 눕혔다. 핀은 마샤의 재킷을 베개처럼 접어 그녀의 머리를 받쳤다.

뻣뻣해진 마샤의 왼팔은 좀비처럼 위로 쭉 뻗었고, 두 손은 경련성 사지마비가 이는 것처럼 주먹을 쥐고 있었다. 핀과 야오가 마샤를 적당한 자세로 눕히려고 애쓰는 동안 그녀는 거친 숨을 몰아쉬었다. 그러니까 발작이 일어나고 있는 중이었다. 발작을 일으키는 사람을 보고만 있기란 쉬운 일이 아니지만 야오는 그냥 기다려야 한다는 사실을 알고 있었다. 마샤의 목에는 느슨하게 풀어줘야 할 물건이 없었다. 마샤가 머리를 부딪칠 만한 곳도 없었다.

"전에도 이런 적이 있었나요?"

핀이 비서를 올려다보며 물었다.

"아뇨, 없었어요. 아까 기절하기 전까지는요."

눈이 휘둥그레진 비서는 소름 끼치는 매혹을 느끼며 눈앞에 펼쳐진 상황을 보고 있었다.

"발작을 한 적은 있습니까?"

"없을 거예요. 모르겠어요."

비서는 대답을 하면서 슬금슬금 뒷걸음질 쳐 사무실 밖으로 나갔다. 문가에는 직원들이 모여 있었다. 상사의 발작이 록 콘서트 실황이기라도 한 것처럼 스마트폰을 들고 촬영하는 사람도 있었다.

"압박, 시작!"

핀이 단호하게 말했다. 그럼에도 야오는 잠시동안(아마 1초도 안 되는 시간이었을 테지만) 핀의 말에 반응하지 못했다. 뇌가 방금 일어난 일을 처리하려고 허둥대고 있었기 때문이다. 위급 상황을 신속하게 파악하지 못했던 이 순간을 야오는 평생 잊지 못할 것이다. 야오도 심장마비와 발작이 비슷한 증상을 보일 수 있음을 알았지만, 야오의 뇌가 '환자가 발작을 일으키려 한다'라는 잘못된 확신에 집착하고 있었기 때문에 환자가 심장마비를 일으켰다는 사실을 인지하지 못했다. 핀이 함께 있지 않았다면 야오는 고장을 일으킨 장비를 철석같이 믿고서 추락하고 있는 여객기에서 아무 조치도 않는 조종사처럼 두 손을 놓고, 심장마비가 온 여자를 그저 보고만 있었을 것이다. 야오가 갖춘 가장 괜찮은 장비는 그의 뇌였지만 이날 그의 뇌는 완전히 잘못 가동되고 있었다.

핀과 야오의 노력에도 불구하고 마샤의 심장은 일정한 속도로 뛰지 못했다. 다시는 돌아오지 못할 자신의 사무실 밖으로 실려나오는 동안 마샤 드미트리첸코의 심장은 완전히 멈춰버렸다.

. 2 .

십 년 후, 프랜시스

구름 한 점 없는 뜨거운 1월이었다. 전에는 분명 베스트셀러 로 맨스 소설 작가였던 프랜시스 웰티는 시드니를 떠나 북서쪽의 관목 숲 지대를 여섯 시간 동안 차로 달리고 있었다. 검은 줄 같은 고속 도로가 최면을 거는 것처럼 끝없이 펼쳐지고 거대한 짙푸른 하늘이 작고 고독한 그녀의 자동차를 감싸고 있었다. 너무 과해서 프랜시 스로서는 좋아할 수가 없는 하늘이었다.

문득 트립어드바이저에서 본 후기가 떠올라 프랜시스는 씩 웃었 다. 화가 잔뜩 난 후기였다.

내가 안내 데스크에 전화해서 구름이 낮게 낀 멋진 하늘을 볼 수 있 을지 물었거든요. 그랬더니 외국인처럼 이상한 말투를 쓰는 여자가 거긴 다른 하늘은 없다고 하는데, 얼마나 무례하게 말했는지 몰라 요. 다시는 가고 싶지 않아요. 거기 가서 돈 낭비하지 말아요!

프랜시스는 한숨을 쉬며 지루한 풍경에서 벗어나게 해줄 뭔가 를 찾았다. 하지만 아무 것도 없었다. 이곳은 정말로 넓은 갈색 땅 이었다. 프랜시스는 몸을 고쳐 앉았다. 그러자 등 아래쪽이 격렬한 통증으로 보답해왔다. 눈물이 나올 만큼 아팠다.

"아흐, 세상에나."

등의 통증은 이주일 전에 시작됐다. 폴 드래블이 사라져버렸음을 마침내 인정한 날이었다. 경찰서 전화번호를 누르면서 프랜시스는 폴을 누구라고 해야 할지 고민했다. 파트너? 남자친구? 애인? 특별한 친구? 그때 등 아래쪽에 찌릿한 통증이 느껴졌다. 심리적인 문제 때문에 발생하는 통증이 분명했다. 물론 원인을 안다고 해서 통증이 줄어들진 않았다. 매일 밤 거울로 뒷모습을 보면 부드럽고 하얗고 매끈하고 통통한 등이 있는 게 너무 이상했다. 분명 울퉁불퉁하게 옹이 진 나무뿌리 같은 게 있을 것 같았는데 말이다.

프랜시스는 대시보드를 봤다. 오후 2시 57분이었다. '평온의 집'을 예약할 때 3시 반에서 4시 사이에 도착할 거라고 말했고, 프랜시스는 도착 시간이 지연될 만한 상황 하나 없이 지금까지 수월하게 달려왔다. 평온의 집은 '몸과 마음을 건강하게 만들어주는 고급 휴양지'였다. 그곳에 가야 한다고 말한 사람은 친구 엘렌이었다.

"넌 치유될 필요가 있어. 완전히 지친 사람처럼 보여."

지난주 점심에 만나 (아주 비싼 피치 벨리니) 칵테일을 석 잔이나 마시고 엘렌이 말했다. 엘렌은 삼 년 전 평온의 집에서 "피로를 씻고 왔다". 그때 그녀는 "피곤하고 황폐하고 완전히 쇠약해져 있었다".

"알았어. 알았다니까. 그렇게 할게."

"정말로…… 다른 곳하곤 달라. 거기 방법은 정말 달라. 인생이 바뀔 거야."

"네 인생이 정확히 어떻게 바뀌었는데?"

엘렌은 분명하게 대답해주진 않았다. 하지만 3킬로그램이나 빠져서 돌아왔다. 평온의 집은 몸과 마음의 건강을 되찾아주는 곳이지 체중 감량을 해주는 곳은 아니라고 엘렌은 힘주어 말했다.

엘렌과 헤어져 집으로 돌아온 프랜시스는 평온의 집 홈페이지를 찾아봤다. 평온의 집 사진을 보는 순간 프랜시스는 이해할 수 없는 갈망에 사로잡혔다. 평온의 집은 온통 황금색이었다. 모두 동이 틀 때나 해가 질 때 찍었거나 그렇게 보이도록 필터 작업을 한 것 같았다. 아름다운 시골 저택과 나란히 있는 하얀 장미 정원에서는 행복해 보이는 중년 남녀들이 전사 같은 자세를 취하고 있었고, 저택을 둘러싸고 있는 천연 온천에서는 젊은 남녀가 눈을 감고 고개를 뒤로 젖힌 채 거품이 올라오는 물속에서 무아지경에 빠진 얼굴로 웃고 있었다. 남청색 수영장 옆의 데크체어에서 '핫 스톤 마사지'를 받고 있는 여자도 있었다. 프랜시스는 등에 뜨거운 돌을 두 줄로 나란히 올려놓고 엎드려 있는 순간을 상상해봤다. 뜨거운 돌이 마술과도 같이 통증을 사라지게 해줄 순간을 말이다.

프랜시스가 마사지와 온천과 요가를 생각하고 있을 때 갑자기 팝업창이 떴다. 열흘 동안 몸과 마음을 치유하고 새롭게 태어날 수 있는 최고의 프로그램, 이제 단 한 자리 남았습니다! 그 순간 프랜시스는 경쟁심이 솟구쳐 '지금 예약'을 누르고 말았다. 한 자리밖에 안 남았다는 소리를 진심으로 믿지도 않았는데 말이다. 하지만 혹시 모르니 빠른 속도로 신용카드 정보를 입력했다.

평온의 집에 가면 아마 금식도 하고 명상도 하고 요가도 하고 창조적으로 '감정을 발산하는' 시간도 갖게 될 것이다. 술도 못 마시고 설탕도 카페인도 글루텐도 유제품도 먹지 못할 것이다. 하지만 조금 전 포시즌스에서 알코올과 설탕과 카페인과 글루텐과 유제품을 잔뜩 먹고 온 터라 그런 음식을 열흘 동안 못 먹는 건 그리 큰일이 아니라는 기분이 들었다.

예약이 확정되기 전에 평온의 집은 프랜시스에게 사생활 침해로 느껴지기도 하는 긴 문항에 답을 적게 했다. 현재 사귀는 사람이 있는지, 배우자는 어떤 사람인지, 식습관은 어떤지, 병력은 어떻게 되고 지난주에는 술을 얼마나 마셨는지 같은 질문이 쭉 이어졌다. 프랜시스는 거짓말로 마음껏 답을 해나갔다. 그런 문제는 평온의 집이 꼭 알아야 할 내용은 아니었으니까. 최근에 찍은 사진까지 요구해서 프랜시스는 조금 전 포시즌스에서 칵테일 잔을 들고 찍은 사진을 전송했다. 열흘 동안 평온의 집에서 이루고 싶은 소망을 고르라는 문항도 있었다. '심도 있는 애정상담'이나 '체중 감량' 대신 프랜시스는 '정신적 자양분 함양' 같은 건전해 보이는 문항에만 원한다는 표시를 했다.

환불 불가 조건으로 비용을 지불한 뒤에야 프랜시스는 트립어드 바이저에 올라와 있는 평온의 집 후기를 읽어봤다. 후기는 극과 극이었다. 믿을 수 없을 만큼 근사한 경험을 했기에 별 다섯 개로는 부족하다면서 음식도 좋고 온천도 좋고 직원들도 정말 좋았다는 후기가 있는가 하면, 그토록 끔찍한 경험은 난생 처음이라며 법적 조치를 취하겠다는 후기도 있었다. 외상 후 스트레스 장애에 시달리고 있다는 후기도 있었고, 그런 곳엔 절대 가지 말라고 경고하는 후기도 있었다.

프랜시스는 시계가 3시를 가리키기를 바라면서 다시 대시보드를 봤다. 그만, 집중해. 길에서 눈을 떼면 안 돼, 프랜시스. 운전을 하는 건 너란 말이야. 그때 갑자기 눈 옆으로 뭔가가 휙 지나갔다. 프랜시스는 몸을 움찔하면서 곧 창문에 부딪힐 캥거루의 육중한 몸을 기다렸다. 하지만 아무것도 부딪치지 않았다. 캥거루를 치었다는 건 프랜시스의 상상일 뿐이었다.

아주 오래전 남자친구와 떠났던 여행이 생각났다. 두 사람은 고속도로 한가운데서 차에 치어 죽어가고 있는 에뮤를 봤다. 그때 프랜시스는 손 하나 까딱하지 않는 공주님이었기 때문에 조수석에 그대로 앉아 있었고, 남자친구가 밖으로 나가 불쌍한 에뮤의 머리를 돌로 내리쳤다. 운전석으로 돌아온 남자친구는 땀에 젖어 있었고 들떠 있었다. 도시에서 태어난 그는 인도주의적 관용을 실천했다는 생각에 흥분해 있었다. 하지만 프랜시스는 그가 땀에 젖을 정도로 잔뜩 신나했다는 사실을 절대로 용서하지 않았다. 에뮤를 죽이고 그토록 좋아하다니!

프랜시스는 죽어가는 동물을 죽여줄 수 있을까? 아니, 자신이 없었다. 이젠 공주님도 아니고 어느덧 쉰두 살이나 먹었지만 말이다.

"넌 할 수 있어. 당연히 할 수 있고말고."

프랜시스가 큰 소리로 말했다. 그 순간 프랜시스는 그 남자친구가 죽었다는 사실을 기억해냈다. 잠깐, 정말로 죽었던가? 맞아, 정말로 죽었어. 몇 년 전에 소식을 들어 알고 있었다. 폐렴 합병증으로 죽었다고 했다. 게리는 감기에 걸리면 늘 지독하게 앓았다. 하지만 그것 때문에 게리가 안됐다고 생각해본 적은 없었다.

수도꼭지를 튼 것처럼 코에서 콧물이 흘러내리기 시작했다. 타이밍 한번 끝내주네. 프랜시스는 손등으로 콧물을 훔쳤다. 지저분해. 어쩌면 이건 게리의 복수일지도 몰랐다. 고속도로를 달리며 함께 여행을 했고 사랑한다고 서로 고백까지 했는데, 프랜시스는 게리가 죽었다는 사실을 까맣게 잊고 있었으니까. 프랜시스는 게리에게 사과했다. 비록 그녀 잘못이 아니라 해도 말이다. 이 나이까지 살아있다면 게리도 얼빠지고 잘 잊어먹는 사람이 된다는 게 어떤 의미인지 알았을 테니까. 물론 늘 얼빠져 있고 잘 잊는 것은 아니다. 가끔만 그랬다. *가끔은 압정처럼 날카롭고 예리할 때도 있어, 게리.*

프랜시스는 다시 코를 훌쩍거렸다. 이 끔찍한 코감기는 등의 통증보다 훨씬 더 오래전에 시작된 것 같았다. 혹시 원고를 보낸 날부터 콧물이 나왔었나? 삼주일 전부터? 그 원고는 프랜시스의 아홉 번째 소설이었다. 그리고 여전히 출판사에서는 어떤 피드백도 보내오지 않고 있었다. 예전에는, 그러니까 1990년대 말 그녀의 전성기에는 원고만 보내면 이틀 안에 샴페인과 꽃다발은 물론 "역시 걸작이에요!"라고 손으로 직접 쓴 카드까지 보내왔는데.

물론 전성기는 지나갔다. 하지만 여전히 탄탄한 중견 소설가이기는 했다. 그러니 야단스러운 이메일 정도는 받을 자격이 있었다. 아니, 친절한 답변 정도는 받을 자격이 있었다. 사무적인 답변 한 줄 정도는 받을 만큼은 됐다. *이번 작품은 함께하지 못하지만 다음 작품을 기대하겠습니다.* 그 정도면 충분히 만족할 수 있었는데.

프랜시스가 인정하지 않으려는 두려움이 잠재의식 속에서 스멀스멀 기어나오려 했다. 아니, 아냐. 절대로 그럴 리 없어. 프랜시스는 운전대를 움켜잡고 제대로 숨을 쉬려 노력했다. 그녀는 콧물을 멈추려고 감기약과 독감약을 닥치는 대로 먹었고, 슈도에페드린 때문에 굉장히 멋진 일이나 끔찍한 일이 막 벌어지려 하는 것처럼 심장이 마구 요동치곤 했다. 그렇게 심장이 요동칠 때면 두 번의 결혼식에서 복도를 걸으며 느꼈던 기분을 다시 느낄 수 있었다.

어쩌면 감기약과 독감약에 중독됐는지도 몰랐다. 프랜시스는 쉽게 중독이 됐다. 남자에, 음식에, 와인에. 최근에는 평소보다 훨씬 열정적으로 술을 마시고 있는 건 분명했다. 그러니까 지금 프랜시스는 미끄러운 내리막길을 달려 약물과 알코올 중독을 향해 가고 있는 거였다. 엄청난 방식으로 변할 수 있음을 안다는 건 여전히 신나는 일이었다. 집에는 책상 위에 당당하게 올려놓은 반쯤 남은 피노누아 와인 병이 있다(그래봐야 청소하러 오는 사람 말고는 볼 사람도 없지만).

프랜시스는 어니스트 빌어먹을 헤밍웨이였다. 헤밍웨이도 등이 아프지 않았나? 그러니까 두 사람은 공통점이 많은 거였다. 프랜시스가 형용사와 부사에 약하다는 사실을 빼면 말이다. 확실히 프랜시스는 자기 소설에 형용사와 부사를 쿠션처럼 여기저기 던져놓았다. 솔이 원고를 볼 때마다 혼자 중얼거리지만 실은 일부러 들으라고 하는 마크 트웨인의 말이 있었는데, 뭐였더라? 아, '형용사를 잡으면 죽여버려라!'

솔은 형용사도 싫어하고 쿠션도 집어던지는 진짜 남자였다. 프랜시스 위에 앉아 우스꽝스럽게 욕을 하면서, 키득키득 웃고 있는 그녀의 머리 밑에서 또 다른 쿠션을 잡아 빼 멀리 던지는 솔의 모습이 떠올랐다. 하지만 곧 고개를 저어 그 기억을 떨쳐냈다. 그런 즐거운 섹스를 떠올리다니, 첫남편에게 좋은 점수를 주는 것만 같아 맘에 안 들었다. 인생에서 모든 일이 잘 풀리고 있을 때 프랜시스가 남편들에게 바랐던 일이란 그가 행복하고 발기가 훌륭하게 되는 것밖에는 없었다. 하지만 지금은 두 남자의 흰 머리 위로 메뚜기 떼가 비처럼 쏟아져 내리기를 원했다.

프랜시스는 종이에 베여 작지만 사악한 상처가 난 오른쪽 엄지를 입에 넣고 빨았다. 종이에 벤 상처는 그녀가 겪어야 하는 모든 고통

가운데 가장 사소한 아픔일지 몰랐지만, 여전히 프랜시스의 하루를 완전히 망쳐버릴 수 있음을 상기시키려는 듯 가끔 욱신거렸다. 차가 한쪽으로 쏠리더니 울퉁불퉁한 길 쪽으로 미끄러졌다. 그녀는 입에서 손가락을 빼고 다시 양손으로 운전대를 붙잡았다.

"이런, 실수."

프랜시스의 다리는 정말 짧았다. 그래서 의자를 운전대 앞까지 바짝 잡아당기고 운전해야 했다. 헨리는 프랜시스가 놀이공원의 범퍼카를 모는 것처럼 운전한다고 했다. 그래서 귀엽다고 했다. 하지만 오 년 후엔 귀엽다는 생각이 완전히 사라졌는지 자신이 운전을 해야 할 때면 욕을 하면서 의자를 뒤로 뺐다. 물론 프랜시스도 자면서 중얼거리는 헨리가 귀엽다고 느낀 건 오 년 정도까지였다.

집중해! 시골길이 획획 지나갔다. 그러더니 마침내 표지판이 나왔다. 자리봉 시에 오신 걸 환영합니다. 우리는 깔끔한 도시임을 자랑스럽게 여기고 있습니다.

프랜시스는 자리봉에서 요구하는 제한 속도인 시속 50킬로미터까지 속도를 늦추고 고개를 이리저리 돌려 주변을 둘러봤다. 문 위에 빛바랜 붉은색과 금색 용이 있는 중국 식당이 보였다. 주유소는 영업을 하지 않는 것 같았고 우체국은 붉은 벽돌로 지어져 있었다. 드라이브스루 주류판매점은 열려 있었고 경찰서는 전혀 쓸모가 없어 보였다. 사람은 단 한 명도 보이지 않았다. 자리봉은 깔끔한 도시일 수도 있겠지만, 세상이 멸망해 사람들이 모두 사라진 도시처럼 느껴졌다.

프랜시스는 삼주일 전에 보낸 원고를 생각했다. 작은 도시가 배경인 소설이었다. 작은 도시들은 지금 그녀가 지나는 곳과 같을 것이다. 대개는 우울하고 음산하다. 프랜시스의 소설에 나오는 것처럼 시나몬 향이 나고 사람들이 북적거리는 따뜻한 카페가 있는 매혹적인 도시는 없다. 프랜시스의 설정 가운데 가장 기이한 것은 그런 도시에 엄청난 수익을 내는 서점이 있다는 거였다. 독자들은 너무 감상적인 소설이라고 서평을 쓰겠지. 아니, 어쩌면 서평이 하나도 없을지 몰랐다. 사실 프랜시스는 자기 책에 관한 서평은 읽은 적이 없었다.

프랜시스는 가속 페달을 꾹 밟아 시속 100킬로미터까지 속도계가 올라가는 모습을 지켜봤다. 평온의 집 홈페이지에는 자리봉 시를 통과해 이십 분만 가면 분기점이 나온다고 했다. 저만치 표지판이 보였다. 프랜시스는 몸을 앞으로 내밀고 눈을 가느다랗게 뜨곤 표지판을 읽었다. 평온의 집, 다음 분기점에서 *좌회전하세요.* 갑자기 기운이 났다. 정말로 해낸 것이다. 여섯 시간이나 정신을 놓지 않고 운전을 했다. 그러나 이내 기운이 쑥 빠졌다. 이젠 정말로 도망칠 수가 없었기 때문이다.

프랜시스는 여기 있고 싶지 않았다. 이 계절에, 이 반구에 있고 싶지 않았다. 지금쯤이면 폴 드래블과 함께 캘리포니아에서 겨울 햇살을 받으며 와인 양조장을, 식당을, 박물관을 돌아다니고 있어야 했다. 긴 오후를 폴의 열두 살짜리 아들 아리와 함께 보내면서, 그애가 소리도 없이 웃으며 프랜시스에게 폭력적인 비디오게임을 가르쳐주는 동안 두 사람은 한껏 친해지고 서로를 잘 알아가고 있어야 했다. 아이를 키우는 친구들은 프랜시스의 소망을 듣고는 크게 웃으면서 턱도 없는 소리라고 했지만, 프랜시스는 정말로 그 게임을 배우고 싶었다. 게임 설정이 풍성하고 복잡해 보였으니까.

문득 젊은 경찰의 얼굴이 떠올랐다. 아직 주근깨가 남아 있고 성실해 보이던 어린 경찰은 파란 볼펜으로 프랜시스가 하는 모든 말을 심혈을 기울여 받아적었다. 그는 철자를 제대로 못 썼다. '내일(tomorrow)'이라는 단어에는 m을 두 개나 썼다. 게다가 프랜시스의 눈을 제대로 쳐다보지도 못했다. 그 기억이 떠오르자 강렬한 열기가 프랜시스의 몸을 감쌌다. 창피해서? 어쩌면 그런지도 몰랐다. 현기증이 나는 것처럼 어지러웠다. 프랜시스는 몸을 부르르 떨면서 고개를 흔들었다. 두 손이 운전대 위에서 쓱 미끄러졌다. 세워야 해. 지금 당장 차를 세워야 해.

뒤따라오는 차는 한 대도 없었지만 프랜시스는 옆길에 멈춰 선다는 신호를 보내고 도로 옆에 차를 세웠다. 비상등이 깜빡이고 땀이 비 오듯 흘러내렸다. 몇 초도 되지 않아 셔츠가 완전히 땀에 젖었다. 프랜시스는 셔츠를 잡아당기고 이마에 달라붙은 머리카락을 떼어냈다. 오한이 들면서 온몸이 벌벌 떨렸다. 재채기가 터져나오는 순간 등에서 심한 경련이 일었다. 엄청난 고통이 밀려오고 미친 듯이 눈물이 흘러나오자 프랜시스는 웃기 시작했다. 그래, 정신을 놓았던 거야. 분명히 정신을 놓았던 거야. 원초적인 분노가 프랜시스의 온몸을 휘감고 돌았다. 프랜시스는 두 눈을 감고 고개를 젖힌 채 주먹으로 경적을 치고 또 치면서 비명을 질러댔다. 너무나도 추워서, 너무나도 아파서, 너무나도 심하게 심장이 부서져서…….

"이봐요."

프랜시스는 깜짝 놀라 눈을 뜨고 재빨리 몸을 일으켰다. 웬 남자가 운전석 창문을 세게 두드리고 있었다. 반대쪽 도로가에 비상등을 켜고 선 자동차는 남자의 것이 분명했다.

"괜찮아요? 도움이 필요한 거 아니에요?"

세상에. 프랜시스는 은밀한 절망의 순간을 보내고 있었다. 그런 모습을 남에게 보이다니 당혹스러웠다. 그녀는 창문을 내렸다. 덩치가 크고 산발한 머리에 면도도 안 한 남자가 프랜시스를 뚫어지게 보고 있었다. 아주 튼실하고 통통한 배를 덮고 있는 티셔츠는 고대에 있었던 어떤 밴드 이름이 색이 바란 채 적혀 있었고, 파란 청바지는 땅을 쓸고 있었다. 왠지 오스트레일리아 오지에서 활동하는 연쇄살인마처럼 보이는 남자였다. 연쇄살인마가 이곳으로 휴가를 온 것인지도 몰랐다.

"차에 문제가 있습니까?"

"아뇨."

프랜시스는 몸을 똑바로 세우고 앉아 웃어보려 했다. 그녀는 젖은 머리카락을 손으로 쓸었다.

"고맙지만 괜찮아요. 차는 문제없어요. 모든 게 좋아요."

"아픈 거 아닙니까?"

"아니, 정말 괜찮아요. 그냥 감기가 심한 것뿐이에요."

"그냥 감기가 아니라 독감 같은데요. 정말로 아파 보여요."

남자는 얼굴을 찡그리면서 뒷좌석을 훑어봤다.

"비명을 지르며 경적을 내리치고 있었잖아요."

"아, 주위에 아무도 없는 줄 알았거든요. 그저 상황이 안 좋았을 뿐이에요."

프랜시스는 화난 목소리로 말하지 않으려고 부단히 애썼다. 화낼 이유는 없었다. 이 남자는 그저 옳은 일을 하려는 훌륭한 시민일 뿐이니까. 누구라도 했을 일을 하고 있는 것뿐이니까.

"감사합니다. 하지만 정말 괜찮아요."

프랜시스는 웃으면서 친절하고 달콤하게 말했다. 인적이 드문 곳에서 덩치 큰 남자는 달래줘야 하는 법이다.

"알겠습니다, 그럼."

남자는 힘겨운 신음소리를 내면서 두 손을 지렛대 삼아 허벅지를 짚고 몸을 세웠지만, 주먹 쥔 손가락 마디로 차 지붕을 툭툭 치더니 뭔가 결심한 사람처럼 다시 몸을 숙였다. '난 남자야. 그러니까 뭘 해야 하는지 알아'라는 태도였다.

"혹시 너무 아파서 운전하기 힘든 거 아닙니까? 그렇다면 다른 운전자가 위험해질 수도 있어요. 그러니 당신을 두고 가는 건 현명한 일이 아닌 것 같은데……."

"그냥 폐경기라서 열감이 생긴 것뿐이에요."

프랜시스는 날카롭게 말했고 남자의 얼굴이 빨개졌다.

"아."

남자는 프랜시스를 뚫어지게 보면서 잠시 아무 말이 없었다.

"난 홍조라고 알고 있었는데요."

"두 용어 모두 써도 된다고 알고 있어요."

이번이 세 번째였다. 프랜시스는 많은 책을 읽었고 그녀가 아는 마흔다섯 살 넘은 모든 여자들과 얘기를 해봤으며 의사와 두 번이나 만나 "하지만 누구도 이럴 거라고 말해주지 않았다고요!"라고 소리치며 울기도 했다. 그리고 지금은 몸 상태를 세밀하게 살펴보고 있었다. 호르몬 보조제도 먹고 알코올과 매운 음식도 조금만 먹었다. 하하!

"그럼 아무 문제가 없는 거군요."

남자는 문제를 해결할 도움을 구하는 것처럼 하늘을 쳐다보다가 다시 땅을 내려다봤다.

"완벽하게 괜찮아요."

등에서 다시 익숙한 경련이 일었지만 프랜시스는 얼굴을 찡그리지 않으려고 애썼다.

"몰랐습니다. 홍조가, 그러니까, 열감이 그렇게 아주……."

"심한지 몰랐다고요? 모두 그런 건 아니니까요. 그냥 아주 운 좋은 몇 명만 이런 거예요."

"왜, 그런 거 있잖습니까? 뭐라고 하더라? 호르몬 대체요법?"

세상에.

"왜요, 나한테 처방전을 써주게요?"

프랜시스의 말에 남자가 화들짝 놀라 차에서 떨어지더니 졌다는 듯 손을 번쩍 들어올렸다.

"미안합니다. 난 그저 내 아내를 생각하고 있었어요. 내 아내가……. 아무튼 내가 상관할 문제가 아니죠."

"물론이죠. 걱정해줘서 고마워요."

"아닙니다."

그는 한 손을 들고 뭔가를 더 말하려 했지만 마음을 바꾸고 자기 차를 향해 걸어갔다. 남자의 등은 땀에 젖어 있었다. 정말 거대한 사람이었다. 다행히 프랜시스를 강간하거나 죽일 마음은 먹지 않은 것 같았다. 땀을 덜 흘리는 희생자를 선호하는 게 분명했다.

프랜시스는 남자가 차에 올라타 고속도로로 들어서는 모습을 지켜봤다. 남자는 손가락으로 이마를 짚은 채 운전하고 있었다. 백미러로 남자의 차가 작은 점이 될 때까지 지켜보다가 프랜시스는 정확히 이런 순간에 갈아입으려고 가져온 옷을 집으려고 조수석으로 손을 뻗었다.

"폐경기?"

남프랑스에서 더없이 행복하게 살고 있는 여든 살의 엄마는 지구 반대편에서 멍한 목소리로 말했다.

"아, 난 크게 문제가 되진 않았던 거 같아. 내 기억으론 일주일쯤 지나니까 모두 끝났어. 그러니까 너도 그럴 거야, 분명히. 그런 열감이 뭔지도 모르겠다. 솔직히 말해서 열감이 생긴다는 건 다 그냥 하는 말이라고 생각했지 뭐니."

으음. 프랜시스는 열감이 만들어내는 엄청난 땀을 닦으면서 토마토처럼 빨간 자기 얼굴을 사진 찍어 친구들에게 보내줄까 하는 생각을 했다. 그중엔 유치원 때부터 친한 친구도 있었다. 이제 친구들은 함께 저녁을 먹을 때마다 초경에 관해 말할 때 느꼈던 것과 정확하게 일치하는 공포를 느끼며 폐경기 증상을 얘기했다. 프랜시스처럼 심각한 열감으로 고생하는 친구는 없었기 때문에 열감에 관해 말하는 역할은 프랜시스가 맡았다.

친구들은 저마다의 성격대로 폐경기에 반응했다. 디는 분노가 계속 가라앉지 않아서 산부인과 의사가 자궁적출 수술을 해주지 않는다면 그 나쁜 놈의 멱살을 잡고 벽에 던져버릴 거라고 말했고, 모니터는 "강렬하게 아름다운" 자신의 감정을 받아들였으며, 나탈리는 폐경기 때문에 안 그래도 걱정이 많은 자신에게 더 많은 걱정이 생기는 건 아닌지 걱정이었다. 친구들은 모두 질리언이 폐경기에서 벗어나려고 죽었다는 사실에 동의했다. 그러고는 눈물을 흘리며 프로세코 와인을 마셨다.

프랜시스는 친구들에게 사진을 찍어 보내지 않았다. 한 가지 기억이 떠올랐기 때문이다. 마지막으로 친구들을 만났을 때 프랜시스는 메뉴판을 보다가 문득 고개를 들었고, '가엾은 프랜시스'라는 표정으로 시선을 주고받고 있는 친구들을 봤다. 정말이지 동정은 받고 싶지 않았다. 지금까지 결혼생활을 하고 있는 친구들은 늘 프랜시스를 부러워했다. 아니, 부러워하는 척을 해줬다. 하지만 삼십대에 아이도 남편도 없이 사는 여자와 오십대에 아이도 남편도 없이 사는 여자의 삶은 전혀 다르다. 그런 여자의 삶은 조금도 매혹적이지 않다. 실은 새로운 종류의 비극이었다.

프랜시스는 여기저기 구겨진 블라우스로 갈아입었다. 땀에 젖은 셔츠는 뒷좌석으로 집어던지고 다시 고속도로로 들어섰다. 아냐, 일시적인 비극일 뿐이야. 그래, 맞아. 일시적인 비극. 밴드 이름으로 써도 손색이 없겠네.

앞에 표지판이 보였다. 프랜시스는 눈을 가늘게 떴다. '평온의 집'이라고 적혀 있었다.

"앞쪽에서 좌회전하세요."

내비게이션이 말했다.

"알아. 안다고. 저기 보이잖아."

백미러에 비친 자기 눈과 눈이 마주친 프랜시스는 얼굴을 찌푸리면서 '인생이란 게 그렇게 재미있는 건 아니거든' 하는 표정을 지어보려 했다.

프랜시스는 여러 명의 프랜시스가 완전히 다른 삶을 살아가고 있는 평행우주를 상상하는 일이 좋았다. 한 우주에서는 작가인 프랜시스가 아니라 최고경영자인 프랜시스가 있다. 또 다른 우주에는 아이가 없는 프랜시스가 아니라 아이가 둘이나 넷, 여섯이 있는 엄마 프랜시스가 있다. 솔과 이혼하지 않은 프랜시스가 사는 우주도 있고 헨리와 이혼하지 않은 프랜시스가 사는 우주도 있다. 다양한 평행우주에서 프랜시스들은 만족스럽게 살거나 적어도 자신이 사는 우주를 받아들이며 살았다.

그러니까…… 지금 작가인 프랜시스가 살고 있는 이 우주, 양자역학적 재앙 때문에 관리상의 오류가 발생한 것 같은 이 우주에서만 만족스럽지가 않았다. 이 우주의 프랜시스는 자신이 가야 할 우주로 가지 못했다. 원래 프랜시스는 오스트레일리아에서 통증으로 고통받고 슬퍼하며 괴로워할 게 아니라 미국에서 사랑과 욕망에 휩싸여 살아가야 했다. 이런 상황은 오류일 뿐이었다. 받아들일 수 없는 상황일 뿐이었다. 하지만 어쨌거나 작가인 프랜시스가 살아가야 할 우주는 이곳이었다. 달리 다른 할 일도 없고 갈 수 있는 곳도 없었다.

"젠장."

프랜시스는 왼쪽으로 자동차를 틀었다.

· 3 ·

라스

"이게 제 아내가 제일 좋아하는 거죠."

옛날 방식으로 콧수염을 기른 땅딸막하고 유쾌한 육십대의 포도 농장 관리인이 화이트 와인 한 병을 치켜들며 말했다.

"비단이 생각나는 와인이라고 했어요. 부드럽고 순한 것이, 분명 마음에 드실 겁니다."

라스는 잔을 빙글빙글 돌리면서 와인 향기를 맡았다. 사과와 햇빛과 나무 향기가 나는 와인이었다. 갑자기 어느 가을날이 생각났다. 크고 따뜻한 손이 그의 손을 포근하게 잡고 있었다. 어린 시절의 기억 같았지만, 아닐 수도 있었다. 책이나 영화에서 본 한 장면 같기도 했다. 라스는 와인을 한 모금 물고 입안에서 굴렸다. 그러자 아말피 해변의 한 술집이 생각났다. 전등에 드리워진 포도나무 잎사귀, 마늘 냄새, 그리고 바다. 그 기억은 사진이 실제임을 입증해주는 행복한 기억이었다. 올리브 오일과 아몬드, 파슬리만으로 만든 스파게티도 떠올랐다. 그 스파게티 사진도 어딘가에 있을지 몰랐다.

"무슨 생각을 하세요?"

포도농장 관리인이 씩 웃으며 물었다. 그의 콧수염은 1975년 이래 조금도 바뀌지 않고 완벽하게 유지돼온 것 같았다.

"근사하네요."

라스는 자신이 처한 상황을 이해하려 애쓰며 와인을 또 한 모금 마셨다. 와인은 사람을 쉽게 바보로 만들었다. 찬란한 햇빛과 사과와 스파게티를 생각나게 한 뒤에는 심술궂은 실망과 공허한 약속만 남기는 것이다.

"피노 그리지오도 있습니다. 분명히……."

포도농장 관리인의 말에 라스는 손목을 들어 시계를 들여다봤다.

"이 정도면 충분할 것 같습니다."

"멀리 가시나봐요."

이곳에 들르는 사람들은 모두 어딘가로 가는 길이었다. 라스는 와인을 시음해볼 수 있다고 적힌 작은 나무 간판을 못 보고 지나칠 뻔했다. 하지만 간판을 보는 순간 브레이크를 밟았다. 라스는 그런 사람이었으니까. 충동적인 사람.

"한 시간 안에 건강휴양지에 도착해야 해서요."

라스는 와인 잔을 들어 불빛에 비추고 그 아름다운 황금빛을 감탄하며 봤다.

"이 잔을 끝으로 앞으로 열흘 동안은 금주입니다."

"아, 평온의 집에 가시는군요. 그렇죠? 그게, 열흘 동안 뭘 씻는다고 하던데요?"

"내 죄를 씻는 거죠."

"보통은 집으로 돌아가는 손님들이 여길 들르세요. 시드니로 돌아갈 때 제일 처음 나오는 포도농장이 여기니까요."

"사람들이 뭐라고 합니까? 평온의 집에 대해서요."

지갑을 꺼내며 라스가 물었다. 집에 돌아갔을 때 와인이 자신을 환영해줄 수 있도록 몇 병을 구입해 택배로 부칠 생각이었다.

"솔직히 말해서, 전쟁에 나갔다 온 군인처럼 심한 충격을 받는 사람도 있는 것 같아요. 하지만 대부분은 그저 와인 한 잔과 포테이토칩 몇 조각만 먹으면 뺨이 제 색으로 돌아오더군요."

포도농장 관리인은 위로를 받고 싶은 사람처럼 와인 병의 목을 손에 꼭 쥐었다.

"사실 여동생이 얼마 전부터 거기 스파에서 일하고 있어요. 동생 말이 평온의 집 원장이 좀……."

그는 적절한 단어를 찾기가 힘든지 얼굴을 찡그렸다.

"다른 사람들하곤 다르다더군요."

"이런, 조심해야겠네요."

그렇게 대답했지만 라스는 사실 크게 신경이 쓰이진 않았다. 건강휴양지라면 가볼 만큼 가봤고, 그런 곳에서 근무하는 사람들은 모두 어느 정도는 다른 사람들하고 달랐으니까.

"하지만 건물은 정말 놀랍다고 했어요. 아주 흥미로운 역사도 있다고 했고요."

"죄수들이 지은 건물이죠?"

라스는 골드 아멕스 카드 모서리로 판매대를 툭툭 두드리며 물었다.

"맞습니다."

그때 한 여자가 들어오면서 조그맣게 투덜거렸다.

"망할 인터넷이 또 먹통이야."

여자는 라스를 보자마자 그 자리에 멈춰 서더니 깜짝 놀랐다. 익숙한 일이었다. 라스는 평생 자신을 보고 긴장하는 사람들을 만나왔다. 당황한 여자는 빠르게 고개를 돌렸다.

"제 아내입니다."

농장 관리인이 자랑스러운 듯 말했다.

"당신이 좋아하는 세미용 얘기를 하고 있었어. 비단 같은 세미용 말이야."

여자의 목이 발갛게 달아올랐다.

"사람들한테 그런 말은 안 했으면 좋겠어."

"난 늘 그렇게 말했는데?"

남편은 혼란스러운 것 같았다.

"한 상자 구입했으면 합니다."

라스가 말했다. 여자는 두 사람을 지나쳐 가면서 남편의 등을 토닥였다.

"두 상자를 사는 게 좋겠군요."

라스는 주문량을 고쳐 말했다. 평생 산산이 부서진 결혼의 잔해들을 가지고 애쓰는 날들을 보냈고 좋은 결혼이라면 사족을 못 쓰는 그였으니까. 라스는 두 손으로 머리를 매만지는 여자를 보고 웃었다. 그 사실을 전혀 눈치 채지 못한 남편은 줄에 펜이 매달린 너덜너덜한 주문 공책을 꺼냈다. 그는 판매대에 몸을 기대더니 모두 작성하는 데는 시간이 꽤 걸릴 듯한 주문서를 뚫어지게 보며 말했다.

"성함이?"

"라스 리입니다."

라스가 대답할 때 문자 메시지가 도착했다는 알림음이 들렸다.

적어도 생각은 해볼 거지? Xx

문자 메시지를 보는 순간 심장이 뒤틀리는 것 같았다. 이런, 젠장. 이미 끝난 일이라고 생각했는데. 스마트폰 위에서 엄지를 이리저리 움직이며 라스는 생각했다. '적어도'라는 말로 은근히 공격을 해오다니. 그래놓고 키스 마크를 두 개나 덧붙이고. 게다가 첫 번째 키스 마크는 대문자, 두 번째는 소문자로 썼다. 영 맘에 안 들었다.

라스는 무례하고 경박해 보이려고 대문자로만 답장을 썼다. 아니, 안 할 거야. 하지만 이내 모두 지워버리고 바지 주머니에 스마트폰을 쑤셔넣으며 말했다.

"피노 그리지오도 마셔봐야겠습니다."

. 4 .

프랜시스

프랜시스는 벌써 이십 분이나 비포장도로를 달리고 있었다. 덜컹이는 차 때문에 뼈가 흔들렸고 그 때문에 등 아래쪽이 비명을 지르고 있었다. 그리고 마침내, 완벽하게 잠긴 문 앞에 설 수 있었다. 문에는 인터콤이 설치돼 있었다. 건물은 최소한의 보안장치만 설치한 감옥 같았다. 흉측한 철조망이 양쪽으로 끝없이 펼쳐져 있었다. 나무들이 늘어선 길을 따라 유서 깊은 건물까지 달려가면 초록 스무디를 든 직원이 친절하게 맞아주는 곳을 상상했는데, 솔직히 이 건물은 힐링과는 완전히 거리가 멀어 보였다.

그만해. 벌써부터 불만에 가득 찬 소비자처럼 굴었다가는 사사건건 불만이 생길 테고, 그럼 열흘을 견디기가 아주 힘들어질 테니까. 열린 마음으로 유연하게 대처해야 했다. 건강휴양지에 가는 건 가보지 않은 나라로 여행을 떠나는 것과 같았다. 다른 문화를 받아들이고 사소한 불편쯤은 참고 견뎌야 한다.

프랜시스는 차창을 내렸다. 인터콤을 누르려고 차 밖으로 몸을 빼자 후덥지근한 공기가 목구멍으로 밀려들어왔다. 햇빛을 받아 뜨거워진 버튼을 누르는 순간 종이에 벤 곳이 욱신거렸다. 프랜시스는 엄지를 빨면서 인터콤을 통해 환영인사가 흘러나오길 기다렸다. 목소리가 아니라면 육중한 문이라도 열리길 기다렸다.

하지만 아무 일도 일어나지 않았다. 프랜시스는 다시 인터콤을 봤다. 녹색 버튼 옆에 메모지가 붙어 있었는데 글씨가 너무 작아 간신히 '안내'라는 단어만 알아볼 수 있었다. 뭐 이런 경우가 다 있어. 여기 오는 사람들 상당수가 사십대 이상일 텐데 저렇게 작은 글씨로 써놓다니.

프랜시스는 가방에서 돋보기안경을 꺼내 쓰고 다시 메모지를 뚫어지게 봤지만 여전히 읽을 수가 없었다. 결국 투덜거리며 차 밖으로 나올 수밖에 없었다. 뜨거운 열기가 프랜시스를 덥석 끌어안았고, 그녀의 두피에서는 땀방울이 힘차게 솟아나기 시작했다. 프랜시스는 몸을 숙여 인터콤 앞으로 얼굴을 들이밀었다. 메모지에는 치아 요정이 쓴 것처럼 작은 글씨가 가지런히 적혀 있었다.

나마스테! 새로운 당신이 기다리는 평온의 집에 오신 것을 환영합니다. 비밀번호 564-312를 입력하고 녹색 버튼을 누르세요.

프랜시스는 시키는 대로 하고 얌전히 기다렸다. 등으로 땀이 흘러내렸다. 다시 옷을 갈아입어야 할 것 같았다. 입가에 쇠파리 한 마리가 윙윙거리며 날아다녔고, 콧물이 주르륵 흘러내렸다.

"아오, 제발 좀!"

화가 솟구친 프랜시스는 인터콤에 대고 버럭 소리를 질렀다. 그 순간 인터콤 너머에서 누군가가 땀에 절고 화난 프랜시스의 얼굴을 지켜보며 냉정하게 증상을 분석하고 진단을 내리고 있을지 모른다는 걱정이 들었다. '저 여자는 차크라를 정화할 필요가 있어. 기다림이라는 사소한 스트레스에도 저렇게 반응하는 걸 봐.'

망할 비밀번호를 잘못 누른 걸까? 인터콤 너머에 있는 사람이 누군지는 모르지만, 프랜시스는 들으라는 듯이 빈정거리는 목소리로 번호를 크게 불러가면서 비밀번호를 꾹꾹 눌렀다. 마지막엔 신중하게 녹색 버튼을 누르고 확실하게 마무리를 지으려고 5초 정도 손가락을 떼지 않고 기다렸다. 좋았어. 날 들여보내줘. 이글거리는 태양 때문에 프랜시스의 두피는 초콜릿처럼 녹아버릴 것만 같았다.

다시 침묵이 흘렀다. 매섭게 노려보면 당연히 인터콤이 작동해야 한다는 듯이 그녀는 인터콤을 노려봤다. 지금 이 상황을 얘기해주면 적어도 폴은 웃길 수 있을 것 같았다. 하지만 폴은 가버렸다. 가슴이 답답했다. 머릿속에 폴이 들어올 수 있도록 허용하다니, 정말로 굴욕적이었다. 프랜시스는 이런 지독한 슬픔 대신 격렬한 분노가 느껴지기를 바랐다. 그만. 이제 그만 생각해. 지금 눈앞의 문제에 집중하란 말이야.

해결 방법은 간단했다. 평온의 집에 전화를 걸면 된다. 직원들은 인터콤이 고장 났다는 소리에 미안해할 테고, 프랜시스는 이해심을 발휘해 사과를 받아들여주면 된다. "늘 있는 일이죠"라고 말하고 "나마스테"라고 인사하면 되는 것이다. 프랜시스는 차 안으로 돌아가 에어컨을 세게 틀었다. 평온의 집 예약 확인서를 찾아 거기 적힌 번호로 전화를 걸었다. 지금까지는 이메일로만 소통을 해서 전화는 처음이었다. 전화를 받은 건 자동응답기였다.

몸과 마음의 건강을 찾아주는 온천 리조트, 새로운 당신이 기다리고 있는 유서 깊은 평온의 집에 전화 주셔서 감사합니다. 당신의 몸과 마음의 건강만큼이나 당신이 주신 전화도 우리에게는 정말 소중하고 특별합니다. 단지 지금은 전화를 해주신 분이 너무 많아서 당신의 전화를 받을 수가 없습니다. 당신의 시간이 얼마나 소중한지는 잘 알지만, 풍경 소리를 들으신 뒤 말씀을 해주시면 가능한 한 빨리 전화를 드리겠습니다. 인내해주셔서 감사합니다. 나마스테.

풍경이 짜증나는 명랑한 소리를 내고 있는 동안 프랜시스는 헛기침을 하면서 말할 준비를 했다.

"아, 그게, 난……."

풍경 소리는 사라지지 않았다. 프랜시스는 입을 다물고 기다렸다가 다시 입을 열었지만 또다시 입을 다물어야 했다. 이건 풍경 소리가 아니라 풍경 교향곡이었다. 마침내 풍경 소리가 잦아들었다.

"여보세요? 프랜시스 웰티라고 해요."

프랜시스는 코를 훌쩍였다.

"미안해요. 여기 좀 춥네요. 어쨌거나, 프랜시스 웰티예요. 손님이죠."

손님? 손님이라고 해도 되나? 환자나 숙박인이라고 해야 하는 거 아닐까?

"들어가서 접수하려고 하는데, 문을 통과할 수가 없네요. 지금은 3시 20분, 아니, 3시 25분이에요. 아무튼, 저…… 도착했어요. 인터콤이 고장인지 문이 안 열리네요. 메모지에 아주 작게 적힌 지시대로 했거든요. 그냥 문만 좀 열어주면 고맙겠어요. 들여보내주세요!"

마지막 말은 조금 신경질적으로 했는데, 이내 후회가 됐다. 프랜시스는 문을 노려봤다. 하지만 아무 일도 일어나지 않았다. 그렇게 이십 분을 기다린 끝에 전화가 울렸다. 프랜시스는 화면도 안 보고 다급히 전화를 받았다.

"아, 여보세요!"

자신이 얼마나 이해심 많고 인내심 많은 사람인지 알려주려고, 마지막에 신경질적으로 말한 게 본심은 아니었다고 알려주려고 프랜시스는 아주 명랑하게 말했다.

"프랜시스? 당신이 아닌 줄 알았어요."

문학 에이전트 알랭이었다. 프랜시스는 한숨을 내쉬었다.

"아, 알랭. 전에 말했던 건강휴양지에 와 있어요. 그런데 정문을 통과도 못했다니까요. 인터콤이 고장 났어요."

"무슨 말도 안 되는 소리예요? 무슨 서비스가 그래요."

알랭은 손님 대접을 제대로 못 받으면 쉽게 화를 냈다.

"그냥 뒤돌아서 집으로 와버려요. 그거 대체의학 아니죠? 한증막에서 땀 빼다가 죽은 사람들 알죠? 자기들이 모두 새로 태어나고 있다고 생각했지만 실은 요리되고 있었던 거라고요."

"여긴 분명히 주류의학을 다루는 곳이에요. 온천이랑 마사지랑 미술치료를 해요. 가벼운 단식도 할 것 같고요."

"가벼운 단식이라니."

알랭이 콧방귀를 뀌었다.

"배고플 땐 먹어야 하는 거예요. 알겠지만, 사람들이 굶어 죽어가는 이 세상에서 배고플 때 먹을 수 있는 건 특권이란 말이에요."

"음, 그게 바로 내가 하고 싶은 말이에요. 우리가 살고 있는 곳은 사람들이 굶어 죽는 곳이 아니잖아요."

프랜시스는 대시보드 위의 키캣 포장지를 바라봤다.

"우린 가공식품을 너무 많이 먹어요. 그러니까 우리처럼 특권을 누리는 사람들은 독소를 제거할……."

"이런 세상에, 완전히 홀렸군요. 광신도가 되다니! 독소를 제거할 순 없어요. 그건 미신이에요. 이미 틀렸다는 게 입증됐잖아요. 독소를 제거하는 건 우리 간이라고요. 콩팥이거나. 어쨌든 우리 몸이 알아서 해결할 거란 말이에요."

"그건 그렇고……."

프랜시스는 알랭의 말을 잘랐다. 알랭이 진짜로 해야 할 말을 자꾸 미루고 있다는 기분이 들었기 때문이다.

"그런데 감기가 심하게 든 것 같아요, 프랜시스."

알랭은 정말로 프랜시스의 감기 때문에 슬픈 사람 같았다.

"독해서 떨어지지도 않네요. 아마 계속 이렇게 살 것 같아요."

프랜시스가 기침을 하며 말했다.

"하지만 문제없어요. 강력한 약을 엄청나게 먹었거든요. 심장이 시속 1,500킬로미터로 뛰고 있는 것 같다니까요."

"다행이에요."

알랭은 더 이상 말이 없었다.

"알랭?"

프랜시스는 알랭을 재촉했지만, 사실 알랭이 하려는 말을 정확히 알고 있었다.

"내가 나쁜 소식은 전하고 싶어 하지 않는다는 거 알죠?"

"그럼요."

프랜시스는 남자처럼, 적어도 자신의 저작권 내역서를 읽을 능력이 있는 로맨스 소설 작가처럼 나쁜 소식을 받아들일 수 있도록 배에 잔뜩 힘을 줬다.

"음, 알고 있겠지만, 달링……."

"그들이 내 책을 출판할 수 없다고 했겠죠, 안 그래요?"

"미안해요, 프랜시스. 정말 아름다운 책인데 말이에요. 난 정말로 그 작품이 아름답다고 생각해요. 하지만 지금 출판계가 어떤지 알 잖아요. 로맨스 소설에는 최악의 환경이라니까요. 물론 계속 이렇 진 않을 거예요. 로맨스는 다시 돌아오게 마련이니까. 상황이 잠깐 이런 것뿐이에요. 하지만……."

"그럼 다른 곳에 팔아봐요. 티미한테 보내면 어때요?"

또다시 침묵이 흘렀다.

"음, 그게, 당신한텐 말 안 했지만, 몇 주 전에 티미한테 원고를 보내봤어요. 혹시라도 이런 일이 벌어질 수도 있다는 불안감이 좀 있었거든요. 그래서 내가……."

"티미가 거절했어요?"

믿을 수가 없었다. 프랜시스의 옷장엔 얼룩 때문에 다시 입을 수 없는 디자이너 드레스가 걸려 있다. 그 얼룩은 멜버른 작가축제 때 티미가 프랜시스를 파티장 구석으로 데려가다 쏟은 피냐 칼라다 자 국이었다. 그때 티미는 마치 스파이라도 되는 양 계속 뒤를 돌아보 며 열띤 목소리로 아주 조급하게 프랜시스의 소설을 출간하기를 간 절히 원한다고, 그게 자기 운명이라고, 출판계에서 프랜시스의 소 설을 출간하는 법을 아는 사람은 자신밖에 없다고, 조에게 신의를 지키는 건 좋은 일이지만 그건 잘못이라고, 조는 로맨스를 이해한 다고 생각하지만 실은 이해하지 못한다고, 오직 자신만이, 자신만 이 로맨스를 이해할 수 있고, 프랜시스를 좀 더 높은 단계로 올라갈 수 있게 해줄 수 있고, 또 그렇게 하는 것이 당연하다고 말했다.

결국 조가 나타나 "으이구, 우리 작가 좀 그냥 내버려둬"라고 말하고 프랜시스를 구출해주기 전까지 티미는 자기가 프랜시스의 소설을 출간해야 하는 이유를 나열하고 또 나열했다. 그게 언제였더라? 그렇게 오래전 일은 아닌데? 아마 십 년 전 아니었나? 십 년이라고? 세상에, 세월은 이렇게 빨리 가는구나. 지구의 자전 기능에 뭔가 문제가 생긴 게 분명했다. 십 년이라는 세월이 이렇게 빨리 흘러가버리다니.

"티미는 당신 소설을 사랑했어요. 정말 마음에 들어서 거의 울 정도였다니까요. 하지만 출간을 할 순 없다고 했어요. 요즘은 누구나 벌벌 떨고 있잖아요. 올해는 진짜 끔찍하다니까요. 출간되는 건 모두 심리스릴러뿐이에요."

"난 스릴러는 쓸 수 없어요."

프랜시스는 자기가 만든 인물을 죽일 순 없었다. 팔이나 다리를 부러뜨릴 순 있겠지만, 죽이다니, 그렇게 심한 일은 할 수 없었다.

"물론이죠. 당연히 쓸 수 없죠."

알랭이 재빨리 대답했고, 프랜시스는 조금쯤은 모욕을 느꼈다.

"사실 조가 은퇴하고 당신 계약 기간이 끝났을 때 좀 걱정했었어요. 하지만 애슐리는 정말로 당신 작품을 좋아하는 것 같았어요."

알랭이 말하는 동안 프랜시스의 집중력은 흐트러졌다. 그녀는 닫힌 문을 쳐다보며 왼손으로 허리를 받쳤다. 프랜시스의 소설이 거절당했다는 사실을 알면 조는 뭐라고 했을까? 아니, 조도 이번 소설은 거절했을까? 프랜시스는 자신을 담당할 편집자는 영원히 조일 거라고 생각했었다. 둘이 거의 동시에 은퇴하고 그 뒤로는 은퇴한 사람들이나 즐길 수 있는 거한 점심을 먹으며 함께 시간을 보내는 상상도 했다. 그런데 뜬금없이 작년에 조가 은퇴를 해버린 것이다. 은퇴라니! 늙은 할머니처럼 말이다. 물론 조는 실제로 할머니였지만, 할머니라고 모두 은퇴해야 하는 건 아니다.

프랜시스는 자신만 계속 같은 일을 하고 주변 사람들은 갑자기 모두 늙은 사람이 하는 일을 하고 있는 것처럼 느껴졌다. 느닷없이 손자를 보게 되고 은퇴를 하고 간소한 삶을 살면서 죽어가는 것이다. 자동차 사고나 비행기 추락 사고가 아니라 잠을 자다가 평화롭게 죽어버리는 거다. 프랜시스가 질리언을 절대로 용서하지 못하는 이유도 그 때문이었다. 질리언은 단 한 번도 제대로 작별인사를 하고 파티장을 떠난 적이 없었다.

조의 자리를 대신 차지한 편집자가 어린애라는 사실엔 놀라지 말았어야 했다. 이 세상은 이미 어린애들이 차지하고 있으니까. 뉴스 데스크 뒤에 근엄하게 앉아 있는 사람도 어린애였고, 교통을 통제하는 사람도 어린애였고, 작가축제를 운영하는 사람도 어린애였고, 혈압을 재는 사람도 세금을 관리하는 사람도 브래지어를 맞춰주는 사람도 어린애였다. 처음 만났을 때 프랜시스는 애슐리를 수습사원이라고 생각했다. 하지만 프랜시스가 "난 카푸치노면 돼요, 아가씨"라는 말을 하려 했을 때 그 어린애는 조가 쓰던 책상으로 걸어가더니 털썩 의자에 앉았다.

"프랜시스! 어린 소녀가 꿈꾸던 작가님을 만났어요."

그날, 애슐리는 그렇게 말했다.

"당신 소설은, 음, 맞아요, 열한 살 때부터 읽었어요. 엄마 가방에서 훔쳐서요. 엄마한테 《내서니얼의 키스》를 읽고 싶다고 하면 분명히 너무 야해서 안된다고 했을 테니까요."

그러고는 프랜시스의 다음 소설은 훨씬 더 야해야 하며 프랜시스가 해낼 수 있으리라 믿는다고 했다. 애슐리는 출판 시장이 바뀌고 있다고 말했다.

"이 표만 봐도 알겠지만요, 프랜시스, 아니, 여기요. 네, 여기. 보시다시피 프랜시스의 책 판매량은, 뭐랄까, 이렇게 말해서 미안하지만, 하강 추세를 그리고 있어요. 우리는 이 상황을 바꾸고 싶어요. 그것도 아주 빨리요. 아, 그리고 또 한 가지 말할 게 있는데……."

말을 하다 말고 애슐리는 병에 관해 난처한 말을 꺼내야 하는 사람처럼 고통스러운 표정을 지었다.

"혹시 SNS 하세요? SNS를 안 좋아하신다는 얘기를 듣긴 했어요. 우리 엄마도 그래요. 하지만 이제 뭔가를 팔려면 SNS를 꼭 하셔야 해요. 프랜시스의 팬들이 트위터나 인스타그램, 페이스북에서 프랜시스를 볼 수 있어야 하거든요. 그냥 아주 조금만 하시면 돼요. 블로그랑 뉴스레터도 발행했으면 좋겠어요. 비디오 웹로그를 주기적으로 발행하는 게 어떨까 싶거든요. 아주 재미있을 거예요. 꼭 짧은 영화를 찍는 거 같을 거예요."

"웹사이트라면 있어요."

"알아요. 하지만 이제 웹사이트는 아무도 안 봐요."

애슐리는 컴퓨터 모니터를 돌려 좀 더 바람직한 작가들이 활발하게 하고 있는 SNS 활동을 보여줬지만, 프랜시스는 치과 예약을 잡을 때처럼 애슐리의 말이 끝나기만을 기다렸다(사실 모니터 화면을 볼 수도 없었다. 돋보기안경을 가져가지 않았으니까). 하지만 조금도 걱정이 안 됐다. 그때는 폴 드래블과 사랑에 빠져 있었고, 사랑에 빠져 있을 때는 언제나 끝내주는 로맨스 소설을 써냈으니까. 게다가 프랜시스의 독자들은 이 세상 그 누구보다 충실한 독자들이었으니까. 그러니까 판매 부수는 줄어들 수 있다고 해도 프랜시스가 책을 못 내는 일은 절대로 일어날 리 없었으니까.

"분명히 우리 소설을 출간해줄 괜찮은 출판사를 찾아낼 거예요. 단지 시간이 좀 걸리는 것뿐이에요. 로맨스가 죽을 리 없죠."

알랭이 말했다.

"정말 그럴까요?"

"절대로, 죽음 가까이도 안 갈 거예요."

프랜시스는 키캣 포장지를 들어 초콜릿이 조금이라도 묻어 있기를 바라면서 포장지를 핥았다. 설탕 없이 이 난관을 어떻게 헤쳐나 갈 수 있을까?

"프랜시스?"

"등이 정말 아파요."

프랜시스는 코를 힘껏 풀었다.

"게다가 열감이 너무 심해서 길 한가운데 차를 세워야 했어요."

"정말 끔찍했을 것 같은데요. 상상도 할 수 없어요."

"정말 상상도 못 할 거예요. 내 비명을 듣고 모르는 남자가 내 차로 오기까지 했어요."

"비명을 질렀다고요?"

"그런 거 같아요."

"이해해요. 나도 비명을 지른 것처럼 느껴질 때가 많아요."

알랭이 서둘러 말했다. 프랜시스는 바닥까지 내려온 기분이었다. 이젠 키캣 포장지까지 핥고 있다니.

"오, 이런 프랜시스. 정말 안됐어요. 모르는 남자를 만났다는 것도요. 그래, 경찰에선 무슨 소식 없어요?"

"없어요. 전혀요."

"당신 생각을 하면 정말 내가 피눈물이 나는 거 같아요."

"전혀 그럴 필요는 없어요."

"최근에 너무 안 좋은 일들만 겪고 있네요. 그래도, 그 서평 때문에 출판사에서 그런 결정을 했다고 생각하진 말았으면 좋겠어요."

"서평이라니, 무슨 말이에요?"

침묵이 흘렀다. 이 순간 알랭은 자기 이마를 세게 때리고 있을 게 분명했다.

"알랭?"

"아, 이런. 이런, 이런, 이런."

"1998년 이후로 서평은 안 읽어요. 알잖아요."

"당연히 잘 알죠. 내가 이렇게 멍청해요. 정말 바보예요."

"새 책이 나오지도 않았는데 무슨 서평이 올라왔다는 거예요?"

"어떤 미친 여자가 공항에서 《심장이 원하는 것》을 사서 읽고는, 음, 우리 작품에 관해서 보편적인 생각이라며 자기 의견을 올렸는데, 그게 그냥 아주 심한 비방이에요. 그 서평을 미투운동이랑 연결지어 조회수를 늘린 거예요. 아주 웃기는 짓이죠. 로맨스 소설이 성폭력 가해자를 양성한다뇨!"

"뭐라고요?"

"아무튼 그 서평 읽는 사람도 없어요. 근데 왜 내가 그 얘기를 했나 몰라요. 치매 초기인가 봐요."

"방금 조회수를 늘렸다고 했잖아요."

그러니까 모두가 그 서평을 봤다는 뜻이었다. 모든 사람이 읽었다니.

"서평 링크 좀 보내줘요."

"사실 그렇게 나쁜 서평은 아니에요. 그냥 로맨스 소설에 대한 편견이 있을 뿐……."

"빨리 보내요."

"아니, 안 보낼래요. 지금까지 서평을 안 보고도 잘해왔잖아요. 괜히 흔들릴 필요 없어요."

"지금 당장 보내요."

프랜시스의 목소리가 위험해졌다. 이런 목소리가 나오는 경우는 드물었다. 그러니까 이혼이라도 할 때 나오는 목소리였다.

"보낼게요. 미안해요, 프랜시스. 지금 이런 전화를 했다는 사실 자체가 다 미안해요."

알랭이 전화를 끊자마자 프랜시스는 이메일에 접속했다. 시간이 별로 없었다. 평온의 집에 들어가면 기계 같은 건 곧바로 넘겨줘야 했다. 디지털 기기 역시 디톡스 대상이었다. 평온의 집으로 들어가는 사람들은 전력망에서 벗어나야 했다.

'정말 미안해요!' 알랭의 이메일 제목이었다. 프랜시스는 이메일을 열고 링크를 눌렀다. 헬렌 이나트라는 사람이 쓴 서평이었다. 알지 못하는 이름이었고, 사진도 없었다. 프랜시스는 빠른 속도로 서평을 읽었다. 헬렌 이나트가 바로 앞에서 서평을 말하는 모습을 보고 있는 것처럼 씁쓸하면서도 품위를 잃지 않는 미소를 띤 채.

끔찍한 서평이었다. 악랄하고 신랄하고 거만한 말투로 써내려간 글이었다. 하지만 흥미롭게도 상처를 받진 않았다. 프랜시스의 소설이 너무나도 정형적이고 쓰레기 같고 쓸데없는 말이 많고 진부하다는 이 사람의 평가는 프랜시스의 마음에 박히지 못하고 주르륵 미끄러져 내렸다. 괜찮아. 모든 사람을 다 만족시킬 순 없지. 당연한 거야. 그리고 갑자기 느낄 수 있었다. 그러니까 아주 뜨거운 냄비를 만졌을 때처럼 말이다. 처음엔 '생각보다 아프지 않네'라는 기분이 들다가 좀 더 아파지고, 마침내 지옥에 떨어진 것처럼 끔찍하게 아파오는 거 말이다.

가슴에서 시작한 극심한 통증이 온몸으로 퍼져나갔다. 이것도 우스꽝스런 폐경기 증상일까? 아니, 심장마비인지도 몰라. 이건 마음에 상처를 받은 걸로는 설명이 안 되는 통증이었다. 물론 애초에 서평을 읽지 않기로 결정한 건 바로 이 통증 때문이었다. 그런 서평을 견디기에 프랜시스의 피부는 너무나도 얇았으니까.

"그게 내가 한 가장 잘한 결정이었어요."

작년에 오스트레일리아 로맨스 작가 총회에서 기조연설을 할 때도 프랜시스는 그렇게 말했고, 아마도 그 소리를 들은 사람들은 '그래도 당신은 서평 한두 편은 읽어봐야 해, 이 늙은 작가야'라고 생각했을지도 모른다. 도대체 무엇 때문에 삼십 년 만에 처음 출간을 거절당하자마자 나쁜 서평을 읽어야겠다는 결정을 한 걸까?

지금 프랜시스에게는 어떤 일이 벌어졌다. 그건 뭐라고 할까, 프랜시스라는 자아를 완전히 잃어버린 것만 같은 일이었다. 진정해, 프랜시스. 정신 차려. 넌 존재론적 위기를 겪기엔 너무 늙었어. 하지만 정신은 차려지지 않았다. 프랜시스는 자아정체성을 찾으려고 절망적으로 애썼지만 그건 마치 배수구 밑으로 빠져나가는 물을 잡으려는 노력과 같았다. 더 이상은 책을 출간하는 작가가 아니라면 그녀는 무엇이 될 수 있을까? 두 번 이혼했고 폐경기 증세로 고생하는 중년 여자겠지. 빼도 박도 못하는 평범한 중년 여자. 폴 드래블 같은 남자가 아니라면 눈길조차 주지 않을 여자가 되는 거겠지.

프랜시스는 여전히 열릴 생각을 않는 평온의 집 정문을 쳐다봤다. 갑자기 눈앞이 뿌옇게 변했다. 패닉 상태에 빠지면 안 돼. 넌 사라지지 않아, 프랜시스. 쓸데없이 우울해질 필요 없어. 좀 휘청거리는 것뿐이야. 좀 힘든 시기를 지나고 있는 것뿐이라고. 감기약이랑 독감약 때문에 심장이 마구 뛰는 것뿐이야. 하지만 프랜시스는 절벽 위를 맴돌고 있는 것만 같았다. 절벽 끝엔 한 번도 겪어보지 못했던 절망의 심연이 있는 것만 같았다. 진심으로 비통했던 시절에도 겪어보지 못했던 절망이 아우성치고 있는 것만 같았다. 아냐, 이건 진짜로 비통한 게 아냐. 프랜시스는 마음을 다잡았다. 이건 직업적인 위기와 망가진 애정관계, 아픈 등, 감기, 종이에 벤 상처가 한데 뭉쳐져 괴로운 것뿐이라고. 이건 아빠를 잃었을 때 같은, 질리안이 죽었을 때 같은 비통함과는 전혀 달라.

사랑하는 사람들의 죽음을 떠올리는 일도 이 고통을 완화하는 데는 도움이 되지 않았다. 정말로 전혀 도움이 안 됐다. 프랜시스는 다른 생각을 할 수 있게 도와줄 물건을 찾아 정신없이 고개를 돌렸다. 스마트폰, 책, 음식, 그리고 그때 백미러로 뭔가 움직이는 게 보였다. 저게 뭐지? 짐승일까? 그저 빛이 비친 걸까? 아냐, 분명히 뭔가 있었어. 자동차라고 하기엔 너무 느렸다. 잠깐. 아니, 자동차였다. 그 차는 움직인다고도 할 수 없을 만큼 천천히 움직이고 있었다. 프랜시스는 몸을 똑바로 세우고 앉아 마스카라 자국이 번진 눈밑을 손가락으로 문질렀다.

카나리아처럼 노란 스포츠카가 프랜시스로서는 그렇게까지 느리게 움직일 수 있다는 생각을 해본 적도 없는 속도로 흙길 위를 움직이고 있었다. 점점 가까워오는 그 차는 자동차에 아무 관심 없는 프랜시스의 눈에도 엄청나게 비싸 보였다. 차체는 낮았고 헤드라이트는 미래지향적으로 번뜩이고 있었다.

프랜시스의 차 뒤에 멈춘 스포츠카의 운전석과 조수석 문이 한꺼번에 활짝 열렸다. 그 안에서 젊은 남녀가 나왔다. 프랜시스는 두 사람을 자세히 보려고 백미러를 이리저리 움직였다. 야구모자를 돌려 쓴 얼굴에 선글라스를 끼고 티셔츠와 반바지, 양말을 신지 않은 보트슈즈 차림의 남자는 일요일 바비큐 파티에 참석한 도시 근교의 배관공처럼 보였다. 놀랍도록 길고 구불구불한 적갈색 머리카락의 여자는 몸에 딱 달라붙는 바지를 입고 뾰족한 구두 위에서 비틀거렸고, 현실적으로 존재한다는 사실이 불가능할 것 같은 얇은 허리와 있을 수 없는 가슴을 갖고 있었다.

저렇게 젊은 커플이 왜 건강휴양지에 왔을까? 여기는 체중이 너무 나가거나 완전히 지쳤거나 등이 아프거나 정체성에 혼란을 느끼는 애처로운 중년들이 오는 곳 아니었나? 프랜시스가 지켜보는 동안 남자는 야구모자를 똑바로 쓰더니 하늘이 얼마나 저항할 수 없는 상태인지 알아보려는 듯 고개와 허리를 뒤로 젖혔다. 그런 남자에게 여자가 무슨 말인가를 했다. 입 모양으로 보아 좋은 말은 아닐 거라고 프랜시스는 확신했다. 두 사람은 싸우고 있는 거야. 그러니까 아주 유쾌하게 정신을 빼앗길 일이 생긴 거였다.

프랜시스는 차창을 내렸다. 두 남녀가 프랜시스를 절벽에서 끌고 내려와 다시 실재가 되게 해줬다. 저 두 사람의 눈에 존재하기 때문에 프랜시스는 자아정체성을 되찾을 수 있었다. 프랜시스를 늙고 괴상하고 짜증나는 여자라고 생각할 수도 있지만, 저 사람들이 프랜시스를 보는 한 어떻게 생각하든 상관없었다. 프랜시스는 차창 밖으로 볼품없이 몸을 내밀고 손을 마구 흔들면서 소리쳤다.

"안녕하세요!"

젊은 여자가 엎어질 듯 비틀거리며 풀밭을 지나 프랜시스를 향해 걸어왔다.

. 5 .

벤

벤은 제시카가 아기 기린처럼 비틀거리면서 시동을 켠 채 정문 앞에 서 있는 푸조 308(돈만큼 가치를 못하는 비싼 쓰레기)을 향해 걸어 가는 모습을 지켜봤다. 푸조의 한쪽 브레이크 등은 꺼져 있고 머플 러는 구부러진 것이 흙길을 달려오다 망가진 게 분명했다. 운전석 에 앉아 있는 여자는 창밖으로 몸을 반쯤 내민 채 제시카를 만난 게 세상에서 가장 행복한 일인 양 정신없이 손을 흔들고 있었다. 왜 그 냥 차 문을 열고 밖으로 나오지 않는 걸까?

건강휴양지는 닫혀 있는 것 같았다. 상수도가 터졌나? 아니면 직 원들이 반란이라도 일으켰나? 벤이 할 수 있는 일은 그저 무슨 일 이든 생겼기를 바라는 것밖에 없었다. 제시카는 바보 같은 구두 때 문에 제대로 걷지도 못했다. 마치 죽마를 타고 걷는 것처럼 보였다. 이쑤시개만큼 가는 굽이라니. 발목을 삐고 말 게 분명했다.

벤은 노란 스포츠카 옆에 웅크리고 앉아 돌에 맞아 페인트가 벗 겨진 곳은 없는지 살폈다. 막 지나쳐온 길을 보며 벤은 얼굴을 찡그 렸다. 눈이 튀어나올 만큼 비싼 휴양지에서 어떻게 도로를 저딴 식 으로 내버려둘 수 있는 거지? 길이 엉망이라는 사실을 홈페이지엔 게시해놓았어야 하는 것 아닌가? 오는 동안 움푹 팬 구덩이 때문에 몇 번은 차 바닥이 땅에 닿았을 것 같았다.

다행히 긁힌 곳은 없었다. 정말 기적이었다. 하지만 자동차 바닥에 어떤 충격이 가해졌는지는 알 수 없다. 바닥 손상을 확인하려면 작업장에 가서 자동차를 들어올려 꼼꼼히 살펴봐야 한다. 당장 가서 차를 확인하고 싶었지만 열흘이 지나기 전엔 불가능한 일이었다. 어쩌면 멜버른까지 차를 견인해야 할지도 몰랐다. 피트의 직원을 부르면 가능할 것이다. 하지만 벤이 이런 길로 차를 몰고 왔다는 사실을 두고 전 직장 동료들이 영원히 비웃는 걸 감수해야 할지도 몰랐다. 게다가 벤이 한 일을 알게 되면 피트는 울 수도 있었다. 정말로 엉엉 울어버릴 수도 있었다.

지난달에 피트의 직원들이 '스크래치 게이트'라고 부른 범죄가 일어났을 때 수상하다는 표정으로 눈을 잔뜩 빛내던 피트가 생각났다. 어떤 사악한 인간이 조수석 문을 열쇠로 길게 그은 자국을 보여주자 피트는 "누가 이런 짓을 한 거야, 망할 놈"이라고 했다. 벤은 누가 그런 짓을 했는지 짐작도 할 수 없었다. 공영주차장엔 세워둔 적도 없었다. 그러니까 벤을 아는 사람 짓이 분명했다. 벤과 제시카에게 앙심을 품고 그런 짓을 할 수 있는 사람은 셀 수도 없이 많았다. 한 명만 떠올리기는 도저히 불가능했다. 제시카는 단 한 번도 루시를 비난하는 말을 한 적 없지만 벤의 누나 루시가 범인이라고 생각하는 게 분명했다. 굳게 앙다문 입에서 그런 생각을 읽을 수 있었다. 제시카가 옳은지도 몰랐다. 정말로 루시가 범인일 수도 있었다.

피트는 값을 매길 수 없을 만큼 귀한 명화를 재건하는 사람처럼 스크래치 자국을 지웠고, 그때부터 지금까지 벤은 차에 흠집이 안 나도록 조심하고 또 조심했다. 저 망할 길을 지나온 엄청나고도 용서할 수 없는 모험을 감행하기 전까진 말이다.

제시카에게 절대로 굴복하지 말았어야 했다. 물론 노력은 했다. 차를 세우고 욕 하나 섞지 않고 차분하게, 이런 차로 저런 비포장도로를 달리는 건 너무나도 부주의한 일이며 감당할 수 없는 재앙이 일어날 거라고 말했다. 예를 들어 배기 시스템이 떨어져나갈 수도 있다고 말이다. 하지만 제시카는 배기 시스템 따윈 전혀 문제가 안 된다는 듯 반응했다. 그때부터 지금까지 내리 십 분을 두 사람은 서로에게 고함을 질러댔다. 정말로 고함을 질렀다. 서로를 향한 비난의 말이 날아다녔고, 두 사람의 얼굴은 벌게지고 추해지고 일그러졌다.

제시카와 말다툼을 할 때면 느끼는 머리가 터질 듯한 좌절은, 자기 마음을 적절히 표현하지 못하고 자기 인생을 스스로 통제할 수 없는 어린아이여서 엄마와 아빠로부터 정말로 간절히 바라는 스타워즈 신상 액션 피규어를 사줄 수 없다는 말을 들었을 때 느꼈던 감정과 비슷했다. 어느 순간엔 주먹을 움켜쥐기도 했다. 그래서 벤은 자기 자신에게 말해야 했다. 제시카를 때리면 안 돼! 벤은 자기가 여자를 때리고 싶다는 충동을 느낄 수 있는 사람임을 처음 알았다. 그래서 제시카에게 굴복했다.

"좋아, 이 차를 망가뜨리지 뭐. 그걸 원한다면."

벤이 아는 모든 남자는 그런 상황에서 절대로 목소리를 낮추지 않을 것이고, 그냥 차를 돌려 집으로 돌아가버릴 것이다. 애초에 남자라면 이 미친 생각에 동의하지도 않았을 것이다. 건강휴양지라니. 요가와 온천이라니. 도저히 이해할 수 없는 일이었다. 하지만 제시카는 우리 두 사람에겐 극적인 일이 필요하다고, 건강휴양지가 그 일을 해줄 수 있을 거라고 말했다. 결혼생활을 유지해나가려면 몸과 마음에 쌓인 독소를 제거해야 한다고 했다. 유기농 상추를 먹고 부부상담을 받아야 한다고도 했다. 그러니까 열흘 동안 완벽하게 고문을 받아야 한다는 뜻이었다. 이곳에 와서 결혼을 구원한 유명한 부부도 몇 쌍 있다고 했다. 그 부부들은 모두 '내면의 평화'를 얻고 '진정한 자아'를 만난 뒤에 집으로 돌아갔다고 했다. 진짜 무슨 헛소리를 그렇게 하는 걸까? 이런 곳에 쓸 돈이 있으면 그냥 나이지리아 스팸 메일 사기꾼한테 넘겨주는 게 더 나았다. 어쩌면 그 부부라는 이들은 사실 TV 프로그램 〈독신자들〉에 출연한 사람들일지도 모른다는 생각도 들었다.

제시카는 유명 인사를 사랑했다. 그런 게 똑똑한 여자가 가질 수 있는 맹함이라고 생각해서 귀엽다고 느낀 적도 있었다. 하지만 이제 제시카는 인생에서 중요한 결정을 내리는 데 유명 인사의 의견을 따르는 일이 너무 많아졌다. "그 사람이 그렇게 한대. 그 사람들이 그렇게 했다고 했어"라는 말을 자주했다. 사실 그 모든 게 철저히 사기일 수도 있는데 말이다. 인스타그램에 글과 사진을 올리고 돈을 받고 있는지도 모르는데 말이다. 순진하고 낙관적인 제시카는 그 모든 광고를 철석같이 믿어버렸다.

이제 제시카는 자신도 유명 인사가 됐다고 생각하는 것 같았다. 쓰레기 같은 레드 카펫을 밟는 사람이 된 것처럼 느끼는 것 같았다. 사진을 찍을 때면 디즈니 만화영화 〈미녀와 야수〉에 나오는 〈나는 작은 찻주전자〉 노래를 부르는 사람처럼 엉덩이에 손을 올렸다가 옆으로 돌리고 미친 듯이 웃으면서 턱을 앞으로 쑥 내밀었다. 그건 정말 이상했다. 게다가 사진을 찍는 데 들이는 시간이 너무 길었다. 자기 발을 찍겠다며 사십이 분이나 허비한 적도 있었다(벤이 시간을 재밌다).

얼마 전 크게 싸운 이유도 제시카가 올린 인스타그램 사진 때문이었다. 비키니를 입은 사진이었는데, 제시카는 새로 만든 가슴을 더 커 보이게 하려고 몸을 앞으로 숙이고 마주 붙인 두 손을 쭉 뻗은 채 새로 부풀린 입술을 잔뜩 오므려 카메라 앞으로 힘껏 내밀고 있었다. 제시카는 사진이 어떠냐고 물었다. 제시카의 얼굴이 기대로 가득 차 있었기 때문에 벤은 값싼 매춘 광고 같다는 생각을 말하지 못했다. 그래서 그냥 어깨를 으쓱하며 "괜찮네"라고 했다. 그 즉시 제시카의 얼굴이 돌변했다. 누가 보면 벤이 제시카에게 욕이라도 한 줄 알았을 것이다.

그 뒤로 벤이 아는 것은 제시카가 갑자기 소리를 지르기 시작했다는 것(요즘 제시카는 0에서 갑자기 100으로 뛰면서 흥분했다), 그리고 강하게 한 대 맞은 것 같은 느낌이 들었다는 것, 지금 벌어지고 있는 상황이 전혀 이해되지 않는다는 것뿐이었다. 그래서 소리를 질러대는 제시카를 내버려두고 엑스박스 게임이나 하려고 위층으로 올라가려 했다. 일단 그 자리를 벗어나는 게 현명했다. 그것이 성숙한 남자가 할 일이었다. 일단 서로 떨어져서 여자가 진정할 시간을 주는 것이 좋았다. 벤은 이런 식으로 계속해서 잘못 생각했다. 제시카는 벤을 따라 계단을 올라오더니 벤이 위층으로 올라서기 직전에 그의 티셔츠 뒷자락을 움켜잡았다.

"날 보란 말이야! 이젠 날 쳐다보지도 않잖아, 넌."

제시카가 죽어라고 악을 썼다. 제시카의 말은 사실이었기 때문에 도저히 반박할 수가 없었고 맘이 아팠다. 벤은 어떻게 해서든 제시카를 보지 않으려 했다. 물론 그러지 않으려고 노력은 하고 있었다.

세상에는 화상을 입었거나 부상 같은 걸 당해 모습이 달라진 아내를 둔 남자들도 있다. 그러니까 제시카가 자기 손으로 자기 모습을 바꾼다고 문제가 되는 건 아니다. 사실 제시카가 자기 손으로 직접 자기 모습을 바꾸는 건 아니었다. 제시카의 신용카드가 그녀의 외모를 바꾸는 것이었다. 제시카는 일부러 자기 모습을 바꾸고 있었다. 상황을 더욱 악화시키는 건 제시카의 바보 같은 친구들이었다. "우와, 제시카! 세상에, 정말 예쁘다"라고 말하는 멍청한 친구들 말이다. 벤은 그들에게 소리를 질러주고 싶었다.

"다들 눈이 먼 거야? 저 얼룩다람쥐 같은 모습이 안 보여?"

전에는 제시카와 헤어진다는 생각을 하면 내장이 찢어지는 듯한 느낌이 들었다. 이제는 제시카와 계속 결혼한 상태로 살아야 한다는 생각을 하면 내장이 찢어지는 기분이 들었다. 이번 여행이 효과가 있어 예전으로 돌아갈 수 있다면, 망가진 차 따위는 아무 문제도 아니었다. 그런 희생을 할 만한 가치가 충분히 있는 일이었다. 제시카는 벤의 아이들 엄마가 될 사람이니까. 미래에 태어날 아이들의 엄마가 될 사람이었으니까.

벤은 이 년 전 도둑이 들었던 날을 생각했다. 그날 제시카의 얼굴이, 아름다웠던 진짜 얼굴이 어린애처럼 일그러지던 모습과 자신이 느꼈던 분노가 생생하게 떠올랐다. 벤은 그 얼간이들을 찾아내 얼굴을 박살내주고 싶었다. 그날 도둑이 들지 않았다면, 그 얼간이들만 아니라면 두 사람이 지금 여기에 있을 이유는 없었다. 저 차를 몰고 있을 이유도 없었을 테고, 이곳에 열흘 동안 갇혀 있을 이유도 전혀 없었다. 모든 걸 고려했을 때 그 얼간이들의 얼굴을 박살내버리는 게 옳다고 벤은 결론 내렸다.

"벤!"

제시카가 벤에게 오라는 손짓을 했다. 언제 서로 고함을 치며 싸웠냐는 듯 다정하고 환한 미소를 짓고서. 제시카는 이런 일에는 능숙했다. 파티에 가는 내내 싸우고, 다른 사람의 집 계단을 오르는 동안 말 한 마디 않다가도 문이 열리는 순간 마술을 부리는 것처럼 펑! 하고 완전히 다른 사람으로 변해버렸다. 벤을 보고 웃고 농담을 하고 놀리고 만지작거리고 사진을 찍으면서, 사실은 사랑을 나누지 않았는데도 두 사람이 조금 전에 사랑을 나눈 것처럼 행동할 수 있었다.

그러다 파티가 끝나고 집에 갈 때면 차에 타는 순간 다시 싸움을 시작했다. 마치 스위치를 껐다가 켜는 것처럼. 그런 제시카의 태도는 벤을 정말로 지치게 했다. 하지만 제시카는 "그건 예의잖아. 남의 파티에서 싸우는 건 안 되는 거야. 그 사람들이랑 우리 싸움은 아무 상관이 없으니까"라고 했다.

벤은 일어나서 야구모자를 제대로 쓰고 제시카와 함께 원숭이 흉내를 낼 준비를 하면서 그녀에게 걸어갔다.

"여기는 내 남편 벤이에요. 벤, 이분은 프랜시스야. 우리랑 같은 프로그램에 참가하실 거야. 음, 정확히 말하면 같은 프로그램은 아닐지도 모르지만……."

푸조 운전석에 있는 여자가 벤을 올려다보며 웃었다.

"진짜 멋진 차예요, 벤."

그 여자는 벤을 아주 잘 아는 사람처럼 말했다. 코맹맹이 소리를 내는 여자의 코끝이 빨갰다.

"꼭 영화에 나오는 차 같아요."

벤을 올려다보는 여자의 가슴에는 깊은 골이 파여 있었다. 보고 싶지 않았지만 달리 시선을 둘 곳이 없었다. 나쁘지 않은 가슴골이었지만 가슴골 운운하기엔 여자의 나이가 너무 많아서 좋지도 않았다. 빨간색 립스틱을 바른 여자는 지독하게 구불거리는 금발을 완전히 뒤로 넘겨 하나로 묶고 있었다. 벤 엄마의 테니스 친구들을 떠오르게 하는 여자였다. 벤은 엄마의 테니스 친구들이 좋았다. 단순했고, 그 사람들은 벤에게 그다지 많은 말을 시키지 않았으니까. 하지만 엄마의 테니스 친구들은 가슴골이 없는 쪽이 더 좋았다.

"감사합니다."

벤은 반짝반짝 빛을 내고 있는 여자의 눈에 시선을 맞추려 애쓰면서 말했다.

"만나서 반갑습니다."

"저 차는 기종이 뭐예요?"

"람보르기니입니다."

"울랄라. 람보르기니군요."

프랜시스가 벤을 보며 활짝 웃었다.

"여기, 이 녀석은 푸조예요."

"어, 예. 압니다."

벤이 약간 짜증을 내면서 대답했다.

"푸조를 좋아하지 않는군요?"

"그냥 똥 덩어리죠."

"벤!"

제시카가 황급히 말했고, 프랜시스는 크게 웃었다.

"난 내 작은 푸조를 사랑해요."

프랜시스가 운전대를 어루만지면서 지극히 만족한다는 듯 낮고 기분 좋은 목소리로 말했다.

"뭐, 누구나 자기한테 맞는 차가 있는 법이니까요."

벤이 대답했다.

"프랜시스 말이 아무도 인터콤에서 대답하지 않는대. 여기서 이십 분이나 기다리셨대."

제시카는 입에서 나오는 모든 단어를 사과처럼 통통하고 둥글게 발음하는 우아한 말투를 새로 구사하고 있었다. 어젯밤처럼 흥분한 채 화를 내며 "왜 그냥 행복하면 안 되는데? 왜 넌 모든 걸 망치고 있는 건데?"라고 소리를 질러댈 때만 아니라면, 요즘 제시카는 언제 어디서나 지금처럼 우아한 말투만 구사했다.

"전화해보지 그러셨어요. 인터콤이 고장 났을 수도 있잖아요."

벤이 가슴골 여인에게 말했다.

"메시지를 남겨놓았어요."

프랜시스가 대답했다.

"이건 테스트 같아요. 이것도 프로그램의 일부 아닐까요?"

제시카는 목을 식히려고 머리카락을 들어올리면서 말했다. 가끔은 제시카가 정상적으로 행동할 때는, 제시카가 그저 제시카로 돌아올 때면 벤은 보톡스를 넣은 이마도, 복어 같은 입술도, 부풀린 뺨도, 낙타 같은 (연장한) 속눈썹도, 가짜 (연장한) 머리카락도, 수술한 가슴도, 아주 짧은 순간일지라도 모두 잊어버리고 이 제시카가 자신이 사랑했던 제시카라는 생각을, 고등학교 때부터 사랑했던 제시카라는 생각을 하게 되는 것이다.

"나도 그렇게 생각해요."

프랜시스가 말했다.

"저기 어떻게 하라는 말이 쓰여 있긴 한데 글씨가 너무 작아요."

그러나 벤은 아무 문제없이 메모지에 적힌 글을 읽을 수 있었다. 그는 비밀번호를 입력하고 녹색 버튼을 눌렀다.

"저게 작동하면 정말 화가 날 것 같아요."

프랜시스의 말이 끝나자마자 인터콤에서 목소리가 흘러나왔다.

"나마스테. 평온의 집에 오신 걸 환영합니다. 무엇을 도와드릴까요?"

"세상에, 이게 무슨 일이래요?"

프랜시스가 어처구니없다는 듯 말했다.

벤이 어깨를 으쓱해 보였다.

"글쎄요. 뭐, 남자의 손길이 필요했나보죠."

"어머나, 뭐래요."

프랜시스는 푸조 밖으로 손을 뻗어 벤의 팔을 툭 쳤다.

"문 열어주세요. 챈들러 부부예요. 제시카와 벤이요."

제시카가 인터콤 앞으로 몸을 숙여 큰 소리로 말했다. 마치 벤의 할머니가 전화에 대고 말하는 것 같은 목소리였다. 그러자 인터콤에서 지지직 소리가 나더니 삐걱거리며 문이 열렸다. 제시카는 품위를 잃은 건 아닌지 걱정하면서 몸을 똑바로 세우고 머리카락을 귀 뒤로 넘겼다. 예전에 제시카는 이렇게까지 심각하게 남을 의식하는 사람이 아니었다.

"분명히 비밀번호를 맞게 눌렀어요. 아니, 맞게 눌렀다고 생각했단 말이에요."

프랜시스는 안전띠를 매면서 푸조의 엔진이 좀 더 힘차게 돌아가게 했다. 그녀는 챈들러 부부에게 손을 흔들었다.

"안에서 봐요. 저 끝내주는 페라리로 날 추월하면 안 돼요!"

"람보르기니입니다."

프랜시스는 잘 알고 있다는 듯 윙크를 하더니 벤이 이런 길에서는 어느 정도로 달려야 한다고 예상하는, 또는 그보다 훨씬 빠른 속도로 정문을 향해 달려갔다.

"다른 사람들한텐 말하지 않기로 했잖아, 안 그래? 그게 우리 약속이었다는 거 잊지 마. 사람들이 물어보면 우리 차가 아니라고 해야 해. 친구 차라고 말해."

람보르기니를 향해 걸어가면서 제시카가 말했다.

"알아. 하지만 난 너처럼 거짓말에 능숙치가 않아서."

벤은 농담 또는 칭찬으로 한 말이지만, 제시카에게 그 말을 해석할 여지는 충분히 남겨뒀다.

"웃기지 마."

제시카가 퉁명스럽게 말했다. 크게 화가 난 목소리는 아니었다. 어쩌면 두 사람은 괜찮을지도 몰랐다. 하지만 잦아들던 싸움도 작은 불씨가 발단이 돼 삽시간에 격렬히 타오를 수 있었다. 상황이 어떻게 전개될지는 결코 알 수 없었다. 그러니 항상 정신을 차리고 있어야 했다.

"괜찮은 사람 같네. 저 여자, 프랜시스 말이야."

프랜시스는 안심해도 되는 사람이었다. 나이가 많으니까. 제시카가 질투할 리 없으니까. 질투는 두 사람 관계에서 새롭게 떠오른 재미있는 주제였다. 제시카는 얼굴을 바꿀수록 자신감을 잃어갔다.

"나, 저 사람 아는 거 같아."

제시카가 말했다.

"정말?"

"프랜시스 웰티가 분명해. 작가야. 저 사람 책을 정신없이 읽을 때도 있었거든."

"어떤 글을 쓰는데?"

벤이 운전석 문을 열면서 물었다. 제시카가 대답했지만, 벤은 잘 알아듣지 못했다.

"미안, 뭐라고?"

"로맨스라고."

제시카는 조수석 문을 세게 닫았고, 벤은 얼굴을 찡그렸다.

. 6 .

프랜시스

저만치에서 웅장하게 솟아오르는 빅토리아풍 대저택을 처음 봤을 때, 프랜시스는 생각했다. 정말 멋있다! 다행히 도로는 포장돼 있었고 관목 숲은 점점 더 녹음이 짙어지고 부드러워졌다. 평온의 집은 사암으로 만든 3층 저택으로 붉은 골함석 지붕과 공주가 갇혔을 법한 높은 탑이 있었다. 19세기 말로 시간여행을 떠난 것처럼 상쾌한 기분이 들었다. 바로 뒤에서 요란한 소리를 내며 람보르기니가 따라오는 바람에 기분을 좀 망치긴 했지만.

저런 어린애들이 어떻게 저런 차를 타고 다닐 수 있을까? 혹시 마약을 파나? 신탁 자금을 받나? 신탁 자금보다는 약을 판다고 생각하는 쪽이 더 신빙성 있어 보였다. 두 사람 모두 돈 많은 조상 덕에 쉽게 살고 있는 사람처럼은 보이지 않았다.

프랜시스는 다시 백미러를 봤다. 멀리서 보니 제시카는 아름다운 여자처럼 보였다. 도대체 저 어린 얼굴에 무슨 짓을 한 걸까? 두껍게 화장한 얼굴도 충분히 끔찍했지만, 세상에나, 눈이 부실 만큼 새하얀 이, 한껏 부푼 입술, 그리고 그 가슴. 그건 정말 아니었다. 프랜시스는 성형 수술을 반대하지 않았다. 오히려 좋아하는 편이었다. 하지만 저 여자애의 얼굴은 너무나도 슬프고 지나치게 과하다는 느낌이 들었다.

저애가 차고 있는 보석들은 모두 가짜겠지? 진짜일 리 없겠지? 귀에 건 저 거대한 사파이어가 진짜라면 도대체…… 얼마일까? 프랜시스로서는 짐작도 안 됐다. 아주 비싸겠지? 하지만 저 차는 분명히 진짜잖아. 그러니까 보석도 진짜 아닐까? 혹시 떠오르는 조직폭력배일까? 아니면 유튜브 스타?

저 남자, 그러니까 제시카의 '남편'(그렇게 어른 같은 용어를 쓰기엔 둘 다 너무 어렸지만)은 정말로 귀여웠다. 아무튼 저 남자애한테 시시덕거리지 않게 조심해야지. 열흘이나 농담을 참으려면 쉽지 않을 텐데. 잘못하면 음흉한 농담을 하게 될지도 몰라. 알랭이라면 "달링, 그건 소아성애라고요"라고 할 만한 농담을 하게 될 수도 있어. 저 사랑스러운 벤이 예전에 프랜시스가 출간 파티 때 늙은 남자 작가들을 보며 끔찍해했던 것처럼 프랜시스를 보면서 끔찍해할 걸 생각하면 정말로 끔찍했다.

늙은 남자 작가들은 문학상이라도 받은 직후라면 특히 끔찍하게 굴었다. 그 사람들의 말은 강력하고 완고해서 도저히 멈추게 할 수가 없었다. 그러니 그들은 털이 잔뜩 난 손을 장르 소설을 쓰는 젊은 작가들 몸 위에 허락도 받지 않고 올려놓을 수 있었다. 그들은 프랜시스가 '공항에서 쓰레기를 파는 곳'에서 그토록 책을 많이 팔았으니 그 대가로 자신들과 섹스를 해야 한다고 생각하는 게 분명했다. 그만. 그 서평은 생각하지 마, 프랜시스.

프랜시스는 여성 인권 신장 행진에도 참가했다. 단지 주인공의 눈이 어떤 색이라는 사실을 묘사했다는 이유만으로 페미니즘에 반대하는 사람 취급을 받을 순 없었다. 상대방의 눈이 어떤 색인지도 모르면서 어떻게 사랑에 빠질 수 있다는 걸까? 더구나 마지막엔 모든 걸 완벽하게 마무리할 수밖에 없다. 그게 규칙이니까. 소설을 애매모호하게 끝내버리면 독자들이 갈퀴를 들고 프랜시스에게 달려올 테니까. 서평은 생각하지 마. 제발 생각하지 말라고.

프랜시스는 마음을 다시 벤과 제시카에게로 돌렸다. 그래, 맞아. 벤한테는 나이에 맞게 행동해야 해. 친척인 것처럼 행동해도 되겠다. 이모나 고모처럼 말이야. 절대로 만지면 안 돼. 잠깐만. 벌써 만졌던 거 같은데, 아닌가? 그 서평 때문에 프랜시스는 자기가 하는 모든 일에 자신이 없어지고 말았다. 프랜시스는 두 손으로 운전대를 움켜잡았다. 다른 사람을 만지는 건 프랜시스의 습관이었다. 재미있는 말을 하거나 왠지 사랑스러운 행동을 하면 저도 모르게 팔을 만지는 버릇이 있었다. 어쨌거나 벤과 제시카와 얘기를 나눈 덕분에 마음이 가라앉았다. 잠시 동안은 정말로 두려웠다. 자신을 잃어버렸으니까. 프랜시스는 자신이 생각해도 정말 극적인 사람이었다.

자동차는 건물로 향하는 곡선 도로에 들어섰고 벤은 커브 길을 신나게 돌고 싶었을 텐데도 예의 바르게 상당한 거리를 유지한 채 뒤따라왔다. 푸조는 소나무가 두 줄로 우아하게 늘어선 길로 접어들었다.

"그렇게 초라하진 않네."

프랜시스는 홈페이지에 나와 있는 사진보다 훨씬 초라한 건물을 마주할 준비를 하고 있었지만 평온의 집은 아름다웠다. 레이스처럼 섬세한 발코니는 햇살을 받아 반짝이고 초록이 무성한 정원은 여름의 열기 속에서 푸르게 빛나고 있었다. '이곳은 빗물을 활용해 식물을 가꾸고 있습니다'라는 푯말은 건강휴양지가 이런 녹음을 간직하고 있다는 사실에 딴죽을 걸 수 없게 했다.

영성이 가득 차 있는 것처럼 등이 곧고 하늘하늘한 흰 옷을 입은 두 사람이 넓은 현관으로 서둘러 걸어나왔다. 프랜시스가 정문 앞에서 오도 가도 못하는 동안 평온의 집 직원들은 명상을 하고 있었는지도 모른다는 생각이 들었다. 프랜시스가 차를 세우자 자동차로 다가온 남자가 문을 열어줬다. 아시아 사람들은 모두 그렇듯이 그 남자도 당연히 어렸고, 요즘 유행하는 모양으로 턱수염을 기르고 머리를 동그랗게 말아서 묶고 있었다. 반짝반짝 빛나는 눈과 매끈한 피부를 가진 유쾌한 남자이자 아이였다.

"나마스테. 평온의 집에 오신 것을 진심으로 환영합니다."

합장하며 공손하게 절을 하는 남자는 의도적으로 단어와 단어 사이에 조금씩 간격을 둔 채로 말했다.

"전 야오라고 합니다. 건강한 삶을 안내해드릴 당신의 행복 안내자죠."

"안녕하세요, 야오. 프랜시스 웰티예요. 당신의 희생자죠."

안전띠를 풀며 프랜시스는 야오를 향해 웃었다. 그러면서 속으로 생각했다. 웃어도 안 되고 요가 선생 같은 이 남자의 말투를 흉내 내도 안 돼! 흥분해도 안 되고!

"지금부터는 모두 저희에게 맡기시면 됩니다. 가방은 몇 개 가져오셨습니까?"

야오가 물었다.

"한 개밖에 안 돼요."

프랜시스가 뒷좌석을 가리키면서 말했다.

"내가 가져갈게요. 정말 가볍거든요."

가방 안엔 커피와 차, 초콜릿(다른 것도 아닌 항산화제인 다크 초콜릿이었다!) 그리고 레드 와인 단 한 병(역시 항산화제다!) 같은 금지 물품을 넣어뒀기 때문에 프랜시스는 가방이 시야에서 사라지길 원치 않았다.

"가방은 두고 가세요, 프랜시스. 차 열쇠도 그냥 꽂아두시고요."

야오가 단호하게 말했다. 이런 젠장. 할 수 없지. 금지한 물건을 가져왔다는 사실 때문에 당황한 프랜시스는(평소에 프랜시스는 규칙이라면 정말 잘 지켰다) 등의 통증 따위는 까맣게 잊어버리고 차에서 황급히 나왔다.

"아야!"

몸을 펴던 프랜시스의 눈이 야오와 마주쳤다.

"등이 아파서요."

"저런, 힘드시겠군요. 곧 스파에서 마사지를 받으실 수 있도록 예약을 해드리겠습니다."

야오는 주머니에서 작은 메모지와 연필을 꺼내더니 뭔가를 썼다.

"종이에도 벴어요."

프랜시스가 엄숙하게 말하면서 엄지를 들어 보였다. 야오가 손가락을 잡고 자세히 들여다봤다.

"심하게 벴군요. 알로에베라를 붙여드려야겠습니다."

이런! 프랜시스의 상처를 심각하게 여겨주는 작은 메모지를 들고 있는 남자는 정말로 멋있었다. 프랜시스는 자기가 남자의 어깨를 뚫어지게 쳐다보고 있음을 깨닫고 황급히 시선을 돌렸다. 세상에, 프랜시스. 중년이 되면 이런 일이 일어나리라고 경고한 사람은 아무도 없었다. 이렇게 갑자기, 부적절하게 젊은 남자를 갈망하는 마음이 생물학적으로 당연히 생긴다는 사실을 경고해준 사람은 없었다. 이런 갈망이 남자들이 평생 느끼고 산다는 그런 욕망일까? 정말로 그렇다면 그 불쌍한 존재들이 이혼 소송을 하느라 평생 번 돈을 모두 허비하는 것도 당연하단 생각이 들었다.

"그리고, 열흘간 몸과 마음을 정화하려고 여기 오신 거고요."

"물론이죠."

"근사합니다."

"그럼…… 들어가도 되나요?"

프랜시스는 무뚝뚝하게 말했다. 이젠 아직 애송이 티가 나는 남자와 섹스를 한다는 생각만 해도, 아니, 그 누가 됐건 간에 섹스를 한다는 생각만 해도 기분이 나빠졌다. 너무너무 더웠으니까.

프랜시스는 야오가 벤과 제시카가 타고 있는 차를 보고 있음을 알았다. 아니, 한쪽 엉덩이를 치켜들고 서서 손가락으로 긴 머리카락을 천천히 꼬고 있는 제시카를 보고 있는지도 몰랐다. 제시카 옆에서 벤은 야오처럼 흰 옷을 입고 있고 안쪽에서부터 빛이 나는 것처럼 피부가 아름다운 젊은 여자와 얘기를 하고 있었다.

"저게 람보르기니래요."

"알고 있습니다."

프랜시스의 말에 야오는 단어와 단어 사이를 떼면서 말해야 한다는 사실도 잊고 황급히 말했다. 그는 살짝 옆으로 비켜서더니 건물을 가리키면서 프랜시스에게 앞장서라는 손짓을 해 보였다. 프랜시스는 평온의 집 안의 커다란 복도로 들어갔다. 조명이 어두워서 눈이 어둠에 적응할 때까지는 시간이 좀 지나야 했다. 오래된 저택의 독특하고도 부드러운 고요가 물처럼 프랜시스 위로 흘러내렸다. 나무쪽을 연결해 만든 황금색 바닥, 품위 있는 샹들리에, 화려하게 조각한 천장 돌출부, 멋진 납세공 창문 등 고개를 돌리는 곳마다 아름다운 모습이 눈에 들어왔다.

"여긴 정말 예쁘네요. 오, 저걸 좀 봐요. 꼭 타이타닉 호에 있는 계단 같아요."

프랜시스는 창문으로 다가가 번쩍이는 마호가니 창틀을 어루만졌다. 스테인드글라스 창으로 들어온 빛이 바닥에 빛의 파편을 흩뿌리고 있었다.

"안내문을 읽어보셨을 테지만 평온의 집은 1840년에 지어졌습니다. 이 계단은 그때부터 있던 것으로 붉은삼나무와 자단으로 만들어졌죠. 다른 분들도 이 계단이 타이타닉 호의 계단과 비슷하다는 말씀을 많이 하십니다. 그래도 아직까진 우리가 타이타닉보다 훨씬 운이 좋은 게 분명합니다. 아직 가라앉지 않았으니까요."

야오는 같은 농담을 이전에도 여러 번 했음이 분명했다. 프랜시스는 야오가 들어야 하는 웃음보다 훨씬 더 관대한 웃음을 양껏 들려줬다.

"이 건물은 영국에서 온 부유한 변호사가 근처 채석장에서 가져온 사암으로 만들었습니다."

야오는 성실한 박물관 큐레이터처럼 건물에 얽힌 역사를 나열했다.

"그는 이 집이 식민지에서 가장 좋은 주택이 되기를 원했지요."

"죄수들을 동원해 만들었다면서요."

프랜시스는 홈페이지에서 본 내용으로 야오를 거들었다.

"맞습니다. 그 변호사는 넓고 비옥한 농지를 받았고 죄수도 열 명 활용할 수 있었습니다. 운 좋게도 그 죄수들 가운데 두 명이 요크에서 온 석수 형제였고요."

"우리 조상 중에도 죄수가 한 분 있어요. 실크 드레스를 훔치는 바람에 더블린에서 식민지로 쫓겨났대요. 우린 그분을 정말로 자랑스러워한다니까요."

프랜시스가 말했다. 야오는 아직은 올라갈 때가 아니라는 사실을 분명히 하려는 듯 프랜시스에게 계단에서 떨어지라는 몸짓을 해 보였다.

"먼 길을 오셔서 일단 쉬고 싶으실 테지만, 그 전에 앞으로 열흘 동안 지내실 새 집을 짧게나마 안내해드리고 싶습니다."

"그때까지 버틸 수 있어야 할 텐데요. 난 좀 더 일찍 돌아갈지도 몰라요."

프랜시스가 말했다. 갑자기 열흘은 너무 길게 느껴졌다.

"일찍 돌아간 분은 아무도 없습니다."

야오가 차분하게 말했다.

"음, 그렇겠죠. 하지만 그럴 수도 있잖아요. 돌아가고 싶으면."

"그런 일은 없었다고 다시 한 번 말씀드려야겠군요. 집에 가고 싶어 했던 분은 한 분도 없었습니다. 새로 태어나는 경험을 하게 되실 테니까요, 프랜시스."

야오는 프랜시스를 평온의 집 측면에 있는 커다란 방으로 데려갔다. 계곡이 내려다보이는 내닫이창과 수도원에서나 볼 수 있을 법한 긴 탁자가 있는 방이었다.

"여기가 식사를 하는 곳입니다. 물론 모든 분이 모여서 함께 식사를 하게 될 겁니다."

"그렇겠죠."

프랜시스의 입에서 귀에 거슬리는 목소리가 튀어나왔다. 프랜시스는 재빨리 헛기침을 하고 말했다.

"멋져요."

"아침은 7시, 점심은 12시, 저녁은 6시입니다."

"아침을 7시에 먹는다고요?"

프랜시스의 얼굴이 충격으로 핼쑥해졌다. 점심과 저녁이라면 몰라도 그렇게 이른 시간에 사람들과 얘기를 하면서 함께 아침을 먹을 수는 없었다.

"난 올빼미족이란 말이에요. 아침 7시에는 절대로 정신을 차릴 수가 없어요."

"아, 그렇군요. 하지만 그건 예전의 프랜시스입니다. 새로운 프랜시스는 뜨는 해와 함께 태극권 수업을 받고, 7시면 이미 명상을 끝낸 뒤일 겁니다."

"절대로 안 그럴 거 같은데요."

프랜시스의 말에 야오는 앞으로의 일은 자신이 더 잘 안다는 듯 웃으며 말했다.

"식사가 나올 때면 오 분 전에 종이 울릴 겁니다. 단식 기간에는 스무디가 나올 테고요. 종소리를 듣자마자 식당으로 오셔야 합니다."

"분명히……."

말을 하면서 프랜시스의 마음속에서는 두려움이 무럭무럭 피어올랐다.

"어, 룸서비스를 받을 수 있겠죠?"

"아침과 저녁에 스무디를 방으로 가져다드리긴 하겠지만, 룸서비스는 없습니다."

"그럼 밤에 클럽샌드위치를 먹을 순 있나요?"

"안 됩니다."

야오는 프랜시스를 데리고 식당에서 나와 안락한 거실로 데려갔다. 책장이 늘어서 있고 대리석으로 만든 난로 주위에 소파가 놓여 있었다.

"언제라도 이곳에 와서 쉬거나 책을 읽거나 어브 차를 마셔도 됩니다."

야오는 허브 차를 미국 사람처럼 '어브 차'라고 발음했다.

"멋진 곳이에요."

책 때문에 마음이 누그러진 프랜시스가 말했다.

두 사람은 '개인 공간'이라는 황금색 글자가 새겨진 닫힌 문 앞을 지나갔다. 프랜시스는 당연히, 그 문을 열고 싶다는 강렬한 욕망에 사로잡혔다. 프랜시스는 회원이 아니지만 '회원 전용 공간'이라고 적힌 곳에는 반드시 들어가고 싶어 하는 사람이었다.

"여기는 꼭대기층의 원장님 집무실로 이어지는 곳입니다. 이 문을 열고 싶으시면 반드시 원장님과 먼저 약속을 잡아야 합니다."

야오가 부드럽게 문을 어루만지며 말했다.

"반드시 그럴게요."

프랜시스가 조금쯤은 분개하며 대답했다.

"오늘, 원장님을 뵐 수 있을 겁니다. 첫 명상 수업 때 말입니다."

야오는 마치 원장을 만나는 일이 프랜시스가 고대해온 특별한 행사인 것처럼 말했다.

"근사하네요."

프랜시스는 입술을 벌리지 않고 대답했다.

"그럼 이제 체육실을 보고 싶으시겠군요."

"아, 아니, 그다지요."

하지만 야오는 이미 왔던 길로 되돌아가 접수대를 지나서 반대쪽 복도로 걸어갔다.

"원래 이곳은 응접실이었습니다. 하지만 이젠 최신식 체육실로 거듭났습니다."

"이런, 정말 비극이네요."

프랜시스의 말을 들으며 야오가 유리문을 열자, 정교한 고문 기계처럼 생긴 온갖 도구가 찬란한 빛을 받으며 두 사람을 기다리고 있었다.

"그래도 원래의 회반죽 장식은 모두 그대로 간직하고 있습니다."

야오가 천장을 가리키며 말했고, 프랜시스는 살짝 비웃듯이 코를 킁킁거렸다. 굉장하다! 그러니까 몸을 늘리고 팔다리를 쭉쭉 찢으며 누워서 천장에 있는 장미를 감상하란 거지?

프랜시스의 표정을 본 야오는 서둘러 체육실 문을 닫았다.

"이제 요가와 명상을 하는 곳을 보여드리겠습니다."

야오는 체육실을 지나 가장 끝에 있는 문을 향해 걸어갔다.

"머리 조심하세요."

프랜시스는 지나치게 몸을 낮게 숙이고 문설주를 통과한 다음 야오를 따라 좁은 계단을 내려갔다.

"와인 냄새가 나네요."

"희망을 품진 마세요. 옛날에 있던 와인 유령의 냄새니까요."

야오는 살짝 힘을 줘 묵직한 떡갈나무 문을 열더니 큰 동굴 같은 방으로 프랜시스를 들어가게 했다. 나무 기둥들이 둥근 지붕을 받치고 있고 벽돌로 된 벽 가까이엔 의자가 몇 개 놓여 있었다. 단단

한 나무로 만든 바닥에는 일정한 간격으로 네모난 파란색 요가 매트가 쭉 깔려 있었다.

"이곳이 요가 수업과 원장님이 진행하시는 명상을 할 곳입니다. 여기 계시는 동안 이곳에서 많은 시간을 보내시게 될 겁니다."

아주 조용하고 시원한 방이었다. 향 냄새 위로 희미한 와인 냄새가 스며들어 있었다. 정말 사랑스럽고 평화로웠다. 프랜시스는 요가도 명상도 좋아하지 않았지만 이곳에서의 시간을 즐기게 될 것 같았다. 몇 년 전 깨달음을 얻으려고 초월명상 수업에 등록한 적이 있었다. 하지만 명상을 할 때마다 일 분도 안 돼 잠이 들었다가 명상이 끝난 뒤에 깨어나 다른 사람들이 빛을 봤다거나 전생의 기억이 떠올랐다거나 황홀경에 빠졌다는 증언을 듣기 전까지는 침을 흘리면서 꾸벅꾸벅 졸았다. 그러니까 일주일에 한 번씩 집 근처 고등학교에서 사십 분간 낮잠을 자려고 돈을 쓴 것이다. 당연히 여기서도 와인에 관한 꿈을 꾸면서 많은 시간을 자게 될 게 분명했다.

"예전에 여기 포도밭이 있었을 땐 이곳에 와인 병을 2만 개까지 보관할 수 있었다고 하더군요."

더는 와인을 보관할 수 있는 시설이 없는데도 야오는 벽을 가리키며 말했다.

"하지만 처음 이 집을 지었을 땐 창고였다고 합니다. 집을 짓는 질 나쁜 죄수들이나 오지에 숨어 살았던 범법자들을 피해 안전하게 물건을 보관할 장소로 사용한 겁니다."

"여기 벽들이 말을 할 수 있다면 좋을 텐데요."

그렇게 말하는 프랜시스의 눈에 기둥에 걸린 커다란 평면 TV가 들어왔다.

"저 TV는 왜 저기 있는 거예요?"

야오에게서 이 집의 역사를 들은 직후라 그런지 TV가 있다는 사실이 어색하게 느껴졌다.

"음, 여긴 TV 같은 건 없을 줄 알았어요."

"평온의 집은 당연히 TV가 없는 환경을 지향합니다."

야오가 TV를 흘끔 쳐다보며 얼굴을 살짝 찡그렸다.

"하지만 얼마 전에 보안 시스템과 인터콤을 설치해서 필요할 때 휴양지 곳곳에 있는 사람들과 소통할 수 있게 했습니다. 이곳은 아주 넓은 데다 손님들 안전이 무엇보다 중요하니까요. 아, 분명히 이걸 좋아하실 겁니다."

야오는 황급히 화제를 바꿔, 둥근 들보를 접합한 부분에 숨어 있는 것처럼 놓인 벽돌을 가리켰다. 프랜시스는 돋보기안경을 쓰고 아름다운 글씨로 작게 새겨진 글을 읽었다.

애덤과 로이 웹스터. 석수. 1840년.

"그 석수 형제죠. 몰래 새긴 게 분명합니다."

"자기들이 한 일이 정말 자랑스러웠나봐요. 사실 그래도 될 것 같고요."

두 사람은 잠시 아무 말 없이 벽돌에 새겨진 글귀를 음미하는 시간을 보냈다. 이윽고 야오가 손뼉을 치며 말했다.

"자, 다시 올라가시죠."

야오는 프랜시스를 데리고 위층으로 올라가 아름다운 단어 하나가, 그러니까 '스파'라는 단어가 적힌 유리문을 향해 걸어갔다.

"마지막으로, 역시 아주 중요한 곳을 보여드리겠습니다. 스파에선 마사지를 비롯해 몸과 마음을 치유할 수 있는 치료를 예약 진행할 수 있습니다."

야오가 스파의 유리문을 열자 프랜시스는 에센스 오일에 반응하는 파블로프의 개처럼 코를 킁킁거렸다.

"여기도 원래는 응접실이었던 곳을 개조했습니다."

야오가 조심스럽게 말했다.

"아, 그렇군요. 여기도 원래 모습을 훌륭하게 간직해놨겠죠."

은은한 조명이 켜져 있는 스파 내부를 들여다보면서 프랜시스는 야오의 팔을 토닥였다. 인공 폭포가 흐르고 있었고, 신성한 휴식을 취할 수 있게 해주는 파도 소리와 하프 소리가 가끔 섞여서 들려오는 개구리 소리와 함께 벽에서 흘러나오고 있었다.

"스파에서 받는 치료는 모두 무료입니다. 이미 비용에 포함돼 있어서 집으로 돌아가실 때 무시무시한 청구서를 받을 걱정은 안 하셔도 됩니다."

유리 문을 닫으면서 야오가 말했다.

"홈페이지에서 읽긴 했는데 정말로 무료인지는 몰랐어요!"

물론 프랜시스의 말은 거짓말이었다. 스파를 무료로 이용하지 못했다면 집에 돌아가자마자 공정거래위원회에 신고했을 것이다. 하지만 야오가 평온의 집을 개인적인 자부심으로 생각하는 것 같아 프랜시스는 두 눈을 동그랗게 뜨고 고맙다는 표정을 지어 보였다.

"물론, 정말로 무료입니다, 프랜시스."

야오는 아이에게 내일이 정말로 크리스마스라고 말해주는 부모처럼 자애로움을 담뿍 담아 말했다.

"그럼 이제 잠깐 들어가서 혈액검사를 하고 평온의 집 안내를 끝내도록 하죠."

"잠깐만요, 뭐라고요?"

프랜시스는 진료실처럼 보이는 방으로 끌려가며 말했다. 너무나도 당혹스러웠다.

"여기 앉으세요. 먼저 혈압부터 재겠습니다."

야오가 프랜시스의 팔에 혈압측정기를 두르고 열정적으로 고무펌프를 누르는 동안 프랜시스는 자신이 순순히 의자에 앉았다는 사실을 깨달았다.

"보통 평소보다 높게 나옵니다. 도착 직후라 스트레스도 쌓여 있고 조금 긴장해 있으니까요. 먼 길을 오느라 피곤하기도 하고요. 그러니 혈압이 높은 게 정상입니다. 하지만 장담하건대 혈압을 크게 낮추지 않고 이곳을 떠나보낸 손님은 단 한 분도 없었습니다."

"으음."

프랜시스는 혈압을 기록하는 야오를 바라봤다. 자신의 혈압이 높은지 낮은지는 묻지 않았다. 프랜시스의 혈압은 보통 낮게 나왔다. 어지러울 때가 많아서 저혈압은 아닌지 검사를 해본 적도 있었다. 탈수가 되거나 피곤하거나 피를 보면 눈앞이 뿌옇게 변했고 세상이 기울어지는 것만 같았으니까.

야오가 초록색 고무장갑을 꼈다. 프랜시스는 야오에게서 고개를 돌리고 저만치에 있는 벽 한 곳을 쳐다봤다. 프랜시스의 팔에 압박대를 두른 야오는 팔 위쪽을 탁탁 쳤다.

"끝내주는 정맥이네요."

간호사들도 프랜시스의 정맥 얘기를 할 때가 많았다. 그런 말을 들을 때면 잠깐은 자부심을 느꼈지만 내세울 수 있는 게 고작 끝내주는 정맥뿐이라는 생각을 하면 곧 우울해졌다.

"혈액검사를 하게 될지 몰랐어요."

"매일 할 겁니다. 그래야 매일 몸 상태에 맞춰 프로그램을 조정할 수 있으니까요."

야오가 쾌활하게 말했다.

"으음. 내 생각엔 그건 빼도 될 것······."

"살짝 따끔합니다."

야오의 말에 잠깐 팔을 내려다봤던 프랜시스는 혈액채취관에 피가 채워지는 모습을 보면서 황급히 고개를 돌렸다. 팔에 주삿바늘이 꽂히는 느낌도 없었다. 프랜시스는 왠지 무기력한 어린애가 된 기분이 들었고, 대수롭지 않은 수술을 하려고 몇 번 병원에 입원했을 때 스스로 몸을 통제할 수 없다는 사실에 얼마나 기분이 나빴는지 기억해냈다. 간호사와 의사는 사랑도 욕망도 애정도 없이 의료 전문가라는 이유로 그녀의 몸을 바늘로 맘껏 찔러댔다.

피를 뽑고 있는 이 남자는 의학 지식을 갖추고 있긴 한 걸까? 여기서 벌어지고 있는 일을 과연 그대로 내버려둬도 되는 걸까?

"혹시 전문 교육을······ 음, 지금 하는 일이 뭔지는 정확히 알고 있는 거 맞죠?"

결국 프랜시스는 물어볼 수밖에 없었다.

"전생에 구급대원이었습니다."

이 남자, 혹시 미친 거 아닐까? 자기가 환생한 구급대원이라는 거야?

"정말로 전생을 말하는 건 아니죠?"

프랜시스의 말에 야오가 크게 웃었다. 전혀 이상하지 않은 정상적인 웃음이었다.

"십 년 전에 그랬다는 겁니다."

"그때가 그립진 않아요?"

"전혀요. 여기서 하는 일에 저는 열정을 갖고 있습니다."

야오의 눈에서 반짝반짝 빛이 났다. 조금은 미친 게 분명했다.

"좋습니다. 다 됐습니다."

프랜시스의 팔에서 주삿바늘을 뺀 야오는 둥근 솜을 내밀었다.

"꾹 누르고 계세요."

그는 혈액채취관에 프랜시스의 이름을 적으며 웃어 보였다.

"아주 좋습니다. 이제 몸무게만 재면 됩니다."

"어, 과연 그럴 필요가 있을까요? 살을 빼려고 여기 온 것도 아닌데요. 난, 알겠지만, 새롭게…… 태어나려고 온 거예요."

"그냥 서류 작성용입니다."

야오는 프랜시스의 팔에서 솜을 떼고 주삿바늘 자국에 반창고를 붙이더니 체중계를 가리켰다.

"자, 올라가세요."

프랜시스는 눈금을 보지 않았다. 자기 몸무게가 얼마나 되는지 알지 못했고 알고 싶은 마음도 없었다. 물론 더 날씬해질 수도 있고 젊었을 때는 훨씬 더 날씬했지만 현재의 몸 상태에 보통은 만족했고, 몸무게야말로 이 세상 최고의 수수께끼인 양 끊임없이 얘기하는 사람들이 지겹기도 했다. 최근에 체중을 감량한 사람들은 자기들이 살을 뺀 방법을 열정적으로 떠들어댔다. 자기가 뚱뚱하다는 마른 여자들, 자기가 비만이라는 평균 체중의 여자들은 프랜시스도 자기 자신을 열렬히 혐오하는 부류가 되길 간절히 소망했다. 그런 여자들이 "아우, 프랜시스. 저렇게 날씬하고 어린 여자를 보면 정말

우울해지지 않아?"라고 말할 때마다 프랜시스는 "아니, 별로"라고 대답하고 빵에 버터를 듬뿍 발라 입에 넣곤 했다.

야오는 검은색 네임펜으로 '프랜시스 웰티'라고 적은 미색 파일에 끼워둔 서류에 뭔가를 적었다. 그 모습이 전문적인 의사 같아서 프랜시스는 자기가 취약한 상태라는 생각에 우울해졌다. 집으로 돌아가고 싶었다. 집에 가서 머핀이나 먹으며 쉬고 싶었다.

"이젠 방으로 가야겠어요. 운전을 너무 오래 하고 왔어요."

"물론입니다. 일단 등의 통증이 줄도록 마사지를 받을 수 있게 해드리겠습니다. 방을 정리하고 웰컴 주스와 몇 가지 물건을 드려야 하니까, 마사지 시간은 삼십 분 뒤로 잡아도 될까요?"

"그럼 더없이 좋겠어요."

두 사람은 거실로 돌아갔다. 거실에는 프랜시스가 애정해 마지않는 두 마약거래상, 벤과 제시카가 검은 머리의 젊은 여자 안내자와 함께 있었다. '딜라일라'라는 이름이 적힌 명찰을 가슴에 달고 있는 검은 머리 여자는 야오가 했던 것처럼 종소리에 관해 유창한 연설 중이었다. 딜라일라의 말을 듣고 있는 제시카의 성형한 얼굴에는 근심이 가득 서려 있었다. 얼굴을 잔뜩 찡그리고 있는 것 같았지만 사실 얼굴을 찡그리는 일이 쉬워 보이진 않았다.

"종소리를 못 들으면 어떻게 해요?"

제시카가 물었다.

"폭발해버리면 되죠!"

그 소리에 거실에 있던 모두가 프랜시스를 쳐다봤고, 야구모자가 다시 돌아가 있는 벤은 한쪽 눈썹을 치켜올리기까지 했다.

"농담이에요."

프랜시스가 무안한 듯 말했다. 야오와 딜라일라는 서로 눈빛을 교환했지만, 두 사람이 어떤 생각을 하는지 프랜시스로서는 알 수 없었다. 둘이 함께 자는 사이일까? 저 젊은 몸에서 나오는 건강함으로 가볍고 유연한 사랑을 나누겠지? 진짜 근사하겠네!

야오는 타이타닉 호에 있었을 것 같은 계단을 향해 걸어갔다. 프랜시스가 부지런히 야오를 뒤쫓아 올라가는데, 평온의 집이 그려진 올리브그린색 가운을 입은 세 사람이 계단을 내려왔다. 한 남자와 두 여자였다. 남자는 벽을 면밀히 살펴보려고 안경을 쓰느라 여자들보다 뒤처졌다. 아주 키가 큰 남자여서 입고 있는 가운이 미니스커트처럼 보였다. 그 때문에 울퉁불퉁하고 하얗고 털이 많은 다리가 훤하게 드러났다. 은밀한 신체 부위를 들여다본 것처럼 불편한 기분을 느끼게 하는 남자들 특유의 다리였다.

"내가 하고 싶은 말은, 더는 이런 장인정신이 담긴 작품을 보지 못한다는 거야."

남자는 벽을 뚫어지게 보며 말했다.

"내가 이런 집을 정말로 좋아하는 이유가 바로 그거라니까. 이 섬세한 마감 상태를 좀 보라고. 내가 아까 보여준 타일 생각나지? 그런 타일은 시간을 들여 하나하나 세심하게 만든 거야. 아이고, 또 봅니다, 야오. 새로 온 손님이군요! 안녕하세요!"

남자는 안경을 벗고 프랜시스를 보며 활짝 웃으면서 손을 앞으로 쑥 내밀더니 엄청난 목소리로 외쳤다.

"나폴레옹입니다."

남자가 역사적인 인물이 아니라 자기 이름을 소개한 거라는 사실을 깨닫기까지는 시간이 좀 걸렸다. 하지만 아주 늦지 않게 반응할 순 있었다.

"프랜시스예요."

"만나서 정말 반갑습니다. 열흘 동안 쉬려고 오신 거, 맞죠?"

남자는 윗계단에 서 있었기 때문에 안 그래도 큰 키가 훨씬 더 커 보였다. 프랜시스는 커다란 기념비를 보는 것처럼 고개를 뒤로 한껏 젖혀야 했다.

"네, 맞아요. 틀림없이 그러려고 왔어요!"

프랜시스는 신장이 183센티미터나 되는 젠 덕분에 키 큰 사람들은 자신이 키가 크다는 사실을 상당히 의식한다는 걸 잘 알았다. 그래서 키에 관해서는 언급하지 않으려 최선을 다했다.

"우리도 그렇습니다. 저기 두 명이 내 아름다운 여인들이죠. 아내인 헤더와 딸 조이입니다."

나폴레옹은 자기보다 좀 더 내려간 곳에 있는 두 여자를 가리켰다. 두 여자도 정말로 컸다. 꼭 농구선수 같았다. 두 여자는 팬이 말을 걸어와 응대해줘야 하는 유명 인사의 가족처럼 절제되고 공손한 미소를 지은 채 나폴레옹을 기다리고 있었다. 이 경우는 먼저 말을 건 쪽이 팬이 아니라 유명 인사였지만 말이다.

나폴레옹의 아내 헤더는 엄지발가락을 통통 튕기고 있었다. 강단 있어 보이는 헤더의 그을린 피부엔 온몸을 꾹꾹 뭉쳐 동그랗게 만들었다가 다시 편 것처럼 주름이 많았다. 피부가 가죽 같아. 정말로 무례한 생각이었지만 헤더가 프랜시스의 생각을 알아챌 리는 없었다. 회색 머리를 뒤로 넘겨 하나로 질끈 묶은 헤더의 눈은 벌겋게 충혈돼 있었다. 아주 강렬해 보이는 여자였지만 사실 강렬한 건 프랜시스에게 아무 문제가 안 됐다. 프랜시스에게는 강렬한 친구들이 있었다. 프랜시스는 강렬함을 다루는 법을 잘 알았다(부딪칠 일만 만들지 않으면 된다).

딸 조이는 아빠만큼이나 키가 컸고 운동선수처럼 우아했고 야외활동을 즐기는 여자 같았다. 화려한 조이인 걸까? 조이는 전혀 화려해 보이지 않았다. 화려하지 않은 조이. 하지만 건강휴양지에 들어와야 할 것처럼 생기지도 않았다. 저 상태에서 어떻게 더 젊어지라는 거야? 프랜시스는 건강이라면 아쉬울 게 전혀 없어 보이는 젊은 부부, 벤과 제시카를 생각했다. 건강휴양지는 혹시 이미 건강한 사람들만 와야 하는 곳인 걸까? 내가 여기서 제일 건강하지 않은 사람인 건 아니겠지? 초심자를 위한 초월명상 수업을 빼면 어디서건 제일 못하는 사람인 적이 한 번도 없었는데?

"온천을 둘러보려는 중이에요. 잠깐 몸을 담글 수도 있고요. 그다음엔 수영장을 몇 바퀴 돌 거예요."

누가 물어보기라도 한 것처럼 나폴레옹이 말했다. 이 가족은 호텔에 들어오자마자 가방을 방바닥에 던지고 수영장을 향해 달려갈 활발한 사람들임이 분명했다.

"난 긴급 마사지를 받기 전에 잠깐 잘 생각이에요."

프랜시스가 말했다.

"뛰어난 생각입니다. 낮잠과 마사지라니. 완벽합니다. 여긴 정말 놀랍지 않습니까? 온천이 환상적이라는 소리를 들었습니다."

나폴레옹은 정말로 열정적인 사람이 분명했다.

"온천에 다녀오시면 수분을 보충해야 합니다. 접수대에 물병이 있습니다."

야오가 말했다.

"넵, 명심하겠습니다, 야오! 고귀한 침묵 시간이 되기 전에 돌아올 겁니다."

나폴레옹이 쾌활하게 대답했다.

"고귀한 침묵 시간요?"

프랜시스가 물었다.

"곧 다 알게 되실 겁니다."

야오가 대답했다.

"안내서에 모두 적혀 있어요. 읽어보면 놀라게 될 겁니다. 침묵이라니, 정말 생각도 못했던 거거든요. 물론 묵언 수행을 하는 곳도 있다는 말은 들었지만 그런 곳에 갈 마음은 전혀 없었습니다. 우리집 여자들이 확인해주겠지만 난 말이 많은 사람이거든요. 하지만 적응할 수 있습니다. 규칙을 따라야죠."

나폴레옹이 쉴 새 없이 떠들고 있을 때 프랜시스는 나폴레옹의 아내와 딸을 봤다. 검은색 발가락 샌들을 신은 조이는 한 발의 뒤꿈치를 윗계단에 올리고 무릎 뒷부분의 슬와근을 늘리려는 사람처럼 앞으로 몸을 기울이고 있었다. 헤더는 딸을 보고 있었는데 살며시 미소 짓고 있는 것 같아 보였다. 그러다 곧 순수한 절망에 휩싸여 누가 그녀의 뺨을 할퀴기라도 한 것처럼 표정이 축 처졌다. 하지만 이 표정 또한 아주 짧은 순간에 사라지더니 프랜시스를 보며 상냥하게 웃었다. 그래서 보면 안 되는 뭔가를 훔쳐본 기분이 들었다.

"혹시 람보르기니 타고 오신 건 아니죠, 프랜시스? 방에서 보고 있었더니 세상에 람보르기니가 떡하니 들어오더라고요."

"내 차 아니에요. 난 푸조를 타고 왔어요."

"푸조도 좋죠! 람보르기니는 수리라도 할라치면 비용이 어마어

마하게 들어간다는 소릴 들어서 관심이 간 것뿐입니다."

나폴레옹은 신나게 말했다. 프랜시스는 나폴레옹과 얘기하는 게 즐거웠다. 어떤 질문을 받아도 활기차고 솔직하게 대답하는 사람이니까. 프랜시스는 그런 사람들이 좋았다.

"아빠."

나폴레옹의 딸이, 화려하지 않은 조이가 말했다.

"그분은 이제 놓아드려. 이제 막 오셨잖아. 방에 가서 쉬고 싶으실 거야."

"아이고, 죄송합니다. 아무튼 저녁식사 시간에 뵙지요. 그때는 서로 말을 못하겠지만 말입니다."

나폴레옹은 자기 코 옆을 손가락으로 톡톡 두드리면서 웃었다. 하지만 눈에는 덫에 갇힌 동물처럼 두려움이 서려 있었다.

"만나서 반가웠어요. 나중에 봅시다, 야오."

나폴레옹이 야오의 어깨를 탁 치며 지나가고 프랜시스는 다시 야오를 따라 계단을 올랐다. 계단을 다 오른 야오는 오른쪽으로 몸을 돌려 카펫이 깔린 복도를 걸어갔다. 벽에는 평온의 집 역사를 담은 사진들이 쭉 걸려 있어서 프랜시스는 나중에 천천히 살펴봐야겠다는 결심을 했다.

"여기 왼쪽 부분은 1895년에 증축한 겁니다. 방마다 조지 왕조 풍으로 대리석 선반을 얹은 벽난로가 있습니다. 이곳을 지을 때 함께 만든 벽난로죠. 물론 이런 더위에선 난로를 켤 일이 없지만 말입니다."

"이런 곳에 가족이 오리라는 생각은 못해봤어요. 이런 곳은 대부분 나…… 같은 사람이 온다고 생각했거든요."

그러니까 나보다 뚱뚱한 사람들 말이에요. 나보다 훨씬 뚱뚱한 사람들이 오는 곳인 줄 알았어요.

"평온의 집에는 온갖 형태의 삶을 살아가는 분들이 옵니다."

야오는 커다란 구식 열쇠로 프랜시스의 방문을 열었다.

"온갖 형태는 아닐 것……."

평온의 집의 열흘짜리 프로그램이 엄청나게 비싸다는 사실을 생각하면 절대로 온갖 계층의 사람들이 올 수는 없다고 말하고 싶었지만, 야오가 방문을 여는 순간 프랜시스는 아무 말도 할 수 없었다.

"여기가 프랜시스의 방입니다."

네 기둥으로 둘러싸인 커다란 침대와 옛 가구들이 있는 방은 넓었고 공기가 잘 통했고 푹신한 플러시 천으로 만든 카펫이 깔려 있었다. 열려 있는 프렌치 도어 밖에는 포도밭과 농장, 녹색과 황금색이 뒤섞인 시골 풍경이 펼쳐진 발코니가 있었다. 하늘에서는 새들이 빙글빙글 돌며 날고 있었고 방 안쪽 구석에는 프랜시스의 가방이 오랜 친구처럼 얌전히 주인을 기다리고 있었다. 커피 탁자 위엔 커다란 과일 바구니와 딸기 하나를 올린 질척질척한 녹색 주스 한 잔이 놓여 있었다. 그 주스만 빼면 마음에 쏙 드는 아름다운 광경이었다.

"저기 웰컴 주스가 있군요. 하루에 여섯 번 유기농 스무디를 마시게 될 겁니다. 그날 그날 프랜시스의 몸이 필요로 하는 영양소에 맞게 만들어드릴 스무디입니다."

"음, 밀싹이 들어 있는 건 아니겠죠? 한 번 마셔본 적이 있는데, 그렇게 끔찍한 건 생전 처음 먹어봤어요."

야오는 주스 잔을 들어 내밀었다.

"분명히 아주 맛있을 겁니다."

프랜시스는 믿을 수 없다는 눈길로 주스 잔을 봤다.

"의무입니다."

야오는 상냥하게 말했다. 목소리만으론 "그냥 선택사항일 뿐이에요"라고 말하는 것 같아서 잠시 어리둥절했다. 프랜시스는 주스를 홀짝 마셔봤다.

"어머."

놀라운 맛이었다. 망고, 코코넛, 베리 맛이 났다. 열대 지방으로 휴가를 와 있는 기분이 느껴질 정도였다.

"정말 맛있어요. 정말요."

"그럼요, 프랜시스."

야오는 이 방을 반드시 팔고야 말겠다는 의지로 가득 찬 부동산 중개인처럼 프랜시스를 계속 이름으로 불렀다.

"좋은 소식은 그저 맛있는 게 아니라 몸에 좋은 자연 성분이 가득 들어 있다는 점입니다. 한 잔을 남김없이 드셔야 합니다."

"그럴게요."

잠시 어색한 침묵이 흘렀다.

"아, 지금 당장 마시라고요?"

프랜시스는 주스를 한 모금 듬뿍 마셨다.

"정말 맛있어요."

야오가 그런 프랜시스를 보면서 웃었다.

"매일 마시는 스무디는 몸과 마음을 회복하는 과정에서 아주 중요합니다."

"오오, 이런 건강여행이라면 계속하고 싶어요."

"물론 그렇게 될 겁니다. 그럼 이제 혼자 쉴 수 있게 해드려야겠군요. 저기 웰컴 팩이 있습니다. 함께 들어 있는 안내서에는 해야 할 중요한 일들이 적혀 있으니 꼭 시간을 내서 읽어주세요. 아까 나폴레옹이 말씀한 고귀한 침묵이 곧 시작될 텐데, 분명히 많은 도움을 받는 좋은 시간이 되리라고 생각합니다. 아, 침묵이라고 하니까 생각난 건데, 프랜시스, 이제 제가 뭘 할지 알고 계시겠죠?"

야오는 기대에 찬 눈으로 프랜시스를 봤다.

"아뇨, 전혀요. 하지만 피는 더는 안 뽑았으면 좋겠어요."

"전자 기기를 제출할 시간이 됐습니다. 스마트폰, 태블릿 같은 모든 전자 기기를 제출해주세요."

"물론이죠."

프랜시스는 핸드백에서 스마트폰을 꺼내 전원을 끄고 야오에게 내밀었다. 복종은 하지만 전혀 불쾌하지 않았다. 프랜시스가 느끼는 기분은 비행기 좌석에 안전벨트를 매라는 불이 들어온 뒤 승무원들이 프랜시스의 안전을 온전하게 책임지고 있음을 알고 있을 때 느끼는 그런 기분이었다.

"좋아요. 이제 공식적으로 전자 기기에서 해방되셨습니다."

야오가 프랜시스의 스마트폰을 들어 보이며 말했다.

"안전하게 보관해드리겠습니다. 이 디지털 디톡스가 우리와 함께 보낸 시간 가운데 가장 즐거운 기억이었다고 말씀하시는 손님들도 있습니다. 집에 돌아갈 때 프랜시스도 '그거 주지 마요. 받고 싶지 않아요'라고 말씀하실 수도 있습니다."

물건을 받지 않겠다며 손사래를 치는 것처럼 야오는 손을 휘휘 저었다.

프랜시스는 문득 자신이 없어졌다. 열흘 동안 이곳에서 지낼 자신을 상상하자 힘들겠다는 생각이 들었고, 열흘이 아니라 십 년을 갇혀 지내야 할 것만 같은 기분이 들었다. 정말로 변하게 될까? 날씬하고 가볍고 고통도 없는, 카페인 없이도 아침마다 침대에서 벌떡 일어나는 사람이 될 수 있을까?

"스파에서 마사지 받아야 한다는 사실을 잊지 마세요. 아, 맞다. 종이에 벤 곳이 있었죠!"

야오는 서랍이 달린 작은 탁자로 가더니 평온의 집 상표가 붙은 화장품들이 있는 곳에서 통을 하나 꺼냈다.

"손 내밀어보세요."

프랜시스가 손을 내밀자 야오는 그녀의 손가락 위에 시원한 수딩 젤을 조심스럽게 발랐다.

"이제 몸과 마음이 치유되는 여정이 시작된 겁니다, 프랜시스."

야오는 여전히 프랜시스의 손을 잡은 채 말했고, 프랜시스는 눈물이 나올 것만 같았다.

"사실 요즘은 기분이 너무 안 좋았어요, 야오."

"압니다."

야오는 두 손으로 프랜시스의 어깨를 잡았다. 프랜시스는 우스꽝스럽다는 감정도 야하다는 생각도 들지 않았다. 그저 왠지 치유가 되고 있는 듯한 기분이었다.

"우리는 당신이 나을 수 있게 해줄 겁니다, 프랜시스. 당신이 당신의 인생에서 진짜로 느껴야 하는 감정을 느낄 수 있게 해줄 겁니다."

야오는 방을 나가더니 조용히 문을 닫았다.

프랜시스는 천천히 몸을 돌려 잠시 홀로 여행을 온 사람이 필연적으로 느껴야 할 쓸쓸함이 올라오기를 기다렸다. 하지만 프랜시스를 찾아온 감정은 그와는 정반대였다. 그녀는 혼자가 아니었다. 그녀를 걱정하는 야오가 있었다. 그녀는 몸과 마음을 치유하는 여행을 하는 중이었다.

프랜시스는 바깥 풍경을 감상하려고 발코니로 나갔다가 급하게 숨을 들이마셨다. 옆방 발코니에서 한 남자가 거의 떨어질 만큼 난간 밖으로 몸을 내밀고 있었다.

"조심해요!"

프랜시스는 남자를 향해 말을 했지만, 혹시라도 놀라 떨어지지 않도록 작은 목소리로 말했다. 남자가 프랜시스 쪽으로 몸을 돌리더니 손을 들어 인사를 하고 웃었다. 벤이었다. 야구모자 때문에 그를 알아볼 수 있었다. 그녀도 손을 흔들어 보였다. 목소리를 조금만 더 높인다면 제대로 대화를 나눌 수 있겠지만 얘기를 나누기엔 너무 멀리 있는 것처럼 행동하는 편이 더 나았다. 안 그랬다가는 두 사람이 동시에 발코니에 나올 때마다 의무적으로 얘기를 나눠야 할 테고, 결국 식사 시간마다 어쩔 수 없이 얘기를 해야 하는 상황이 벌어질 테니까.

프랜시스는 벤의 반대 방향으로 고개를 돌렸다. 평온의 집 끝까지 동일한 발코니가 쭉 늘어서 있었다. 그러니까 손님들은 모두 같은 광경을 보게 되는 것이었다. 프랜시스와 벤 외에 발코니에 나와 있는 사람은 없었다. 그런데 가장 끝에 있는 발코니에서 한 여자가 밖으로 나왔다. 여자의 모습이 잘 보이진 않았지만 다정하고 싶었던 프랜시스는 여자를 향해 손을 흔들었다. 여자는 즉시 몸을 돌려

방으로 들어가버렸다. 이런, 날 못 봤나봐. 프랜시스는 생각했다. 어쩌면 그 여자는 심각한 사회불안장애를 겪고 있는지도 몰랐다. 하지만 지독한 수줍음이라면 프랜시스가 충분히 감당할 수 있었다. 수줍음이 많은 사람에겐 아주 천천히 다가가면 된다.

프랜시스는 다시 벤 쪽으로 고개를 돌렸지만 아무도 없었다. 벤과 제시카는 여전히 싸우고 있을까? 두 사람의 방과 프랜시스의 방은 붙어 있었기 때문에 싸움이 과열되면 소리가 들릴 게 분명했다. 언젠가 북 투어를 갔을 때 묵은 호텔은 벽이 아주 얇아서 커플이 열정적으로 싸우는 소리나 격렬하게 사랑을 나누는 소리도 모두 들을 수 있었다. 그건 굉장한 경험이었다.

"모르는 사람들한텐 관심 없어."

첫남편 솔이 그렇게 말했을 때 프랜시스는 낯선 사람이라는 존재가 얼마나 흥미로운지 설명하느라 애를 먹어야 했다. 낯선 사람들이 흥미로운 이유는 바로 낯섦에 있었다. 그 사람을 알지 못한다는 데 있었다. 한 사람의 모든 걸 알아버린다면 그다음에 할 일은 이혼 준비일 수도 있다.

프랜시스는 짐을 풀려고 다시 방으로 들어갔다. 평온의 집 안내서를 읽으며 차와 초콜릿을 먹으면 기분이 좋을 것 같았다. 이제부턴 그다지 맘에 안 드는 규칙을 지켜야 할 것이다. 이제 곧 시작한다는 고귀한 침묵은 예감이 안 좋았다. 마음의 준비를 하려면 설탕이 필요했다. 프랜시스는 금단 현상으로 힘들지 않으려면 평온의 집에 오기 며칠 전부터 설탕과 카페인은 섭취하지 말라는 조언도 따르지 않았다. 그러니 어쩔 수가 없었다. 프랜시스는 가방을 열고 속옷 밑에 잠옷으로 말아 감춰둔 밀수품을 조심스레 꺼냈다. 사실

금지 품목을 숨기면서 얼마나 웃었는지 모른다. 약물 중독을 치료하는 곳도 아니고 학교 기숙사도 아닌데 가방을 뒤질 사람이 어디 있다고 이걸 숨기고 있나 하고.

"지금 장난하는 거 맞지?"

밀수품은 사라지고 없었다. 어마어마한 분노를 느끼며 프랜시스는 가방에 담긴 옷을 모두 침대 위에 쏟았다. 정말로 없는 거 맞지? 이건 정말로 터무니없는 일이었다. 남의 가방을 뒤지다니. 이건 정말로 불법적인 일이었다. 이건 정말로 무례한 일이었다! 프랜시스는 가방을 뒤집어 탈탈 털었다. 잠옷은 보이지 않는 손이 단정하게 개어놓았지만 커피도 차도 초콜릿도 와인도 정말로 사라져버렸다. 누가 가방을 뒤진 걸까? 야오일 수는 없었다. 이곳에 도착한 뒤로 내내 함께 있었으니까. 누군가 다른 사람이 프랜시스의 속옷을 들치고 간식을 모두 가져가버린 것이다.

그렇다고 프랜시스가 할 수 있는 일은 없었다. 접수대에 전화를 해서 "누가 내 초콜릿이랑 와인을 가져갔어요"라고 할 수는 없는 노릇이었다. 아니, 할 수는 있었지만, 프랜시스에게 그런 대담함은 없었다. 평온의 집 홈페이지에는 초콜릿도 커피도 알코올도 모두 가져올 수 없다는 사실이 분명하게 적혀 있으니까. 프랜시스는 규칙을 어겼고 적발된 것뿐이었다. 아마도 프랜시스는 아무 말도 하지 않을 테고 평온의 집 사람들도 아무 말도 하지 않을 것이다. 그저 프랜시스가 집으로 돌아가는 날 출소하는 수감자에게 개인 물건을 돌려주는 것처럼 다 알고 있다는 듯이 웃으며 돌려주겠지. 이건 정말로 당혹스러운 상황이었다.

프랜시스는 침대 끝에 앉아서 사랑스러운 과일 바구니를 애절하게 바라보다 살짝 웃었고 어떻게 하면 이 일을 친구들에게 해줄 재미있는 얘기로 바꿀 수 있는지 고민하면서 귤 하나를 집어 들었다. 신선한 귤의 한가운데를 엄지로 푹 쑤셨을 때 어떤 소리가 들렸다. 목소리인가? 벤의 방과는 반대쪽에 있는 옆방에서 들려오는 소리 같았다. 쿵 소리가 나더니 뭔가가 부서지는 소리가 났다. 한 남자가 크고 위협적인 목소리로 욕을 했다.

"이런, 망할."

오호, 정말 들리잖아! 이마로 스멀스멀 퍼져나가며 시작되는 악의적인 두통을 느끼며 프랜시스는 생각했다.

. 7 .

제시카

제시카는 침대에 앉아 손바닥으로 매트리스를 누르며 상태를 살펴보고 있었고, 벤은 발코니에서 손차양을 만들고 주위를 둘러보고 있었다.

"훔쳐간 건 아닐 거야."

제시카가 말했다. 명랑하고 가볍게 말할 생각이었지만 요즘엔 본심을 숨기고 말하는 능력이 사라진 것 같았다. 요즘 제시카의 목소리엔 언제나 딱딱함이 묻어 있었다.

"그렇겠지. 문제는 어디에 주차를 해놓았느냐야. 내가 이해할 수 없는 건 그거라고. 그냥 어디 있는지만 알고 싶은 거야. 지하 벙커라도 있는 건 아니겠지? 실내에 주차를 한 거냐고 물으니까 그 여자가 내 질문 피하는 거 봤지?"

"으음."

제시카는 어정쩡하게 대답했다. 이제 차 문제로든 다른 문제로든 더는 싸우고 싶지 않았다. 마지막 고함을 지른 뒤로 제시카의 위장은 아직도 회복되지 못하고 있었다. 벤과 싸우면 제시카는 곧바로 소화불량에 걸렸다. 그래서 제시카는 요즘 소화불량에서 헤어나오지 못하고 있었다. 두 사람의 싸움은 계속해서 부딪치게 되는 암초 같아서 피할 수가 없었다. 계속 쾅, 쾅, 쾅, 부딪치고 말았다.

제시카는 침대에 누워 조명을 쳐다봤다. 전구 근처에 있는 저것, 거미줄인가? 이 집은 너무 낡고 어둡고 침울했다. 아무리 유서 깊은 고택이라지만 그래도 보수 공사는 필요하다는 생각이 들었다. 벽은 온통 금이 가 있었고 어디에서든 눅눅한 냄새가 났다.

제시카는 몸을 옆으로 돌려 벤을 바라봤다. 벤은 집의 다른 쪽을 살펴보려고 몸을 위험할 만큼 길게 난간 밖으로 빼고 있었다. 벤에게는 그 차가 제시카보다 훨씬 소중했다. 벤이 그 차를 어루만지는 모습을 보고 잠깐이지만 질투를 느낀 적도 있었다. 벤은 한때 그녀를 어루만졌던 것과 똑같은 부드럽고 섬세한 손길로 자동차를 어루만지고 있었다.

제시카는 그 사실을 상담사에게 말할 생각이었다. 벤이 한 행동을 잊지 않도록 적어놓기까지 했다. 벤이 그런 행동을 했다는 사실은 말할 가치가 있는 중요한 사건처럼 느껴졌다. 그 장면을 생각할 때마다 눈물이 날 것처럼 눈이 따끔거렸다. 제시카의 얘기를 들은 부부상담사가 나중에 책을 낸다면 제시카의 얘기를 담을 게 분명했다. 내담자 중에는 자기 아내보다 차를 훨씬 더 아끼던 남자가 있었다고 말이다(그 차가 람보르기니라는 사실은 언급할 필요가 없다. 그랬다가는 그 책을 읽는 남자들 모두 '아, 그거야 이해할 수 있지'라는 반응을 보일 테니까).

제시카는 부부상담을 한시라도 빨리 받을 수 있기를 바랐지만, 담당 행복 안내자인 딜라일라는 언제 상담을 받을 수 있느냐는 질문에 짜증날 만큼 모호하게 반응했다. 제시카는 상담사가 성생활에 관해 질문을 할지, 그녀가(제시카는 상담사가 여자일 거라고 생각했다) 두 사람이 일주일에 고작 한 번밖에 사랑을 나누지 않는다는 사실을 듣고는 그 놀라움을 어떻게 감출지 궁금했다.

하지만 실제로 성생활 얘기를 할 수 있을지는 자신이 없었다. 제시카의 말을 듣고 상담사가 그녀의 섹스 능력에 의문을 품거나 부인과적 문제가 있다고 생각할 수 있으니까. 사실 제시카도 자신에게 그런 문제가 있는 건 아닌지 의심이 되기 시작했으니까. 제시카는 (훨씬 아래쪽 부분의) 수술을 더 많이 받을 생각이었고 이미 예약도 해뒀다. 관련 서적도 읽었고 필요한 기술도 습득했다. 자기계발서도 많이 읽었고 인터넷 검색도 했다. 벤은 자기계발서는 지금까지 한 권도 읽지 않았다.

벤은 티셔츠 안으로 손을 넣어 배를 긁으면서 방으로 들어왔다. 크런치나 플랭크 같은 상체강화운동을 전혀 안 하는데도 벤의 복근은 여전히 멋졌다.

"그 작가, 우리 옆방이네."

벤은 과일 바구니에서 사과를 집어 들더니 사과가 야구공이라도 되는 것처럼 이 손 저 손으로 넘겨받았다.

"프랜시스 말이야. 여기 왜 왔을 거 같아?"

"살 빼려고 온 거 같은데."

당연한 거 아냐? 제시카는 생각했다. 프랜시스는 펑퍼짐한 중년 아줌마였다. 제시카라면 자기 몸이 그렇게 되도록 절대로 내버려두지 않을 것이다. 뚱뚱해지느니 죽는 게 나았다.

"정말 그렇게 생각해? 그 나이에 그게 중요할까?"

벤은 대답을 기다리진 않았다.

"책은 어때?"

"옛날엔 좋아했어. 프랜시스 책은 모두 읽었는데《내서니얼의 키스》는 고등학교 때 읽었거든. 정말로…… 로맨틱했어."

'로맨틱'이라는 단어는《내서니얼의 키스》를 읽고 제시카가 느꼈던 감정을 묘사하기엔 턱없이 부족한 표현이었다.《내서니얼의 키스》를 읽으면서 어깨가 들썩일 정도로 울었던 자신을, 더 많이 울고 싶어서 마지막 장을 읽고 또 읽었던 자신을 분명히 기억하고 있었으니까. 내서니얼은 제시카가 사랑한 첫남자 같은 느낌이었다. 하지만 그런 얘기를 벤에게 할 수는 없었다. 벤은 소설을 읽는 남자가 아니었다. 그런 감정을 이해할 리 없었다.

바로 이게 두 사람의 결혼생활이 엉망이 된 이유 가운데 하나 아닐까? 제시카가 자신에게 중요한 일에 느끼는 감정을 벤에게 전달할 노력을 하지 않는다는 거? 아니, 그런 건 문제가 아닐 수도 있었다. 제시카도 벤이 자동차에 품고 있는 열정을 굳이 들을 필요는 없으니까. 벤의 열정은 벤의 친구들과 나누면 되니까. 제시카도 내서니얼의 추억은 여자친구들과 나누면 되니까.

벤은 사과를 크게 한 입 베어 물었다. 치아에 라미네이트를 한 제시카로서는 더는 할 수 없는 일이었다. 치과 의사는 값비싼 세라믹을 안전하게 지키려면 잠을 잘 때 치아 보호구를 끼는 게 좋다고 했다. 더 좋은 걸 가질수록 더 불편해져야 한다는 건 짜증나는 일이었다. 복도에 새로 산 카펫을 깔았을 때처럼 말이다. 제시카도 벤도 그렇게 비싼 물건을 밟고 다닐 엄두를 못 냈다. 두 사람은 카펫 옆쪽으로 발을 질질 끌면서 간신히 카펫을 지나다녔고, 손님들이 흙 묻은 신발로 아무렇게나 카펫을 밟을 때면 깜짝 놀라서 움찔하곤 했다.

"그 스무디는 정말 맛있었어."

벤이 사과를 입에 가득 물고 말했다.

"하지만 진짜 배고프다. 열흘 동안 피자도 없이 어떻게 버틸지 모르겠어. 어째서 피자도 못 먹게 하는 건지 이해할 수가 없네. 그게 부부 문제 상담이랑 무슨 관계가 있다는 거야?"

"말했잖아. 이건 총체적으로 접근해야 하는 거라고. 우린 모든 걸 치유해야 해. 몸도 마음도 영혼도."

"무슨 그런……."

벤은 말하다 말고 벽 쪽으로 가더니 천장에 달린 선풍기의 스위치를 만지작거렸다. 그러곤 가장 강한 바람으로 선풍기를 켰다.

제시카는 베개로 얼굴을 덮고 가능한 한 오랫동안 "그것 좀 꺼"라는 말을 안 하려고 노력했다. 이런 생각을 전혀 안 해도 될 때도 있었다. 그저 "아우, 뭐야. 빨리 안 꺼, 이 바보야"라고 소리를 지르면 될 때가 있었다. 그러면 벤은 웃으면서 계속 선풍기를 돌렸고, 제시카가 선풍기를 끄려고 하면 그녀를 막아선 뒤에 레슬링을 하는 흉내를 냈다.

그러니까 전엔 더 많이 웃었던 걸까? 제시카는 관리부에서 일하고 벤은 피트를 위해 판금공으로 일할 때는, 벤이 그 누구도 돌아보지 않을 V8 코모도어를 몰고 제시카의 가슴이 그 누구도 돌아보지 않을 B컵이었을 때는, 하룻저녁에 영화도 보고 태국 식당에도 갔다는 사실을 자랑스러워했을 때는, 매달 신용카드 청구서를 받으면 정말로 스트레스를 받고 언젠가는 제시카가 울음을 터뜨리기도 했을 때는 더 많이 웃었을까? 제시카는 예전이 더 나았다고 믿고 싶지 않았다. 정말로 그랬다면 제시카의 엄마가 옳은 게 되니까. 엄마가 옳다니, 그런 상황은 도저히 참을 수 없었다.

벤은 선풍기 세기를 미풍으로 고정했고, 제시카는 얼굴에서 베개를 떼고 눈을 감았다. 도둑이 들었던 날, 느꼈던 현기증 나는 두려움이 떠올랐다. 벌써 이 년 전 일이었다. 퇴근을 하고 집으로 돌아온 제시카는 도둑이 들었음을 알았다. 물건은 죄다 바닥에 내팽개쳐져 있었고 모든 서랍이 열려 있었고 제시카의 하얀 티셔츠에 검은 발자국이 찍혀 있었고 깨진 유리조각이 바닥에서 반짝이고 있었다.

제시카가 도착한 직후 벤도 집으로 돌아왔다.

"이게 다 뭐야?"

벤은 그랬는지 모르겠지만 제시카는 즉시 벤의 누나를 떠올렸다. 루시, "정신건강에 문제"가 있는 루시 말이다. 딸 때문에 오랫동안 고통받아온 벤의 엄마는 루시의 상태를 그런 식으로 에둘러 표현했다. 하지만 루시의 상태는 중독이라는 표현이 더 적절했다. 루시는 끝없이 달려가는 롤러코스터 같은 인생을 살았다. 루시의 가족 모두 루시와 함께 롤러코스터를 타고 계속 달려야 했다.

루시는 갑자기 사라졌다. 그러다 한밤중에 돌아와 집을 엉망으로 만들었다. 벤의 엄마는 경찰에 연락할 수밖에 없었다. 결국 가족들이 루시에게 개입하기로 했다. 이번 개입은 지난번 개입과는 달랐고, 효과가 있을 것이다. 루시가 치료소에 들어가겠다고 했다. 루시는 치료소에 들어갔고 얼마 뒤 치료를 받고 나왔다. 그런 루시가 또다시 교통사고를 냈다. 루시가 또다시 임신했다. 루시는 계속 엉망이었고, 절대로 나아지지 않을 것이다. 하지만 제시카는 예전의 루시를 모르니까 그렇게 생각하는 거다. 루시는 재미있고 영리하고 친절한 아이였다. 그렇기에 루시를 미워할 수는 없는 법이다.

벤의 가족에게 벌어지는 모든 일에 늘 긴장이 흐르는 이유는 루시 때문이었다. 갑자기 나타나 돈을 달라고 하거나 욕설을 퍼붓거나 기를 능력도 없는 두 아이의 엄마가 되고 싶었다며 거짓 눈물을 흘리는 루시 때문이었다. 루시가 도둑질을 한다는 사실은 누구나 알았다. 루시를 바비큐 파티에 초대했다면 일단 현금부터 감춰야 했다. 그러니 집에 도둑이 들었음을 발견했을 때 제일 먼저 루시를 떠올리는 건 당연한 일이었다. 제시카는 그 말은 하지 않으려고 너무나도 애썼지만 결국 참을 수가 없었다. 할 수만 있다면 그 말을 주워 담고 싶었다. 어째서 단지 질문하는 것처럼 말하지 못했을까? 어째서 확신하는 것처럼 말했을까? 어째서 그저 "루시일까?"라는 말로 끝내지 못했을까?

제시카가 그 말을 했을 때 벤은 고개를 저었다. 벤의 얼굴은 수치심으로 완전히 굳어 있었다. 루시가 하지 않았다는 걸 어떻게 알아? 제시카는 생각했다. 하지만 벤이 옳았다. 집에 도둑이 든 일과 루시는 아무 상관이 없었다. 그때 루시는 나라의 반대편에 있었다. 그러니까 그날 있었던 도둑질은 수많은 집에서 일어나는 평범한 도둑질이었다.

잃을 게 별로 없는 두 사람이었기 때문에 도둑이 훔쳐간 물건도 많지 않았다. 액정이 깨진 쓸모없는 아이패드, 벤이 제시카의 스물한 번째 생일 때 선물한 목걸이가 전부였다. 하지만 목걸이에 달린 조그만 펜던트는 다이아몬드였고 벤이 두 달치 월급을 모아 사준 것이었다. 비록 4분의 1 캐럿밖에 안 되는 다이아몬드로서의 흔적만 담은 것이지만 제시카는 그 목걸이를 사랑했다. 도둑들은 보석함에 담긴 나머지 물건들은 그대로 두고 갔다. 그건 정말 창피한 일이었다. 제시카도 벤도 누가 들어와서 집을 휘젓고 다니며 여긴 '살 물건이 하나도 없는 쓰레기 가게'라며 비웃었으리라는 사실을 알고 있다는 느낌이 싫었다.

보험회사에서는 별다른 이의 없이 보험금을 지급해줬지만 벤과 제시카는 500달러를 더 내야 했다. 지출 예정에 전혀 없던 돈이었다. 어쨌거나 그건 누구에게나 일어날 수 있는 평범한 도둑질이었다. 두 사람의 인생을 영원히 바꿔놓았다는 것 말고는 말이다.

"왜 그런 식으로 쳐다보는 거야?"

침대 가에서 제시카를 내려다보며 벤이 물었다.

"그런 식이라니, 무슨 식?"

"꼭 치즈 나이프로 내 물건을 자를 계획을 짜고 있는 것 같은데?"

"뭐야. 너 안 봤어. 생각하는 중이었어."

벤은 계속 사과를 씹으면서 한쪽 눈썹을 치켜올렸다. 먼로 선생님의 수학 시간에 처음 눈이 마주쳤을 때도 벤은 그렇게 눈썹을 치켜올렸다. 거침없고 간결하게, 왼쪽 눈썹을 찡긋 올렸다. 그 모습은 제시카가 살아오면서 본 문자 그대로 가장 화끈하고 멋진 모습이었다. 벤이 한쪽 눈썹이 아니라 양쪽 눈썹을 모두 올렸다면 벤과 사랑에 빠지진 않았을 것이다.

"그리고, 난 치즈 나이프도 없단 말이야."

벤은 웃으면서 사과 꽁다리를 반대편에 있는 쓰레기통으로 던지고는 웰컴 팩을 집어 들었다.

"이거 읽어둬야 하지 않을까?"

벤이 봉투를 찢자 종이들이 튀어나왔다. 제시카는 간신히 종이를 붙잡아 순서대로 다시 정리했다. 집에서 서류 작업을 맡은 사람은 제시카였다. 벤이 맡았다면 제시카 부부가 세금 환급 신청을 하는 일은 절대로 없을 것이다.

벤은 편지처럼 보이는 종이를 펼쳐 들었다.

"좋아, 그러니까 이건 행복 여행을 위한 안내지도로군."

"벤, 이번 여행이 성공하려면 우리가……."

"알아, 알고 있어. 나도 진지하게 임하고 있다고. 저 길을 달려온 게 나잖아, 안 그래? 그 정도면 내가 얼마나 진지한지 충분히 보여 준 것 같은데."

"안 돼, 제발, 차 얘기는 꺼내지 마."

제시카는 눈물이 나올 것만 같았다.

"내 말은……."

벤의 입술이 일그러졌다.

"됐어."

벤은 들고 있는 종이를 보고 큰 소리로 읽기 시작했다.

"행복을 향한 여행을 시작하신 것을 환영합니다. 휴식은 처음 닷새간의 침묵으로 시작합니다. 이 닷새 동안은 상담을 받는 시간 외에는 말을 해서도 안 되고 사람들과 접촉해서도, 글을 읽거나 써서도, 다른 손님과 눈을 마주쳐서도 안 됩니다. 동행한 사람과도 접촉하지 않아야 합니다. 뭐라고?"

"그런 말은 홈페이지에 없었는데?"

"아마 '원숭이 뇌'라는 말을 들어보셨을 겁니다. 원숭이 뇌란 원숭이가 나뭇가지 사이를 계속 옮겨 다니는 것처럼 생각이 계속해서 바뀌는 것을 나타내는 말입니다."

벤은 원숭이 같은 소리를 내면서 겨드랑이 밑을 박박 긁었다.

"후후, 고마워."

제시카의 입에서 웃음이 나왔다. 가끔은 두 사람에게 아무 문제가 없는 것처럼 느껴졌다.

"원숭이 뇌를 잠재우는 데는 적어도 스물네 시간이 걸립니다. 우리를 풍요롭게 만드는 침묵과 숙고의 시간은 우리의 몸과 마음과 영혼을 차분하게 진정시켜줍니다. 우리의 목표는 불교에서 말하는 '고귀한 침묵'이라는 아름다운 상태를 체험해보는 것입니다."

"그러니까 같은 방에 있을 때도 닷새 동안은 서로 눈도 마주치지 말고 말도 하지 말라는 거야?"

"우리가 전혀 안 해본 일은 아닌 거 같은데."

"그래, 재미있네. 이리 줘봐."

이번에는 제시카가 안내서를 읽었다.

"침묵하는 동안에는 평온의 집을 돌아다닐 때 발꿈치를 들고 천천히, 다른 사람과 눈을 마주치거나 대화하지 말고 다니시기를 부탁드립니다. 직원들에게 반드시 해야 할 말이 있을 때는 접수대로 오셔서 칠판에 적혀 있는 대로 해주시면 됩니다. 하루 중 어느 때고 걷거나 앉아서 진행하는 명상 수업이 열립니다. 늘 종소리를 들을 수 있도록 주의를 기울여주시기 바랍니다."

제시카는 안내서를 내려놓았다.

"정말 이상할 거야. 아무 소리도 내지 않고 모르는 사람들이랑 밥을 먹어야 하다니."

"글쎄, 쓸데없는 얘기를 나누는 것보단 나을 것 같은데. 그런데 넌 이걸 정확하게 지키고 싶어? 아무도 모를 테니 우리 방에서는 얘기할 수 있잖아."

벤의 말에 제시카는 잠시 생각에 잠겼다.

"내 생각엔 정확하게 지켜야 할 것 같아. 그래야 할 것 같지 않아? 아무리 바보 같은 규칙이라도 하라는 대로 해야 할 것 같아."

"좋아. 난 괜찮아. 저 사람들이 나한테 절벽에서 뛰어내리라는 말만 안 한다면 다 좋아."

벤은 목을 벅벅 긁었다.

"사실 난 여기서 뭘 해야 하는지도 잘 모르겠어."

"내가 말했잖아. 명상하고 요가하고 운동한다고."

"그래, 그건 알아. 하지만 그런 걸 안 할 때 말이야. 말도 못하고 TV도 못 보면, 도대체 뭘 해야 하는 거야?"

"볼 게 없다는 건 정말 힘들 거야."

제시카는 커피를 못 마시는 것보다 SNS를 못하는 게 훨씬 힘들 거라고 생각했다. 제시카는 다시 안내서를 들여다봤다.

"고귀한 침묵은 종소리가 세 번 울리면 시작합니다."

제시카는 벽시계를 올려다봤다.

"이제 말할 수 있는 시간이 삼십 분밖에 안 남았어."

서로 만질 수 있는 시간도. 제시카는 생각했다. 두 사람은 서로의 얼굴을 봤다. 하지만 둘 다 아무 말도 하지 않았다.

"그러니까 침묵은 우리한텐 별로 어렵지 않을 거야."

마침내 벤이 말했다. 제시카는 웃음을 터뜨렸지만 벤은 웃지 않았다. 그럼 지금 당장 사랑을 나누는 게 어때? 옛날이라면 분명히 그러지 않았을까? 굳이 말을 하지 않아도? 제시카는 생각했다. 제시카는 무슨 말이든 해야 했다. 무슨 행동이든 해야 했다. 벤은 제시카의 남편이니까. 제시카는 벤을 만져도 되니까. 하지만 작년 말에 제시카의 머릿속으로 흘러들어온 두려움을 아직도 떨쳐낼 수가 없었다. 그 두려움은 벤이 이를 앙다물고 제시카를 쳐다보는 방식과 관련이 있었다. 아니, 쳐다보지 않으려고 하는 방식과 관계가 있었다.

그 두려움은 어떤 생각이었다. 벤이 더는 제시카를 사랑하지 않는다는 느낌이었다. 그 어느 때보다 예쁠 때 벤이 사랑하지 않는다니, 어처구니없는 일이었다. 작년에는 엄청난 돈과 시간을 들이고 엄청난 통증을 참아가며 몸에 투자를 했다. 치아, 머리카락, 피부, 입술, 가슴까지, 할 수 있는 모든 곳을 바꿨다. 다들 엄청난 결과가 나왔다고 말했다. 제시카의 인스타그램에는 "정말 끝내줘요, 제시카! 볼 때마다 훨씬, 훨씬 더 예뻐지고 있어요!"라는 말이 넘쳐났다. 긍정적인 말을 해주지 않는 사람은 남편뿐이었다. 이렇게 최상의 상태에 있을 때도 매력을 못 느낀다면 지금까지 단 한 번도 매력을 느끼지 못한 게 분명했다. 그저 매력을 느끼는 체만 한 것이다. 그런데 왜 결혼까지 한 걸까?

만져줘, 벤. 제시카의 머릿속에서 번민에 찬 울부짖음이 퍼져나갔다. *제발, 제발, 만져줘, 벤.* 하지만 벤은 그저 침대에서 일어서더니 다시 과일 바구니를 향해 가면서 말했다.

"귤이 맛있어 보이네."

. 8 .

프랜시스

"언제부터 아팠어요?"

프랜시스는 부드러운 하얀 타월 한 장만 덮고 마사지 침대에 엎드려 있었다. 처음 스파에 도착했을 때 마사지사는 퉁명스럽게 "모두 벗고 이 타월을 덮고 엎드리세요"라고 했다. 덩치가 크고 회색 머리를 짧게 자른 모습이 교도관이나 하키부 코치처럼 보이는 여자였다. 마사지를 하는 사람은 나긋나긋한 목소리에 상냥하게 행동하는 여자일 거라는 예상은 보기 좋게 빗나갔다. 마사지사의 이름을 제대로 알아듣지 못했지만, 이렇게 저렇게 하라는 지시를 따르느라 정신이 없어서 다시 물어볼 엄두를 내지 못했다.

"삼주일쯤 된 거 같아요."

프랜시스가 대답했다. 마사지사는 따뜻한 손으로 프랜시스의 등을 짚었다. 손 크기가 탁구채만 한 것 같았다. 어떻게 그럴 수 있지? 프랜시스는 고개를 들어 등을 보려 했지만 마사지사는 프랜시스의 어깨뼈를 지그시 눌러 다시 엎드리게 했다.

"통증이 시작된 특별한 계기가 있었어요?"

"다치거나 한 건 아니에요. 정신적으로 충격을 받은 거죠. 그때 누굴 만나고 있었는데……."

"그러니까 다친 건 아니라는 거죠?"

마사지사가 퉁명스럽게 말했다. 이 사람은 최면에 걸린 것 같은 목소리로 나긋나긋 말해야 한다는 평온의 집 지침을 전혀 따르지 않는 게 분명했다.

"네, 그건 아니에요. 하지만 정신적인 충격과 분명히 관계가 있어요. 정말 충격을 받았거든요. 내가 만나던 남자가, 음, 갑자기 사라져버렸어요. 그래서 경찰서에 전화를 거는데 갑자기 통증을 느꼈던 걸 분명히 기억해요. 마치 아주 둔탁한 게 내……."

"말을 하지 않는 게 나을 거예요."

"아, 그런가요?"

지금 아주 재미있는 얘기를 해주려고 했단 말이야, 이 무서운 아줌마야. 폴이 사라진 얘기는 이제 몇 번쯤 해봤기 때문에 프랜시스는 아주 잘할 수 있었다. 이 얘기는 할 때마다 향상되고 있음이 느껴졌다. 게다가 이제 닷새 동안 아무 말도 할 수 없었다. 사실 그렇게 오랫동안 입을 다물 수 있을지도 확신이 안 섰다. 차 안에서 느꼈던 끔찍한 절망의 심연에서 간신히 빠져나왔는데 다시 침묵 속으로 들어간다면 그 끔찍한 절망이 다시 찾아올지도 몰랐다.

마사지사가 거대한 엄지로 프랜시스의 척추를 양옆에서 꾹꾹 눌렀다.

"아야!"

"호흡에 집중하세요."

프랜시스는 에센스 오일에서 나는 감귤 향을 맡으며 폴을 생각했다. 두 사람의 관계가 어떻게 시작됐는지, 또 어떻게 끝났는지를 생각했다. 폴 드래블은 인터넷에서 만난 미국 토목기사였고, 친구의 친구의 친구였다. 처음에 친구였던 관계는 좀 더 진지해졌고, 반년 동안 폴은 프랜시스에게 꽃과 선물과 손으로 쓴 편지를 보내왔다. 두 사람은 몇 시간이나 통화를 했다. 폴은 영상 전화를 걸어와 프랜시스의 책을 세 권 읽었는데 모두 맘에 쏙 든다고 말해줬다. 프랜시스가 만들어낸 인물들에 관해 자세하게 말했고 프랜시스의 책에 나오는 내용이 좋다며 인용했다. 그가 인용하는 문장들은 프랜시스가 아무에게도 말하지 않았지만 무척 자랑스러워하는 부분들이었다(가끔 사람들이 자기가 좋아하는 문장이라며 프랜시스 앞에서 책 내용을 인용할 때가 있는데, 그럴 때면 프랜시스는 '정말 그 부분을 좋아한단 말이야? 그다지 잘 쓴 부분도 아닌데?' 하는 생각이 들었다. 그럴 때면 이상하게도 그 사람들에게 화가 났다).

폴은 자기 아들 아리의 사진도 많이 보내줬다. 그때까지 아이를 갖고 싶다는 생각은 한 번도 해본 적이 없었는데도 프랜시스는 아리에게 속절없이 빠져들었다. 아리는 또래 아이들보다 컸다. 농구를 사랑해서 프로 농구선수를 꿈꿨다. 프랜시스는 아리의 새엄마가 될 예정이었다. 그래서 《아들 기르기》라는 책을 읽었고, 짧지만 아주 즐겁게 아리와 채팅도 여러 번 했다. 아리는 많은 말을 하는 아이는 아니었다. 이해할 수 있는 일이었다. 어쨌거나 열두 살이었으니까. 하지만 가끔은 스카이프로 통화하면서 프랜시스 때문에 웃기도 했는데, 그 무덤덤하게 빙그레 웃는 모습은 프랜시스의 마음을 녹이기에 충분했다.

아리의 엄마, 폴의 아내는 아리가 예비학교에 다닐 때 암으로 죽었다고 했다. 그건 너무 슬픈 일이었고, 너무 가슴 아픈 일이었고, 너무…… "다행이니?" 한 친구는 그렇게 말했다. 프랜시스는 그 친구의 손목을 철썩 때렸다.

프랜시스는 시드니를 떠나 산타바바라로 옮겨갈 준비를 했다. 이미 비행기 표도 예매해뒀다. 미국에서 영주권을 얻으려면 두 사람은 결혼할 필요가 있었지만 서두를 생각은 없었다. 혹시라도 정말로 결혼을 하게 된다면 진보라색 웨딩드레스를 입을 작정이었다. 세 번째 결혼식엔 그게 어울릴 테니까. 폴은 프랜시스가 글을 쓸 방도 꾸며놓았다면서 사진을 보내왔다. 그 방에는 프랜시스의 책을 꽂을 빈 책장이 그녀를 기다리고 있었다.

그리고 그날, 한밤중에 끔찍한 전화가 걸려왔다. 완전히 정신이 나간 폴은 말도 제대로 잇지 못한 채 울었다. 아리가 교통사고를 당해 당장 수술을 해야 하는데, 보험회사와 문제가 있어서 수술실에 못 들어가고 있다는 전화였다. 프랜시스는 주저하지 않았다. 그 즉시 폴에게 돈을 보냈다. 그것도 아주 많이 보냈다.

"죄송하지만, 얼마라고요?"

프랜시스의 말을 꼼꼼히 받아적던 경찰은 잠시 경찰답지 못한 목소리로 물었다.

그게 폴이 저지른 유일한 실수였다. 너무 조심스럽게 행동한 것. 아리를 구하는 일이라면 두 배, 세 배, 네 배는 더 많은 돈도 보낼 수 있었는데. 그리고 끝이었다. 프랜시스는 미칠 것만 같았다. 아리가 죽은 게 틀림없다고 생각했다. 폴도 죽었을지 모른다고 생각했다. 문자 메시지에도, 음성 메시지에도, 이메일에도 답장이 없었다. 주저하며 자기 생각을 제일 먼저 입 밖으로 낸 사람은 디였다.

"내 말 오해하지 말고 들어, 프랜시스. 혹시 그 사람……."

디는 문장을 전부 끝낼 필요가 없었다. 디가 하려는 말은 사실 처음부터 끝까지, 심지어 환불이 불가한 비행기 표를 예약하는 동안에도 프랜시스의 잠재의식 속에 내내 있던 생각이니까.

"이런 사람들은 정말 영악합니다. 아주 전문적이고 능숙하죠. 주로 선생님과 비슷한 연배와 환경을 갖춘 사람들을 노리고요."

잘생긴 젊은 경찰의 얼굴에 떠오른 측은함은 견디기 힘들었다. 그는 절망에 빠진 늙은 여자를 보고 있었다. 프랜시스는 말하고 싶었다. 아니, 아니, 난 그런 연배와 환경을 갖춘 선생님이 아니에요. 나는 나란 말이에요. 왜 내 모습을 제대로 보지 못하는 거예요? 그녀는 젊은 경찰에게 말하고 싶었다. 남자 때문에 문제를 겪은 적은 한 번도 없었다고. 평생 그녀를 정말로 사랑하는 남자들이, 그녀와 섹스를 하고 싶어 하는 남자들이 그녀를 따라다녔다고. 그들 모두 진짜 남자들이었다고, 그녀를 그녀 자체로 원하던 남자들이었다고, 그녀의 돈을 원해서 따라다닌 사기꾼들이 아니었다고. 여러 남자들이 그녀가 침대에서 정말 잘한다는 말을 여러 번 했고, 테니스장에만 가면 그녀의 두 번째 서브 때문에 여러 사람들이 경탄했으며, 요리는 절대로 안 하지만 레몬 머랭 파이는 정말 잘 굽는다고. 프랜시스는 정말로 멋진 여자라고 말해주고 싶었다.

프랜시스는 상상할 수도 없는 수치심을 느꼈다. 이 사기꾼에게 그녀에 관해 너무나도 많은 사실을 알려줬다. 프랜시스의 행동에 섬세하고 유쾌하고 정확하게 맞는 말들로 반응했다 해도 실은 프랜시스를 엄청나게 비웃었을 것이다. 폴은 신기루였다. 프랜시스가 듣고 싶어 하는 말을 정확하게 말해주는, 그녀의 자기애를 충족시켜주는 환상이었다. 그가 사라지고 몇 주가 지난 뒤에야 프랜시스는 폴 드래블이라는 이름도 그녀가 가장 좋아하는 작가 마거릿 드래블에서 따온 것임을 깨달았다. 프랜시스가 마거릿 드래블을 좋아한다는 사실은 SNS에서 끊임없이 떠들어댔으니까.

아리의 새엄마가 되려고 마음먹었던 여인들이 프랜시스만이 아니라는 사실도 밝혀졌다.

"선생님과 같은 상황에 처한 부인들이 많습니다."

부인들이라니. 이런, 세상에. 부인들이라니. 프랜시스는 자신이 부인일 수 있다는 사실이 믿어지지 않았다. 그렇게 성적인 느낌이 전혀 없는 품위 있는 명칭으로 불린다는 사실에 프랜시스는 몸서리가 쳐졌다.

그 남자가 설정한 세부사항은 모두 달랐지만 아들의 이름은 언제나 아리였고 아리는 늘 교통사고를 당했으며 그는 늘 한밤중에 다급하게 전화를 걸었다. 그는 여러 개의 이름을 갖고 있고, 각 이름은 세심하게 온라인에 올라 있어서, 부인들이(모두들 그랬는데) 자신에게 청혼한 남자를 검색해볼 때면 늘 정확하게 원하는 모습을 볼 수가 있었다.

물론 폴 드래블은 부인들의 친구의 친구의 친구도 아니었다. 적어도 현실 세계에서 의미하는 친구의 친구의 친구는 아니었다. 폴 드래블은 가짜 페이스북 페이지를 만들어두고 고가구를 수리하는 일에 관심이 있는 것처럼 꾸미면서 프랜시스의 대학 동창의 남편이 관리하는 페이스북 그룹의 일원으로 받아들여졌다. 폴 드래블이 프랜시스에게 친구 신청을 했을 때는 이미 대학 동창이 그가 남긴 댓글을 보면서 그가 아주 영리하고 재치 있고 의식이 깨어 있는 사람임을 충분히 확인했기 때문에, 프랜시스는 그가 실존 인물이라는 생각을 하지 않을 수 없었다.

프랜시스는 피해자 가운데 한 명을 만나 커피를 마셨다. 그 여자는 자신이 꾸민 아리의 침실 사진을 보여줬다. 〈스타워즈〉 포스터로 완전히 도배를 해놓은 방이었다. 사실 〈스타워즈〉 포스터를 좋아하기엔 아리 나이가 좀 많았지만(아리는 〈스타워즈〉엔 관심이 없었다) 프랜시스는 그 생각을 입 밖에 내진 않았다.

그 여자는 프랜시스보다 훨씬 상황이 안 좋았다. 결국 프랜시스는 그 여자가 다시 일어설 수 있도록 수표를 끊어주고 말았다. 그 얘기를 듣고 프랜시스의 친구들은 또 모르는 사람한테 돈을 줬냐며 입에 거품을 물었다. 하지만 프랜시스에게는 그것이 손상된 자존심을 회복하는 방법이었고, 다시 자기 인생을 통제하는 방법이었고, 그 남자 때문에 파괴된 인생의 선로를 복구하는 방법이었다. 물론 프랜시스는 동료 사기 피해자가 자신에게 감사 카드를 보내온다면 좋겠다는 생각을 하긴 했지만, 누군가를 도울 때는 아무것도 기대하지 말고 도와야 한다는 것도 알았다.

모든 일이 끝났을 때 프랜시스는 자기가 얼마나 멍청했는지 입증해주는 증거들을 하나의 파일로 만들었다. 바보 같은 마음을 철저히 드러내주는 모든 이메일을 프린트하고, 있지도 않은 감정을 담아 꽃과 함께 보내온 카드와 손으로 쓴 편지들을 한데 모았다. 바보 입증 파일을 서류보관함에 넣을 때 종이 한 장이 면도날처럼 날카롭게 엄지를 베어버렸다. 진부하고 사소한 상처였지만 너무 아팠다.

마사지사는 엄지로 프랜시스의 등을 꾹 누르고 조그맣게 원을 그렸다. 따뜻한 기운이 허리에서 온몸으로 퍼져나갔다. 프랜시스는 마사지 침대에 뚫린 구멍으로 바닥을 내려다봤다. 마사지사의 스니커즈가 보였다. 스니커즈 앞을 댄 하얀 고무엔 매직으로 그린 꽃이 만발해 있었다.

"난 인터넷 연애 사기를 당했어요."

프랜시스가 말했다. 프랜시스는 말을 해야 했으니까. 마사지사는 그냥 듣기만 하면 되니까.

"돈을 많이 잃었어요."

마사지사는 아무 말도 하지 않았지만 적어도 프랜시스에게 입을 다물라고 명령하진 않았다. 마사지사는 묵묵히 손을 움직였다.

"돈은 크게 문제가 안 돼요. 음, 사실 큰 문제이긴 하죠. 그 돈을 벌려고 열심히 일한 거니까. 하지만 그런 사기를 당하면 모든 걸 잃는 사람도 있잖아요. 하지만 내가 잃어버린 건 단지…… 자존심이에요. 내 생각엔…… 순진함도 잃었고요."

프랜시스는 횡설수설하고 있었지만 멈출 수가 없었다. 규칙적으로 들이마시고 내뱉는 마사지사의 숨소리만 들려왔다.

"난 항상 사람들이 솔직하게 얘기한다고 믿었거든요. 사람들이 있으면 그 가운데 99퍼센트는 좋은 사람이라고 믿었고요. 그러니까 난 세상 물정을 몰랐던 거예요. 도둑질도 안 당해봤고 사기를 당해본 적도 없었어요. 누군가에게 맞아본 적도 없고요."

사실 완벽하게 진실은 아니었다. 두 번째 남편한테 맞아본 적이 있었다. 그때 헨리는 울음을 터뜨렸고 프랜시스는 울지 않았다. 그 순간 두 사람의 결혼생활은 끝이 났다. 불쌍한 헨리. 그는 좋은 남자였지만 두 사람은 알레르기 반응을 일으키는 것처럼 서로에게서 나쁜 면만 이끌어냈다.

프랜시스의 마음은 길고도 복잡했던 연애사라는 길을 따라 정처 없이 떠돌아다녔다. 그녀는 폴 드래블에게 자신의 연애사를 시시콜콜 얘기했고 폴도 프랜시스에게 자신의 연애사를 얘기해줬다. 그 얘기는 진짜처럼 들렸다. 음, 정말로 겪은 일도 조금은 있지 않았을까? 생계 때문에 연애 소설을 쓰는 작가들도 자기 얘기를 쓰기도 한다잖아. 당연히 완전히 꾸민 거짓말이지, 도대체 무슨 생각을 하는 거야, 이 바보야!

프랜시스는 계속 말했다. 생각하는 것보다는 말하는 게 나았다.

"난 정말로 이 남자를 현실 세계에서 만난 남자들보다 훨씬 더 사랑한다고 생각했어요. 완전히 망상에 빠졌던 거예요. 하지만, 사실 사랑이라는 건 마음속임이라고 하잖아요. 안 그래요?"

제발 입 좀 다물어, 프랜시스. 이 사람은 아무 관심이 없다고!

"아무튼, 그 모든 게……."

프랜시스의 목소리가 잦아들었다.

"너무 당혹스러웠어요."

이제 마사지사는 완전히 침묵하고 있었다. 더는 숨소리도 들리지 않았다. 마치 거대한 유령의 손에 마사지를 받고 있는 느낌이었다. 어쩌면 마사지사는 '난 절대로 그런 사기에 걸려들지 않아'라고 생각하고 있을지도 몰랐다. 참을 수 없이 창피해지는 지점이 바로 여기였다. 전에는 인터넷 사기 피해자가 될 만한 사람을 골라보라고 한다면, 머리가 짧고 뚱뚱하고 사회성이 결여된 것처럼 보이는 이 마사지사 같은 사람을 골랐을 것이다. 프랜시스 같은 사람이 아니라.

"미안하지만, 이름이 뭐라고 그랬죠?"

"잰이에요."

"음, 이런 걸 물어도 되나 모르겠지만, 잰은 결혼이나…… 연애는 어떻게 하고 있어요?"

"이혼했어요."

"나도요. 두 번요."

"하지만 다시 만나는 사람이 생겼어요."

잰은 말하지 않곤 못 배길 것처럼 급히 얘기했다.

"어머, 멋져요."

프랜시스의 기분이 좋아졌다. 이 세상에 새로 시작하는 연애보다 좋은 게 또 있을까? 프랜시스의 직업은 전적으로 새로 시작하는 연애의 경이로움에 기반하고 있었다.

"어떻게 만났어요?"

"그 사람이 내 차를 세우고 음주 측정을 했어요."

잰의 목소리엔 웃음이 묻어 있었다. 그 웃음이야말로 프랜시스가 알아야 할 모든 걸 알려주는 단서였다. 잰은 새로운 사랑을 시작하고 있다! 프랜시스는 기뻐서 눈물이 날 지경이었다. 로맨스가 죽는 일은 절대로 없을 것이다. 절대로!

"그러니까…… 경찰이군요?"

"자리봉에 새로 온 경찰이에요. 길가에서 음주 측정을 할 사람을 기다리느라 지루해하고 있어서 내가 다음 사람이 올 때까지 대화를 해줬어요. 두 시간 동안요."

잰이 두 시간 동안이나 잡담을 하다니, 상상이 안 됐다.

"남자친구 이름이 뭐예요?"

"거스예요."

프랜시스는 잰이 새로 사귀는 남자친구 얘기를 마음껏 할 수 있는 기회를 주려고 조용히 기다렸다. 그리고 거스를 상상해보려고 노력했다. 거스. 작은 시골 마을 경찰관. 어깨도 넓고 마음도 넓겠지. 어쩌면 개를 기르고 있는지도 몰라. 정말로 사랑스러운 강아지를. 또는 나무를 깎는 사람인지도 몰랐다. 멋들어지게 휘파람을 부는 사람일 수도 있었고. 나무를 깎으면서 휘파람을 부는지도 몰랐다. 프랜시스는 반쯤은 거스와 사랑에 빠진 것만 같았다. 하지만 잰은 거스에 관해서는 더 말하지 않았다.

잠시 뒤 프랜시스는 다시 입을 열었다.

"사실, 반년이나 지속된 관계가 끝났으니 내가 준 돈도 가치가 있는 게 아닐까 싶어요. 이메일을 보내볼까 싶어요. '당신 사기꾼인 거 알아. 하지만 폴 드래블 역할을 하느라 힘들었으니까 그 돈을 주는 거야'라고요."

프랜시스는 잠시 멈췄다가 말했다.

"하지만 절대로 그럴 수 없겠죠."

잰은 아무 말도 하지 않았다.

"정말로 재미있는 상황이에요. 내가 로맨스 소설 작가거든요. 돈을 벌려고 없는 인물들을 만들어내는데, 그런 내가 사기를 당한 거잖아요."

잰은 여전히 아무 말도 하지 않았다. 책을 읽는 사람은 아닐 게 분명했다. '집에 가면 이 루저 얘기를 거스에게 해줘야지' 같은 생각을 하고 있는지도 몰랐다. 그러면 거스는 길고 낮은 소리로 놀랍기도 하고 불쌍하기도 하다는 듯 멋들어지게 휘파람을 불겠지.

프랜시스는 잰이 손가락 관절로 허리를 꾹 누르는 동안 간신히 아무 말도 안 하고 버틸 수 있었다. 잰이 누른 곳은 시원했고 꼭 눌러야 할 곳을 눌렀다는 기분이 들었다.

"정직원이에요?"

"아니에요. 필요할 때만 오는 거예요."

"마사지, 좋아해요?"

"직업이에요."

"정말 잘해요."

"옙."

"아주 아주 잘해요."

잰은 아무 말도 하지 않았고 프랜시스는 눈을 감았다.

"여기서 일한 지 얼마나 됐어요?"

"몇 달 안 됐어요. 그러니까 아직은 신입이죠."

잰의 말에 프랜시스가 눈을 번쩍 떴다. 잰의 목소리엔 분명히 뭔가 있었다. 포착하기 힘들었지만 분명히 뭔가 있었다. 혹시 잰은 평온의 집의 철학에 공감하지 않는 걸까? 프랜시스는 사라진 물건에 관해 물어볼까 하는 생각을 했다. 하지만 얘기가 어떻게 진행될지 몰랐기에 말을 꺼낼 수는 없었다.

잰, 누가 내 가방을 뒤졌어요.

왜 그렇게 생각하죠, 프랜시스?

음, 물건이 사라졌거든요.

무슨 물건요?

이런 식이면 곤란하니까. 발가벗고 있는 상태는 뭔가를 고백하기엔 너무 연약하고 수치스러웠다.

"원장님은 어떤 사람이에요?"

닫힌 문을 쳐다보던 야오의 숭배 어린 표정이 떠올랐다. 잰은 아무 말도 하지 않았다. 프랜시스는 잰의 두툼한 스니커즈를 봤다. 스니커즈는 미동도 하지 않았다. 마침내 잰이 말했다.

"자기 일에 아주 열정적이죠."

야오도 자기 일에 아주 열정을 갖고 있다고 했다. 자기 일에 열정을 갖고 있다니, 그건 영화배우나 동기부여 강사들이 쓰는 좀 극적인 표현 아닌가? 프랜시스 역시 자기 일에 열정을 갖고 있지만 그걸 소리 내어 말해본 적은 없었다. 오랫동안 글을 쓰지 못한다면 프랜시스는 정신을 잃고 말 것이다. 다시는 책을 못 낸다면 어떻게 될까? 왜 아무도 책을 출판해주지 않는 거지? 더는 책을 낼 자격이 없는 걸까? 아니, 그 서평은 생각하면 안 돼.

"열정은 좋은 거죠."

프랜시스가 말했다.

"그렇죠."

잰은 손가락 관절로 다른 곳을 또 꾹꾹 눌렀다.

"혹시 지나치게 열정적일 때는 없어요?"

프랜시스는 잰의 반응에 담긴 숨은 뜻을, 혹시라도 있다면, 이해해보려고 애쓰면서 물었다.

"여기 손님들을 많이 생각해요. 손님을…… 도울 수 있는 일이라면 뭐든지…… 할 준비가 돼 있죠."

"뭐든지라고요? 그건 좀……."

잰이 프랜시스의 어깨를 어루만졌다.

"곧 고귀한 침묵이 시작된다는 걸 말해드려야겠네요. 일단 종소리가 세 번 나면 아무 말도 할 수 없어요."

프랜시스는 마음이 급해졌다. 으스스한 침묵의 시간이 찾아오기 전에 더 많은 정보를 얻어내야 했다.

"뭐든지라고 말한 건, 그게……."

"여기 사람들에 관해서라면 난 좋은 얘기만 할 거예요."

잰이 로봇 같은 목소리로 프랜시스의 말을 막았다.

"여기 사람들은 진심으로 당신이 평온하길 바라요."

"정말로 불길하게 들리는 말인데요."

"여기서 사람들은 좋은 결과를 얻고 가요."

"음, 그건 좋군요."

"옙."

"그러니까 잰의 말은 이곳 방식이 조금은······."

프랜시스는 적절한 말을 찾으려고 애썼다. 인터넷에 올라와 있던 화난 사람들의 후기가 생각났다. 그때 종이 한 번 울렸다. 교회 종소리 같은 권위를 담은 맑고 순수한 소리였다. 젠장.

"특이하다는 건가요?"

프랜시스가 급하게 말을 이었다.

"좀 신중하고 싶어서요. 안 그래도 사기꾼한테 덴 경험이 있으니까요. 뱀에 물린 사람은······."

두 번째 종소리가 들려왔다. 첫 번째 종소리보다 훨씬 큰 두 번째 종소리는 프랜시스가 입 밖으로 내려던 진부한 속담을 반으로 뚝 잘라서 허공 위에 바보처럼 대롱대롱 매달리게 했다.

"풀밭만 봐도 놀란다고 하잖아요."

프랜시스가 조용히 말했다. 잰은 손바닥으로 프랜시스의 어깨뼈를 꾹 누르더니 몸을 앞으로 숙였다. 잰의 따뜻한 입김이 프랜시스의 귀에 와 닿았다.

"불편하게 느껴진다면 그게 뭐든 하지 마세요. 그게 내가 해드릴 수 있는 말 전부예요."

그리고 세 번째 종소리가 울렸다.

. 9 .

마샤

세 번째 종소리가 울릴 때 마리아 드미트리첸코(세무서 직원들을 제외하면 모두 그녀를 마샤라고 불렀다)는 평온의 집 맨 위층의 문 잠긴 원장실에 앉아 있었다. 이렇게 높은 곳에 앉아 있어도 평온의 집으로 내려앉는 침묵을 느낄 수 있었다. 그 느낌은 동굴이나 대성당 안으로 들어가는 느낌과 비슷했다.

마샤는 고개를 숙이고 하얀 떡갈나무 책상의 지문처럼 생긴 소용돌이 무늬를 내려다봤다. 마샤가 아주 좋아하는 무늬였다. 마샤는 물만 마시는 단식을 사흘째 하고 있었다. 단식을 하면 언제나 감각이 예민해졌다. 그녀는 열린 창문 사이로 들어오는 깨끗한 바람을 깊이 들이마셨다. 그러곤 눈을 감고 모든 게 낯설었던, 새로운 나라에 막 도착해서 들이마셨던 모든 냄새를 기억해냈다. 유칼립투스 냄새, 이제 막 자른 잔디 냄새, 배기가스 냄새.

도대체 왜 지금 이런 생각이 떠오른 걸까? 아마도 어제 수년 만에 처음으로 전남편이 이메일을 보내왔기 때문일 것이다. 메일은 보자마자 지워버렸지만, 그 이름을 보는 순간 마샤의 의식 속으로 전남편이 들어와 미풍에 실려오던 유칼립투스의 희미한 냄새가 생각났다. 삼십 년 전 한때 마리아였던 사람으로, 지금은 기억조차 나지 않는 사람으로 되돌아간 것이다.

모스크바, 델리, 싱가포르, 멜버른으로 이어졌던 끝도 없는 비행을 마치고 시작한 그 첫날은 모든 게 생생히 기억났다. 거리 한가운데에서 휘황찬란하게 빛나는 조명에 감탄하며 서로를 바라보던 표정, 두 사람을 보고 웃어주던 낯선 사람들에 관해 목소리를 낮추고 나누던 얘기들을 모두 기억했다. 두 사람에겐 사람들의 태도가 이상했다. 너무나도 친절했다.

하지만 그때 마샤는 남편보다 먼저 그 사실을 알아챘다. 이 낯선 사람들은 고개를 돌리자마자 재빨리 웃음을 거두고 무표정한 사람이 돼버렸다. 웃어주고 무표정해지고, 웃어주고 무표정해지고. 러시아에서는 사람들이 그런 식으로 웃지 않았다. 러시아에서 사람들은 진심으로 웃고 싶기 때문에 웃었다. 그날이 마샤가 '예의상 웃는 웃음'을 처음 경험한 날이었다. 예의상 웃는 웃음은 멋지다고 생각할 수도 있었고 끔찍하다고 생각할 수도 있었다. 낯선 사람들이 웃어주면 그는 함께 웃었다. 그러나 마샤는 절대로 웃지 않았다.

누 나허(안 돼). 그녀에겐 과거를 생각할 시간이 없었다. 마샤는 건강휴양지를 운영해야 했다. 그녀가 책임져야 할 사람들이 있었다. 프로그램을 침묵으로 시작한 건 이번이 처음이지만 이것이 옳다는 사실은 이미 알고 있었다. 침묵 덕분에 손님들은 명료해질 것이다. 침묵을 두려워하고 거부하는 사람도 있을 테고, 자신도 모르게든 일부러든 침묵을 깨는 사람도 있을 것이다. 부부는 분명히 침대에서 속삭일 테지만, 그 정도는 괜찮았다. 침묵은 적절한 분위기를 형성해줄 것이다. 손님들 중에는 이곳을 여름 캠프처럼 생각하는 사람도 있었다. 중년 여인들은 매일 요리를 하고 밥을 차리지 않아도 된다는 사실에 지나치게 신나했다. 그 때문에 매일같이 커다란 목소리로 떠들어댔다. 남자들은 친구를 사귀기만 하면 규칙이고 나발이고 마음대로 행동했고.

예전에는 뒤쪽 담장으로 넘어오는 패밀리 사이즈 고기 피자를 발견하고 얼마나 놀랐는지 모른다. "누 슈토 타코예!(지금 뭐 하는 짓이에요!)" 그때 마샤는 불쌍한 배달원과 손님이 혼이 쏙 빠질 만큼 고함을 질렀다. 그 뒤로 마샤는 손님들이 저지르는 온갖 터무니없는 일들을 파악했다. 그래서 예방조치도 취해뒀고 CCTV도 곳곳에 설치해 들여다봤다. 가방도 점검했다. 모두 손님들을 위한 일이었다.

마샤는 의자를 옆으로 돌려 한쪽 다리를 들고 정강이에 이마를 댔다. 마샤의 몸은 열 살짜리 소년처럼 움직였다. 마샤도 자신이 열 살밖에 안 됐다고 말하길 좋아했다. 그 일이 일어난 지 십 년이 돼 가는 중이었으니까. 심장이 멈췄던 날. 그날 마샤는 죽었고, 다시 태어났다. 그날이 없었다면 마샤는 여전히 뚱뚱하고 스트레스에 쌓여 있었을 것이다.

그녀는 다국적 유제품 제조회사 국제영업 총괄책임자였다. 그녀는 오스트레일리아가 생산해 전 세계에 납품하는 가장 믿을 수 있는 치즈를 책임진 사람이었다(마샤는 더는 치즈를 먹지 않는다). 그녀는 자신이 사용했던 집무실, 시드니 오페라하우스의 전경을, 처리한 업무에 모두 끝냈다는 표시를 하면서 느꼈던 즐거움을, 절차 간소화를 위해 전략을 짜던 일을, 방을 가득 메운 남자들을 마음대로 부렸던 일을 기억했다.

과거에 마샤는 영적으로는 공허했지만 지적으로는 풍요로웠다. 그녀는 새로운 제품을 개발하는 일을 사랑했고, 중역회의실 탁자 위에 전체 생산 라인을 쫙 펼쳐놓고 들여다보기를 사랑했다. 풍성한 선택지, 극도로 밝은 포장지를 사랑했다. 그것은 아주 기묘한 방식으로 어린 시절 서방 세계에서 몰래 들여오던 물건들 목록을 보면서 마샤가 느껴야 했던 갈망을 충족해줬다. 하지만 마샤가 느꼈던 즐거움은 예의상 웃는 웃음과 같았다. 그런 삶에는 알맹이가 빠져 있다. 그때 마샤의 몸과 마음과 영혼은 한 회사를 구성하고 있지만 전혀 소통하지 않는 여러 부서처럼 작동했다.

오래전 직업을 아련한 향수처럼 느끼는 건 전남편을 애정 어린 마음으로 떠올리는 것만큼이나 기만적인 일이었다. 그녀의 마음이 계속해서 토해내고 있는 기억은 컴퓨터 오류 같은 것일 뿐이었다. 마샤는 집중해야 했다. 마샤는 종이에 인쇄된 이름들을 하나하나 짚어나갔다.

프랜시스 웰티
제시카 챈들러
벤 챈들러
라스 리
카멜 슈나이더
토니 호그번
헤더 마르코니
나폴레옹 마르코니
조이 마르코니

이 아홉 명의 이방인들은 앞으로 일어날 일은 전혀 걱정하지 않은 채 자기 방에 앉아 있거나 평온의 집을 둘러보고 있거나 긴장한 채 안내 책자를 읽어보고 있거나 스무디를 마시고 있거나 첫 번째 스파치료를 받고 있을 것이다.

마샤는 이미 이 아홉 명을 사랑하고 있었다. 이 사람들의 자의식과 자기혐오를, 명백한 거짓말을, 그녀 앞에서 무너질 때 자신들의 고통을 숨기려고 하는 방어적인 농담을 사랑했다. 이 사람들은 앞으로 열흘 동안 그녀의 것이었다. 그녀가 가르치고 양육해야 하는, 그들이 될 수 있고 돼야 할 모습으로 만들어가야 하는 그녀의 것이었다.

마샤는 가장 위에 적힌 여인의 파일을 집어 들었다. 프랜시스 웰티. 쉰두 살. 여자는 빨간 립스틱을 바르고 칵테일 잔을 들고 있는 사진을 제출했다. 마샤는 프랜시스 같은 여자를 백 명도 넘게 다뤄봤다. 이런 여자들은 아주 쉽게 꽁꽁 싸매고 있는 껍질을 벗기고 그 안에 감춘 비통함을 드러낼 수 있다. 사실 이런 여자들은 그 껍질을 벗어버리고 싶어 한다. 그 껍질을 벗겨낼 수 있는 관심을 줄 사람을 간절히 바란다. 전혀 어렵지 않다. 이들은 남편에게, 사랑하는 사람에게, 더는 엄마를 필요로 하지 않는 아이들에게, 기대만큼 충족되지 않는 일에, 인생에, 죽음에 상처를 입었다.

이들은 거의 모두 자기 몸을 혐오한다. 여자들은 몸과 가장 폭력적이고 유독한 관계를 맺고 있다. 마샤는 자기 몸을 지독하게 혐오해서 멍이 생길 정도로 자기 배를 꼬집는 여자들을 많이 봤다. 그 여자들보다 훨씬 배가 큰 남편들은 애달픈 자부심을 갖고 자기 배를 사랑스럽게 툭툭 두드리는데 말이다.

마샤를 찾아오는 이런 여자들은 과체중이지만 영양이 부족하고 다양한 물질에 중독돼 있고 지쳐 있고 편두통이나 근육통, 소화기 문제를 앓고 있었다. 이 여자들은 충분히 쉬면서 좋은 공기를 마시고 영양가 있는 음식을 먹고 관심을 받으면 쉽게 치유됐다. 눈은 밝아지고 광대뼈가 다시 나타나면서 훨씬 여유로워지고 유쾌해졌다. 이런 여자들은 평온의 집에서 나갔다고 해서 마샤의 인생에서 그냥 사라지는 법이 없었다. 떠날 때면 눈물이 그렁그렁한 눈으로 마샤를 힘껏 안아줬고 자동차 경적을 경쾌하게 빵빵 울려줬다. 많은 경우 마샤에게 배운 것들을 일상에도 적용하고 있으며, 자신들의 여행은 끝나지 않았음을 알려주는 사진을 동봉한 진심이 담긴 카드를 보내왔다.

하지만 이 년, 삼 년, 사 년쯤 지나면 그 여자들 가운데 많은 수가 처음 평온의 집에 왔을 때만큼, 심지어 더 나쁜 상태로 이곳에 돌아온다. "아침명상은 하지 않았어요." 그 여자들은 두 눈을 크게 뜨고 사과하듯 말하지만, 사실 그렇게 미안한 마음을 품고 있진 않다. 그 여자들은 자신들의 실수가 충분히 예상할 수 있는 자연스럽고 귀여운 태만이라고 생각한다. 그러고는 "다시 매일 술을 마시게 됐어요", "실직했어요", "이혼했어요", "교통사고가 났어요" 같은 말을 한다. 그러니까 마샤가 해줄 수 있었던 건 잠시 바꾸는 것뿐이었다. 이 여자들은 삶이 위기에 처하면 원래의 설정값으로 돌아가고 말았다. 그래서 새로운 프로그램이 필요한 거였다. 과거에 마샤가 성공한 이유는 언제나 위험을 감수했기 때문이다. 평온의 집을 운영할 때도 마찬가지였다.

마샤는 의기양양한 표정을 짓고 있는 프랜시스 웰티의 얼굴을 손가락으로 톡톡 두드리면서 평온의 집에서 열흘 동안 이루고 싶은 일들을 표시한 서류를 들여다봤다. '정신적 자양분 함양'과 '휴식'.

흥미롭게도 '체중 감량'에는 표시하지 않았다. 아마 실수로 빠뜨렸을 것이다. 그러니까 신중하지 못한 성격일 것이다. 어쨌든 한 가지는 분명했다. 이 여자는 영적으로 변화되기를 간절히 바라고 있고, 마샤가 그렇게 해줄 거라는 것이다.

마샤는 다음 파일을 열었다. 제시카와 벤 챈들러는 요트에 앉아 있는 매력적인 부부 사진을 보냈다. 이가 드러날 정도로 환히 웃고 있었지만, 둘 다 선글라스를 쓰고 있었기 때문에 눈을 볼 수는 없었다. 두 사람은 '부부 상담'을 받고 싶다고 표시했다. 마샤는 이 어린 부부를 도울 수 있다고 확신했다. 두 사람의 문제는 오랜 싸움에 돌처럼 굳어버린 관계가 아니라 이제 막 드러나는 새로운 갈등임이 분명했다. 새로운 프로그램이 이 부부를 완벽하게 도와줄 것이다.

다음은 라스 리였다. 마흔 살. 파일에는 고급 잡지에 실리는 기업인 같은 사진이 붙어 있었다. 마샤는 이런 유형들을 잘 알았다. 이런 사람이 건강휴양지에 오는 이유는 머리를 하거나 손톱을 관리하는 것처럼 몸을 관리하는 과정일 뿐이다. 금지 품목을 몰래 들여오려는 시도는 하지 않았지만 불편한 규칙은 따르지 않을 사람이었다. 이 손님이 새로운 프로그램에 반응하는 방식을 지켜보는 일은 꽤 흥미로울 것이다.

카멜 슈나이더. 서른아홉 살. 어린애들이 있는 엄마이고 이혼했다. 마샤는 카멜의 사진을 들여다보면서 혀를 끌끌 찼다. 갑자기 엄마의 목소리가 들렸다. "여자가 자기를 안 돌보면 남편이 다른 여자를 돌보게 돼 있어." 불쌍한 작은 토끼. 자존감이 낮을 거야. 카멜은 부부상담을 제외한 거의 모든 항목에 표시를 했다. 정말 사랑스러웠다. 문제없어, 귀염둥이. 카멜 같은 손님은 정말 쉽게 치유해줄 수 있었다.

토니 호그번. 쉰여섯 살. 이혼. 토니는 '체중 감량'에만 표시를 했다. 바뀐 생활방식으로 인해 화를 내거나 공격적으로 나올 수 있으니 주의 깊게 관찰해야 하는 사람일 것이다.

마지막 파일을 보면서 마샤는 얼굴을 찌푸렸다. 이 사람들이 돌발 변수일까? 마르코니 가족이라. 헤더와 나폴레옹. 둘 다 마흔여덟 살이었다. 그리고 그들의 딸 조이. 스무 살. 가족이 평온의 집에 등록한 건 처음이었다. 부부나 모녀, 형제나 친구들이 함께 올 때는 많지만 한 가족이 온 적은 없었다. 조이 마르코니는 평온의 집 역사상 최연소 손님이었다. 완벽하게 건강해 보이는 스무 살 아가씨가 어째서 부모와 함께 열흘이나 건강휴양지에 들어오겠다고 결정한 걸까? 식이장애가 있는 걸까? 그럴 수 있을 것 같았다. 세 사람 모두 저체중인 게 분명했으니까. 가족 모두 이상한 기능 장애라도 앓고 있는 걸까? 등록 이유를 묻는 질문에 '스트레스 해소'라고 대답하다니, 도대체 어떤 사람들인 거지?

마르코니 가족은 크리스마스트리 앞에 서 있는 세 사람 사진을 제출했다. 셋 다 카메라 화면 안에 들어가려고 바짝 붙어 서 있고, 이상한 자세로 고개를 돌리고 있는 것으로 보아 셀프 카메라가 분명했다. 모두 웃고 있었지만 눈은 공허하고 활력이 없었다.

"도대체 무슨 일이 있었던 거예요, 내 귀염둥이들?"

. 10 .

헤더

세 번째 종소리가 들리자마자 헤더는 평온의 집에 커다란 담요가 부드럽게 덮이는 것처럼 침묵이 내려앉고 있음을 느꼈다. 욕실에서 나올 때 종이 울리기 시작했다. 예상보다 훨씬 크고 위압적인 종소리였다.

사실 그때까지 헤더는 이 말도 안 되는 침묵 규칙을 따라야 하는지 말아야 하는지 결정을 못하고 있었다. 묵언 수행이 필요했다면 처음부터 묵언 수행을 하는 곳으로 갔을 테니까. 하지만 사뭇 종교적인 그 종소리를 듣는 순간 꼼짝도 할 수가 없었다. 가족들만 있는 방에서도 고귀한 침묵을 무시하는 행위는 무례한 행동이라는 느낌이 들었다.

남편은 고풍스러운 소파에 앉아 학교 선생님처럼 검지로 입술을 꾹 누르고 있었다. 물론 나폴레옹은 학교 선생님이었다. 가난한 지역에서 사랑받는 고등학교 선생님이었다. 학교에서 하는 행동을 집에서도 하지 않는 사람이라면 고집 센 소년들을 이십오 년이나 가르치는 일은 어림도 없었을 것이다. 하지만 나한테 그렇게 입 다물라는 몸짓은 하지 말란 말이야. 난 당신 학생이 아냐. 난 말하고 싶으면 말할 거야.

헤더가 남편을 보자 나폴레옹은 황급히 고개를 돌렸다. 마치 뭔가 숨기는 게 있는 사람처럼. 물론 그는 숨길 일이 하나도 없는 사람이었다. 활짝 펼쳐놓은 책 같은 사람이었다. 헤더의 눈길을 피한 건 안내서에 앞으로 닷새간 서로 눈을 마주치지 말라고 적혀 있기 때문이었다. 나폴레옹은 규칙이나 규정을 무시할 사람이 결코 아니었다. 아무 의미도 없고 제멋대로인 규칙이라도 반드시 지킬 사람이었다. 나폴레옹에게 규칙은 예의와 존중의 문제였고, 문명 사회에서 살아남으려면 반드시 지켜야 하는 덕목이었다. 나폴레옹은 도로 표지판, 공공 규범의 사소한 조항 하나까지 모두 철저하게 지키는 사람이었다. 하지만 남편과 아내가 눈길을 피해서 얻을 수 있는 이익이 과연 뭘까?

헤더는 남편을 찬찬히 살펴봤다. 나폴레옹은 다리를 꼬고 앉아 있었는데 입고 있는 가운이 너무 짧아서 털이 난 긴 다리가 훤히 드러났다. 그는 토크쇼에 출연한 슈퍼모델처럼 우아하게 다리를 꼬았다. 키가 작고 통통한 나폴레옹의 형들은 늘 동생이 여자처럼 앉는다고 놀렸지만, 그런 말을 들어도 나폴레옹은 그저 씩 웃으며 형들을 향해 조용히 중지를 들어 보이는 사람이었다.

온천과 수영장을 다녀온 직후라 나폴레옹의 머리는 젖어 있었다. 온천은 집 뒤쪽에 있는 산책로 표시만 따라가면 금방 나왔다. 온천에는 아무도 없었다. 세 사람은 그곳에서 숨어 있는 작은 동굴을 찾아냈다. 바위가 세 사람이 반원 형태로 들어가 앉아도 될 만큼 큰 풀을 만들고 있었다.

세 사람은 그 풀에 들어가 계곡의 경치를 감상했다. 온천수에 녹아 있는 무기질이 혈액순환을 원활히 해주고 스트레스를 줄여준다는 둥 나폴레옹이 끊임없이 말하는 동안 헤더와 조이는 조용히 듣기만 했다. 사실 헤더는 남편이 하는 말을 기억하진 못했다. 나폴레옹의 말은 늘 틀어놓는 라디오 소리, 헤더 인생의 백색 소음과 같아서 아주 짧은 동안만 간간이 의식 속으로 흘러들어왔다. 그는 닷새 동안이나 입을 다물어야 한다는 사실에 잔뜩 겁을 먹고 있음이 분명했다. 세 사람의 몸을 감싸고 부글부글 끓어오르는 황 냄새 나는 물처럼 나폴레옹은 평소보다 훨씬 빠른 속도로 끝없이 떠들어대고 있었다.

"예쁜 우리 딸. 아빠야 당연히 닷새 동안 참을 수 있지."

조이가 아름다운 얼굴에 걱정을 가득 담아 아빠를 쳐다봤을 때, 나폴레옹은 자신 있게 말했다.

"네가 스마트폰을 쓰지 않고 네 엄마가 카페인을 마시지 않는다면, 나도 당연히 입을 다물고 있을 수 있어."

온천에서 나온 세 사람은 수영장으로 들어가 몸을 식혔다. 뜨거운 물에 담갔던 몸을 염소로 소독한 차갑고 파란 물에 담그니 놀라울 만큼 평온하게 느껴졌다. 헤더는 아빠를 추월하려고 애쓰는 조이를 봤다. 나폴레옹은 접영을 하고 있었고, 조이는 아빠보다 몇 초 먼저 출발했다. 하지만 승자는 나폴레옹일 것이다. 나폴레옹은 딸을 이기고 싶지 않을 테지만 이젠 조이가 어린애였을 때처럼 일부러 져줄 수는 없었다.

세 사람은 수영장 가장자리에 앉았고, 조이는 대학 강사 한 명에게 아주 웃긴 일이 있었다며 얘기를 해줬다. 헤더는 딸이 해주는 얘기를 이해할 수는 없었지만, 조이의 얼굴을 보니 정말로 웃긴 얘기가 맞는 듯해 마음 놓고 크게 웃었다. 그 순간은 아주 드물고 귀한 행복한 시간이었다. 헤더는 세 사람 모두 그 순간을 일기장에 적어

두리라는 걸, 그 순간이 좋은 방향으로 이어지는 신호이기를 바라
리라는 걸 잘 알았다.

그런데 이제부터는 닷새 동안 입을 다물고 있어야 했다. 휴가라
는 건 고통과는 상관없어야 한다는 생각이 들자 무시무시한 짜증이
밀려들었다(어쩌면 그저 마키아토를 마시지 못한 헤더의 몸이 분노로 아우성
치고 있는 것인지도 몰랐지만 말이다). 이런 가혹한 규칙을 지키지 않아도
똑같이 평화로운 환경에서 휴식을 취할 수 있는 건강휴양지는 당연
히 수없이 많을 것이다.

세 사람 모두 체중을 줄일 필요는 없었다. 체중이라면 헤더는 전
혀 신경 쓰지 않았다. 매일 아침 6시에 헤더는 체중을 쟀고, 체중은
단 한 번도 식습관을 조절해야 하는 방향으로 바뀐 적이 없었다. 헤
더의 체질량지수는 저체중에 해당했지만 고작 1킬로그램이 모자랄
뿐이었다. 헤더는 언제나 날씬했다. 조이는 헤더에게 식이장애가
있는 것 같다고 했지만, 헤더는 그저 아무거나 입에 넣지 않는 것뿐
이었다. 나폴레옹은 달랐다. 나폴레옹은 음식이라면 뭐든지 진공청
소기처럼 빨아들였다.

나폴레옹은 소파에서 일어나 침대 위에 여행가방을 올리더니 정
갈하게 갠 티셔츠와 반바지, 팬티를 꺼냈다. 그는 가방 검사를 받아
야 하는 군인처럼 짐을 쌌다. 가운을 벗고 우뚝 선 나폴레옹의 하얗
고 날씬하고 털 많은 몸은 아주 멋졌다. 침묵하고 있는 나폴레옹은
전혀 모르는 사람처럼 느껴졌다. 티셔츠를 뒤집어쓰고 밑으로 잡아
당기자 나폴레옹의 등 근육들이 정교한 기계 장치처럼 일사불란하
게 움직였다. 큰 키와 모범생 같은 외모 때문에 사람들은 그가 얼마
나 섹시한지 알지 못했다.

처음 섹스를 했을 때, 그러니까 아주 오래전에 헤더는 계속해서 '어머, 이건 정말 놀라워!'라는 생각을 해야 했다. 나폴레옹 같은 남자가 그런 식으로 움직일 수 있으리라고는 생각지도 못했으니까. 헤더는 나폴레옹을 충분히 좋아하고 있었고 그가 친절하고 재미있고 자상하다는 사실은 잘 알았지만, 그와 사랑을 나눈다는 건 일종의 봉사와 비슷하리라고 생각했다. 이렇게 격렬한 섹스가 아니라 예의 바르고 친절하고 '저녁도 사주고 케빈 코스트너가 나오는 영화도 보여주니' 고마워서 하는 섹스가 되리라고 생각했다. 헤더는 그 첫 번째 섹스를 나폴레옹은 전혀 다른 방식으로 기억하고 있음을 잘 알았다. 나폴레옹이 간직하고 있는 기억은 부부가 될 사람들이라면 당연히 그래야 하는 건전하고 적절한 섹스였다는 것이다.

나폴레옹은 바지 지퍼를 올리고 벨트를 찼다. 짜증날 정도로 빠르고 효과적으로 움직여 갈색 가죽 벨트를 은색 금속 버클에 툭 밀어넣었다. 헤더가 보고 있다는 사실을 분명히 알고 있을 텐데도 바보 같은 규칙을 따르겠다는 결의에 차 있어서 헤더 쪽으로는 고개도 돌리지 않았다. 나폴레옹은 좋은 남자였다. 젠장맞게 모든 면에서 젠장맞게 완벽했다.

그 순간 극심한 출산의 고통 속에서 자궁이 수축하던 때의 강도에 맞먹는 분노가 헤더를 엄습했다. 그녀는 주먹으로 나폴레옹의 얼굴을 때리는 모습을, 그의 광대뼈를 산산이 부숴버리는 모습을, 다이아몬드가 박힌 결혼반지에 피부가 찢어질 때까지 때리고 또 때리고 때려서 남편의 얼굴에서 피가 흘러내리는 모습을 봤다. 분노가 헤더의 온몸을 감싸 거의 들어올릴 것만 같았다. 헤더는 나폴레옹이 가방을 닫고 아무도 걸려 넘어지지 않도록 방 한 구석으로 옮겨놓을 때까지 그에게 달려가 덤벼들지 않으려고 온 힘을 다해 발가락으로 바닥을 움켜잡고 있어야 했다.

헤더는 작은 섬 같은 흠집이 난 벽지에 눈을 고정하고, 진통을 겪는 산모들에게 가르쳐준 것처럼 다양한 방식으로 숨을 들이마시고 내뱉었다. 얕게, 얕게, 헐떡이듯이. 깊게. 히히후, 입으로만. 얕게, 얕게, 다시 깊게.

나폴레옹이 방을 가로질러 발코니로 나갔다. 그는 흔들리는 배의 갑판으로 나간 사람처럼 다리를 벌리고 서더니 두 손으로 난간을 잡았다. 헤더의 분노가 사그라지고 물러나 사라져버렸다. 됐어. 또 한 번 이겨낸 거야. 그녀의 분노를 전혀 알지 못하는 남편이 고개를 숙이고 취약한 하얀 목을 드러내고 있었다. 저 사람은 절대로 모르겠지. 헤더의 머릿속에서 벌어지고 있는 폭력을 알게 된다면 나폴레옹은 크게 상처받을 것이다.

헤더는 기분이 좋지 않았다. 마치 토한 것처럼 입에서 씁쓸한 맛이 났다. 그녀는 자신의 여행가방을 열어 반바지와 탱크톱을 꺼냈다. 이 오후가 끝나면, '명상'이 끝나면 달려야 할 것 같았다. 한 시간이나 자기 숨소리에 집중하면서 앉아 있는다고 평온해지진 않을 것이다. 오히려 미치기 직전까지 가버릴 것이다. 여기 온 건 실수였다. 아주 비싼 실수. 세 사람은 크고 특색 없는 호텔을 택했어야 했다.

헤더는 거칠게 끈을 잡아당겨 신발을 묶고 말을 하려고 입을 열었다. 당연히 말을 할 생각이었다. 이런 침묵을 해야 할 이유가 없었다. 다른 손님들 앞에서는 말할 수 없겠지만 방에서까지 이렇게 기이하고 불쾌한 침묵을 지켜야 할 이유는 없었다.

옆방에서 혼자 아무 말도 하지 않고 있을 조이는 어떤 기분일까?

헤더와 나폴레옹은 조이가 자기 방에서 오랫동안 나오지 않으면 공포에 질렸다. 조이는 스무 살이고 공부해야 하는 학생이었다. 조이의 방에서 아무 소리도 나지 않는 시간이 조금이라도 길어지면 두 사람 가운데 한 사람은 반드시 조이의 방에 가야 할 핑계를 만들어 가봤다. 그런 부모에게 조이는 단 한 번도 불만을 터뜨린 적이 없고 문을 잠근 적도 없었다. 하지만 평온의 집에는 가족이 함께 묵을 수 있는 방이 없었다. 두 사람은 어쩔 수 없이 조이 혼자 묵어야 하는 옆방을 예약했다.

조이는 괜찮다고 말했다. 조이는 끊임없이 자신은 괜찮다고, 행복하다고 말했다. 하지만 이번 학기에 조이는 지나치게 열심히 공부했다. 신문방송학과 학위를 받는 일이 생사를 가르는 일인 것처럼 미친 듯이 컴퓨터 자판을 눌러댔다. 조이는 쉴 필요가 있었다. 헤더는 부부와 조이를 갈라놓는 벽을 뚫어지게 쳐다봤다. 저 벽을 뚫고 조이를 볼 수 있다면 얼마나 좋을까? 지금 조이는 뭘 하고 있을까? 조이도 스마트폰을 제출했다. 젊은 애들은 스마트폰을 곁에서 떼어놓는 법이 없는데. 배터리가 80퍼센트 아래로 떨어지면 조이는 늘 초조해했는데.

딸의 정신건강이 위태로워질 수도 있는 이런 상황을 굳이 감수해야 할 필요가 있을까? 조이는 열 살이 될 때까지는 혼자서 잠을 잔 적이 없었다. 조이가 호텔에서 혼자 묵었던 적이 있던가? 아니, 절대 없었다. 조이는 방학 때는 친구들과 여행을 떠났고, 헤더는 그 애들이 같은 방에 묵었으리라고 생각했다.

얼마 전에 남자친구랑 헤어졌는데 할 일도 없이 혼자 방에 앉아 있어야 한단 말이야? 어떻게 하지? 헤더의 심장이 미친 듯이 뛰기 시작했다. 지금 자신이 극단적인 상황을 생각하고 있다는 사실은 알았다. 조이는 어른이야. 그러니까 괜찮을 거야.

나폴레옹이 발코니에서 몸을 돌리다 헤더와 눈이 마주쳤다. 나폴레옹은 곧바로 시선을 내렸다. 헤더는 어금니가 우두둑 갈리고 있음을 느꼈다. 아아, 세상에. 침묵은 생각보다 훨씬 어려웠다. 침묵 때문에 헤더의 머릿속으로 생각들이 물밀 듯이 밀려왔다. 끊임없이 머릿속으로 들어오는 나폴레옹의 목소리 때문에 생각을 하지 않아도 됐음을 헤더는 미처 알지 못했다. 침묵을 참아내지 못하는 사람이 나폴레옹이 아니라 헤더 자신이라니, 어처구니가 없었다.

세 사람에게는 침묵도, 금식도, 해독도 필요 없었다. 1월을 피할 피난처만 있으면 되는 거였다. 작년에는 1월에 집에 있었고 결국 재앙을 겪어야 했다. 그 전해보다 훨씬 끔찍한 재앙이었다. 1월은 헤더의 가족을 공포에 떨게 하는 잔혹한 눈과 날카로운 발톱의 독수리처럼 느껴졌다. 몇 달 전에 나폴레옹은 "이번엔 멀리 가는 게 좋겠어. 평화롭고 조용하게 지낼 수 있는 곳으로"라고 했다.

"수도원 같은 곳이면 좋을 거야."

그렇게 대답한 조이가 갑자기 눈을 반짝였다.

"아, 맞아. 건강휴양지 어때? 아빠 콜레스테롤 수치를 낮출 필요가 있잖아."

나폴레옹의 학교에서는 매년 6월에 교직원을 대상으로 무료 건강검진을 실시했다. 나폴레옹은 콜레스테롤 수치가 너무 높고 혈압이 걱정된다는 소리를 들었다. 운동을 하는 것은 잘하고 있는 일이지만 식습관을 크게 바꿀 필요가 있다는 소견도 들었다. 그래서 헤더는 인터넷으로 건강휴양지를 찾아봤다. 놀라운 *치유가 필요하신*

가요? 평온의 집 홈페이지를 열자 곧바로 이런 질문이 튀어나왔다.

"맞아. 우리에겐 놀라운 치유가 필요해."

헤더는 화면에 대고 조용히 말했다.

평온의 집은 고등학교 교사와 가정주부가 벌어들이는 수입보다 훨씬 많은 돈과 사회적 지위를 가진 사람들을 겨냥한 휴양지 같았지만, 벌써 몇 년이나 휴가다운 휴가를 가본 적이 없고 나폴레옹이 할아버지에게 물려받은 유산도 있으니 이 정도 휴가는 갈 수 있었다. 게다가 헤더 부부에겐 필요한 것도 갖고 싶은 것도 없었다. 돈이 있어도 쓸 데가 없었다.

"정말로 엄마 아빠랑 열흘이나 건강휴양지에 갇혀 있겠다고?"

헤더의 말에 조이는 어깨를 으쓱해 보이며 웃었다.

"이번 휴가 때는 잠만 잘 거니까. 나 정말 피곤해."

평범한 스무 살 아가씨라면 여름방학 때 부모와 그렇게 많은 시간을 보내려 하지 않을 것이다. 하지만 조이는 평범한 스무 살 아가씨가 아니었다.

헤더는 '지금 예약' 버튼을 클릭하자마자 후회했다. 그토록 매혹적으로 보이던 것이 갖게 되는 순간 전혀 매혹적이지 않아 보이다니, 이상한 일이었다. 하지만 이미 늦었다. 이미 평온의 집에서 제시한 조건에 동의한다는 버튼을 눌러버린 뒤였다. 평온의 집으로 가는 시기를 늦추거나 앞당길 수는 있었다. 하지만 돈을 돌려받을 수는 없었다. 그러니 좋건 싫건 간에 세 사람은 열흘간의 '정화' 과정에 참여할 수밖에 없었다.

그 뒤로 헤더는 자책하며 지내야 했다. 세 사람은 바뀔 필요가 없었다. 세 사람의 몸에는 아무 이상이 없었다. 누구나 세 사람을 보고 운동광이라고 했다. 이곳은 마르코니 가족을 위한 장소가 아니었다. 이곳은 나폴레옹이 계단에서 붙잡고 떠들던 여자 같은 사람들이나 오는 곳이었다. 그 여자 이름이 뭐더라? 맞아, 프랜시스. 굳이 꼼꼼히 들여다보지 않아도 알 수 있었다. 그 여자의 인생은 음식과 마사지와 남편에 관한 얘기로 가득 차 있을 것이다.

왠지 어디서 본 듯한 사람이라는 생각은 들었다. 하지만 그런 여자들을 너무 많이 알고 있기 때문인지도 몰랐다. 아이를 낳기 전에도 일할 필요가 없었던 부유한 중년 여자들 말이다. 그 여자들에게 잘못된 점은 하나도 없었다. 사실 헤더는 그런 여자들을 좋아했다. 그저 오랫동안 같이 있을 수 없을 뿐이었다. 그 여자들은 살면서 한 번도 상처를 받아본 적이 없었다. 그 여자들이 걱정하는 일은 자기 몸매밖에 없었다. 그 여자들이 먹는 모든 음식은 그들의 외모에 도움이 안 되니 이런 곳에 와서 전문가들에게 덜 먹고 더 움직이면 체중이 덜 나가고 기분이 좋아질 거라는 놀라운 얘기를 들을 필요가 있었다.

일단 침묵 기간이 끝나면 나폴레옹과 프랜시스는 불붙은 집처럼 활활 타오를 것이다. 프랜시스가 겸손한 자세로 별일 아니라는 듯 하버드나 옥스퍼드에서 공부하는 자기 애들 얘기나 유럽에서 보낸 일 년 동안 박물관보다는 나이트클럽에 더 많이 갔다는 얘기를 떠드는 동안 나폴레옹은 진심으로 귀담아 들어줄 것이다. 헤더는 나폴레옹에게 이곳에 있는 동안 바람을 피우라고 제안해볼까 하는 아무짝에도 쓸모없는 생각을 했다. 저 불쌍한 남자는 섹스에 목말라 있을 테고, 프랜시스는 아주 훌륭하고 풍성한 선택지가 될 수 있을 테니까.

나폴레옹과 언제 마지막으로 섹스를 했는지 정확하게는 기억이
나지 않았다. 아마 삼 년 전이었을 것이다. 그 섹스가 헤더의 삶에
서 마지막 섹스였음을 알았다면 자세히 기억해뒀을 것이다. 분명히
좋은 섹스였을 거라는 생각이 들었다. 나폴레옹과 하는 섹스는 보
통은 좋았으니까. 그저 더 이상은 섹스를 할 수 없을 뿐이었다. 헤
더는 더는 할 수 없었다.

침대 끝에 앉아 있으니 나폴레옹이 다가와 옆에 앉았다. 나폴레
옹의 따뜻한 체온을 느낄 수 있었지만 두 사람의 살이 닿지는 않았
다. 그게 규칙이니까. 두 사람은 샤워를 하고 이 방으로 건너오기로
한 조이가 문을 두드리기를 기다렸다. 그게 계획이었다. 이곳에서
세 사람은 종소리가 울릴 때까지 조용히 기다리다가 '안내자가 이
끄는 좌식 명상'을 하러 내려가기로 했다.

조이는 괜찮다. 당연히 조이는 괜찮았다. 조이는 착한 아이였다.
자기가 하겠다고 말한 일은 하는 아이였다. 조이는 늘 그랬다. 두
사람이 살아가는 유일한 이유가 조이는 아니라는 사실을 보여주려
고 헤더와 나폴레옹이 무진장 애를 쓰는 동안, 조이는 부모를 위해
서라면 무슨 일이든 하려고 엄청나게 노력하고 있었다. 헤더는 사
무라이의 칼처럼 날카롭게 와서 박히는 슬픔을 느꼈다. 분노는 감
출 수 있었다. 하지만 슬픔은 감출 수 없었다. 슬픔은 너무나도 본
능적이었다. 헤더는 목 아랫부분을 손바닥으로 눌렀지만 생쥐 같은
가느다란 울음소리가 흘러나왔다.

"이겨내야 해, 여보."

나폴레옹이 속삭였다. 헤더를 쳐다보지 않은 채 그는 아내의 손
을 꼭 잡았다. 헤더를 위해 사랑해 마지않는 규칙을 어긴 것이다.

헤더도 나폴레옹의 손을 쥐었다. 헤더의 손가락이 나폴레옹의 손가락 사이에 완벽하게 들어가도록 꼭 쥐었다. 출산의 고통이 모든 걸 포기하도록 여자를 끌고 가려 할 때 그래도 버티려고 남자의 손을 꼭 잡는 산모처럼, 헤더는 나폴레옹의 손을 움켜잡았다.

. 11 .

프랜시스

명상 시간을 알리는 종이 울려서 프랜시스는 방문을 열고 복도로 나갔다. 벤과 제시카도 동시에 문을 열고 나왔다. 말을 하는 사람은 없었다. 프랜시스는 말이 하고 싶어 입이 근질근질했다. 복도를 따라 계단으로 가는 동안 세 사람은 서로 눈길을 피했다.

벤은 옷이 그대로였지만 제시카는 몸에 딱 달라붙는 요가복으로 갈아입었다. 그 모습이 얼마나 멋진지 프랜시스는 제시카의 노력을 마구 칭찬해주고 싶었다. 저렇게 멋진 외모를 갖추려면 얼마나 많은 노력과 실리콘이 필요했을까. 그런데 저 불쌍한 여자는 한껏 뽐내며 걷는 법을 배우지 못한 것 같았다. 경계를 벗어났기 때문에 숨어야 한다는 듯 어깨를 잔뜩 웅크리고 다른 사람의 시선을 피해 종종걸음을 하고 있었다. 그와 달리 벤은 유죄 선고를 받을 수밖에 없는 범죄를 저질러 감옥에 갈 것을 아는 남자처럼 뻣뻣하면서도 태연하게 걷고 있었다.

프랜시스는 벤과 제시카를 술집으로 데려가 땅콩과 샹그리아를 대접하면서 두 사람의 인생 얘기를 듣고 싶었다. 이런, 왜 샹그리아를 생각한 걸까? 벌써 몇 년이나 샹그리아는 입에 대지도 않았는데. 프랜시스의 뇌는 앞으로 열흘 동안 먹지 못할 음식으로 긴 목록을 만들고 그중 아무거나 집어서 밖으로 던지고 있는 게 분명했다.

계단 앞에서 세 사람은 유쾌하게 말이 많고 키가 큰 나폴레옹과 두 여인을 만났다. 엄마는 헤더다. 레더(Leather) 같은 헤더(Heather). 그리고 딸은 화려하지 않은 조이. 좋아, 아주 잘 기억했어, 프랜시스. 넌 천재야! 물론 이름을 기억하는 재능이 지금 무슨 소용인가 싶지만. 어차피 칵테일파티에 와 있는 것도 아니고 시선도 못 마주치는데.

나폴레옹은 이상한 방식으로 걷고 있었다. 수도사처럼 고개를 숙인 채 우주비행사 흉내를 내듯 아주 천천히 발을 들었다가 내디뎠다. 왜 저러고 걷는지 잠시 어리둥절하던 프랜시스는 침묵 기간에는 발꿈치를 들고 천천히 걸어야 한다던 안내서의 글이 떠올랐다. 제시카는 걷는 속도를 늦추면서 벤에게 속도를 늦추라며 팔을 찰싹 때렸다. 다섯 사람이 발뒤꿈치부터 발가락으로 천천히 계단을 밟으며 내려가는 모습을 보면서 프랜시스는 저 사람들이 터무니없는 행동을 하고 있는 건 아니라는 생각을 하려고 노력했다. 지금 웃기 시작하면 걷잡을 수 없어질 것 같았다. 프랜시스는 배가 고팠고 머리도 살짝 어지러웠다. 키캣 포장지를 핥아먹은 뒤로 벌써 오랜 시간이 흘렀다.

나폴레옹을 선두로 나머지 다섯 명은 차갑고 어두운 명상실로 내려갔다. 프랜시스는 뒤쪽에 자리를 잡고 시험감독관처럼 앉아 있는 두 행복 안내자와 같은 자세를 취해보려 애썼다. 두 안내자는 다리를 종이처럼 접고 엄지와 검지로 동그라미를 만든 손을 무릎에 올려놓았는데, 평화롭고 온화한 얼굴에는 미소가 떠올라 있었다. 편한 자세를 취하려고 몸을 움직이다가 프랜시스는 마사지를 받은 뒤 등의 통증이 완화된 걸 느꼈다. 물론 여전히 아프긴 했다. 하지만 꽉 조인 여러 볼트 가운데 하나가 어느 정도는 풀린 것만 같았다.

오래전 명상 수업에서 명상은 호흡이 중요하다는 걸 알게 됐지만 프랜시스는 제대로 숨을 쉴 수가 없었다. 이번에도 잠이 들었다가 우렁차게 코를 고는 소리에 프랜시스 자신이 깜짝 놀라 깨어날 게 분명했다. 왜 그냥 크루즈 여행을 떠나지 않은 걸까? 프랜시스는 한숨을 내쉬면서 처음 보는 사람이 있는지 둘러봤다. 오른쪽에 앉아 있는 남자는 프랜시스와 비슷한 또래로 보였다. 어정쩡하게 앉아서 앞으로 다리를 쭉 뻗고 있었는데 커다랗고 단단한 자기 배를 얼떨결에 넘겨받은 아기처럼 무릎 위에 앉혀놓고 있었다. 프랜시스는 남자에게 상냥하게 웃어 보였다. 정말로 건강휴양지가 필요한 사람을 만나다니, 아주 좋은 일이었다.

남자가 프랜시스를 돌아봤다. 잠깐만, 이런. 안 돼, 제발. 프랜시스의 위장이 꼬이기 시작했다. 그는 프랜시스가 미친 여자처럼 고함을 지르면서 경적을 내리치던 모습을 본 남자였다. 그러니까 저 남자는 휴가를 온 연쇄살인마였다. 아까 프랜시스는 연쇄살인마가 자신을 어떻게 생각하든지 상관하지 않았다. 다시는 만날 사람이 아니었으니까. 연쇄살인마는 평온의 집과는 반대 방향으로 달려가고 있었으니 그가 평온의 집에 등록했으리라는 생각은 전혀 할 필요가 없었다. 그러니까 저 연쇄살인마가 일부러 프랜시스를 속인 것이다. 하지만 괜찮았다. 당혹스러웠지만 괜찮았다. 프랜시스는 다시 웃어 보였다. 그런 추한 모습을 보인 뒤에 열흘 동안 저 남자와 함께 지내야 한다는 생각에 입 모양이 좀 일그러지긴 했지만.

연쇄살인마는 프랜시스를 비웃었다. 분명히, 명백하게 그녀를 보고 비웃는 표정을 지었다. 그러더니 고개를 돌려버렸다. 그것도 아주 빨리. 프랜시스는 저 남자가 끔찍하게 싫었다. 도로에서 그는 프랜시스에게 운전하지 말라며 거만을 떨었다. 자기가 무슨 경찰이야? 아니, 그럴 리 없었다(경찰이라면 좀 더 괜찮은 차림새로 다닐 것 같았다). 물론 프랜시스는 연쇄살인마가 그녀에 대한 생각을 고칠 기회를 충분히 줄 생각이고,《오만과 편견》에 나오듯이 첫인상은 틀릴 수도 있지만 그가 계속 불쾌한 남자로 남길 바랐다. 그래야 프랜시스에게 활력이 생길 테니까.

두 명이 더 들어왔고 프랜시스는 성심껏 두 사람을 관찰했다. 말을 할 수 있었다면 두 사람이 명상실에 들어오는 순간 친구가 됐을 텐데. 프랜시스는 친구를 잘 사귀었다. 연쇄살인마는 친구를 사귀는 데 재주가 없는 게 분명했다. 그러니까 프랜시스가 이긴 거다.

두 사람 중 먼저 들어온 사람은 여자였다. 삼십대 중반이나 후반일 그 여자는 검은색 레깅스에 무릎을 덮을 정도로 길고 헐렁한 흰색 티셔츠를 입고 있었다. 몸을 쓰는 수업에 새로 나갈 때 여자들이 자신의 몸매를 가리기 위해 택하는 흔한 차림이었다. 숱 많은 검은 머리카락을 반짝이는 긴 회색 끈으로 묶은 여자는 테가 붉은 고양이 눈 같은 안경을 쓰고 있었다. 기발하면서도 지적으로 보이고 싶은 사람들이 선호하는 안경이었다(프랜시스도 비슷한 안경이 있었다). 여자는 버스를 잘못 탄 걸 이제 막 알아챈 것 같은 당혹스러운 표정으로 명상실을 둘러봤다.

또 한 사람은 눈이 번쩍 뜨일 만큼 잘생긴 남자였다. 높은 광대뼈와 반짝이는 눈이 인상적인 그 남자는 토크쇼에 나오려다 방청객들의 환호를 기다리며 잠시 무대 뒤에 서 있는 영화배우처럼 문 앞에 가만히 서 있었다. 완벽하게 다듬은 머리는 그 남자가 자기 자신과 사랑에 빠졌음을 보여주고 있었다. 그 남자를 보는 순간 프랜시스는 큰소리로 웃고 싶었다. 그는 프랜시스가 소설에서 묘사한 키가 크고 흑발에 잘생긴 남자 주인공보다도 훨씬 더 잘생겼다. 저런 남자를 소설 속 주인공으로 만들 수 있는 방법은 오직 하나, 휠체어에 태우는 것뿐이었다. 물론 휠체어에 앉아 있어도 빛이 나겠지만. 솔직히 말해서 두 다리를 없애버린다 해도 저 남자는 여전히 소설을 빛내줄 게 분명했다. 남자는 매일 요가를 하는 사람처럼 아주 가뿐하게 매트 위에 자세를 잡고 앉았다.

곁눈으로 연쇄살인마를 보지 않으려고 프랜시스는 너무 꼿꼿하게 고개를 돌리고 있었기에 목의 힘줄이 아파오기 시작했다. 프랜시스는 어깨를 이리저리 움직였다. 그러다 고개를 돌렸고, 곧바로 연쇄살인마와 눈이 마주쳤다. 연쇄살인마는 주저앉은 채 티셔츠 밑단에 난 구멍에 손가락을 넣고 있었다. 프랜시스는 한숨을 쉬면서 고개를 돌렸다. 정말 혐오할 가치도 없는 남자였다.

자, 이제 뭘 해야 할까? 지금은…… 아무것도 하는 일이 없었다. 사람들은 그저 앉아 있었다. 기다리고 있는 것이다. 그런데 뭘 기다리고 있는 거지? 프랜시스는 사람들에게 말을 걸고 싶어 좀이 쑤셨다. 프랜시스 바로 앞에 앉아 있는 제시카는 무슨 말을 하려는 사람처럼 헛기침을 했다. 뒤쪽에서는 누군가가 기침을 했다. 프랜시스도 기침을 했다. 프랜시스의 기침 소리는 심각하게 들렸다. 흉부 감염이 됐는지도 몰랐다. 여긴 항생제가 있을까? 아니면 천연 보조제로 프랜시스를 치료하려고 할까? 혹시 여기서 아프다가 그냥 죽어버리는 게 아닐까?

기침 소리들 때문에 프랜시스는 교회에 와 있는 듯한 생각이 들었다. 그런데 교회에 마지막으로 나간 게 언제였더라? 결혼식 때였던 것 같은데. 친구의 아들 딸들이 이제 결혼을 하기 시작했다. 1980년대에 허벅지까지 오는 부츠를 신고 다니던 애들이 이젠 우아한 볼레로 재킷을 입은 신부 어머니로 교회에 갔다. 하지만 결혼식에서는 최소한 옆자리 하객과 조용히 얘기를 나눌 수는 있었다. 친구의 볼레로 재킷을 칭찬해줄 수는 있었다. 명상실은 결혼식보다는 장례식에 가까웠는데, 장례식에서도 낮은 목소리로 애도를 표했지 이런 식으로 입 다물고 있진 않았다. 더구나 돈까지 내고 온 곳이었다. 이렇게 장례식보다 끔찍한 곳인데도.

프랜시스는 간절한 표정으로 주위를 둘러봤다. 교회처럼 멋진 스테인드글라스 창문도 없었다. 여기는 거의 지하감옥 같았다. 외딴 영지에서 낯선 사람들과 지하감옥에 갇혀 있는데, 설상가상으로 그 가운데 한 명은 연쇄살인마였다. 프랜시스의 몸이 격렬하게 떨렸다. 에어컨 바람이 너무 셌다. 그녀는 죄수였던 석수들이 새겨놓았다던 글자를 떠올리고 혹시 이곳에 고문을 받던 사람들의 영혼이 나타나는 건 아닌지 생각했다. 프랜시스도 유령이 출몰하는 집을 배경으로 소설을 쓴 적이 몇 번 있었다. 그래야 소설 속 인물들이 서로 껴안기 편하니까.

나폴레옹이 재채기를 했다. 얼마나 크게 재채기를 하는지 꼭 개가 짖는 것처럼 들렸다.

"게준트하이트(몸조심하세요)."

잘생긴 남자가 말했다. 프랜시스는 헉, 하고 숨을 들이마셨다. 저남자, 벌써 고귀한 침묵을 어겼어! 잘생긴 남자가 손바닥으로 자기 입을 쳤다. 남자의 눈이 파르르 떨렸다. 프랜시스의 가슴에서 웃음이 풍선처럼 부풀어올랐다. 아이고야, 이건 마치 수업 시간에 웃음을 참으려고 애쓰는 것 같았다. 프랜시스의 눈에 잘생긴 남자의 어깨가 떨리는 모습이 보였다. 그 남자는 낄낄거리고 있었고 프랜시스는 키득거리고 있었다. 이제 곧 프랜시스는 죽어라고 웃어댈 테고 누군가가 '진정될 때까지' 프랜시스를 밖으로 내보내라고 명령할 것이다.

"나마스테! 안녕하세요."

한 사람이 들어오는 순간 명상실 분위기는 완전히 바뀌었다. 그녀는 사람들을 감싸고 있는 공기의 입자를 바꿔버렸고, 사람들의 시선을 한 몸에 끌었으며, 기침도 훌쩍임도 헛기침도 일순간 멈추게 했다. 프랜시스의 가슴속에서 부풀어오르던 웃음도 흔적도 없이 사라졌다. 잘생긴 남자도 낄낄거리는 걸 멈추고 조용해졌다.

"평온의 집에 오신 걸 환영합니다. 마샤입니다."

마샤는 놀라운 여자였다. 슈퍼모델 같기도 했고 올림픽에 출전하는 운동선수 같기도 했다. 키는 180센티미터가 넘어 보였고 피부는 시체처럼 하얬으며 번쩍이는 커다란 초록색 눈은 외계인처럼 보일 정도였다. 마샤는 명상실에 있는 사람들과는 전적으로 다른 종 같았다. 훨씬 우월한 종. 심지어 저 잘생긴 남자보다도 훨씬 더 우월한 종처럼 보였다. 나마스테를 '네마스테'라고 하는 식으로 특정 음절들은 옆으로 밀어버리는 것처럼 발음하는 매력적인 목소리는 보통 여자들 목소리와 달리 낮고 깊었다. 마샤의 억양은 오스트레일리아 사람 같다가도 다른 나라 사람같이 바뀌곤 했는데, 프랜시스는 러시아 억양이라고 추측했다. 마샤는 러시아 스파이라고 해도 믿을 것 같았다. 러시아 암살자라고 해도.

평온의 집 직원들처럼 마샤도 하얀 가운을 입고 있었는데 유니폼이라기보다는 특별히 선택한, 마샤에게 꼭 맞는, 마샤를 위한 옷처럼 보였다. 마샤의 팔과 다리는 깨끗하고 매끈한 조각상 같았고, 백발로 탈색한 머리카락은 아주 짧게 잘려 있어서 샤워를 하고 나면 강아지처럼 머리를 흔들어 물기를 털어도 될 것 같았다.

마샤의 놀라운 몸을 따라 눈을 움직이면서 프랜시스는 자기 몸을 떠올리지 않을 수 없었고, 절망의 나락으로 떨어지지 않을 수 없었다. 프랜시스는 〈스타워즈〉의 외계인 자바 더 허트처럼 베개같이 푹신한 가슴과 엉덩이, 탄력 없는 살로 이뤄진 뚱보였다. 안 돼! 프랜시스가 자신에게 말했다. 자기혐오에 빠지는 건 프랜시스답지 않았다. 하지만 마샤의 몸에서 미학적 즐거움을 못 느낀다고 하면 그건 자신을 속이는 일이다. 저 잘생긴 남자처럼 마샤도 극적인, 충격을 받을 정도로 놀라운 외모를 갖고 있었다.

프랜시스가 주변 사람들에게 영향을 미치려면 말을 하거나 글을 쓰거나 농을 거는 등 무슨 일인가를 해야 했다. 가만히 서 있으면 그 누구도 프랜시스의 존재를 깨닫지 못했다. 하지만 마샤 같은 사람은 그 존재를 깨닫지 않으려야 않을 수 없었다. 주목을 받으려면 그저 존재하는 것으로 족한 사람이었다. 그런 마샤가 천천히 고개를 돌려 조용히 복종한 채 양반다리를 하고 앉아 있는 사람들을 살펴봤다.

이건 좀 모욕적인걸. 우린 유치원 아이들처럼 앉아 있고 저 사람은 서 있잖아. 우린 말하면 안 되는데 저 사람은 말을 해도 되고. 게다가 눈을 마주치면 안 된다는 규칙이 있는데도 마샤는 사람들의 눈을 똑바로 보고 있었다. 자기가 만든 규칙이라고 맘대로 어기고 있는 거였다. 여기서 돈을 낸 사람은 나야. 나를 위해 일할 사람은 당신이에요, 부인.

마샤가 프랜시스를 바라봤다. 따뜻하고 유쾌한 마음을 담고 있는 눈이었다. 마치 오랜 친구나 되는 것처럼, 마샤는 프랜시스가 하는 생각을 정확히 이해한다는 눈길로 보고 있었다.

오랜 시간이 지난 뒤에 마샤는 다시 입을 열었다.

"고귀한 침묵에 기꺼이 동참해주셔서 감사합니다."

정확히는 가음사합니다, 라고 발음했지만.

"고귀한 침묵을 지켜내시기가 특히 어려운 분도 있으리라 생각합니다. 당연합니다. 이렇게 침묵하게 되리라고 생각하지 못하셨을 테니까요. 아마도 여러분 중에는 지금 좌절과 분노를 느끼는 분도 있을 겁니다. 이러려고 여기 온 게 아니라는 생각을 하고 계시겠죠. 충분히 이해합니다. 하지만 이런 말씀을 드리고 싶습니다. 가장 유지하기 힘들었던 침묵이 가장 큰 보상을 얻은 가장 좋은 기억으로 남을 겁니다."

으음, 그거야 지켜봐야 알겠지. 프랜시스는 생각했다.

"지금 여러분은 산 밑에 서 있습니다. 산 정상은 절대로 도달하지 못할 것처럼 높아 보입니다. 하지만 내가 여러분이 산 정상에 오를 수 있게 도와줄 겁니다. 열흘이 지나면 지금 여기 앉아 있는 여러분은 더 이상 존재하지 않을 겁니다."

마샤는 입을 다물고 사람들을 천천히 둘러봤다. 마샤가 앞에서 시연해 보이는 연극은 너무 의도적이고 과장돼 있어서 재미있지도 않았다. 사실 웃기는 게 당연한데 전혀 웃기지 않았다.

마샤가 다시 말했다.

"열흘이 지나면 지금 여기 앉아 있는 여러분은 없을 겁니다."

오, 이제는 바뀔 거야. 새로운 사람이 될 거야. 훨씬 괜찮은 사람이 될 거야. 프랜시스는 희망이 미세한 안개처럼 명상실 위로 피어오르고 있음을 느꼈다.

"훨씬 행복하고 건강하고 가볍고 자유로워져서 평온의 집을 나서게 될 겁니다."

훨씬 행복하게 되리라. 훨씬 건강하게 되리라. 훨씬 가볍게 되리라. 훨씬 자유롭게 되리라. 마샤의 말은 한 마디 한 마디가 축복 같았다.

"마지막 날이 되면 나를 찾아와 말하게 될 겁니다. '마샤, 당신 말이 옳았어요. 나는 예전의 내가 아니에요. 나는 치유됐어요. 나쁜 습관도, 나쁜 화학 물질도, 나쁜 독성 물질도, 나쁜 생각도, 나를 붙잡고 있던 나쁜 행동도 모두 사라졌어요. 내 몸과 마음은 깨끗해요. 전혀 상상도 못했던 나로 거듭 태어났어요'라고 말입니다."

저게 무슨 헛소리야. 프랜시스는 생각했지만 동시에 빌고 있었다. 제발, 그 말이 사실이 되게 해줘.

프랜시스는 열흘 뒤 활력에 넘치고 두통도 사라지고 등은 고무밴드처럼 유연하게 구부러지고 연애 사기 때문에 상처받고 오그라든 마음은 완전히 사라진 채 집으로 차를 몰고 달려가는 자신의 모습을 상상했다. 그녀는 몸을 똑바로 세우고 당당하게 걸어갈 것이다. 새로 쓴 책이 어떤 운명을 맞게 되건 의연하게 받아들일 것이다. 서평 따위는 아무것도 아닌 에피소드가 돼버릴 것이다. 심지어 프랜시스는 크리스마스를 기다리는 아이처럼 엄청난 기대에 차서, 입기만 하면 찬사를(특히 다른 사람의 남편들 입에서 많이 흘러나왔고 들을 때마다 기뻤던 찬사를) 들었던 지머만 드레스의 지퍼를 다시 한 번 끝까지 올릴 수 있을지도 모른다는 생각을 했다.

완전히 변한 프랜시스는 집으로 돌아가 스릴러를 쓰거나 비밀로 가득한 다채로운 인물들과 유쾌하고 특이한 악당이 나오고 살인이 난무하는 전통 추리 소설을 쓸 수 있을지도 몰랐다. 촛대나 독약을 탄 차로 등장인물을 죽이면 재미있을 것이다. 배경은 건강휴양지로 하고! 체육관에서 본 길게 늘어나는 녹색 고무 밴드로 살인을 저지르게 할 수도 있을 것 같았다. 당연히 로맨스도 넣어야겠지. 로맨스를 싫어하는 사람은 없으니까.

"이 여행은 놀라움의 연속일 겁니다. 매일 아침이면 그날 여러분의 일정이 도착할 텐데, 늘 일정이 달라질 겁니다. 매일 주먹을 꽉 쥐고 엄격하게 정해진 삶을 살아야 했던 분들에게는 쉽지 않으리라는 사실을 잘 알고 있습니다."

마샤는 주먹 쥔 손을 번쩍 들어올리며 활짝 웃었다. 충격적인 웃음이었다. 밝고 온화하고 관능적인 웃음이었다. 마샤를 따라 웃으면서 프랜시스는 다른 사람들도 같은 영향을 받았는지 보려고 고개를 돌렸다. 정말로 모두 웃고 있었다. 심지어 연쇄살인마도 마샤를 보며 웃고 있었다. 비록 다시 정신을 차리고 찌무룩하게 입을 벌린 채 티셔츠의 해진 곳에서 실 한 가닥을 잡아 빼기 시작했지만.

"여러분이 시냇물 위의 나뭇잎이라고 생각하세요. 힘을 빼고 편하게 여행을 즐기세요. 시냇물이 여러분을 이리저리 흔들면서 데리고 가겠지만, 결국은 여러분이 가야 할 곳으로 가게 될 겁니다."

나폴레옹은 깊이 고개를 끄덕였다. 벤과 제시카는 등을 꼿꼿하게 펴고 꼼짝도 하지 않았다. 두 사람의 젊음은 취약해 보였다. 프랜시스처럼 의자에서 일어날 때마다 "아이쿠" 하고 비명을 터뜨리진 않겠지만 말이다. 벤은 제시카에게 할 말이 있는 듯 고개를 돌리고 입술을 벌렸지만 실제로 말을 하진 않았다. 제시카가 손을 움직이자 거대한 다이아몬드가 번쩍 빛을 발했다. 세상에, 저거 몇 캐럿이야?

"명상 수업을 처음 시작하기 전에 한 가지 들려드릴 얘기가 있습니다. 십 년 전에 난 죽었습니다."

아무도 예상치 못한 말이었다.

"믿지 못하겠다면 야오에게 물어보세요."

마샤는 왠지 신나 보였고 야오는 웃음을 꾹 참고 있는 것처럼 보였다.

"심장이 멈춰버렸어요. 임상적으로 죽은 거였죠."

자신의 인생에서 가장 멋진 순간을 얘기하고 있는 것처럼 즐거워하는 마샤의 초록색 눈이 기이하게 빛났다. 프랜시스는 얼굴을 찡그렸다. 그런데 왜 야오 얘기를 한 거지? 야오가 그때 같이 있었단 거야? *계속 말해봐요, 마샤.*

"보통 임사체험이라고 하지만 그건 틀린 용어라고 생각합니다. 거의 죽음에 이른 게 아니라, 정말로 죽었던 거니까요. 나는 죽음을 경험했습니다. 그런 특권을 누릴 수 있었다는 사실에 영원히 감사할 테고요. 덕분에 인생이 완전히 바뀌었으니까요."

누구 하나 움직이지 않았고 기침도 하지 않았다. 왜지? 너무 당혹스러워서? 경이로워서? 그러니까 터널을 통과해서 빛을 봤다는 거지? 그런 경험을 하는 이유는 과학적으로 이미 밝혀지지 않았나? 마샤의 말에 콧방귀를 뀌면서도 프랜시스의 몸에는 소름이 돋았다.

"그날, 십 년 전에 나는 잠시 내 몸을 떠났습니다."

마샤의 눈이 사람들을 쭉 둘러봤다.

"내 말을 의심하는 사람도 있을 거라고 생각합니다. 이렇게 생각할 테지요. 정말로 죽었다고? 정말입니다. 그때 날 구하러 온 구급대원이 야오였고요."

마샤가 야오를 보며 고개를 끄덕이자 야오도 같이 끄덕였다.

"야오가 그날 내 심장이 멈췄다는 사실을 증언해줄 겁니다. 나중에 우린 친구가 됐고, 행복하고 건강한 삶에 관심을 갖게 됐죠."

마샤의 말에 야오는 더 열성적으로 고개를 끄덕였다. 음, 또 다른 행복 안내자가 그 모습을 노려보고 있다는 생각이 드는 건 착각일까? 아니면 정말로 노려본 걸까? 같은 직원이라 질투하는 걸까? 저 사람 이름이 뭐였더라? 아, 딜라일라. 성서에서는 데릴라라고 하는. 삼손의 머리카락을 자른 뒤 데릴라는 어떻게 됐더라? 프랜시스는 인터넷 검색을 하고 싶었다. 열흘 동안 계속해서 떠오르는 생각들을 즉시 해결하지 못하고 견뎌야 하다니, 정말 자신이 없었다.

"그 죽음에 관해 더 많은 얘기를 들려드리고 싶지만 적절하게 표현할 말을 찾기가 힘듭니다. 인간이 이해할 수 있는 영역이 아니기 때문이겠죠."

그래도 시도는 해봐야지. 프랜시스는 미친 듯이 팔뚝을 긁었다. 망할 구글링을 해보지 않았기 때문에 백 퍼센트 확신할 순 없지만, 이렇게 팔이 간지러운 건 자극적인 인터넷 기사에서 알게 된 바로는 알츠하이머병 초기 증상이다.

"이런 말씀을 해드릴 수가 있겠군요. 이 세상과 나란히 놓여 있는 또 다른 세상이 있다는 것. 이젠 죽음을 두려워할 필요가 없다는 걸 나는 알고 있습니다."

그래도 피하는 게 제일 좋지. 프랜시스는 다른 사람들이 진지해질수록 경솔해지는 경향이 있었다. 그게 프랜시스의 단점이었다.

"죽음은 그저 지상에 속한 몸을 남겨두고 떠나는 문제예요."

마샤는 지상에 속하지 않은 우아한 모습으로 지상에 속한 자신의 몸을 움직였다. 마치 몸이란 하찮기 그지없다는 걸 보여주려는 사람 같았다.

"우리가 자궁을 떠나듯이, 또는 다른 방으로 들어가는 것처럼, 죽음은 아주 자연스러운 과정입니다."

마샤가 문득 입을 다물었다. 명상실 뒤쪽에서 누가 움직이고 있었다. 프랜시스는 뒤를 돌아봤다. 이곳에서 가장 젊은 조이가 양반다리를 풀고 부드러운 동작으로 단번에 일어났다.

"죄송해요."

조이가 웅얼거렸다. 조이의 귀에는 프랜시스로서는 뚫을 수 있다고 상상도 못할 곳에 수많은 귀고리가 걸려 있었다. 조이의 얼굴은 창백했다. 그 모습을 보니 프랜시스는 맘이 아팠다. 그건 조이가 너무 어리거나 프랜시스가 너무 나이를 먹었기 때문일 것이다.

조이의 부모는 하얗게 질린 얼굴로 딸을 올려다보며 조이를 붙잡으려 했다. 조이는 두 사람을 향해 격렬하게 고개를 저었다.

"화장실은 저기 있어요."

마샤가 말했다.

"전 그저…… 바람을 좀 쐬야 할 것 같아요."

조이가 대답했고 헤더가 벌떡 일어났다.

"같이 가자."

"아니, 엄마. 난 괜찮아. 제발, 나 혼자……."

사람들은 모두 누가 이길 것인지 지켜봤다.

"조이는 괜찮을 거예요. 괜찮아지면 돌아와요, 조이. 너무 먼 길을 와 피곤해서 그래요."

마샤가 단호하게 결론을 내리자 헤더는 마지못해 다시 자리에 앉았다. 모두 조이가 명상실을 나가는 모습을 지켜봤다. 이제 명상실에는 불안한 긴장이 흘렀다. 조이의 이탈이 균형을 깨뜨린 것 같았다. 마샤는 코로 깊이 숨을 들이마시고 입으로 내뱉었다.

"저기요, 이제, 어…… 고귀한 침묵……이 깨졌으니까, 질문을 해도 될까요?"

연쇄살인마였다. 연쇄살인마답게 그 남자는 입을 거의 벌리지 않은 채 말하느라 단어가 덩어리가 되어 툭툭 튀어나왔다. 화가 난 게 분명했다. 규칙을 위반한 남자를 보는 마샤의 눈이 살짝 커졌다.

"꼭 지금 말해야 하는 중요한 내용이라면, 말해보세요."

남자는 턱을 툭 내밀면서 말했다.

"누가 우리 가방을 뒤진 겁니까?"

. 12 .

조이

조이는 명상실의 묵직한 떡갈나무 문밖에서 허리를 숙이고 두 손으로 허벅지를 짚은 채 제대로 숨을 쉬려고 애썼다. 요즘은 공황 장애가 올 때가 많았다. 사람들이 구급차를 부를 만한 공황장애는 아니었지만, 스핀 클래스에서 심장박동이 급격히 빨라지는 것처럼 갑자기 심장이 뛰면서 숨을 쉬기 힘들 때가 잦았다. 스핀 클래스에 서야 숨을 헐떡여도 문제가 없었지만, 바닥에 양반다리를 하고 앉 아서 미친 여자가 죽음에 관해 말하는 소리를 듣고 있을 때는 상황 이 달랐다.

잭도 이런 느낌이었는지 궁금했다. 잭은 천식을 앓는다는 건 가 슴에 벽돌 열 개를 얹은 것과 같다고 말하곤 했다. 조이는 한 손을 가슴에 올렸다. 벽돌을 얹은 것 같진 않았다. 그러니까 천식은 아니 었다. 그저 평범한 공황장애일 뿐이었다. 조이는 자신이 공황장애 에 빠지는 이유를 언제나 알았다. 이번에는 죽음에 다다랐던 경험 이 아름다웠다고 말하는 마샤의 미친 생각을 들어야 했기 때문이 다. 마샤의 얘기 때문에 잭의 장례식에서 알레산드로 삼촌이 낭독 한 〈죽음은 아무것도 아냐〉라는 시가 떠올랐기 때문이다.

조이는 자신이 그 시를 얼마나 싫어했는지 기억해냈다. 그 시는 거짓으로 가득 차 있었다. 잭은 그저 다른 방으로 건너간 게 아니었다. 잭은 영원히 가버렸다. 완전히 가버려서 아무 소리도 내지 않았다. 문자 메시지도 한 통 보내오지 않았고 트위터에 글 하나 올리지 않았다. 그 생각을 하자 숨을 쉴 수가 없었다. 조이가 할 수 있었던 건 여기서 빠져나가야 한다는 생각뿐이었다.

"누가 우리 가방을 뒤진 겁니까?"

명상실에서 남자 목소리가 들려왔다. 아빠만큼이나 키가 크고 몸집은 아빠보다 두 배는 큰 지저분하게 생긴 남자임이 분명했다. 돈 내기를 해도 이길 자신이 있었다. 남자의 질문에 대답하는 소리는 들리지 않았다.

조이는 좁은 계단을 올라가 평온의 집 중심부로 들어갈 수 있는 두 번째로 묵직한 문을 힘껏 밀었다. 부모님이 걱정하실 테니 오랫동안 사라져 있을 수는 없었다. 잭이 죽은 뒤로 조이의 인생은 끝없는 위기의 연속이었다. 부모님이 서고 있는 결코 멈추지 않는 불침번만이 조이를 살아가게 만들고 있었다. 부모님은 조이가 독감 예방주사를 맞지 않으면, 반년에 한 번씩 조이의 자동차 브레이크를 점검하지 않으면, 조이가 조금이라도 늦게 귀가하면 조이는 죽게 될 거라고 진심으로 믿고 있었다. 엄마 아빠의 생각은 쉽게 알 수 있었다. "우버 이용할 거니?" 같은 일상적인 질문을 할 때 부모님은 고개를 돌리고 손으로 뭔가를 부지런히 하고 있었다. 걱정돼서 하는 말이 아니라는 듯 행동하는 부모님을 조이는 외면할 수 없었다.

어렸을 때부터 천식을 앓던 잭과 달리 한 번도 천식 때문에 고생해본 적이 없는데도 엄마가 아닌 척 다가와 조심스럽게 딸의 숨소리를 들을 때, 조이는 그냥 걸어가버릴 수가 없었다. 짜증을 꾹 억누르고 숨소리를 듣게 해줄 수밖에 없었고, 듣고 싶어 하는 대답을 해주고 필요로 하는 위안을 줄 수밖에 없었다. 지금은 사라질 수 없었다. 십 분만 혼자 있다가 조용히 돌아갈 생각이었다. 그때쯤이면 미친 마샤가 사람들을 장악해서 다들 조용히 명상을 하고 있다면 좋을 텐데.

라벤더 룸으로 가는 동안 직원은 한 사람도 보이지 않았다. 라벤더 룸에는 라벤더가 정말 많았다. 라벤더 가지가 꽂혀 있는 커다란 화병이 여러 개 있었고, 다양한 색의 라벤더 그림이 있는 직물 제품과 쿠션이 여기저기 놓여 있었고, 혹시라도 라벤더를 못 보고 지나치면 안 된다 싶었는지 라벤더색으로 칠한 벽에는 라벤더 그림이 여러 점 걸려 있었다.

조이는 장미 정원이 내다보이는 창문으로 다가갔다. 높은 산울타리에 둘러싸여 있는 네모난 풀밭에는 흰 장미가 흐드러지게 핀 화단이 있었다. 내일 아침 해가 뜰 무렵엔 저곳에서 태극권을 하게 된다고 했다. 지루하긴 해도 멋진 장소였다. 하지만 정말로 가방을 뒤졌다면 충격적인 일이다. 다행히 조이는 규칙을 어길 때는 어떻게 해야 하는지 잘 알았다. 알코올 프리 파티에 술을 들고 들어가는 법을 이미 잘 알았다. 조이는 와인 병임을 전혀 알 수 없도록 뽁뽁이로 포장한 뒤에 "엄마 아빠, 결혼기념일 축하해요!"라고 적은 쪽지를 붙여놓았다. 방에 들어갔을 때 조이는 가방에 와인이 그대로 있는 걸 확인했다.

잭의 스물한 번째 생일 때 조이는 잭을 위해 한밤중에 그랑주 와인을 한 잔 마실 생각이었다. 조이와 잭이 태어나던 해, 아빠와 함께 근무하던 수학 선생님이 그해에 만든 그랑주 한 병씩을 선물했다. 아기 선물로는 참으로 이상한 선물이었다. 원래 그랑주는 온도가 조절되는 지하저장고에 보관해야 하지만, 조이네는 알코올에 그렇게 열광하는 집이 아니었다. 부모님은 그랑주를 찬장에 넣어뒀고, 아이들이 스물한 살이 되면 꺼내 마신다는 계획을 세웠다. 인터넷에서 알게 된 대로라면 그랑주는 '말린 과일과 향신료가 섞여 있는 아름다운 부조화를 맛볼 수 있게 해주며 고압적인 끝맛이 길게 이어지는' 술이었다. 잭이라면 '고압적인 끝맛이 길게 이어지는'이라는 표현이 재미있다고 생각했을 텐데.

조이는 청록색 언덕의 흐릿한 윤곽을 눈으로 천천히 따라가면서 친구들과 함께 가는 발리 서핑여행에 조이를 데리고 가려고 애썼던 예전 남자친구를 생각했다. 부모님 때문에 갈 수 없다고 말했을 때, 남자친구는 그 말을 믿으려 하지 않았다.

"다른 때는 괜찮아. 하지만 1월엔 반드시 부모님과 있어야 해."

남자친구는 화를 냈고, 두 사람은 잠깐 냉전 상태로 있다가 결국 헤어졌다. 조이는 남자친구를 사랑했다.

조이는 이마로 창문을 조심스레 쿵쿵, 두드렸다. 그애는 내가 정말로 부모님하고 여기 오고 싶어 한다고 생각한 걸까? 내가 정말로 발리에 가고 싶어 하지 않는다고 생각한 걸까? 1월 말은 끔찍했다. 1월 말이면 아무리 괜찮은 체해도 엄마 아빠의 내부에서는 죽을 것처럼 불이 타올라 오장육부가 모두 녹아내렸다.

"저기, 안녕하세요. 조이 맞죠? 아까 만났잖아요. 프랜시스예요."

조이가 창문에서 몸을 돌렸다. 아까 아빠와 얘기를 했던 금발에 빨간 립스틱을 한 여자였다. 나이 든 사람들이 쓰는 거북딱지 머리핀을 바로잡고 있는 여자의 얼굴은 상기돼 있었다.

"안녕하세요."

조이가 대답했다.

"말하면 안 되는 시간인 건 알지만, 고귀한 침묵이 갑작스러운 방해를 받아 끝나버린 것 같아요."

"무슨 일 있었어요?"

"아주 요상해져버렸죠."

프랜시스는 라벤더가 그려진 긴 소파에 앉으면서 말했다.

"우와, 여기 앉으니까 좋네요. 아주 푹신해요."

프랜시스는 등 뒤로 쿠션 두 개를 밀어넣었다.

"아이고, 등이야. 죽겠네."

프랜시스는 쿠션 위에서 몸을 이리저리 꿈틀거렸다.

"아니, 괜찮아. 훨씬 낫군. 음, 아까 그 남자 알죠? 기침을 해대던 심술궂게 생긴 남자. 이런, 그건 내가 할 소리는 아니네. 가까이 오지 마요. 감기 옮기기 싫으니까. 그래도 내 바이러스가 그 사람 바이러스보다는 훨씬 나을 거예요. 아무튼, 그 남자가 아주 흥분하고 있거든요. 여기에 작은 술집을 통째로 가져온 게 분명해요. 좀 창피한 말인데, 실은 나도 몇 개 뺏겼어요. 그러니까 나도 그 심술궂은 남자 편을 들었어야 했는데 말이에요. 말이야 바른 말이지, 그건 사생활 침해잖아요. 그러면 안 되죠. 우리도 권리가 있는데 말이야!"

프랜시스가 허공에 주먹을 날렸다. 조이가 소파에 앉으면서 프랜시스의 주먹을 보고 웃었다.

"하지만 물건을 뺏겼다는 사실을 알리고 싶진 않았어요. 그게 무슨 창피야. 게다가 난 그 남자랑 동맹을 맺고 싶지 않았어요. 왜냐하면 그 남자는 너무…… 아무튼, 그래서…… 나도 바람을 쐬야겠다고 말했어요. 그게 내가 지금까지 한 일 가운데 가장 용감한 행동

같아요."

"저도 몰래 가져온 물건이 있어요."

"정말요? 조이도 뺏겼어요?"

"아뇨. 찾아내지 못했나봐요. 부모님 드릴 선물처럼 포장했거든요."

"우와, 천재네. 뭘 가져왔는데요?"

"와인이에요. 정말 비싼 와인요. 아, 리세스 피넛버터 컵도요. 전 초콜릿 중독인 거 같아요."

"냠냠. 축하해요. 그 독창성, 진짜 좋아요."

"감사합니다."

"열흘 동안 와인을 한 잔도 안 마셔도 문제는 없어요. 그저……뭐랄까, 부당한 취급을 받으니 어처구니가 없는 거예요."

"전 와인을 좋아하지도 않아요."

"어머, 그럼 그냥 여기 규칙을 어길 수 있다는 걸 입증해 보이려고 가져온 거예요?"

"오빠의 스물한 번째 생일 때 건배하려고 가져온 거예요. 삼 년 전에 죽었어요."

당연히 프랜시스의 얼굴이 굳어졌다.

"괜찮아요. 그렇게 친하진 않았어요."

사람들은 보통 그렇게 말하면 약간 안심하는 표정을 지었다. 하지만 프랜시스의 표정은 조금도 변하지 않았다.

"정말 안됐어요."

"괜찮아요. 정말로 우린…… 잘 지내지 못했거든요."

친구 카라가 생각났다. 카라는 잭의 장례식에 와서 말했다. "그래도 너흰 그렇게 친한 사이는 아니었잖아." 카라는 자기 언니와 아주 친한 사이였다.

"오빠 이름이 뭐예요?"

프랜시스는 아주 중요하다는 듯 물었다.

"잭이에요."

조이는 자기 목소리가 아주 고통스럽고 기이하다고 생각했고, 잠깐 기절할지도 모른다는 기분이 들었다.

"조이와 잭이에요. 쌍둥이거든요. 귀염 떠는 이름이에요."

"사랑스러운 이름이네요. 쌍둥이니까 조이도 곧 생일인 거네요."

"원칙적으로는요. 하지만 이젠 그때가 생일이 아니에요. 생일을 바꿨거든요."

조이는 공식적으로 생일을 3월 18일로 옮겼다. 3월 18일은 좋은 날이니까. 시원하고 일 년 중 폭풍도 가장 적게 오는 때였으니까. 사실 3월 18일은 마리아 할머니의 생일이었다. 마리아 할머니는 언제나 당신 생일에는 비가 오지 않았다고 했는데, 맞는 말일 것이다. 증조할머니처럼 백 살까지 살 거라던 마리아 할머니는 잭이 죽자 상심한 나머지 한 달 만에 세상을 떠났다. 의사도 할머니가 너무나도 상심해서 세상을 떠났다고 말했다.

"잭은 열여덟 번째 생일 바로 전날 죽었어요. 우리는 'Z' 파티를 하기로 했었어요. 잭도 조이도 첫글자는 Z니까요. 그때는 그게 정말로 재미있을 것 같았어요."

"이런, 조이."

프랜시스가 몸을 숙였다. 조이는 프랜시스가 자신을 만질 거라고 생각했지만 프랜시스는 동작을 멈췄다.

"그래서 생일을 바꾼 거예요. 엄마 아빠 마음이 완전히 무너진 다음 날 내 생일을 축하하는 건, 엄마랑 아빠한테는 너무 가혹한 일이니까요. 1월은 우리 부모님한테는 정말 잔인한 달이에요."

"그렇겠죠. 세 사람 모두한테 힘든 달일 거예요. 그래서 떠나 있는 게…… 좋다고 생각한 거군요."

"그냥 조용한 곳으로 가고 싶었어요. 우린 건강하지 않으니까, 건강휴양지에 있으면 좋겠다고 생각했거든요."

"그래요? 아주 건강해 보이는데."

"음, 전 설탕을 너무 많이 먹어요."

"설탕이 새로운 악당이기는 하죠. 예전엔 지방이 악당이었는데, 그다음엔 탄수화물이 악당이 됐고요. 악당은 계속 바뀌는데요, 뭐."

"설탕은 정말 나빠요."

설탕은 너무 나빠서 다음 악당이 생기진 않을 것이다. 누구나 설탕이 얼마나 끔찍한지 아니까.

"이미 연구도 다 나와 있잖아요. 난 정말로 설탕 중독에서 벗어나야 해요."

"으음."

"초콜릿을 너무 많이 먹어요. 다이어트 콜라도 중독이고요. 그래서 이렇게 피부가 나쁜 거예요."

조이는 입가에 난 뾰루지를 가리켰다. 계속 신경이 쓰여서 만지지 않을 수 없는.

"무슨 소리, 조이 피부가 얼마나 좋은데요."

프랜시스가 터무니없다는 듯 몸을 흔들었다. 조이의 뾰루지는 보지 않으려고 마음먹은 게 분명했다. 조이는 한숨을 내쉬었다. 사람들은 왜 솔직하지 못한 걸까?

"부모님은 운동광이지만 아빠는 정크푸드 중독이에요. 엄마는 식이장애가 있고요."

조이는 잠시 생각에 잠겼다.

"엄마한테는 말하지 말아주세요. 정말로 식이장애가 있는 건 아니거든요. 그냥 먹는 게 좀 이상할 뿐이에요."

잭이 죽기 전에도 엄마는 그랬다. 엄마는 여러 가지 음식을 벌려 놓고 먹는 걸 참지 못했다. 문제는 엄마가 대가족으로 살아가는 이탈리아의 남자와 결혼했다는 점이다. 엄마는 속쓰림, 위경련, 그 밖에 모호하게만 표현하는 수많은 '소화기장애'를 앓아야 했다. 엄마는 음식을 그저 음식으로 보는 일이 없었다. 엄마에게 음식은 언제나 불쾌한 감정을 유발하는 골칫거리였다. 엄마는 늘 배가 고프거나 속이 더부룩했고, 구체적이지만 가질 수는 없는 어떤 음식을 갈망했다.

"그런데 프랜시스는 여기 왜 오신 거예요?"

조이는 화제를 바꾸고 싶었다. 낯선 사람에게 자신과 가족에 관해 너무 많은 말을 했다는 생각이 들었다.

"아, 뭐랄까. 너무 지쳤어요. 등은 아프지, 감기는 어떻게 해도 나을 생각을 않지, 잘하면 몇 킬로그램 정도는 뺄 수도 있을 것 같고…… 평범한 중년 아줌마가 올 만한 이유로 왔죠, 뭐."

"아이들은 몇 살이에요?"

조이의 물음에 프랜시스가 씩 웃었다.

"아이는 없어요."

"이런."

조이가 깜짝 놀랐다. 혹시라도 성차별적인 발언을 했는지 몰라 걱정이 됐다.

"죄송해요."

"죄송은요. 아이를 갖지 않겠다는 건 내 선택이었어요. 내가 엄마가 될 수 있는 사람이라는 생각이 안 들어서요. 아주 어렸을 때부터 그랬어요."

프랜시스가 웃었다.

하지만 정말 엄마 같단 말이에요. 조이는 생각했다.

"남편도 없어요. 전남편만 둘이죠. 남자친구도 없어요. 완벽하게 싱글이에요."

프랜시스는 남자친구라는 말을 아주 귀엽게 했다.

"저도 완벽하게 싱글이에요."

프랜시스는 조이가 아주 재미있는 말을 하기라도 한 것처럼 활짝 웃었다.

"얼마 전엔 한 남자랑 사랑에 빠졌다고 생각했거든요. 그런데 그 사람은 자기가 말한 것과는 전혀 다른 사람이었지 뭐예요. 결국 '연애 사기'라는 게 밝혀졌죠."

프랜시스는 손가락으로 인용부호를 만들며 말했다.

세상에, 어떻게 그렇게 멍청할 수가 있어요! 조이가 생각했다.

"직업이 어떻게 되세요?"

프랜시스 말에 완전히 당황해서 얼굴이 빨개지고 있었기 때문에 조이는 급히 화제를 바꿨다.

"로맨스 소설을 써요. 아니, 썼어요. 이젠 새 직업을 찾아야 할지도 몰라요."

"로맨스 소설요."

상황이 더 나빠졌다. 조이는 표정이 바뀌지 않도록 애썼다. 세상에, 야한 소설이면 안 되는데.

"로맨스 소설, 읽어요?"

"가끔은요."

아니, 로맨스 소설은 한 번도 읽어본 적이 없고 앞으로도 읽을 것 같지 않았다.

"로맨스 소설을 쓰게 된 계기가 있어요?"

"음, 글쎄요. 열다섯 살 때 《제인 에어》를 읽었는데 그때가 나한 텐 정말 이상하고 슬픈 시기였거든. 아빠가 죽은 지 얼마 안 됐을 때고, 호르몬은 왕성하고 세상은 비통하고, 감수성이 아주 예민할 때였어요. 제인 에어의 유명한 말을 읽었을 때, 알아요? '독자들이여, 나는 그와 결혼했다'라는 문장이에요. 그 문장이 내 뇌리에 콕 박힌 거예요. 욕조에 앉아서 나도 중얼거렸어요. 독자들이여, 나는 그와 결혼했다. 그러다 갑자기 울음이 터졌어요. 정말로 엄청난 울음이었다니까요. 독자들이여, 나는 그와, 우아아아앙, 한 거죠."

프랜시스는 한 손으로 이마를 잡고서 십대 소녀처럼 온몸을 들썩이며 우는 흉내를 냈다. 그 모습을 보고 조이가 웃었다.

"《제인 에어》 읽어봤어요?"

"영화로만 봤어요."

"저런. 아무튼, 이젠 '독자들이여, 나는 그와 결혼했다'라는 표현이 '독자들이여, 나는 그와 이혼했다', '독자들이여, 나는 그를 살해했다'처럼 아무 때나 쓰인다는 건 알지만, 그래도 나에겐, 그때의 나에겐…… 아주 중요했어요. 내가 처음 쓴 로맨스 소설은 샬롯 브

론테한테 큰 영향을 받았어요. 다락에 있던 그 미친 여자가 없다는 것만 빼고요. 내 소설의 남자 주인공은 로체스터 씨랑 로브 로우를 완전히 합쳐놓은 거예요."

"로브 로우요?"

"벽에 로브 로우 포스터가 걸려 있어요. 아직도 그 사람 입술을 음미할 수 있다니까요. 아주 부드러운 종이 같아요. 무광이고, 매끄럽고."

프랜시스의 말에 조이가 키득거렸다.

"저는 저스틴 비버한테 그런 감정을 느껴요."

"여기 내 책이 있을지도 몰라요. 이런 데는 잘 갖다놓더라고요."

프랜시스는 문고판 책이 꽂혀 있는 책장을 살펴보더니 살짝 웃었다. 자부심이 느껴지는 웃음이었다.

"저기 있네요."

프랜시스는 허리를 짚고 일어서더니 책장으로 가서 낡고 퉁퉁한 책을 한 권 꺼냈다.

"자요, 이거."

프랜시스는 조이에게 책을 건네고 앓는 소리를 내며 다시 소파에 앉았다.

"멋져요."

조이는 그렇게 말했지만 책은 정말로 끔찍해 보였다. 《내서니얼의 키스》. 표지에는 생각에 잠겨 바다를 보는 곱슬거리는 긴 금발의 여자가 그려져 있었다. 적어도 야한 책 같진 않았다.

"뭐, 아무튼 최근에 쓴 소설은 아무도 출간하지 않겠대요. 그러니까 곧 새 직업을 찾아야 할지도 몰라요."

"이런, 어떻게 해요."

"글쎄, 뭐."

프랜시스는 어깨를 으쓱하면서 반쯤 웃는 얼굴로 활짝 편 손을 들어올렸다. 조이는 프랜시스가 하려는 말이 뭔지 알 수 있었다. 친구 에린은 힘든 일이 생겨 불평을 할 때면 "네가 겪은 일에 비하면 아무것도 아니지만"이라는 말을 꼭 붙여야 한다고 생각하는 것 같았다. 그런 에린에게 조이는 "에린, 벌써 삼 년이나 지났어. 하고 싶은 말은 마음껏 해도 돼"라고 말해주곤 했다. 그러나 에린의 말을 들으며 공감한다는 듯 고개를 끄덕여줄 때마다 마음속으론 '맞아, 타이어 세 개를 새로 사야 한다는 건 불만거리가 될 수 없어'라고 생각했다.

"이제 내려가봐야 해요. 내가 어디 있는지 모르면 부모님은 미쳐 버릴지도 몰라요. 분명히 나한테 추적 장치를 달고 싶을 거예요."

조이의 말에 프랜시스가 한숨을 내쉬었다.

"나도 내려가야죠."

말은 그렇게 했지만 프랜시스는 움직이지 않았다. 그녀는 묻는 시선으로 조이를 봤다.

"정말로 이 과정이 다 끝나면 우리 모두 변할 거라고 생각해요?"

"정말로 그럴 거라는 생각은 안 해요. 프랜시스는요?"

"잘 모르겠어요. 왠지 마샤라면 할 수 있을 거 같기도 해요. 마샤 때문에 깜짝 놀라서 정말 죽을 뻔했다니까요."

프랜시스의 말에 조이는 큰 소리로 웃었다. 하지만 곧 징 소리가 경고하듯 울려서 두 사람은 소파에서 벌떡 일어났다. 프랜시스는 조이의 팔을 움켜잡으면서 말했다.

"세상에, 정말 기숙사 같지 않아요? 무슨 일이 생긴 걸까요? 혹시 불이 나서 대피해야 하는 거 아니겠죠?"

"제 생각엔 그냥 다시 침묵이 시작된 거 같아요."

"맞아, 그렇겠죠? 좋아요. 그럼 돌아가보자고요. 내가 먼저 갈게요. 내가 나이가 많으니까. 그 사람 하나도 안 무서워요."

"그럼요. 당연하죠."

"그럼요. 난, 무서워요! 자, 빨리 가요. 침묵의 반대편에서 그럼 다시 보도록 해요!"

"책 읽어볼게요."

라벤더 룸을 나오면서 조이가 프랜시스의 책을 들어 보이며 말했다. 로맨스 소설엔 전혀 관심이 없으니 말도 안 되는 소리였지만, 어쨌거나 프랜시스가 좋았기 때문에 한 말이었다.

"침묵 기간엔 책도 읽으면 안 된다고 했어요."

"전 반항아니까요."

조이는 프랜시스의 책을 상의에 가려 안 보이는 바지 허리춤에 넣었다.

"이제 우린 동맹을 맺은 거예요."

조이의 말에 프랜시스는 걸음을 멈추고 환하게 웃었다.

"어머, 조이. 조이랑 동맹을 맺다니 진짜 진짜 좋아요."

그리고 그 순간, 갑자기 두 사람은 정말로 동맹을 맺은 것 같은 기분이 들었다.

. 13 .

마샤

두 손님, 조이 마르코니와 프랜시스 웰티는 명상실에서 나가더니 아직 돌아오지 않았다. 침묵은 깨져버렸고, 토니 호그번은 환불해달라며 평온의 집을 공정거래위원회에 신고하겠다느니 뭐니 하며 떠들고 있었다. 그런 얘기라면 마샤는 전에도 들은 적이 있었다. 나머지 손님들은 호기심인지 걱정인지 모를 표정을 짓고 두 사람을 쳐다봤다.

마샤는 야오가 불안한 표정으로 자신을 보고 있음을 알았다. 야오는 걱정이 많은 남자였다. 별일 아닌데도 저렇게 불안해했다. 저 불행하고 건강하지 못한 남자가 어린애처럼 부리는 투정 정도는 충분히 감당할 수 있었다. 예상치 못한 문제를 해결하는 일은 마샤에게 활력을 줬다. 그런 일을 해결해내면서 마샤는 힘을 얻었다.

"좋아요. 전액 환불해드리겠습니다."

마샤는 나비의 몸통에 핀을 꽂는 사람처럼 똑바로 토니를 봤다.

"짐을 꾸려 즉시 나가세요. 일단 가까운 마을에 가시는 게 좋겠어요. 거기 라이온스 하트라는 괜찮은 숙소가 있어요. 거기서 메가 몬스터 버거를 시키면 감자튀김과 탄산음료를 맘껏 드실 수 있습니다. 아주 맛있을 거 같죠?"

"그럴 것 같군요."

토니는 공격적으로 대꾸했다. 하지만 자리에서 일어나진 않았다. 이런, 귀여운 사람. 당신은 내가 필요해요. 내가 필요하다는 거, 당신도 알잖아요. 더 이상은 지금의 당신으로 살고 싶지 않잖아요. 당연히 아니죠. 누군들 안 그렇겠어요? 토니는 마샤의 시선을 피하려 했지만 마샤는 토니를 놔주지 않았다.

"가방을 뒤져서 기분이 좋지 않다는 건 충분히 이해합니다. 하지만 계약서에 가방을 조사하고 금지 물품을 압수할 수 있다는 점을 명시했고, 당신도 동의한 내용입니다."

"그게 무슨 말입니까? 누가 그런 계약서를 읽어요?"

토니가 주변 사람들을 둘러보며 말했다. 나폴레옹이 손을 들었다. 나폴레옹의 아내 헤더는 천장을 쳐다보고 있었다.

"아주 작은 글씨로 읽기도 힘들게 써놨겠지."

토니의 얼굴에 덜 익힌 스테이크처럼 얼룩덜룩한 무늬가 생겼다.

"성장은 고통스러운 법이죠."

마샤가 온화한 목소리로 말했다. 저 남자는 아이였다. 심술이 나 있는 거대한 아이.

"가끔은 불편한 경험을 할 수도 있을 겁니다. 하지만 그래봐야 고작 열흘이에요. 보통 사람들이 살아가는 날은 2만 7,000일이죠."

마샤는 토니에게 말하고 있는 것처럼 보였지만 실은 모든 이들에게 말하고 있었다.

"떠나고 싶으면 언제든 떠날 수 있습니다, 토니. 당신이 감옥에 갇힌 죄수는 아니니까요. 여긴 건강휴양지이지 감옥이 아니에요."

마샤의 말에 몇 사람이 키득거렸다.

"게다가 당신은 어린애가 아니잖아요. 술이 마시고 싶으면 마실

수 있고 먹고 싶은 게 있으면 먹을 수 있죠, 당연히. 하지만 여기 온 이유가 있겠죠. 계속 머물겠다고 결정하신다면 당신의 여정을 충실히 따라줬으면 좋겠습니다. 나를 믿고, 평온의 집 직원들을 전적으로 믿어주길 바랍니다."

"아, 좋습니다. 그러니까…… 내 말은, 내가 계약서를 정확하게 안 읽은 게 맞는 것 같습니다."

토니는 면도하지 않은 얼굴을 벅벅 긁으면서 무시무시하게 무거운 청바지를 잡아당겼다.

"그저, 누가 내 가방을 뒤질 거라는 생각을 못한 것뿐입니다."

토니의 목소리에서 공격성이 빠져나가고 있었다. 이젠 당혹스러워 하는 것 같았다. 마샤가 이겼다. 이제 토니는 마샤의 것이었다. 모든 과정이 끝났을 때 토니는 아름다워질 것이다. 여기 있는 모두가 아름다워질 것이다.

"그럼 다시 침묵으로 들어가기 전에 다른 질문 있습니까?"

벤이 손을 들었다. 마샤는 벤의 아내가 겁에 질린 얼굴로 남편을 흘긋 보고는 살짝 몸을 떨어뜨리는 모습을 봤다.

"음, 저기, 차는 실내 주차장에 있습니까?"

마샤는 벤이 지상의 소유물에 깊이 집착한다는 사실에 충분히 슬퍼할 수 있도록 오랫동안 벤을 바라봤다. 마샤의 시선에 불편해진 벤이 몸을 살짝 움직였다.

"실내에 주차돼 있어요, 벤. 전혀 걱정하지 않아도 돼요. 차들은 모두 아주 안전하니까."

"알겠습니다. 하지만, 음, 도대체 차들은 어디 있는 겁니까? 제가 이곳을 다 돌아봤는데, 어디에도 차는……."

말을 하면서 벤은 모자를 벗고 정수리를 힘차게 긁었다. 순간 마샤는 자신을 향해 걸어오는 야구모자 쓴 젊은이를 봤다. 그 젊은이는 낯설었지만 이상하게 친숙하기도 했다. 가슴속에 벅찬 사랑이 피어올라서 마샤는 팔짱을 끼고 아무도 모르게, 그의 모습이 사라질 때까지 자기 팔을 세게 꼬집었다.

"말했듯이, 벤, 여러분의 차는 모두 안전합니다."

벤은 다시 말을 하려고 입을 열었지만, 그의 아내가 입을 앙다물고 무슨 말인가를 하자 입을 다물었다.

"자, 그럼 다시 고귀한 침묵을 시작하고 명상을 진행합시다. 야오, 혹시 우리가 사라진 손님들이 돌아오길 바란다는 걸 그분들께 알려줄 수 있도록 징을 쳐줄 수 있나?"

마샤의 말이 끝나기 무섭게 야오는 힘차게 징을 쳤고, 몇 분 후 프랜시스와 조이가 미안함과 죄책감이 어린 표정으로 명상실로 돌아왔다. 마샤는 두 사람이 서로 얘기를 했고 두 사람 사이에 우정이 형성됐음을 분명히 느낄 수 있었다. 따라서 두 사람은 면밀히 관찰할 필요가 있었다. 침묵이 필요한 이유는 그런 일을 막기 위해서였다. 마샤는 두 사람이 각자 자리로 돌아가는 동안 온화한 미소를 지었다. 조이의 부모는 안도감에 긴장이 풀려 축 늘어져 있었다.

"오늘은 내가 안내하지만, 명상은 홀로 해나가야 하는 개인적인 경험입니다. 모든 가능성에 문을 활짝 열어두세요. 이제부터 하게 될 명상은 좌식 유도명상이라고 부르지만, 그렇다고 반드시 앉아 있어야 하는 건 아닙니다. 여러분 각자에게 맞는 가장 자연스럽고 편한 자세를 택하면 됩니다. 양반다리를 하고 앉는 자세가 가장 편한 분도 있을 테고, 의자에 앉아 발바닥을 바닥에 대고 있는 자세가

편한 분도 있을 겁니다. 눕는 게 편한 분도 있을 테고요. 명상 자세
에 관해서는 반드시 지켜야 하는 규칙은 없습니다."

마샤는 남들의 시선을 의식하면서 명상 자세를 고민하는 손님들
을 지켜봤다. 프랜시스는 똑바로 누웠고, 토니와 나폴레옹은 의자
에 가서 앉았다. 나머지는 요가 매트 위에 양반다리를 하고 앉았다.

"그럼 천천히 눈을 감으세요."

마샤는 가볍게 흔들리는 영혼들을 느낄 수 있었다. 그들의 불안
과 희망, 꿈과 두려움을 느낄 수 있었다. 마샤는 사람들의 영혼을
잘 느낄 수 있었다. 자신에게 그런 재능이 있다는 사실이 정말이지
행복했다. 언젠가 기자들이 물을지도 모른다.

"처음 새로운 프로그램을 시작했을 때 긴장하지 않았나요?"

마샤는 대답할 것이다.

"전혀요. 철저하게 연구했으니까요. 처음부터 성공하리라는 걸
알았습니다."

아니, 좀 긴장했다고 말하는 게 좋을 수도 있다. 이 나라 사람들
은 겸손을 높게 치니까. 성공한 여자에게 해줄 수 있는 가장 큰 칭
찬이 당신은 정말 "겸손하군요"니까.

마샤는 아홉 손님들을 바라봤다. 모두 눈을 감고 마샤가 지시를
내리길 조용히 기다리고 있었다. 이 사람들의 운명은 마샤의 손에
달려 있었다. 마샤는 이들을 잠시가 아니라 영원히 바꿔놓을 것이다.

"자, 그럼 시작하겠습니다."

. 14 .

프랜시스

평온의 집에서의 첫날 밤, 프랜시스는 '저녁 스무디'를 마시면서 일부러 책을 읽었다. 그 누구도 와인과 책을 동시에 포기할 수는 없는 거니까. 열흘 동안 읽으려고 가져온 소설 네 권은 와인과 초콜릿과 달리 압수되지 않았다. 아마도 홈페이지에 있는 '가져올 경우 압수하는 물건' 목록에 책은 없기 때문인 것 같았다(하긴 그런 규정이 있었다면 프랜시스가 평온의 집으로 오는 일은 없었을 거다). 하지만 책에는 모두 표지 바로 뒤에 "고귀한 침묵 시간에는 책을 읽을 수 없음을 기억해주시기 바랍니다"라고 적힌 작은 종이가 끼워져 있었다.

어쩜 이런 터무니없는 농담을 할 수 있을까? 책을 읽지 않고 어떻게 잠들라고? 프랜시스는 무엇이든 읽지 않으면 절대 잠들지 못했다. 지금 읽고 있는 책은 극찬을 받은 신인 작가의 첫 번째 소설이었다. 서평을 쓴 사람들은 온갖 칭찬을 늘어놓았다. '감동적이고 남성적인' 소설이라는 평가를 받는 이 책의 작가를 프랜시스는 작년에 한 파티에서 만났다. 특별히 근육질은 아니었고 안경을 쓴 내성적이고 호감 가는 남자였기에, 프랜시스는 아름다운 시체에 관해 장황하게 늘어놓은 묘사 부분은 용서해주고 싶었다. 도대체 아름다운 여자를 얼마나 더 죽여야 살인자를 쫓으려는 결심을 하게 되는 걸까? 소설이 전개되는 방식이 영 맘에 들지 않아서 프랜시스는 쯧

쯧 혀를 찼다.

지금 읽고 있는 부분은 우락부락하게 생긴 탐정이 담배 연기가 자욱한 술집에서 싱글몰트 위스키를 마시고 있고, 탐정보다 나이가 절반은 적은 긴 다리의 여자가 그의 귀에 대고 인용부호도 없이(이 감동적이고 문학적인 소설에서 말이지) 당신이랑 하고 싶어 미치겠다는 말을 하고 있었다. 한계에 도달한 프랜시스는 책을 던져버렸다. 아주 그냥 지 판타지를 풀고 있어, 자식이.

프랜시스는 두 손을 가슴에 대고 똑바로 누워서 자신이 만든 첫 번째 주인공을 생각했다. 피아노를 치고 시를 암송하는 소방관이었다. 안경을 쓴 내성적인 남자의 판타지가 이십대 여자가 사십대 남자의 귀에 대고 당신이랑 섹스하고 싶어 미치겠다고 말하는 거라니, 다음에 그 작가를 보면 어깨를 토닥여줘야겠다는 생각이 들었다. 아무튼, 내가 뭘 알겠어. 이십대 여자들은 늘 그러고 있는지도 모르지. 프랜시스는 조이에게 물어봐야겠다는 생각을 했다. 하지만 분명히 조이에게 물어볼 수는 없을 것이다.

프랜시스는 최신 뉴스와 내일 날씨를 보려고 침대 옆 협탁으로 손을 뻗었다. 스마트폰이 없었다. 당연히 없겠지. 하지만 괜찮아. 침대는 정말 고급이었다. 매트리스도 편안했고, 시트는 바삭하니 기분이 좋았다. 등은 잰의 거대한 손 덕분에 훨씬 나아졌다.

프랜시스는 규칙대로 '원숭이 뇌'를 진정시키려 애썼다. 사실 프랜시스의 머릿속은 새로운 얼굴과 경험으로 가득 차 있었다. 아주 먼 길을 달려온 일. 길가에 차를 세우고 고함을 질러댔던 일. 휴가를 온 연쇄살인마(연쇄살인마를 생각하게 된 건 모두 그 빌어먹을 소설 때문이다), 람보르기니를 타고 온 벤과 제시카, 갑자기 피를 빼간 야오,

마샤와 마샤가 했다는 죽음의 경험, 말 많은 나폴레옹과 근엄한 그의 아내, 라벤더 룸에 함께 앉아서 죽은 쌍둥이 얘기를 해준 엄청나게 많은 귀고리를 한 길고 매끄러운 갈색 다리의 사랑스런 어린 아가씨 조이. 그래서 아까 계단에서 본 조이의 엄마가 그렇게 슬픈 표정을 하고 있던 거였다. 어쩌면 조이의 엄마는 근엄하지 않을지도 몰랐다. 그저 슬픈 것뿐일 수도 있었다. 그 키 크고 검은 머리의 잘생긴 남자가 "게준트하이트!"라고 소리쳤지? 프랜시스가 가진 안경과 비슷한 안경을 쓰고 잔뜩 주눅 들어 있던 여자도 있었고.

정말 많은 일이 있던 하루였다. 신나기도 하고 정신이 없기도 한 날이었다. 너무 정신이 없어서 존재론적 위기를 겪을 시간도 없었기에 프랜시스는 좋은 하루였다고 생각했다. 심지어 잰과 조이와 대화할 때 잠깐 생각한 것 말고는 폴 드래블 생각도 거의 안 했다. 이곳을 떠날 때가 되면 인터넷 연애 사기는 완전히 극복할 것이다. 서평도, 그 밖에 다른 모든 것도 더는 문제가 안 될 것이다. 그리고 날씬해지겠지! 프랜시스는 날씬해질 게 분명했다. 위장에서 돌이 굴러가는 소리가 났다. 배가 고파서 죽을 것만 같았다. 오늘 저녁에는 세상 끔찍하고 괴로운 식사를 했다. 아주 긴 식탁에, 이름이 적힌 자리에 앉았을 때 접시에 놓인 작은 카드가 눈에 들어왔다.

평온의 집에서는 마음챙김 식사를 해야 합니다. 아주 조금씩만 드셔야 합니다. 일단 음식이 입으로 들어가면 식기를 식탁에 내려놓고 눈을 감은 뒤, 최소한 십오 초 동안은 음식을 음미하며 천천히 씹도록 합니다.

세상에, 어느 세월에 다 먹으라고. 카드를 내려놓고 프랜시스는 '이게 말이 돼요?'라는 시선을 교환하려고 주위를 둘러봤다. 하지만 그녀와 눈을 마주치고 공감을 해줄 수 있는 사람은 웃는 얼굴로 프랜시스에겐지 조이에겐지 모를 윙크를 하면서 '그러게요. 정말 못 믿겠군요'라는 표정을 짓고 있는 극도로 잘생긴 남자뿐이었다.

식당에 마샤는 없었지만 그녀의 존재는 언제라도 식당으로 들이닥칠 수 있는 교장 선생님이나 최고경영자처럼 의식 속에서 떠나지 않았다. 야오와 딜라일라는 식당 양쪽 벽에 서 있었다. 두 사람 옆에는 커다란 촛대가 놓인 화려한 그릇장이 있었다. 어스름한 조명의 식당에는 촛대마다 초가 세 개씩 켜 있었다.

손님들이 조용히 앉아서 끝이 나지 않을 듯한…… 그러니까 십 분이나 되는 아주 오랜 시간을 기다리고 있을 때 요리사 모자를 쓴 백발의 부인이 기분 좋게 웃으며 음식을 내왔다. 부인은 아무 말도 하지 않았지만 선한 의도를 양껏 발산하고 있었다. 그래서인지 그녀에게 고마움을 표하지 않으면 무례한 사람이 될 것만 같았다. 프랜시스는 부인에게 고마운 마음을 담아 고개를 끄덕여 보였다.

손님들은 저마다 다른 음식을 받았다. 프랜시스와 나란히 앉은 헤더와 조이에겐 구운 감자와 맛있어 보이는 스테이크가 나왔다. 프랜시스에겐 퀴노아 샐러드가 나왔다. 물론 뛰어난 음식이었지만, 프랜시스의 세계에서 샐러드는 그저 곁들이는 음식일 뿐이었고 십오 초간 씹는 동안 모든 풍미는 사라지고 말았다. 프랜시스의 반대쪽에 앉은 나폴레옹에게는 렌틸콩 요리가 나왔다. 나폴레옹은 그릇 위로 고개를 숙이더니 올라오는 김을 손으로 흩뜨려가며 냄새를 음미했다. 저 불쌍한 남자는 정말로 말이 하고 싶을 텐데. 이런 상황이 아니었으면 렌틸콩에 얽힌 역사 얘기를 할 게 분명하다고 프랜시스는 생각했다.

연쇄살인마는 채소가 가득 든 샐러드 볼을 슬픈 얼굴로 한참 보더니 어쩔 수 없다는 표정이 돼서 포크로 방울토마토를 한꺼번에 세 개나 푹 찔렀다. 독특한 안경을 쓴 주눅 든 여자는 생선을 받아서 행복한 게 틀림없었다. 잘생긴 남자는 닭고기와 채소를 받았는데, 어느 정도는 만족한 것 같았다. 채소 커리를 받은 벤은 누구보다도 빨리 식사를 마쳤다. 제시카는 정말 맛있어 보이는 볶음 요리를 받았지만 그 불쌍한 젊은 여자에겐 적절한 음식이 아니었다. 제시카는 오랫동안 포크를 가지고 긴 국수를 건지려 애쓰다가 냅킨을 들고 얼굴에 튄 소스를 매우 걱정스럽다는 듯 닦아냈다.

그 누구도 말을 하지 않았고 눈을 마주치지도 않았다. 나폴레옹이 또다시 재채기를 했을 때도 모두 어떤 식으로도 반응하지 않았다. 규칙과 규제는 아무리 이상해도 빨리 적응하는 법이다!

헤더는 스테이크를 반도 못 먹고 짜증이 난다는 듯 포크와 나이프를 내려놓았다. 그 스테이크를 늑대처럼 덤벼들어 낚아채지 않도록 프랜시스는 정말 많이 자제해야 했다. 손님들이 식사를 하는 동안 야오와 딜라일라는 움직이지 않고 말없이 서 있었다. 두 사람 모두 손님들 시중을 들기 위해 식당에 있는 것일 테지만, 이 퀴노아 샐러드는 가져가고 대신 등심 스테이크를 미디엄 레어로 구워 내오라고 해봐야 아무 소용 없을 거였다.

사람들이 음식을 씹는 소리와 식기가 부딪치고 포크와 나이프가 그릇을 긁는 소리가 프랜시스의 머릿속으로 마구 쏟아져 들어왔다. 혹시 다른 사람이 음식 먹는 소리를 견딜 수 없는 심리적 장애가 있다는 글을 읽은 적이 있지 않나? 그런 장애를 일컫는 용어가 있었던 것 같은데. 프랜시스는 그 장애를 앓고 있지만 밥을 먹을 때는 계속 말을 했기 때문에 지금까지는 그 사실을 미처 확인할 길이 없었는지 몰랐다. 프랜시스는 스마트폰을 돌려받으면 그런 장애가 있는지 알아봐야겠다고 생각했다.

마침내 식사를 모두 마친 사람들은 의자에서 일어나 자기 방으로 돌아갔다. 누구도 "그럼 좋은 밤 보내고 잘 자요" 같은 말은 할 수 없었다. 저녁 스무디를 마저 마시면서 프랜시스는 앞으로도 계속될 끔찍한 침묵의 식사를 생각하면 내일 아침에 그냥 집으로 돌아가는 게 낫지 않을까 하는 고민을 했다. 야오는 예정보다 일찍 돌아간 사람은 없다고 했지만 프랜시스가 처음으로 그런 사람이 될 수도 있었다. 그러니까 선례를 남기는 거지.

프랜시스는 침묵이 시작되기 전에 잰이 했던 말을 떠올렸다. "불편하게 느껴진다면 그게 뭐든 하지 마세요." 그게 대체 무슨 뜻일까? 당연히 불편하게 느껴지는 일은 하지 않을 생각이었다. 엘렌이 평온의 집을 추천하면서 했던 말도 생각났다. "정말로…… 다른 곳하고는 달라. 거기 방법은 정말 달라."

엘렌이 프랜시스를 위험한 곳으로 보냈을 리는 없다. 당연하지 않은가? 고작 3킬로그램을 빼려고 위험을 감수한다고? 위험한 일을 감수해야 한다면 3킬로그램 정도로는 만족할 수 없지 않을까? 3킬로그램을 빼려면 어느 정도까지 감수할 수 있을까? 불에 달군 돌 위를 걸어가는 거? 당연히 그런 일은 할 수 없었다. 뜨거운 모래사장도 걷지 못하는 그녀였으니까. 불에 달군 돌 위를 걸어야 한다면 엘렌은 당연히 그 사실을 말해줬을 것이다. 엘렌은 친한 친구니까.

"난 한 번도 엘렌을 믿어본 적이 없어."

언젠가 질리언은 음울하고도 무엇이든 다 안다는 말투로 그렇게 말했다. 하지만 원래 질리언은 그런 식으로 말했다. 자기만 아는 비밀이 있다는 듯이, 실은 그들이 마피아와 은밀히 연결돼 있다는 듯이 음울하고도 아는 체하는 말투로 말을 했다.

프랜시스는 질리언이 죽도록 보고 싶었다. 갑자기 극심한 피로가 몰려왔다. 그렇게 오래 운전을 했으니 당연한 일이었다. 프랜시스는 협탁 위의 램프를 끄고 일광욕을 하는 사람처럼 엎드려서 곧바로 잠이 들어버렸다.

빛이 얼굴을 비쳤다. 프랜시스는 헉, 하고 잠을 깼다.

. 15 .

라스

"뭐 하는 겁니까, 지금?"

벌떡 일어나 앉는 라스의 심장이 두방망이질 쳤다. 병원에서 순찰을 도는 간호사처럼 누가 라스의 얼굴에 손전등을 비추며 서 있었다. 라스는 침대 옆의 램프를 켰다. 라스의 행복 안내자인 유쾌한 딜라일라가 실내복을 들고 서 있었다. 딜라일라는 입을 열지 않았다. 그저 아무 소리 말고 지시를 따르라는 듯 일어나라는 손짓을 했다.

"이런, 달링. 난 아무 데도 안 갈 겁니다. 지금은 한밤중이에요. 자고 싶군요."

"달빛명상을 할 거예요. 첫날 밤엔 늘 달빛명상을 합니다. 꼭 참석하셔야 해요."

"참석하고 싶지 않아요."

"마음에 드실 거예요. 정말 아름답거든요."

"허락도 없이 내 방에 들어오면서 노크는 한 건가요?"

"당연히 했죠."

딜라일라는 다시 실내복을 들어올렸다.

"어서 갈아입으세요. 명상에 참석하시지 않으면 제가 해고될지도 몰라요."

"그럴 리가요."

"아니, 그럴 거예요. 마샤가 손님들이 모두 모이길 바라니까요. 삼십 분 안에요."

라스는 한숨을 내쉬었다. 원칙적으로는 거절할 수 있었지만, 이곳에서 마샤의 명령은 거부할 수 없는 제1원칙임이 분명했다. 더구나 잠도 완전히 깨버렸다. 라스는 딜라일라가 들고 있는 실내복을 받아들었다. 그는 잘 때 완전히 벗고 잤다. 그냥 벌떡 일어나서 한밤중에 손님을 깨우면 어떤 참사가 일어날 수 있는지 알려주고 싶었지만 그런 생각을 실행에 옮기기에 라스는 너무나 예의바른 신사였다. 라스가 이불을 걷을 때 딜라일라는 시선을 피했다. 라스는 그녀가 순간적으로 자신을 훑어보는 모습을 놓치지 않았다. 그렇겠지. 딜라일라도 사람이니까.

"침묵을 잊지 마세요."

복도로 나가면서 딜라일라가 말했다.

"그 아름답고 고귀한 침묵을 어떻게 잊겠어요."

라스의 말에 딜라일라가 자기 입술을 검지로 꾹 눌렀다.

구름 한 점 없는 밤이었다. 별이 하늘을 가득 메우고 있었고 완벽한 반달이 은빛으로 정원을 비추고 있었다. 뜨거운 낮을 지나온 라스의 피부를 바람이 부드럽게 어루만져줬다.

정원에는 요가 매트 아홉 개가 원을 이루며 놓여 있고, 손님들이 저마다 매트에 누워 평온의 집의 놀라운 원장 마샤가 양반다리를 하고 앉아 있는 원의 가운데를 보고 있었다. 빈 매트는 단 하나였다. 그러니까 라스가 가장 늦게 나온 손님이었다. 혹시 침대에서 나오지 않겠다고 가장 크게 반항한 사람이 자신이었는지 라스는 궁금해졌다. 어디를 가건 사람들이 권위에 쉽게 복종하는 모습에 라스는 새삼 놀라곤 했다. 어떻게 사람들은 완전히 탈바꿈을 하리라는 말을 들으면 자발적으로 진흙 속에 뛰어들고 비닐로 자기 몸을 감싸고 굵고 물건을 빼앗기고 찔리는 일을 감당해내는 걸까? 물론 라스도 하라는 대로 하긴 했지만 언제라도 선을 그을 준비는 돼 있었다. 예를 들어 관장은 하지 않았다.

딜라일라는 아까 라스가 "게준트하이트"라고 했을 때 키득키득 웃던 여자와 가져온 물건을 빼앗겼다며 항의하던 거대한 남자 옆으로 그를 데려갔다. 물건을 빼앗긴 거대한 남자는 어딘지 모르게 익숙한 데가 있었다. 저녁을 먹는 동안 그 남자에게서 시선을 떼기가 쉽지 않았다. 어디선가 그 남자를 본 적이 있다는 생각을 떨쳐낼 수 없었지만 어디서 봤는지는 도무지 생각나지 않았다.

혹시 내가 이혼시킨 남편들 가운데 한 명일까? 그렇다면 라스를 알아보고 곧바로 쫓아와서, 지난번 비행기 일반석에 앉아 있던 남자가 라스를 보고 그랬듯이 난리를 쳤어야 하지 않을까? 그 남자는 "내가 일반석에 타게 된 건 모두 당신 때문이야!"라고 소리쳤다. 그 비행에서는 페리에 주에를 특히 기분 좋게 마셨다(그리고 라스는 우선 하차 승객이 돼서 출구를 향해 활기차게 걷고 있었다). 저 거대한 남자는 남편들 가운데 한 명은 아닌 것 같았다. 하지만 분명히 어디선가 본 적이 있었다.

라스는 사람 얼굴을 잘 기억하지 못했다. 레이는 사람 얼굴을 정말 잘 기억했다. 새로운 드라마를 볼 때마다 라스는 소파에 앉아서 화면을 가리키며 소리쳤다. "저 여자, 어디서 봤더라?" 그러면 레이는 몇 초 안에 "〈브레이킹 배드〉. 여자친구였잖아. 월트가 죽게 내버려뒀고. 알았으면 조용히 해" 같은 대답을 했다. 사람 얼굴을 알아보는 기술은 놀라운 능력이었다. 레이보다 먼저 얼굴 알아보는 기술을 발휘하는 드문 일이 생길 때면 라스는 정말 신이 나서 하이 파이브를 했다.

라스는 거대한 남자와 키득키득 웃던 여자 사이에 있는 매트에 누웠다. 키득키득 웃던 여자는 작은 얼굴, 둥근 눈, 위로 묶어 올린 곱슬머리, 크림색 피부, 포동포동한 살집에 큰 가슴, 좀 멍청할 테지만 그럭저럭 성공했을 것도 같아 보이는 것이 르누아르 그림에 나오는 여자를 떠오르게 했다. 왠지 여자는 쾌락주의자일 것 같았다.

"나마스테."

마샤가 입을 열었다.

"침대에서 나와 오늘 밤 달빛명상에 참석해주신 것, 고맙습니다. 여러분의 열린 마음에, 새로운 경험에 마음을 활짝 열어주신 것에 진심으로 감사합니다. 여러분이 정말 자랑스럽습니다."

우리가 자랑스럽다고? 왜 저렇게 말도 안 되는 소리로 거들먹거리는 거지? 우릴 언제 봤다고. 우린 그저 자기 손님일 뿐인데. 이런 걸 하려고 돈을 낸 건데 무슨.

하지만 라스는 그 말에 모두 만족하고 있음을 느낄 수 있었다. 사람들은 마샤가 자신들을 자랑스럽게 여겨주기를 진심으로 바라는 것 같았다.

"이제 곧 하게 될 명상은 고대 동양의 지혜를 서양의 현대의학과 접목한 것입니다. 난 불교 신자는 아니지만 우리 명상에는 불교 철학이 녹아들어 있음을 알고 계셨으면 합니다."

네, 네, 동양과 서양의 만남이라, 정말이지 생전 처음 들어보는 말이군요. 라스는 생각했다.

"오래 걸리지 않을 겁니다. 내가 많은 말을 하지도 않을 테고요. 그저 별들이 여러분에게 말해줄 겁니다. 우리가 별을 올려다보는 법을 잊어버렸다는 게 우습지 않나요? 우린 개미처럼 매일 허겁지겁 돌아다니지만, 보세요, 우리 머리 위에 무엇이 있는지! 우린 평생 땅만 보고 살아갑니다. 그러니 이젠 올려다볼 시간이에요. 자, 모두 별을 보세요!"

라스는 별들이 선명하게 새겨진 하늘을 쳐다봤다. 왼쪽에 있는 거대한 남자가 가슴이 울리도록 심한 기침을 했다. 오른쪽에 있는 가슴이 큰 여자도 크게 기침을 했다. 위생 마스크를 쓰고 왔어야 하는데. 돌아갈 때 감기에 걸려 있다면 정말로 행복하지 않을 것 같았다.

"선문답이라는 말을 들어본 분도 계실 겁니다. 선문답이란 불교 선종에서 명상을 하는 동안 깨달음에 이를 수 있도록 활용하는 역설이나 질문을 의미합니다. 아주 유명한 선문답 가운데 '한 손으로 손뼉을 치면 무슨 소리가 나는가?'라는 것이 있습니다."

저게 무슨 헛소리야. 홈페이지에서 본 평온의 집은 행복과 건강을 추구하는 호화로운 리조트에 가까웠다. 라스는 매일 요가를 하고 명상은 하지만 그렇다고 당혹스러울 정도로 남의 문화를 도용하지는 않는 건강휴양지가 좋았다.

"오늘 밤 별을 보면서 두 가지 선문답만 생각해주시면 좋겠습니다. 첫 번째 선문답은 '갑자기 떠오르는 마음'입니다."

마샤는 잠시 말을 멈췄다.

"두 번째 선문답은 '부모의 자식으로 태어나기 전에 갖고 있던 너의 본래 얼굴을 보여라'입니다."

거대한 남자가 몸이 들썩거릴 정도로 기침을 하며 숨을 쌕쌕거렸다.

"답을 찾으려고 너무 애쓰지는 말아요. 둘 다 정답을 찾아야 하는 수수께끼는 아니니까."

마샤는 빙그레 웃었다. 저 여자는 진심으로 카리스마 넘치는 리더이자 열정적인 얼간이가 분명했다. 요가 선생 같다가도 어느새 전기통신사에 새로 부임한 CEO 같았다.

"그런 질문에는 옳은 대답도 그른 대답도 없습니다. 그저 별을 보면서, 대답을 찾아야 한다는 부담 없이 두 질문을 생각해보세요. 호흡을 할 것. 그것이 여러분이 해야 할 유일한 일입니다. 숨을 쉬면서 별을 보세요."

라스는 숨을 쉬면서 별을 봤다. 하지만 두 선문답을 생각하진 않았다. 그는 레이를 생각했다. 처음 만나기 시작했을 무렵, 레이가 두 사람이 함께 캠핑을 가야 하는 이유를 납득시켰던 방법을 생각했다 (두 사람은 한 번 캠핑을 갔지만 그 뒤로 다시는 가지 않았다). 두 사람은 해변에 누워 손을 잡고 별을 올려다봤다. 정말 아름다운 시간이었다. 하지만 라스의 가슴엔 뭔가가 참을 수 없을 때까지 쌓여서 결국 자신은 고함을 지르는 남자인 것처럼, 상어는 무섭지 않고 10월의 바다 온도 따위는 신경 쓰지 않는 남자인 것처럼, 벌떡 일어나 고함을 지르고 옷을 훌훌 벗어던지며 바다로 뛰어 들어갔다. 라스는 살며시 웃었다. 이제 그런 일은 할 수 없다는 걸 아니까. 그리고 레이가 라스에게 상어공포증이 있는 걸 알고 있으니까.

레이는 평온의 집에 함께 가면 안 되냐고 물었다. 라스는 레이가 왜 그런 말을 하는지 알 수 없었다. 레이는 건강휴양지에 가는 사

람이 아니었으니까. 라스는 일 년에 두세 차례 건강휴양지를 다니
는 사람이지만 레이는 건강휴양지가 지옥처럼 느껴진다고 하는 사
람이니까. 그런데 왜 갑자기 여기 오고 싶다고 했을까? 라스가 혼자
가고 싶다고 했을 때 레이의 얼굴에 떠오른 표정이 떠올랐다. 아주
잠깐이었지만 레이는 라스가 때리기라도 한 것 같은 표정을 지었
다. 하지만 곧 어깨를 으쓱하며 웃더니 그게 좋겠다고, 라스가 떠나
있는 동안 매일 밤 라자냐를 먹으며 TV에서 스포츠 경기만 볼 거라
고 했다.

　레이의 삶은 깔끔한 청소, 여러 가지 채소를 혼합해 만든 주스,
스무디, 단백질 셰이크로 점철돼 있었다. 그러니 라스와 함께 이런
건강휴양지에 올 이유가 없었다. 그리고 라스에겐 혼자 있을 시간
이 필요했다. 혹시 레이는 라스의 기분이 꿀꿀해지기를 바란 걸까?
아까 레이의 동생 사라가 보낸 문자 메시지는 또 뭘까? '적어도 생
각은 해볼 거지?'라니, 도대체 무슨 뜻일까? 사라가 그런 문자 메시
지를 보냈다는 걸 레이는 모를 것이다. 라스는 아이 문제는 더 이상
생각하지 않겠다는 결정을 레이가 받아들였다고 믿었다.

　"내가 다른 말을 한 적이 있었어?"

　레이에게 말할 때 목소리가 높아질 뻔했는데, 라스로서는 인정
할 수 없는 일이었다. 그로서는 목소리를 높이는 무례하고 아둔한
관계는 이어갈 수 없었다. 그런 생각을 하자 오싹 몸서리가 쳐졌다.
레이도 그 사실을 알고 있었다.

　"물론 다른 말은 한 적이 없지."

　레이는 차분하게 대답했다. 레이는 목소리를 높이지 않았다.

　"그저 난 네가 마음을 바꿀 수도 있다는 희망을 품어도 되는지

궁금한 것뿐이야."

사라는 진실하게 반짝이는 눈으로 두 사람이 아이를 키울 수 있도록 돕겠다고 했다. 레이의 가족은 자유분방했고 사랑스러웠고 서로를 사랑했다. 그래서 짜증이 났다.

라스는 레이와 사라에게 말했다.

"당연히…… 마음 바꿀 생각 없어."

아기가 생겼을 때 감당해야 할 그 모든 진실한 사랑을 생각하면 끔찍하고 숨이 막혀 라스는 죽을 것만 같았다. 절대로 도망갈 구멍은 없을 것이다. 모든 가족이 한꺼번에 덤벼들 테고, 레이의 어머니는 절대로 울음을 멈추지 않을 것이다. 그런 일이 벌어지게 할 수는 없었다. 절대로. 선문답이 뭐였지? '갑자기 떠오르는 마음'이었지. '나에게 힘을 다오'라는 말도 있었던 것 같은데.

레이가 진심으로 아빠가 되고 싶어 한다면 레이를 놔주는 게 맞지 않을까? 하지만 그건 레이가 결정할 문제 아닐까? 아이 없이는 도저히 못살겠다면 떠나면 되는 것이다. 두 사람이 결혼을 한 건 아니니까. 집은 공동 명의지만 둘 다 경제적으로 안정된 상태이고, 모든 일을 원만하게 해결할 수 있을 만큼은 충분히 똑똑한 사람들이었다. 라스는 당연히 재산을 공평하게 분할할 수 있었다.

결국은 그렇게밖에는 할 수 없는 걸까? 두 사람의 관계는, 계속했다가는 한쪽이 전적으로 희생해야 하는 막다른 골목에 도달해 결국 헤어질 수밖에 없는 상황에 처한 걸까? 한쪽이 희생해야 한다면 어느 쪽이 희생하는 게 더 끔찍할까? 어쨌거나 레이는 이제 질문을 멈춰야 한다. 이젠 받아들일 때가 된 것이다. 라스는 레이가 자기에게서 뭔가를 얻어내려고 한다는 느낌이 들었다. 그게 뭘까? 떠나도 된다는 허락? 물론 라스는 레이가 떠나지 않길 바랐다.

뭔가가 하늘을 가로지르며 떨어졌다. 세상에, 별똥별이었다. 마샤는 어떻게 이런 일을 하는 걸까? 라스는 함께 누운 사람들이 경이로움에 벅찬 숨을 내뱉는 소리를 들었다. 라스는 눈을 감았다. 갑자기 왼쪽에 누운 거대한 남자가 누군지 생각났다. 라스는 이 순간 레이가 함께 있어서 "알았어, 레이. 저 사람이 누군지 알았어"라고 말할 수 있기를 강렬하게 소망했다.

. 16 .

제시카

제시카 옆에 누운 프랜시스 웰티는 빠른 속도로 잠이 들었다. 코를 골거나 하진 않았지만 숨소리로 알 수 있었다. 발로 살짝 깨워줄까? 별똥별이 떨어지고 있는데 그걸 못 보다니, 안타까웠다. 하지만 제시카는 굳이 프랜시스를 깨우지 않기로 했다. 어쨌거나 지금은 한밤중이었으니까. 프랜시스 같은 나이의 사람들은 잠을 제대로 자야 하니까.

밤잠을 제대로 못 잔 날, 엄마의 눈 밑에는 공포영화에나 나올 것 같은 짙은 다크서클이 생겼다. 제시카가 컨실러 사용법을 알려주려 하자 엄마는 웃으면서 싫다고 했다. 하지만 굳이 안 좋은 모습으로 다닐 필요는 없잖아. 아빠가 이기적인 목적으로 떠난다 해도 엄마는 스스로를 탓할 게 분명했다. 눈 밑에 바르는 컨실러는 확실히 발명돼야 할 이유가 있었다.

제시카는 고개를 돌려 옆에 있는 벤을 봤다. 그는 선문답을 생각하고 있는 듯한 멍한 표정으로 별을 보고 있었지만, 실은 이곳에서 빠져나가 그 소중한 자동차 핸들을 잡을 때까지 몇 시간이나 남았는지 헤아리고 있을 게 분명했다. 벤이 문득 고개를 돌려 제시카에게 윙크했다. 그 윙크를 보자 짝사랑하는 남자애가 수업 시간에 윙크를 해온 것처럼 심장이 빠르게 뛰었다. 벤은 다시 고개를 돌려 별을 봤고 제시카는 손가락으로 얼굴을 만졌다. 달빛에 비친 맨얼굴이 끔찍하진 않을지 궁금했다. 너무 갑작스럽게 일어나야 했기 때문에 파운데이션을 바를 시간이 없었다.

행복 안내자가 문을 두드리더니 들어오라는 말도 기다리지 않고 침실로 쳐들어와 다짜고짜 불을 비췄을 때 두 사람은 섹스를 하고 있을 수도 있었다. 물론 섹스는 안 했다. 벤은 자고 있었고 제시카는 잠들지 못한 채 스마트폰을 애타게 그리워하는 중이었다. 집에서는 잠이 오지 않으면 스마트폰을 들고 피곤해질 때까지 인스타그램이나 핀터레스트를 했다.

제시카는 주황색 페디큐어를 한 자기 발을 봤다. 스마트폰이 있었으면 당장 벤과 자신의 발을 찍고 #달빛명상#건강휴양지#선문답배우기#방금별똥별봄#한손으로손뼉을치면무슨소리가나는가 같은 태그를 달아 올렸을 텐데. 마지막 해시태그는 제시카를 지적이고 영적으로 보이게 해줄 거였다. 그런 태그는 좋았다. 소셜 미디어에서는 얄팍하다는 인상을 주지 않도록 조심해야 하니까. 제시카는 바로 그 순간에 SNS에 글을 올리지 않으면 그 일이 실제로 일어나지 않은 것 같다는, 중요하지 않다는, 진짜 인생이 아니라는 기분이 들었다. 터무니없는 생각이라는 건 알았지만 그녀로서도 어쩔 수 없었다. 스마트폰이 없으니 초조했다. 중독된 게 분명했다.

하지만 마약에 중독된 것보다는 나았다. 요즘은 벤의 누나가 어떤 약을 선택했는지 아무도 몰랐다. 혼합 약을 먹는 걸 더 좋아했으니까. 제시카는 모든 문제는 벤의 누나로 귀결되는 게 아닌가 하는 생각이 들 때가 있었다. 루시는 두 사람의 파란 하늘에 떠 있는 거대한 먹구름이었다. 루시가 아니라면 두 사람은 걱정할 일이 없었다. 정말로 아무것도 없었다. 두 사람은 당연히 더없이 행복해야 했다. 도대체 어디서부터 잘못된 걸까?

제시카는 첫날부터 아주 조심했다. 엄마가 무슨 멍청한 소리를 했더라? "얘, 이런 일은 사람을 망칠 수 있어"라고 했지. 제시카의 인생에서 가장 멋져야 했던 날, 엄마는 오만상을 찡그리며 그렇게 말했다. 그리고 그날, 제시카의 인생은 둘로 쪼개졌다.

그건 이 년 전 일이었다. 월요일 저녁이었고. 퇴근한 제시카는 서둘러 집으로 돌아갔다. 6시 30분까지 스핀 클래스에 가야 했으니까. 물병을 채우려고 합판으로 만든 보기 싫은 식탁이 있는 부엌으로 들어가자 식기세척기에 몸을 기대고 다리를 벌린 채 힘없이 전화기를 잡고 있는 벤이 보였다. 벤의 얼굴은 죽을 듯이 하얬고 눈은 흐리멍덩했다. 제시카는 벤의 옆에 꿇어앉았다. 가슴이 두방망이질 쳤고 숨을 쉴 수 없었고 말도 나오지 않았다.

그때 제시카의 마음을 가득 메운 생각은 '누구야? 누군데 그래?'였다. 가장 먼저 떠오른 사람은 당연히 루시였다. 루시는 언제든지 죽음에 다가갈 수 있으니까. 하지만 왠지 루시는 아니라는 느낌이 들었다. 벤이 너무나도 충격을 받았기 때문이다. 루시의 죽음이 이렇게까지 벤에게 충격을 줄 리 없었다.

벤이 말했다.

"엄마가 보낸 카드 기억하지? 도둑이 든 뒤에 보낸 거."

제시카의 심장이 오그라드는 것 같았다. 제시카는 벤의 엄마를 사랑했으니까.

"어떻게, 어떻게 그럴 수 있어?"

어떻게 벤의 엄마가 죽을 수 있지? 일주일에 두 번이나 테니스를 쳤는데? 도나는 제시카보다 더 날씬하고 더 건강했는데? 도나는 딸 때문에 스트레스를 받아서 죽은 게 분명했다.

"엄마가 우리한테 보낸 카드 기억하지?"

벤은 제시카의 말에 대답하지 않고 다시 같은 말을 했다.

"우리가 도둑 때문에 아주 흥분해 있었잖아."

불쌍한 벤. 너무도 슬퍼서 자꾸 그 기억에 집착하는 게 분명했다.

"당연히 기억하지."

제시카가 부드럽게 말했다. 그 카드는 우편함에 들어 있었다. 카드에는 귀여운 강아지가 그려져 있었고, 강아지의 말풍선에는 "기분이 정말 안 좋다고 들었어. 어떡하니!"라고 적혀 있었고, 안에는 복권이 들어 있었다. 도나는 "너희는 행운을 누릴 자격이 충분히 있어"라는 글을 적어 보냈다.

"그 복권이 당첨됐어."

제시카도 동시에 말했다.

"어머니한테 무슨 일 있어?"

"없어. 엄마는 괜찮아. 아직 말 안 했어."

"뭘 말 안 해?"

제시카는 벤이 하는 말을 알아들을 수가 없었고 갑자기 화가 났다.

"벤. 그래서 누가 죽었다는 거야, 아니야?"

"아무도 안 죽었어."

"확실해?"

"모두 건강해."

"좋아, 잘됐네."

"그 복권이 당첨됐다고. 도둑맞은 다음에 엄마가 우리한테 보내준 복권. 지금 복권판매소에서 연락이 왔어. 우리가 1등이래. 2,200만 달러(180억 원)를 받게 될 거래."

"바보 같은 소리 마. 그럴 리 없어."

제시카는 너무 지쳤다. 벤은 제시카를 바라봤다. 눈이 빨갰고 젖어 있었고 두려워하고 있었다.

"맞대."

미리 알고 있었다면 어땠을까? 내일 복권에 당첨될 거예요, 라는 소리를 미리 들었다면? 그러면 두 사람은 정확히 복권 당첨자들처럼 행동했을 것이다. 하지만 두 사람이 복권 당첨을 현실로 받아들이기까지는 시간이 좀 걸렸다. 제시카는 인터넷으로 당첨 번호를 확인하고 또 확인했다. 복권판매소에 다시 전화를 걸기도 했다.

두 사람이 가족과 친구들에게 전화를 걸 때마다 복권 당첨은 좀 더 분명한 현실이 됐고, 마침내 두 사람은 당첨자라면 으레 그래야 하는 것처럼 소리를 지르고 팔짝팔짝 뛰고 엉엉 울기도 하고 웃기도 했으며, 근처 주류판매점에서 찾을 수 있는 가장 비싼 샴페인을 사와서 알고 있는 모든 사람에게 축하하러 와달라고 초대했다. 두 사람은 도둑들을 위해 건배했다. 도둑이 들지 않았다면 복권에 당첨될 일도 없었을 테니까.

벤의 엄마는 두 사람에게 복권을 사준 이가 자신임을 그 누구도 잊지 않길 바랐다. 당첨금을 나눠달라는 말은 안 했지만(물론 두 사람은 당첨금을 나눠줬다) 자신이 이런 영광스러운 사건이 일어나는 데 결정적인 역할을 했음을 모든 사람이 알고 있길 바랐다.

"사실 너희한테 복권을 사줘야겠다는 생각은 못 했을지도 몰라.

복권은 살면서 처음 사봤다니까. 신문가판대 여자한테 복권을 어떻게 등록하는 건지 물어봐야 했어."

복권 당첨은 결혼식보다 훨씬 근사한 일 같았다. 특별한 사람이 된 기분이 들었고 모든 사람이 주목해주는 것 같았다. 제시카는 뺨에 아치 모양이 생길 만큼 밝게 웃었다. 당첨금을 받자마자 제시카는 훨씬 지적이고 아름답고 멋있어졌다. 사람들은 제시카를 다르게 취급했다. 제시카가 다른 사람이 됐기 때문이다.

그날 밤 제시카는 욕실 거울을 보고 이미 그 사실을 알았다. 제시카의 얼굴은 돈과 함께 빛나고 있었다. 돈은 제시카의 얼굴을 최상의 상태로 만들어줬다. 하지만 벤과 그의 형들이 술에 취한 채 어떤 차를 살지 논쟁을 벌이고 있을 때, 제시카는 벤의 두려움이 점점 더 커지고 있음을 느꼈다.

"돈 때문에 우리가 바뀌면 안 돼."

잠들기 전에 벤은 나지막이 말했다. 제시카는 생각했다. 도대체 무슨 말을 하고 있는 거야? 우린 이미 바뀌었다고!

제시카의 엄마는 복권 당첨이 마치 재앙이라는 듯 말했다.

"조심해야 해, 제시카. 이런 돈은 사람을 아주 문란하게 만들 수도 있거든."

새로운 삶에 예상치 못한 어려움이 생긴 건 사실이었다. 아직도 풀지 못한 까다로운 일이 몇 가지 벌어졌다. 제시카와 벤은 우정을 잃었고, 한 가족이 멀어졌다. 두 가족이 소원해졌다. 아니, 세 가족과 사이가 벌어졌다.

벤의 사촌은 벤과 제시카가 자기가 받은 주택담보대출을 갚아줘야 한다고 생각했다. 두 사람은 그 사촌에게 자동차를 사줬다. 제시카는 그 정도만 해도 충분하다고 생각했다. 벤은 그 사촌을 좋아했다. 하지만 복권에 당첨되기 전엔 거의 만난 적도 없는 사촌이었다. 결국 두 사람은 대출을 갚아줬지만 "이미 손해를 입었다"라는 원망을 들었다. 세상에.

제시카의 여동생도 있었다. 두 사람은 100만 달러를 줬지만 동생은 계속해서 더 달라고 했다. 벤은 "그냥 줘버려"라고 말했고, 달라는 대로 줬다. 그런데 어느 날 함께 점심을 먹고 제시카가 밥값을 계산하지 않은 뒤로 자매는 서로 말도 섞지 않고 있다. 그 생각을 하자 제시카는 가슴이 답답했다. 밥값은 늘 제시카가 냈다. 언제나. 밥값을 내지 않은 건 그때 한 번뿐이었지만, 그 때문에 도저히 용서할 수 없는 인간이 돼버렸다.

벤의 새아빠도 문제였다. 그는 자산관리사였기 때문에 자기가 벤의 자산을 모두 관리해야 한다고 주장했다. 하지만 늘 새아빠를 멍청이라고 생각했던 벤은 자산 맡기길 거부했고 그 때문에 두 사람 사이는 어색해졌다. 복권에 당첨되지 않았다면 벤은 끝까지 새아빠에 관한 자신의 생각을 밖으로 드러내지 않았을 것이다.

그리고 당연히 벤의 누나가 있었다. 어떻게 루시에게 돈을 줄 수 있을까? 어떻게 루시에게 돈을 주지 않을 수 있을까? 벤과 벤의 엄마는 어떻게 해야 할지 몰라 괴로워했다. 두 모자는 아주 신중한 방법으로 아주 옳은 일을 하고 싶었다. 그래서 신탁 계좌를 개설했다. 절대로 루시에게 현금을 주지 않았다. 하지만 루시가 원하는 건 현금밖에 없었다. 루시에게 차를 사주면 열흘도 안 돼 팔아버렸다. 가족이 주는 물건은 무엇이든 즉시 팔아버렸다. 루시는 불쌍한 벤에게 "멋진 차나 모는 부자 새끼, 넌 자기 가족도 돕지 않지?" 같은 끔찍한 말을 퍼부어댔다.

두 사람은 벤의 엄마가 돈만 있다면 반드시 보내고 싶었던, 반드시 치료해주리라고 믿었던 값비싼 재활 프로그램들에 루시를 보내느라 수천 달러를 쓰고 또 썼다. 하지만 그 모든 재활 프로그램이 남긴 교훈은, 어떤 방법이든 일단 돈을 써야지만 그 방법도 소용이 없음을 알게 된다는 것뿐이었다. 그런 일은 계속해서 반복됐지만 벤은 변함없이 치료 방법이 있으리라 생각했다. 하지만 제시카는 해결 방법이 없음을 알았다. 루시가 도움을 원하지 않는데 해결 방법이 있을 리 없었다.

벤과 제시카가 당연히 자기한테 돈을 줘야 한다고 생각한 사람은 가족만이 아니었다. 오랫동안 연락이 안 되던 친척들, 친구들, 친구의 친구들이 매일같이 전화를 걸어와 돈을 빌려달라거나 도와달라거나 자신이 좋아하는 자선단체나 학교, 자녀들의 축구 클럽을 지원해달라고 부탁했다. 오랫동안 만나지 못했던 친척들이 연락을 해왔고, 존재하는지도 몰랐던 친척이 전화를 걸어왔다. "1만 달러는 너한테야 아주 적은 돈이지만 우리한텐 엄청난 돈이야"라는 식으로 은근히 공격을 해오는 사람도 있었다.

"그냥 줘버려."

벤은 늘 그렇게 말했지만, 그 때문에 제시카는 짜증이 날 때가 있었다. 사람들의 뻔뻔함이 너무 싫었다. 돈이 많아졌기 때문에 돈이 없을 때보다 벤과 더 많이 싸워야 한다는 사실을 제시카는 도무지 이해할 수 없었다. 생각지도 않던 청구서가 날아올 때면 너무나 속상했던 시절엔 상상도 못할 일이었다.

갑자기 부유해진다는 건, 자격도 경험도 없는 상태에서 해나가야 하기 때문에 스트레스를 많이 받는 화려한 직업을 갖게 된 것과 비슷했다. 하지만 그래도 아주 훌륭한 직업이라고 말할 수 있는 그런 직업을 갖게 된 것과 말이다. 그러니 불만을 터뜨릴 수는 없었다.

제시카가 보기에 벤은 복권에 당첨됐다는 사실을 유감스러워하는 것 같았다. 벤은 일하던 시절이 그립다고 했다.

"사업을 시작하면 되잖아."

제시카는 그렇게 대꾸했다. 이젠 무슨 일이든 할 수 있었으니까. 하지만 벤은 옛 상사인 피트와 경쟁할 순 없다고 했다. 벤은 꼭 루시 같았다. 자기 문제를 해결할 수 있는 방법은 원치 않았다.

벤은 새로 이웃이 된 거만한 사람들이 싫다고 했다. 제시카는 새로운 이웃들을 잘 모르니 초대해서 술이라도 마셔보면 어떨까 했지만 벤은 질색을 했다. 하지만 이사를 오기 전에도 두 사람은 이웃들을 잘 몰랐다. 그 낡은 아파트에 살던 사람들은 모두 아침부터 저녁까지 일하기 바빠서 서로 어울리는 법이 없었으니까.

호화로운 휴가를 즐기기도 했지만 벤은 그런 여행을 가도 행복해지진 않는 것 같았다. 제시카는 산토리니에서 해가 지는 모습을 바라보던 날을 기억했다. 믿을 수 없이 멋진 저녁이었고, 바로 전에 제시카는 기절할 만큼 아름다운 목걸이를 구입했다. 문득 바라본 벤은 깊은 생각에 잠겨 있었다.

"무슨 생각해?"

"누나가 그리스 섬을 돌아보고 싶다고 했던 게 기억났어."

그 순간 제시카는 고래고래 소리를 지르고 싶었다. 루시가 산토리니에 오고 싶다면 돈도 대주고 멋진 호텔도 잡아줄 수 있어. 하지만 그렇게는 할 수 없었다. 루시는 자기 팔에 주사기를 마구 찔러대는 사람이니까. 루시가 자기 인생을 망치는 거야 어쩔 수 없는 일이 었다. 하지만 루시 때문에 벤과 제시카의 인생이 망가져야 하는 이유는 도무지 알 수가 없었다.

복권이 벤을 행복하게 해준 유일한 일은 그 차를 살 수 있었다는 것뿐이었다. 벤은 다른 일엔 조금도 신경 쓰지 않았다. 투락에서도 가장 좋은 곳에 있는 아름다운 집도, 콘서트 입장권도, 디자이너 옷도, 여행도 벤과는 아무 상관이 없는 일이었다. 그저 그 차뿐이었다. 그의 꿈의 차뿐이었다. 제시카는 그 차가 지긋지긋했다.

제시카는 사람들이 일어서 있다는 사실을 알고 깜짝 놀랐다. 사람들은 하품을 눌러 참으며 어울리지 않는 옷을 매만지고 있었다. 제시카는 일어서서 다시 한 번 하늘을 봤지만, 여전히 하늘에는 답이 없었다.

. 17 .

프랜시스

아침 8시밖에 안 됐는데 프랜시스는 걷고 있었다. 이제 곧 뜨거운 낮이 찾아올 테지만 지금 날씨는 완벽해서 부드러운 비단이 프랜시스의 피부를 간질이고 있는 것 같았다. 이따금 들려오는 방울새의 유쾌한 지저귐, 나뭇가지와 돌이 발에 부드럽게 밟히는 소리를 빼면 아무 소리도 들려오지 않았다.

오늘은 평온의 집에서 온전한 하루를 보내는 첫날인데 날이 밝기도 전에(날이 밝기도 전이라니!) 누가 침실 문을 두드렸다. 프랜시스는 비틀거리며 걸어가 문을 열었다. 밖에는 아무도 없었고 바닥에 은색 쟁반만 놓여 있었다. 쟁반 위에는 아침 스무디와 그날 프랜시스의 일정을 담은 봉투가 놓여 있었다.

침대로 돌아온 프랜시스는 등에 베개를 대고 앉아 스무디를 마시며 일정표를 읽었다. 즐거움과 두려움이 정확히 같은 비율로 느껴졌다.

프랜시스 웰티의 하루

해돋이 시간: 장미 정원에서 태극권을 합니다.

오전 7시: 식당에서 아침식사를 하세요(침묵을 지켜야 한다는 사실을 명심하세요).

오전 8시: 명상하며 걷기를 합니다(충분한 시간을 들여 멋진 풍경을 감상하고 사색하면서 천천히 걷습니다).

오전 10시: 일대일 운동 시간. 체육관에서 딜라일라를 만나세요.

오전 11시: 스파에서 잰에게 마사지를 받으세요.

오후 12시: 식당에서 점심식사를 하세요.

오후 1시: 명상실에서 명상을 합니다.

오후 2~4시: 자유 시간입니다.

오후 5시: 식당에서 저녁식사를 하세요.

오후 7~9시: 자유 시간입니다.

오후 9시: 소등 시간입니다.

오후 9시에 불을 끄라고? 이건 제안일까 명령일까? 어렸을 때도 9시에 자려고 누운 적은 없는데? 하지만 오늘은 9시쯤에 잠이 올지도 모르겠다는 생각이 들었다. 장미 정원에서 야오와 함께 태극권을 할 때도 식당에서 아침을 먹을 때도 계속 하품을 했다(수란과 찐 시금치가 나온 아침식사는 아주 좋았다. 사워도우 토스트와 카푸치노가 없으니 뭔가 허전한 느낌이 들긴 했지만). 그리고 지금은 사람들과 함께 걷기명상을 하고 있었다. 본질적으로는 평온의 집에서 좀 떨어진 관목 숲을 따라 천천히 언덕을 오르는 중이었지만 말이다. 야오와 딜라일라도 함께 올라가고 있었다. 딜라일라가 앞에서 손님들을 이끌었고 야오가 뒤에서 따라왔다. 앞에서 걸어가는 딜라일라의 속도는 극단적으로 느려서 괴로울 지경이었다. 프랜시스가 이렇게 느낄 정도라면 운동광인 마르코니 가족은 미치고 환장할 게 분명했다.

프랜시스는 중간에서 걷고 있었고, 앞에는 하나로 묶은 풍성한 머리를 흔들며 아빠 뒤를 따라가는 조이가 있었다. 프랜시스의 뒤에는 연쇄살인마가 있었는데, 사실 연쇄살인마가 살인을 저지르기에 이상적인 상황은 아니었다. 저렇게 느린 몸이라면 프랜시스가 도망갈 시간은 충분할 테니까.

사람들은 언덕을 오르다 가끔 멈춰 서서 지평선에 고정된 한 점을 조용히 바라봐야 했다. 이런 속도라면 절대로 정상에 도달할 수 없을 것 같았다. 천천히, 천천히, 더욱 천천히. 사람들은 일렬로 늘어서서 언덕을 올라갔다. 천천히, 천천히, 더욱 천천히. 몸도 마음도 걷는 속도에 맞춰지고 있는 것 같았다. 천천히는 확실히······ 아주 느렸다.

프랜시스는 자신이 살아온 삶의 속도를 생각해봤다. 지난 십 년 동안 프랜시스가 사는 세상은 계속해서 빨라지고 있었다. 사람들은 더욱 빨리 말했고, 더 빨리 차를 몰았으며, 더 빨리 걸었다. 모두가 서둘렀고 모두가 바빴다. 누구나 그 즉시 만족하길 원했다. 세상이 그런 식으로 바뀌었음을 프랜시스는 소설을 교정하는 동안 깨달았다. 늘 "아주 좋아요!"라고 적었던 조가 "좀 더 빠른 전개로!"라고 적어놓았으니까. 옛날에는 독자들이 훨씬 더 느긋했다. 훨씬 더 시간을 들인 이야기에 만족했고, 특별한 사건 없이 아름다운 풍경을 묘사하는 데 한 장을 모두 할애해도 아무 문제가 없었다.

조가 속도를 높이라고 재촉한 이유는 프랜시스의 소설이 판매가 저조했기 때문일 수도 있었다. 조는 불길한 징조를 봤기 때문에 "이 장엔 음모를 추가해야 해요. 독자들 주의를 다른 곳으로 돌리는 게 어떨까요?" 같은 의견을 낸 것이다. 프랜시스는 잠든 노파처럼 그

의견을 무시하고 결국 직업까지 위태롭게 만들어버린 거고. 프랜시스는 멍청이였다. 망상에 빠진 바보였다.

길이 가팔라졌지만 천천히 걷고 있었기 때문에 프랜시스는 숨이 흐트러지지 않았다. 길이 구부러지자 잘린 풍경 조각들이 나무들 사이로 선물처럼 드러났다. 이제 정말로 높은 곳까지 올라왔다. 프랜시스의 걸음이 빨라졌다. 좀 빨리 걷고 있다는 생각이 드는 순간 프랜시스의 코가 조이의 어깨뼈를 쿵, 박았다. 조이가 우뚝 멈춰 섰다. 프랜시스는 조이가 숨을 급히 들이마시는 소리를 들었다.

헤더가 등산로에서 벗어나 가파른 언덕의 바위에 올라가 있었다. 헤더의 발밑은 낭떠러지였다. 한 발만 내디뎌도 밑으로 떨어질 게 분명했다. 나폴레옹이 와락 손을 뻗어 아내의 팔을 움켜잡았다. 헤더의 가느다란 팔을 잡고 다시 등산로로 끌어당기는 나폴레옹의 얼굴이 하얗게 질린 이유가 화가 났기 때문인지 두렵기 때문인지 프랜시스는 판단이 서지 않았다.

헤더는 남편에게 고맙다는 말도 하지 않았고 웃어 보이지도 않았다. 눈도 마주치지 않았다. 그저 신경질적으로 어깨를 흔들어 나폴레옹의 손을 떨쳐내더니 낡은 티셔츠 소매를 잡아당기며 앞으로 걸어갔다. 나폴레옹은 뒤를 돌아 조이를 봤다. 아빠의 가슴은 위아래로 요동치고 있었고, 딸은 거친 숨소리를 내고 있었다. 잠시 뒤, 방금 프랜시스가 목격한 일은 아무것도 아니라는 듯 아빠와 딸은 고개를 숙이고 다시 걷기 시작했다.

. 18 .

토니

토니 호그번은 명상이라는 끔찍한 경험을 또다시 한 뒤에 이제 막 방으로 돌아왔다. "빨대로 호흡하는 것처럼 숨을 쉬세요"라니. 그게 무슨 헛소리냐고, 제기랄. 아침에 했던 죽어라고 천천히 걷는 명상 때문에 다리가 아프다는 사실이 부끄러웠다. 예전 같으면 그 정도 산길은 가볍게 뛰어 올라갈 수 있었는데, 이젠 백 살 노인의 속도로 걸은 것만으로도 다리가 젤리처럼 흐느적거렸다.

발코니에 앉은 토니는 얼음처럼 차가운 맥주와 늙은 불도그의 머리가 주는 감촉이 그리웠다. 맥주 한 잔과 사랑하는 반려견이 그리운 건 소박한 욕망이지만, 지금 이 순간엔 사막에서 느끼는 맹렬한 갈증, 심장 깊은 곳에서 느껴지는 격렬한 통증처럼 토니를 괴롭혔다. 이 고통을 달랠 수 있는 약을 냉장고에서 꺼내오려고 토니는 200번이나 일어섰지만, 고통을 달랠 방법은 하나도 없음을 200번이나 깨달아야 했다. 이곳에는 냉장고도 없었고 식료품 저장고도 없었다. 고통을 잊을 다큐멘터리를 보여줄 TV도 없었고 아무 생각 없이 인터넷을 헤맬 수 있는 컴퓨터도 없었다. 그저 순종하는 모습을 보기 위해 휘파람을 불어 다가오게 할 수 있는 개도 없었다.

밴조는 열네 살이었다. 콜리로서는 살 만큼 산 셈이다. 토니는 마음의 준비를 해야 했지만 그러지 못했다. 첫 주에는 현관문에 열쇠를 꽂을 때마다 지독한 슬픔이 몰려왔다. 다리에 힘이 풀릴 만큼 지독한 슬픔이었다. 경멸을 받아도 할 말이 없었다. 다 큰 남자가 개 때문에 다리가 풀리다니. 개가 죽은 게 처음은 아니었다. 살아오면서 개는 세 번이나 떠나보냈다. 개를 기르는 사람이라면 당연히 맞아야 할 운명이었다. 그런데도 밴조의 죽음은 왜 이렇게 힘든지 이해할 수가 없었다. 더구나 벌써 반년이 지났는데. 지금까지 살아오면서 떠나보낸 사람들보다 그 망할 개 한 마리의 죽음이 훨씬 더 슬프다는 게 가능한 일일까?

물론, 가능했다. 토니는 막내딸 미미의 여덟 번째 생일 선물이었던 잭 러셀이 뒤뜰에서 뛰어나가다 차에 치었던 일을 기억했다. 미미는 넋이 나가서 잭 러셀의 장례식 때는 토니의 어깨에 얼굴을 묻고 엉엉 울었다. 물론 토니도 울었다. 담장에 구멍이 있다는 사실을 전혀 몰랐다는 끔찍한 죄책감과 그 불쌍한 바보 개 때문에 너무 슬퍼서 울었다. 그때 미미는 볼이 동그랗고 부드럽고 머리는 양 갈래로 딴, 사랑하지 않을 수 없는 작고 귀여운 아이였다.

이제는 스물여섯 살의 치위생사가 된 미미는 영락없이 자기 엄마 같았다. 비쩍 마른 몸, 핀처럼 뾰족한 머리, 아주 빠른 말투와 걸음걸이. 그런 딸은 토니를 지치게 했다. 위생적인 미미는 늘 바빴다. 토니는 딸을 몹시 사랑했지만, 딸은 그렇게 사랑스러운 사람은 아니었다. 딸을 위해서라면 죽을 수도 있었지만, 가끔은 딸이 건 전화를 무시하기도 했다. 치위생사로 근무한다는 건 누구의 방해도 받지 않고 혼자서 오랫동안 떠들 수 있다는 뜻이었다.

미미는 토니보다는 자기 엄마하고 더 가까웠다. 세 아이 모두 그랬다. 아이들이 어렸을 때 토니는 충분히 곁에 있어주지 못했다. 그러다가 아이들은 모두 자랐고, 아이들이 토니를 찾아오거나 전화를 할 때면 이젠 아이들이 '아빠에 대한 의무'를 하고 있다는 기분이 들었다. 한 번은 미미가 아주 정다운 목소리로 토니의 생일을 축하하는 음성 메시지를 남긴 적이 있는데, 끝에는 완전히 다른 목소리로 "좋아, 됐어. 이제 가자"라고 말하며 전화를 끊는 소리가 녹음됐다.

아들들은 토니의 생일을 몰랐다. 물론 기대도 하지 않았다. 토니도 두 아들의 생일을 기억하지 못했으니까. 제임스와 윌의 생일 아침에 미미가 문자 메시지를 보내주기 때문에 간신히 놓치지 않고 지나갈 수 있었다. 제임스는 시드니에서 달마다 새로운 여자와 데이트를 하면서 지내고 있고, 제임스의 형 윌은 네덜란드 여자와 결혼해서 네덜란드로 가버렸다. 몇 년에 한 번씩만 만날 수 있는 세 손녀는 크리스마스 때면 스카이프로 전화를 걸어와 네덜란드 억양이 강한 영어로 인사를 했다. 그래서인지 손녀들은 토니와는 무관한 애들처럼 느껴졌다.

전아내는 손녀들을 자주 봤다. 일 년에 두 번 이상 네덜란드로 날아가 2~3주씩 머물면서 손녀들과 지냈다. 첫째 손녀는 아일랜드 전통 춤을 잘 춘다고 했다. 네덜란드에서 왜 아일랜드 전통 춤을 추는 거야? 아니, 애초에 왜 아일랜드 전통 춤을 추는 건데? 이런 부조리를 이상하게 생각하는 사람은 아무도 없는 것 같았다. 전아내는 아일랜드 전통 춤은 전 세계 아이들이 춘다는 말도 했다. 유산소운동으로 좋고 균형감각인가 뭔가를 기르는 데도 좋다고 했다. 토니는 전아내가 보내준 동영상을 봤다. 손녀는 가발을 쓰고 강력 테이프로 커다란 자를 등에 붙인 아이처럼 춤을 추고 있었다.

토니는 자신이 이런 할아버지가 되리라는 생각은 해본 적이 없었다. 컴퓨터 화면 속에서 웃기는 억양으로 그로서는 알아들을 수 없는 얘기를 하는 애들의 할아버지라니. 할아버지가 된다는 건 자신을 믿는 끈적끈적하고 작은 손을 잡고 아주 느린 걸음으로 모퉁이 가게까지 아이스크림을 사러 가는 일이라고 생각했는데, 그런 일은 절대로 일어나지 않았다. 사실 모퉁이 가게도 이제 사라지고 없었다.

토니는 발코니에서 일어났다. 뭔가 먹어야 했다. 손녀들을 생각하다 보니 위장에 탄수화물로만 채워질 수 있는 비참함이라는 커다란 구멍이 생긴 게 분명했다. 치즈 토스트를 만들어 먹으면 될 것 같았다. 잠깐, 빌어먹을. 빵이 없었다. 당연히 치즈도 없고 토스터도 없었다. 딜라일라는 두 눈을 번쩍이면서 "간식을 못 먹어서 불안해지는 경험을 하게 될 거예요. 하지만 걱정 마세요. 지나갈 테니까요."라고 했다. 토니는 다시 의자에 털썩 주저앉으며 이 지옥 구덩이로 들어오겠다고 직접 이곳을 예약했던 날을 생각했다. 잠깐 미쳤던 순간을 말이다.

그날은 오전 11시에 의사를 만나기로 했었다. 친구이기도 한 의사가 말했다.

"좋아, 토니. 검사 결과를 한번 보자고."

의사는 잠시 검사 결과를 뚫어지게 보더니 안경을 벗고 몸을 숙였다. 의사의 눈에는 이제 밴조를 보낼 때가 됐다고 말하던 수의사를 떠오르게 하는 뭔가가 분명히 들어 있었다. 토니는 그날 얼마나 충격을 받았는지 선명하게 기억했다. 그건 마치 지난 이십 년 동안 정신이 나간 상태로 멍하니 걸어다니다가 갑자기 깨어난 것과 같았다.

차를 몰고 집으로 돌아오는 동안 토니의 의식은 어느 때보다 선명했고 완전히 집중하고 있었다. 그러니 행동을 해야 했다. 그것도 아주 빨리. 남아 있는 짧은 시간을 일하고 TV나 보면서 낭비할 순 없었다. 하지만 뭘 해야 한다는 말인가? 그래서 토니는 인터넷으로 검색을 했다. 구글 검색창에 '내가 어떻게 해야'까지 입력하자 구글이 알아서 문장을 완성해줬다. '내가 어떻게 해야 내 삶이 바뀔까?' 구글은 종교를 갖는 일부터 자기계발서를 읽는 일까지 무수히 많은 제안을 했다. 그러다 건강휴양지에 관한 기사까지 읽게 됐다. 그 기사 맨 위에 적힌 건강휴양지가 평온의 집이었다.

열흘 동안 몸과 마음을 정화한다. 그 정도 일이 힘들 리 없었다. 벌써 몇 년 동안이나 토니는 휴가를 가본 적이 없었다. 그는 스포츠 마케팅 컨설팅 회사를 운영했고, 살면서 몇 가지 해보지 못한 뛰어난 선택 가운데 하나를 했다. 바로 피파를 사무관리자로 뽑은 일 말이다. 그녀는 토니가 해야 할 모든 일을 토니보다 월등하게 잘해내고 있었다. 건강휴양지에 들어가면 체중이 줄 수도 있었다. 자제심을 기를 수도 있었다. 사업 계획을 제대로 세울 수 있을지도 몰랐다. 공항에서 평온의 집으로 달려오는 동안 토니는 낙관에 차 있었다.

마지막 순간에 비상식량을 준비하겠다는 멍청한 결정을 내리지 않았다면 어떻게 됐을까? 오는 길에 본 주류판매점을 향해 차를 돌려 달려가기 시작했을 때 토니는 평온의 집 갈림길까지 거의 다 와 있었다. 그곳에서 토니가 사온 건 맥주(라이트 맥주) 여섯 팩, 포테이토칩 한 봉지, 크래커 몇 개(크래커에 대체 무슨 문제가 있다고)뿐이었다. 그때 차만 돌리지 않았어도 길가에 차를 세워둔 미친 여자를 만나는 일은 없었을 텐데.

토니는 그 여자가 곤경에 처했다고 생각했다. 차를 세우고 경적을 치면서 고함을 지르는 여자를 보면 심각한 문제가 생겼다고 생각될 수밖에, 다른 생각을 할 수 있을까? 차창을 내린 그 여자 얼굴은 정말로 아파 보였다. 폐경기가 그렇게 끔찍한 걸까, 아니면 그 여자에게 건강염려증이 있는 걸까? 그 여자 말대로 폐경기가 그렇게 끔찍한지, 일단 이곳을 벗어나면 여동생한테 물어봐야겠다고 토니는 생각했다. 그런데 평온의 집에서 다시 만난 그 여자는 완벽하게 정상 같았고 건강해 보였다. 처음 만났다면 토니는 그 여자가 래브라도처럼 발랄하게 뛰어다니는 활기찬 슈퍼맘이라고 생각했을 것이다.

토니는 그 여자가 좀 무서웠다. 왠지 그 여자는 토니를 멍청이처럼 느껴지게 했다. 그 여자만 보면 어린 시절의 창피한 순간으로, 마음 깊숙이 넣어놓고 꺼내지 않았던 기억으로 되돌아가는 것만 같았다. 그때 토니는 누나의 친구들 가운데 한 명을 위해 뭔가를 했고 두 사람 사이엔 무슨 일이 생겼다. 아마도 토니가 무슨 말을 했거나 무슨 일을 했는데, 정확하게는 기억나지 않았다. 하지만 월경이거나 탐폰과 관계가 있는 일이라는 건 알았다. 토니가 열세 살 때의 일이었다. 하지만 이제 토니는 쉰여섯 살이었다. 게다가 할아버지였다! 그는 아내가 아이를 셋이나 낳는 모습을 지켜봤다. 여자의 육체가 품고 있는 은밀한 비밀에 당혹스러워할 나이는 아니었다. 그런데도 그 미친 여자 때문에 당혹스러웠다.

화가 난 토니는 의자가 뒤로 끌릴 정도로 벌떡 일어섰다. 저녁을 먹기 전에 '자유 시간'이라는 이름으로 두 시간이나 버텨야 했다. 퇴근을 하고 자기 전까지 집에 있어야 하는 시간들은 늘 맥주와 안

주와 TV로 채워졌다. 하지만 지금은 어디로 가야 할지 알 수가 없었다. 이 방은 토니에겐 너무 작았다. 지나치게 귀엽게 꾸며져 있었다. 어제는 몸을 돌리다 꽃병을 떨어뜨려 깨버렸다. 그 때문에 저도 모르게 큰소리로 욕을 했는데, 옆방에 있는 사람은 그 소리를 들었을 게 분명했다. 그 꽃병, 골동품이 아니면 좋으련만.

토니는 발코니 난간 밖으로 몸을 내밀고 아래를 뚫어지게 봤다. 캥거루 두 마리가 평온의 집 그늘에 서 있었다. 한 마리는 몸을 긁으며 털을 고르고 있었고, 다른 한 마리는 석상처럼 미동도 없이 서 있었다. 청록색으로 빛나는 콩팥처럼 생긴 커다란 수영장도 보였다. 어쩌면 수영을 하고 와도 될 것 같았다. 언제 마지막으로 수영을 했는지 기억도 나지 않았다. 아이들이 어렸을 때는 해변이 토니의 인생에서 큰 부분을 차지하고 있었다. 수년 동안 매주 일요일 아침이면 아이들을 데리고 니퍼스로 가서 안전하게 파도 타는 법을 가르쳤다. 우울하고 소박한 네덜란드인의 삶을 살아야 하는 창백한 손녀들은 파도 타는 법을 배울 기회가 결코 없을 테지.

토니는 방으로 들어가 누군가 토니의 낡은 속옷이 든 가방을 뒤졌다는 생각은 밀쳐두려 애쓰면서 가방에서 수영복을 꺼냈다. 어쨌든 토니는 새 옷을 사야 했다. 전에는 아내가 사다주는 옷을 입었다. 토니가 옷을 사달라고 부탁한 적은 없었다. 그저 아내가 사왔다. 토니는 옷에 관심이 없었고, 아내가 사주는 옷을 입는 데 익숙해졌다. 그리고 몇 년 뒤 이혼 절차를 밟으면서 옷에 관심이 없다는 사실은 아내가 "내가 하는 일을 토니는 너무 당연하게 받아들여요"라고 말하는 많은 일들 가운데 하나가 됐다. 그는 "단 한 번도 고맙다는 말을 하지 않았다". 정말인가? 진짜란 말이야? 이런, 정말로 그랬다면 왜 이십이 년 동안이나 입을 다물고 있었던 거야? 미리 얘기를 했다면 분명히 고맙다고 했을 텐데. 그저 배은망덕한 돼지라는 말만 미리 해줬어도 그 오랜 시간이 지난 후 상담사 앞에 앉아서 세상 최고의 나쁜 남자가 된 것 같은 기분을 느끼지 않아도 됐을 텐데, 왜 아무 말도 안 했던 거야?

법원에서 토니는 부끄러워서 한 마디도 할 수 없었다. 그런 토니의 태도도 결국 "늘 입을 다물고 있고", "도무지 무슨 생각을 하는지 알 수 없으며", "아내에게 전혀 관심도 없는" 토니를 입증하는 일이 됐다. 전아내가 토니를 어떤 식으로 묘사했더라? 아주 재미있다는 듯 말하지 않았던가? 심지어 상담사에게 토니는 '아마추어 인간'이라는 말까지 했지.

몇 달간 부부상담을 받으면서 토니는 자신도 결혼생활을 하는 동안 다양한 일을 해왔고, 아내에게 인정을 받거나 고맙다는 말을 들어본 적이 없음을 깨달았다. 가령 아내의 차를 관리하는 일은 전적으로 토니의 몫이었다. 그 아마추어 인간이 아내의 차에 기름이 떨어지지 않도록 늘 신경 써서 채워놓았건만. 도대체 그 여자는 자동차 기름은 저절로 채워지는 거라고 생각한 걸까? 더구나 일 년에 한 번씩 차량 점검도 받았다. 그냥 둘 다 상대방이 해준 일들을 당연하게 여기면 안 되는 걸까? 그런 일들을 당연하게 여기는 게 결혼의 장점 가운데 하나 아닐까?

하지만 너무 늦었다. 이제 두 사람은 이혼한 지 오 년이 됐고, 그 오 년은 전아내의 인생에서 최상의 오 년이 됐다. 아내는 '진정한 자아'를 되찾았다. 혼자 살면서 매주 쾌활하게 웃어대는 이혼한 여자들과 함께 저녁 수업에도 참가하고 주말마다 다양한 곳으로 놀러

다녔다. 그 여자들은 이런 휴양지도 자주 갔다. 전아내는 매일 명상을 한다고 했다. "얼마나 해야 제대로 명상을 할 수 있지?"라고 묻는 토니에게 그녀는 눈동자가 눈에 붙어 있지 않을지도 모른다는 의심이 들 만큼 심하게 눈을 굴렸다. 요즘 그녀는 토니에게 얘기할 때면 계속 말을 멈추고 깊게 숨을 들이마셨다. 지금 생각해보니, 빨대로 호흡하는 것처럼 숨을 쉬는 게 분명했다.

토니는 수영복을 허리까지 끌어올렸다. 이런, 젠장. 수영복은 심각하게 오그라든 게 분명했다. 세탁을 잘못한 게 분명했다. 너무 차가운 물에 담갔거나 너무 뜨거운 물에 담근 게 분명했다. 아무튼 담그면 안 되는 물에 담근 게 분명했다. 토니는 수영복을 있는 힘껏 잡아당겨 단춧구멍에 단추를 채웠다. 됐다. 문제는 숨을 쉴 수 없다는 거였지만.

갑자기 기침이 나왔다. 그 순간 단추가 튀어나가더니 통통통, 바닥을 치면서 멀리 날아갔다. 그 상황을 도저히 믿을 수 없어서 토니는 큰 소리로 웃으며 털이 난 거대한 배를 내려다봤다. 그 배는 전혀 다른 사람에게 속한 물건 같았다. 토니는 전혀 다른 몸을 기억했다. 전혀 다른 시간에 속해 있던 몸을 기억했다. 경기장을 가득 메운 관중이 내지르던 엄청난 함성, 그의 가슴에 벅찬 진동을 만들어냈던 그 함성을 기억했다. 그때는 몸과 마음에 어떤 경계도 없었다. 달린다고 생각하는 순간 몸은 달렸고 뛴다고 생각하는 순간 몸은 뛰었다.

토니는 수영복을 내려 바지허리가 배 밑에 머물도록 했다. 임신 6개월이던 전아내가 생각났다. 아내도 고무줄 치마를 이런 식으로 입었는데. 그는 방 열쇠를 들고 흰색 수건을 어깨에 둘렀다. 이 수건을 밖으로 갖고 나가도 될까? 분명히 수건에 관한 규정도 있을 텐데. 토니는 방을 나섰다. 평온의 집은 교회처럼 고요하고 엄숙했다. 현관문을 열고 아직 오후의 열기가 남아 있는 밖으로 나가 수영장으로 이어진 길을 따라 걸어갔다.

날렵한 검은색 수영복을 입고 허리에 얇은 천을 두른 여자가 반대편에서 토니를 향해 걸어왔다. 풍성한 머리를 하나로 묶고 고양이 눈처럼 생긴 화려한 안경을 썼던 여자였다. 토니는 그 여자가 지적인 좌파 페미니스트일 거라고 추론했다. 대화를 나눈 지 오 분만에 토니를 구제 불능이라고 결론 내릴 여자였다. 그래도 미친 여자를 상대하는 것보다는 페미니스트에게 무시당하는 편이 훨씬 나았다.

길이 너무 좁았기 때문에 토니는 한쪽으로 비켜 서서 이런 행동이 상대방의 페미니즘 원칙에 어긋나지 않기만을 빌었다. 어떤 여자를 위해 문을 잡고 있었더니 그 여자가 "고맙지만 이 정도는 혼자 할 수 있어요"라고 쏘아붙였을 때처럼 말이다. 그때 토니는 그 여자 얼굴을 때려주고 싶었다. 물론 그렇게 하지는 않았다. 토니는 그 여자한테 얼간이처럼 웃어 보였다.

여자는 토니와 눈도 마주치지 않았지만 차선을 양보해준 운전자에게 감사를 표시하는 것처럼 살짝 손을 들어 고맙다는 표시를 했다. 여자가 지나간 뒤에야 토니는 그녀가 조용히 울고 있다는 사실을 깨달았다. 토니는 한숨을 내쉬었다. 여자가 우는 건 참을 수가 없었다. 토니는 여자가 멀어지는 모습을 지켜보다가(나쁜 외모는 아니었다) 수영복 바지가 흘러내리지 않도록 위로 잡아당기면서 수영장으로 걸어갔다. 토니는 수영장 문을 열었다. 이런, 젠장. 미친 여자가 수영장 안에서 코르크 마개처럼 까딱거리고 있었다.

. 19 .

프랜시스

아우, 뭐야. 프랜시스는 생각했다. 연쇄살인마였다. 프랜시스는 수영장 문을 열려고 오 분이나 애를 써야 했는데 연쇄살인마는 아무 문제없이 훅, 수영장으로 들어왔다. 저 묵직한 손으로 검은색 혹 같은 걸 들어올리더니 발등으로 문을 세게 걷어차며 안으로 들어왔다. 이미 안경 쓴 여자가 스피드 보트처럼 수영장을 왔다 갔다 하면서 만든 물 자국을 충분히 참아줬건만, 이젠 또 저 남자라니.

연쇄살인마는 의자 위에 수건을 툭 떨어뜨리더니(접수대에서 파란 줄무늬 수건을 받아와야 하지만, 저 남자한텐 그런 규칙이 아무 의미 없는 게 분명했다) 발가락을 넣어 물 온도를 점검해보는 과정도 없이 곧장 물속으로 뛰어들었다. 프랜시스는 평영으로 남자의 반대 방향으로 헤엄쳤다.

이제 프랜시스는 수영장에 갇혀버렸다. 저 남자 앞에서 물 밖으로 나가고 싶지 않았다. 수영복 입은 모습을 남들이 뭐라고 평가할지 걱정하기엔 나이가 너무 많이 들었다는 생각이 들긴 했지만, 열두 살 때부터 시작된 남 의식하는 버릇은 죽어서도 못 고칠 것 같았다. 문제는 앞으로 저 남자와의 관계에서 우위를 차지하고 싶은데 이 부드럽고 하얀 몸은, 특히 아마조네스 같은 마샤의 멋진 몸과 비교하면(망할 마샤 같으니라고), 오십이 년이나 살았고 린트 초콜릿

볼에 맥을 못 쓰리라는 사실만 알려줄 뿐이었다. 저 연쇄살인마는 '내가 저 여자랑 하고 싶나?'를 기준으로 모든 여자에게 순위를 매길 타입이었다.

삼십 년도 전에 사귄 첫 남자친구는 양손을 프랜시스의 가슴에 올리더니 자기는 더 작은 가슴이 좋다고 했다. 프랜시스는 그 말이 우습다고 생각했다. 여자의 신체를 메뉴에 올라 있는 요리처럼 여긴다는 생각이 들었기 때문이다. 하지만 입에서는 "미안"이라는 말이 나갔고, 그는 선심을 쓴다는 듯 "괜찮아"라고 대답했다.

프랜시스는 자신이 우스꽝스럽게 행동하는 이유를 가정교육 탓으로 돌릴 수도 없었다. 여덟 살 때였을 것이다. 엄마와 길을 걷고 있을 때 어떤 남자가 엄마의 엉덩이를 두드리더니 친절한 말투로 "엉덩이 한번 끝내주네"라고 말하면서 지나갔다. 그 남자를 정말로 친절한 아저씨라고 생각했던 기억이 난다. 그래서 150센티미터가 간신히 넘는 엄마가 그 남자를 쫓아가서 도서관에서 빌려온 양장본 책이 잔뜩 들어 있는 묵직한 가방으로 뒤통수를 가격하는 모습을 봤을 때는 무지막지하게 충격을 받았다.

좋아. 이젠 그렇게 살지 않을 거야. 느긋하게 나가서, 아주 천천히 수건을 몸에 두르고 돌아갈 거라고. 아니, 잠깐만. 프랜시스는 수영장에서 나가고 싶지 않았다. 여기 먼저 온 건 프랜시스였으니까. 저 남자가 왔다는 이유로 프랜시스가 나갈 이유는 전혀 없었다. 좀 더 수영을 즐기고 천천히 나갈 생각이었다.

프랜시스는 물속으로 잠수해 자갈이 깔린 바닥을 따라 헤엄쳤다. 물속으로 들어오는 빛줄기를 즐기면서 아침의 걷기명상 때문에 시큰해진 다리를 풀었다. 그래, 정말로 사랑스럽고 평온한 기분이야.

프랜시스는 괜찮았다. 잰에게 두 번째 마사지를 받은 터라 등의 통증도 꽤 사라졌다. 프랜시스는 이미 어느 정도는 바뀌어 있었다. 그런데 그 순간, 정말 아무 이유도 없이 그 서평이 뱀처럼 프랜시스의 마음으로 기어들어왔다. 공항에서 살 수 있는 그 성차별적인 쓰레기 소설을 읽으면 입맛이 씁쓸해진다.

조이가 《내서니얼의 키스》를 읽겠다고 했던 말이 생각났다. 그 슬프고 아름다운 아이한테 가장 필요 없는 일이 바로 성차별적인 쓰레기를 읽는 일일 텐데. 그러니까 지난 삼십 년 동안 내가 성차별적인 쓰레기를 써왔단 말이지? 프랜시스는 숨을 쉬려고 물 위로 올라갔다. 숨을 들이마시는 소리가 흐느끼는 소리처럼 들렸다.

연쇄살인마는 반대쪽 끝에서 가쁜 숨을 몰아쉬고 있었다. 프랜시스를 보는 그의 얼굴은 웬지…… 두려워하고 있었다. 알아. 내가 스무 살이 아니라는 거. 하지만 그렇게 무서워할 정도로 내 몸이 매력 없다는 거야?

"음."

연쇄살인마가 크게 소리를 내고 얼굴을 찡그렸다. 정말로 얼굴을 찡그렸다. 그녀를 발견했다는 사실이 아주 역겨운 것 같았다.

"왜요?"

프랜시스는 어깨를 쫙 펴고 원반던지기 선수처럼 가방을 휘두르던 엄마를 생각했다.

"음, 그게……."

연쇄살인마는 손으로 자기 코밑을 만졌다.

뭐야, 나한테 냄새가 난다는 뜻이야? 프랜시스도 자기 코밑을 만졌다.

"이런."

코피가 나고 있었다. 살면서 단 한 번도 코피가 난 적이 없었는데. 서평이 진짜로 프랜시스에게 코피가 나게 했다.

"고마워요."

프랜시스는 차갑게 말했다. 이 남자하고만 있으면 끔찍하고 창피한 일이 생겼다. 프랜시스는 고개를 젖히고 개헤엄을 치면서 수영장 계단으로 다가갔다.

"머리를 앞으로 숙이세요."

연쇄살인마가 말했다.

"고개를 젖히라는 거죠?"

프랜시스의 입에서 화난 사람 같은 목소리가 튀어나왔다. 그녀는 한 손으로는 코피를 막고 다른 한 손으로는 수영복이 말려 올라오지 않도록 막으면서 힘들게 계단을 올라갔다. 코를 막은 손에서 피가 줄줄 흘렀다. 정말 지겨웠다. 믿을 수가 없었다. 마치 총에 맞은 것 같았다. 프랜시스는 피를 견디지 못했다. 의료 행위와 관계된 일은 다 견딜 수가 없었다. 아이를 갖는다는 생각을 하지 않았던 건 그 때문이기도 했다. 파란 하늘을 쳐다보자 갑자기 속이 메스꺼웠다.

"나, 기절할 거 같아요."

프랜시스가 말했다.

"아니, 아닐 겁니다."

연쇄살인마가 대답했다.

"나는 저혈압이라서 기절을 많이 해요. 아주 쉽게 기절할 수 있단 말이에요."

"내가 잡아드리겠습니다."

연쇄살인마에게 부축을 받아 물 밖으로 나오는 동안 프랜시스는 그의 팔을 세게 움켜잡았다. 연쇄살인마는 왠지 거리를 두고 있는 느낌이었다. 좁은 복도에서 다루기 힘든 가구를 옮기는 사람처럼 극도로 집중해서 몸을 움직이고 있었다. 그러니까 냉장고를 옮기는 사람처럼 말이다. 냉장고 취급을 받다니, 우울했다.

코피가 멈추지 않았다. 연쇄살인마는 프랜시스를 의자로 데려가 앉히곤 어깨에 수건을 둘러주고 다른 수건으로는 피가 흐르는 코를 막아줬다.

"콧대를 꽉 누르세요. 이렇게요."

연쇄살인마는 프랜시스의 코를 두 손가락으로 집더니 프랜시스의 손을 잡아 그 부분을 누를 수 있게 해줬다.

"맞아요. 그렇게요. 그럼 곧 멈출 겁니다."

"아까 고개를 젖히라고 말하려던 거 맞죠?"

프랜시스가 이의를 제기했다.

"앞으로 숙이라고 한 겁니다. 뒤로 젖히면 목으로 피가 넘어갈 수 있으니까요. 그건 내 말이 맞습니다."

프랜시스는 포기했다. 연쇄살인마가 옳은지도 몰랐다. 어쩌면 정확한 사람일 수도 있으니까. 정확한 사람들은 뭐든 짜증이 날 정도로 옳을 때가 많았다. 메스꺼움과 어지러움이 조금씩 사라졌다. 손으로 코를 쥔 채 프랜시스는 힐끔 위를 봤다. 꼿꼿하게 서 있는 연쇄살인마의 배꼽이 프랜시스의 눈높이와 완벽하게 맞아떨어졌다.

"괜찮습니까?"

연쇄살인마는 가래 끓는 소리를 내며 기침을 했다.

"네, 고마워요. 프랜시스예요."

여전히 코를 쥔 채 프랜시스는 한 손을 내밀었다. 연쇄살인마는 그 손을 잡아 악수를 했다.

"토니입니다."

"도와줘서 고마워요."

어쩌면 연쇄살인마는 좋은 사람인지도 몰랐다. 프랜시스를 냉장고처럼 취급하긴 했지만.

"그리고, 기억하겠지만, 길에서 차를 세우고 내가……."

프랜시스는 말끝을 흐렸다. 연쇄살인마가 그 기억을 떠올리는 걸 고통스러워하는 것 같았기 때문이다.

"지금까지 한 번도 코피가 나본 적이 없어요. 이번 감기가 지독하다는 건 알지만 코피가 왜 났는지는 모르겠어요. 사실 나보다는 당신이 훨씬 더 지독한……."

"난 가야겠습니다."

토니는 프랜시스가 버스 정류장에서 자신을 붙들고 대꾸 한 마디 할 수도 없이 빠른 속도로 말을 해대는 노파이기라도 한 것처럼, 성마르고 공격적으로 프랜시스의 말을 가로막았다.

"급히 가서 만날 사람이라도 있어요?"

프랜시스의 목소리가 날카로워졌다. 방금 엄청난 출혈사고를 당한 프랜시스를 두고 그냥 가겠다고? 토니와 프랜시스의 시선이 부딪쳤다. 토니의 눈은 금색으로 보일 만큼 밝은 갈색이었다. 토니의 눈은 멸종위기에 처한 작은 야생동물의 눈처럼 보였다. 그러니까 빌비(bilby, 오스트레일리아에 서식하는 잡식성 동물-옮긴이) 같은 동물 말이다.

"아뇨. 그저 저녁을 먹기 전에…… 옷을 갈아입는 게 좋겠다고 생각한 것뿐입니다."

프랜시스는 끙, 앓는 소리를 냈다. 저녁까지는 시간이 아주 많이 남아 있었으니까. 잠시 어색한 침묵이 흘렀다. 토니는 가만히 서 있었다. 그는 헛기침을 하더니 입을 열었다.

"여기서 버틸 수 있을지 잘 모르겠습니다. 이건 정말 내 스타일이 아니라서요. 이렇게 파격적인 곳인 줄 몰랐네요."

프랜시스는 조금 누그러져서 살짝 웃었다.

"괜찮을 거예요. 열흘밖에 안 되잖아요. 이제 아흐레 남았어요."

"그렇긴 하죠."

토니는 한숨을 내쉬며 눈을 가느다랗게 뜨고 푸른빛을 띤 지평선을 바라봤다.

"여기가 아름답긴 하죠."

"정말로요. 평화롭고요."

"아무튼, 이제 괜찮은가요? 피가 멈출 때까지 꼭 누르고 있어야 합니다."

"옙."

프랜시스는 수건에 떨어진 선홍색 핏자국을 보면서 코를 고쳐 막을 수 있는 깨끗한 부분을 찾았다. 프랜시스가 다시 고개를 들었을 때 토니는 저만치 걸어가고 있었다. 수영장 문을 열려고 토니가 팔을 드는데 갑자기 수영복이 스르르 미끄러져 내리면서 그의 엉덩이가 그대로 드러났다.

"이런, 망할."

토니는 정말로 당황한 것 같았다. 프랜시스는 그 광경을 빤히 쳐다봤다. 어머나, 세상에. 저게 뭐야? 토니의 양쪽 엉덩이에서 노란색 스마일리가 밝게 웃고 있었다. 프랜시스는 황급히 고개를 숙였다. 평범한 옷 속에 아무도 모르게 입고 있는 광대 옷을 발견한 것만 같았다. 수영장 문이 세게 닫히는 소리가 들렸다. 프랜시스가 고개를 들었을 때 토니는 이미 사라지고 없었다.

스마일리 문신이라니. 도대체 술을 얼마나 마셨기에 저런 문신을 새긴 거지? 문신 때문에 토니에 대한 인상이 완전히 바뀌었다. 이제는 거만하게 콧방귀를 뀌는 연쇄살인마가 아니었다. 그저 토니일 뿐이었다. 엉덩이에 웃는 얼굴을 문신한 토니일 뿐이었다. 혹시, 엉덩이에 웃는 얼굴을 문신한 연쇄살인마 토니일까? 프랜시스는 빙그레 웃으며 코를 훌쩍였다. 입안 가득 피 맛이 느껴졌다.

. 20 .

마샤

그 남자가 또 이메일을 보냈다. 며칠 만에 또 보낸 것이다. 마샤는 전남편 이름을 뚫어지게 봤다. 굵은 대문자의 이메일 제목은 'POZHALUYSTA PROCHTI MASHA'. 제발 메일을 읽어줘 마샤, 라는 뜻이었다. 마치 마샤에게 직접 말하는 것처럼 느껴지는 제목이었다. 이메일에는 파일이 첨부돼 있었다.

마샤는 끔찍한 소련제 소파에 앉아 있을 때 자기 어깨를 감싸 안았던 전남편의 묵직하고 따뜻하던 팔의 감촉을 기억했다. 그 집은 두 사람이 사는 아파트와 조금도 다르지 않았다. 하지만 한 가지 다른 점이 있었다. 바로 VCR이었다. 그 멋지고 끔찍했던 VCR이 없었다면 지금 그녀는 어디에 있을까? 지금 그녀는 어떤 사람이 돼 있을까? 적어도 여기에 있진 않을 것이다. 지금과 같은 사람은 되지 못했을 것이다. 두 사람은 여전히 함께일 것이다.

이메일 삭제 버튼을 누른 마샤는 곧바로 쓰레기통으로 가서 쓰레기통을 비워버렸다. 지금은 마샤의 인생에서 아주 중요한 순간이었다. 집중해야 했다. 사람들이 마샤의 손에 달려 있었다. 손님들이, 직원들이 마샤의 손에 달려 있었다. 시간이 없었다. 그러니까 시 같은 운을 잘 쓰는 딜라일라가…… 뭐라고 했더라? 맞다. 과거에서 불어오는 나팔소리, 그 소리에 정신이 팔려서 시간을 허비할 수는 없었다. 하지만 마샤의 위장은 마치 파도치는 바다 같았다. 그녀는 초연함을 기를 필요가 있었다. 무엇보다 자신이 느끼는 감정을 확인하고 관찰하고 이름을 붙인 뒤 떠나보내는 법을 배워야 했다. 마샤는 지금 이 느낌을 표현할 수 있는 단어를 찾아봤지만 모국어로 된 단어 하나밖에 생각나지 않았다. 토스카. 가질 수도 없는 뭔가를 절망적으로 갈망하는 마음을 의미하는 이 말에 해당하는 적절한 영어는 없었다. 영어를 쓰는 사람들은 그런 감정을 느끼지 않기 때문일 수도 있었다.

지금 뭘 하고 있는 거지? 이건 마샤답지 않았다. 마샤는 컴퓨터 앞을 벗어나 바닥에 깔린 운동 매트 위에서 이마가 땀으로 뒤덮일 때까지 정신없이 팔굽혀펴기를 했다. 마샤는 거친 숨을 내쉬면서 다시 책상으로 돌아왔다. 컴퓨터로 손님들이 어디에서 어떤 활동을 하고 있는지 점검하는 동안 마샤의 집중력은 다시 돌아왔다. 보안 명목으로 마샤는 평온의 집 곳곳에 CCTV를 설치했고, 손님들을 대부분 살펴볼 수 있었다.

젊은 부부는 온천으로 가는 뒷길을 걷고 있었다. 앞서 걷는 제시카는 고개를 숙이고 있었고, 몇 걸음 뒤에서 걷는 벤은 지평선을 응시하고 있었다.

마르코니 가족은 모두 흩어진 것 같았다. 나폴레옹은 장미 정원에 있었다. 무릎을 꿇고 장미 향기를 맡고 있었다. 마샤는 미소를 지었다. 나폴레옹은 정말로 장미 향기를 맡으려고 멈춰 선 게 분명했다. 나폴레옹의 아내는 거의 언덕 꼭대기까지 뛰어 올라가고 있었다. 마샤는 빠른 속도에 감탄하면서 헤더를 잠시 지켜봤다. 마샤처럼 빠르진 않았지만 헤더도 아주 빨랐다. 딸은 어디로 갔을까? 마샤는 흑백 화면을 계속 넘긴 끝에 체육관에서 역기를 들어올리는 조이를 찾았다.

토니 호그번은 수영장을 떠났고, 프랜시스 웰티는 수영장 의자에 앉아 수건으로 얼굴을 문지르고 있었다.

라스 리는 정자에 매달아놓는 해먹에 누워 주방 직원을 유혹해 얻어냈음이 분명한 음료를 들고 있었다. 분명히 수어와 잘생긴 얼굴을 사용했을 것이다. 마샤는 라스의 정체를 파악했다.

또 다른 사람이 있지 않았나? 화면을 넘기던 마샤는 위층 복도에서 허리에 사롱을 두르고 씩씩하게 걷고 있는 여자를 찾아냈다. 카멜 슈나이더. 또 다른 이혼 여성. 카멜은 안경을 벗더니 얼굴을 문질렀다. 혹시 우는 걸까?

"숨을 깊게 들이마셔요."

카멜이 방 열쇠를 찾으려고 애쓰다가 방문을 절망스럽게 주먹으로 치는 모습을 본 마샤가 속삭였다. 마침내 방문을 연 카멜은 쓰러지듯 안으로 들어갔다. 방에서 카멜이 뭘 하는지 볼 수 있다면 얼마나 좋을까?

야오와 딜라일라는 손님들 방에 카메라를 설치하는 일이 법에 어긋난다고 야단법석을 떨었다. 마샤는 손님의 벗은 몸엔 전혀 관심이 없는데도 말이다. 마샤는 그저 그녀의 일을 최선을 다해 해내기 위해 필요한 정보를 얻고 싶을 뿐이었다.

결국 마샤가 정보를 얻는 데 이용할 수 있는 건 소리뿐이었다. 마샤는 오디오 관리자 프로그램을 켜고 카멜의 방 번호를 입력했다. 울음 섞인 여자의 목소리가 크고 선명하게 들려왔다.

"정신 차려. 정신 차려야 해. 정신 차려야 한다고!"

. 21 .

카멜

카멜은 방에 서서 자기 뺨을 때렸다. 한 번, 두 번, 세 번. 세 번째 는 너무 세게 때려서 안경이 저만치 날아갔다. 카멜은 안경을 집어 들고 욕실로 들어가 거울 속에 비친 빨갛게 달아오른 뺨을 봤다.

잠시 동안, 그러니까 멋진 등산을 하고 나서 엔도르핀이 온몸에 넘쳐날 때 수영을 하니 기분이 좋았다. 그냥 좋은 게 아니라 정말이 지 기뻤다. 몇 년 만에 처음으로 수영장을 왕복할 수 있었다. 수영 을 하는 동안 카멜은 해야 할 일이 없다는 사실을, 걱정해야 할 사 람이 없다는 사실을 맘껏 기뻐했다.

재즈 교실로 아이를 데리러 가거나 공수도장에 데려다주거나 숙 제를 봐주거나 생일 선물을 사거나 병원에 예약을 하는 등, 그녀의 인생을 채워버릴 자잘한 일들이 없다는 사실을 양껏 기뻐했다. 각 과제 하나하나는 우스울 만큼 쉬웠다. 하지만 그 모든 과제들은 그 녀를 파묻어버릴 수도 있을 만큼 묵직했다. 여기서는 심지어 빨래 도 하지 않았다. 그저 천 가방에 빨래를 넣어 복도에 내놓기만 하면 스물네 시간 안에 깨끗하게 빨고 다려서 돌려준다. 안내서에서 그 부분을 읽었을 때 카멜은 기쁜 나머지 울음을 터뜨릴 뻔했다.

자유형으로 50회 왕복이라는 목표를 세우고 카멜은 한 번 왕복 할 때마다 점점 더 속도를 높였다. 이곳에는 살을 빼려고 왔으니까.

반드시 살을 빼고 갈 생각이었으니까! 사실 이미 많은 살들이 몸에서 떨어져나간 것처럼 느껴졌다. 카멜에게 필요한 건 오직 운동할 수 있는 시간과 간식에서 벗어나는 일뿐이었다. 수영을 하는 동안 카멜은 발의 움직임에 맞춰 속으로 생각했다. 나는 정말 행복하다. 나는 정말 행복하다. 나는 정말 행복하다. 그리고 호흡. 나는 정말 행복하다. 나는 정말 행복하다. 나는 정말 행복하다. 그리고 호흡.

하지만 그토록 충만한 기쁨 밑으로 아주 작은 목소리가, 거의 들리지도 않는 속삭임이 살며시 들려오기 시작했다. 지금 뭐 하고 있을까? 카멜은 그 목소리를 무시하려고 더 크게 생각했다. 나는 정말 행복하다! 나는 정말 행복하다! 하지만 그 목소리는 점점 더 커져서 결국 고함을 질러댔다. 아니, 정말로 심각하게 물어보는 거야. 바로 이 순간, 애들이 뭐 하고 있을 것 같아?

그 순간 공포가 밀려왔고, 카멜은 끊임없이 꾸는 꿈 하나가 생각났다. 그 꿈에서 카멜은 길에 애들을 놓고 와버린다거나 애들이 존재한다는 사실을 잊어버리거나 애들을 두고 춤을 추러 밖으로 나가버리는 것처럼 기이하고도 사소한 행동과 이유로 네 딸을 모두 잃어버렸다.

카멜은 진정하려고 노력했다. 딸들은 잃어버리지 않았다. 애들은 아빠와 아빠의 완벽하고 사랑스러운 새 여자친구이자 이제 곧 아빠의 아내가 될 소냐와 함께 있었다. 그 커플에게서 받은 여행일정표대로라면 여섯 사람은 파리에서 '그저 여행을 사랑하는 것뿐인' 소냐가 전에 한 번 가본 적이 있는 '근사한' 에어비앤비 아파트에 묵고 있을 것이다. 물론 1월이니까 파리는 추울 것이다. 하지만 딸들은 모두 새 재킷을 샀다. 딸들은 평생에 한 번 있을까 말까 한 멋진 여행을 하는 중이었다. 엄마는 '재충전'을 위해 홀로 멋진 휴가를 보내고 있고.

애들 아빠는 네 딸을 사랑했다. 그의 새 여자친구도 애들을 사랑했다.

"소냐는 자기 인생보다도 훨씬 더 우리를 사랑한대."

소냐를 고작 세 번째 만나고 왔을 때 딸 로지가 말했다. "그 여자 완전 미친 거 아냐?"라고 카멜은 대꾸했지만, 사실 그 소리는 머릿속에서만 나왔을 뿐 입으로는 나오지 않았다. 카멜의 입에서 나온 소리는 "정말 좋은 사람이구나"였다.

우호적인 이혼이었다. 적어도 조엘의 입장에서는 그랬다. 하지만 카멜의 입장에서는 아무도 인정하지 않는 죽음처럼 느껴지는 이혼이었다. 조엘이 소냐와 사랑에 빠진 것뿐이었다. 그뿐이었다. 더 이상 사랑하지 않는 여자와 살아야 한다는 게 힘들었겠지. 그 가여운 남자는 자신의 감정을 떨쳐버리려고 무척 애를 썼지만 결국 자기 감정에 솔직할 수밖에 없었다.

종종 일어나는 일이었다. 아니, 흔히 일어나는 일이었다. 당연히 버림받은 아내는 품위를 잃지 말아야 했다. 샤워를 할 때나 애들이 학교나 유치원에 갔을 때가 아니라면 통곡할 수도 없었다. 버려진 아내는 새로운 아내에게 심술궂게 굴어도 매정하게 굴어도 안 된다. 시큰둥한 얼굴을 짓지 말고 최대한 비위를 맞춰줘야 한다. 이 모든 일에 관계된 사람들을 위해서라도 버려진 아내는 날씬한 편이 좋았다.

또다시 수영장을 가로지르려 할 때 누군가 수영장으로 들어왔다. 친절해 보이는 금발의 나이 든 여자였다. 침묵해야 하고 서로 아는 체하지 말아야 한다는 사실을 깨닫기 전에 하마터면 "안녕하세요?"라고 인사를 할 뻔했다. 수영을 하면서 카멜은 여자의 머리카락 색이 소냐와 비슷하다는 생각을 했다. 둘 다 저 머리를 하느라고 꽤 많은 돈을 지불했겠지.

딸 룰루도 금발이었다. 룰루는 카멜과 닮은 데가 한 군데도 없었지만, 아이가 아빠와 소냐와 함께 외출하고 돌아오기 전까지 그런 사실은 카멜에게 어떤 문제도 안 됐다. 그날 룰루는 식당에서 한 아줌마가 "엄마를 닮아 머리가 아주 예쁘네"라고 말했다고 했다.

카멜은 부자연스럽게 높은 목소리로 "허, 그거 참 재밌네. 그 아줌마한테 소냐는 엄마가 아니라고 말했지?"라고 물었다.

"아빠가 그러는데, 소냐가 진짜 엄마가 아니란 걸 늘 말할 필요는 없대."

카멜은 "아냐, 그건 꼭 말해야지. 그런 일이 있을 때는 언제나 큰소리로 '엄마가 아니에요'라고 말해야 하는 거야"라고 말했다. 머릿속으로만 말이다. 실제로 카멜의 입에서 나온 소리는 "이제 양치할 시간이야, 룰루"였다.

이런 기억들을 되씹으며 카멜은 점점 더 빠르게 움직였다. 팔과 다리를 거칠게 움직이면서 훨씬 더 빠르고 강하게 나아갔다. 하지만 그 상태를 유지할 수 없었다. 카멜은 충분히 건강하지 못했다. 약하고 뚱뚱하고 게으르고 혐오스러웠다. 카멜은 이 세상 반대편, 자신은 가보지 못한 파리에 있을 네 딸을 생각했다. 소냐와 같은 머리를 하고 소냐와 함께 앉아 있을 네 딸을 생각했다. 그러자 갑자기 많은 물이 카멜의 입으로 왈칵 쏟아져 들어왔다.

카멜은 물 밖으로 펄쩍 뛰쳐나왔다. 친절해 보이는 금발 여자와는 눈도 마주치지 않았다. 그게 규칙이니까. 카멜이 바보처럼 울고 있었으니까 그건 다행이었다. 방으로 돌아오는 내내 카멜은 울었다. 그러니 길에서 만난 그 커다란 남자도 카멜이 우는 걸 눈치 못 챘을 리가 없었다.

"정신 차려."

카멜이 거울에 비친 카멜에게 말했다.

카멜은 두 팔로 자기 몸을 감싸 안았다. 아이들이 그리웠다. 그리움은 급성 열병처럼 카멜을 덮쳤다. 아름답고 작은 네 꼬마 아가씨들의 몸에서, 그 애들이 엄마의 몸을 아무렇게나 이용하는 방식에서, 엄마가 의자인 것처럼 갑자기 무릎 위에 쿵 앉고 뜨끈뜨끈한 작은 머리를 엄마의 배나 가슴에 들이미는 아이들에게서, 위로를 받고 싶었다. 카멜은 항상 네 아이 가운데 한 명에게 소리를 쳤다.

"좀 떨어져라, 제발!"

아이들하고 있을 땐 정말로 아이들과 떨어져 있는 시간이 필요했다. 아이들은 모든 일에 엄마를 필요로 했다. 아이들 가운데 누군가는 언제나 "엄마는 어디 있어?", "그거 내가 방금 엄마한테 말했거든", "어어엄마!"라는 말을 했다.

지금은 그 모든 의무에서 벗어나 있었다. 풍선처럼 자유로웠고 어느 곳에도 매이지 않고 있었다. 카멜은 수영복 끈을 풀어 수영복이 욕실 바닥으로 풀썩 떨어지게 내버려두고 거울에 비친 모습을 뚫어지게 응시했다.

"정말 미안해. 난 지금도 당신을 정말 아껴. 하지만 우린 언제나 부부 사이에 정직함이 가장 중요하다고 생각했잖아, 안 그래?"

일 년 전, 조엘은 카멜에게 와인을 따라주며 말했다.

"이런 말 안 하고 싶지만, 이젠 당신한테 매력을 못 느끼겠어."

조엘은 자신이 친절하고 윤리적으로 행동한다고 생각했다. 자신이 옳은 일을 하는 남자라고 믿었다. 그는 카멜을 속이지 않았다. 그저 카멜 곁을 떠나 곧바로 데이트 상대를 주선해주는 웹 사이트에 등록했고, 카멜을 대신할 사람을 찾았을 뿐이다. 그러니 조금도 양심에 거리낄 게 없었다. 조엘은 언제나 자기 물건을 최상의 상태로 유지해왔고, 새것처럼 고칠 수 없다면 곧바로 새 물건으로 바꿨다.

카멜은 두 손으로 가슴을 예전에 있었던 곳으로, '새것'이었을 때 머물렀던 위치로 끌어올렸다. 출렁대는 배 위의 튼살을 보면서 어떤 어리석은 사람이 페이스북에 올린 글을 생각했다. 그 사람은 튼살은 아주 아름다우며 새로운 생명을 탄생시켰음을 나타내는 증표라고 했다. 그래, 애들 아빠가 여전히 애들 엄마의 몸을 사랑한다면 아름답다고 생각할 수도 있겠지.

소냐와 함께 1월 방학 때 애들을 데리고 유럽에 가서 파리에선 디즈니랜드를 보고, 오스트리아에선 스키를 타고, 로마에선 아이스 스케이팅을 하고 와도 되겠냐고 조엘이 물었을 때 카멜은 대답했다. "지금 농담해? 우리가 가려고 했던 곳들을 소냐랑 가겠다고? 날 빼놓고 그 모든 걸 하고 오겠다는 거야?" 물론 머릿속으로 말했다. 정작 입에서 나온 말은 "그거 재미있겠다"였다. 그래서 카멜은 아이들 여권을 만들어줬다.

아이들이 여행을 가 있는 동안 카멜은 팔레오 다이어트를 하고 심장강화운동과 근력강화운동을 하고 요가를 할 거라고 바네사 언니에게 말했다. 그 모든 계획이 카멜의 몸을 바꿔줄 거였다. 조엘이 다시 돌아오는 걸 원치는 않았다. 그저 카멜을 봤을 때 놀라서 입이 벌어지길 바랐다. 크게 벌어질 필요도 없었다. 물론 카멜의 기분은 아주 좋겠지만. 카멜은 그저 스스로 만족할 수 있을 만큼의 몸매를 갖기 원했고, 어쩌면, 아닐 수도 있었지만, 그래도 혹시 배우자를 바꾸고 싶을 때 가볼 수 있는 데이트 사이트에 등록해볼 수도 있을 테니 준비를 하는 게 좋겠다고 생각했다.

"네 몸은 아무 문제가 없어. 넌 완벽하게 평균이란 말이야, 이 바보야. 매력적이고 지적인 여자라고, 이 멍청아. 그냥 해먹에 누워 치즈나 먹으면서 1월은 쉬란 말이야."

지방을 부끄럽게 여기는 가부장적 문화와 조엘에게 엄청나게 화가 나 있는 바네사 언니는 그렇게 말했다.

카멜은 가슴에서 손을 떼고 배 위에 손을 올렸다. 평균은 전혀 좋지 않았다. 평균은 너무나 컸다. 누구나 그 사실을 알았다. 이 나라는 비만 때문에 고통받고 있었다. 뚱뚱한 사람들이 부끄러움을 느껴야 한다고 생각하진 않았다. 하지만 카멜은 자신이 부끄러움을 느끼길 원했다. 당연히 느껴야 했으니까. 예전에는 두 치수가 작았다. 두 치수가 더 커진 건 네 딸 때문이 아니었다. 카멜이 '자신을 소중하게 돌보지 않았기' 때문이다. 여자들은 자기 자신을 소중하게 돌봐야 한다. 그게 데이트 사이트에서 원한다고 남자들이 써놓는 거니까. 자기 자신을 소중하게 돌보는 여자를 만나고 싶습니다. 그 말은 날씬한 여자를 만나고 싶다는 뜻이다.

게다가 자기 몸을 돌볼 수 있는 방법을 알려주는 정보가 없는 것도 아니었다. 누구나 탄수화물과 설탕, 트랜스지방만 섭취하지 않으면 된다는 사실을 알고 있다. 연예인들도 자신의 다이어트 비법을 기꺼이 말해준다. 그들은 '견과류 조금'과 '항산화제가 풍부하게 들어 있는 다크 초콜릿 두 조각'만 먹는다. 물을 많이 마시고 야외 활동을 많이 하며 엘리베이터를 타지 않는다. 어려운 과학을 알아야만 자기 자신을 돌볼 수 있는 게 아니다. 카멜도 엘리베이터가 아니라 계단을 이용하지 않았나? 아니, 절대 아니었다.

카멜의 삶은 딸들하고 있을 때가 너무나도 많은 삶이어서 계단을 이용하긴 힘들었다. 네 아이 중 누군가는 카멜이 따라잡을 수도 없이 빠르게 올라가버릴 테고, 누군가는 더 이상 안 걷겠다고 주저앉아 징징댈 테니까. 하지만 그렇다 해도 운동할 시간이 전혀 없는 건 아니었을 것이다. 그런데도 카멜은 운동을 하지 않았다. 자기 몸을 제대로 관리하지 않은 채 몇 달이나 미용실에 안 가고 머리를 엉망으로 내버려뒀고, 눈썹이 제멋대로 자라도록 방치했다. 다리털을 미는 것도 잊어버렸으니 조엘이 떠난 것도 당연했다. 카멜이 딸들에게 가르쳐주려 노력했던 것처럼 지금까지의 행동은 결과로 나타나게 마련이니까.

카멜은 조각처럼 길고 매끈한 마샤의 몸을 생각했다. 조엘과 소냐가 아이들을 집으로 데려다줄 때, 카멜의 인생을 산 마샤가 집 앞에 서 있으면 어떻게 될까 상상해봤다. 물론 카멜이 아니라 마샤였다면 애초에 조엘이 떠날 이유가 없었을 테지만, 아무튼 마샤는 전남편과 그의 여자친구를 보는 것만으로도 고통스럽진 않을 게 분명했다. 마샤라면 전남편에게 자기 몸을 보여주고 싶지 않아 문가에서 이상하게 몸을 비틀고 있진 않을 테지. 마샤라면 몸을 똑바로 펴고 당당하게 서 있을 거야. 처참하게 부서진 마음을 보호하려고 몸을 둥글게 웅크리고 있지도 않을 거야.

바네사는 조엘이 말한 '매력 결핍' 문제는 그의 문제일 뿐 카멜의 문제가 아니라고 했다. 스스로를 사랑하는 법을 배워야 한다며 '직관적 식사'와 '신체 치수에 상관없는 건강 가꾸기'에 관한 글을 읽을 수 있는 인터넷 주소도 보내줬다. 하지만 카멜은 그런 글이 뚱뚱한 사람들이 자신의 슬픈 인생을 조금이나마 위로하려고 쓰는 것임을 잘 알았다. 몸을 바꿀 수 있다면 당연히 인생을 바꿀 수 있고 실패한 결혼에 대한 슬픔도 극복할 수 있을 것이다. 그건 망상이 아니었다. 분명한 진실이었다.

부유하고 관대한(정말 최상의 조합이다!) 바네사는 카멜의 생일에 축하 카드를 보내왔다.

카멜, 넌 정말로 살을 뺄 필요가 없어. 넌 예쁘다고. 조엘이 바보일 뿐이야. 그러니까 넌 그 사람 생각은 신경 쓸 필요 없어. 하지만 어쨌거나 건강을 챙겨볼 생각이라면 스타일이랑 평온함에 신경을 썼으면 좋겠다. 애들 방학에 맞춰 평온의 집에서 열흘간 진행하는 정화 프로그램을 예약했어. 가서 즐기고 와!   _네스xx

추신: 집에 오면 치즈 좀 먹어!

어렸을 때 이후로 생일 선물을 받고 그토록 기뻤던 적은 없었다.
이제 카멜은 마샤의 말을 생각했다.
"열흘이 지나면 지금과는 전혀 다른 사람이 돼 있을 겁니다."
카멜의 마음에 '제발'이라는 단어가 가득 찼다. 제발, 제발, 제발, 그 말이 진실이 되기를. 제발, 제발, 제발, 새로운 사람이 돼 있기를.
카멜은 거울 속에서 자신을 바라보는 바보 같고 멍청이 같고 뭔가를 갈망하는 얼굴을 봤다. 그녀의 피부는 거칠었고 나이 든 세탁부처럼 빨갰다. 윗입술에는 삐죽삐죽하고 들쑥날쑥한 잔주름이 잔뜩 있었다. 카멜의 윗입술은 정말 얇아서 웃을 때면 사라져버렸다. 카멜의 몸에서 유일하게 날씬한 곳이었다. 하지만 입술은 웃으면 사라져버리는 얇은 선이 아니라 장미 봉오리처럼 도톰해야 했다.

이런, 카멜. 조엘이 더는 매력을 못 느끼는 것도 당연해. 도대체 무슨 생각인 거야? 너처럼 생긴 애한테 누가 매력을 느끼겠냐고. 카멜은 손을 들어 다시 한 번 자기 뺨을 세게 쳤다.

그때 부드럽게 문을 두드리는 소리가 들렸다. 카멜은 깜짝 놀라 펄쩍 뛰었다. 그녀는 평온의 집 가운을 걸치고 문을 열었다. 야오였다. 그는 공손히 머리를 숙이더니 카멜의 눈을 보지 않은 채 작은 카드를 내밀었다. 카멜이 카드를 받아들자 야오는 즉시 뒤로 물러났다. 카멜은 문을 닫았다.

두꺼운 종이로 만든 청첩장 같은 카드였다. 카드에 적힌 진하고 굵은 글씨는 근엄해 보였다.

카멜, 지금 자유 시간을 누리고 있겠지만 당장 스파에 가서 평온의 집 최고의 휴식 프로그램이자 대표 회춘 프로그램인 몸과 얼굴 관리를 받도록 하세요. 저녁을 먹기 전에 끝날 겁니다. 이미 치료사가 기다리고 있습니다. _당신의 마샤가

추신: 당신의 행복 안내자가 야오라는 건 잘 압니다. 하지만 나도 최선을 다해 당신의 건강과 힐링, 행복, 소망과 필요를 채워주려고 노력하고 있음을 잊지 말아요.

그 순간, 카멜 슈나이더는 육체의 욕망을 포기하고 신에게 항복한 신참 수녀처럼 마샤에게 자신을 내맡겼다.

. 22 .

야오

밤 9시였다. 손님들은 모두 저녁을 먹고 무사히 방으로 돌아갔다. 모두 푹 잠들기를. 야오와 마샤, 딜라일라는 노트패드를 앞에 놓고 마샤의 집무실 원형 탁자에 앉아 있었다. 매일 하는 직원회의였다. 이 시간에 야오와 딜라일라는 새로 알게 된 내용이나 바뀐 부분을 보고해야 했다.

마샤가 손가락 끝으로 탁자를 톡톡 쳤다. 직원회의를 할 때면 마샤의 태도는 확실히 달라졌다. 전문적인 단어, 강한 말투, 경직된 자세는 회사 중역으로 근무하던 시절에 몸에 밴 태도였다. 딜라일라는 그 모습이 우스꽝스럽다고 생각했지만 회사생활을 해본 적 없는 야오에게는 아주 매력적으로 보였다.

"좋아. 그럼 이제 규정이 제대로 지켜지고 있는지 살펴보자고. 침묵. 침묵을 깬 사람이 있나?"

마샤는 어딘가 모르게 불안정해 보였다. 아마도 새로 시작하는 프로그램 때문인 것 같았다. 야오도 그 때문에 잔뜩 긴장하고 있었으니까.

"라스가 침묵을 깼어요. 매일 하는 혈액검사를 하지 않으려다가요. 그래서 그에게 당신은 어린애가 아니라고 말해줬습니다."

딜라일라는 늘 자신이 하고 싶은 말을 했다. 하지만 야오는 손님에게 절대로 그런 말을 하지 않았다. 그래서 가끔은…… 사기를 치고 있다는 기분이 들었다. 연기자처럼 말이다. 그러니까 부드럽고 끈기 있게 "할 수 있어요!"라고 격려하면서 매너 없는 손님이 플랭크를 할 수 있도록 도우면서도 속으론 소리를 지르는 것이다. 이 무례하고 게으른 인간, 넌 지금 해보려는 생각도 안 하잖아!

"프랜시스는 쪽지를 써서 주더군요. 오늘은 코피를 흘렸으니 혈액검사를 건너뛰게 해달라고요. 그래서 혈액검사를 해야 하는 모든 이유를 말해줬습니다."

야오의 말에 마샤가 끙, 앓는 소리를 냈다.

"혈액검사를 좋아하는 사람이 어디 있다고. 나도 주삿바늘이 무서워."

마샤는 혼잣말처럼 말하더니 어깨를 으쓱했다.

"예전에 이 나라로 이민 신청을 했을 때 많은 피검사를 해야 했어. 에이즈, 매독 할 것 없이 온갖 피검사를 다 하더군. 당신네 정부는 우리의 뇌를 원하면서 몸도 완벽하게 건강해야 한다고 했거든. 심지어 치아까지 검사했지."

마샤는 자신의 하얀 이를 톡톡 두드렸다.

"그때 내 친구가 한 말을 기억해. '이야, 사람이 아니라 말을 고르는 거 같은데?'"

그때를 생각하면 자존심이 상하는 듯 마샤의 입꼬리가 씁쓸하게 올라갔다.

"하지만 우린 해야 할 일을 해야지."

마샤는 야오와 딜라일라를 쳐다보지 않은 채 말했다. 왠지 이 방에 있지 않은 누군가에게 말하고 있는 것 같았다.

야오는 하얀 민소매 상의 끈 밑으로 보이는 마샤의 쇄골을 봤다. 마샤를 만나기 전까지는 여자의 쇄골이 육감적이라는 생각은 해본 적이 없었다.

"그 여자를 사랑하고 있는 거니? 그래서 그 여자를 위해서 그렇게 개처럼 일하는 거야?"

지난주에 야오의 엄마는 아들과 통화를 하면서 말했다.

"엄마, 마샤는 엄마랑 나이가 거의 같아요. 그리고 난 개처럼 일하지도 않고요."

"맞아. 개가 아니라 강아지에 가깝지. 넌 그 사람한테 홀딱 반했잖아."

딜라일라는 그렇게 말했다. 그때 두 사람은 침대에 있었다. 딜라일라는 아름다웠고 섹스 기술이 뛰어났다. 야오는 딜라일라를 좋아했지만 두 사람의 섹스는 왠지 거래라는 느낌이 들었다. 돈이 오가는 것도 아닌데 말이다.

"마샤한테 고마워하고 있는 거야."

야오는 두 손으로 머리를 받치고 천장을 보면서 말했다.

"내 목숨을 구해줬거든."

"마샤가 네 목숨을 구해준 게 아니라, 네가 마샤 목숨을 구해준 거지."

"마샤의 목숨을 구한 건 내 선임이었어. 나는 뭘 해야 할지 전혀 몰랐는걸."

"그래서 지금은 마샤를 아주 사아랑한다?"

딜라일라가 브래지어를 채우며 말했다.

"누나처럼."

야오가 말했다.

"그래, 알았어."

"아님, 사촌처럼."

야오의 말에 딜라일라는 콧방귀를 뀌었다.

야오는 마샤를 진심으로 소중하게 생각했다. 그게 그렇게 이상한가? 상사를 사랑하는 게? 같이 일하며 늘 함께 생활하는 데다 마샤처럼 재미있고 자극도 되는 사람이라면 당연하지 않은가? 야오는 마샤의 이국적인 억양도 그녀의 몸 못지않게 매력적이라고 생각했다. 정말로 야오는 마샤에게 홀딱 빠졌는지도 몰랐다. 마샤에게 빠지다니, 그건 사실 이상한 일이고 어린 시절 형성된 성격적 결함 때문일지도 몰랐다. 야오는 수줍음 많고 성실한 소년으로 평범하고도 행복한 어린 시절을 보냈지만 말이다.

야오의 부모님은 부드럽고 겸손하게 말하는 사람들로 한 번도 아들을 다그친 적이 없었다. 그들은 기대를 낮추면 실망을 할 이유도 없다는 믿음을 지니고 있었다. 한 번은 아버지가 "실패할 거라고 생각하면 말이지, 야오, 실망할 일이 전혀 없단다"라고 했다. 반어법이 아니라 진심 어린 조언이었다.

그럼에도 야오는 자기 자신만 생각하는 마샤를 보면 왠지 후련함을 느꼈다. 마샤는 그녀가 살아온 것보다 훨씬 큰 사람이었다. 자기 비하라니, 마샤로서는 한 번도 해본 적 없는 일이었고, 자기 자신을 비하할 수 있다는 사실을 결코 이해하지 못했다. 그러니까 마샤가 야오의 목숨을 구한 게 맞았다.

마샤는 핀과 야오에게 편지를 써서 고맙다고 했고, 죽음에 이른 경험 덕분에 자신이 어떻게 영원히 바뀔 수 있었는지를 말했다. 마샤는 심장이 멈춘 동안 두 사람 위에 둥둥 떠서 야오의 정수리에 있는 작은 빨간 점을 봤다고 했다. 딸기처럼 생긴 점이라고 모양까지 완벽하게 묘사했다.

핀은 한 번도 답장을 하지 않았다.

"미친 사람이야. 우리 머리 위에 둥둥 뜨지 않아도 네 정수리의 점은 볼 수 있어. 쓰러지기 전에, 책상에 앉아 있을 때 봤겠지."

하지만 야오는 마샤가 경험했다는 죽음에 호기심을 느꼈다. 그래서 답장을 보냈고, 그 뒤로도 몇 년 동안 이메일을 주고받았다. 마샤는 심장 수술을 받고 나서 '엄청나게 성공적이었던'(마샤의 표현이었다) 회사생활을 접고, 회사 지분을 처분한 돈으로 시골의 유서 깊은 저택을 사들였다. 마샤는 그 집을 보수하고 수영장도 만들겠다고 했다. 처음엔 그저 조식을 제공하는 멋진 숙박 시설을 만들 생각이었지만 건강에 점점 더 관심이 많아지면서 생각이 바뀌었다.

마샤는 이메일에 "야오, 내 몸과 마음과 영혼은 바뀌었어요. 나는 다른 사람도 나와 같은 경험을 했으면 좋겠어요"라고 적어 보냈다. 마샤의 허풍이 재미있었고 사랑스럽다는 기분도 들었지만 그렇다고 그녀가 야오에게 중요한 사람은 아니었다. 그저 즐거운 얘기를 주고받는 고마운 예전 환자일 뿐이었다.

그런데, 스물다섯 번째 생일이 막 지난 뒤에 야오가 세워놓은 도미노들이 한꺼번에 무너져버렸다. 팡, 팡, 팡. 먼저 부모님이 이혼을 했다. 그들은 함께 살던 집을 팔고 각자 살 아파트를 구입했다. 야오는 혼란스럽고 괴로웠다. 그 와중에 버나뎃이 파혼을 선언했다. 그 어떤 경고도 없이. 야오는 두 사람이 깊이 사랑한다고 믿었다. 결혼식과 신혼여행도 이미 예약해놓았다. 그런데 파혼을 하겠다고? 야오는 자신의 인생이 무너져내리는 것 같았다. 세상이 흔들리는 것처럼 느껴졌다. 그리고 자동차를 도둑맞았다. 스트레스성 피부염도 야오를 괴롭히기 시작했다.

핀은 다른 지역으로 떠났고, 구급대는 야오를 낯선 구역으로 배치했는데, 그곳에서 구급대가 출동하는 건 대부분 폭력과 마약 때문이었다. 하루는 밤에 한 남자가 야오의 목에 칼을 들이밀면서 "이 여자를 살려내지 않으면 네 목을 따버리겠어"라고 말했다. 남자는 출동한 경찰에게 칼을 휘두르며 돌진했고, 경찰은 남자를 향해 총을 쐈다. 그리고 야오는 그 남자의 생명을 구해냈다.

이틀 뒤, 평소처럼 자명종이 울리기 몇 분 전에 일어났을 때 머릿속에서 심각한 참사가 벌어지고 있는 기분이었다. 야오는 뇌가 폭발했다는 느낌을 받았다. 실제로 폭발한 것 같았다. 야오는 뇌에서 출혈이 생기고 있다고 생각했다. 하지만 결국 가야 했던 곳은 정신과 병동이었다.

"스트레스를 많이 받고 있는 것 같군요."

눈 밑으로 다크서클이 짙게 드리운 의사가 말했다.

"죽은 사람도 없는데요."

야오가 대답했다.

"하지만 꼭 죽은 것 같은 기분이 들죠?"

정말로 그랬다. 누군가가 자꾸만 죽어가고 있다는 기분이 들었다. 핀은 가버렸다. 약혼녀도 떠나버렸다. 집도 사라졌다. 심지어 자동차까지 없어졌다.

"예전엔 신경성 파탄이라고 불렀던 증상이군요. 요즘은 주요우울삽화라고 하고요."

의사는 야오에게 정신과 의사에게 보낼 소견서와 항우울제 처방전을 줬다.

"제대로 관리만 하면 오히려 아주 좋습니다. 이걸 기회라고 생각하세요. 성장하고 자기 자신에 대해 배울 수 있는 기회."

다음 날 야오는 마샤의 이메일을 받았다. 마샤는 혹시 쳇바퀴 같은 일상에서 탈출해야 할 필요가 있다면 자기 집으로 와서 새로 꾸민 손님 방에 묵어보는 게 어떻겠냐고 물었다. 그것이 일종의 신호처럼 느껴졌다. "타이밍이 정말 끝내주네요. 사실 잘 못 지내고 있어요. 며칠 쉬어야 할 것 같아요." 야오는 마샤에게 답장을 보냈다.

마샤의 집에 도착했을 때 야오는 마샤를 알아보지 못했다. 그저 현관 밖으로 걸어 나오는 여신을 봤을 뿐이다. 여신은 야오를 끌어안더니 귀에 대고 "내가 고쳐줄게요"라고 말했다. 새로운 손님을 맞을 때마다 야오는 그들도 자신과 같은 경험을 하기 바랐다. 바다를 표류하다 육지를 발견한 사람 같은 마음이 들기 바랐다.

마샤는 야오가 병든 새인 양 돌봐줬다. 야오를 위해 요리를 하고 명상과 요가를 가르쳐줬다. 두 사람은 함께 태극권을 배웠고 석 달 동안 단둘이서 지냈다. 섹스를 하진 않았지만 분명히 뭔가를 공유했다. 그 석 달 동안 야오는 바뀌었다. 마음이 치유되면서 몸이 점점 더 단단해지고 강해졌다. 살아오면서 한 번도 느껴보지 못한 평온과 확신을 경험하면서 전혀 다른 사람이 됐다. 그는 죽은 피부를 벗겨내듯 과거의 야오를 벗겨냈다.

과거의 야오는 운동은 가끔만 하고 가공식품은 너무 많이 먹었다. 예전의 야오는 걱정이 많아서 한밤중에 벌떡 일어나 그날 직장에서 잘못될 수도 있었던 많은 일을 곱씹으며 밤을 새는 불면증 환

자였다. 하지만 새로운 야오는 밤새 푹 잤고 아침이면 상쾌하게 일
어났다. 새로운 야오는 약혼녀의 침대에 다른 남자가 있으리라는
생각을 하며 더는 괴로워하지 않았다. 새로운 야오는 버나뎃을 거
의 생각하지 않았고, 결국에는 마음속에서 완전히 지워버렸다. 새
로운 야오는 순간을 살았고 건강에 열정을 갖게 됐다.

구급대원일 때 그랬던 것처럼 사람들을 대충 치료하고 마는 게
아니라, 야오가 변한 것처럼 사람들을 바꿔주는 일에 열정이 생겼
다. 사람을 바꾸다니, 종교 같다는 느낌도 들지만 철저하게 과학과
증거를 기반으로 하는 일이었다. 이혼한 부모님은 각자 야오를 찾
아와 이젠 시드니로 돌아가 제대로 살아야 한다고 말했다. 하지만
야오가 마샤를 찾아오고 반년이 지났을 때, 평온의 집은 첫 손님들
을 맞았다. 손님맞이는 성공적이었다. 재미도 있었다. 구급대원으로
사는 것보다 훨씬 재미있었다.

며칠 쉬러 온 시간은 오 년으로 늘어났다. 사 년 전 딜라일라가
평온의 집으로 들어왔고, 그때부터 세 사람은 함께 많은 걸 배우고
프로그램을 끊임없이 개선했다. 마샤는 월급도 넉넉히 줬다. 평온
의 집은 꿈의 직장이었다.

"내일은 손님들 상담을 할 거야. 결과는 알려주도록 하지."

마샤가 말했다.

"좋습니다. 손님들에 관해 더 많이 알고 있을수록 좋으니까요."

야오가 대답했다. 앞으로의 사업 방향을 결정할 수 있는 선례가
될 테니 이번 일정은 중요했다. 긴장하는 것도 당연했다.

"난 토니 호그번의 과거를 좀 더 알고 싶어요. 분명히 뭔가 있는
데, 그게 뭔지 모르겠어요."

딜라일라가 말했다.

"괜찮을 거예요."

야오가 자기 자신에게 말하는 것처럼 작은 소리로 중얼거렸다. 마샤가 탁자 위로 손을 뻗어 야오의 팔을 잡았다. 초록색 눈동자 속에 담긴 열정과 에너지가 야오의 마음을 흔들었다.

"그냥 괜찮은 걸로 끝나지 않을 거야. 분명히 아름다울 거야."

마샤가 말했다.

. 23 .

프랜시스

이제 네 번째 날이었다. 프랜시스는 부드럽게 흘러가는 삶의 리듬에 자신이 쉽게 적응하고 있음을 느끼고 놀랐다. 여기서는 시간을 보낼 방식을 고민할 일이 거의 없었다. 아침에는 장미 정원에서 야오가 가르쳐주는 태극권을 했다. 매일 한두 번은 잰에게 마사지를 받았다. 스파에 가는 일은 전혀 귀찮지 않았다. 얼굴 마사지를 받으면 프랜시스의 얼굴은 향기가 나면서 장밋빛으로 빛나고, 머리카락은 꽃잎처럼 피어오르는 꿈같은 경험을 할 수 있었다. 명상실에선 요가를 했고 집 주변의 관목 숲에선 걷기명상을 했다.

선선해지는 초저녁이면 몇 명은 야오와 함께 달렸다. 마르코니 가족은 달리는 일 외엔 아무것도 안 하는 것 같았다. 심지어 자유 시간에도 달렸다. 프랜시스는 발코니에 앉아 살려면 달려야 하는 사람들처럼 평온의 언덕 위로 질주하는 세 사람을 바라보곤 했다.

다른 사람들은 딜라일라와 함께 장미 정원에서 '가볍게' 운동을 했다. 딜라일라는 프랜시스가 바닥에 무릎을 대지 않고 팔굽혀펴기를 하게 만드는 게 일생일대의 사명인 것처럼 굴었다. 말을 하면 안됐기 때문에 프랜시스는 "그만할래요. 도대체 이걸 왜 하는지 모르겠어요" 같은 말은 할 수 없었다. 그리고 이제 프랜시스는 팔굽혀펴기를 하는 이유가 '몸의 근육을 모두 사용하기 위해서'임을 알고 있고, 좋은 일이라고 생각했다.

프랜시스는 매일같이 야오에게 피를 빼앗겨야 했고 혈압을 재야 했고 체중계에 올라가야 했다. 야오가 몸무게를 기록하는 동안 프랜시스는 멀리 고개를 돌리고 있었지만, 체중이 급속도로 줄어들고 있음은 충분히 알 수 있었다. 몸무게가 줄어드는 이유는 매일 운동을 하고 간식도 와인도 전혀 먹지 않기 때문임이 분명했다.

터무니없고 바보처럼 느껴지고 작위적인 데다 쉽게 깨질 수 있는 규칙이라고 생각했던 고귀한 침묵은 폭염이 정착할 때처럼 날이 갈수록 더 힘을 얻고 강력해졌다. 실제로도 여름의 열기는 날이 갈수록 강해졌다. 여름의 열기는 고귀한 침묵처럼 뜨겁고 밝고 하얬다.

처음엔 소음에도 대화에도 방해를 받지 않는 프랜시스의 생각은 꼬리를 물고 끝없이 떠올랐다. 폴 드래블, 잃은 돈, 놀람, 상처, 분노, 놀람, 상처, 분노, 폴의 아들, 아니, 사실은 폴의 아들이 아닐지도 모를 소년, 출판을 거절당한 소설, 이제 더는 작가로서 살아가지 못할 수도 있다는 불안, 절대로 읽어선 안 됐던 서평. 뚜렷한 해결 방법을 찾았다거나 땅이 흔들리는 깨달음에 이르진 못했지만, 돌고 도는 생각을 관찰하는 동안 머릿속을 계속 맴돌던 생각들은 점점 차분하게 가라앉더니 마침내 완전히 멈췄다. 프랜시스는 그 생각들이…… 아무것도 아님을 깨달았다. 정말로 아무것도 아니었다. 프랜시스의 마음은 텅 비었고, 마음이 비는 순간들이 사랑스럽게 느껴졌다.

다른 손님들도 침묵을 지키는 데 큰 불만은 없어 보였다. 남들을 무시하는 일은 이제 자연스러워져서, 온천에 갔는데 누가 먼저 와 있으면 "안녕하세요"라는 말을 하지 않고도 자연스럽게 고개를 돌리고 유황 냄새가 나는 뜨거운 물 안으로 들어갈 수 있었다. 한 번은 극도로 잘생긴 남자와 함께 온천의 비밀 아지트에 영원히 함께 있을 것처럼 앉아서 각자의 생각에 빠져 계곡을 물끄러미 바라본 적이 있었다. 두 사람은 한 마디도 하지 않았고 서로를 쳐다보지도 않았지만 왠지 영적으로 교류하고 있다는 기분이 들었다.

놀랍고 기쁜 순간들은 또 있었다. 어제 오후엔 조이 옆을 지나는데 이 어린 아가씨가 살며시 다가오더니 손에 뭔가를 쥐어줬다. 프랜시스는 계속 앞을 본 채 한 마디도 하지 않았다. 정말 놀라운 일이었다. 프랜시스는 그런 일에는 정말 서툴렀으니까. 전남편들은 모두 그녀보다 더 최악의 스파이가 될 수 있는 사람은 없을 거라고 했다. 두 남자는 성격이 아주 달랐지만 두 사람 모두 당장 CIA에 합류해도 좋을 만큼 남을 속이는 데는 일가견이 있었다.

방으로 돌아와 펴본 손에는 리세스 피넛버터 컵이 들어 있었다. 프랜시스는 그토록 맛있는 초콜릿은 먹어본 적이 없었다. 조이를 빼면 프랜시스가 교류하는 사람은 없었다. 다만 토니의 기침이 점점 잦아들다가 마침내 사라졌다는 사실은 눈치 챌 수 있었다. 토니의 기침이 사라진 무렵에 프랜시스의 기침도 사라졌다. 프랜시스의 숨소리는 맑고 고왔다. 종이에 벤 부분도 아물었고 등의 고통도 날이 갈수록 좋아졌다. 정말로 프랜시스는 '힐링여행'을 하고 있었다. 집에 돌아가면 이곳을 추천해준 엘렌에게 마음을 듬뿍 담아 감사의 카드를 보내야겠다고 생각했다.

오늘 일정대로라면 점심을 먹은 뒤 마샤와 상담을 해야 했다. 프랜시스는 살아오면서 상담이라는 걸 받아본 적이 없었다. 고민이 있으면 친구들과 대화했다. 프랜시스와 친구들은 서로 고민을 들어주고 의견을 제시해줬다. 프랜시스와 친구들에게 상담은 쌍방향으로 진행되는 과정이었다. 상대방의 고민은 듣지 않고 내 고민만 말해야 하다니, 슬기로운 지혜를 나눠주지 못하고 그저 받기만 하다니, 프랜시스로서는 상상할 수가 없었다. 프랜시스는 보통 자신이 해주는 충고가 자신이 받는 충고보다 더 뛰어나다고 생각했다. 남들의 문제는 단순하지만 내 문제는 훨씬 더 복잡하고 미묘한 법이니까.

침묵과 매일 받는 마사지가 한데 합쳐져 체념이라는 평화로운 감각을 만들어냈다. 마샤라면 프랜시스가 행복한 이유가 이 감각 때문인지 아닌지 조언해줄 수 있을 것 같았다.

오늘 프랜시스의 점심은 베지테리언 커리였다. 이제는 다른 사람들이 씹는 소리는 들리지 않았고 음식을 먹으며 놀라운 기쁨을 느끼기 시작했다. 음식을 먹는 건 아주 오래전부터 기쁜 일이었기에 더 기쁠 수 있다는 사실이 정말로 놀라웠다. 아주 조금씩 떠서 음미하는 커리에서는 사프란 맛이 났고 프랜시스는 신이 났다. 사프란이 원래 이렇게 맛있었나? 프랜시스로서는 알 수 없었지만 사프란의 맛을 강렬하게 느끼는 경험은 마치 종교적 환희를 경험하는 것만 같았다.

점심식사 후, 여전히 사프란의 경이로움에 사로잡힌 상태로 프랜시스는 '개인 공간'이라고 적힌 문을 열고 두 개 층을 올라가 평온의 집 꼭대기 공주의 탑에 있는 마샤의 집무실 문을 두드렸다.

"들어오세요."

약간은 딱딱한 목소리가 대답했다. 프랜시스는 기숙학교에서 교장실로 들어갈 때를 떠올리며 마샤의 방으로 들어갔다. 뭔가를 적고 있던 마샤는 앞에 있는 의자에 앉으라고 손짓했고, 프랜시스는 마샤가 하고 있는 일을 모두 마칠 때까지 의자에 얌전히 앉아 있었다.

마샤의 태도는 어딘지 모르게 프랜시스를 초조하게 만들었는데, 프랜시스는 아직 수양이 부족하기 때문에 자신에게는 당연히 초조할 권리가 있음을 미처 알지 못했다. 정말 고맙게도 프랜시스는 마샤가 고용한 직원이 아니라 돈을 지불하고 약속한 시간에 나타나는 손님이었다. 그런데도 프랜시스는 한숨을 쉬지도 못했고 헛기침을 하지도 못했고 몸을 꿈틀대지도 못했다. 왜냐하면 그녀는 거의 바뀌었으니까. 정말로 날씬해지고 있었으니까. 어제는 한 번에 팔굽혀펴기를 두 개나 했으니까. 이제 곧 프랜시스는 마샤와 비슷하게 보일 것이다.

갑자기 가슴속에서 웃음의 물결이 솟구치려 해 프랜시스는 재빨리 방을 둘러보면서 생각을 흩뜨렸다. 이런 작업실이 있다면 초콜릿을 먹지 않아도 걸작을 쓸 수 있을 텐데. 집무실에는 네 벽마다 커다란 유리창이 있어서 마샤는 360도로 펼쳐진 초록색 전원 풍경을 볼 수 있었다. 르네상스 시대 그림 같은 풍경을 말이다.

마샤는 침묵을 하지 않아도 되는 것처럼 전자기기 금지 규칙도 안 지켜도 되는 것 같았다. 마샤는 최신 기술에 조금도 적대적인 것 같지 않았다. 책상에는 커다란 컴퓨터 모니터가 두 개나 있었고 노트북도 있었다. 손님들이 전자제품의 독성을 제거하고 있는 동안 마샤는 이곳에서 인터넷 서핑을 하는 걸까? 프랜시스는 오른손에 경련이 이는 것 같았다. 마우스를 쥐고 모니터를 보면서 커서를 움직여 새로 인터넷 페이지를 여는 상상을 했다. 지난 나흘 동안 세상에는 어떤 일이 있었을까? 좀비들이 세상을 멸망시키겠다고 날뛰고 있을까? 아니면 유명한 연예인 커플이 헤어졌을까?

프랜시스는 컴퓨터 모니터에서 시선을 떼고 책상 위의 몇몇 물건들에 집중했다. 마샤의 사생활을 알려주는 액자는 한 개도 없었다. 하지만 정말 갖고 싶은 멋진 골동품이 있었다. 프랜시스의 손이 편지봉투 칼을 향해 슬금슬금 나아갔다. 칼 손잡이에는 정교한 모양이 새겨져 있었다. 코끼리인가?

"조심하세요. 단도처럼 날카로우니까. 그걸로 사람도 죽일 수 있을 거예요, 프랜시스."

마샤가 말했다. 프랜시스는 가게 주인에게 들킨 좀도둑처럼 재빨리 손을 거둬들였다. 마샤는 편지봉투 칼을 들고 덮개를 벗겼다.

"적어도 200년은 된 겁니다."

마샤는 날카로운 칼끝으로 자기 엄지를 꾹 눌렀다.

"우리 가족이 오랫동안 갖고 있던 물건이죠."

프랜시스는 고귀한 침묵을 깨도 되는지 확신이 서지 않았지만 말을 못한다는 사실에 문득 짜증이 났다.

"지금은 고귀한 침묵을 안 지켜도 되는 거죠?"

프랜시스가 말했다. 한동안 듣지 못했던 자신의 목소리가 이상하고 낯설게 느껴졌다. 원래는 아주 좋은 목소리였는데. 프랜시스는 방에 혼자 있을 때도 속으로만 생각하는 사람이 아니었다. 오히려 혼자 있을 때 더 수다스러워져서 자기 행동에 대해 크게 떠드는 사람이었고, "손톱깎이야? 어디 숨었니?"처럼 생명이 없는 물체와도 즐겁게 얘기할 수 있는 사람이었다.

"아, 당신은 규칙을 잘 지키는 사람이군요."

마샤는 두 손으로 턱을 받치고 프랜시스를 뚫어지게 봤다. 마샤의 눈은 놀라울 만큼 독특한 초록색이었다.

"보통은요."

"그런데, 가져오지 말라는 물건을 몇 개 가져왔어요."

"네, 맞아요. 그리고 지금도 책을 읽는걸요."

"그래요?"

"그래요."

"재미있나요?"

프랜시스는 읽고 있는 소설이 재미있는지 생각해봤다. 이 책은 살인이 일어나는 미스터리 소설이어야 하는데, 작가가 초반에 너무 많은 인물을 소개한 데다 아직까지는 등장인물들이 모두 팔팔하게 살아있었다. 이야기 전개가 너무 느렸다. 이제 됐잖아. 빨리 누구든 죽여버리라고!

"네, 아주 재미있어요."

"말해봐요, 프랜시스. 이곳을 나설 때 전혀 다른 사람으로 변해 있고 싶지 않나요?"

"그게……."

프랜시스는 책상 위의 유리구슬을 집어 들었다. 남의 물건을 허락도 없이 맘대로 만지다니, 예의가 없는 것처럼 느껴졌지만 어쩔 수가 없었다. 차가운 유리구슬의 묵직함을 손안에서 느껴보고 싶었다.

"네, 그래요."

"그렇지 않은 것 같은데요. 내 생각에 프랜시스는 여기 쉬려고 온 거예요. 지금 살고 있는 방식에 아주 행복해하고요. 그러니까 이 모든 게 농담 같은 거라고 생각하는 거죠. 인생에서 뭔가를 심각하게 받아들이는 걸 좋아하지 않죠?"

마샤가 낮은 목소리로 말했다. 프랜시스는 앞에 있는 여자는 자신을 좌지우지할 권한이 없다는 사실을 생각해냈다.

"쉬러 왔다고 해도 무슨 문제가 있나요?"

프랜시스는 유리구슬을 책상에 내려놓고 살짝 밀었다. 구슬이 책상을 구르기 시작하자 프랜시스는 잠시 경악했다. 그녀는 손가락으로 재빨리 구슬을 멈추고 두 손을 무릎 위에 얌전하게 올려놓았다. 이건 정말 어처구니없는 상황이었다. 왜 부끄러워 해야 하지? 여긴 그저 건강휴양지인데?

마샤는 프랜시스의 말에 대답하지 않고 다시 물었다.

"살아오면서 시험을 받고 있다는 기분을 느껴본 적 있어요?"

프랜시스는 몸을 고쳐 앉았다.

"사랑하는 사람을 잃는 상실을 경험한 적이 있어요."

프랜시스가 방어하듯이 말했다. 마샤는 빠르게 손을 저었다.

"당연히 있겠죠. 당신은 쉰두 살이니까. 내 말은 그게 아니에요."

"난 운이 좋았어요. 나도 내가 아주 운이 좋았다는 건 알아요."

"그리고 운이 좋은 나라에서 나고 자랐고요."

마샤는 두 사람을 둘러싸고 있는 풍경을 모두 감싸 안으려는 것처럼 두 팔을 들었다.

"오스트레일리아가 운이 좋은 나라라는 표현은 잘못 쓰이고 있는 것 같아요."

오스트레일리아가 '운이 좋은 나라'라는 말을 하는 사람이 있으면 늘 거드름을 피우며 정확하게 지적해줄 필요가 있다는 듯이 "그 사람은 사실 우리가 행운을 누릴 자격이 없다는 걸 말하려고 했던 거야"라고 했던 첫남편 솔의 말을 앵무새처럼 따라 하고 있는 자신을 프랜시스는 이해할 수 없었다.

"그럼 오스트레일리아는 운이 나쁜 나라라는 건가요?"

"음, 아니, 아니에요. 하지만……."

프랜시스는 입을 다물었다. 마샤는 무슨 말이 하고 싶은 걸까? 프랜시스가 행운을 누릴 자격이 없다는 걸 말하고 싶은 걸까?

"아이가 있었던 적은 없군요."

마샤가 책상 위에 펼쳐둔 파일을 보며 말했다. 그 파일에 엄청난 비밀이 숨어 있는 것처럼 프랜시스는 목을 길게 뺐다. 프랜시스에게 아이가 없다는 사실을 마샤가 알고 있는 건 평온의 집을 예약할 때 프랜시스가 직접 적었기 때문인데도 말이다.

"아이를 갖지 않은 건 프랜시스의 선택이었나요, 아니면 어쩔 수 없는 상황 때문이었나요?"

"선택이었어요."

프랜시스는 선선히 대답했지만 그건 마샤가 상관할 문제가 아니었다. 프랜시스는 아리를, 그리고 프랜시스가 미국에 오면 아리가 보여준다고 했던 플레이스테이션 게임을 생각했다. 지금 아리는 어디 있을까? 아니, 아리인 체했던 그애는 어디 있을까? 지금도 다른 여자와 전화 통화를 하고 있을까?

"아이가 있어요?"

프랜시스가 마샤에게 물었다. 프랜시스도 질문을 해도 되니까. 마샤는 프랜시스의 치료사가 아니니까. 사실 마샤는 그 어떤 자격증도 없을지 모르니까. 프랜시스는 갑자기 궁금해져서 앞으로 몸을 내밀었다.

"만나는 사람은 있어요?"

"만나는 사람 없어요. 아이도 없고요."

마샤는 조금도 동요하지 않았다. 그저 물끄러미 프랜시스를 볼 뿐이었다. 프랜시스는 마샤가 왠지 거짓말을 하고 있는 것 같았다. 마샤가 누군가를 만나고 있다는 상상은 하기 힘들었지만 말이다. 마샤는 결코 사랑을 하는 두 사람 가운데 한 사람이 될 수 없을 것 같았다.

"아까 상실을 말했는데, 어떤 상실을 경험했죠?"

"어렸을 때 아버지가 돌아가셨어요."

"나도 그래요."

마샤가 묻지도 않았는데 불쑥 자기 얘기를 꺼내는 바람에 프랜시스는 당황했다.

"이런, 어째요."

프랜시스는 아빠에 대한 마지막 기억을 생각했다. 어느 여름날이었고 토요일이었다. 프랜시스는 타겟의 계산대에서 아르바이트를 하느라 나가야 했다. 아빠는 거실에 앉아 〈핫 오거스트 나이트〉를 틀어놓고 담배를 피우면서 눈을 감고 자신이 천재라고 생각했던 닐 다이아몬드의 노래를 흥얼거리고 있었다. 프랜시스는 아빠의 이마에 입을 맞췄고, 아빠는 눈을 감은 채 "예쁜 딸, 이따 보자"라고 했다. 프랜시스에게 아빠의 담배 냄새는 사랑의 냄새였다. 수없이 많은 지독한 흡연가와 데이트를 한 건 그 때문이었다.

"어떤 여자가 몰던 차가 횡단보도에서도 멈추지 않고 그대로 돌진했어요. 햇빛 때문에 눈이 부셨다는데, 아빠는 산책 중이었고요."

프랜시스가 말했다.

"내 아버지는 가게에 갔다가 러시아 마피아가 보낸 암살자의 총에 맞았어요. 사고였죠. 암살자가 아버지를 다른 사람과 혼동했어요."

"정말요?"

프랜시스는 엄청나게 이국적인 얘기에 지나치게 관심을 보이지 않으려 애쓰며 물었다. 마샤는 어깨를 으쓱했다.

"어머니 말이 아버지 얼굴은 너무 평범했다는군요. 평범해도 너무 평범했다고. 누가 봐도 아는 사람 같은 얼굴이었다고. 어머니는 아버지 얼굴이 평범했다며 화를 냈어요."

프랜시스는 웃어야 할지 말아야 할지 알 수가 없었다. 마샤가 전혀 웃지 않았기 때문에 프랜시스도 웃지 않았다. 그래서 대신 말했다.

"우리 엄마는 아빠가 산책을 나갔다는 사실에 화를 냈어요. '그렇게 더운 날 산책을 가는 사람이 어디 있어? 왜 평범한 사람들처럼 그냥 집 안에 가만히 있지 않은 거야? 왜 꼭 빨빨거리고 놀아다녀야 했냐고?'라며 몇 년간 분통을 터뜨렸어요."

프랜시스의 말에 마샤가 딱 한 번 고개를 끄덕였다.

"아버지는 그 가게에 있으면 안 되는 사람이었어요. 영민한 사람이었고, 진공청소기를 만드는 공장에서 중요한 위치에 있었던 사람이니까요. 하지만 소련이 붕괴되고 인플레이션이 발생하는 바람에……."

마샤는 휘파람을 불면서 고개를 위로 쓱 쳐들었다.

"저축해둔 돈이 모두 사라졌죠. 아버지 회사에선 월급으로 현금을 줄 수 없어서 대신 진공청소기를 줬어요. 그래서…… 진공청소기를 팔려고 그 가게에 간 거예요. 아버지는 그런 일을 할 사람이 아니었는데. 아버지가 해야 할 일이 아니었어요."

"안됐어요."

끔찍한 사고로 아버지를 잃었고 어머니가 몹시 비통해했다는 공통점이, 서로 다른 문화에서 어린 시절을 보냈고 너무나 체형이 다른 두 사람을 갈라놓는 틈을 잠시 메워주는 것만 같았다. 하지만 마샤는 부적절한 행동을 했다는 사실이 역겹다는 듯 갑자기 콧방귀를 뀌었다. 파일을 덮으며 마샤가 말했다.

"아무튼, 얘기를 나눌 수 있어서 좋았어요. 프랜시스, 당신을 좀 더 잘 알게 된 것 같군요."

프랜시스에 관해 알아야 할 내용은 모두 알았다는 목소리였다.

"오스트레일리아엔 어떻게 오게 된 거예요?"

대화를 끝내고 싶지 않다는 절박한 심정이 된 프랜시스가 급작스레 물었다. 사람과 상호작용하는 게 얼마나 즐거운지를 다시 경험한 지금, 침묵 속으로 돌아가고 싶지 않았다. 마샤가 프랜시스에 관해 알고 싶은 내용이 더는 없다는 사실도 중요하지 않았다. 프랜시스는 분명히 마샤에 관해 더 많은 사실을 알고 싶었으니까.

"전남편과 함께 여러 대사관에 이민 신청서를 냈죠."

마샤가 차가운 목소리로 말했다.

"미국, 캐나다, 오스트레일리아. 나는 미국에 가고 싶었고 남편은 캐나다에 가고 싶었지만, 우릴 원한 건 오스트레일리아였어요."

프랜시스는 이 얘기를 개인적으로 받아들이지 않으려고 애썼지만, 마샤가 개인적으로 받아들이길 바란다는 인상을 받았다. 게다가 전남편이라니! 두 사람은 이혼했다는 공통점도 있는 거였다! 하지만 이혼 얘기를 꺼냈다간 아무 대화도 할 수 없으리라는 기분이 들었다. 왠지 마샤는 자기중심적이면서도 자신감이 없던 한 친구를 떠오르게 했다. 그런 사람이 마음을 열고 말을 하게 하려면 아첨을 해야 했다. 그것도 아주 신중하게 해야 했다. 이건 폭탄을 해체하는 작업과 비슷했다. 자칫 잘못하면 어느 순간 폭탄이 터져버리고 말 테니까.

"정말 용감한 일을 했네요. 새로운 나라에서 새로운 인생을 살아갈 생각을 하다니."

"글쎄요, 흔들리는 배를 타고 망망대해를 건너온 건 아니에요. 혹시 그런 생각을 하는지는 모르겠지만. 오스트레일리아 정부에서 비행기 표를 사줬어요. 공항까지 마중을 나왔고. 숙소도 제공해줬고요. 당신들에겐 우리가 필요했으니까. 우린 둘 다 똑똑한 사람들이거든요. 난 수학 학위가 있었고 남편은 일류 과학자였죠."

마샤의 눈은 프랜시스가 정말로 들여다보고 싶은 그녀의 과거를 향하고 있었다.

"그는 극단적으로 똑똑했죠."

이 말을 할 때 마샤는 이혼한 전부인 같은 느낌이 전혀 없었다. 그보다는 사별한 아내 같았다.

"당신들이 이곳으로 오다니, 우리가 운이 좋았네요."

프랜시스는 오스트레일리아 국민을 대신해 겸손하게 말했다.

"그럼요. 운이 좋았죠. 아주 좋았어요."

앞으로 몸을 내민 마샤의 얼굴이 환하게 빛났다.

"우리가 왜 여기 왔는지 말해줄게요. VCR 때문이에요. 모든 게 VCR 때문에 시작됐죠. 지금은 VCR 보기도 힘들죠. 기술이……."

"VCR이라고요?"

"우리 옆집에 VCR이 있었어요. 누구도 그런 물건은 가질 수 없었는데 말이죠. 시베리아에서 죽은 친척이 유산을 물려준 덕에 그 집은 VCR을 살 수 있었어요. 그들은 좋은 친구들이어서 우리한테 영화를 보러 오라고 했죠."

과거로 돌아간 듯 마샤의 눈에서 초점이 사라졌다. 프랜시스는 꼼짝도 하지 않았다. 마샤가 자신을 믿고 말해주는 얘기를 그만두게 하고 싶지 않았다. 마치 엄한 상사가 술을 한 잔 마시더니 갑자기 긴장을 풀고 우리는 동등한 사람이라는 듯 편하게 얘기하는 것과 같았다.

"VCR은 다른 세상을 보여주는 창문이었어요. 자본주의 세상을 말이에요. 그 세상은 다른 것 같았어요. 놀랍고…… 풍요로웠죠."

마샤는 꿈을 꾸는 것처럼 웃었다.

"〈더티 댄싱〉, 〈수잔을 찾아서〉, 〈조찬 클럽〉. 그렇게 많이 본 건 아니에요. 영화는 미칠 정도로 비쌌고, 사람들은 자기가 가진 비디오를 서로 바꿔가며 봤죠. 영화를 더빙한 사람은 한 사람이었는데, 영화 자체가 불법이라 코를 막고 목소리를 변조해 녹음했어요."

마샤는 자기 코를 잡고 코맹맹이 소리를 냈다.

"VCR이 없었다면, 영화들을 못 봤다면, 우린 그곳을 떠나려고 그토록 애쓰지 않았을 거예요. 소련을 떠나는 건 쉽지 않았으니까."

"현실은 기대한 대로였나요? 영화만큼 멋졌어요?"

1980년대 영화는 이 세상을 엄청나게 화려하게 그렸다. 그러니 마샤가 영화에서 본 세상과 비교하면 시드니 교외는 아주 지루하게 느껴졌을지도 몰랐다.

"정말 멋졌어요."

마샤는 프랜시스가 내려놓은 유리구슬을 집어 들더니 또르르 굴릴 것처럼 손바닥 위에 놓았다. 하지만 구슬은 꼼짝도 하지 않고 마샤의 손바닥 위에 있었다.

"멋있지 않기도 했고요."

마샤는 유리구슬을 단호하게 책상에 내려놓았다. 갑자기 자신의 위치를 깨달은 것만 같았다. 내일이면 앞에 있는 사람을 다시 부하 직원으로 대해야 한다는 걸 깨달은 상사처럼 말이다.

"아무튼 프랜시스, 내일이면 공식적으로 고귀한 침묵이 끝날 거예요. 그럼 다른 손님들을 더 잘 알 수 있겠죠."

"정말 고대하고 있……."

"그럼 저녁식사를 즐기도록 하세요. 내일은 하루 종일 식사가 없으니까. 첫 번째 단식을 하게 될 거예요."

마샤는 손을 앞으로 내밀었고, 그 손짓에 이끌려 프랜시스는 자기도 모르게 의자에서 벌떡 일어났다.

"단식을 해본 적이 있어요?"

마샤가 프랜시스를 올려다보면서 말했다. 마샤는 '단식'을 마치 벨리 댄스처럼 이국적이고 재미있는 활동이라는 듯 말했다.

"제대로 해본 적은 없어요. 하지만 가벼운 단식이라고 들었는데, 아니에요?"

프랜시스의 말에 마샤가 환하게 웃었다.

"아마 좀 힘들 하루가 될 거예요, 프랜시스."

. 24 .

카멜

"체중이 좀 줄었군요."

상담을 위해 카멜의 파일을 펼치며 마샤가 말했다.

"정말요?"

카멜은 마치 상을 받은 듯한 기분이었다.

"얼마나요?"

마샤는 그 말에는 대답하지 않았다. 그저 손가락으로 파일을 쓸었을 뿐이다.

"나도 체중이 준 것 같았거든요. 하지만 확신할 수 없었어요."

기쁨 때문에 카멜의 목소리가 떨렸다. 카멜은 사실 희망을 품을 수가 없었다. 야오가 매일 체중계를 가리고 서 있는 건 카멜이 그 끔찍한 숫자를 못 보도록 하기 위해서라고 생각했기 때문이다.

왠지 배가 조금 더 평평해지고 옷은 헐렁해진 것 같았다. 카멜은 처음 임신했을 때처럼 조심스럽게 배를 만져봤다. 이곳에서의 시간들도 처음 임신을 했던 행복한 때를 떠오르게 했다. 몸이 전혀 새롭고 경이롭게 바뀌고 있다는 느낌이었다.

"내일 단식을 하면 더 많이 빠지겠죠?"

카멜은 평온의 집에서 하는 모든 일에 열정을 갖고 참여하고 있다는 인상을 심어주고 싶었다. 실제로도 카멜은 무슨 일이든 할 준비가 돼 있었다. 마샤는 그 말에도 대답하지 않았다. 파일을 덮고 마주 잡은 두 손으로 턱을 괴었다. 카멜이 또 말했다.

"그냥 수분만 빠져나간 게 아님 좋겠어요. 다이어트 초기에는 대부분 체내 수분이 빠져나간다고 하잖아요."

그 말에도 마샤는 대답하지 않았다.

"여기선 모두 열량을 조절한 음식이 나오죠. 중요한 건 집에 돌아간 뒤에도 줄어든 체중을 유지하는 거라고 생각해요. 그래서 줄어든 체중을 유지할 수 있는 방법을 알려주면 좋겠어요. 요리법 같은 건 어떨까요?"

"특별한 요리법 같은 건 없어요. 당신은 현명한 사람이에요. 그러니 살 빼는 게 소원이라면 어떻게 해야 하는지도 잘 알 거예요. 사실 당신은 뚱뚱하지도 마르지도 않았어요. 하지만 좀 더 마르길 원해요. 그건 당신이 선택할 일이죠. 난 체중 감량엔 관심이 없어요."

"아, 죄송합니다."

"자, 그럼 이제 체중하고 관계없는 카멜의 얘기를 들어봅시다."

"음, 딸이 넷이에요."

딸들을 생각하자 저절로 웃음이 나왔다.

"열 살, 여덟 살, 일곱 살, 다섯 살요."

"카멜이 엄마라는 사실은 알고 있어요. 다른 얘기를 해봐요."

"남편이 떠났어요. 지금은 새 여자친구가 있고, 그래서……"

카멜의 말에 마샤는 또 아무 상관도 없는 말을 한다는 듯 짜증스럽게 손을 흔들었다.

"다른 걸 말해봐요."

"다른 건 없는걸요. 다른 걸 할 만한 시간이 없었어요. 아이들을 기르느라 바빴거든요. 난 그냥 과체중에 스트레스가 많이 쌓인 도시 근교에 사는 엄마예요."

카멜은 말을 하면서 마샤의 책상에서 가족사진을 찾았다. 마샤는 아이가 없는 게 분명했다. 아이가 있다면 엄마로 산다는 것이 어떻게 인생의 다른 측면을 모두 잠식해버리는지 모를 리 없을 테니까.

"아르바이트를 하고는 있어요. 건강이 안 좋은 나이 든 엄마도 있고요. 난 늘 피곤해요. 정말로 늘 피곤한걸요."

마샤는 카멜이 예의 없이 군다는 듯이 한숨을 내쉬었다.

"운동할 시간을 늘려야 한다는 건 알아요."

카멜이 말했다. 이런 말을 듣고 싶은 걸까?

"그럼요. 늘려야죠. 하지만 그것도 재미있는 얘기는 아니군요."

"애들이 더 자라면 그때는 좀 더 시간이……."

"학교에 다닐 때는 어떤 아이였는지 말해줘요."

마샤가 카멜의 말을 끊었다.

"어떤 학생이었어요? 공부를 잘했나요? 아니면 바닥? 버릇없는 아이였나요? 목소리가 큰 아이였나요, 수줍은 아이였나요?"

"학교 성적은 늘 최상이었어요."

정말로 언제나 그랬다.

"버릇없는 애는 아니었고, 수줍은 애도, 목소리가 큰 애도 아니었어요."

카멜은 잠시 생각했다.

"하지만 그래야 할 때는 주장을 굽히지 않았어요. 특히 그럴 필요가 있다고 생각했을 때는요."

카멜은 칠판에 "천둥이 치면 번개가 번쩍인다"라고 쓴 선생님과 논쟁을 벌였던 일을 기억했다. 선생님은 번개(lightning)를 쓸 때 t와 n 사이에 e를 더 썼는데, 카멜은 e를 빼야 한다고 말했다. 선생님은 카멜의 말을 믿지 않았고 카멜이 주장을 굽히지 않자 고함을 지르기까지 했다. 카멜은 자신이 옳다는 확신이 들 땐 전투력이 막강해졌다. 절대로 물러나지 않았다. 하지만 자신이 옳다는 사실을 확신할 수 있는 경우가 얼마나 될까? 거의 없지 않을까?

"흥미롭군요. 지금은 전혀 그렇게 안 보이는데 말이에요."

"아침에 우리 애들한테 하는 걸 보면 내가 얼마나 목소리가 큰 사람인 줄 알 거예요."

"그런데 왜 나는 목소리가 큰 카멜을 전혀 볼 수가 없을까요? 그 사람은 어디로 갔죠?"

"음, 여기서는 말하면 안 되는 거 아니었어요?"

"좋은 지적이에요. 하지만 봐요, 카멜. 지금도 제대로 자기주장을 못하고 꼭 질문처럼 하잖아요. 카멜은 말을 할 때 꼭 질문을 하는 것처럼 끝을 맺어요. 이렇게요? 목소리가 올라가요? 정말로 확신할 수는 없는 건가요? 당신이 말하는 모든 것을요?"

자기 말투를 흉내 내는 마샤를 보면서 카멜은 너무나 창피했다. 정말로 내가 저렇게 말한단 말이야?

"그리고 그 걸음걸이. 그것도 문제예요. 난 당신이 걷는 방식이 마음에 안 들어요."

"내가 걷는 방식이 마, 마음에 안 든다고요?"

너무나 당황해서 카멜은 말을 더듬었다. 이거 너무 무례한 말 아닌가? 마샤는 의자에서 일어나서 카멜이 있는 곳으로 나왔다.

"당신은 이렇게 걸어요."

마샤는 어깨를 웅크리고 고개를 숙인 채 몸을 살짝 옆으로 비틀더니 종종걸음으로 걸었다.

"누구도 당신을 보지 않았으면 하는 것처럼요. 왜 그러는 거죠?"

"난 내가 그렇다는 생각은……."

"아니, 정말로 그래요."

마샤는 다시 의자에 앉았다.

"늘 이렇게 걷지는 않았을 거예요. 제대로 걸을 때도 있었겠죠. 딸들도 당신처럼 걸었으면 좋겠어요?"

당연히 그럴 리가 없다는 결론을 전제로 하고 묻는 질문이었다.

"카멜은 한창때의 여성이에요. 고개를 꼿꼿이 들고 방으로 들어와야죠. 무대 위를 걷는 사람처럼 걸어야죠!"

카멜은 마샤를 뚫어지게 응시하며 말했다.

"노력해봐야 할까요?"

카멜은 기침을 하고 다시 말했다.

"노력해볼게요. 노력해볼 거예요."

마샤가 싱긋 웃었다.

"좋아요. 처음엔 이상한 기분이 들 거예요. 처음엔 흉내를 내야 할 거예요. 하지만 기억해야 해요. '이게 바로 내가 걷는 방식이야, 난 이렇게 걸어, 이게 나야, 카멜!' 이렇게 생각해야 해요."

마샤는 주먹으로 가슴을 쿵, 치면서 말했다.

"이게 바로 나라고!"

마샤는 몸을 앞으로 내밀고 낮은 목소리로 말했다.

"비밀을 한 가지 알려줄게요."

마샤의 눈은 잔뜩 신이 나 있었다.

"그렇게 걸으면 훨씬 더 날씬해 보여요."

카멜이 웃었다. 지금 농담을 하는 걸까?

"며칠 뒤면 알게 되겠죠."

마샤가 손을 한 번 휘두르자 카멜은 자신이 너무 오래 머물고 있었다는 듯 깜짝 놀라 일어났다. 마샤는 메모지를 끌어당기더니 뭔가를 쓰기 시작했다. 카멜은 어깨를 펴려고 노력하며 물었다.

"몸무게가 얼마나 줄었는지 말해주면 안 돼요?"

마샤는 카멜을 쳐다보지 않고 말했다.

"나갈 때 문을 닫아줘요."

. 25 .

마샤

마샤는 책상 맞은편에 앉은 커다란 남자를 물끄러미 봤다. 남자는 보석을 바라는 죄수처럼 두 발을 바닥에 딱 붙이고 앉아 주먹 쥔 두툼한 손을 허벅지에 얌전히 올려놓고 있었다. 마샤는 딜라일라가 토니 호그번에게는 뭔가 범상치 않은 부분이, 비밀스러운 부분이 있다고 했던 말을 기억했다. 하지만 마샤는 그렇게 생각하지 않았다. 이 남자에게 특별히 복잡한 부분은 없었다. 마샤가 보기엔 그저 단순하고 성격이 안 좋은 남자일 뿐이었다.

토니는 이미 체중이 줄었다. 늘 맥주를 마시는 남자는 일단 맥주를 끊으면 체중이 확 줄지만, 카멜처럼 줄일 체중이 많지 않은 여자는 체중이 줄 때까지 더 많은 시간이 걸린다. 실제로 카멜의 몸무게는 변화가 없었지만 그런 말을 해봐야 카멜에겐 도움이 안 될 게 분명했다.

"평온의 집엔 어떻게 오게 된 거죠, 토니?"

"구글에 '어떻게 해야 내 삶이 바뀔까?'라고 쳤더니, 여기가 나오더군요."

"아."

마샤는 살짝 시험을 해보려고 의자에 등을 기대고 다리를 꼬면서 토니의 눈이 자신의 몸을 훑어보길 기다렸다. 당연히 토니의 눈은 마샤의 몸을 위아래로 훑어봤지만(그러니까 아직은 남자인 거다) 오래 머물진 않았다.

"왜 삶을 바꾸려고 하는 거죠?"

"그거야, 마샤. 삶은 짧으니까요."

토니의 시선은 마샤를 지나 창문 너머를 향해 있었다. 가방을 뒤졌다며 화를 내던 첫날과 달리 토니는 차분했고 훨씬 자신 있는 모습이었다. 이게 바로 평온의 집의 긍정적인 효과였다!

"남은 시간을 낭비하고 싶지 않습니다."

토니는 다시 마샤를 봤다.

"이곳은 참 좋네요. 꼭 세상 꼭대기에 와 있는 기분이에요. 명상실에 있으면 폐소공포증이 생기는 거 같습니다."

"삶을 어떻게 바꾸고 싶은 거죠?"

"그저 더 건강하고 날씬해졌으면 좋겠습니다. 몸무게를 떨어뜨리고 싶어요."

남자들은 '몸무게를 떨어뜨린다'는 말을 많이 했다. 몸무게라는 게 마음만 먹으면 쉽게 떨어뜨릴 수 있는 물건인 것처럼. 여자들은 체중이라는 게 자신이 지은 죄악인 것처럼 시선을 깔고 '체중을 줄일' 필요가 있다고 말하는데 말이다.

"옛날엔 몸이 좋았습니다. 더 빨리 시작했어야 해요. 정말 후회가……."

토니는 입을 다물고 불필요하게 많은 말을 했다는 듯 헛기침을 했다.

"뭘 후회한다는 거죠?"

"내가 한 일을 후회하진 않아요. 내가 안 한 일들을 후회하는 거죠. 지난 이십 년 동안 난 맥이 빠져 지냈습니다."

마샤가 '맥이 빠졌다'는 말을 이해하는 데는 시간이 좀 걸렸다. 맥이 빠졌다는 말은 마샤가 많이 들어본 영어 표현은 아니었다.

"이십 년은 맥이 빠져 지내기엔 너무 긴 시간이군요."

마샤가 대답했다. 정말 바보 같은 남자였다. 마샤는 맥이 빠져 지내본 적이 없었다. 단 한 번도. 맥이 빠져 지내는 건 약한 사람들이나 하는 짓이었다.

"습관이 돼버렸는데 어떻게 빠져나와야 할지 모르겠습니다."

마샤는 토니가 다음 말을 할 수 있도록 기다렸다. 여자들은 질문을 해주는 게 좋지만 남자들은 직접 나설 때까지 조용히 기다려주는 게 좋았다. 그래서 기다렸다. 한참 시간이 지나갔다. 결국 포기하고 질문을 하려고 할 때 토니가 몸을 고쳐 앉았다.

"십 년 전에 죽음을 경험했다고 하셨죠?"

토니는 마샤를 쳐다보지도 않고 말했다.

"그래서 더는 죽음이 두렵지 않다고요."

"맞아요."

마샤는 토니를 뚫어지게 봤다. 토니가 그 주제에 관심이 있는 이유가 궁금했다.

"두렵지 않아요. 죽음은 아름다우니까요. 사람들은 죽음이 잠드는 것과 비슷하다고 생각하지만 오히려 깨어나는 것과 비슷해요."

"터널은요? 터널을 봤나요? 빛이 보이는 터널 말입니다."

"터널은 아니에요."

마샤는 잠시 말을 멈추고 죽음이라는 주제에서 벗어나 다시 토니에게 초점을 맞춰야 하는 게 아닐까 고민했다. 이미 마샤는 프랜시스 웰티에게 자기 얘기를 너무 많이 털어놓았다. 탱탱한 머리카락. 빨간 립스틱. 유리구슬을 책상에서 떨어뜨릴 뻔했던 프랜시스는 어린애처럼 탐욕스럽고 시끄럽게 질문을 해대 마샤가 잠시 자기 위치를 잊게 했다. 프랜시스가 마샤와 비슷한 나이라는 게 믿기지 않았다. 프랜시스는 2학년 때 같은 반이었던 여자애를 떠오르게 했다. 통통하고 예쁘장하고 허영심 많던, 주머니에 사탕을 넣고 다니던 아이를. 프랜시스 같은 사람들은 늘 사탕처럼 달콤한 인생을 살았다. 하지만 토니는 달콤한 인생을 산 사람 같지는 않았다.

"터널이 아니라 호수였어요. 여러 색으로 빛나는 거대한 호수."

지금까지 어떤 손님에게도 하지 않은 얘기였다. 야오에겐 했지만 딜라일라에겐 하지 않았다. 토니가 마샤의 말을 생각하며 수염을 깎지 않은 턱을 문지르는 동안 마샤는 주황색, 청록색, 밝은 노란색으로 아름답게 빛나던 호수를 생각했다. 그 호수는 그냥 보기만 한 게 아니었다. 모든 감각으로 호수를 느꼈다. 호수를 호흡하고 호수의 소리를 듣고 호수의 냄새를 맡고 호수의 물을 맛봤다.

"사랑하는 사람들도…… 보였습니까?"

토니가 물었다.

"아뇨."

마샤는 거짓말을 했다. 마샤는 호수와 똑같은 빛을 온몸으로 뿜으며 빛의 호수를 통과해 자신을 향해 걸어오던 젊은 남자를 봤다. 평범하지만 우아한 남자였다. 많은 젊은 남자들처럼 그는 야구모자를 쓰고 있었다. 아기 때만 봤지만, 아직 이가 없고 볼이 통통한 아름다운 아기였을 때만 봤을 뿐이지만, 그 남자가 자기 아들임을 마샤는 바로 알아볼 수 있었다. 그는 그 아이일 수밖에 없는 그런 남자였다. 그리고 그녀 안에 여전히 많은 사랑이, 그 아이를 처음 안았을 때 느꼈던 강력하고 충격적이던 사랑이 그대로 있음을 알 수 있었다. 그런 사랑을 다시 느끼다니, 그것이 소중한 선물인지 잔혹한 처벌인지는 알 수가 없었다. 어쩌면 둘 다인지도 몰랐다.

평생인지 아니면 몇 초인지 모를 동안 마샤는 아들을 바라보고 있었다. 마샤는 시간을 느낄 수 없었고 아들이 사라져버린 뒤엔 공중에 떠 있었다. 밑에서 두 남자가 마샤의 몸을 만지고 있는 모습이 보였다. 실크 셔츠를 열어젖힐 때 튕겨나간 단추가 보였다. 높은 곳에서 추락한 사람처럼 이상한 각도로 비틀려 있는 자신의 다리도 봤다. 한 남자의 정수리에서 검은 머리 사이로 보이는 하얀 살 위에 작은 딸기처럼 생긴 반점이 있는 것도 봤다. 마샤의 몸에 전기충격을 가하는 동안 남자의 이마는 땀에 젖었고, 마샤는 그가 느끼는 모든 감정을 느낄 수 있었다. 그는 두려워하고 있었고 집중하고 있었다.

이튿날, 마샤는 다시 자기 몸으로 돌아와 있었고, 키가 크고 아름다운 간호사가 "잠자는 숲속의 공주님, 잘 잤어요?"라고 인사했다. 마샤는 다시 감옥으로 끌려온 것만 같은 기분이었다.

사실 그 여자는 간호사가 아니었다. 관상동맥우회로이식술로 마샤의 심장을 수술해준 의사였다. 마샤는 그 의사가 평범한 심장의 가운데 한 명이었다면 자신의 인생이 어떻게 바뀌었을지 오랫동안 궁금했다. 아마 편견에 사로잡혀 있던 마샤는 그 의사가 아무리 정확한 얘기를 해줘도 콧방귀를 뀌면서 무시해버렸을 것이다. 마샤를 위해 일하는 흰머리 난 남자들과 같은 군으로 그 의사를 분류하곤 내가 저 사람보다 훨씬 더 잘 알아, 라고 생각했을 것이다.

하지만 그 여자 의사는 마샤의 마음을 사로잡아버렸다. 마샤는 그 의사가 자랑스러웠다. 그 의사도 마샤처럼 남자들의 세상에서 으뜸가는 전문가가 됐다. 더구나 키가 컸다. 마샤만큼이나 키가 크다는 사실이 마샤에겐 중요하게 여겨졌다. 그래서 식습관이건 운동이건 흡연이건, 그 의사가 심장마비 위험을 줄여줄 방법을 말할 때 열렬히 귀를 기울였다. "심장을 당신 머리의 희생자로 만들지 말아요"라고 했을 땐 고개를 깊이 끄덕였다. 그 의사는 마샤가 몸 상태만큼이나 마음 상태도 중요하다는 사실을 이해하길 바랐다.

"심장외과 병동에서 근무하는 첫해엔 '수염 징후'라는 걸 알게 돼요. 수염도 안 깎을 만큼 외모를 관리하지 않는 남자 환자는 회복률이 좋지 않다는 거예요. 그러니까 반드시 스스로를 돌봐줘야 해요."

바로 다음 날 마샤는 몇 년 만에 다리털을 깎았다. 그 의사가 알려준 심장재활운동 프로그램에도 등록했고, 그곳에 등록한 그 누구보다 큰 성과를 거두겠다고 결심했다. 직장에서 생기는 모든 문제를 해결하려고 덤비던 그 투지로 건강에 문제를 일으키는 온갖 말썽에 전투적으로 임했고, 모든 기대를 뛰어넘는 엄청난 성취를 이뤄냈다. 수술을 받은 이후 처음으로 건강검진을 받았을 때 그 의사는 "세상에, 이럴 수가"라며 놀라움을 금치 못했다.

마샤는 단 한 번도 맥이 빠져본 적이 없었다. 마샤는 새로운 마샤를 창조해냈다. 모두 그 키 크고 매력적인 의사 덕분이었다. 호수에서 있던 그 젊은 남자 때문이었다.

"내 여동생도 죽을 뻔했습니다. 말을 타고 있었죠. 동생도 사고가 난 뒤에 바뀌었어요. 직업도 바꾸고 모든 걸 바꿨습니다. 정원도 열심히 가꾸더군요."

토니가 말하며 불안한 표정으로 마샤를 봤다.

"전 맘에 안 들었습니다."

"정원을 가꾸는 게 맘에 안 들었다고요?"

마샤가 살짝 놀리자 토니는 반쯤 웃는 듯한 표정을 지었다. 마샤는 훨씬 매력적인 남자의 모습을 잠시 봤다.

"아마 동생이 바뀌는 걸 원치 않았던 것 같습니다. 왠지 모르는 사람이 되는 것처럼 느껴졌으니까요. 나로서는 이해할 수 없는 어떤 일을 겪는 기분이었어요."

"누구나 자신이 이해하지 못하는 일엔 두려움을 느끼죠. 나도 전에는 사후 세계를 믿지 않았어요. 하지만 이젠 믿어요. 그래서 더 나은 삶을 살게 된 거예요."

"그렇군요. 알겠습니다."

마샤는 다시 기다렸다.

"아무튼……."

토니는 길게 숨을 내쉬면서 할 일은 다 끝났다는 듯 허벅지를 톡톡 두드렸다. 토니는 이제 마샤에게 관심이 없는 것 같았다. 하지만 그런 건 문제가 되지 않았다. 앞으로 스물네 시간 안에 마샤는 토니에 관해 더 많은 걸 알게 될 테고, 토니도 스스로에 관해 미처 몰랐던 사실들을 알게 될 것이다.

한 손으로 바지를 추어올리며 나가는 토니를 보면서 마샤는 기분 좋은 고요함에 둘러싸였다. 마지막 남은 의심들이 사라졌다. 그건 아마도 아들을 생각했기 때문인지도 몰랐다. 위험은 이미 알고 있었다. 그 위험들은 정당화될 수 있을 것이다. 위험을 감수하지 않는 사람은 정상에 오를 수 없는 법이니까.

. 26 .

나폴레옹

평온의 집에 아침이 밝고 있었다. 이제 닷새째 되는 날이었다. 나
폴레옹은 '야생마의 갈기를 가르는 동작'을 양쪽으로 세 번씩 실시
했다. 나폴레옹은 이 동작이, 물 흐르듯 움직이는 태극권이 좋았다.
무릎을 구부릴 때는 자동차 바퀴가 자갈 위를 구르는 것 같은 소리
가 나긴 했지만 말이다. 물리치료사는 나폴레옹 연령대 사람들은
모두 그런다며 무릎에서 나는 소리는 염려할 필요가 없다고 했다.
그저 중년의 연골은 그런 거라고 했다.

야오는 초록색 실내복을 입고 반원 모양으로 자신을 둘러싼 손
님들이 동작을 취할 수 있도록 조용하고 차분하게 다음 동작을 불
러줬다. 이제 사람들은 어디든지 자연스럽게 실내복을 입고 돌아다
녔다. 야오 뒤에 보이는 지평선 위로 열기구들이 마치 그림처럼 떠
있었다.

나폴레옹과 헤더도 아이가 태어나기 전에, 그러니까 아주 오래전
에 와인도 마시고 골동품 가게도 들렀던 낭만적인 여행을 떠난 적
이 있었다. 재미있게도 사람들은 아이가 태어나면 인생이 영원히
바뀌었다고 생각한다. 물론이다. 분명히 부모가 된 사람들의 인생
은 엄청나게 바뀐다. 하지만 그 변화는 아이를 잃은 뒤에 찾아오는
변화와는 비교도 할 수 없다.

마샤, 그 놀랍도록 날씬하고 건강해 보이는 여자는 자기 일에 열정을 가진 게 분명했다(헤더는 열정을 믿지 않았고 조이는 열정 때문에 당황할 수밖에 없는 어린 나이였지만, 나폴레옹은 열정은 훌륭한 것이라고 생각했다). 첫날 마샤가 이곳에서의 경험이 사람들을 전혀 상상하지 못했던 방식으로 바꿔놓을 거라고 했을 때, 나폴레옹은 평소의 그답지 않게 냉소적이었다. 왜냐하면 나폴레옹과 가족들은 이미 한 번도 상상하지 못했던 방식으로 인생이 완전히 바뀌어버렸으니까. 세 사람에게 필요한 것은 평화와 고요, 그리고 식생활 개선뿐이었다.

당신의 열정을 존중하고 그 열정에 경의를 표하지만 우린 더는 바뀌고 싶지 않고 변화를 원하지도 않습니다.

"학이 날개를 활짝 폅니다."

야오의 말에 모두 우아하게 두 팔을 활짝 폈다. 정말 아름다운 모습이었다. 나폴레옹은 아내와 딸이 팔을 들어올리는 모습을 봤다. 집중할 때 두 사람은 다람쥐처럼 아랫입술을 잘근잘근 씹는 버릇이 있었다.

옆에 있는 남자의 무릎에서도 자갈 긁히는 소리가 들리자 나폴레옹은 괜히 기분이 좋아졌다. 그 남자는 적어도 나폴레옹보다 열 살은 어려 보였으니까. 게다가 믿을 수 없을 만큼 잘생겼다. 헤더도 이 남자의 잘생긴 얼굴을 보고 있는지 궁금해 나폴레옹은 아내의 얼굴을 흘긋 쳐다봤다. 그녀의 눈은 인형의 눈처럼 흐리멍덩했다. 분명히 그녀 안의 깊고 슬픈 곳에서 헤매고 있는 게 분명했다. 헤더는 망가져버렸다.

헤더는 늘 연약했다. 섬세한 도자기 같았다. 처음 만났을 때 나폴레옹은 헤더가 함께 축구나 캠핑을 해도 좋을 기운차고 재미있고 거침없고 운동 능력이 뛰어난 여자라고 생각했다. 그 생각은 옳았다. 헤더는 정말로 그런 여자였다. 늘 운동을 했고 캠핑을 좋아했다. 세심한 관심을 필요로 하거나 끊임없이 애정을 갈구하는 사람이 아니었다. 그 반대였다. 헤더는 자신이 누군가를 필요로 한다거나 뭔가를 필요로 하는 사람임을 결코 인정하지 않았다. 처음 데이트를 시작했을 때 헤더는 혼자 책장을 옮기다 발가락을 부러뜨린 적이 있었다. 나폴레옹이 가까이 있었는데도 헤더는 도움을 거절했다. 헤더에겐 스스로 해내는 일이 중요했다.

강인한 모습 밑에 숨어 있던 연약함은 천천히, 이상한 방식으로 모습을 드러냈다. 특정 음식을 향한 독특한 태도는 그저 소화기관이 민감하기 때문이라고 생각할 수도 있었다. 하지만 대화가 감정적으로 치달으면 눈을 마주치지 못했고, 한 대 맞을 준비를 하는 것처럼 턱에 잔뜩 힘을 줘야만 "사랑해"라고 말할 수 있었다. 헤더에겐 분명히 연약한 부분이 있었다. 그런 헤더를 보면서 나폴레옹은 낭만적이게도 그 연약하고 작은 심장을 손안에 잡힌 작은 새처럼 언제까지나 지켜줄 수 있으리라고 생각했다. 사랑과 테스토스테론으로 가득 차 있던 젊은 나폴레옹은 자신의 여인을 나쁜 남자들에게서, 무거운 가구에게서, 속을 불편하게 만드는 음식에게서 지켜줄 수 있으리라 생각했다.

기이하고 무심한 헤더의 부모님을 처음 만났을 때 나폴레옹은 그녀가 충분한 사랑을 못 받고 자랐음을 알았고, 충분히 받아야 할 뭔가를 받지 못한 사람은 그것을 절대로 못 믿는다는 사실을 이해했다. 헤더의 부모님은 딸을 학대하진 않았지만 함께 있는 사람이 으스스 떨릴 만큼 차가웠다. 나폴레옹은 자신이 시범을 보이면 헤더의 부모님도 자신처럼 그녀를 사랑하는 방법을 익힐 수 있다는 듯, 과도하게 애정을 표현했다. "이 옷을 입으니까 헤더 정말 멋지지 않습니까?" "헤더가 조산술 시험에서 1등 한 거 아십니까?" 헤더가 입 모양으로 그만하라고 말한 날 이후 나폴레옹은 헤더 부모님 앞에서 더 이상 말로 그녀를 치켜세우지 않았다. 대신 평소보다 훨씬 더 많은 스킨십을 했다. 당신은 사랑받고 있어. 사랑받고 있어. 정말 아주 많이 사랑받고 있다고 알려줬다.

그때는 너무 어리고 행복해서 사랑만으론 충분치 않다는 사실을 미처 몰랐다. 너무 어려서 인생은 온갖 방법으로 사람을 망가뜨릴 수 있음을 알지 못했다. 아들의 죽음은 헤더를 무너뜨렸다. 아마도 모든 아들의 죽음은 모든 어머니를 무너뜨릴 것이다.

내일은 아들의 기일이었다. 나폴레옹은 그 어두운 그늘을 느낄 수 있었다. 일 년 중 어느 하루를 끔찍하게 두려워한다는 건 비이성적이었다. 내일은 그저 아주 슬픈 날, 어쨌거나 절대로 잊을 수 없는 하루일 뿐이다. 사랑하는 사람의 기일이 되면 다들 이런 감정을 느낀다. 나폴레옹은 이런 감정이 정상이라고 자신을 다독였다. 작년에도 이렇게 세상이 곧 끝장날 것 같은 기분을 느꼈다. 그러니까 이런 기분이 든다는 건 앞으로 같은 일이 일어나리라는 걸 알고 있는 것, 이미 알고 있는 이야기를 읽는 것과 같은 일일 뿐이었다.

나폴레옹은 이곳에서 쉬면서 이번 기일은 차분하게 맞을 수 있기를 바랐다. 평온의 집은 경이로운 곳이었다. 평화로웠고, '평온'했으며, 직원들은 모두 친절해서 손님들을 최선을 다해 보살펴줬다. 하지만 나폴레옹은 겁이 났다. 어제 저녁에는 식사를 하는데 다리가 지독하게 떨리기 시작했다. 결국 한 손으로 허벅지를 꾹 눌러야 했다. 왜 그런 걸까? 기일이 다가오니까? 아니면 말을 하지 못해서? 말을 못해서인지도 몰랐다. 하루 종일 생각하고 기억하고 후회하며 지내야 하는 시간들이 싫었다.

야오와 함께 몸을 움직이는 동안 해가 솟아올랐다. 나폴레옹은 물건을 몰래 들여왔다가 빼앗긴 거대하고 두툼한 남자의 옆모습을 봤다. 처음엔 문제를 일으킬 사람 같았기에, 교사의 눈으로 그를 지켜봤지만 이젠 진정이 된 것 같았다. 저 남자는 일 년 내내 말썽을 피울 강적을 만났다는 생각이 들게 하지만 결국엔 좋은 아이임이 밝혀지는 학생과 같았다. 남자의 옆모습을 보고 있자니 왠지 과거에 알던 사람 같았다. 혹시 어릴 때 좋아하던 TV 프로그램에 나왔던 배우일까? 남자를 보면서 기분이 좋아지는 것으로 보아 분명히 좋은 기억일 텐데 어떤 기억인지는 도무지 알 수가 없었다.

아주 먼 곳에서 채찍새가 울었다. 나폴레옹은 채찍새의 울음소리를 사랑했다. 채찍을 휘두르는 것처럼 길고 경쾌한 소리는 분명히 오스트레일리아의 풍경을 이루는 한 요소였다. 채찍새의 울음소리가 오스트레일리아 사람들의 영혼에 자리 잡고 있으며, 저 소리를 듣지 못하면 얼마나 그리워하게 되는지는 이 나라를 떠나봐야 깨달을 수 있다.

"원숭이 물리치기 동작을 합니다."

야오가 말했다.

'원숭이 물리치기' 동작을 하면서 나폴레옹은 삼 년 전 일을 떠올렸다. 삼 년 전 오늘, 바로 이 시간이었다. 그러니까 잭이 죽기 바로 전날이었다. 그때 나폴레옹은 잠에서 덜 깬 아내와 결혼생활에서 마지막으로 사랑을 나눴다(나폴레옹은 앞으로 더는 섹스를 못할 거라고 생각했다. 완전히 포기한 건 아니지만. 헤더가 준비가 된다면 그는 분명히 그 사실을 알아챌 것이다. 그저 한 번 보는 것만으로도 알 수 있을 것이다. 물론 이해했다. 이제 섹스는 싸구려 같고 추잡하고 지저분하게 느껴졌다. 하지만 그는 여전히 그 싸구려 같고 추잡하고 지저분한 섹스를 갈망할 것이다). 헤더는 다시 잠이 들었다. 예전에 헤더는 다시 잠드는 걸 좋아했다. 나폴레옹은 조용히 집에서 나와 바다로 나갔다. 그 긴 여름방학 내내 나폴레옹은 자동차 지붕에서 서프 스키를 내리지 않았다.

집으로 돌아왔을 땐 잭이 셔츠도 입지 않은 채 싱크대 앞에서 아침을 먹고 있었다. 잭은 늘 셔츠를 입지 않았다. 빗지 않은 머리는 엉긴 채 삐쭉 솟아 있었다. 고개를 들어 아빠를 본 잭은 씩 웃으면서 "우유 없어"라고 말했다. 자신이 다 먹었다는 뜻이었다. 잭은 내일은 아빠랑 같이 바다에 나갈 수도 있을 거라고 했다. 그 뒤로 나폴레옹은 정원을 가꾸고 수영장을 청소하면서 몇 시간을 보냈고, 잭은 친구 크리스와 함께 해변으로 나갔고 여자들도 밖으로 나갔다. 헤더는 일하러 갔고 조이는 파티에 갔다.

잭이 집에 왔을 때 나폴레옹은 아들과 함께 먹을 갈비를 구웠다. 저녁식사 뒤에는 수영장에서 같이 수영을 하고 오스트레일리아 오픈 테니스 대회와 세레나가 우승할 확률에 관해 대화를 나누고 음모론을 얘기했다(잭은 음모론을 좋아했다). 잭은 크리스가 소아과 전문의가 되고 싶다는 말을 했다고 했다. 그렇게 구체적으로 꿈을 말할 수 있다는 사실에 놀랐다고도 했다. 잭은 앞으로의 인생은커녕 당장 내일 하고 싶은 일도 몰랐으니까. 나폴레옹은 아들에게 그래도 괜찮다고 말했다(나폴레옹은 분명히 괜찮다고 말했다. 정말로 그렇게 말했는지를 천 번도 넘게 확인하고 또 확인했다). 직업을 정할 시간은 아직 많았고, 더구나 이젠 처음부터 한 가지 직업을 확고하게 정해서 살아가는 사람도 없으니까. 그러고선 오스트레일리아 오픈 테니스 대회를 기념하며 탁구를 쳤다. 탁구는 테이블 테니스니까. 세 판 중에 나폴레옹이 두 판을 이겼다.

그런 다음엔 영화 〈로얄 테넌바움〉을 봤다. 아들과 아빠 모두 그 영화를 사랑했다. 두 사람은 정말 많이 웃었다. 두 사람은 영화를 보면서 늦게까지 자지 않았다. 다음 날 아침 나폴레옹이 피곤했던 건 그 때문이었다. 나폴레옹이 조금 더 자려고 알람의 '나중에 다시 울리기' 버튼을 누른 건 그 때문이었다. 그 찰나의 순간에 내린 결정을 나폴레옹은 죽을 때까지 후회할 것이다.

나폴레옹은 그날의 모든 일을 완벽하게 알고 있었다. 살인 사건의 증거를 샅샅이 뒤지는 형사처럼 기억을 점검하고 또 점검했으니까. 자신의 손이 스마트폰을 들고 엄지로 나중에 다시 울리기 버튼을 누르던 모습을 보고 또 봤으니까. 다른 생에서는 다른 결정을, 옳은 결정을 하는 또 다른 나폴레옹을 보고 또 봤으니까. 나중에 다시 울리기 버튼 따위에는 손도 대지 않고, 알람을 끄고 곧바로 일어나는 나폴레옹을 보고 또 봤으니까.

"새 꼬리 잡기 동작을 합니다."

야오가 말했다.

잭을 발견한 건 헤더였다. 그날 아침, 헤더는 나폴레옹이 한 번도 들어보지 못한 비명을 질렀다. 그는 계단을 뛰어올라가던 일을 기억했다. 그 시간은 전 생애가 다 지나가는 것 같았고 진흙 속에서 뛰어가고 있는 것 같았고 사실은 꿈에서 뛰고 있는 것 같았다.

잭은 새로 산 허리띠로 올가미를 만들었다. 몇 주 전에 헤더가 크리스마스 선물로 R. M. 윌리엄스에서 사온 갈색 가죽 허리띠였다. 우습게도 99달러짜리 허리띠였다. "뭐가 이렇게 비싸?" 헤더가 허리띠를 보여줬을 때 나폴레옹은 그렇게 말했다. 비닐봉지에서 영수증을 꺼내며 두 눈을 크게 떴던 사실을 분명히 기억했다. 나폴레옹의 말에 헤더는 어깨만 으쓱했다. 잭은 그 허리띠를 처음부터 맘에 들어 했다. 헤더는 크리스마스 때는 언제나 무리를 했다.

네가 엄마를 망가뜨렸어, 녀석아. 그 녀석은 쪽지 한 장 남기지 않았다. 왜 그런 행동을 했는지 아무 설명도 하지 않는 쪽을 택했다.

"산 위로 호랑이를 옮기는 동작을 합니다."

잭보다 열 살 정도밖에 많지 않을 젊은 야오가 말했다. *잭이라면 이런 곳에서 일해도 됐을 텐데. 잭이라면 머리를 길게 기를 수도 있었을 텐데. 요즘 젊은이들은 누구나 기르는 턱수염을 길렀다면 멋져 보였을 텐데. 그 녀석은 멋진 삶을 살았을 테고, 기회도 많았을 텐데. 머리도 좋고 잘생기고 금발이니까. 손도 멋졌고. 무역업을 할 수도 있었을 테고, 법을 배우거나 의사가 되거나 건축가가 될 수도 있었을 텐데. 여행도 다닐 수 있었을 테고. 마약도 할 수 있었을 텐데. 왜 마약 할 생각을 안 한 걸까? 계속 나쁜 선택을 하지만 돌이킬 수 없는 나쁜 선택은 안 하는 아들이라면 얼마나 좋았을까? 마약을 하고, 마약을 팔고, 감옥에 가고, 그냥 탈선하는 아들 말이다. 그런 아들이었으면 어쨌든 다시 제대로 살아갈 수 있게 해줬을 텐데.*

잭은 한 번도 자기 차를 가져본 적이 없었다. 어째서 자기 차를 소유하는 즐거움을, 그 끝내주는 즐거움을 알기도 전에 죽는다는 선택을 한 거니? 나폴레옹 앞에 있는 젊은 남자가 람보르기니를 몰고 온 게 분명했다. 잭은 채찍새와 람보르기니, 다리가 긴 아가씨, 햄버

거가 잔뜩 있는 아름다운 세상에 등을 돌리는 걸 선택했다. 엄마한 테 받은 선물을 살인 무기로 사용했다. 그건 정말 *나쁜* 선택이었어, 아들. 그런 일을 하는 건 잘못된 거야. 정말로 나쁜 선택이었어.

나폴레옹은 어떤 소리를 들었고, 그것이 자신이 내는 소리임을 깨달았다. 조이가 아빠를 돌아보고 있었다. 나폴레옹은 딸을 안심시키려고 웃어 보였다. *난 괜찮아, 조이. 그냥 네 오빠한테 고함을 지르고 있었을 뿐이야.* 나폴레옹의 눈앞이 뿌옇게 흐려졌다.

"해저에 바늘을 꽂는 동작입니다."

우리 아들. 우리 아들. 우리 아들. 나폴레옹은 망가지지 않았다. 잭 때문에 죽을 때까지 슬퍼하겠지만 장례식이 끝난 주에 나폴레옹 은 결심했다. *난 망가지지 않을 거야.* 아내와 딸 옆에서 두 사람이 모든 일을 견딜 수 있도록 치유해줘야 하는 건 자신이었으니까. 그 래서 여러 논문을 찾아 연구했고, 온라인으로 책을 사서 한 글자도 빠짐없이 읽었고 팟캐스트를 다운받고, 연구 자료를 검색했다. 일 요일마다 그의 어머니가 미사에 나갔던 것 같은 믿음을 갖고 매주 화요일 밤이면 자살한 자녀를 둔 부모 모임에 나갔고, 지금은 그 모 임을 이끌고 있다.

헤더와 조이는 나폴레옹이 말이 너무 많다고 생각하지만 그래야 만 하는 사회적인 상황에서나 그랬다. 화요일 밤 모임에서는 거의 한 마디도 하지 않았다. 고통이 해일처럼 밀려와 온몸을 덮치는 동 안에도 몸 한번 움찔하지 않았다. 나폴레옹은 학부모 모임이나 학 교에 가서 강연을 했고, 라디오 방송에 나가 인터뷰를 했고, 온라인 뉴스레터를 편집했고, 자금을 모으는 일을 도왔다.

"새로운 취미지, 뭐."

어느 날 밤 나폴레옹은 헤더가 전화 통화를 하면서 하는 말을 들었다. 헤더가 누구와 통화하는지는 알지 못했다. 하지만 그 말은, 그 말투는 절대로 잊히지 않았다. 헤더의 말투엔 미움이 담겨 있었다. 그래서 마음이 아팠다. 나폴레옹이 찾아나선다면 아마 그의 마음속에도 미움이 있을 것이다. 행복한 결혼생활의 비결은 그러니까 마음속에 있는 걸 찾아나서지 않는 것이다.

나폴레옹은 하늘을 향해 가느다란 팔을 동그랗게 뻗어 '생명력을 지배하는 동작'을 하는 헤더를 봤다. 헤더의 심장은 고통스러울 만큼 연약했다. 헤더는 치유될 수 없을지 몰랐다. 헤더는 모든 노력을 거부했다. 헤더는 단 한 번을 빼면 부모 모임에 나가지 않았다. 다른 부모들이 아들을 잃은 얘기를 듣고 싶어 하지 않았다. 잭은 그들의 바보 같은 아들들보다 월등히 뛰어났다고 믿었으니까. 물론 나폴레옹도 잭이 그들의 바보 같은 아들들보다 훨씬 뛰어났다고 믿었다. 하지만 헤더에게 한 번도 같이 가자고 말하지 않은 그 모임에 기여하고 있다는 사실에서 위로를 받고 있는 것도 사실이었다.

"다시 한 번 학이 날개를 활짝 펴는 동작을 합니다."

어떤 조짐도 없는 경우도 있다. 화요일 모임에 새로 참석한 슬픈 부모들에게 나폴레옹이 늘 해주는 말이었다. 십대들은 한 순간의 충동 때문에 목숨을 끊는 경우가 많다는 연구 결과도 말해준다. 많은 아이들이 고작 여덟 시간 정도만 고민하고 목숨을 끊는다. 고작 오 분만 생각해보고 재앙을 선택하는 바보 같은 아이들도 있다.

나폴레옹은 다른 얘기는 하지 않았다. 자살한 아이들을 연구한 결과에서 알게 된 다른 내용은 말하지 않았다. 자살을 시도했다가 생존한 아이들은 약을 삼켰거나 높은 곳에서 뛰어내렸거나 손목을 그었거나 했을 때 가장 먼저 떠오른 생각이 '어떻게 해. 나 지금 뭘 한 거지?'였다고 말하는 경우가 많다는 것, 자살을 시도했지만 살아 남은 아이들은 그 뒤로 완전히 바뀌어서 정신과 치료를 거의 받지 않아도 행복하게 살아가는 경우가 많다는 것, 어떤 방법으로든 자살 시도가 좌절되거나 자살 수단이 사라지면 자살하고 싶은 마음도 점점 사라져서 다시는 돌아오지 않는다는 건 말하지 않았다. 영국 에서 석탄가스가 사라졌을 때 사람들이 충동적으로 오븐에 머리를 넣지 못하자 음침하고 무시무시한 충동이 지나갈 여유가 생겨 자살 률이 3분의 1로 떨어졌다는 사실도 말하지 않았다. 아이를 잃기까 지 얼마나 많은 나쁜 운이 개입했는지 아는 건 슬픈 부모에게 도움 이 안 된다고 생각했다. 슬픈 부모에게 필요한 건 많은 시간을 방해 받는 일, 전화 통화, 정신없는 일상일 뿐인지도 몰랐다.

나폴레옹은 알고 있었다. 잭은 충동적으로 그런 결정을 했다. 전 적으로 충동일 뿐이었다. 잭은 앞으로 일어날 일을 전체적으로 생 각하는 아이가 아니었다. 자기 행동이 불러올 결과를 생각하는 아 이가 아니었다. 잭은 마음이 가는 대로 순간을 사는 아이였다. 뭘 하든 그 순간에만 집중하는 아이였다. 어제도, 내일도 없었다. 그저 지금만이 있었다. '지금 이게 하고 싶어, 그러니까 당장 할 거야'라 고 생각하고 행동하는 아이였다.

해변에서 파도를 쫓아다니면 새로 산 운동화가 젖을 거야. 그럼 하루 종일 젖은 신발을 신고 다녀야 한단 말이야. 밖에 꽃가루가 많 이 날리니까 뛰어다니면 안 돼(집에 있어야 한다고 말하는 거야). 뛰었다 가는 천식이 도질 거야. 생명은 포기하면 안 되는 거야. 다신 돌아 오지 못하고 죽어버린단 말이야, 꼬마야.

"잭, 생각 좀 해!"

나폴레옹은 여러 번 그렇게 소리쳤다.

나폴레옹이 나중에 다시 울리기 버튼을 누르지 않고 계획대로 일어나 잭의 방문을 두드리면서 파도 타러 가자고 말하기만 했다면, 아내는 저렇게 망가지지 않았을 테고 딸은 여전히 욕실에서 노래를 부르고 있을 테고 아들은 스물한 번째 생일을 축하받고 있었을 것이다.

나폴레옹은 남자애들을 잘 알고 제대로 이해하는 사람이어야 했다. 오랫동안 가르쳤던 남자애들이 보낸 카드와 편지가 서랍 가득 들어 있었고, 학부모들은 나폴레옹이 특별하다고, 나폴레옹이 자신들의 삶에 정말 특별한 일을 해줬다고, 나폴레옹을 절대로 잊지 못할 거라고, 나폴레옹 덕분에 아들이 위태로운 벼랑 끝에서, 잘못된 길에서 벗어날 수 있었다고, 정말로 멋진 마르코니 선생님께 영원히 감사할 거라고 했다.

그런 마르코니 선생님이 자신의 아들은 제대로 이끌지 못했다. 이 세상에서 유일하게 중요한 남자애를 놓치고 만 것이다. 왜 그렇게 됐는지 일 년 동안 답을 찾아다녔다. 잭의 모든 친구에게, 모든 팀 동료에게, 모든 선생님에게, 모든 운동부 감독에게 답을 물었다. 그러나 그 누구도 답을 제시해주지 못했다. 더는 알 수 있는 게 없었다.

"뒤쪽으로 부채질 동작을 합니다."

나폴레옹은 '뒤쪽으로 부채질' 동작을 하면서 근육이 쫙 펴지고 있음을, 따뜻한 햇살이 얼굴에 내리쬐고 있음을 느꼈다. 그리고 경솔하게도 뺨을 타고 흐르는 눈물에서 나는 바다의 맛을 느꼈다. 하지만 절대로 무너지지 않을 생각이었다.

. 27 .

조이

아빠의 얼굴을 타고 눈물이 흘러내리고 있었다. 아빠는 자신이 울고 있다는 사실을 알까? 아빠는 자기도 모르게 난 상처에서 피가 나는 것처럼 자기도 모르게 우는 일이 많았다. 마치 아빠의 몸이 아빠도 모르게 슬픔을 배출하고 있는 것 같았다.

"하늘을 만지는 동작을 합니다."

조이는 야오를 따라 우아하게 팔을 내두르며 이번엔 엄마 쪽으로 몸을 향했다. 엄마의 얼굴에 난 깊은 틈을 보자 그 끔찍한 날 아침에 엄마가 울부짖던 소리가 또다시 들려왔다. 마치 덫에 갇힌 동물이 부르짖는 소리 같았다. 그 비명소리는 날카로운 면도날처럼 조이의 인생을 찢어버렸다.

내일이면 삼 년이 된다. 내일은 좀 더 편한 마음으로 기일을 맞을 수 있을까? 내일도, 아니, 내년에도 똑같을 거였다. 상황이 나아질 거라는 희망을 품을 수 없었다. 이미 조이는 두 번의 기일을 겪어봤다. 집으로 돌아가면 모든 게 그대로 반복될 것이다.

부모님은 몸을 황폐하게 만드는 끔찍한 불치병에 걸려 있는 것 같았다. 폭행을 당하고 있는 것 같았다. 누가 야구방망이를 들고 부모님을 쫓아다니는 것만 같았다. 슬픔이 육체에 그토록 크게 영향을 미칠 수 있다는 사실을 전에는 몰랐다. 잭이 죽기 전에는 슬픔은 머릿속에서만 일어나는 일이라고 생각했다. 슬픔이 온몸을 아프게 해서 소화도 안 되고 생리주기도 흐트러지고 잠도 못 자고 피부도 나빠진다는 사실을 전혀 몰랐다.

가끔은 무슨 일인지도 모를 일들을 견뎌내기만 하면 상황이 나아질 것처럼 참고 지내야 한다는 느낌이 들었다. 그래봐야 절대로 벗어날 수도 없으며 더 나아지지도 않을 테고, 조이는 끝까지 잭을 용서할 수 없을 테지만 말이다. 잭의 죽음은 정말로 엿 같았다.

"그래도 너흰 그렇게 친한 사이는 아니었잖아."

카라의 목소리가 머릿속에서 울려퍼졌다. 그래도 너흰 그렇게 친한 사이는 아니었잖아. 그래도 너흰 그렇게 친한 사이는 아니었잖아. 그래도 너흰 그렇게 친한 사이는 아니었잖아.

. 28 .

헤더

태극권을 하는 동안 나폴레옹이 눈물을 흘렸다는 사실을 헤더는 알지 못했다. 그때 헤더는 지난주에 있었던 일을 생각하고 있었다. 두 남자아기가 태어나는 걸 도운 길고 힘들었던 밤근무를 끝낸 뒤에 생긴 일이었다. 갓 태어난 남자아기를 안고서 그 슬프고도 영리한 눈을 볼 때면 어쩔 수 없이 잭이 생각났다. 아기들은 아름다운 진리를 배울 수 있는 다른 세상에서 건너온 것처럼 모두 현명한 얼굴을 하고 있었다.

근무가 끝난 뒤 카페에서 주문한 커피를 받으러 가다 헤더는 아는 얼굴을 발견했다. 미처 도망갈 시간도, 못 본 체할 수 있는 기회도 없었다. 헤더는 그 사람이 누구인지 알았다. 축구부 엄마 가운데 한 명이었다. 잭이 그만두기 전에 함께 축구를 했던 아이의 엄마였다. 리사인가 하는 이름의 상냥하고 쾌활한 엄마였다. 못 본 지 몇 년이나 된 엄마였다.

그 엄마는 헤더를 보자마자 얼굴이 환하게 빛났다. *아, 나 당신 알아요!* 하는 얼굴이었다. 하지만 많은 이들이 그렇듯이 얼굴이 금세 어두워졌다. 소문을 들은 것이다. 그 엄마의 표정에서 속마음을 그대로 읽을 수 있었다. *맞다, 저 사람. 그 엄마잖아. 어떻게 해. 눈이 마주쳤어.*

헤더를 피해 황급히 길을 건너는 사람도 있었다. 그런 사람을 몇 번이나 봤다. 움찔하는 사람도 있었다. 그들은 헤더의 가족이 극도로 불쾌하고 수치스러운 존재인 양 말 그대로 움찔했다. 하지만 이 엄마는 용감했다. 고개를 숙이지도 숨지도 못 본 체하지도 않았다.

"잭 얘기는 들었어요. 정말 안됐어요."

그 엄마는 목소리도 낮추지 않은 채 잭의 이름을 말했다.

"고마워요."

헤더에게는 커피가 너무나도 필요했다. 헤더는 그 엄마 옆에 목발을 짚고 선 젊은이를 봤다.

"넌…… 저스틴이구나."

그 순간 토요일 아침에 축구장에서 있었던 일들이 기억났고, 갑자기, 아무 경고도 없이 헤더의 가슴속에서는 이 아이를 향한, 살아 있는 이 바보 같은 아이를 향한 분노가 폭발했다.

"그래, 기억나. 잭한테 절대로 패스를 안 하던 애였지."

저스틴은 영문을 몰라 입을 벌린 채 헤더를 봤다.

"넌 잭한테 절대로 공을 주지 않았어. 왜 그랬니?"

헤더는 리사를 봤다.

"애한테 우리 잭에게 공을 주게 했어야죠."

헤더의 목소리는 공공장소에서는 용납할 수 없을 정도로 컸다. 헤더가 폭발할 때면 사람들은 대부분 그 자리를 황급히 떠날 것이다. 아들이 죽었대도 이렇게 무례하게 굴 수는 없어요, 라며 받아치는 사람도 있을 것이다. 하지만 리사는, 헤더로서는 거의 알지도 못하는 이 엄마는, 축구장에서 잭이 천식으로 발작이 일어났을 때 조이를 데리고 자기 집에서 점심까지 먹인 이 엄마는(그 사실은 지금 기억났다) 그저 슬픈 얼굴로 조용히 헤더를 보며 말했다.

"그래요, 헤더. 내가 그랬어야 했어요."

그러자 저스틴이, 잭과 축구를 할 때는 고작 아홉 살이던 남자애가 굵은 젊은 남자의 목소리로 말했다.

"잭은 훌륭한 스트라이커였어요, 마르코니 부인. 제가 더 많이 패스를 했어야 했어요. 그때는 정말로 제가 패스 능력이 없었어요."

그날, 그 젊은 남자는 관대하고 친절하고 성숙했다. 헤더는 그 남자의 얼굴을 똑바로 쳐다봤다. 코에는 주근깨가 남아 있고 입가에는 짧고 굵은 수염이 자라고 있었다. 헤더의 눈앞에 아들의 생애 마지막 날에 봤던 기괴한 얼굴이 떠올랐다.

"정말 미안하다."

헤더는 떨리는 목소리로 작게, 정말로 후회하면서 말했다. 그녀는 두 사람과 눈을 마주치지도 않고 커피도 내버려둔 채 카페를 나왔다. 또다시 자신에게 돌려야 할 분노를 다른 사람에게 쏟아낸 것이다.

"뱀이 풀밭을 기어가는 동작을 합니다."

헤더는 잭의 방에 앉아 있는 자신을, 협탁 서랍을 열고 있는 자신의 손을 봤다. 풀밭을 기어가는 뱀은 헤더 자신이었다.

· 29 ·

프랜시스

침묵이 깨질 명상실을 향해 프랜시스가 열정을 갖고 계단을 내려갈 때, 오후 3시가 다 돼가고 있었다. 어제 저녁을 먹은 뒤로 단단한 음식을 먹지 못했기에 배가 너무 고팠다. 아침과 점심에 식사 시간을 알리는 종소리를 듣고 식당에 갔을 때는 식탁이 아니라 벽 선반에 이름표와 스무디가 놓여 있었다. 아주 정성껏 마셨지만 미처 깨닫기도 전에 스무디는 사라져버렸고, 프랜시스의 위는 당혹스러울 만큼 큰 소리로 꼬르륵대기 시작했다.

음식이 그리웠다. 아니, 음식 자체는 크게 그립지 않았지만 음식을 먹는 그 시간이 그리웠다. 집이었다면 바쁘게 일하느라 몇 끼 정도는 가볍게 건너뛸 수도 있었을 것이다(사실 프랜시스가 밥을 건너뛴 적은 없었다. 그녀는 언제나 "점심 먹는 걸 깜빡했어"라는 말을 이해하지 못했으니까). 하지만 평온의 집에서는, 그것도 침묵을 해야 할 때는 식사 시간이 하루를 보내는 데 아주 중요한 역할을 했다. 프랜시스는 해먹에 누워서 책을 읽으며 허기를 달래보려 했지만, 책 내용이 이상한 방향으로 흘러갔기 때문에 배가 빈 상태로는 도저히 책을 읽을 수가 없었다.

명상실에 들어서자 프랜시스는 영혼이 고양되는 것 같았다. 전등은 모두 꺼져 있고 촛불들이 어둠을 밝히고 있었다. 아주 시원했고 에센스 오일 버너에서 진한 미스트가 뿜어나오고 있었고, 보이지 않는 스피커에서는 등골이 오싹할 정도로 으스스한 음악이 흘러나오고 있었다. 고맙게도 평온의 집은 분위기에 관해서도 꽤 노력해줬다.

프랜시스는 야영지에서 쓸 법한 간이 침대가 쭉 놓여 있고, 침대 위엔 담요와 베개가, 베개 위엔 헤드폰과 안대가 있는 걸 봤다. 베개 옆엔 물병도 있었다. 마치 긴 비행을 위해 세심하게 준비해둔 비즈니스석 같았다. 명상실 한가운데에 마샤와 야오와 딜라일라가 양반다리를 하고 앉아 있었다. 마르코니 가족과 극도로 잘생긴 남자도 있었다.

"잘 왔어요. 이리 와서 모두 동그랗게 모여 앉으세요."

마샤가 프랜시스와 그 뒤를 따라 들어온 사람들에게 말했다. 마샤는 웨딩드레스 같기도 하고 나이트가운 같기도 한, 소매가 없고 레이스가 달린 길고 하얀 새틴 드레스를 입고 있었다. 눈 화장을 하고 있었기에 안 그래도 놀라운 눈이 더욱 놀랍게 보였다. 야오와 딜라일라도 엄청나게 매력적인 젊은이들이었지만 이 천상의 존재 옆에 있으니 평범하고 칙칙해 보였다.

잠시 뒤, 모여야 할 사람은 모두 모였다. 프랜시스는 헤더와 벤 사이에 앉았다. 벤이 느끼고 있을 기분이 궁금했다. 자동차를 그리워하고 있을까? 프랜시스는 촛불에 비치는 벤의 다리를 물끄러미 봤다. 그건 성적인 시선과는 관계가 없었다. 다행히도. 그저 매혹된 것뿐이었다. 철저한 침묵 속에서 마음에 집중하는 명상을 며칠 했더니 모든 게 다 매혹적으로 보였다. 햇볕에 그을린 벤의 긴 다리에 난 모든 털이 저마다 숲속에 자라는 아름다운 작은 풀 같았다.

벤이 헛기침을 하면서 다리를 바꿔 앉았다. 프랜시스는 몸을 똑바로 폈다. 반대쪽에 있는 극도로 잘생긴 남자와 눈이 마주쳤다. 남자는 정자세로 근엄하게 앉아 있었지만 왠지 이 모든 걸 진지하게 생각하진 않는다는 인상을 풍기고 있었다. 프랜시스와 시선이 마주치는 순간 잘생긴 남자는 한쪽 눈을 찡긋 감았다. 프랜시스도 윙크를 되돌려주자 남자는 깜짝 놀라는 것 같았다. 사실 프랜시스는 윙크를 못했다. 한쪽 눈만 감는 걸 못해서 얼굴에 경련이 이는 것 같다는 말을 들은 적도 있었다.

"그럼 이제 고귀한 침묵을 끝내도록 하겠습니다."

마샤는 활짝 웃으면서 허공으로 주먹을 날렸다. 사람들은 아무 말도 하지 않았지만 숨을 내쉬는 소리, 몸을 들척이는 소리, 고맙다는 듯 살짝 웃는 소리 등 조용한 소리들이 들려왔다.

"이제 다시 대화를 하고 눈을 맞춥시다. 지금부터 돌아가면서 자기소개를 하고 마음속에 떠오르는 생각을 말해보도록 해요. 평온의 집에 오게 된 이유가 무엇인지, 지금까지 어떤 경험을 했고, 어떤 일이 가장 어려웠는지 얘기할 수도 있겠죠. 카푸치노가 죽도록 그립다거나 쇼비농 블랑이 마시고 싶어 미치겠나요? 다 이해해요. 여러분의 고통을 다른 사람들과 나눠봅시다. 사랑하는 사람이 보고 싶은가요? 우리에게 모두 말해주세요. 아니면 나이나 직업, 취미, 별자리 같은 간단한 정보만 알려주셔도 돼요."

마샤가 예의 그 엄청난 웃음을 지어 보이자 모두들 마샤를 향해 웃어 보였다.

"아니면 시를 한 줄 낭송할 수도 있겠죠. 무슨 말이든 상관없어요. 그저 다시 대화하는 즐거움을 느끼고 서로 교류하고 눈을 마주치는 순간을 즐기는 거예요."

마샤의 말에 사람들은 헛기침을 하고 자세를 바로잡고 머리를 매만지면서 발표할 준비를 했다.

"우리가 서로에 대해 알아가는 동안 야오와 딜라일라가 점심 스무디를 드릴 겁니다."

카리스마 넘치는 마샤의 매력에 빠져 있느라 프랜시스는 야오와 딜라일라가 자리에서 일어난 것도 몰랐다. 두 사람은 빠르게 움직이면서 사람들에게 커다란 유리잔을 내밀었다. 오늘 점심 스무디는 모두 에메랄드빛이었다. 시금치일까? 프랜시스는 살짝 마음을 졸였지만 스무디를 받아들고 한 입 맛을 보니 나무껍질과 이끼의 맛을 살짝 감춘 사과와 멜론, 배를 느낄 수 있었다. 마치 햇살이 비치는 울창한 숲에서 졸졸졸 흐르는 개울물을 따라 걷고 있는 기분이었다. 프랜시스는 데킬라를 마시듯 스무디를 단숨에 털어 넣었다.

"프랜시스부터 할까요?"

마샤가 말했다.

"아, 좋아요. 음, 난 프랜시스예요. 반가워요."

프랜시스는 빈 잔을 내려놓고 고개를 살짝 숙인 채 혀로 입술을 닦아냈다. 그녀는 대중 앞에 나서는 작가 프랜시스가 밖으로 나오고 있음을 느꼈다. 따뜻하고 겸손하고 우아하지만, 사인을 해달라고 책을 내밀다가 덥석 끌어안는 이들을 막으려고 어느 정도는 차가운 프랜시스가 나오고 있음을 깨달았다.

"내가 평온의 집에 온 건 위태로운 상태였기 때문이에요. 건강도 사생활도 직업도요."

프랜시스는 사람들을 둘러봤다. 오랜만에 사람들 눈을 보고 있으니 이상하게도 친밀하게 느껴졌다.

"난 로맨스 소설을 써서 먹고사는데, 최근 소설을 출판사에서 거절했어요. 게다가 인터넷 연애 사기를 당해서 힘들었고요."

도대체 연애 사기를 당했다는 말은 왜 한 거야? 왜 이렇게 말이 많은 거지? 토니가 뚫어지게 프랜시스를 보고 있었다. 그는 수염이 더 많이 자라 있었고 얼굴 윤곽은 더 뚜렷해져 있었다. 남자들은 늘 살을 너무 쉽게 뺀다. 재수 없어. 프랜시스는 살짝 동요했다. 저 남자, 다시 비웃으려는 걸까? 아니면 그냥…… 보고 있는 걸까?

"그래서 지금까지, 닷새 동안 좋았어요."

다시 입을 열자 프랜시스는 말하고 싶은 열망에 사로잡혔다. 지나치게 많은 정보를 말한다는 사실 따위는 개의치 않았다. 프랜시스의 입에서 말들이 쏟아져 나왔다. 배가 고플 때 끝내주는 음식 앞에서 먹고 싶은 마음을 잔뜩 품고 있다가 음식을 한 입 먹는 순간 참지 못하고 흡입하게 되는 상황과 비슷했다.

"침묵은 생각보다 즐겼어요. 침묵 덕분에 내 생각이 잠잠해지더군요. 이번에 쓴 소설이 거절당한 데다 심술궂은 서평 때문에 화가 나 있었거든요. 처음 여기 왔을 땐 그 생각뿐이었어요. 하지만 지금은 그 생각을 안 하게 됐어요. 그래서 정말 좋아요. 음, 그리고, 내가 그리운 건, 커피랑 샴페인이랑 인터넷이랑……."

제발 입 좀 다물어, 프랜시스.

"뭐, 일상생활에서 누릴 수 있는 평범한 사치들이 그리워요."

프랜시스는 뒤로 몸을 뺐다. 얼굴이 화끈거렸다.

"다음은 제가 하죠."

검은 머리에 키가 크고 극도로 잘생긴 남자가 말했다.

"전 라스입니다. 건강휴양지라면 사족을 못 쓰는 사람이죠. 전 방탕하게 지내다가 회개하고 방탕하다 회개하는 걸 반복합니다. 그게 저한테는 맞으니까요."

프랜시스는 조각처럼 매끈한 라스의 광대뼈와 황금 같은 피부를 봤다. 맞아, 그런 삶이 분명히 당신한테는 맞을 거 같아, 멋진 라스.

"저는 이혼 전문 변호사입니다. 그러니 일이 끝나면 와인을 한잔 할 필요가 있습니다."

라스는 사람들이 웃을 시간을 주려는 듯 살짝 기다렸지만 아무도 웃지 않았다.

"2월이 가장 바쁜 때라 주로 1월에 휴가를 보냅니다. 새 학년이 시작되는 날이면 전화가 울리기 시작하죠. 아시겠지만, 누군가의 엄마와 아빠가 더는 여름휴가를 함께 보낼 수 없겠구나 하는 걸 깨닫는 시기니까요."

"아이구야."

나폴레옹이 침울하게 말했다.

"평온의 집은 음식도 좋고 위치도 좋고, 잘 지내고 있습니다. 넷플릭스 말곤 전혀 그리운 게 없군요."

라스는 스무디 잔을 칵테일이라도 되는 것처럼 들어 보이더니 건배를 했다.

다음은 잔뜩 주눅이 들어 있는 여자 차례였다. 첫날보다는 훨씬 편해진 모습이었지만.

"카멜이에요. 여기는 살을 빼려고 왔어요. 당연히요."

프랜시스는 한숨을 내쉬었다. 당연히라니, 무슨 뜻이지? 나보다 훨씬 날씬한데?

"여긴 모든 게 좋아요. 모든 게요."

카멜은 불안할 정도로 강렬하게 마샤를 보더니 스무디 잔을 들고 듬뿍 마셨다.

더는 참을 수 없다는 듯이 제시카가 바로 끼어들었다.

"아, 저는 제시카예요."

양반다리를 한 제시카는 학급 사진에 실려 있는 아이처럼 무릎에 두 손을 올리고 있었다. 그 모습을 보니 그 모든 미용 시술의 유혹에 굴복하기 전에, 사라진 지 그리 오래되지 않은 귀엽고 어린 제시카의 모습이 어땠을지 알 수 있었다.

"여기 온 건 결혼생활이 심각한 위기에 처했기 때문이에요."

"그런 걸 말할 필요는 없어."

벤이 고개를 숙인 채 중얼거렸다.

"맞아. 하지만 베이브, 그거 알아? 내가 외모에 강박관념을 갖고 있다는 네 말은 옳아."

제시카는 벤을 뚫어지게 봤다.

"네 말이 맞다고, 베, 이, 브."

제시카의 목소리가 날카롭게 올라갔다.

"그래, 하지만…… 알았어. 알았다고."

벤이 몸을 푹 숙였다. 벤의 목덜미가 빨개졌다.

"우린 이혼할 위기에 처해 있어요."

제시카는 '이혼'이라는 말이 모두에게 충격을 주기라도 했다는 듯이 감동적일 만큼 성실하게 말했다.

"명함을 드려야겠군요."

라스의 말을 무시하고 제시카는 계속 말했다.

"고귀한 침묵은 좋았어요. 정말로 멋졌고, 정말로 머리를 맑게 해 줬어요."

제시카는 마샤를 봤다.

"여기 오기 전엔 머릿속이 너무 시끄러웠어요. 그게…… SNS에 중독돼 있었거든요. 인정해요. 지금은 모든 걸 훨씬 분명하게 볼 수 있게 됐어요. 모든 건 그 돈 때문에 시작된 거예요. 복권에 당첨됐거든요. 그 뒤로 모든 게 바뀌었는데, 정말 끔찍했어요."

"복권에 당첨됐었어요? 복권에 당첨된 사람 처음 봐요."

카멜이 말했다.

"사실 그건 말하지 않으려고 했어요."

제시카는 손가락으로 입술을 꾹 눌렀다.

"하지만 우린 생각을 바꿨어요."

"우리가?"

벤이 물었다.

"당첨금은 얼마였습니까?"

라스가 물었지만 그는 즉시 활짝 편 손을 들어 보이며 말했다.

"이런, 부적절한 질문이었습니다. 이 질문에 대답하지 마십시오. 제가 알아야 할 일이 아니니까요."

"어떻게 복권에 당첨된 거예요? 그 얘기를 좀 해줘봐요."

프랜시스는 두 사람의 인생이 영원히 바뀌게 된 얘기가 듣고 싶었다.

"고귀한 침묵 때문에 훨씬 더 분명하게 볼 수 있게 됐다니 기쁘군요, 제시카."

마샤는 대화가 엉뚱한 곳으로 빠지기 전에 끼어들었다. 마샤에게는 흥미 없는 얘기를 철저히 무시하는 놀라운 능력이 있었다.

"자, 다음은 누가 말해볼까요?"

"네, 저는 벤입니다. 제시카 남편이고요. 우리가 여기에 온 이유는 제시카가 이미 말했고, 전 괜찮습니다. 침묵은 좋았어요. 음식도 생각보다 괜찮고요. 우리가 뭘 해낼 수 있을진 모르겠지만 모두 좋습니다. 그냥 전 제 차가 그리워요."

"차종이 뭔가요, 친구?"

토니가 물었다.

"람보르기니입니다."

벤은 새로 태어난 아들의 이름을 부르는 것처럼 다정한 눈으로 말했다. 그 말에 토니가 웃었다. 토니가 웃는 모습을 프랜시스는 처음 봤다. 놀랍게도 토니는 볼이 볼록해지도록 활짝 웃었다. 마치 아기가 웃는 것 같았다. 엄청난 주름이 토니의 눈을 완전히 숨겨버렸다.

"당연히 그립겠네요."

토니가 말했다.

"복권에 당첨되면 늘 부가티를 살 거라고 생각했는데."

라스가 중얼거렸다. 그 말에 벤이 고개를 흔들었다.

"부가티는 과대평가됐어요."

"과대평가라고요? 세상에서 가장 멋진 차를 보고 그게 무슨."

"난 복권에 당첨되면 귀여운 페라리를 살 거예요."

조이가 말했다.

"네, 좋습니다. 하지만 페라리는……."

마샤는 스포츠카 얘기를 싹둑 잘라버렸다.

"이제 누가 남았죠? 토니?"

"다들 날 몰래 물건을 들여오다 적발된 악당으로 생각할 거라는 거 알아요."

토니가 또 웃었다.

"여긴 체중을 줄이려고 왔어요. 맥주, 피자, 플럼 소스를 바른 갈비, 사워 크림을 얹은 케이크, 커다란 초콜릿 바가 그립군요. 무슨 말인지 아실 겁니다."

처음 열정은 사라진 듯 토니는 눈을 내리깔았다. 다른 사람들이 더는 자신을 보지 않길 바라는 게 분명했다.

"고맙습니다."

토니는 바닥을 향해 정중하게 인사했다. 프랜시스는 토니 말을 믿을 수가 없었다. 살을 빼는 것 외에 분명히 다른 이유가 있어서 왔으리라는 생각이 들었다.

나폴레옹이 손을 들었다.

"말해보세요, 나폴레옹."

마샤가 말하자, 나폴레옹은 턱을 들더니 시를 읊기 시작했다.

"아무리 문이 좁아도 상관없다. 판결문의 죄목 따위는 신경 쓰지 않는다. 나는 내 운명의 주인이다. 내 영혼의 선장은 바로 나다."

촛불들의 그림자 속에서 나폴레옹의 눈이 밝게 빛났다.

"넬슨 만델라의 유명한 시, 〈인빅터스〉입니다."

나폴레옹은 잠시 입을 다물었다.

"시를 낭송해도 된다고 해서요."

"맞아요. 그랬어요. 시의 느낌이 참 좋네요."

마샤가 따뜻하게 말했다.

"맞습니다. 전 고등학교 교사입니다. 우리 애들은 '나는 내 운명의 주인이다'라는 구절을 좋아합니다. 비록……."

나폴레옹은 좀 이상하게 웃었고, 다리를 파닥파닥 흔들었다. 옆에 앉은 헤더가 한 손으로 남편의 무릎을 지그시 눌렀다. 나폴레옹은 눈치 채지 못한 것 같았다.

"내일은 우리 아들이 죽은 지 삼 년째 되는 날입니다. 그래서 여기 온 겁니다. 그애는 자기 인생을 스스로 거둬갔어요. 그게 우리 아들이 자기 운명의 주인이 되겠다며 선택한 결정입니다."

모두가 숨을 참고 있는 것처럼 명상실은 아주 고요해졌다. 촛불 속의 작은 황금 같은 불꽃이 파르르 떨렸다. 프랜시스는 자기 입에서 그 어떤 단어도 빠져나갈 수 없도록 입술을 앙다물었다. 그녀의 몸으로서는 감당할 수 없는 너무나도 큰 감정이 몰려와 울음이, 또는 웃음이 터져나올 것만 같았고, 과도한 슬픔이나 동정을 표현해버릴 것만 같았다.

"그런 아픔을 겪어야 했다니, 너무나 안됐어요."

마샤는 나폴레옹을 어루만져주고 싶다는 듯 손을 길게 뻗었지만 나폴레옹은 너무 멀리 있었다.

"정말 유감이에요."

"고맙습니다, 마샤."

나폴레옹은 경쾌하게 말했다. 사정을 몰랐다면 프랜시스는 나폴레옹이 술에 취했다고 생각했을 것이다. 혹시 조이가 몰래 가져온 와인을 마신 걸까? 아니면 심신이 무너져내린 걸까? 아니면 오랫동안 침묵하고 난 뒤에 오는 자연스러운 행동인 걸까? 아빠를 보고 있는 조이의 이마엔 나이 든 여자처럼 깊은 주름이 잡혀 있었다.

프랜시스는 조이 옆에 앉아 있어야 할 사라진 소년을 떠올려보려 했다. 오, 조이. 조이가 오빠가 어떻게 죽었는지는 말하지 않았을 때 프랜시스는 어쩌면 자살일 수 있겠다고 생각했다.

아름다운 역사 소설을 쓰던 작가이자 프랜시스의 친구인 릴리는, 십 년 전 남편이 죽었을 때 "닐은 갑자기 죽어버렸어"라고 했다. 릴리의 말을 들은 사람들은 모두 그 말이 무슨 뜻인지 알았다. 그 뒤로 릴리는 어떤 글도 쓰지 않았다.

"그럼 이제 누가……."

마샤가 다음 사람을 지목하려 하자 나폴레옹이 갑자기 소리쳤다.

"알았다! 당신이 누군지 압니다."

나폴레옹이 토니를 보면서 말했다.

"누군지 생각이 안 나서 미칠 뻔는데. 헤더, 달링. 이분이 누군지 알겠어?"

빈 스무디 잔을 보고 있던 헤더가 고개를 들어 토니를 물끄러미 바라봤다.

"아니."

"전 압니다. 첫날 바로 알았죠."

라스가 자랑스러운 듯 말했다.

토니는 어색한 표정으로 들고 있는 스무디 잔을 보고 있었지만, 영문을 모르겠다는 표정은 아닌 것으로 보아 사람들이 무슨 얘기를 하는지는 아는 것 같았다. 도대체 누군데 그래? 정말로 유명한 연쇄 살인마인가?

"헤더! 당신 안다니까. 분명히 안다고."

"아니, 모르겠……."

"단서를 줄게. 우리는 네이비블루다!"

헤더가 좀 더 뚫어지게 토니를 봤다. 그녀의 얼굴이 밝아졌다.

"스마일리 호그번!"

"그렇지! 스마일리 호그번."

그러더니 나폴레옹은 잠시 의심이 된다는 듯 토니에게 물었다.

"맞죠?"

"오래전에 그랬죠. 30킬로그램은 덜 나갈 때 말입니다."

"하지만 스마일리 호그번은 찰턴에서 뛰었는걸요. 제가 찰턴 서 포터예요. 호그번은 전설이란 말이에요."

제시카가 뭔가 착오가 있을 거라는 듯 말했다.

"그때는 당신이 태어나지도 않았을 테니까요."

토니가 말했다.

"찰턴이라면 풋볼팀 말하는 거죠? 맞죠?"

프랜시스가 벤에게 조용히 물었다. 프랜시스는 스포츠에 관해선 아무것도 몰랐다.

"옙. 오시 룰스(aussie rules, 호주식 미식축구-옮긴이) 팀입니다."

벤이 말했다.

"그러니까 막 점프도 하고 그러는 거 말이죠?"

프랜시스의 말에 벤이 키득키득 웃었다.

"네, 점프도 하죠."

스마일리 호그번이라고? 그 이름엔 왠지 익숙한 데가 있었다. 프 랜시스는 토니에 대한 인상이 변하는 걸 느꼈다. 프랜시스도 한때 는 잘나가던 사람이었고 토니도 한때는 잘나가던 사람이었다. 두 사람이 공통점이 있는 거다. 프랜시스의 명성은 서서히 사라졌지만 토니의 명성은 갑자기 공식적으로 막을 내렸다. 그게 아마도, 뭔가 부상을 당했던 거 같은데. 그래, 그거. 점프! 토니는 경기장에서 더는 높이 뛰지 못하게 된 거였어!

"당신이 스마일리 호그번이라는 걸 알았어요."

라스가 다시 말했다. 왠지 평소엔 얻지 못하는 인정을 받고 싶어 하는 사람 같았다.

"사실 제가 사람 얼굴 알아보는 데는 영 소질이 없습니다. 하지만 당신은 단번에 알아봤죠."

"경기를 하다가 부상을 당해서 그만둔 거예요?"

프랜시스가 물었다. 왠지 운동선수에게는 그런 질문을 하는 것이 박식하고도 충분히 동정을 표하는 일이라는 생각이 들었다. 아마도 토니는 인대 쪽에 문제가 있었던 것 같았다.

프랜시스의 질문에 토니는 즐거운 듯 보였다.

"다양한 부상을 입었죠."

"아, 안됐어요."

"무릎은 양쪽 다 재건 수술을 받아야 했고, 골반뼈도 새로 교체해야 했고……."

토니는 한숨을 내쉬었다.

"발목은 늘 말썽이었죠."

"별명이 스마일리 호그번인 건 많이 웃어서 그런 거예요, 전혀 안 웃어서 그런 거예요?"

조이가 물었다.

"너무 많이 웃어서 얻은 거죠. 그때는 단순했으니까. 아주 낙천적인 녀석이었어요."

토니가 웃지도 않고 말했다.

"정말요?"

프랜시스가 놀람을 감추지 못하고 물었다.

"그랬습니다."

토니가 프랜시스를 보고 웃었다. 왠지 그녀가 재미있다고 생각하는 것 같았다.

"엉덩이에 스마일리 문신을 했죠?"

라스가 물었다.

"아! 나, 그거 봤어요!"

프랜시스가 스스로를 말릴 새도 없이 소리쳤다.

"아직도 있군요?"

라스가 무슨 일인지 알겠다는 듯 말했다.

"프랜시스."

토니는 두 사람 사이에 비밀스러운 일이라도 있었다는 듯 손가락을 입술에 대며 말했다. 잠깐만! 지금 저 사람 나한테 치근대는 거야?

"아니, 아니, 그런 거 아니에요."

프랜시스는 당황해서 마샤를 봤다.

"어쩌다 본 것뿐이에요."

"우리 오빠 방에 당신 포스터가 붙어 있었어요."

평온의 집 행복 안내자가 아니라 평범한 사람인 것처럼 딜라일라가 불쑥 말했다.

"당신이 180센티미터나 점프했을 때 상대편 선수가 바지를 잡아당겨서 당신 엉덩이에 새긴 문신을 보는 사진이요. 정말 웃긴 사진이었어요."

"멋지군요. 우리 중에 유명한 운동선수가 있다니."

마샤의 목소리에 날이 서 있었다. 마샤는 여기서는 자기가 유일한 운동선수이길 바라는 것 같았다.

"예전 선수죠. 오래전 일입니다."

토니가 마샤의 말을 고쳐줬다.

"그렇군요……. 이제 누가 남았죠?"

마샤가 확실하게 화제를 돌리면서 말했다.

"은퇴 후 우울증. 그거 때문에 고생하는 거 맞죠? 그런 글을 읽은 적이 있습니다. 유능한 운동선수들은 은퇴 후 우울증 때문에 고생한다더군요. 이젠 정신건강을 지켜야 합니다. 토니…… 스마일리…… 토니, 스마일리라고 불러도 되겠죠? 정말로 정신건강을 신경 써야 합니다. 정신건강이라는 게 아주 서서히……."

"자, 다음은 누구죠?"

마샤가 나폴레옹의 말을 끊었다.

"제가 할게요. 조이에요."

조이는 생각을 고르고 있는 것 같았다. 혹시 떨리는 걸까? 정말 귀여운 아이야.

"여기 온 건, 1월엔 집에서 견딜 수가 없기 때문이에요. 아빠가 말했듯이 집에서 오빠가 목을 맸으니까요."

마샤는 기묘한 소리를 내면서 손으로 입을 막았다. 마샤가 약한 모습을 드러내는 건 처음이었다. 아버지의 죽음을 말할 때도 마샤는 슬퍼 보이긴 했지만 자제력을 잃지 않았다. 마샤는 목이 막힌 것처럼 급하게 침을 꿀꺽 삼키더니 곧 냉정을 되찾고 조이의 말에 귀를 기울였다. 하지만 마샤의 눈은 정말로 목이 막혔던 것처럼 촉촉하게 젖어 있었다.

조이는 천장을 쳐다보고 있었다. 다른 사람들은 어떤 쓸모도 없을 동정의 무게 때문에 모두 조이 쪽으로 몸을 기울이고 있었다.

"아, 잠깐만요. 아빠가 잭이 목매달았다는 건 말 안 했죠. 하지만 궁금하실까봐요. 그러니까, 그게 걔가 선택한 방법이었어요. 아주 인기 있는 방법이잖아요."

조이는 웃으면서 몸을 살며시 빙글빙글 돌렸다. 조이의 귀에서 작은 은귀고리가 빛을 받아 반짝였다.

"내 친구 말이 잭은 용감했대요. 목을 매달아서 죽었다고요. 약을 안 먹고요. 번지점프를 할 수도 있었을 텐데 말이에요."

조이는 이마에 달라붙은 머리칼을 떼어내려고 입김을 후, 불었다.

"아무튼, 우리가 자살에 관해 빠삭하게 알게 된 뒤로는 걔가 무슨 일을 했는지 남한테 말하지 않게 됐어요. 자살은 전염성이 강하니까요. 부모님은 나도 자살을 할까봐 두려워해요. 꼭 수두에 옮는 것처럼요. 하하하. 하지만 자살을 생각해본 적은 한 번도 없어요."

"조이? 달링, 이제 그만해도 돼."

"우린 친하진 않았어요."

조이는 자기 손을 내려다보며 다시 말했다.

"사람들은 우리가 쌍둥이니까 아주 친했다고 생각하거든요. 하지만 우린 학교도 달랐고 관심사도 달랐고 가치관도 달랐어요."

"조이. 지금은 그런 말을……."

"걔는 그날 아침에 일찍 일어났어요."

조이는 엄마 말을 무시하고 계속 말했다. 조이는 귀에 꽂힌 수많은 귀고리 가운데 하나를 만지작거렸고, 다 먹은 스무디 잔은 조이의 허벅지에 비스듬히 기대어 있었다.

"걔는 일찍 일어나는 법이 없었어요. 그런데 그날은 재활용 쓰레기를 버리러 간 거예요. 그날은 걔 차례였으니까. 그러곤 자기 방으로 올라가서 죽어버린 거예요."

조이는 지겹다는 듯 한숨을 쉬었다.

"우린 번갈아가면서 재활용 쓰레기를 버렸거든요. 도대체 왜 굳이 그걸 하고 죽었나 몰라요. 그것만 생각하면 화가 나 죽겠어요. '그래, 쓰레기 버려줘서 고마워. 잭, 너 참 착하다. 그러니까 네가 죽은 것도 용서해줄게.' 이래야 하는 거예요?"

"조이!"

헤더가 날카롭게 말했다. 조이는 엄마를 돌아봤다. 아주 천천히. 목이 굳은 사람처럼 천천히 고개를 돌리면서 말했다.

"왜?"

헤더는 딸의 허벅지에 비스듬하게 놓인 스무디 잔을 들어 멀찌감치 치웠다. 딸에게 몸을 기울여 조이의 눈을 덮고 있는 머리카락을 치웠다.

"뭔가 아주……."

헤더는 사람들을 둘러보며 말했다.

"아주 잘못됐어요."

그러고는 마샤를 봤다.

"우리한테 약을 먹였어요?"

. 30 .

마샤

집중해야 해. 한 가지만 하자. 호흡에 집중해야 해. 집중하자. 한 가지만. 제대로 호흡해.

마샤는 괜찮았다. 완벽하게 문제없었다. 제대로 해낼 수 있었다. 조이의 말을 들었을 때, 잠시 마샤는 흐트러질 뻔했다. 잠시 시간을 놓쳐버렸다. 하지만 이젠 괜찮다. 호흡도 정상으로 돌아오고 자제력도 돌아왔다.

조이의 오빠에 관한 정보는 마르코니 가족을 일대일로 상담할 때 알아냈어야 했다. 세 사람 모두 잭이 죽었기 때문에 기일을 지내려고 여기 왔다고 말했다. 하지만 아무도 자살을 했다는 말은 하지 않았다. 마샤는 세 사람이 감추는 게 있음을 알아내야 했다. 세 사람의 의도를 알아채야 했다. 마샤의 통찰력은 뛰어났다. 그런데도 세 사람은 마샤를 현혹해 전혀 준비하지 못하게 만들었다. 마치 기습공격을 받은 것 같았다.

그리고 이제 헤더가 묻고 있었다.

"우리한테 약을 먹였어요?"

헤더가 묻기 전부터도 마샤는 사람들의 태도가 훨씬 자유로워지고 동공이 풀리고 혀가 느슨해졌음을 느꼈다. 사람들은 분명히 억눌렀던 마음을 벗어버리고 마음껏, 가슴이 후련할 만큼 솔직하게 자기 얘기를 털어놓고 있었다. 나폴레옹처럼 불안해하는 사람도 있었고, 프랜시스처럼 차분해진 사람도 있었다. 발갛게 달아오른 사람도 있었고 하얗게 창백해진 사람도 있었다.

헤더는 둘 다였다. 창백한 뺨에 군데군데 붉은 반점이 나 있었다.

"그래요? 우리한테 약을 먹인 거냐고요!"

헤더가 따지고 들었다.

"어떤 의미에서는요."

마샤는 차분하게 대답했다. 헤더의 질문은 이상적이지도 않았고 예상하지도 못했다. 사실 헤더는 조산원이고 마샤가 아는 한 손님들 가운데 유일한 의료인이었으니 충분히 나올 수 있는 질문이었는데도 말이다. 하지만 이런 문제는 마샤가 해결할 수 있었다.

"어떤 의미에서는요? 그게 무슨 뜻이에요?"

마샤는 헤더의 말투가 맘에 안들었다. 너무 퉁명스럽고 무례했다.

"음, 약이라는 건……"

마샤는 적당한 단어를 선택하려고 잠시 고민했다.

"보통 감각을 무디게 하는 거죠. 우리가 하려는 일은 감각을 깨우는 일이고요."

"우리한테 뭘 먹인 건지 정확히 말해요. 지금 당장요!"

헤더는 덤벼들기라도 할 것처럼 무릎을 세우고 앉았다. 마치 사나운 개 같았다. 정말 한 대 차주고 싶을 만큼 못된 개처럼 보였다.

"진정해, 헤더. 대체 무슨 일이야?"

나폴레옹이 헤더에게 물었다.

마샤는 재빨리 야오와 딜라일라를 봤다. 필요할지도 모르니 준비해, 라는 신호를 보냈다. 야오와 딜라일라는 은밀하게 고개를 끄덕이며 허리춤에 차고 있는 의약품 주머니를 움켜잡았다. 하지만 어떤 조치도 취할 필요가 없었다.

. 31 .

라스

건강휴양지라면 여러 곳을 다녀봤고 좀 요상한 경험도 해봤지만 평온의 집 같은 곳은 처음이었다. 이런 곳에 왔을 때 얻는 이득 하나가 재미로 즐기는 약을 끊을 수 있다는 점이라는 걸 생각하면 이 상황은 정말 모순이었다. 언제나처럼 양반다리를 하고 허리를 곧게 펴고 앉은 그들의 존경하는 지도자는 소량만 사용했으니 안전하다고 말하고 있었다.

"지금 여러분이 마신 약은 수많은 장점이 있어요. 창의력을 높이고 집중력을 강화하고 영혼을 고취하고 인간관계를 개선하죠. 그밖에도 많은 장점이 있습니다. 이제 여러분의 기능은 평범한 사람들보다 좋아졌어요. 여러분이 먹은 양은 일반적으로 복용하는 LSD 양의 10분의 1정도고요."

"잠깐만…… 뭐라고요?"

프랜시스는 도저히 받아들일 수 없는 농담을 들은 사람처럼 어이없어하며 웃었다. 라스는 벌써부터 프랜시스가 좋았다.

"우리가 LSD를 하게 될 거라는 말은 없었잖아요."

손님들 대부분은 멍하니 마샤만 봤다. 이 사람들은 정말로 보수적이라 마약은커녕 도시 근교에서 인기 많은 코카인도 해본 적이 없는 게 분명했다. 라스는 코카인과 마리화나는 해봤다. 하지만

LSD는 한 번도 해본 적이 없었다.

"이미 말했듯이 아주 소량입니다."

마샤가 대답했다.

"우리가 마신 스무디에 마약을 넣었다는 거군요."

헤더라고 했지. 저 사람 이름이 헤더일 거라고는 전혀 생각도 못했는데. 기계의 한 부분처럼 보이는 대퇴사두근이 있고 비쩍 마르고 짙게 탄 데다 늘 햇빛이 눈부신 듯 고통스럽게 얼굴을 찡그리고 있는 여자에게 어울리지 않는 부드러운 이름이었다. 침묵을 하는 동안 헤더를 볼 때마다 라스는 그녀의 이마주름을 가리키며 "좀 느긋해져봐"라고 말해주고 싶었다. 하지만 헤더는 아들을 잃은 엄마였다. 당연히 얼굴을 찌푸릴 권리가 있었다.

"이건 범죄예요."

헤더는 얼굴을 찡그리고 있지 않았다. 화가 나서 두 눈이 이글이글 타오르고 있었다.

"난 도무지 무슨 말인지 모르겠는걸."

헤더의 사랑스러울 만큼 혼란스러운 남편이 말했다. 기다란 샐러리 줄기처럼 생긴 그 남자는 너무나도 바보 같아서 오히려 멋져 보였다. 이름도 나폴레옹이라니. 멋짐이 배가되는 기분이었다.

그런데 기분이 그렇게 고취되는 것 같진 않았다. 기분이 좋긴 했지만, 라스는 어떤 약이든 기분이 좋아졌다. LSD가 너무 소량이거나 마약에 이미 내성이 생겼는지도 몰랐다. 라스는 스무디 잔의 가장자리를 손가락으로 닦아 슬쩍 핥았다.

평온의 집에 온 첫날, 라스는 스무디를 마시고 "정말 맛있네요. 뭘로 만든 건가요?"라고 딜라일라에게 물었다. 딜라일라는 집에 갈

때 만드는 법을 알려줄 거라고 했다. 그때는 치아 씨 같은 게 들어
있을 거라고 생각했지 LSD가 들어갔으리라곤 전혀 생각 못했는데.

"하지만…… 하지만…… 우린 해독을 하려고 여기 온 거잖아요.
우리한테 카페인을 끊게 하고 더 센 약을 먹게 했단 말이에요?"

프랜시스가 말했다.

"내 맥주를 뺏어가더니 나한테 약을 먹이다니, 믿을 수가 없군.
살면서 마약을 해본 적은 없단 말이오."

토니, 그러니까 스마일리 호그번도 말했다.

"알코올이 마약이라는 생각은 안 했나요? LSD는 알코올과 비교
하면 10분의 1정도밖에 해롭지 않아요. 그 생각은 안 해봤나요?"

마샤가 대답했다.

"LSD는 열량이 없겠죠?"

카멜이 말했다. 카멜의 이름을 외우는 건 쉬웠다. 카멜이라는 친
구가 있었으니까. 친구 카멜도 자신이 뚱뚱하다고 지겹도록 굳게
믿었다. 카멜의 안경은 삐딱하게 기울어져 있었는데, 카멜은 그 사
실을 눈치 못 챈 것 같았다.

그녀는 지난 닷새 동안 방금 무릎으로 얼굴을 한 방 맞은 듯한
표정으로 다녔다. 그 표정은 라스를 찾아오는 아내들이 짓는, 라스
가 잘 아는 표정이었다. 언제나 라스의 몸 깊은 곳에서 분노의 불을
지피는 표정이었다. 라스가 계속해서 자신의 일을 할 수밖에 없게
만드는 표정이었다. 그는 카멜의 남편이 젊은 여자 때문에 카멜을
떠났다는 데 10억도 걸 수 있었다.

"LSD가 혹시 신진대사율도 높이나요?"

카멜이 잔뜩 기대하는 목소리로 물었다.

"신진대사율이 높아진 것 같거든요. 마약을 해본 적은 없지만 이 번엔 완전히 괜찮아요. 난 정말 마샤를 존경하고, 전적으로 믿어요."

날씬해져도 당신 상황은 나아지지 않을 텐데요, 허니. 그 얼간이를 세탁기에 넣고 돌려버려야 나아질 거요. 나중에 라스는 카멜과 대화를 해볼 생각이었다. 카멜을 휘두르고 있는 사람이 누군지 알아볼 작정이었다.

"미성년자인 내 딸한테 LSD를 먹이다니, 믿을 수가 없어."

헤더가 말했다.

"미성년자 아냐, 엄마. 지금 나 기분 좋아. 그 어느 때보다 좋아. 아주 소량이라잖아. 모두 괜찮을 거야."

"전혀 괜찮지 않아. 너 지금 무슨 말을 하는 거니?"

조이의 말에 헤더가 한숨을 내쉬었다.

"마샤, 내 말 좀 들어봐요. 십대 때 난 마약 때문에 끔찍한 경험을 했어요. 사람들 말처럼 그건 아주 나쁜 여행이었어요. 내 인생에서 경험했던 가장 끔찍한 일들 가운데 하나였고요. 그래서 영원히 마약은 끊어버렸다고, 내 아이들한테 늘 말했습니다. 말씀은 고맙지만 마약은 하지 않겠습니다."

나폴레옹이 진지하게 말했다.

"지금 뭐라는 거야, 나폴레옹. 이미 마약을 먹었다고! 사람 말을 왜 똑바로 듣지 않는 거야?"

헤더가 이를 갈면서 말했다.

"이게 무슨 헛소립니까?"

복권에 당첨된 어린 남자가 말했다. 이름이 뭐더라? 아주 건전하고 선하고 남자다운 이름이었는데, 뭐였지? 복권에 당첨된 어린 남자는 분노를 잔뜩 억제한 탓에 발작이 온 것처럼 부들부들 떨고 있었고 이를 앙다문 채 말하고 있었다.

"난 마약은 절대 안 합니다."

"벤은 철저하게 마약에 반대해요."

남편의 말에 아내가 거들었다. 그래, 벤이었지. 벤이랑 성형 수술로 외모를 강화한 그의 어린 아내…… 제시카. 벤과 제시카. 분명히 혼전 계약서도 작성하지 않았을 테고 결혼이 깨진다면 큰돈이 날아갈 텐데. 두 사람은 가진 돈을 변호사한테 다 빼앗길 타입이었다.

"벤은 아스피린도 안 먹어요. 누나가 마약 중독이거든요. 백 퍼센트 중독이란 말이에요. 이건 정말 좋지 않아요."

제시카는 벤의 어깨에 손을 올렸다.

"이게 어떻게 우리 결혼생활에 도움이 되는지 모르겠어요. 약을 먹어도 행복한 기분이 전혀 안 들어요. 전혀 안 행복해요."

제시카의 불쌍한 바비인형 얼굴은 정말로 행복해 보이지 않았다. 라스의 가슴속에서 뭔가가 펼쳐지고 있었다. 불쌍한 제시카를 향한 깊고 풍성한 동정심이 분명했다. 불쌍하고 불쌍한 성형 수술 중독 제시카. 혼란에 싸여 있는 어리고 부유한 제시카. 돈이 많지만 어떻게 써야 할지 몰라 아무 도움도 안 되는 성형 수술밖에 할 줄 모르는 제시카.

"제시카가 두려워하는 이유는 알아요. 정부가 퍼뜨려놓은 틀린 정보를 너무 많이 들어서 그런 거예요."

마샤가 말했다.

"틀린 정보를 너무 많이 들은 거 아닙니다. 내 눈으로 직접 본 겁니다."

벤이 대답했다.

"알아요. 하지만 그건 거리에서 파는 약이니까 그렇죠. 벤, 거리에서 파는 약은 내용물도 복용량도 제대로 조절하지 못하기 때문에 문제가 생기는 거예요."

"믿을 수가 없군요."

벤은 일어나려고 했다.

"LSD는 실제로 마약 중독을 치료하는 데 효과가 좋아요. 당신의 누나도 LSD로 좋은 결과를 얻을 수 있을 거예요. 제대로 사용하기만 하면요."

벤이 자기 얼굴을 짝 소리가 나게 때렸다.

"그게 무슨 말도 안 되는 소립니까?"

"당신도 아는 위대한 사람이 있죠. 스티브 잡스 말이에요."

이런, 달라이 라마일 거라고 생각했는데. 라스가 속으로 낄낄대며 웃었다.

"난 그를 존경해요."

"왜 우리 아이폰을 몽땅 뺏어가나 했더니, 그런 거였군."

토니가 중얼거렸다.

"스티브 잡스가 뭐라고 했는지 알아요? LSD 복용이 자기 인생에서 가장 중요하고 의미 있는 경험 가운데 하나라고 했어요."

"오, 그렇군요. 스티브 잡스가 그렇게 말했다면 우리 모두 LSD를 복용해야죠. 아무렴요."

라스가 쾌활하게 말했다. 마샤는 사랑스럽기는 하지만 중요한 내용을 조금도 이해 못하는 아이들을 보는 슬픈 표정으로 고개를 저었다.

"부작용은 아주 적어요. 우리가 지금 말하고 있는 순간에도 아이비리그에 있는 저명한 과학자들이 임상실험을 하고 있어요. 그 결과는 아주 놀랍습니다! 지난주에 여러분은 LSD를 소량 복용했기 때문에 명상과 요가에 집중할 수 있었고, 알코올이나 설탕처럼 훨씬 해로운 물질을 끊었는데도 금단 증상을 겪지 않은 거예요."

"그건 그렇다고 쳐요. 하지만 마샤……."

헤더가 말했다. 이제 헤더는 훨씬 차분해져 있었다. 그녀는 매니큐어를 말리려는 사람처럼 양쪽 손가락을 쫙 폈다.

"지금 내가 느끼는 기분은, 이번엔 그냥 살짝 쓴 게 아닌 거 같단 말이에요."

이보다 더 기쁠 수는 없다는 듯 마샤는 헤더를 보고 웃었다.

"이런, 헤더. 정말로 똑똑한 사람이군요."

"방금 마신 스무디는 달랐어요. 안 그래요?"

"맞아요, 헤더. 지금 그걸 설명하려고 했어요. 오늘 헤더한테 계속 여러 방 먹네요."

마샤는 자기 말을 곧바로 정정했다.

"헤더가 나를 한 방 먹였네요."

촛불 속에서 마샤의 끝내주게 하얀 이가 반짝거렸다. 하지만 마샤가 웃고 있는 건지 찡그리고 있는 건지는 알 수 없었다.

"지금부터는 엄격하게 지켜야 할 새로운 규칙을 시행할 겁니다."

마샤는 모든 사람을 둘러보면서 마음 속으로 묻는 질문에 대답하는 것처럼 한 사람 한 사람에게 살짝 고개를 숙였다. 맞아요. 맞습니다. 맞아요. 마샤는 그렇게 말하고 있는 것 같았다.

"이제 곧 진정한 변화를 경험하게 될 겁니다. 한 번도 해본 적 없는 프로그램이라 우리도 떨립니다. 여러분은 이 특별한 기회를 누리는 첫 번째 손님들이 되는 겁니다."

그 말을 듣는 순간 라스의 몸을 타고 영광스럽다는 행복한 감정이 꿀처럼 흘러내렸다.

"여러분이 방금 마신 스무디엔 LSD 적당량과 실로사이빈 액화물이 들어 있었어요. 실로사이빈은 멕시코에서 나는 마법의 버섯에서 추출한 환각 물질입니다."

"마법의 버섯이라니."

토니가 역겹다는 듯이 말했다.

라스는 이번 휴가를 평온의 집에서 보내기로 결정했다는 사실이 정말로 기뻤다. 여긴 진정으로 멋진 곳이었다. 아주 혁신적이고 최첨단이었다.

"그게 내가 한 나쁜 경험입니다. 내 나쁜 여행 말입니다. 그 마법의 버섯 때문에 경험한 거였죠."

나폴레옹이 말했다.

"그런 일은 일어나지 않게 할 거예요, 나폴레옹. 우린 제대로 훈련받은 의료인이에요. 여러분을 제대로 이끌어줄 겁니다. 여러분이 복용한 약은 모두 불순물이 섞이지 않은 순수한 형태임을 분명히 확인했고요."

멋지군. 질 좋은 순수 마약이라니. 라스는 마치 꿈을 꾸는 것 같았다.

"여러분은 안내자가 이끄는 환각치료 과정을 경험하게 됩니다. 치료를 받는 동안 여러분의 자아는 사라지고 높은 수준의 인식 단계에 들어가게 됩니다. 전에는 결코 보지 못했던 방식으로 세상을 보게 될 테고요."

라스의 친구는 아마존의 아야후아스카 의식에 며칠씩 참여하면서 깨달음을 얻으려고 산 채로 곤충을 먹고 토하기를 반복했다. 하지만 여긴 아마존과는 완전히 반대인 문명사회였다. 라스는 별 다섯 개짜리 숙소에 머물면서 깨달음을 얻을 수 있었다!

"이게 다 무슨 헛소리야."

토니가 말했다.

"난 정신이 나가던데요. 완전히 제정신이 아니었죠. 제정신이 아닌 거, 난 싫습니다."

나폴레옹이 말했다.

"안전한 상황에서 실로사이빈을 복용한 게 아니라서 그런 거예요. 전문가들은 안전한 상황에서 안전한 약품을 안전하게 복용할 수 있게 해주죠. 제대로 경험하려면 일단 마음가짐이 제대로 돼야 하고 지금 이곳처럼 통제된 환경이 갖춰져야 합니다."

마샤는 명상실을 소개하듯이 손을 움직였다.

"야오와 딜라일라, 그리고 내가 여기서 여러분을 이끌고 안전하게 지켜줄 겁니다."

"이런 일을 하다니, 고소당할 각오를 하는 게 좋을 거예요."

헤더가 차분하게 말했다. 마샤는 헤더를 보고 상냥하게 웃었다.

"조금 뒤에 침대에 올라가 누우라고 말할 거예요. 누워 있으면 진정으로 초월적인 경험을 하며 즐기게 될 겁니다."

"그런 경험을 하고 싶지 않다면요?"

토니가 물었다.

"우린 모두 우주선에 갇힌 것 같은데요."

라스가 토니의 크고 두툼한 어깨를 자기 어깨로 툭 치면서 말했다.

"우리 모두 우주 비행을 즐기는 게 어떨까요? 아, 그런데 당신 웃는 게 정말 매력적이네요."

카멜이 말했다.

"나도 그렇게 생각해요! 저 사람 웃는 거 정말 좋아요. 꼭, 머리가 막…… 구겨진 천으로 만들어진 것처럼…… 막 구겨지잖아요."

프랜시스가 말했다.

"이런, 세상에."

토니가 혀를 찼다.

"당신! 당신은 정말 잘생겼어요. 어쩜 그렇게 화끈하게 잘생겼대요?"

프랜시스가 라스에게 말했다. 라스는 그의 외모를 솔직하게 인정해주는 사람들에겐 언제나 애정을 느꼈다.

"그런 말씀을 해주다니 참 친절하시군요. 하지만 제가 그 칭찬을 독점할 순 없을 것 같습니다. 이 세상엔 화끈하게 잘생긴 사람이 많으니까요."

라스가 겸손하게 말했다.

"우리 허락도 안 받고 약을 먹이다니, 그건 불법 같아요."

제시카가 말했다. 이런 바보. 당연히 불법이지. 라스는 생각했다.

"나한테 바보라고 하지 말아요."

라스는 피가 차가워지는 것 같았다. 제시카는 라스의 마음을 읽을 수 있었다. 게다가 엄청나게 부유했다. 이제 제시카는 자신의 사악한 목적을 위해 이 세상을 장악할 수 있는 능력까지 갖춘 것이다.

"우린 부부상담을 받으러 여기 온 거예요. 부부상담을 하려고 돈을 낸 거라고. 그러니까 초월적인 경험 같은 건 우리한테 아무 의미 없어요."

제시카가 마샤에게 말했다.

"이 경험이 부부생활에 큰 영향을 미칠 거예요. 두 사람이 각자 다른 여행을 떠나지는 않을 거예요. 두 사람은 함께 있을 테고 부부로서 같은 경험을 하게 될 거예요."

마샤가 대답했다.

"스무디는 여러분 각자에 맞는 처방전에 따라 만들었어요. 우린 신중하게 연구했고, MDMA가 가장 좋은……."

"엑스터시라고요? MDMA는 엑스터시를 말하는 거예요. 우리한테 저 사람이 파티용 마약을 먹게 했다고요. 하, 믿을 수가 없네요. 해마다 엑스터시를 먹은 아이들이 죽어가고 있어요. 그런 사실이 당신한테는 아무렇지도 않아요?"

헤더가 날카롭게 말했다.

"엄만 모든 걸 너무 암울하게만 생각하는 거 같아."

조이가 말했다.

"가자."

벤이 제시카에게 손을 내밀면서 마샤를 봤다.

"우린 가겠습니다."

"잠깐만, 기다려봐."

제시카는 벤의 손을 잡지 않았다.

"다시 말하지만 통제된 상황에서 사용하면 MDMA는 안전합니다. 외상 후 스트레스 증후군, 사회불안장애, 부부 문제 등을 심리치료할 때 MDMA를 활용하면 엄청난 효과가 있다는 임상실험 결과도 있어요. 임상학적으로 적절한 양을 사용했을 때 사망자는 한 명도 나오지 않았고 부작용도 전혀 없었습니다."

"하지만 여긴 의료시설이 아니에요!"

헤더가 울부짖었지만, 마샤는 헤더를 무시했다.

"MDMA는 엠파토겐에 속하는 약물입니다. 엠파토겐은 다른 사람에게 공감할 수 있게 해주고 마음을 열게 해주죠."

"정말로 멋진 경험이 될 겁니다, 여러분."

라스가 신이 나서 말했다.

마샤는 그런 태도는 용납할 수 없다는 표정으로 라스를 봤다.

"하지만 클럽에서 밤새 춤을 추는 경험과는 전혀 다를 겁니다. 이건 안내를 받아 하는 치료니까요. 벤과 제시카, 두 사람은 서로의 마음을 훨씬 더 예민하게 느끼고 서로의 생각을 더 잘 받아들일 수 있게 될 겁니다. 지금까지 한 번도 해보지 못한 방식으로 대화를 하게 될 테고요."

"동의 말입니다."

나폴레옹이 말했다.

"동의가 빠진 것 같습니다. 서류를 꼼꼼하게 읽어봤습니다. 분명히 이 일에 동의한 적이 없어요."

"당연히 그런 걸 동의할 리 없잖소."

토니가 말했다.

제시카는 기다란 가짜 손톱을 붙인 손가락을 입에 넣고 잘근잘근 씹기 시작했다. 조심해요, 아주 날카로워 보이는데. 라스는 생각했다.

"뭐가 날카롭다는 거예요?"

제시카는 라스에게 얼굴을 찡그려 보이고는 벤을 봤다.

"우리 이거 해봐야 하는 거 아닐까?"

여전히 우뚝 서 있는 벤은 고개를 저었다.

"약은 위험해. 약은 나쁜 거야. 약은 인생을 파괴해버려."

"알아, 베이브. 하지만 한번 해봐야 하지 않을까?"

"나는 두 분이 해봐야 한다고 생각합니다. 지금까지 나쁜 결혼을 많이 봤어요. 하지만 두 분의 결혼생활은……."

멋진 문장을 마무리하려면 멋진 단어가 필요했지만, 라스의 뇌에서 그 멋진 단어는 도망쳐버리고 말았다. 라스의 뇌에서 도망쳐버린 단어는 나비처럼 날아서 제시카와 벤 사이를 재빨리 빠져나가더니 토니의 손으로 내려앉았다. 라스는 몸을 앞으로 숙여 그 단어를 읽었다.

"가능성이 있어요. 두 분의 관계는 회복될 가능성이 있습니다."

시간이 느리게 흐르다가 갑자기 정상적인 속도로 다시 흘러가기 시작했다. 딜라일라가 라스 앞에 서 있었다. 순간이동을 해온 것 같았다. 영리한 깍쟁이 같으니라고.

"자, 이제 누울 시간이에요, 라스."

순간이동은 아주 쓸모 있는 기술이어서 라스는 배워보고 싶었다. 그래, 《바보들을 위한 순간이동에 관한 책》을 주문해야겠다. 이 정도 농담이면 새로 친구가 된 프랜시스가 인정해줄 게 분명한데, 아쉽게도 프랜시스는 야오와 함께 있었다. 침대에 누운 채 야오가 프랜시스의 눈에 안대를 씌울 수 있도록 고개를 들고 있었다.

"자, 일어나세요."

딜라일라가 손을 내밀었다. 라스는 딜라일라의 어깨 위로 쏟아져 내리는 윤기 흐르고 풍성하고 곱슬곱슬한 머리카락 때문에 잠시 주춤했다. 한 시간 동안 머리카락을 쳐다본 뒤에야 라스는 딜라일라의 손을 잡았다.

"나쁜 결혼에 관해서라면 난 모든 걸 알죠."

딜라일라가 자신을 일으켜 세우도록 내버려둔 채 라스가 말했다. 딜라일라는 원더우먼처럼 강하고 힘이 셌다. 실제로도 원더우먼처럼 생겼다. 여러 가지 면에서 경이로운 여자였지만 라스는 자기 머리카락 옆에 그녀를 두는 일은 절대 없을 것이다.

"그 얘기는 치료를 받는 동안 함께 나눠보도록 해요."

딜라일라는 라스를 침대로 데려가면서 말했다.

"고맙지만 사양할게요, 허니. 이미 치료라면 엄청 많이 받았습니다. 내 정신세계에 관해서라면 더 알아낼 것도 없습니다."

라스가 열 살 때 아버지는 그웬이라는 여자 때문에 어머니 곁을 떠났다. 세상에는 좋은 그웬도 있을지 모르지만 그러리라는 생각은 들지 않았다. 아버지가 떠났을 때 어머니의 재정 상태는 엉망이었다. 그리고 지금 라스는 아내를 떠난 부유한 남자들의 등골을 빼고 있는 중이었다. 오래전에 죽은 아버지에게 끝도 없고 의미도 없는 복수를 하는 중인데, 감정적으로나 재정적으로 매우 만족스러웠다.

어렸을 때 인생을 통제하지 못했기 때문에 라스는 제멋대로였고, 가진 것 하나 없이 자랐기 때문에 돈에 관해서는 기이한 데가 있었고, 연약해지고 싶지 않았기 때문에…… 인간관계에서 충분히 연약해질 수가 없었다. 레이를 사랑했지만 라스는 레이에게 주지 않는 부분이 있었다. 레이는 행복하고 바람직한 어린 시절을 보냈으니까. 라스의 마음속엔 자신은 갖지 못한 어린 시절을 누린 레이의 얼굴을 한 대 세게 치고 싶은 무의식이 존재하는 것 같았다. 바로 그거였다. 그러니 이제 더는 알아야 할 것도 배워야 할 일도 없었다.

몇 년 전부터 라스는 건강휴양지를 찾아다녔고, 레이는 자전거를 타기 시작하면서 도시에 살며 자전거를 타는 모든 사람처럼 비쩍 마르고 강박관념에 시달렸다. 그래, 인생은 좋은 거였다.

"이런 치료는 못 받아봤을 거예요."

딜라일라가 말했다.

"딱히 받고 싶진 않습니다. 그냥 여행을 하고 싶군요."

라스는 단호하지만 예의 바르게 말했다. 그러곤 침대에 누워 편하게 몸을 풀었다. 옆에는 거대한 토니, 스마일리 호그번이 누워 있었다. 마샤가 토니에게 안대를 씌우기 전에 라스는 그와 눈이 마주쳤다. 토니의 눈은 죄수처럼 공포에 질려 있었다. 불쌍한 토니. 그저 푹 쉬면서 즐겨요, 덩치 큰 양반.

딜라일라가 라스 위로 몸을 숙였다. 따뜻하고 달콤한 숨결이 느껴졌다.

"잠깐 갔다 올게요. 돌아와서 당신이 마음속에 품고 있던 얘기를 들어줄게요."

"내 마음속엔 아무것도 없어요. 내가 잘 때는 머리카락 만지면 안 돼요, 딜라일라."

"정말 재밌네요. 그런 농담은 들어본 적이 없어요. 마샤와 야오도 같이 있을 거예요. 당신은 혼자 있지 않아요. 안전할 거예요, 라스. 하지만 필요한 게 있으면 언제라도 말해줘요."

"그거 좋네요."

딜라일라는 라스의 눈에 안대를 씌우고 귀에는 헤드폰을 씌웠다.

"별을 찾아봐요."

딜라일라가 말했다. 잠시 후 헤드폰 속에서 클래식 음악이 흘러나와 곧바로 라스의 귀로 들어갔다. 각각의 음이 완벽하게 순수한 상태로 하나 하나 들려왔다. 끝내주는 경험이었다.

검은 머리에 얼굴이 더러운 작은 소년이 라스에게 말했다.

"나랑 같이 가자. 보여줄 게 있어."

"안 돼, 친구. 지금은 아주 바빠."

라스는 소년이 누구인지 알았다. 꼬마 라스였다. 꼬마 라스는 어른 라스에게 알려주고 싶은 게 있음이 분명했다.

"제발. 꼭 보여줄 게 있단 말이야."

꼬마 라스는 어른 라스의 손을 잡았다.

"나중에. 지금은 바쁘니까 가서 놀아."

어른 라스는 손을 잡아 빼며 말했다.

이걸 기억해야지. 모두 기억할 거야. 라스는 생각했다. 집에 가면 지금 겪은 일을 레이에게 모두 말해줄 생각이었다. 레이는 흥미롭게 들어줄 것이다. 레이는 라스에게 일어난 모든 일에 늘 관심을 보였다. 레이의 얼굴은 언제나 솔직하고 숨김이 없고 희망에 차 있었다. 레이는 라스에게서 뭔가를 뺏어가는 사람이 아니었다. 레이가 원하는 건 라스의 사랑뿐이었다.

이 단순한 생각은 라스의 의식 속에 매달린 채로 모든 질문에 답이 돼주고 모든 문의 열쇠가 돼줬다. 하지만 곧 라스의 마음은 10억 개의 자주색 꽃잎으로 폭발해버렸다.

. 32 .

조이

아빠는 눕는 것도 안대도 헤드폰도 거부했다. 규칙을 따르지 않겠다고 고집을 부리고 있었다. 아빠가 규칙을 거부하다니, 조이로서는 처음 보는 광경이었다. 재미있기도 하고 놀랍기도 했다.

조이는 마샤가 아빠를 설득하는 모습을 보면서 엄지로 다른 네 손가락 끝을 하나씩 꾹꾹 눌렀다. 엄마는 소리를 지르고 있었다.

"불법이야! 부도덕해! 충격적인 일이라고!"

엄마는 분노로 뭉쳐 있는 사나운 작은 공이었다. 그럴 때 엄마는 귀여웠다. 엄마가 화를 낼 때마다 잭이 뭐라고 했더라? "엄마가 사나운 양배추가 됐어"라고 했지. 조이는 눈을 감았다. 엄마가 지금 사나운 양배추가 됐어.

"나랑은 말 안 할 거라고 생각했는데."

조이의 귀에 잭의 목소리가 종소리처럼 똑똑히 들려왔다.

"안 할 거야. 미우니까. 정말 넌 참을 수가 없어."

"알아. 나도 널 참을 수가 없어. 왜 사람들한테 계속 우리가 가깝지 않았다고 말하는 거야?"

"가깝지 않았으니까. 너 죽기 전에, 우리가 한 달 동안 말도 안 하던 거 생각 안 나?"

"그거야 네가 여우처럼 굴었으니까."

"아니거든. 네가 완전 루저처럼 군 거거든."

"웃기시네."

"네가 더 웃기거든. 내가 네 셰익스피어 모욕생성기 다운받았어."

"나도 알아. 그래서 재밌냐? 그게 좋냐? 이 쭈글쭈글한 괴물아."

"네 기타도 부쉈어."

"나도 봤어. 방에서 집어 던졌잖아. 이 화만 내는 겁 많고 소심한 저질 녀석."

"너 때문에 화가 났으니까 그랬지."

"알아."

"넌 일부러 그런 거잖아. 나한테 보복하려고. 이기려고."

"맞아. 아냐. 사실 우리가 왜 싸웠는지도 기억 안 나는걸."

"매일매일 그리워, 잭. 매일."

"알아."

"난 다시는 정상적인 사람이 못 될 거야. 네가 나한테 정상이라는 걸 가져가버렸잖아. 너 때문에 난 비정상적인 사람이 됐어. 외로운 비정상적 인간."

"넌 원래 비정상이었어."

"완전 웃기네."

"엄마랑 아빠가 우리 오라는데?"

"그게 무슨 소리야?"

조이는 눈을 떴다. 명상실은 150만 제곱킬로미터는 넓어져 있었고 저 멀리 점처럼 보이는 엄마와 아빠가 오라고 손짓하고 있었다.

"이리 와서 우리랑 앉아!"

· 33 ·

프랜시스

질리언과 함께 하얀 말들이 끄는 썰매를 타고 별이 가득한 밤하늘을 가로지르고 있는 프랜시스의 얼굴로 차갑고 보드라운 눈송이가 내려앉았다. 프랜시스의 무릎 위엔 책이 가득 쌓여 있었다. 외국어로 번역된 책을 비롯해 모두 프랜시스가 쓴 책이었다. 책들은 시리얼 상자처럼 활짝 열려 있었다. 프랜시스는 책 속으로 손을 깊숙이 넣어 단어를 한 움큼 꺼내 바람에 날려보냈다.

"잡았다!"

썰매 뒤에서 솔이 소리쳤다. 솔과 헨리는 담배를 피우며 새총으로 쓸모없는 형용사를 잡고 있었다.

"그냥 날아가게 내버려둬."

프랜시스가 무뚝뚝하게 말했다.

"부사도 모두 잡을 거야."

솔이 행복해하며 말했다.

"운율이 맞는 것도?"

헨리가 싹싹하게 물었다.

"그건 운율이 안 맞아."

프랜시스가 지적했다.

"그냥 단어야, 프랜시스."

질리언이 대답했다.

"오, 대단한데, 질리언."

솔이 말했다.

"입 다물어, 솔."

질리언도 말했다.

"질리언은 당신을 끝까지 싫어했어."

프랜시스가 솔에게 말했다.

"질리언 같은 여자는 내색은 안 해도 늘 상남자를 갈망하지."

프랜시스가 솔을 보고 사랑스럽다는 듯 웃었다. 솔은 이기적이었지만 미치도록 섹시한 남자였다.

"당신이 내 첫 번째 남편이야."

"그렇지. 첫 번째 남편이지. 당신은 내 두 번째 아내고."

"두 번째 아내는 젊고 예쁘잖아. 난 두 번째 아내인 게 좋아."

"그렇다 치고, 누구의 서른 번째 생일 파티 때 질리언이 나한테 키스했는데."

헨리가 말했다.

"술에 취해 있었잖아. 너무 큰 의미는 부여하지 마."

프랜시스가 대꾸했다.

"맞아. 난 취해 있었어. 죽을 때까지 그 일 때문에 기분 나빴고."

질리언이 인정했다.

"헨리, 당신은 내 두 번째 남편이야. 하지만 난 당신 첫 번째 아내고. 그러니까 그렇게 예쁘진 않았던 거지."

"왜 자꾸 첫 번째니 두 번째니 하는 소릴 하는 거야?"

질리언이 물었다.

"누가 누구인지 분명히 알려주지 않으면 독자들이 짜증을 내거든. 그러니까 독자들이 구별할 수 있게 도와줘야 해."

"하지만 이건 책이 아니잖아."

"아냐. 너도 이게 책인 걸 알게 될 거야. 그리고 주인공은 분명히 나고."

"저기 키 큰 러시아 여자랑 경쟁을 벌이고 있는 것 같은데?"

"아냐. 이건 모두 내 소설이야. 아직 남자 주인공을 못 정했을 뿐이야."

"그건 아니지. 눈먼 프레디도 금방 고를 수 있겠다. 첫날부터 알았던 거잖아요. 안 그래요?"

질리언이 하늘에 대고 고함을 질렀다. 프랜시스는 감히 용기를 내 하늘을 쳐다봤다. 반짝이는 별들이 프랜시스의 소설에서 성차별, 노인차별, 인종차별, 덩치 큰 사람 비하, 몸매 비하, 여성 비하, 채식주의자 비하, 부동산업자 비하를 찾으려고 혈안이 된 백만 개가 넘는 눈으로 바뀌었다. 하늘에서 위대한 인터넷 신이 고함을 질렀다. *창피한 줄 알아라!*

프랜시스는 황급히 고개를 숙이며 속삭였다.

"그냥 소설일 뿐인걸요."

보석 같은 은유를 주렁주렁 매단 끝없이 긴 거미줄 같은 문장이 프랜시스의 목을 칭칭 감았지만, 그런 문장은 프랜시스에게 어울리지 않아서 그녀는 문장을 잡아 뜯어 멀리 던져버렸다. 프랜시스가 던져버린 문장은 하늘을 날고 날아 마침내 상을 받으러 가던 수줍은 작가가 낚아채 아름다운 시체의 입에 재갈을 물리는 데 사용했다.

"젊은 독자들이 '눈먼 프레디'라는 말을 이해할 수 있을까요?"

프랜시스 옆에 둥둥 떠서 원고를 교정하던 조가 말했다. 조는 커다란 연필 위에 걸터앉아 있었다.

"그거 장애인 비하 아닐까요?"

"내가 소설 속 등장인물이라니, 재미있는데."

썰매 뒤에서 인터넷 연애 사기꾼이 말했다. 사기꾼은 헨리와 솔의 가운데에 앉아 두 남자와 어깨동무를 하고 있었다.

"프랜시스는 너희보다는 날 훨씬 더 사랑했지."

"웃기고 있네. 넌 그냥 사기꾼이야. 프랜시스는 널 만난 적도 없고 섹스도 한 적이 없잖아, 이 거시기 빠는 놈아!"

"!!!!"

조가 소리쳤다.

"나도 그렇게 생각해. 저 말은 삭제해. 우리 엄마도 네가 쓴 책 본단 말이야."

질리언이 동의했다.

"프랜시스의 전남편으로서 우리에겐 널 곤죽이 될 때까지 패줄 의무가 있어. 썩 꺼져, 이 사기꾼아."

헨리가 폴 드래블에게 말했다.

"'썩 꺼져, 이 사기꾼아'라니, 괜찮은데."

솔이 빙그레 웃었다. 솔과 헨리가 서로 주먹을 툭 쳤다.

"허, 주먹을 맞대다니. 그런 식으로 의기투합하기엔 두 사람 나이가 너무 많지 않아?"

프랜시스는 한숨을 쉬었지만 두 전남편은 연대를 결성하느라 바빴다. 프랜시스는 두 사람이 만났다면 저렇게 됐으리라는 걸 알고 있었다. 프랜시스의 쉰 번째 생일에 두 사람을 초대해야 했는데.

프랜시스는 폴 드래블이 별다른 저항 없이 사라져버렸다는 걸 깨달았다. 그가 떠난 자리를 봐도 고통이 느껴지지 않았다. 그러니까 그 사기꾼은 아무것도 아니었다. 정말로 아무것도 아니었다.

"그 사람은 그냥 내 은행 계좌에 넣은 입금액이었어."

"출금액이지, 바보야."

질리언이 정정했다.

"출금이든 입금이든 뭐 어때. 난 완전히 극복했다고."

"중요한 사람은 나였지."

소년의 목소리가 들려왔다. 아리였다. 폴 드래블의 아들. 프랜시스는 돌아보지 않았다. 아리는 도저히 쳐다볼 자신이 없었다.

"질리언, 난 쟤 엄마가 될 거라고 생각했어. 살면서 엄마가 돼야겠다는 생각을 한 건 처음이었어."

"알아."

"진짜 쪽팔려. 얼마나 쪽팔렸는지 몰라."

"그건 상실이야, 프랜시스. 아무리 쪽팔려도 상실을 겪었다면 슬퍼해도 돼."

아리와 질리언을 잃은 상실감에 슬퍼하는 며칠 동안 조용히 눈이 내려 프랜시스와 질리언은 눈에 파묻혀 얼어버릴 지경이었다.

"근데 아빠는?"

봄이 되어 눈이 녹고 나비가 춤을 추고 벌이 윙윙거리며 날아다닐 때 프랜시스가 물었다.

"왜 내 여행에 함께하지 않은 거지? 이 소설을 쓰는 사람은 나잖아. 질리언, 네가 아니고. 그러니까 아빠를 태워야겠어."

"나 여기 있다."

프랜시스의 아빠는 썰매 뒷자리에 혼자 앉아 있었다. 프랜시스의 책상 위에 놓인 액자 속에서처럼 1973년 점심식사 때 입었던 카키색 사파리 슈트를 입고 있었다. 프랜시스는 뒤로 손을 뻗어 아빠의 손을 잡았다.

"안녕, 아빠!"

"넌 여전히 남자애들이라면 사족을 못 쓰는구나."

아빠가 고개를 저었다. 아빠가 쓰던 올드스파이스 애프터셰이브 로션 냄새가 났다.

"아빠는 내가 너무 어릴 때 죽었잖아. 내가 남자들 보는 눈이 없는 건 그래서야. 늘 아빠를 대신할 사람을 찾으니까."

"너무 진부한데요?"

조가 말처럼 팔짝팔짝 뛰고 있는 연필 위에서 말했다.

"아빠랑 관련해서 뭔가 풀 수 없는 문제가 있는 체하지 마. 넌 아무 문제도 없으니까. 책임감을 좀 가져."

질리언이 말했다. 프랜시스는 질리언의 팔을 꼬집었다.

"아야!"

"미안. 안 아플 줄 알았어. 이건 진짜가 아니라 내 소설이잖아."

"소설이라니까 하는 말인데, 난 항상 네가 스토리를 좀 더 제대로 썼으면 좋겠다고 생각했어. 네 인생도 좀 더 제대로 살아가고 말이야. 계속 남편을 바꾸는 거 말고. 마지막 장에 쓸 내용을 미리 생각해둘 수도 있잖아. 살아있을 때는 용기가 없어서 이런 말은 못했어."

"아니거든. 너 했어. 그것도 여러 번."

"넌 언제나 네가 쓴 소설 속 주인공인 것처럼 행동했어. 네 앞에 나타난 남자 품으로 무조건 뛰어들었잖아."

"그 말도 했어."

"내가? 내가 그렇게 무례할 리 없는데."

"나도 무례하다고 생각했어."

"그래도 난 친절한 편에 속하지 않았어?"

"아무튼 넌 캐릭터가 변하는 인물은 아니야. 이미 죽었으니까. 네 캐릭터는 완성됐어. 그러니 내 캐릭터를 발전시키는 데 집중하자."

"네 캐릭터야 쉽지. 넌 공주잖아. 또 다른 왕자를 기다리는 수동적인 공주."

"아냐. 난 에뮤도 죽일 수 있는 사람이야."

"확인해보면 되겠지. 그렇지, 프랜시스? 저 에뮤를 죽여봐."

"그러지 뭐."

프랜시스는 다시 살아났지만 여전히 날지 못하고 별 사이를 뛰어다니는 에뮤를 뚫어지게 봤다.

"정말 보고 싶어, 질리언."

"고마워. 나도 네가 보고 싶다고 말해야겠지? 하지만 이렇게 더 없는 행복 속에 살다 보면 누군가를 그리워할 일이 별로 없어."

"그래. 놀라운 말은 아냐. 여긴 정말 아름다워. 꼭 오로라 같지?"

"항상 여기 있는 거야."

"뭐? 오로라가? 아냐. 늘 있는 거 아냐. 엘렌이 오로라를 보려고 돈을 왕창 들였는데도 못 보고 왔대."

"이 아름다움 말이야. 넌 그냥 조용히 있기만 하면 돼. 가만히 멈춰 있어. 말하지 말고 원하지도 말고 그저 존재하는 거야. 그러면 들을 수 있을 거야. 느낄 수 있을 거야. 눈을 감으면 보게 될 거야."

"재미있네. 혹시 내가 서평 얘기를 했던가?"

"프랜시스, 서평은 잊어버려!"

짜증이 잔뜩 묻은 목소리로 질리언이 말했다.

. 34 .

야오

"지금 어디 있어요, 프랜시스?"

야오가 프랜시스의 헤드폰을 벗기며 물었다.

"소설 속이에요, 야오."

안대 때문에 눈을 볼 순 없었지만 프랜시스는 신나 보였다.

"소설을 쓰고 있고 내가 그 안에 있어요. 정말로 괜찮은 소설이에요. 마술적 리얼리즘을 바탕으로 쓰고 있는데, 처음 해보는 시도예요. 맘에 들어요! 여기선 말이 되는 게 하나도 없어도 돼요."

"좋군요. 누구와 함께 있나요?"

"친구 질리언요. 죽었어요. 자다가 마흔아홉 살에요. 돌연사증후군이었어요. 돌연사증후군은 아기들에게만 있는 줄 알았거든요? 어른도 그럴 수 있다는 건 정말 몰랐어요."

"질리언이 프랜시스에게 할 말이 있는 건가요?"

"아니, 없는 거 같아요. 내가 질리언한테 서평 얘기를 해주고 있었어요."

"프랜시스, 서평은 잊어버려요!"

전문가답지 못한 행동이었지만 야오는 짜증을 감출 수 없었다. 프랜시스는 끊임없이 서평 얘기를 해댔다. 원래 작가들은 나쁜 서평을 받지 않나? 그게 작가들이 감수해야 할 직업재해 아니었나?

구급대원이 돼봐요. 아내를 살려내라며 목에 칼을 들이미는 남자 때문에 죽은 사람을 살려야 하는 상황이 되면 어떤 기분이 들지 한 번 해보라고요, 프랜시스.

프랜시스가 안대를 올리고 야오를 쳐다봤다. 프랜시스의 머리카락은 이제 막 잠에서 깬 사람처럼 우습게 뻗쳐 있었다.

"난 해산물 링귀니를 먹을게요. 정말 고마워요."

프랜시스는 상상 속의 메뉴판을 탁 닫더니 다시 안대를 하고 〈어메이징 그레이스〉를 흥얼거리기 시작했다.

야오는 프랜시스의 맥박을 재면서 어느 대학 파티가 끝난 뒤 누군가의 침실에서 술 취한 여학생을 돌봐야 했던 기억을 떠올렸다. 말도 안 되는 소리를 늘어놓던 여학생의 얘기를 몇 시간이나 들어주고, 토하다 질식하진 않겠다는 확신이 든 뒤에야 잠이 들었다가 새벽에 코앞에서 나는 시큼한 입 냄새를 맡으며 눈을 떴다. 여학생은 말했다.

"당장 나가!"

"손 하나 안 댔어. 아무 일도 없었어."

"당장 꺼져."

그때 야오는 의식 없는 여자를 강간한 것 같은, 그 여자를 이용한 것 같은 기분이 들었다. 야오는 절대로 그런 짓을 하지 않았고 사람들을 돕는 일을 직업으로 택할 예정이었지만, 그 사실은 중요하지 않았다. 그때의 야오는 남자를 대표하고 있었고 남자들이 저질러온 모든 죄악 때문에 비난을 감수해야만 했다.

프랜시스를 안내하는 일은 술 취한 여학생을 돌보는 일과 달랐다. 그런데도 그 여학생을 돌볼 때와 같은 기분이 들었다.

"오랫동안 섹스를 못했어요."

프랜시스의 입가에 침이 고였다. 야오는 속이 메슥거렸다.

"정말 유감입니다."

그렇게 대답하고 야오는 벤과 제시카 옆에 앉은 마샤를 봤다. 벽에는 세 사람의 커다란 그림자가 드리워져 있었다. 마샤는 부부의 얘기를 들으며 고개를 끄덕였다. 치료가 제대로 진행되고 있는 듯했다.

딜라일라는 라스의 침대 옆에 앉아 조용히 말하고 있었다. 마치 파티에 온 두 손님이 담소를 나누는 듯 보였다.

손님들은 모두 아무 문제없었다. 혹시 모를 사고에 대비해 구급약도 준비해뒀다. 모두 철저하게 점검하고 지켜볼 것이다. 그러니 걱정할 일은 하나도 없었다. 하지만 지금, 너무나 이상하게도 야오의 모든 감각은 오직 한 마디만 외치고 있었다.

도망가!

· 35 ·

토니

토니는 벽돌을 세 개 합친 것만큼이나 무겁고 이상하게 생긴 풋볼 공을 들고 끝없이 펼쳐진 잔디밭을 달리고 있었다. 팔이 아팠다. 공이 이렇게 무거울 리가 없는데?

옆에선 밴조가 달리고 있었다. 다시 강아지가 된 밴조는 다 자라서는 보이지 않았던 아기다운 발랄함으로 꼬리를 흔들면서 토니의 다리 사이로 팔딱팔딱 뛰어다녔다.

다시 행복해지려면 이상하게 생긴 공을 차서 골인만 하면 된다는 걸 토니는 알았다. 이 공은 토니가 스스로에 대해 미워하는 모든 걸 상징했다. 그의 실수, 그의 후회, 그의 부끄러움.

"앉아."

토니의 말에 밴조가 앉았다. 밴조의 큰 갈색 눈이 신뢰를 가득 담아 토니를 올려다봤다.

"기다려."

밴조는 기다렸다. 밴조의 꼬리가 잔디밭 위에서 앞뒤로 왔다 갔다 했다.

토니는 거대한 고층 빌딩처럼 하늘로 솟구치는 하얀 골대를 쳐다봤다. 다리를 들어 공을 힘껏 찼다. 공이 완벽한 아치를 그리며 하늘을 가로질렀다. 공이 날아가는 순간 토니는 됐다는 사실을 알왔다. 위장에서 누가 롤러코스터를 타고 있는 것 같았다. 이보다 더 좋은 건 없었다. 섹스보다 좋았다.

그러고 보니 섹스를 오랫동안 하지 않았다. 공이 골대 가운데로 똑바로 들어가는 순간 관중이 환호했고 토니의 몸에서는 희열이 로켓 연료처럼 터져나가 그를 하늘 위로 날려버렸다. 하늘을 나는 토니는 슈퍼맨처럼 주먹 쥔 한 손을 앞으로 길게 뻗었다.

. 36 .

카멜

카멜은 디자이너들이 만든 최신 몸만 취급하는 고급 의상실에서 푹신한 벨벳 소파에 앉아 있었다. 카멜은 몸을 입고 있지 않았다. 몸을 입지 않은 카멜은 근사했고 편안했다.

음식을 받아들일 위도 없었고 엉덩이도 없었다. 이두박근도 삼두박근도 없었고 셀룰라이트도 없었다. 눈가 잔주름도 없었고 표정주름도 없었고 제왕절개 자국도 없었고 기미도 없었고 노화의 일곱 징후도 없었다. 푸석한 머리카락도 곱슬머리도 없었고 흰머리도 없었다. 제모를 하거나 염색을 하거나 관리를 할 필요도 없었다. 길게 늘이거나 평평하게 만들 곳도 감추거나 꾸밀 곳도 없었다. 몸이 없는 그녀는 그저 카멜이었다.

네 원래 얼굴을 봐. 부모님이 널 낳기 전에 갖고 있던 얼굴을.

딸들이 카멜 옆에 앉아 엄마가 새로운 몸을 고르길 기다리고 있었다. 아이들은 조용히 앉아서 각자 나이에 맞는 동화책을 읽으며 이제 막 깎아온 과일을 먹고 있었다. 기계를 만지지도 않았고 설탕이 든 과자를 먹지도 않았고 서로 싸우지도 않았다. 카멜은 엄마들의 역사에서 가장 훌륭한 엄마였다.

"이제 당신의 성스러운 새 인생에 맞는 신성한 몸을 골라보세요."

의상실 매니저인 마샤가 말했다. 마샤는 디즈니 만화영화에 나오는 공주처럼 입고 있었다. 마샤는 몸이 걸린 옷걸이들이 매달린 옷장을 손가락으로 쓸었다.

"아냐. 이것도 아냐. 아, 이게 좋겠군!"

마샤는 옷장에서 빼낸 몸을 한쪽 팔에 걸쳤다.

"이걸 입으면 사랑스러워 보일 거예요. 패셔너블한 데다 돋보이는 몸이거든요."

그건 소녀의 몸이었다. 소녀의 매끄러운 금발 머리였고 소녀의 잘록한 허리였다.

"발목이 맘에 안 들어요. 난 훨씬 더 가느다란 발목이 좋아요. 게다가 남편의 새 여자친구도 그 몸을 갖고 있는걸요."

"그럼 이걸 입을 순 없죠."

마샤는 그 몸을 다시 옷장에 걸더니 다른 몸을 꺼냈다.

"이건 어때요? 아주 매력적이죠. 이 몸을 입으면 누구나 돌아볼 거예요."

그건 마샤의 몸이었다.

"정말 놀라워요. 하지만 내가 감당할 수 없을 것 같아요. 나한텐 안 어울려요."

룰루가 책을 내려놓았다. 입가에 복숭아가 묻어 있었다. 카멜은 딸의 입을 닦아주고 싶었지만 손가락이 없다는 사실을 깨달았다. 손가락은 유용한 도구였다.

"저기 엄마 몸 있잖아."

룰루가 옷걸이도 없이 문손잡이에 걸려 있는 카멜의 몸을 가리켰다.

"저건 옛날 몸이야. 엄만 새 몸이 필요해."

"아냐. 저게 엄마 몸이야."

늘 그렇듯이 룰루는 고집스럽게 우겼다.

마샤가 카멜의 옛날 몸을 들고 말했다.

"아주 편할 것 같아요."

"그럼 조금만 줄일 수 있을까요?"

"물론이죠. 우리가 아주 아름답게 만들어줄게요. 자, 여기 있어요. 입어봐요."

카멜은 한숨을 쉬며 옛날 몸을 받아 입었다.

"딱 맞네요. 우린 그저 살짝 바꾸기만 했어요."

"난 이 발목이 정말 좋아요. 너희 생각은 어떠니, 딸들?"

카멜의 말에 아이들이 엄마 품으로 뛰어들었다. 카멜은 딸들의 머리를 안을 때 보이는 손등의 파란 정맥에, 심장이 세게 뛰는 소리에, 아이들을 안아 올리는 자신의 강인한 팔에 경탄했다.

"이걸로 할래요."

"당신 몸을 사랑하게 될 거예요, 카멜."

마샤가 말했다.

· 37 ·

마샤

놀라워. 모든 일이 믿을 수 없을 만큼 잘되고 있어.

마샤는 생각했다.

환각치료는 연구 결과대로 정확하게 진행되고 있었다. 카멜 슈나이더는 몸에 관한 문제에서 돌파구를 찾았다. 무슨 이유 때문인지 모르겠지만 카멜은 계속 옷을 벗으려 했고, 마샤는 카멜이 자신의 몸을 받아들일 수 있도록 훌륭하게 대화를 이끌어갈 수 있었다.

마샤가 이룩한 승리는 손안에 든 단단하고 빛나는 황금 트로피처럼 실재였다.

. 38 .

나폴레옹

나폴레옹은 명상실 벽에 등을 기대고 앉아 바닥이 잠자는 아기처럼 연약하면서도 빠른 속도로 숨 쉬는 모습을 지켜봤다. 그냥 착시 현상이었다. 벽과 바닥이 숨을 쉴 리는 없으니까. 하지만 숨을 쉰다고 큰 문제가 될까? 그리 나쁜 일 같진 않았다.

옛날에, 지저분하고 연기가 나는 클럽 벽도 숨을 쉬고 있었다. 나폴레옹은 자신이 우주를 나는 아메바 속에 갇혔다고 확신했다. 그때는 완벽하게 말이 된다고 생각했다. 고래가 요나를 삼킨 것처럼 아메바가 나폴레옹을 삼켰고, 나폴레옹은 천년 동안 갇혀 있었다. 나폴레옹은 스무 살이었고 뇌가 터질 것만 같았다. 나폴레옹은 늘 자기 뇌에 자부심이 있었기 때문에 그 뒤로 이어진 암울한 날들을 위로할 수 있는 방법은 다시는 절대로 안 해, 다시는 절대로 안 해, 다시는 절대로 안 해, 라는 말을 읊는 것뿐이었다.

그런데 오늘, 또다시 나폴레옹은 갇혀버렸다. 지금은 아메바 안에 있는 게 아냐. 난 건강휴양지에 있어. 이 사람들이 내 허락도 안 받고 약을 먹였어. 그러니까 약효가 사라질 때까지 기다리면 돼. 그래도 이번엔 사람 얼굴도 잘 안 보이는 연기 자욱한 클럽이 아니라 쾌적하고 좋은 냄새가 나고 촛불까지 켜 있는 명상실에 있었다.

나폴레옹은 두 여자의 손을 잡고 있었다. 왼손으로는 헤더의 손을, 오른손으로는 조이의 손을 잡았다. 나폴레옹은 눕는 것도, 안대와 헤드폰을 쓰는 것도 거부했다. 맘을 단단히 붙잡고 있으려면 똑바로 앉아서 눈을 뜨고 있어야 한다는 걸 알기 때문이다.

마샤는 괜찮은 체하고 있었지만 최상의 결과를 얻으려면 정확한 절차를 따라야 하는데 나폴레옹이 거부해서 화가 나 있었다. 마샤가 굳이 강요하지 않겠다는 결정을 내린 순간, 나폴레옹은 그 사실을 알 수 있었다. 마샤의 마음을 읽을 수 있었으니까. 마샤는 집중할 전투를 골라야 한다는 생각을 한 것이다. 나폴레옹도 학생들을 대할 때 집중할 일을 신중히 골랐다. 그리고 언제나 제대로 선택했다. 쌍둥이를 기를 때도 마찬가지였다.

"집중해야 할 전투를 골라봐. 신중하게."

나폴레옹이 부드럽게 말했다.

"어떤 전투를 치러야 할지 잘 알아. 난…… 저 여자가 감옥에 갇히기 전까진 결코 멈추지 않을 거야."

헤더는 손님들과 얘기를 하며 그들의 이마를 짚어보는 마샤를 보고 말했다.

"저 여자 좀 봐. 자기가 무슨 플로렌스 나이팅게일이라도 되는 것처럼 의기양양해하고 있잖아. 환각치료라니, 니미뿡이다."

마샤가 같은 업계에 종사하는 사람이라서 헤더가 그녀를 질투하는 건 아닌지 나폴레옹은 궁금했다.

"당신도 벽이 숨 쉬는 거 보여?"

나폴레옹은 헤더의 주의를 다른 곳으로 돌리려고 말했다.

"그냥 약 먹어서 그런 거야."

헤더가 대답했다.

"음, 그건 알아, 달링. 그냥 당신도 같은가 싶었던 것뿐이야."

"난 벽이 숨 쉬는 거 보여, 아빠."

조이가 대답했다.

"꼭 물고기 같아. 진짜 멋지다. 아빠, 저 색 보여?"

조이는 물을 가르는 것처럼 두 손을 이리저리 움직였다.

"보여. 꼭 인광 같구나."

"끝내주네. 약 먹은 부녀가 아주 끈끈해지고 있나봐."

나폴레옹은 아내의 기분이 나쁘다는 사실을 눈치 챘다.

"오빠는 우습다고 생각했을 거야. 셋 다 약에 취해 있다니."

"조이, 사실 잭은 여기 있단다. 안녕, 잭."

"안녕, 아빠."

잭이 반바지만 입고 나폴레옹 앞에 앉아 있는 게 조금도 놀랍지 않았다. 잭은 늘 셔츠를 입지 않았으니까. 모든 일이 옳게 느껴졌고, 예전과 같은 기분이 들었다. 네 사람이 함께 놀러 나온 것처럼, 특별할 것 하나 없는 평범한 가족으로 되돌아온 것처럼 느껴졌다.

"너도 잭이 보이니?"

나폴레옹이 물었다.

"응, 보여."

조이가 대답했다.

"나도 보여."

눈물을 가득 머금고 헤더가 말했다.

"재활용 쓰레기, 오빠가 버릴 차례야."

조이가 말했다. 잭은 동생에게 가운뎃손가락을 올려 보였고, 그 모습을 보고 나폴레옹은 웃음을 터뜨렸다.

· 39 ·

프랜시스

프랜시스는 침대에서 일어나 앉아 헤드폰을 뒤로 넘기고 안대를 내려 목에 걸치고 있었다.

"고마워요."

옆에 앉아서 거들먹거리고 있다는 표현을 사용해도 좋을 미소를 짓고 있는 딜라일라에게 프랜시스가 말했다.

"정말 멋졌어요. 굉장한 경험이었어요. 많은 걸 배운 것 같아요. 어떻게 감사해야 할지 모르겠어요."

"아직 끝난 것 같지 않은데요."

딜라일라가 말했다.

프랜시스는 명상실을 둘러봤다. 토니는 고개를 축 늘어뜨리고 다리를 V자로 뻗은 채 누워 있었다. 고대 그리스 조각 같은 옆모습의 라스는 팟캐스트를 들으며 기차 안에서 낮잠을 자는 사람처럼 두 발을 발목에서 가지런히 겹치고 있었다.

저쪽 끝의 벤과 제시카는 이제 막 서로를 발견했고 이 세상 모든 시간을 가졌다고 생각하는 젊은 연인처럼 키스를 하고 있었다. 상대방의 몸을 숭배하듯이 천천히 열정적으로 서로를 더듬었다.

카멜은 누워 있었고 숱 많은 검은 머리가 해초처럼 주위에 퍼져 있었다. 카멜은 안대 밖 세상을 보려는 듯 손가락을 꼬물거렸다.

나폴레옹과 헤더와 조이는 공항 대합실의 젊은 여행객들처럼 벽에 기대어 일렬로 앉아 있었다. 세 사람 앞에 앉은 한 소년이 조이에게 가운뎃손가락을 들어 보였다.

"저 소년은 누구예요?"

프랜시스가 물었다.

"셔츠도 안 입고 앉아 있는 아이요."

"소년은 없어요."

딜라일라가 프랜시스에게 다시 헤드폰을 씌우려고 손을 뻗었다.

"웃고 있잖아요."

프랜시스는 딜라일라가 안대를 씌우지 못하게 막으려 했지만 딜라일라의 손을 잡을 수 없었다.

"가서 인사해야 할 거 같아요."

"그냥 나랑 같이 있어요, 프랜시스."

딜라일라가 말했다.

. 40 .

헤더

헤더는 호흡에 집중했다. 헤더는 뇌의 작은 한 부분을 냉철하게 유지해 실로사이빈과 LSD의 효과를 살펴볼 생각이었다. 그 작은 부분은 불 꺼진 고층 빌딩에서 유일하게 불을 밝힌 사무실 역할을 하게 될 것이다.

가령 헤더는 잭이 이곳에 함께 있는 게 아니라 땅속에서 썩어가고 있다는 걸 알았다. 하지만 정말로 여기 있는 것처럼 보였고, 손을 뻗어 팔을 만졌을 때는 단단하고 부드러우며 햇볕에 그을린 잭의 살을 느낄 수 있었다. 잭은 쉽게 탔지만 선크림을 챙겨 바르는 아이가 아니어서 헤더가 아무리 잔소리를 해도 소용이 없었다.

"가지 마, 잭."

나폴레옹이 벌떡 일어나 두 손을 뻗었다.

"잭은 안 가. 아직 저기 있잖아."

조이가 손가락으로 가리켰다.

"우리 아들."

나폴레옹의 몸이 부들부들 떨렸다.

"가버렸어."

나폴레옹은 자제하지 못하고 *끄윽끄*윽 구슬프게 울었다.

"우리 아들. 우리 아들. 우리 아들아."

"그만해."

헤더가 말했다. 여긴 울어야 할 장소도 아니었고 지금은 울어야 할 시간도 아니었다. 모두 약 때문이었다. 사람마다 약에 반응하는 방식이 달랐다. 출산하는 산모 중에도 아산화질소 한 모금에 정신이 나가는 사람이 있는가 하면, 효과가 하나도 없다고 헤더에게 고함을 지르는 사람도 있었다.

나폴레옹은 언제나 예민했다. 심지어 커피만 마셔도 마약을 먹은 것처럼 반응했다. 에스프레소 두 잔을 섞은 롱 블랙 한 잔이면 나폴레옹은 완전히 취했다. 처방전 없이 살 수 있는 단순한 진통제 한 알에도 취해버릴 게 분명했다.

지금까지 나폴레옹은 마취를 딱 한 번 받았다. 잭이 죽기 전 해에 무릎 수술을 받을 때였는데, 마취약에 너무 끔찍하게 반응하는 바람에 불쌍한 어린 간호사가 무서워서 죽을 뻔했다. 분명히 에덴동산에 관해 떠들어댔을 텐데, 그 간호사가 나폴레옹이 방언을 쏟아내고 있다는 사실을 알았는지 몰랐는지는 분명치 않았다.

"그 간호사한테는 방언보다는 방귀가 나았을 거야."

잭의 말에 조이가 깔깔 웃었고, 헤더의 삶에서 아이들이 서로를 웃기는 모습을 보는 것보다 더 행복한 일은 없었다.

남편을 잘 봐야 해. 헤더는 생각했다. 잘 지켜봐야 해. 헤더는 집중하려고 눈을 가늘게 뜨고 입을 앙다물었지만, 예상한 대로 기억의 바다로 속절없이 떠내려가고 있었다.

그녀는 쌍둥이용 유모차에 두 아기를 앉히고 거리를 걷고 있었다. 마주치는 할머니마다 유모차를 세우고 아기들에게 말을 걸었기 때문에 그녀는 절대로 가게에 갈 수 없었다.

어린 헤더는 자기가 엄마 배 속에 아기를 만들 수 있길 바라면서 엄마 배를 뚫어지게 봤다. 동생이 있었으면 좋겠다고 생각했다. 하지만 그 소망은 이뤄지지 않았다. 어른이 되면 아이를 한 명만 낳진 않을 거라고 생각했다. 한 명은 너무 외로웠다.

그녀는 아들의 방문을 열었다. 빨래를 해야 했고, 방바닥엔 빨아야 할 아들 옷이 널려 있을 테니까. 그녀의 몸은 온 힘을 다해 그녀가 보고 있는 것에 저항했고 그녀가 생각하는 것에 저항했다. 난 빨래를 해야 해. 그러니까 이러지 마, 잭. 난 빨래하고 싶어. 이 인생을 계속 살아가고 싶어. 제발, 제발 내가 이 인생을 살아갈 수 있도록 내버려둬. 하지만 그녀는 비명을 지르는 자신의 목소리를 들을 수밖에 없었다. 이미 늦었다는 걸 알았으니까. 자신이 할 수 있는 일은 아무것도 없다는 걸 알았으니까. 그녀가 지키려고 했던 인생이 영원히 사라져버렸음을 알았으니까.

아들의 장례식이었다. 딸이 추모사를 읽은 뒤로 사람들은 끊임없이 헤더를 만졌다. 모두 헤더를 할퀴고 싶어 하는 것 같았다. 너무 역겨웠다. 사람들은 "자랑스러워해야 해요. 조이의 추모사는 정말 아름다웠어요"라고 말했다. 꼭 망할 학교 발표회에 나와 있는 것처럼, 그 자리가 그녀 아들의 장례식이 아니라는 것처럼.

이봐요. 지금 내 딸이 혼자가 된 거 안 보여요? 내 딸이 이제 오빠도 없이 살아가야 한단 말이에요. 저애는 오빠 없이 존재했던 적이 한 번도 없었단 말이에요. 도대체 추모사가 아름다웠다는 게 무슨 대수라고 그래요? 저애는 서 있지도 못하는데. 쟤 아빠가 쟤를 부축하고 있는 거 안 보여요? 우리 딸은 걷지도 못한단 말이에요.

그녀는 생후 11개월밖에 안 된 조이가 처음으로 걸음을 떼는 모습을 지켜보고 있었다. 걷는 건 고려조차 안 했던 잭은 충격을 받았고, 통통하고 짧은 다리를 쭉 뻗고 앉은 채 두 눈을 휘둥그레 뜨고 동생을 쳐다봤다. 잭이 무슨 생각을 하는지는 물어보지 않아도 알 수 있었다. 잭은 동생에게 묻고 있었다. 너 지금 뭐 하는 거야?

헤더와 나폴레옹은 크게 웃었고, 그녀는 자신의 소원이 이뤄졌다고 생각했다. 왜냐하면 이것이 가족이었으니까. 그녀로서는 가져본 적도 없고 알지도 못했고 꿈도 꾸지 못했던 일이니까. 이 순간은 완벽했고 즐거웠다. 이젠 이것이 그녀의 인생이었다. 완벽하고 즐거운 순간들이 구슬처럼 계속 이어지는 것, 이것이 그녀의 인생이었다. 결국 그녀의 인생이 아니라는 게 밝혀졌지만.

그녀는 잭의 방에 앉아 울면서, 나폴레옹과 조이도 이 집 어딘가에서 울고 있을 거라고 생각했다. 세 사람 모두 각기 다른 방에서 울고 있는 거였다. 가족이라면 다 같이 모여 슬퍼해야 하는 거라고 생각했는데, 세 사람은 제대로 해내지 못하고 있었다. 그녀는 쪽지 한 장, 설명 하나 찾을 수 없으리라는 걸 알면서도 잭의 서랍을 백 번도 넘게 뒤졌다. 그녀는 무얼 찾게 될지 정확하게 알고 있었다. 이번엔 뭔가 찾을 수 있을 게 분명했다.

헤더는 돌아왔다. 나폴레옹은 여전히 온몸을 흔들며 울고 있었다. 얼마나 시간이 지난 걸까? 일 초? 한 시간? 일 년? 알 수가 없었다.

"기분이 어떤가요?"

마샤가 세 사람 앞에 앉았다.

"이 치료가 가족을 잃은 여러분을 치유할 수 있을까요?"

마샤는 팔도 다리도 여러 개였지만 헤더는 그 사실을 무시하기로 했다. 왜냐하면 현실이 아니니까. 사람의 팔다리가 여러 개일 리 없으니까. 헤더는 팔다리가 저렇게 많은 아기를 받아본 적이 없었다. 헤더는 속지 않았다.

"당신 잘못이라고 했죠, 나폴레옹. 잭에 관한 얘기인가요?"

마샤는 걱정스러운 표정을 지어내며 말했다.

"웃기고 있네."

헤더는 자기 입에서 흘러나오는 쉭쉭 소리를 들었다. 헤더는 끝이 갈라진 긴 혀를 가진 독사였다. 헤더는 혀를 쉭쉭거리며 마샤에게 다가가 날카로운 이빨로 정맥을 뚫고 독을 집어넣었다. 마샤가 헤더의 가족에게 독을 집어넣은 것처럼.

"우리 아들 얘기, 함부로 하지 말아요. 우리 아들에 관한 건 하나도 모르면서."

"내 잘못이야, 내 잘못. 내 잘못이라고."

나폴레옹이 벽에 머리를 박으며 울부짖었다. 잘못하면 뇌진탕에 걸릴 수도 있었다. 헤더는 온 정신력을 모아 손으로 바닥을 짚고 기어가서 나폴레옹의 머리를 안았다. 손바닥으로 나폴레옹의 귀를 감쌌다. 나폴레옹의 따뜻한 피부가 느껴졌다.

"진정해, 나폴레옹."

헤더가 비명을 지르는 산모를 타이르는 목소리로 말했다. 핏발이 서고 터질 듯 튀어나온 나폴레옹의 눈이 공포에 질린 말처럼 이리저리 흔들렸다.

"내가 알람 버튼을 눌렀어. 나중에 다시 울리는 걸로 눌렀다고."

나폴레옹은 같은 말을 계속했다.

"알아. 벌써 여러 번 말했잖아. 그래도 바뀔 건 없었어."

"아빠 잘못 아냐. 내 잘못이야."

조이가 말했다. 홀로 남은 외로운 아이가 말했다. 헤더가 보기에 조이는 좀비 같았다. 어리고 아름다운 헤더의 아이가 바싹 구워진 달걀처럼, 세상 다 산 사람처럼 말하고 있었다.

"좋아요."

독극물 범죄자, 마샤가 말했다.

"정말 좋아요. 모두 다 속에 담고 있던 말을 하고 있군요."

헤더는 마샤를 보며 고함을 질렀다.

"입 닥쳐요!"

헤더의 입에서 침 한 방울이 튀어나와 천천히 아치를 그리면서 목표 지점인 마샤의 눈을 향해 날아갔다. 마샤는 웃으며 눈을 닦았다.

"좋아요. 모든 분노를 다 쏟아내세요, 헤더. 모두 분출해버려요."

마샤는 일어나더니 수많은 팔다리를 문어처럼 움직였다.

"곧 올게요."

헤더는 다시 가족에게 고개를 돌렸다.

"잘 들어. 내 말 잘 들어야 해."

나폴레옹과 조이가 헤더의 눈을 똑바로 봤다. 세 사람은 잠시 선명하고 맑은 상태에 있었다. 이런 상태가 계속 지속될 리 없었다. 헤더는 빠른 속도로 말해야 했다. 헤더가 입을 열자 목구멍 깊은 곳에서 끝도 없이 촌충이 흘러나오기 시작했다. 그 때문에 말이 막히고 토할 것 같았지만 안심이 되기도 했다. 마침내 헤더의 몸에서 그 촌충을 밀어낼 수 있었으니까.

. 41 .

조이

벽은 더는 숨을 쉬지 않았다. 화려했던 색도 사라져버렸다. 꼭 술이 깨는 것 같았다. 파티는 끝나고 사람들이 바글거리던 방에서 나와 시원한 바깥 공기를 마시며 머리가 맑아지는 것 같았다.

"잭은 약을 먹었어. 천식약 말이야."

엄마가 말했다. 그게 무슨 상관이지? 조이는 엄마가 지금 중요한 내용을 말하고 있다고 생각한다는 건 알았다. 하지만 자신에게 중요한 일이 부모님에겐 중요하지 않을 수도 있고, 부모님에게 중요한 일이 자신에겐 중요하지 않을 수도 있었다.

"난 그걸 중요함에 관한 자카리야의 가설이라고 부르고 싶군."

아직도 세 사람 앞에 앉아 있는 잭이 말했다.

"그게 뭔 소리야? 쓸데없는 말은 하지 마. 난 혼자야. 부모님을 돌봐야 하는 건 나 혼자뿐이라고. 그게 얼마나 부담인 줄 알아, 이 망할 놈아? 엄마, 아빠 모두 제정신이 아니란 말이야."

조이가 말했다.

"알아. 미안. 이 깨진 곰보 접시야."

잭이 대답했다.

"집중해주겠니, 조이?"

엄마가 말했다.

"잭이 천식약을 먹는다는 건 알고 있었어. 예방하려고 먹은 거잖아. 그게 왜?"

아빠가 물었다.

"그 약 부작용이 우울증이랑 자살 충동이었어. 당신이 약 부작용이 있냐고 물어봤잖아. 난······ 없다고 했고."

회한이 엄마의 얼굴에 발톱에 할퀸 듯한 긴 자국을 남겼다.

"당신은 없다고 했지."

아빠가 멍하니 따라 했다.

"없다고 했어. 미안해."

엄마의 눈은 간절히 용서를 구하고 있었다.

"난 약 상자에 든 있는 주의사항도 안 읽었어. 닥터 창이 제일 잘한다고 생각했으니까. 그 사람이라면 위험한 부작용이 있는 약을 처방하진 않았을 거라고 그냥 믿어버렸어. 그래서 당신이 물었을 때 '없어, 괜찮아. 내가 알아봤어'라고 대답한 거야. 그건 거짓말이었어, 나폴레옹. 내가 거짓말을 한 거야."

아빠는 눈을 껌벅였다. 잠시 뒤에 아빠가 천천히 말했다.

"나도 닥터 창을 믿었을 거야."

"당신이라면 주의사항을 읽어봤을 거야. 처음부터 끝까지 아주 꼼꼼하게, 한 단어도 빠뜨리지 않고 읽었을 거야. 계속 의문을 제기하면서 날 미치게 했을 거야. 의료 훈련을 받은 건 난데 난 읽어볼 생각도 안 했어. 그때는 바쁘다고 생각했어. 왜 내가 바쁘다고 생각했는지 모르겠어."

엄마는 자신을 없애버리기라도 하려는 듯 두 손으로 거세게 뺨을 문질렀다.

"잭이 죽고 반년 뒤에야 그걸 읽었어. 잭의 서랍에서 찾았어."

"하지만, 헤더. 그렇다고 달라지는 건 없었을 거야. 어쨌거나 천식은 다스려야 했으니까."

아빠가 느릿느릿 말했다.

"우울증이 올 수 있다는 걸 알았다면 당신은 잭을 자세히 지켜봤을 거야."

엄마는 자신이 얼마나 죄책감에 시달리고 있는지 필사적으로 알리고 싶은 것 같았다.

"당신은 그랬을 거잖아, 나폴레옹. 난 알아. 당신은 그랬을 거야."

"징조가 하나도 없었는걸. 우울증 증상이 하나도 없었어. 잭은 행복했어."

"아냐, 있었어."

조이가 말했다. 엄마와 아빠 모두 입을 크게 벌리고 얼굴을 앞뒤로 움직이는 모습이 꼭 공이 떨어지길 기다리는 놀이공원의 어릿광대 같았다.

"오빠는 화가 나 있었어."

조이는 잭의 방 앞을 지나갈 때 본 모습을 기억했다. 잭은 스마트폰도 안 보고 음악도 안 듣고 책도 읽지 않은 채 가만히 누워 있었다. 그건 잭다운 일이 아니었다. 잭은 그저 누워서 천장이나 보고 있을 사람이 아니었다.

"학교에서 무슨 일이 있다는 걸 알았어. 하지만 난 오빠한테 화가 나 있었고, 서로 말도 안 할 때니까 먼저 말 걸고 싶지 않았어."

조이는 부모님 얼굴에 떠오를 실망과 고통을 보고 싶지 않아서 눈을 꼭 감았다.

"누가 먼저 말을 걸까, 그건 경쟁 같은 거였으니까."

조이의 목소리가 잦아들었다.

"이런, 조이. 우리 딸. 네 잘못이 아냐. 절대로 네 잘못이 아냐."

멀리서, 아주 멀리서 엄마의 목소리가 들려왔다.

"우리 생일 때 말하려고 했어. 오빠한테 가서 '생일 축하한다, 이루저야'라고 말하려고 했어."

"조이, 이 바보야."

잭이 두 팔로 조이를 감쌌다. 잭과 조이는 안아본 적이 없었다. 둘은 서로 포옹하는 남매는 아니었다. 가끔 학교 복도에서 마주치면 괜히 팔꿈치로 서로를 치고 가는 남매였다. 아플 만큼 세게 서로를 치고 가는 남매였다. 하지만 지금 조이를 안아주고 있는 사람은 잭이었다. 분명히 잭이었다.

잭에게서는 링크스 보디워시 냄새가 났다. 잭은 어쩌다 보니 쓰게 됐다고 했지만, 실은 여자들이 좋아한다는 광고를 믿고 사용했을 법한 바보 같은 링크스 보디워시 냄새가.

잭은 조이를 세게 끌어안고 귀에 대고 속삭였다.

"너랑은 아무 상관이 없어."

잭은 자기 말을 확실히 믿게 하려는 듯 조이의 팔을 힘껏 잡았다.

"그냥 그때는 내가 아니었던 것뿐이야."

. 42 .

나폴레옹

나폴레옹은 두 여자를 위해서라면 어떤 일도, 정말로 어떠한 일도 할 수 있었기에 두 사람이 지니고 다니던 무거운 비밀을 받아들였고, 두 사람이 그 비밀을 나폴레옹에게 건네주면서 안도하는 모습을 지켜봤다.

이제 나폴레옹은 자신만의 비밀을 갖게 됐다. 왜냐하면 두 사람의 비밀이 그를 얼마나 화나게 했는지는 절대로, 절대로, 절대로 입밖에 내지 않을 테니까.

아내와 딸이 나폴레옹의 손을 꼭 잡고 있는 동안에도 벽은 계속 숨을 쉬었다. 나폴레옹은 이 악몽이 영원히 지속되리라는 걸 알고 있었다.

. 43 .

마샤

제시카와 벤은 양반다리를 하고 마주 앉아 외줄에서 떨어지지 않기 위해 균형을 잡으려는 것처럼 서로의 팔을 꼭 잡고 있었다. 흐뭇한 장면이었다. 벤은 솔직한 마음을 털어놓았고 제시카는 한 마디도 놓치지 않으려는 듯 경청했다.

마샤는 필요할 때만 개입했다. MDMA는 정확히 연구 결과대로 효력을 발휘했다. 제시카와 벤은 일반적인 상담이었다면 몇 달은 걸려야 도달할 수 있는 곳에 와 있었다.

"난 네 옛날 얼굴이 그리워. 아름다웠던 얼굴 말이야. 이제 난 널 알아볼 수도 없어. 우리가 누군지도 모르겠고 어떤 삶을 살고 있는지도 모르겠어. 난 예전 집이 그리워. 내 직장이 그리워. 잃어버린 친구들이 그리워. 하지만 제일 그리운 건 네 얼굴이야."

벤의 말투는 산뜻했고 분명했다. 원망을 한다거나 돌려 말하는 기색은 전혀 없었다.

"좋아요. 멋진 말이에요. 제시카, 뭐라고 대답하고 싶어요?"

"난 여전히 제시카야. 여전히 여기 있다고! 내 모습이 달라진 게 왜? 이건 그냥 유행이야. 유행이란 말이야. 외모는 중요하지 않아."

"나한텐 중요해. 나한테 중요한 걸 가져가서 완전히 망쳐버린 것 같다고."

"하지만 난 예뻐졌다고 느껴. 전엔 추했는데 예뻐졌단 말이야."

제시카는 발레리나처럼 두 팔을 머리 위로 쭉 뻗었다.

"문제는 이거야. 내가 아름다운지 아닌지를 결정할 사람이 누구지? 나야? 너야? 인터넷이야?"

그 말을 하는 제시카의 얼굴은 아름다워 보였다. 벤은 잠시 고민했다.

"네 얼굴이니까 네가 결정해야 한다고 생각해."

"근데, 잠깐만, 아름다움은⋯⋯."

제시카는 자기 눈을 가리키더니 웃기 시작했다.

"아름다움은 보는 사람의 눈 안에 있다."

그 말에 제시카와 벤은 웃고 또 웃었다. 두 사람은 서로를 움켜잡은 채 그 말을 하고 또 했다. 마샤는 두 사람을 보면서 어색한 웃음을 지었다. 도대체 뭐가 재미있다는 거지? 둘만 아는 농담인가? 마샤는 초조해졌다. 한참을 웃던 제시카와 벤은 웃음을 멈췄다. 제시카는 똑바로 앉아서 자기 아랫입술을 만졌다.

"네 말이 맞을지도 몰라. 마지막에 한 입술은 좀 지나친 것도 같아."

"전에 입술이 좋았어. 네 입술이 예쁘다고 생각했다고."

"좋아. 알겠어, 벤."

"난 우리의 예전 인생이 좋아."

"소박한 삶이었지. 아주 평범하고 형편없고 소박한 삶."

"난 그렇게 생각 안 해."

"난 네가 나보다 그 차를 더 사랑한다고 생각해. 그 차 때문에 질투가 나. 그 차 그은 거, 나야. 내가 그랬어. 내 남편이랑 바람을 피운 년 같아서, 그년 얼굴에 생채기를 낸 거야."

"우와."

벤이 두 손으로 머리를 잡았다.

"우와, 진짜…… 우와, 믿을 수가 없다."

벤은 화난 것 같진 않았다. 그저 놀라운 것 같았다.

"난 우리가 받은 돈을 사랑해. 부자인 걸 사랑해. 그냥 우리가 부자인 채로 예전과 같은 사이면 좋겠어."

"그 돈은…… 꼭 개 같아."

"음."

"통제할 수 없는 아주 큰 개 같아."

"좋아, 좋아. 그렇다고 해."

제시카는 잠시 입을 다물었다가 말했다.

"그런데 왜 개 같은 거야?"

"우리가 개를 기르게 된 거랑 같으니까. 돈은 우리가 늘 기르고 싶었던 개인 거야. 우린 그 개를 기르고 싶어 했어. 그 개는 꿈의 개야. 그런데 개가 오자마자 우리 인생이 완전히 바뀐 거야. 계속 일을 방해하고 밤새 놀아달라고 왕왕 짖는 거지. 우린 잠도 잘 수 없고, 개 때문에 아무것도 할 수 없어. 산책도 시켜야 하고 먹여야 하고 걱정해야 하고……."

벤은 적절한 말을 찾고 있는 듯 얼굴을 찡그렸다.

"게다가 그 개의 문제는 문다는 거야. 우리를 물고 우리 친구를 물고 우리 가족을 물어. 정말로 사납고 대책 없는 개란 말이야."

"하지만 그래도 사랑하잖아. 우린 그 개를 사랑해."

"사랑하지. 하지만 어쩔 수 없이 보내야만 하는 거야. 우리가 기를 수 있는 개가 아니니까."

"래브라도를 기르면 좋을 텐데. 래브라도는 귀엽잖아."

마샤는 제시카가 어리다는 사실을 새삼 깨달았다.

"벤은 복권 당첨금이 두 사람의 인생에 어떤 영향을 미쳤는지 설명하려고…… 개 얘기를 한 거예요. 그러니까, 은유인 거죠."

은유라는 말이 늦게 생각나서 마샤는 언짢아졌다.

"네에."

제시카는 다 안다는 표정으로 마샤를 보면서 검지로 코를 툭툭 쳤다.

"개를 기르려면 아기가 오기 전에 데려와야 할 거야."

"아기라니, 무슨 아기 말이죠?"

마샤가 물었다.

"아기라니, 무슨 아기 말이야?"

벤도 물었다.

"나, 임신했어."

제시카가 말했다.

"정말? 그건 정말 굉장한 일이잖아."

벤은 놀라워했고 마샤는 크게 동요했다.

"지금 임신한 내 아내한테 약을 먹인 겁니까?"

벤이 마샤에게 말했다.

"맞아. 그래서 정말 화가 나. 당신은 이것 때문에 오랫동안 감옥에 있어야 할 거예요."

제시카가 마샤에게 말했다.

. 44 .

헤더

헤더는 잠에서 깨어났지만 눈을 뜨지 않았다. 체내 시계는 지금이 아침이라고 말하고 있었다. 7시쯤 된 것 같았다. 더는 약에 취해 있지 않았다. 정신은 명료했다. 헤더는 명상실에 누워 있었고 오늘은 잭의 3주기였다.

몇 년이나 속이 메슥거리는 상태로 지내다 비밀을 토해낸 지금, 헤더는 온몸이 떨렸고 기묘하고 텅 빈 느낌이었지만 기분은 훨씬 나아졌다. 헤더는 정화됐다는 느낌이 들었다. 우습게도 평온의 집이 약속한 바로 그 기분을 느끼고 있었다. 어쩌면 평온의 집에 열렬한 찬사를 보내야 할지도 몰랐다. 평온의 집에 다녀오고 기분이 훨씬 좋아졌어요! 남편과 딸과 함께 마약을 한 게 특히 도움이 됐어요!

당연히 세 사람은 즉시 이곳을 떠날 것이다. 이제 마샤가 주는 음식은 먹지도 마시지도 않을 것이다. 곧바로 방으로 돌아가 짐을 싸서 차를 타고 떠날 것이다. 가장 가까운 마을에 있는 카페에 가서 잭을 그리며 아침으로 튀김 요리를 먹을 것이다. 오늘은 잭을 추모하고 내일은 죄책감이나 슬픔이 아닌 다른 방식으로 두 아이의 스물한 번째 생일을 축하할 것이다. 내일이 조이의 생일이기도 하다는 사실을 잊어버린 체하지 않을 것이다.

나폴레옹은 오래전부터 그렇게 말했다. 잭과 잭이 인생의 마지막을 선택한 방식을 분리해서 봐야 해. 잭은 자살했다는 사실로만 기억해선 안 되는 아이야. 한 가지 기억이 잭에 관한 모든 기억을 가려버리게 하면 안 돼. 나폴레옹은 그렇게 말했다. 헤더는 듣지 않았다. 헤더는 그녀의 인생을 단 하루 만에 전부 지워버릴 수 있었던 아들의 죽음만 생각했다.

하지만 지금은, 갑자기 나폴레옹이 옳다는 사실을 깨달았다. 오늘은 잭이 열여덟 해를 살면서 만들어준 좋은 기억들을 한데 모아 기념하는 날이 될 것이다. 참을 수 없는 슬픔을 느끼겠지만 헤더는 참을 수 없는 슬픔을 그 누구보다 잘 참아낼 수 있는 사람이었다. 지난 삼 년 동안 헤더는 잭이 자살했다는 사실을 슬퍼하며 보냈다. 이젠 잭이 헤더의 곁을 떠나갔음을 슬퍼해야 할 때가 됐다. 아름답고 바보 같고 영리하고 충동적이었던 아이가 이젠 헤더 곁에 없음을 슬퍼할 때가 됐다.

헤더는 조이가 오늘을 이겨낼 수 있길 바랐다. 잭과 가깝진 않았다는 바보 같은 얘기는 그만 잊길 바랐다. 딸을 생각하면 헤더는 마음이 찢어질 것 같았다. 그애는 오빠를 좋아했다. 열 살 때까지 두 아이는 악몽을 꾸면 서로의 침대로 갔다. 잭의 죽음이 조이의 잘못이 아니라는 사실을 딸에게 말하고 또 말해줘야 할지도 몰랐다. 이건 조이의 잘못이 아니라 헤더의 실패였다. 아들의 행동이 달라진 걸 눈치 채지 못한 헤더의 실패였고, 잭 본인을 비롯해 그 누구에게도 잭의 행동을 살펴봐야 하는 이유를 알려주지 않은 헤더의 잘못이었다.

그리고 오늘, 경찰서에 가서 이 미친 여자를 신고할 것이다.

헤더는 눈을 떴다. 헤더는 요가 매트에 누워 있었고 눈앞엔 엄마 쪽으로 몸을 돌리고 누워 있는 조이가 있었다. 얼굴에 닿는 조이의 숨결이 느껴졌다. 헤더는 딸의 뺨을 어루만졌다.

. 45 .

프랜시스

프랜시스는 헤드폰을 벗었다. 헤드폰에 머리카락이 끼어 잡아 뺐지만 여전히 눈은 뜨지 않았다. 어디선가 공사를 하는지 소음이 들려왔다. 드릴 소리, 해머 소리, 굴착기 소리, 기계가 돌아가는 커다란 소리도 들렸다. 잔디 깎는 기계 소리일까? 제초기? 프랜시스는 몸을 옆으로 돌려 담요를 어깨까지 끌어올렸다. 다시 깊고 달콤한 잠 속으로 빠져들고 싶었다. 하지만 또다시 들려오는 소리 때문에 도무지 잠을 이룰 수 없었다.

마침내 프랜시스는 소리의 정체를 깨달았다. 그건 남자가 코를 고는 소리였다. 술에 취해 모르는 남자와 잠을 잔 걸까? 아니, 절대 그럴 리 없었다. 그런 일을 벌이지 않은 지 수십 년은 됐다. 더구나 숙취도 없었고 난잡한 성행위를 했다는 수치심도 들지 않았다. 프랜시스의 마음은 묵은 때를 모두 벗겨낸 것처럼 맑고 깨끗했다.

프랜시스는 평온의 집 명상실에 있었고, 어제는 LSD를 탄 맛있는 스무디를 먹은 뒤에 질리언과 아빠, 전남편 둘, 많은 상징과 은유가 나오는 아름답고 선명한 꿈을 꿨다. 야오가, 때로는 딜라일라가, 아니면 마샤가 끊임없이 멋진 꿈을 방해하면서 짜증나는 질문을 해대긴 했지만, 그들은 자신들이 원하는 방향으로 프랜시스를 데려가려고 귀찮게 굴었다. 프랜시스는 세 사람을 무시했다. 프랜시스는 정말 즐거웠기에 세 사람 때문에 화가 났다. 하지만 결국 세 사람이 프랜시스를 내버려두기로 했다는 걸 느낄 수 있었다.

프랜시스는 우주에 있었다. 프랜시스는 개미였다. 나비이기도 했다. 질리언과 함께 썰매를 타고 별이 빛나는 끝내주게 멋진 하늘을 날았고, 그만큼이나 멋진 일을 하고 또 했다. 지금은 여러 나라의 아름답고 이국적인 장소를 여행하고 집으로 돌아온 다음 날 오랜만에 자신의 침대에서 눈을 뜬 기분이 들었다.

프랜시스는 눈을 떴다. 주위가 온통 캄캄했다. 그제야 안대 생각이 났다. 안대를 벗는 동안 코 고는 소리는 점점 더 커졌다. 앞이 뿌옇다거나 흐리멍덩하게 보이진 않았다. 모두 선명하게 보였다. 아치형 석조 천장이 보였고 천장에 일렬로 설치된 전등이 보였다. 그 전등들은 모두 불이 켜 있었다.

프랜시스는 일어나 앉아 주위를 둘러봤다. 코를 고는 남자는 라스였다. 프랜시스 옆 침대에 똑바로 누운 라스는 안대를 쓰고 담요를 턱까지 덮고 있었고, 입을 크게 벌리고 코를 골 때마다 몸을 떨었다. 라스처럼 잘생긴 남자가 저렇게 끔찍하게 코를 골다니, 정말 듣기 좋았다. 비로소 한쪽으로 치우쳤던 균형이 제대로 맞는 느낌이었다.

프랜시스는 발을 뻗어 라스를 살짝 찔렀다. 전남편 헨리도 코를 골았는데, 결혼생활이 끝나가던 무렵에 이런 말을 한 적이 있었다.

"왜 종아리가 늘 멍들어 있는지 모르겠어. 어디 부딪친 것처럼."

내 오른발에 부딪친 거지. 그때 프랜시스는 생각했다. 식기 때문에 싸웠던 날, 그러니까 두 사람이 함께했던 마지막 날까지 프랜시스는 그 때문에 기분이 끔찍했다.

프랜시스는 명상실을 둘러봤다. 토니는(저 남자를 '스마일리'라고 부르지 않을 거야) 침대에 앉아 있었는데, 두 손으로 이마를 짚고 있는 것으로 보아 두통이 있는 것 같았다. 카멜도 똑바로 앉아서 후광처럼 머리 주위로 넓게 퍼진 숱 많은 곱슬머리를 손가락으로 빗어 가라앉히려고 애쓰고 있었다. 프랜시스와 눈이 마주친 카멜이 입 모양으로 '화장실이 어디에요?'라고 물었다. 프랜시스만큼이나 명상실에 자주 내려온 카멜인데도 화장실이 어디인지 모르는 것이다. 프랜시스가 손으로 화장실을 가리키자 카멜이 비틀거리며 일어났다.

벤과 제시카는 어깨를 나란히 붙이고 벽에 기대 앉아 물병에 든 물을 마시고 있었다. 헤더와 조이는 마주 본 채로 요가 매트 위에서 자고 있었다. 헤더가 잠결에 조이의 머리카락을 만지작거리는 모습이 보였다.

"물 줄까요?"

나폴레옹이 그 긴 다리로 불편하게 프랜시스 앞에 쪼그려 앉더니 물병을 내밀었다.

"이건 약을 타지 않은 거 같아요. 걱정되면 수돗물을 마시죠, 뭐. 물론 수돗물에도 장난을 쳤을 수 있지만요."

"고마워요."

프랜시스는 갑자기 미친 듯 목이 말라 물병을 거의 비웠다.

"정말로 물이 필요했어요."

프랜시스가 말했다.

"물을 놓고 간 건 좋은 신호라고 생각해요. 우릴 완전히 버린 건 아니라는 얘기니까요."

나폴레옹이 몸을 일으키며 말했다.

"그게 무슨 말이에요?"

프랜시스는 크게 기지개를 켜며 물었다.

"갇혔습니다. 밖으로 나갈 방법이 없는 것 같더군요."

나폴레옹은 자신에게 책임이 있다는 듯 미안해했다.

. 46 .

카멜

"이것도 정화 과정의 일부일 게 분명해요."

카멜은 사람들이 왜 이렇게 걱정을 하는지 이해할 수 없었다.

"우리를 오래 내버려두진 않을 거예요. 다 괜찮을 거예요."

유일하게 시계를 차고 있는 나폴레옹에 따르면 시간은 오후 2시를 향하고 있었으니 지하로 내려오고 하루가 지난 셈이었다.

다들 전날처럼 둥글게 모여 앉았다. 모두 지쳐 있었고 꼬질꼬질했다. 남자들은 면도할 필요가 있었고 카멜은 절실하게 이가 닦고 싶었다. 배가 고프진 않았다. 하루가 아니라 이틀도 굶을 수 있을 것 같았다. 식욕 부진이 지난밤에 즐겼던 약물의 부작용이라면 카멜은 전적으로 약물에 찬성이었다.

사람들은 명상실 출구는 계단 밑의 묵직한 떡갈나무 문밖에 없다는 사실을 확인했고, 황금색 새 도어 록으로 문이 잠겨 있음을 알았다. 비밀번호가 있을 테지만 수많은 번호를 조합해 눌러봐도 문은 열리지 않았다. 프랜시스는 명상실 비밀번호가 평온의 집 정문 비밀번호와 같을지도 모른다고 말했다. 나폴레옹은 자기도 그 생각을 했지만 도무지 번호가 생각나지 않는다고 했다.

카멜도 전혀 기억이 안 났다. 정문 앞에 서 있을 때 카멜은 신혼여행으로 갔던 호텔 인터콤도 이런 모양이었다는 생각에 펑펑 울었기 때문이다. 그런 일로 울다니 바보 같았다. 사실 신혼여행은 그렇게 좋지도 않았다. 신혼여행 내내 카멜은 요로감염으로 고생을 했다.

벤은 정문 비밀번호를 기억하고 있다고 생각했지만, 기억하는 번호를 눌렀을 때 명상실 문은 열리지 않았다. 토니 역시 비밀번호를 기억한다고 생각했다. 그러나 제시카가 기억하는 번호와는 한 자리가 틀렸고 두 번호로는 모두 문이 열리지 않았다.

카멜은 여러 가지 이유로 정확하게 기억하고 있는 평온의 집 전화번호가 비밀번호일 수도 있다고 말했지만, 문이 열리는 행운을 얻지 못했다. 프랜시스는 단어가 비밀번호일 수도 있다고 했다. 그래서 평온, 정화, 마샤 같은 다양한 단어를 입력해 봤지만 문은 열리지 않았다.

조이는 자신들이 모종의 게임을 하고 있는지 모른다고 생각했다. '탈출 게임' 말이다. 탈출 방법을 찾는 데서 기쁨을 느끼기 때문에 스스로를 방에 가두고 싶어 하는 사람들이 그 게임을 하는 게 유행일 때가 있었다. 조이도 한 번 해본 적이 있었다. 방에는 평범해 보이지만 실은 수많은 단서를 숨겨놓은 물건이 배치돼 있었다. 조이가 했던 게임에서는 해체해서 방 구석구석에 감춰둔 손전등을 다 찾아야 단서를 알아낼 수 있었다. 손전등을 조립해서 벽장 안을 비추면 지시사항이 보였다. 벽에는 시간을 재는 타이머가 걸려 있었고, 조이는 타이머가 꺼지기 직전에 방에서 탈출할 수 있었다.

하지만 이게 탈출 게임이라면 정말 힘든 게임이 될 것이다. 명상실은 아무것도 없는 것 같았으니까. 수건, 요가 매트, 들것처럼 생긴 간이 침대, 물병, 헤드폰, 안대, 밤새 타버린 초뿐이었다. 책 속에 단서를 감출 책장도 없었고 벽에 걸린 그림도 없었다. 단서가 될 수 있는 물건은 하나도 없었다. 남자 화장실이건 여자 화장실이건 부수고 나갈 창문도 없었다. 맨홀도, 에어컨 배관도 없었다.

"꼭 지하감옥에 갇힌 것 같아요."

카멜은 프랜시스가 과장이 심하다고 생각했지만, 다시 생각해보니 로맨스 소설을 써서 살아가는 사람이라면 그 정도 상상력은 허용해줘도 될 것 같았다.

결국 잔뜩 풀이 죽고 부스스해진 사람들은 다시 주저앉았다.

"그래요. 이게 모두 정화 과정의 일부라고 해요. 마약을 먹은 것도, 이렇게 갇힌 것도, 그 밖의 모든 일도 다요. 그러니까 걱정할 일은 없는 거죠. 다 괜찮을 테죠."

헤더가 카멜에게 말했다.

"난 그냥 이 과정을 믿는 게 좋겠다고 말한 것뿐이에요."

"당신이나 그 여자나 망상 덩어리예요."

분명히 무례한 태도였다. 하지만 카멜은 헤더의 아들이 죽었다는 사실을 기억해냈다. 카멜은 차분하게 말했다.

"다들 피곤하고 스트레스가 심할 거예요. 하지만 그렇다고 인신공격을 할 필요는 없잖아요."

"인신공격 안 했어요."

헤더가 소리쳤다.

"여보. 그만."

부드럽게 아내를 다독이는 나폴레옹을 보니 카멜은 맘이 아팠다.

"아이가 있어요, 카멜?"

헤더가 좀 더 문명인다운 말투로 말했다.

"딸만 넷 있어요."

카멜이 조심스럽게 말했다.

"그애들한테 누가 약을 먹였다면 어떤 기분이겠어요?"

당연히 그 작고 여린 입술 안으로 약이 들어가는 건 원치 않았다.

"딸들은 아주 어려요. 마샤가 약을 먹일 리가 절대로……."

"우리 모두 건강에 심각한 문제가 생겨서 오랫동안 고생할 수도 있다는 생각은 안 들어요?"

헤더가 카멜의 말을 잘랐다.

"살면서 이렇게 기분 나빴던 적은 없어요."

제시카가 말했다.

"그러니까요."

헤더가 만족스러운 듯이 말했다.

"난 살면서 이렇게 기분 좋았던 적이 없어요."

카멜이 전적으로 진실을 말한 건 아니었다. 불편한 점도 있었으니까. 하지만 기분은 상당히 좋았다. 왠지 놀랍도록 몰입하게 되는 미술 전시회에서 하루를 꼬박 보낸 듯한 느낌이었다.

"난 아직까진 좋아요."

프랜시스가 말했다.

"난 두통이 지독합니다."

라스가 말했다.

"그러게요. 나도 그렇군요."

토니가 말했다.

"난 치수가 줄었어요."

카멜은 레깅스의 느슨해진 허리 밴드를 잡아당기며 말했다. 지난 밤에 몸에 관해 뭔가 중요한 깨달음을 얻었는데? 그 깨달음이 무엇이었는지 생각해내려고 카멜은 얼굴을 찡그렸다. 카멜의 몸이 카멜이 가진 유일한 몸이라는 사실이…… 중요하다는 거였을까, 중요하지 않다는 거였을까? 평범한 언어로 바꿔보려니 왠지 지난밤의 깨달음은 심오하지도 중요하지도 않은 것 같았다.

"그렇다고 내 몸을 완전히 바꾸려는 건 아니에요. 난 그저 건강해지려고 여기 왔어요."

카멜이 말했다.

"건강이라고요?"

헤더는 손바닥으로 자기 이마를 쳤다.

"여기는 망할 다이어트를 하는 곳이 아니란 말이에요."

"엄마."

조이가 엄마의 무릎에 손을 얹었다.

"아무도 안 죽었어. 다들 무사하잖아. 그러니까…… 좀 느긋해져."

"느긋해지라고?"

헤더가 조이의 손을 잡고 흔들었다.

"네가 죽을 수도 있었어. 우리들 가운데 죽는 사람이 생길 수도 있었다고. 정신과 문제를 앓는 사람이라면 훨씬 큰 문제가 생길 수도 있었어. 심장병이 있는 사람도 그렇고. 너희 아빠는 고혈압이잖아. 고혈압 환자는 마약을 하면 안 될 수도 있다고!"

"정신에 문제가 있는 건 엄마일 거야."

조이가 중얼거렸다.

"그런 태도는 도움이 안 돼."

나폴레옹이 말했다.

"도구를 써서 문을 열어보면 안 돼요?"

프랜시스가 잔뜩 기대하는 얼굴로 토니를 보며 말했다.

"왜 날 봅니까? 내가 문을 따고 남의 집에 자주 들어가는 사람처럼 보인다는 거요?"

"미안해요."

카멜은 프랜시스가 왜 그랬는지 알 것 같았다. 토니는 정말로 남의 집 문을 따고 들어가봤을 것처럼 생겼다.

"그래도 해볼 순 있겠죠. 적당한 도구가 없을까요?"

벤이 말하면서 자기 옷을 뒤졌다. 쓸 만한 물건은 하나도 없었다.

"내 생각엔, 이렇게까지 두려워할 필요는 없을 것 같습니다."

나폴레옹이 말했다.

"이건 분명히 문제 해결 능력을 기르는 연습일 텐데, 결국 마샤도 우리에겐 해결 능력이 없다는 걸 알아채겠죠."

라스가 하품을 하더니 요가 매트에 누워 팔로 눈을 가렸다.

"여기서 일어나는 일을 지켜보고 있지 않을까요? 저거, CCTV 아니에요?"

제시카가 TV 위의 천장을 가리키며 말했다.

"야오가 평온의 집 곳곳에 CCTV가 설치돼 있다고 했어요."

프랜시스가 말했다.

"나한테도요. 여기 처음 온 날에요."

카멜이 말했다. 그날이 벌써 백년도 더 된 것 같았다.

헤더가 펄쩍 뛰며 CCTV를 향해 소리쳤다.

"당장 문 열어! 여기 갇혀서 모르는 사람들이랑 내 아들 기일을 보낼 순 없단 말이야!"

헤더의 말에 카멜은 움찔했다. 헤더의 아들 기일이 오늘이라는 사실을 잊고 있었다. 오늘은 저 여인이 하고 싶은 만큼 고함을 지르고 화를 낼 권리가 있는 날이었다.

하지만 아무 일도 일어나지 않았다. 헤더는 발을 동동 굴렀다.

"이러려고 그 많은 돈을 냈다니, 믿을 수가 없어."

나폴레옹이 일어나 헤더를 끌어안았다.

"오늘 우리가 있는 장소는 중요하지 않아."

"아니, 중요해."

헤더가 나폴레옹의 가슴에 얼굴을 묻고 조용히 울기 시작했다. 헤더는 모든 분노가 사라진 뒤 그저 슬픈 충격에서 헤어나지 못한 작은 여인처럼 줄어들어 있었다.

"쉬잇."

나폴레옹이 헤더를 달랬다. 헤더는 계속 같은 말을 반복했는데, 그 말을 정확하게 알아듣기까지는 좀 시간이 걸렸다. 헤더는 미안하다고 말하고 또 말했다.

"괜찮아. 우린 괜찮을 거야. 모두 괜찮아."

들여다보면 안 될 것 같은 부부의 모습에 다들 고개를 돌렸다. 조이도 엄마 아빠를 쳐다보지 않았다. 명상실 구석으로 걸어간 조이는 한 손으로 벽을 짚고 한쪽 다리를 들며 혼자 요가를 했다.

카멜은 자신의 고통을 보잘것없게 만드는 이 가족의 고통에서 멀리 벗어나고 싶다는 생각이 간절해졌다. 갑자기 너무나도 집이 그리웠다. 카멜의 집은 아름다웠다. 전에는 그런 생각을 한 번도 해본 적이 없다는 듯 집이 아름답다는 사실을 새삼 느꼈다. 카멜의 집은 호화로운 저택은 아니었지만 안락했고 햇빛이 가득한 포근한 집이었다. 아이들이 집을 쓰레기장으로 만들어놓을 때도 그 사실은 변함없었다. 집을 개조해서 아름답게 만든 사람은 카멜이었다. 다들 카멜에게 안목이 있다고 했다. 집을 구입했을 때 카멜은 아마도 사람들의 그런 평가를 기대했던 것 같았다.

"문을 차봐야겠습니다."

토니가 말했다.

"멋진 생각이에요."

카멜이 말했다. 영화를 보면 사람들이 늘 문을 발로 차서 여니까. 어려워 보이지도 않았다.

"아니면 들이받든가."

토니가 어깨를 굴리면서 문을 들이받을 준비를 했다.

"저 문은 안으로 여는 겁니다."

라스가 말했다. 잠시 침묵이 흘렀다.

"그게 문제가 돼요?"

프랜시스가 물었다.

"생각해보세요, 프랜시스."

라스가 대답했다.

"그럼 다른 방법을 찾아봅시다."

토니는 손가락으로 이마를 누르면서 깊이 숨을 들이마셨다.

"왠지…… 폐소공포증이 생기는 것 같습니다. 여기서 나가고 싶군요."

그건 카멜도 마찬가지였다.

. 47 .

프랜시스

사람들은 문을 열 수 있을 만한 도구를 모두 모았다. 머리핀 한 개. 벨트 버클 하나. 팔찌 하나. 팔찌는 프랜시스의 것이었지만 문을 여는 데 어떤 기여도 할 수 없었기에 그녀는 뒤로 물러나 있었다. 벤, 제시카, 나폴레옹, 토니, 카멜은 문을 열 방법을 모의할 위원회를 구성했다. 프랜시스의 팔찌를 망가뜨리는 일에 신이 난 것처럼 보이는 다섯 사람은 '이로 물어서 핀을 뽑아낸다!' 같이 정확히 어떤 일을 해야 하는지를 두고 토론을 벌였다.

프랜시스는 토론을 지켜보는 대신 명상실 구석에 무릎을 끌어안고 앉은 조이에게 걸어갔다.

"괜찮아요?"

옆에 앉으면서 프랜시스는 조이의 등에 조심스럽게 손을 얹었다. 조이가 고개를 들더니 프랜시스를 보고 웃었다. 조이의 눈은 맑았다. 밤새 환각 상태에 빠져 있던 사람처럼은 보이지 않았다.

"괜찮아요. 어젯밤에…… 어떤 경험을 하셨어요?"

조이의 말에 프랜시스는 낮은 목소리로 대답했다.

"마샤가 한 일을 용납할 수 없어요. 하면 안 되는 일을 한 거예요. 어머니 말이 맞아요. 마약은 나쁜 거예요. 불법이고 잘못된 거고, 굳이 길게 말할 필요도 없어요. 하지만 솔직히 말해서, 난 스티브 잡

스랑 있었어요. 내가 살면서 한 경험 중에 최고였어요. 조이는 어땠
어요?"

"좋은 점도 있고 나쁜 점도 있었어요. 오빠를 봤어요. 우리 모두
잭을 봤어요. 그러니까…… 환각이었어요. 정말로 본 건 아니니까."

"나도 봤어요."

프랜시스가 생각 없이 불쑥 말했다.

"소년을 봤어요. 조이랑 조이 부모님과 함께 있는."

"오빠를 봤어요?"

"미안해요. 난 실제로 그를 본 적이 없으니까. 그냥 내 상상력이
만들어낸 모습이에요."

"괜찮아요. 프랜시스가 오빠를 봤다는 게 좋아요. 오빠는 프랜
시스한테 말을 걸었을 거예요. 누구한테든 말을 거는 사람이었으
니까."

조이는 잠시 입을 다물었다.

"나쁜 의미는 아니에요."

"알아요, 무슨 뜻인지."

프랜시스가 조이를 보면서 웃었다.

"사람들한테 관심이 많았거든요. 오빠는 아빠를 닮았어요. 말이
많았어요. 아마도 출판계가 어떤 곳인지 물어봤을 거예요. 오빠는
다큐멘터리 영화 보는 걸 좋아했어요. 남들은 듣지도 않는 팟캐스
트도 챙겨 들었고, 세상에 매혹돼 있었어요. 그래서……."

조이의 목소리가 떨렸다.

"그래서, 목숨을 포기한 게 믿어지지 않는 거예요."

조이는 얼굴을 받치고 있던 무릎에 툭툭 턱을 부딪쳤다.

"그때 오빠와 난 몇 주나 말을 안 하고 있어요. 우린 여러 가지 문제로…… 고함을 지르면서 싸웠어요. 욕실이나 TV, 충전기 같은 걸로요. 지금 생각하면 바보 같아요."

"형제들이 다 그렇죠."

프랜시스의 눈앞에 언니의 앙다문 입술이 잠시 나타났다.

"심하게 싸우면 우린 말을 안 했어요. 한 번 말을 안 하기 시작하면 오래 버티기 경쟁이 돼버렸어요. 먼저 말을 건다는 건 미안하다고 사과하는 거랑 같으니까요. 그게 무슨 뜻인지 아시겠어요? 아무튼 난 그래서 말을 걸고 싶지 않았어요."

조이는 끔찍한 사실을 털어놓고 있다는 표정으로 프랜시스를 봤다.

"첫남편하고 살 때 내가 꼭 그랬어요."

프랜시스가 말했다.

"하지만 오빠가 이상하다는 건 알았어요. 그 주 내내요. 그런데도 왜 그런지 묻지 않았어요. 아무 말도 안 했어요. 그냥 무시했어요."

프랜시스는 표정을 바꾸지 않았다. 조이 탓이라고 생각하지 말라는 소리는 아무 의미 없었으니까. 당연히 자기 탓이라고 생각할 테니까. 후회하지 않는다는 건 잭을 잃었다는 사실을 부정하는 것과 같으니까.

"정말 안됐어요, 조이."

프랜시스는 이 아이를 꼭 껴안아주고 싶었지만 그저 어깨에 손을 올렸다.

"난 오빠한테 화가 났어요. 내가 영원히 기분 나쁘라고 그렇게 가버린 것 같았거든요. 그래서 절대로 용서할 수가 없었어요. 나한테 정말로 비열하고 잔인한 짓을 한 것 같았으니까요. 하지만 어젯밤엔…… 어젯밤엔 다시 우리가 말을 했어요."

"알아요. 나도 질리언이랑 말을 했으니까. 그 친구는 작년에 죽었어요. 돌아가신 아버지하고도 말을 했는데 꿈과는 달랐어요. 아주 선명했고, 현실보다 더 현실 같았어요."

"정말로 우리가 오빠를 본 걸까요?"

조이의 얼굴엔 간절한 바람이 떠올라 있었다.

"그럼요."

프랜시스는 거짓말을 했다.

"그게, 마샤가 죽음을 경험한 뒤에 또 다른 세상이 있다는 걸 깨닫게 됐다고 했잖아요. 그래서 난…… 우리도 그런 세상에 다녀온 게 아닌가 생각했어요."

"그럴지도 몰라요."

또 거짓말을 했다. 프랜시스는 또 다른 세상을 믿지 않았다. 프랜시스가 믿는 건 사랑과 기억과 상상력의 엄청난 힘이었다.

"무엇이든 가능하죠."

"오빠가 돌아온 것 같아요. 이상한 방법으로요. 왠지 문자 메시지도 보내올 것 같아요."

"아."

"정말로 보낸다는 건 아니에요."

"무슨 말인지 알아요. 이제 더는 싸우고 있다는 느낌이 들지 않는 거죠."

"맞아요. 우린 화해했어요. 오빠랑 화해하면 늘 안심이 됐거든요."

두 사람은 평온한 마음으로 잠시 가만히 앉아서 문을 열려고 애쓰고 있는 사람들을 봤다.

"아, 맞다. 고귀한 침묵 때 책 읽었어요. 정말 좋았어요."

조이가 말했다.

"맘에 들어요? 정말요? 조이 취향이 아니라고 말해도 괜찮아요."

"프랜시스, 제 취향이었어요. 정말로 좋았어요."

조이가 단호하게 말했다.

"고마워요."

프랜시스의 눈이 따끔해졌다. 조이의 말이 진심이라는 걸 알 수 있었으니까.

. 48 .

조이

조이는 거짓말을 했다. 프랜시스의 책은 너무 감상적이었다. 조이는 어제 아침에 그 책을 다 읽었다(달리 할 일이 없었으니까). 책은 술술 잘 넘어갔지만 처음부터 주인공 남녀가 서로 미워한다고 해도 결국엔 맺어질 줄 알았다. 시련과 고난은 있겠지만 결국 해피엔딩인 걸 알고 있다면 굳이 그런 책을 읽어야 할 이유가 있을까?

그 책엔 여자가 기절해 남자 품에 안기는 장면이 나온다. 뭐, 낭만적일 수는 있겠지만 현실에서 그렇게 기절하는 사람이 있긴 할까? 또 기절한 사람을 그렇게 평온하게 받아줄 수 있는 사람이 있긴 하고? 게다가 섹스는 어디 있는 거야? 300쪽을 읽었을 때 처음으로 키스 장면이 나왔다. 그래서 제목이 《내서니얼의 키스》인 것 같았다.

조이는 국제 스파이가 나오는 책이 좋았다.

"환상적인 책이라고 생각해요."

조이는 진심을 완벽히 감추고 말했다. 조국의 운명은 네 손에 달려 있어, 조이!

"아직 약에 취해 있는 거 아니에요?"

프랜시스의 말에 조이가 크게 웃었다. 정말 그런지도 몰랐다.

"그럴 리가요."

부모님과 함께 약을 하다니, 믿을 수가 없었다. 이번 경험에서 가장 기이한 부분이 바로 그 점이었다. 엄마와 아빠가 약을 함께하다니. 우와! 조이는 계속 생각했다. 엄마가 있어. 아빠가 있네. 우와!

어젯밤에 벌어진 모든 일을 기억하는 데 남은 인생을 모두 쓸 수도 있을 것 같았다. 아니면 그 모든 게 사라져버릴 수도 있을 것 같았다. 하지만 한 가지, 이곳을 떠난 뒤에도 엄마의 고백은 사라질 것 같지 않았다. 오늘 아침에 엄마와는 거의 말을 하지 않았다. 엄마는 지금 윗몸일으키기를 하고 있는데, 동작이 예전과 달리 그렇게…… 공격적이진 않았다. 엄마는 잠깐 동안 동작을 멈추고 누워서 배에 손을 얹고 천장을 보고 있었다.

삼 년 내내 조이는 비난을 퍼부을 수 있는 다른 누군가를 찾고 있었다. 조이는 잭의 전화, 이메일, SNS 할 것 없이 잭이 남긴 모든 흔적을 샅샅이 뒤졌다. 잭이 괴롭힘을 당했다는 흔적을, 그의 결정이 조이와는 무관하다는 증거를 찾고 싶었다. 하지만 아무것도 찾아낼 수 없었다. 아빠도 마찬가지였다. 잭의 친구들을 만나고 대화를 하고 잭이 왜 그런 선택을 했는지 알고 싶어 했다. 하지만 잭의 친구들도 조이의 가족들만큼이나 당혹스러워했고 충격을 받았다.

그리고 이제, 잭의 결정은 외부 세계하고는 아무 상관이 없을지 모른다는 증언이 나왔다. 모든 건 잭의 머릿속에서 일어난 일이라는, 천식약 때문에 잠시 제정신이 아니었을 거라는. 정말로 그 이유 때문일 수도 있었다. 분명한 이유는 영원히 모르겠지만.

엄마의 고백이 조이의 죄책감을 덜어주지는 못했다. 하지만 함께 죄를 짊어져야 할 사람을 만들어줬다. 잠시 동안 조이는 엄마를 미워하는 기쁨을 누릴 수 있었다. 엄마는 잭에게 그 바보 같은 약을 주지 말았어야 했다. 책임감 있는 다른 엄마들처럼 주의사항을 철저히 읽었어야 했다. 의료 교육을 받은 엄마답게 행동해야 했다. 하지만 조이는 그날 아침 엄마가 지른 비명을 똑똑히 기억하고 있었다. 그런 엄마를 진심으로 비난할 수는 없으리라는 걸 알았다.

지금까지 그 비밀을 숨겼다니, 그건 잘못이었고 어린애 같은 짓이었다. 그런데 바로 그 때문에 조이의 마음이 좀 편해졌다. 처음으로 조이는 엄마도 그저 어린 여자임을 알 수 있었다. 엄마도 자신처럼 실수를 저지르고 일을 망치고 자기 책임이 아닌 체 그냥 앞으로 가버리는 어린 여자였던 것이다.

엄마는 당연히 천식약에 부작용이 있는지 알아봐야 했다. 잭이 꼼짝 않고 누워 있는 걸 본 조이가 잭의 방에 들어가봐야 했던 것처럼. 조이는 잭의 침대에 앉아 그 커다란 발을 잡고 흔들면서 "무슨 문제 있냐, 루저야?"라고 물어봐야 했다. 그랬다면 잭은 말해줬을지 몰랐다. 잭이 말해줬다면, 잭이 심각한 상황에 처해 있었다면 조이는 아빠에게 가서 잭의 문제를 '해결'하라고 말했을 것이다. 그러면 아빠는 잭의 문제를 해결했을 것이다. 조이는 세 사람 가운데 유일하게 무죄인 아빠를 봤다. 무릎을 꿇고 도어 록을 들여다보고 있는 아빠를 봤다. 아빠는 우리 가족을 이곳에서 벗어나게 해줄 것이다. 기회만 준다면 아빠는 무슨 일이든 해결할 것이다. 아빠는 그저 잭의 문제를 해결할 기회를 얻지 못한 것뿐이었다.

분명히 괜찮지 않았고 결코 괜찮아지지 않을 것이다. 하지만 조이의 위장에 얽혀 있던 매듭이 조금은 풀리는 것 같았고, 조이는 저항하지 않았다. 지금까지는 기분이 좋아지기 시작할 때면, 웃거나 심지어 뭔가를 기대하고 있다는 사실을 눈치 챌 때면 그 즉시 스스로에게 비난을 퍼부었다. 기분이 나아진다는 건 잭을 잊는 일처럼, 잭을 배반하는 일처럼 느껴졌다. 하지만 이젠 둘이 싸운 시간뿐 아니라 함께 깔깔거리며 웃던 시간도 기억할 수 있고, 서로 말을 하지 않은 시간뿐 아니라 무엇이든 털어놓던 시간도 기억할 수 있고, 서로 말하지 않았던 비밀이 있었던 것만큼 공유했던 비밀도 있었음을 기억할 수 있을 것 같았다.

조이는 문을 열려고 애쓰는 사람들을 쳐다보는 프랜시스의 옆모습을 봤다. 매일 바르는, 심지어 운동을 할 때도 바르고 오는 빨간 립스틱이 사라진 프랜시스의 얼굴은 훨씬 젊어 보였다. 프랜시스에게 빨간 립스틱은 바르지 않으면 다른 사람을 만날 수 없는, 혼자 있을 때가 아니면 언제나 입고 있어야 하는 옷 같은 것인지 몰랐다.

조이는 자신이 로맨스 소설을 쓰지만 연애 사기를 당한 중년 여자인 프랜시스이자, 시도 때도 없이 눈물을 흘리지만 정작 그걸 본인은 모르는 아빠이자, 언제나 자기 자신에게 화가 나 있는 엄마이자, 복권에 당첨됐지만 불행해 보이는 젊은 남자이자, 놀라운 몸매를 소유한 그의 아내이자, 이혼 전문 변호사인 끝내주게 잘생긴 남자이자, 자신이 뚱뚱하다고 생각하는 여자이자, 예전에는 잘 웃었고 풋볼을 했던 남자인 것만 같았다. 그녀는 함께 있는 모든 사람이자 조이였다. 우와. 여전히 약에 취해 있는지도 몰랐다.

"내 책을 좋다고 말해준 거, 나한테는 큰 의미가 있어요."

프랜시스가 고개를 돌려 조이를 쳐다보더니 말했다. 반짝이는 눈이 행복해 보였다. 프랜시스에게는 조이의 의견이 정말로 중요한 것 같았다.

잘했어, 꼬마. 이 꽥꽥거리는 오리새끼야.

잭이 말했다. 잭은 아직도 이곳에 있었다.

잭은 어디에도 가지 않을 것이다. 조이가 대학교를 졸업하고 여행을 하고 직장을 갖고 결혼을 하고 늙어갈 때도 늘 조이 곁에 머물것이다. 잭이 죽음을 택했다고 해서 조이가 삶을 택하지 말란 법은없었다. 잭은 언제나 조이의 가슴에, 기억에 머물 테고 언제나 조이의 옆에서, 조이가 세상을 떠날 때까지 함께할 것이다.

. 49 .

벤

문을 열려는 시도는 의미가 없었다. 적절한 도구도 없는 데다 얼마 전에 설치한 것이라 아주 견고했다. 욕설이 몇 마디 나왔고, "그럼 당신이 해봐요"라는 거친 말도 나왔다. 사람들은 계속해서 새로운 비밀번호를 내놓았지만 빨간 불이 들어오며 '아니거든'이라는 거부 신호만 보냈다.

열쇠공인 제이크도 저 문을 열지 못할 것이다. 언젠가 벤은 제이크에게 모든 문을 열 수 있는지 물었다. 제이크는 "적절한 도구만 있으면"이라고 대답했다. 여기 있는 사람들에겐 적절한 도구가 없었다. 결국 벤은 포기했다. 카멜과 나이 든 남자들, 나폴레옹과 토니가 쓸모없는 노력을 하게 내버려둔 채 가짜 손톱을 물어뜯으며 벽에 기대어 앉아 있는 제시카 옆으로 갔다. 제시카의 입술은 바싹 말라 갈라져 있었다.

지난밤 두 사람은 사람들 앞에서 끊임없이 키스했다. 마샤가 두 사람 옆에 앉아 있을 때도 대중교통을 탄 흥분한 십대들처럼 키스하고 또 키스했다. 하지만 흥분한 십대 같은 기분은 들지 않았다. 최종 목표가 없었으니까. 섹스를 하려고 키스한 게 아니었으니까. 중요한 건 키스였다. 벤은 영원히 키스를 할 수 있을 것만 같았다. 지난밤의 키스는 약에 취해서 대충하는 키스가 아니었다. 몸의 모든 부분이 참여한 진짜 키스였다. 생애 처음으로 경험해본 마약이 끔찍했다는 거짓말을 할 순 없을 것 같았다. 오히려 믿을 수 없을 만큼 좋았다. 그래서 루시가 마약을 위해서라면 자기 인생까지도 망칠 수 있는 걸까?

어젯밤 같은 경험을 하기 위해 도둑질을 해야만 한다면 어떻게 할까? 벤은 마약 때문에 자신이 도둑질을 할 수 있을지 생각해봤다. 그럴 수 없을 것 같았다. 다행히, 다시는 마약을 하고 싶지 않았다. 그러니까 마약을 한 번 했다고 해서 중독이 되는 건 아니었다. 벤이 열 살 때부터 엄마는 누나 걱정에 초췌해진 얼굴로 계속 말했다.

"한 번만 해도, 벤, 단 한 번만 해도 네 인생은 망가지고 말 거야."

벤은 엄마의 말을 잠자리에서 듣는 옛날이야기처럼 듣고 또 들었다. 엄마의 이야기 속에서는 아름다운 공주인 누나가 마약이라는 괴물에게 끌려가 돌아오지 못했다.

"넌 절대로, 절대로, 절대로 마약을 하면 안 돼."

엄마는 벤의 팔을 아플 만큼 힘껏 잡고, 고개를 돌리고 싶을 만큼 강렬한 눈빛으로 말했다. 벤은 차마 엄마의 눈길을 피할 수가 없었다. 그러면 엄마는 또다시 절대로, 절대로, 절대로 안 된다는 말을 했을 테니까. 하지만 그런 말은 할 필요가 없었다. 마약이 인생을 망치는 사례를 벤은 눈앞에서 생생하게 보고 있었으니까.

모든 일이 시작됐을 때, 벤은 열 살이었고 루시는 벤보다 다섯 살 많았을 뿐이지만, 벤은 옛날의 루시를, 첫 번째 루시를, 마약에 끌려다니기 전의 진짜 루시를 기억하고 있었다. 진짜 루시는 축구를 했고, 저녁식사 시간이면 식탁에 앉아 밥을 먹었고, 논리적으로 말했고, 재미있는 일이 있으면 웃었다. 아무것도 안 하고 몇 시간이나 멍하게 있는 일은 없었다. 화가 나면 정상적으로 화를 냈지 악마처럼 벌겋게 충혈된 비열한 눈으로 비정상적으로 화를 내진 않았다. 물건을 부수지도 않았고, 똑같이 악마처럼 핏발 선 눈을 가진 비쩍 마른 쥐같이 생긴 남자들을 집으로 끌어들이지도 않았다. 그러니까 벤에게 절대로, 절대로, 절대로 안 된다는 말은 할 필요가 없었다. 벤은 마약이라는 괴물이 어떤 일을 하는지 분명히 알고 있었으니까.

벤이 마약을 했다는 말을 들으면 불쌍한 엄마는 공황발작을 일으킬 것이다.

"괜찮아, 벤. 중독되지 않았어."

제시카가 벤의 마음을 읽은 듯 조용히 말했다.

"알아."

벤은 자신의 손을 제시카의 손 위에 살며시 올려놓았다. 부부상담이 효과가 있었던 걸까? 그런데 왜 이런 기분이 드는지 알 수 없었다. 어쩌면 약 때문에 기분이 아주 좋아졌다가 가라앉는 과정인지도 몰랐다. 그래서 사람들은 중독이 되는 건지도 몰랐다. 약에 취해 있을 때는 끝내주게 기분이 좋았다가 아주 엿같이 기분이 가라앉으니까 말이다.

벤과 제시카는 대화를 했다. 벤은 모두 기억했다. 두 사람의 관계에 관해서 그 어떤 때보다 많은 얘기를 한 것 같았다. 돈 얘기도 했다. 벤은 자신이 제시카의 바뀐 얼굴과 몸을 좋아하지 않는다고 말했던 것도 기억했다. 이상했다. 전에는 중요한 계약이나 되는 것처럼 엄청나게 큰 문제처럼 느껴졌는데, 지금은 아무것도 아니게 느껴졌다. 왜 전에는 그게 그렇게 큰 문제였을까?

물론 벤은 제시카의 부푼 입술을 좋아하지 않았다. 하지만 그게 세상이 끝날 만큼 큰 문제는 아니잖아? 자동차 문제도 있었다. 자동차를 긁은 건 제시카였다. 하지만 그것도 큰 문제가 아닌 것 같았다. 아무것도 아닌 일로 두 사람 모두 야단법석을 떤 기분이었다. 그리고 왠지 두 사람에겐 할 얘기가 더 남은 것 같았다. 아주 중요한 얘기가 남아 있는 것 같았다. 지금은 그게 뭔지 모르겠지만 조만간 생각이 날 게 틀림없었다.

제시카가 자신의 셔츠를 잡아당기더니 코를 대고 킁킁거렸다.

"냄새나. 세면대에서 스펀지로라도 좀 씻고 와야겠어."

"그렇게 해."

"세수도 해야 하고."

"그래."

벤은 제시카를 흘긋 쳐다봤다.

"여기 있는 누구도 네가 화장을 했건 안 했건 상관하지 않을걸."

"여기서 그걸 상관할 사람은 단 한 명뿐이야. 나 말이야. 난 상관 있어."

제시카가 일어서면서 말했다. 하지만 화가 난 것 같진 않았다.

벤은 화장실로 걸어가는 제시카를 물끄러미 바라봤다. 우린 고쳐진 걸까? 우린 지금 적절한 도구를 갖고 있는 거야? 베이컨과 에그 맥머핀이 먹고 싶었다. 친구들과 함께 일하며 FM 라디오를 듣고 자동차들을 다시 한 번 아름답게 만들고 싶었다. 집을 샀을 때 벤은 다시 일하고 싶었다. 두 사람에게 돈이 필요한가 아닌가는 벤의 관심사가 아니었다. 벤에게 필요한 건 일이었다.

이 지하에 얼마나 갇혀 있었던 걸까? 벤은 하늘을 봐야 했다. 벤은 억울하게 감옥에 갇힌 남자를 다룬 TV 프로그램을 기억했다. 그 남자의 어머니는 아들이 칠 년이나 달을 못 봤다고 말했고, 그 말을 듣는 순간 벤은 온몸이 서늘해졌다.

"안녕하세요. 여기 앉아도 돼요?"

조이였다. 부모와 함께 이곳에 온 어린 여자. 고개를 끄덕이자 조이는 벤의 옆에 앉았다. 지난 며칠 동안 조이를 볼 때마다 벤은 저렇게 건강하고 활기찬 젊은 여자가 부모와 함께 이런 곳에 오다니 도저히 이해할 수 없다고 생각했다. 하지만 이젠 왜 이곳에 와야 했는지 알았다.

"오빠 일은 안됐어요."

"고마워요. 누나 일은 안됐어요."

"우리 누나 일은 어떻게 알고 있는 거죠?"

"제시카가 말했잖아요. 어제, 우리가 스무디에 약을 탄 걸 알게 됐을 때요. 제시카 말이 누나가 중독자라고."

"아, 그랬죠. 잊고 있었어요."

"정말 힘들었을 거 같아요."

"제시카가 힘들었죠. 계속 같은 얘기를 들어야 했으니까요. 마약을 하기 전에 누나가 어땠는지. 제시카에게 루시는 정신이 이상한 쓰레기일 뿐인데요."

"다른 사람의 가족은 절대로 이해할 수가 없는 건가봐요. 얼마 전에 남자친구랑 헤어졌어요. 이번 주에 나와 함께 발리에 갔으면 했는데, 내가 갈 수 없다고 말했거든요. 오빠의 기일엔 부모님과 함께 있어야 하니까요. 남자친구는 그래서 평생 1월에는 부모님과 함께 있을 거냐고 물었어요. 그래서 그럴 거라고 했어요."

"완전히 얼간이 같은데요."

"얼간이를 피하는 게 쉬운 일은 아니죠."

"오빠라면 얼간이를 피할 수 있게 도와줬을 거예요."

남자들에게 얼간이를 알아보는 건 어려운 일이 아니었으니까. 하지만 곧 벤은 스스로에게 화가 났다. 바보 같은 말을 했다는 기분이 들었다. 조이의 오빠는 동생의 연애사에 관여하는 사람이 아니었을 수도 있는데 말이다. 하지만 조이는 웃었다.

"그랬을지도 몰라요."

"오빠는 어떤 사람이었어요?"

"SF를 좋아하고 음모론에 심취해 있었어요. 정치도 좋아하고, 아무도 안 듣는 음악을 듣고요. 우린 모든 일에 의견이 달랐어요."

아주 잠깐, 조이가 울 것 같은 표정을 지어 벤은 좀 무서웠지만 다행히 조이는 울지 않았다.

"누나는 어떤 사람이었어요? 마약을 하기 전에요. 마약에 찌들기 전에요."

"마약에 찌들기 전이라."

벤은 조이의 말을 따라 했다. 마약에 찌든 루시를 생각했다.

"내가 아는 가장 웃긴 사람이었어요. 가끔은 지금도 그래요. 아직도 한 사람이에요. 사람들은 중독자들을 더는 사람이 아닌 것처럼 취급하지만, 누나는…… 누나는 아직도 사람이에요."

조이는 벤의 말을 이해했다는 듯 딱 한 번, 거의 사무적으로 고개를 끄덕였다.

"아버지는 누나와 연을 끊고 싶어 하죠. 더는 우리 가족이 아니라고 생각하는 거예요. 마치 누나가 이 세상에…… 존재하지 않는 것처럼 행동하는 거예요. 아버지는 당신이 살려면 어쩔 수 없는 거라고 말해요."

"어떻게 그럴 수 있죠?"

"아버지는 그냥 떠나버렸어요. 부모님은 이혼하셨고, 날 만날 때도 아버지는 절대로 누나 얘기는 안 해요."

"사람마다 그런 문제를 다루는 방법이 다 다른 것 같아요. 아빠는 계속 오빠 얘기를 하고 싶어 했어요. 하지만 엄마는 오빠 이름만 나와도 참을 수 없어 했고요. 그래서……."

두 사람은 잠시 아무 말도 하지 않고 앉아 있었다.

"여기서 지금 어떤 일이 벌어지고 있는 걸까요?"

조이가 물었다.

"모르겠어요. 정말로 모르겠습니다."

벤이 대답했다.

벤은 화장실에서 나와 걸어오는 제시카를 쳐다봤다. 벤과 눈이 마주친 제시카는 어색한 듯 웃었다. 화장을 하지 않았기 때문인 것 같았다. 요즘은 화장품으로 얼굴을 완벽하게 덮지 않은 제시카는 거의 볼 수가 없었다. 제시카를 바라보며 벤은 자신이 아내를 사랑한다는 사실을 알았지만 동시에 또 다른 사실도 깨달았다. 어젯밤의 그 긴 키스는 다시 사랑을 시작하는 키스가 아니었다. 작별의 키스였다.

. 50 .

프랜시스

활주로에서 움직이지 않는 비행기에 갇힌 것처럼 시간은 더디게 흘러갔다. 모두 문 앞으로 가서 새로운 숫자의 조합을 눌러보고 또 눌러봤다. 프랜시스는 'LSD', '환각 증상', '닫히다', '열리다', '열쇠', '건강' 같은 단어를 계속 입력해봤다. 빨간 불이 계속 껌뻑였고, 이젠 문이 프랜시스를 거부한다는 생각까지 들었다.

헤더는 말이 없어지고 축 늘어졌다. 구석으로 물러난 헤더는 요가 매트 세 장을 포개더니 그 위에 모로 웅크리고 잠이 들었다.

라스는 노래를 불렀다. 끝도 없이 불렀다. 깊게 울리는 목소리에 노래도 잘했지만 계속 곡을 바꿨다. 마치 어떤 방송을 찾으려고 계속해서 라디오 채널을 돌리는 것만 같았다.

결국 토니가 한마디했다.

"조용히 좀 합시다, 친구."

토니의 말에 라스는 깜짝 놀랐다. 〈루시 인 더 스카이 위드 다이아몬드〉를 부르다 입을 다문 라스는 자신이 끊임없이 노래를 부르고 있다는 걸 모르는 것 같았다.

카멜은 계속 쯧쯧 혀를 찼다. 프랜시스는 그 소리를 얼마나 참을 수 있을지 알아보려고 했지만, 카멜이 서른두 번째로 쯧쯧거릴 때 라스가 "대체 언제까지 그럴 겁니까?"라고 말했다.

운동을 하는 사람도 있었다. 제시카와 조이는 함께 요가를 했고, 벤은 팔굽혀펴기를 엄청나게 해대다가 마침내 멈추고는 땀에 흠뻑 젖어서 가쁘게 숨을 내쉬었다.

"단식을 할 때는 에너지를 아껴야 합니다."

나폴레옹이 온화하게 말했다. 프랜시스는 단식이라는 표현이 적절하지 않다고 생각했다. 강제 단식이라면 또 모를까. 나폴레옹은 의외로 말이 많지 않았다. 첫인상대로라면 수다쟁이여야 하는데 명상실에 갇힌 나폴레옹은 조용했고 생각이 많았다. 얼굴을 찡그리고 손목시계를 보다가 천장에 설치된 CCTV를 쳐다보기도 했다.

"혹시 그 사람들한테 무슨 일이 생긴 건 아니겠죠? 셋 다 살해되거나 납치되거나 아픈 것일 수도 있잖아요."

프랜시스가 말했다.

"우릴 가둔 겁니다. 이것도 미리 계획한 듯하네요."

라스가 대답했다.

"그럴 수 있죠. 하지만 한 시간 정도만 가두려고 했을 거예요. 이렇게 오래 내버려두는 걸 보면 분명히 끔찍한 일이 일어난 거예요."

프랜시스가 말했다.

"그들한테 문제가 생겼다면 조만간 누구든 우리를 발견할 겁니다. 우리가 사라진 걸 아는 가족과 친구들이 신고를 할 테니까요."

"여기서 얼마나 견딜 수 있을까요?"

프랜시스가 물었다.

"다들 날씬해질 거예요."

카멜이 말했다.

"난 정신이 나갈 것 같아요."

이미 정신이 나가고 있는 듯 벤의 목소리는 몹시 떨렸다.

"상황이 더 안 좋을 수도 있었는데 그나마 다행입니다. 수돗물이 나오고 화장실도 있으니까요."

나폴레옹이 말했다.

"더 좋을 수도 있었죠. 룸서비스를 받는다든가."

토니가 말했다.

"나 룸서비스 사랑해요."

프랜시스도 말했다.

"룸서비스를 받으며 영화를 보는 거죠."

토니가 한숨을 쉬었다. 토니와 프랜시스의 눈이 마주쳤고, 토니와 함께 호텔 방에 있는 상상을 해버린 프랜시스가 먼저 고개를 돌렸다. 상상 속에서 토니는 샤워를 하고 나왔고, 토니의 엉덩이엔 문신이 있었는데 그 문신들은 웃고 있었다.

마음속으로 프랜시스는 자기 뺨을 한 대 갈기면서 아빠가 한숨을 쉬며 "넌 남자라면 사족을 못 쓰는구나"라고 말하는 상상을 했다. 쉰두 살이나 됐으면서도 대책이 없었다. 똑같이 룸서비스를 좋아한다고 해서 사이가 좋으란 법도 없는데. 도대체 룸서비스를 받으며 둘이서 무슨 얘기를 하겠어? 풋볼?

"돈을 주면 어떨까요? 우릴 꺼내달라고요. 돈으로 해결할 수 없는 건 없잖아요, 안 그래요?"

제시카가 말했다.

"얼마나? 10억? 20억?"

벤이 말했다.

"글쎄요. 돈을 준다고 풀어줄 것 같진 않은데."

토니가 말했지만 제시카는 이미 CCTV가 있는 쪽으로 걸어가고 있었다.

"여기서 나가게 해주면 돈을 줄게요, 마샤!"

제시카가 주먹 쥔 두 손을 허리에 얹고 소리쳤다.

"돈이라면 걱정할 필요가 없어요! 우린 현금이 많으니까. 지금 이 과정은 건너뛰고 싶어요! 우리가 벌금 낼게요!"

제시카는 좀 불편한 얼굴로 사람들을 돌아봤다.

"여기 있는 사람들 벌금 전부 다요! 우리가 대신 낼게요!"

문은 꼼짝도 하지 않았다.

"마샤를 움직이는 건 돈이 아닐 듯해요."

나폴레옹이 조용히 말했다.

그럼 무엇이 마샤를 움직이는 걸까? 프랜시스는 생각했다. 프랜시스는 VCR이 다른 세상을 보여주는 창문이었다며 눈을 반짝이던 마샤를 떠올렸다. 하지만 이젠 영화에 흥미가 없을 수도 있었다.

마샤는 오스트레일리아가 마샤의 두뇌를 필요로 했다는 사실을 프랜시스에게 분명히 알려주고 싶어 했다. 그렇다면 인정을 받거나 칭찬을 받고 싶은 걸까? 마샤가 원하는 게 그건가? 아니면 사랑? 그렇게 단순하다고? 물론 사람이라면 누구나 그렇듯이 마샤도 사랑을 받고 싶을 것이다. 세상에는 사랑받고 싶다는 욕망을 아주 독특한 방식으로 표현하는 사람도 있었다.

"그들이 우릴 지켜보고 있는 게 맞아요? 어쩌면 책상에 발을 올려놓고 쉬면서 〈오렌지 이즈 더 뉴 블랙〉을 보고 있는지도 모르죠."

라스가 말했다.

"다른 사람들이랑 함께 자려고 돈 낸 거 아니에요!"

제시카가 CCTV를 향해 삿대질을 했다.

"오늘 밤에도 여기서 자고 싶지 않단 말이에요. 더블룸 비용을 냈단 말이에요. 방으로 돌아가게 해줘요! 배고파요. 피곤하다고요!"

제시카는 자기 머리카락을 잡고 냄새를 맡았다.

"머리도 감아야 한다고요!"

"이런."

벤이 두 손으로 관자놀이를 문질렀다.

"네가 했던 말 기억났어. 임신했다고 했지? 어젯밤에 임신했다고 했잖아!"

"아, 그랬지."

제시카가 벤을 돌아보면서 말했다.

"잊고 있었어."

. 51 .

딜라일라

"임신하지 않았어요. 절대로 임신하지 않았습니다."

야오의 얼굴이 공포로 하얗게 질렸다. 딜라일라와 야오, 마샤는 컴퓨터로 명상실의 손님들을 지켜보고 있었다.

"그럼 왜 계속 임신했다고 하는 걸까?"

마샤가 물었다.

세 사람은 마샤의 방에서 벌써 몇 시간째 함께 있었다. 마샤와 야오는 컴퓨터를 보면서 계속 서성였지만 딜라일라는 결국 마샤의 의자에 앉았다. 딜라일라는 피곤했고 배가 고팠고 더는 아무것도 하고 싶지 않았다. 어쩌면 행복 안내자로서의 삶이 끝난 건지도 몰랐다. 이곳에서 일한 지 어느덧 오 년째, 작년부터는 그 손님이 그 손님처럼 느껴졌다. 손님들은 모두 자기 자신이 가장 중요해서 딜라일라는 가끔 가장 하찮은 등장인물이 된 듯한 기분을 느꼈다.

그동안 딜라일라에 관해 한 가지 질문이라도 한 손님은 손에 꼽을 정도였다. 물론 손님들은 딜라일라에게 말을 걸 필요는 없지만, 그들은 모두 딜라일라가 자신들의 얘기에 매료될 거라고 확신했다. 그들은 자신의 결혼생활과 성생활을 얘기했고 소화기관이 어떤 활동을 하고 있는지도 말했다. 이제는 과민성 대장증후군에 관한 말을 단 한 마디만 더 들어도 딜라일라는 자기 손목을 그어버릴 것만 같았다. 게다가 불평불만은 왜 그렇게 많은지. 베개가 어떻다는 둥 방 온도가 어떻다는 둥 심지어 딜라일라가 날씨를 조절할 수 있다는 것처럼 날씨에 관한 불만까지 터뜨려댔다.

일정이 끝날 무렵에 자신이 '변했다'고 믿는 손님들을 보는 건 좋았다. 하지만 딜라일라는 마샤나 야오처럼 평온의 집 프로그램을 전적으로 믿고 전파하려는 열정이 있는 건 아니었다. 물론 요가는 즐거웠고 복부 힘은 짱짱했다. 딜라일라는 식스팩이 생겼고 식스팩이 있다는 사실이 좋았다. 명상을 하면 평온해졌고 마음챙김 수련은 근사했다. 프로그램에 마약을 넣는 것에도 거리낌이 없었다. 마약은 인생을 흥미롭게 만들 수 있었다. 솔직히 말해서 손님들 대부분은 그렇게까지 복잡한 정신을 소유한 것 같진 않았지만, 어쨌거나 마약 때문에 통찰력이 생기는 부분도 있긴 했다. 하지만 이곳은 신의 권능이 미치는 곳이 아니었다. 그저 건강휴양지였다.

딜라일라는 평온의 집 일에 엄청나게 신경 쓰고 있다는 인상을 심어주는 재주가 있었다. 유창하게 말하고 유능하게 해낼 수 있었다. 마샤의 비서였을 때는 유제품업계에도 같은 인상을 심어줄 수 있었다. *네, 그럼요. 제가 요구르트를 얼마나 좋아하는데요!* 마샤의 심장이 정지한 뒤로는 보험회사에서도 같은 능력을 발휘했다. 비서로 수년간 일한 경험은 행복 안내자가 되는 데 큰 도움이 됐다. 고개를 끄덕여주고 웃고 뒤에서 조용히 일이 진행될 수 있도록 힘쓰고, 정말로 필요한 일이 아니라면 아무것도 묻지 않고도 해낼 수 있었다. 게다가 평온의 집 월급은 훌륭했다. 이제 곧 목표한 저축액에 도달할 것이다. 딜라일라는 일 년 동안 여행을 다녀올 생각이었다.

"여자들은 모두 임신 테스트를 했습니다. 가장 나이가 많은 사람도요. 제시카는 임신하지 않았어요."

야오가 말했다.

"그런데 왜 임신했다고 말한 걸까?"

마샤가 또다시 말했다.

"모르겠습니다."

야오는 거의 울 것 같았다.

"마약을 줬다고 우릴 고소할 수도 있겠네요."

딜라일라가 말했다.

"제시카는 돈이 필요 없어. 본인이 말했듯이 돈은 문제가 안 돼."

마샤가 컴퓨터 화면을 가리키며 말했다. 딜라일라는 어깨를 으쓱하고 한숨을 쉬었다.

"그냥 화가 나서 하는 말 아닐까요? 임신했으면 어쩌려고 약을 먹였냐고 항의하는 거죠."

"임신하지 않았다니까."

야오가 말했다.

"우리가 안다는 걸 모르잖아. 게다가 남편 누나가 중독자라며. 두 사람은 약이라면 질색을 하잖아. 그걸 미리 알았어야 하는데."

딜라일라의 말에 마샤가 야오와 딜라일라의 얼굴을 번갈아 봤다.

"두 사람은 행복해해야 하는 거 아닌가? 치료는 잘됐어. 키스를 했잖아."

"그거야 약에 취했으니까 그렇죠."

딜라일라는 가끔 마샤가 기이할 정도로 순진하다는 생각이 들었다. 키스에는 무조건 특별한 의미가 있다고 생각하는 걸까?

"아주 오랫동안 키스를 했어."

마샤가 딜라일라에게 말했다.

"그랬죠. 엑스터시를 먹으면 그렇게 돼요. 그래서 사랑의 마약이라고 하는 거예요."

처음 엑스터시를 했을 때 딜라일라는 라이언하고 두 시간도 넘게 키스를 했다. 그 키스는 딜라일라의 인생에서 가장 멋진 키스였지만, 그 키스 때문에 몸에 딱 달라붙는 자주색 셔츠를 입은 잘난척쟁이 영국 멍청이랑 결혼하고 싶진 않았다. 키스는 그저 키스일 뿐.

"단지 마약 때문만은 아냐. 내가 여러 번 중요한 돌파구를 마련해줬어."

마샤가 말했다.

"음."

딜라일라가 대답했다. 딜라일라의 모든 상사가 그랬던 것처럼 마샤도 완벽한 나르시시스트였다. 마샤가 자신은 큰 자아를 완전히 버린 것처럼 근엄한 표정으로 손님들에게 "자아를 버리세요"라고 할 때면 정말로 우스웠다. 지난 몇 년 동안 딜라일라는 마샤의 자아가 손님들이 해주는 감사의 말에, 충견처럼 행동하는 야오의 헌신에 영양분을 받아 무럭무럭 자라는 모습을 지켜봤으니까.

"그게 내 재능이니까."

마샤는 웃지도 않고 말했다. 하지만 마샤가 연애에 관해 아는 게 뭐가 있을까? 마샤를 만난 뒤로 딜라일라는 마샤가 다른 사람과 함께하는 걸 본 적이 없었다. 딜라일라로서는 마샤가 이성애자인지 동성애자인지 양성애자인지, 아니면 아예 무성애자인지 알 수가 없었다.

"지금쯤이면 훨씬 긍정적으로 바뀌었을 거야. 좀 더 고마워하게 됐겠지."

마샤가 말했다. 딜라일라는 야오와 시선을 교환했다. 와우! 그런 말을 한다는 건 마샤 자신이 실수를 했다는 사실을 거의 인정하는 것과 마찬가지였다. 한순간일지언정 완전히는 확신하지 못하고 있음을 인정하는 것이다. 야오의 얼굴은 세상이 무너지기라도 한 듯 공포에 질려 있었다.

야오는 어쩌면 마샤를 사랑하는지도 몰랐다. 마샤에게 성적 욕망을 품고 있는지는 알 수 없었다. 야오가 느끼는 감정은 로큰롤 가수 주변을 맴도는 열성 팬의 감정과 같아서 자신이 마샤와 같은 침대를 쓸 수 있다는 사실을 도저히 믿지 못하는지도 몰랐다. 어쨌든 야오는 마샤에게 푹 빠져 있었다.

"모두 괜찮을 거야. 우리가 할 일은 앞으로 어떻게 진행할지 신중하게 고민하는 것뿐이야."

마샤가 야오에게 말했다.

"일단 먹을 걸 줘야 해요."

딜라일라가 말했다. 이건 식당 종업원 일을 하면서 알게 된 사실이었다. 일단 식전 빵을 내가야 했다. 탄수화물로 배를 채워놓아야 손님들은 음식이 늦게 나온다고 불평하지 않았다.

"고작 하루 지났어. 다들 단식을 하게 된다는 걸 알고 있었으니 괜찮아."

마샤가 말했다.

"그건 그렇지만, LSD를 먹는다는 건 몰랐잖아요. 갇힐 거라는 것도요."

딜라일라가 반박했다. 딜라일라가 보기에 마샤는 손님들의 말을 너무 심각하게 받아들였다. '깨달음을 얻기 위해서' 평온의 집에 왔다는 말은 사실 '살을 빼고 싶어서' 왔다는 소리인데 말이다. 어쨌거나 손님들 가운데 특별히 '변한' 사람은 없는 것 같았다. 헤더 마르코니가 트립어드바이저에 별 다섯 개짜리 후기를 남길 가능성은 전혀 없었다.

마샤는 정말 마샤답게도 이 새로운 프로그램이 성공하리라고 믿어 의심치 않았다. 손님들의 동의를 받아야 한다는 걱정은 조금도 하지 않았다. 프로그램이 진행되는 과정을 설명하고 동의를 구했다가는 가장 도움이 필요한 사람들이 도움을 거절하게 될 위험이 있다며 비밀로 해야 한다고 했다. 결국 빛나는 결과가 그간의 과정을 모두 덮어줄 거라고 했다. 일단 변화를 체험하면 누구도 불만을 터뜨리지 않는다고 했다.

"우리가 집중해야 하는 건 해결 방법이야."

마샤는 손님들이 임시감옥에서 전전긍긍하는 모습을 물끄러미 보며 말했다. 마샤는 피곤해 보이지도 않았다. 딜라일라는 마샤의 비서로 일했던 십 년 전 어느 날을 기억했다. 누군가가 다음 날 이사회에서 발표해야 할 예산분석 자료에서 엄청난 실수를 발견했다. 마샤는 잠도 안 자고 서른 시간을 꼬박 일하면서 결국 잘못된 부분을 바로잡았다. 딜라일라도 마샤 곁에 붙어 있었지만 서너 번은 푹 자면서 버텼다. 발표는 아주 성공적이었다.

반년 뒤, 마샤는 심장이 멈춰버렸다. 그 뒤로 오 년의 세월이 흐르고 딜라일라가 마샤의 존재를 까맣게 잊고 있었을 때 마샤가 전화를 걸어와 함께 일해볼 생각이 없는지 물었다. 마샤는 손님들에게 딜라일라가 경험한 '행복 여행'에 대해 듣게 될 거라고 말했지만 사실 그런 건 없었다. 딜라일라의 행복 여행은 중앙역에서 자리봉까지 기차를 타고 이동한 게 전부였다.

"이제 나오게 해줘야 할 것 같습니다. 원래 지금쯤이면 나와 있어야 하니까요."

야오가 말했다.

"처음에 말했지. 극적인 결과를 얻으려면 우리도 극적으로 행동해야 한다고. 저 사람들에겐 마실 물도 있고 잘 곳도 있어. 우리가 한 일이라곤 저 사람들이 갇혀 있던 안전지대에서 저들을 빼낸 것뿐이지. 그게 다야. 그래야만 성장할 수 있으니까."

"옳은 일을 하고 있다는 생각이 들지 않습니다."

야오가 초조하게 말했다.

"소리를 켜볼까?"

마샤가 말했다.

"여기서 나가자마자 경찰에 신고하는 게 우리 의무라고요."

여자의 목소리가 들렸다.

"누구지?"

"프랜시스예요."

야오가 화면을 보면서 말했다. 등을 보이고 있는 프랜시스가 라스에게 말하고 있었다.

"프랜시스? 프랜시스는 자신이 한 경험을 사랑했어. 그 경험으로 많은 걸 깨달은 것 같았는데?"

이번엔 라스의 목소리가 들렸다.

"당연히 우리에겐 윤리적으로도 법적으로도 신고할 의무가 있습니다. 우리가 하지 않으면 결국 누군가 죽게 될 수도 있으니까요."

"하지만 정말로 감옥에 보내야 하는지는 모르겠어요. 내 생각엔 그 사람들, 선의로 이러는 거 같아요."

"지금 난 자유를 빼앗겼습니다. 이 일로 감옥에 갇히는 사람이 있다고 해도 난 크게 걱정되지 않습니다."

"세상에, 이건 재앙입니다. 저 사람들은 변하려는…… 시도조차 않고 있어요."

주먹 쥔 손으로 입을 막으며 야오가 신음했다.

"아니, 변하게 될 거야. 생각했던 것보다 오래 걸리는 것뿐이야."

마샤가 대답했다.

"환각치료를 받았다고 달라진 건 없는 것 같습니다. 손님들은 그냥…… 화가 난 것 같아요."

야오의 말에 딜라일라는 한숨을 꾹 눌러 참았다. 바보야, 저건 숙취라고 하는 거야.

"녹차 좀 드릴까요?"

"고마워, 딜라일라. 정말 고마운 생각이야."

마샤는 진심으로 고마워하면서 딜라일라의 팔을 만지며 마음이 따뜻해지는 웃음을 지어 보였다. 전에도, 마샤가 여신처럼 변하기 전에도, 매혹적이진 않지만 일 잘하는 고위 중역이었을 때도 마샤는 카리스마가 있었다. 마샤와 함께 있으면 마샤를 기쁘게 해주고 싶어졌다. 딜라일라는 그 어떤 상사보다 마샤를 위해 열심히 일했다. 하지만 이젠 인생의 이번 장을 마무리할 때가 됐다. 분명히 경찰이 개입할 것이다. 불법 사이트에 접속해 마약을 구입한 사람은 딜라일라였다. 그 과정을 딜라일라는 즐겼고, 그 덕분에 파워포인트를 비롯해 이력서에 넣을 새로운 기술도 익힐 수 있었다. 그 정도로 감옥에 갈 것 같진 않았지만 어쩌면 가게 될 수도 있었다.

딜라일라의 마음 한 구석에서는 이렇게 일이 끝나리라는 걸 알고 있었다. 이런 결과는 필연적이었다. 마샤가 환각치료를 설명하는 책을 내밀면서 "이게 우리 사업에 혁명을 일으켜줄 거야"라고 말했을 때도 딜라일라는 '좋게 끝날 것 같지 않아'라고 생각했다. 하지만 그때 딜라일라는 사는 게 지루했다. 마약이라니, 재미있을 것 같았고 손님들이 약에 취한 모습도 보고 싶었다.

벌써 일 년 넘게 스무디에 약을 넣어왔다. 아직까지 부작용은 없었다. 손님들은 스무디를 유기농 음식으로 생각했고 기분이 좋은 이유는 명상 때문이라고 믿었다. 손님들은 이곳에서 느낀 엄청난 기분을 다시 느끼려고 또다시 찾아왔다. 그리고 마샤는 소량으로는 만족하지 못했다. 마샤는 혁명적인 뭔가를 원했고 한계를 뛰어넘고 싶어 했다. 세 사람이 역사를 바꿀 수 있을지도 모른다고 했다. 야오는 반대했다. 야오는 역사를 바꾸고 싶지 않다고 했다. 그저 사람들을 돕고 싶다고 했다. 마샤는 사람들의 삶을 영원히 바꿔줄 수 있을 때만 사람들을 도울 수 있다고 했다.

야오는 마샤의 안내를 받아 환각치료를 직접 받아본 뒤로 태도를 완전히 바꿨다. 그때 딜라일라는 평온의 집에 없었다. 그 주에 딜라일라는 비번이었다. 일주일을 쉬고 돌아왔을 때 야오의 눈은 전보다 훨씬 더 열정으로 불타오르고 있었다. 야오는 자신이 태도를 바꾼 이유가 환각성 마약과 마샤의 힘이 아니라 연구 결과 때문인 양 연구 결과를 읊어댔다.

당연히 딜라일라도 환각치료를 받았다. 멋진 경험이었다. 하지만 그건 그냥 약효에 지나지 않았다. 예전에 딜라일라는 마법의 버섯을 먹어본 적이 있었다. 마법의 버섯은 욕정을 사랑으로 착각하게 했고 노래가 불러일으키는 감상을 진짜 마음으로 착각하게 했다. 하지만 정신 차려야 한다. 그런 감정은 모두 조작된 거니까. 야오가 환각치료로 말미암아 깨달았다고 생각하는 모든 일을 말하고 또 말할 때마다 딜라일라는 그를 한 대 치고 싶었다. 그건 저 멍청하고 귀여운 남자가 마샤에게 중독됐음을 보여주는 또 다른 예일 뿐이었다. 야오는 가망이 없었다.

딜라일라는 녹차를 만들려고 부엌으로 가지 않았다. 곧바로 자기 방으로 가서 신분증을 챙겼다. 이 특별한 삶을 살았던 흔적인 흰색 유니폼, 백단유 향수, 요가 매트는 그대로 남겨뒀다. 노동자로 살기 시작한 이후 딜라일라는 자기 자신에 관해 잘 알게 됐다. 그녀는 뼛속까지 비서였다. 길을 닦는 사람이었다. 집사이고 시녀였다. 보기는 하되 듣지 못하는 사람이었다. 그녀는 이 배의 선장이 아니었으니 배와 함께 가라앉을 이유가 없었다.

오 분 뒤 딜라일라는 벤의 람보르기니 운전석에 앉아 있었다. 가장 가까운 공항으로 달려가 가는 곳이 어디건 제일 먼저 출발하는 비행기를 탈 것이다. 람보르기니는 꿈처럼 길 위를 달렸다.

. 52 .

제시카

"얼마나 됐어요?"

명상실 구석에서 잠을 자던 헤더가 말했다. 헤더는 자리에서 일어나더니 주먹 쥔 손으로 두 눈을 세게 문질렀다. 그 모습을 보고 제시카는 움찔했다. 눈가 피부는 연약해서 저렇게 문지르면 안 되는데.

"음, 잠깐만요. 이틀 됐어요."

제시카는 손으로 배를 만졌다.

"이틀요? 생리 예정일이 이틀 지났다는 건가요?"

카멜이 물었다.

"아뇨. 생리 예정일은 아직 안 지났어요."

"그럼 아직 검사는 안 해본 거네요?"

"네. 여기서 어떻게 검사를 해요."

뭐야? 지금 스페인식 종교 재판을 하는 거야? 이 작은 방에 있는 모든 사람이 회사 파티에 온 것처럼 자리에 앉지도 않고 제시카의 생리주기에 관한 얘기를 하고 있다니, 기분이 이상했다.

"그럼 임신하지 않았을 수도 있겠네?"

벤이 말했다. 벤의 어깨가 살짝 내려가는 게 안심했기 때문인지 실망했기 때문인지 감을 잡을 수가 없었다.

"했어."

제시카가 대답했다.

"왜 그렇게 생각해요?"

카멜이 물었다.

"그냥 알아요. 알 수 있었어요. 임신하자마자."

"그러니까 수정되는 순간을 알았단 말이에요?"

제시카는 카멜이 '지금 이 바보 같은 말이 믿어져요?'라는 표정
으로 헤더를 쳐다보는 모습을 봤다. 정말 나이 든 여자들은 왜 이렇
게 잘난 체를 하는 걸까?

"음, 임신이 되는 순간에 그 사실을 알았다는 엄마들도 있어요.
제시카도 그랬을 수 있죠."

헤더가 친절하게 말했다.

"자기가 '알았다'고 생각하는 사람들 태반이 실은 잘못 생각하고
있는 거예요."

카멜이 말했다.

"그게 그렇게 큰 문제예요?"

제시카는 이상한 곱슬머리 여자가 자신에게 화를 내는 이유를
알 수 없었다.

"내 말은, 알아요. 고귀한 침묵을 하는 동안 섹스를 할 생각은 없
었어요."

제시카는 침묵하고 있는 CCTV의 눈을 올려다보며 말했다.

"하지만 마약을 할 생각도 없었다고요."

섹스는 평온의 집에 온 두 번째 날 어둠 속에서 했다. 말은 한 마
디도 하지 않았다. 맹목적이고도 조용한 손길이었고, 격렬한 섹스

였다. 섹스가 끝난 뒤 제시카는 온몸으로 밀려오는 평온을 느꼈다. 왜냐하면, 두 사람의 결혼이 끝난다고 해도 곧 아기가 도착할 테니까. 두 사람이 더는 사랑하지 않는다 해도 사랑을 나눈 순간에 아기가 생겼으니까.

"하지만, 잠깐만요. 제시카는 피임약을 먹는데요. 그런데 임신을 할 수 있습니까?"

벤이 제시카가 그곳에 없다는 듯 헤더와 카멜에게 말했다.

"백 퍼센트 피임이 가능한 건 금욕밖에 없어요. 그런데 만약……."

헤더가 제시카를 쳐다봤다.

"만약 매일 정해진 시간에 피임약을 먹었다면 임신했을 가능성은 거의 없어요."

헤더의 말에 제시카가 한숨을 내쉬었다.

"두 달 전부터 안 먹고 있어요."

"아."

헤더가 말했다.

"나한테 말도 안 했잖아. 나한테 말도 안 하고 약을 끊었다고?"

"워워."

벤의 말에 라스가 조용히 반응했다.

"어젯밤에 그 말은 안 했잖아."

벤이 굳은 얼굴로 말했다. 제시카는 어젯밤에 두 사람이 얼마나 많은 얘기를 했는지 생각했다. 참으로 많은 얘기를 했지만 피임약을 먹지 않고 있다는 말은 안 했다. 마약에 취해 있는 순간에도 그 얘기는 비밀로 간직했다. 왜냐하면 그건 벤을 배신한 거였으니까. 어젯밤에 말했어야 했다. 벤이 부드러운 표정을 짓고 있었을 때, 두 사람이 서로의 반쪽이라고 느껴졌을 때 말했어야 했다. 제시카는 마얀이 아름다운 진실을 발견하도록 도와줬다고 생각했지만 실은 아름다운 거짓말이었다.

"맞아, 안 했어."

제시카가 대답했다. 턱을 앞으로 내밀면서 제시카는 기억해냈다. 두 사람이 키스를 할 때, 깜빡이는 네온사인처럼 머릿속에 계속해서 떠오르던 생각을. 우린 괜찮아. 우린 괜찮아. 우린 괜찮아. 하지만 괜찮지 않았다. 제시카가 생각했던 모든 일은 현실이 아니었다. 그저 약에 취한 것뿐이었다. 약은 거짓말을 한다. 약은 사람을 우습게 만든다. 제시카와 벤보다 그 사실을 더 잘 아는 사람이 있을까? 벤의 엄마는 마약의 거짓말에 속기 전에 찍은 루시의 사진을 보면서 주저앉아 펑펑 울었다. '변화'라는 건 바로 그런 것이었다.

"그런 바보 같은 휴양지에 돈 쓰지 마."

평온의 집으로 떠나오기 전에 엄마는 그렇게 말했다.

"돈은 자선단체에 주고 다시 일을 해. 그럼 너희 결혼생활은 아무 문제가 없을 거야."

엄마는 정말로 그 엿같은 직장으로 돌아가야 한다고 생각하는 걸까? 일 년에 버는 돈보다 더 많은 돈을 한 달 이자로 받고 있는 딸이? 제시카는 엄청난 돈이 생기면 사람은 영원히 바뀌어버린다는 사실을 엄마에게 제대로 알려줄 수가 없었다. 돈이 생기면 사람의 가치는 높아진다. 전보다 훨씬 나은 사람이 되는 거다. 이미 예전과 같은 방식으로는 자신을 볼 수 없기 때문에 다시는 예전과 같은 사람이 될 수 없었다. 논리적으로는 자신이 부자가 된 이유는 놀라운 운 때문임을 알았지만, 머릿속에서는 '난 이 돈을 가질 자격이 있어. 난 이렇게 될 운명이었어. 난 이런 사람이야. 난 언제나 이런 사람이었다고'라는 목소리가 고집스럽게 들려왔다.

"이런, 내가 겪어봐서 하는 말인데, 임신을 한다고 결혼생활이 유지되는 건 아니에요."

카멜이 말했다.

"음, 충고 고마워요. 하지만 난 결혼 유지엔 관심 없어요."

제시카가 말했다.

"그럼 뭐에 관심이 있는데?"

벤이 조용히 물었다. 잠시 어젯밤처럼 엑스터시의 강 위에 떠 있는 작은 배에 두 사람만 타고 있는 것 같았다.

"난 아기를 원해."

제시카는 그 모든 여정을 인스타그램에 올릴 생각이었다. 불룩 튀어나온 배의 측면 사진을 찍어서 올릴 테고, 아기의 성별을 발표하는 멋진 파티도 할 것이다. 상자에서 파란색이나 분홍색 풍선도 튀어나오게 만들 텐데, 제시카는 분홍색이기를 바랐다. 사람들은 하트가 달린 댓글을 쓰겠지.

"네가 싫다고 할까봐 무서웠어. 우리가 헤어진다면 서둘러서 아기를 가져야겠다고 생각했을 뿐이야."

"왜 내가 싫다고 해? 계속 아기를 갖자고 했잖아."

"알아. 하지만 그건 우리한테 문제가 생기기 전에 그런 거잖아."

"좋아. 그럼 이 아기는 나하곤 아무 상관이 없는 거네. 넌 우리가 헤어질 거라고 생각했고, 아기는 혼자서 낳겠다고 생각했으니까?"

"너하고 상관있지. 난 네 아기만 갖고 싶으니까."

제시카는 벤의 표정이 부드럽게 풀리는 모습을 봤다. 하지만 바보처럼 아무 생각 없이 말해버렸다.

"네가 아빠잖아. 보고 싶을 땐 언제든 볼 수 있어."

"보고 싶을 땐 언제든 볼 수 있다고? 와, 진짜 고맙다."

벤이 버럭 소리를 질렀다. 벤의 반응을 본 사람은 누구라도 제시카가 벤에게 세상에서 가장 심한 말을 했다고 생각할 것 같았다.

"아니, 내 말은 그게 아니라. 나는…… 아, 몰라, 진짜."

이제 더는 말이 물처럼 유창하게 나오지 않았다. 두 사람의 대화는 막혀버렸다.

"면접권 얘기는 시기 상조인 것 같습니다."

라스가 말했다.

"사실 임신을 했는지 안 했는지도 모르잖아요."

카멜이 말했다.

"임신했어요. 내가 바라는 건 마약이 아기한테 해를 끼치지 않았으면 하는 거예요."

제시카는 물러나지 않았다.

"임신 초기에 술을 마시거나 마약을 한 사람이 제시카가 처음은 아니에요. 난 조산원이거든요. 술을 마셨다거나 마약을 했다고 고백하는 산모들도 있어요. 특히 배우자가 곁에 없을 때요. 제시카가 임신했다면, 아기는 괜찮을 가능성이 높아요."

"엄마는 산모는 절대로 마약을 하면 안 된다고 했잖아. 그런 캠페인 활동도 했으면서."

조이가 말했다.

"그런 말은 지금 아무 도움도 안 돼, 조이."

헤더는 조그맣게 말했지만 제시카에겐 아주 잘 들렸다.

"엽산은 계속 먹었어요."

제시카가 말했다.

"잘했네요."

헤더가 대답했다.

"굉장하네. 엽산과 LSD, 그리고 엑스터시. 완벽한 출발이야."

벤이 씁쓸하게 말했다.

"걱정하지 말아요. 아마 임신하지 않았을 거예요."

카멜이 말했다.

"아우 시발, 당신 대체 뭐가 못마땅한 거야?"

제시카는 끓어오르는 화를 주체할 수가 없었다.

"이런, 진정해요."

나폴레옹이 제시카를 달랬다. 로맨스 소설 작가라는 프랜시스는 욕이라면 생전 처음 들어보는 사람처럼 빨개진 얼굴을 황급히 숙였다.

"미안해요."

카멜이 사과하며 고개를 숙였다.

"내가 질투하나봐요."

"질투요? 당신이요? 나를요? 왜요?"

저렇게 나이 많은 여자도 질투를 한단 말이야? 도대체 왜?

"그건……."

돈 때문이겠지. 제시카는 생각했다. 내가 가진 돈을 질투하는 거야. 제시카로서는 이젠 살아갈 날이 얼마 남지 않아서 돈엔 전혀 관심이 없을 거라고 생각한 사람들도 여전히 돈 때문에 질투하고 돈을 숭배한다는 사실을 깨닫는 데는 조금 시간이 걸렸다.

"당신이 날씬하고 아름답기 때문일 거예요. 이 나이에 그런 생각을 한다는 게 창피한 줄은 알아요. 정말 아름다운 딸도 넷이나 있으니까 그런 건 극복해야 하는데, 남편이 날 떠나서……."

"머리 빈 섹시녀한테 갔나요?"

라스가 말했다.

"슬프지만 아니에요. 그 여자는 박사 학위도 있는걸요."

"이런, 허니. 당신도 박사 학위를 받은 섹시녀가 될 수 있습니다. 당신 편에서 소송을 진행한 사람이 누구죠? 집도 당연히 카멜이 가졌죠?"

"다 좋게 끝났어요. 걱정해줘서 고마워요. 난 합의 내용엔 불만 없어요."

카멜은 다시 제시카를 봤다.

"그거 알아요? 아마 당신이 임신했다는 사실에 질투가 나는 건지도 몰라요."

"아이가 넷이라고 하지 않았어요? 그 정도면 충분한 것보다도 더 많은 것 같은데."

라스가 말했다.

"아이를 더 낳고 싶진 않아요. 그저 모든 것이 시작된 시간으로 돌아가고 싶은 거예요. 임신이야말로 궁극적인 시작이잖아요."

카멜이 손으로 자기 배를 만졌다.

"임신을 했을 때는 늘 내가 아름답다고 생각했어요. 머리카락은 말할 수 없이 엉망이 됐지만요. 원래도 숱 많은 집시 머린데 임신을 하면 야수가 돼버려요."

"네? 왜 그런 거예요?"

제시카는 영문을 알 수가 없었다. 하지만 엉망이 된 머리카락을 관리할 수 있는 샴푸와 컨디셔너가 분명히 있을 것이다.

"임신을 하면 머리카락이 빠지지 않거든요. 그래서 숱이 더 많아지는 거예요."

헤더가 자기 머리카락을 만지면서 말했다.

"당신은 분명히 임신했을 거예요, 제시카. 미안해요."

카멜이 잠시 입을 다물었다가 말했다.

"축하해요."

"고마워요."

제시카가 대답했다. 어쩌면 제시카는 임신을 하지 않았는지도 몰랐다. 어쩌면 이 사람들 앞에서 스스로 바보가 돼버린 건지도 몰랐다. 제시카는 벤을 봤다. 벤은 그곳에 답이 있기라도 한 듯 자기 맨발을 내려다보고 있었다. 두 사람의 아기도 발이 클까? 두 사람이 함께 부모가 될 수 있을까? 두 사람은 아주 어리진 않았다. 아기를 기를 수 있는 나이였다. 한 명이 아니라 수십 명도 기를 수 있었다. 그런데 왜 두 사람이 함께 부모가 된다는 상상을 할 수가 없는 걸까?

토니는 욕실로 들어가 젖은 수건을 가져오더니 말없이 프랜시스에게 내밀었다. 프랜시스는 수건을 이마에 댔다. 땀이 몹시 흐르고 있었다.

"힘들어요, 프랜시스?"

카멜의 말에 모두 프랜시스를 봤다.

"아니에요."

프랜시스가 힘없이 손을 들어 얼굴 앞에서 흔들었다.

"그저…… 여러분은 시작이 얼마나 좋은지를 얘기하고 있잖아요. 난 여기서 마지막을 경험하고 있는 것뿐이에요."

"아."

헤더는 완벽하게 이해할 수 있다는 듯 말했다.

"그걸 마지막이라고 생각하지 말아요. 또 다른 시작이라고 생각하세요."

"십대였을 때 우리 엄마는 '이건 홍조가 아니다. 파워가 급등한 것이다'라고 적힌 핀을 달고 다녔어요. 얼마나 당황했는지 몰라요."

카멜의 말에 세 여자는 중년 여자들 특유의 요란한 소리를 내며 웃기 시작했다. 절대로 중년 여자가 되고 싶지 않다, 난 계속 젊은 여자이고 싶다는 소망을 품게 하는 그런 웃음이었다.

· 53 ·

프랜시스

"괜찮습니까?"

토니는 피크닉을 나왔는데 다리 뻗을 곳을 못 찾은 사람처럼 불편한 자세로 프랜시스 옆에 앉았다.

"괜찮아요."

프랜시스는 젖은 수건을 이마에 꾹 누르고 있었다. 열기가 몰려와 프랜시스를 감쌌고, 지하실에 낯선 사람들과 갇힌 채로 홍조를 경험하고 있는데도 이상하게 괜찮았다.

"수건 고마워요."

프랜시스는 토니를 뚫어지게 봤다. 토니의 얼굴은 창백했고 이마에는 땀방울이 맺혀 있었다.

"괜찮은 거예요?"

프랜시스의 말에 토니는 손으로 이마를 톡톡 두드렸다.

"살짝 폐소공포증이 온 겁니다."

"정말로 폐소공포증이 있는 거예요, 아니면 폐소공포증이 올 것 같으니까 여기서 나가고 싶다는 심정인 거예요?"

프랜시스는 수건을 무릎에 툭 떨어뜨리면서 물었다. 토니는 무릎을 굽혀 웅크려 앉으려고 했지만 결국 실패하고 다시 다리를 쭉 폈다.

"약한 폐소공포증이 있습니다. 심한 건 아니고요. 여기 갇히기 전에도 지하에 내려오는 게 싫더군요."

"그럼 내가 신경을 다른 데로 돌리게 해줘야겠어요. 다른 생각을 하게요."

"해보시죠."

"음…… 풋볼을 그만두고 우울증을 앓았어요?"

"급하게 생각해낸 걸로는 끝내주는 주제군요."

"미안해요. 내가 상태가 안 좋아서요. 하지만 알고 싶기도 하고. 나도 은퇴해야 할지 모르니까요."

"글쎄요. 보통 스포츠 스타는 두 번 죽는다고 하죠. 은퇴했을 때 처음 죽는 겁니다."

"정말로 죽은 것처럼 느껴져요?"

"음, 비슷해요. 풋볼이 내가 아는 전부였고, 풋볼 선수가 바로 나였으니까요. 학교를 졸업하자마자 프로 선수가 된 꼬마가 나였으니까요. 이혼한 아내는 내 선수생활이 끝났을 때 나보고 여전히 꼬마라고 했습니다. 성장하지 못했다고요. 아내가 하는 말은 이거였죠. 운동선수로서는 프로지만 인간으로서는 아마추어다. 아내는 계속 그 말을 했습니다. 내가…… 일상생활은 아마추어처럼 서툴다는 걸 지적하고 싶을 때요."

가볍게 말하고 있었지만 토니의 눈에는 상처가 가득했다. 프랜시스는 토니의 전부인은 마녀가 분명하다는 결론을 내렸다.

"게다가 난 끝낼 준비가 돼 있지 않았어요. 한 시즌 더 뛸 수 있다고 생각했는데, 내 오른쪽 무릎은 다른 생각을 하고 있던 거죠."

토니는 오른쪽 다리를 굽혀 말썽꾼 무릎을 가리켰다.

"바보 같은 오른쪽 무릎."

프랜시스가 말했다.

"예, 정말 지겹습니다."

토니가 바보 같은 말썽꾼 무릎을 문질렀다.

"내 친구인 스포츠의학 전문의는 은퇴라는 게 코카인 끊는 것과 비슷하다고 하더군요. 운동선수들 몸은 세로토닌이나 도파민 같은 기분을 좋게 하는 물질로 가득 차 있는데, 은퇴는 그걸 펑! 한순간에 모두 사라지게 만든다고요."

"운동을 한다고 기분 좋은 물질이 나온다는 느낌은 한 번도 받은 적이 없는데."

"그랬을 겁니다. 모든 운동이 그런 경험을 할 수 있는 건 아니니까요."

토니는 잠시 입을 다물었다. 프랜시스는 눈을 깜박였다. 지금 빈정거린 걸까? 토니가 다시 말을 하기 시작했다. 어쩌면 프랜시스가 잘못 생각한 것인지도 몰랐다.

"우리가 돼야 하는 모든 것이 되고, 우리가 해야 하는 모든 일을 하게 되는 시합이 있습니다. 그건 음악이나 시처럼 모든 게 조화를 이뤄야 하죠. 아니면…… 뭐라고 해야 할지 잘 모르겠군요."

프랜시스와 눈이 마주친 토니는 비웃음을 받을 준비를 하는 사람처럼 움찔했다.

"웃기다고 생각할지 모르지만, 그런 시합을 할 때면 세상을 초월한 듯한 느낌입니다. 마약을 한 것처럼요. 정말로요."

"전혀 웃기지 않아요. 나도 오스트레일리아 풋볼 리그에 들어가고 싶네요."

토니가 빙그레 웃었다. 아주 고맙다는 표정이었다.

"아내는 내가 늘 시합만 생각한다고 했죠. 나와의 결혼생활이 즐겁진 않았을 겁니다."

"이런, 절대 안 그랬을 거예요."

아무 생각 없이 불쑥 대답한 프랜시스는 자신이 토니의 넓은 어깨를 뚫어지게 보고 있음을 깨달았다. 프랜시스는 황급히 화제를 돌렸다.

"그럼 은퇴한 뒤로는 뭘 했어요? 어떻게 다시 인생을 살아가게 됐죠?"

"스포츠 마케팅 컨설팅 회사를 차렸습니다. 사업은 잘됩니다. 함께 뛰던 녀석들보다는 내가 더 잘하고 있다고 생각합니다. 진짜 개판인 놈들도 있거든요. 아, 내 말은…… 엉망으로 사는 녀석들도 있다는 겁니다."

"개판이라는 표현이 딱인 것 같은데요."

프랜시스의 말에 토니가 스마일리한 표정으로 씩 웃었다. 이 세상에서 가장 웃긴 웃음이었다.

"계속해봐요. 그래서 컨설팅 회사를 시작했다고요?"

"친구 한 놈이 매번 사람들이 옛날 얘기 물어보는 거 지겹지 않냐고 묻더군요. 상관없습니다. 사람들이 날 알아보는 건 좋습니다. 옛날에 나였던 사람 얘기를 하는 것도 상관없습니다. 하지만 그게…… 작년 말에 어떤 증상들이 나타나기 시작했습니다. 믿을 수 없이 피곤해진 겁니다. 구글 박사를 찾아보기 전에도 내가 뭔가 잘못됐다는 걸 알았어요."

프랜시스는 가슴이 서늘해졌다. 그녀는 이제 젊었을 때는 상상도 못했던 질병을 앓는 사람들과 같은 나이대에 속한 것이다.

"그래서요?"

"그래서 병원에 갔죠. 의사가 이것저것 검사를 하더군요. 내 상황을 심각하게 여기는 게 분명했어요. 그래서 췌장암이냐고 물었죠. 내가 췌장암에 걸렸다고 생각했으니까요. 우리 아버지도 췌장암으로 돌아가셨고, 친척 중에 췌장암으로 죽은 사람이 많거든요. 하지만 의사는 그냥 모든 가능성을 다 살펴보고 있다고 하더군요. 아, 우린 아는 사이에요."

이런, 젠장.

"그러더니 결과를 알려주겠다며 크리스마스 직전에 부르더군요. 의사가 내 파일을 꺼내는데, 내가 속으로 무슨 말을 하고 있는지 깨달았어요. 내가 나 자신한테 하고 있는 말…… 충격이었죠."

"어떤 말이었는데요?"

"그냥 끝나게 내버려두자."

토니의 말에 프랜시스는 충격으로 얼굴이 핼쑥해졌다.

"그러니까…… 심각한…… 거예요?"

"아, 아뇨. 아무 문제없었습니다. 내가 건강과는 먼 삶을 살고 있다는 것 말고는요."

프랜시스는 안도의 한숨을 내쉬었다. 너무 티 나게 안심한 거면 안 되는데, 라는 생각을 하면서.

"다행이네요."

"하지만 충격이었죠. 내가 이 삶을 끝내줄 병에 걸렸을 거라고 생각하고, 걸리기를 바란다는 거 말입니다. 도대체 머릿속에 무슨 망할 생각이 들어 있는 건지."

"맞아요. 그건 나쁜 생각이에요."

프랜시스는 알파걸 기질이 스멀스멀 올라오고 있음을 느꼈다. 이 기질을 막을 수 있는 방법은 없었다. 남자들은 지독한 멍청이라서 그녀가 나서지 않을 수 없었다.

"당신은 생각을 바꿔야 해요."

"압니다. 그래서 여기 왔죠."

"당신한테 필요한 건……."

토니가 손가락으로 프랜시스의 입술을 눌렀다.

"쉿."

"치료예요!"

프랜시스는 재빨리 말했다.

"쉿!"

"그리고……."

"조용."

프랜시스는 조용히 했고, 젖은 수건으로 웃는 얼굴을 감췄다. 적어도 토니는 이제 폐소공포증에 대해 생각하지 않는 게 분명했다.

"당신한테 사기를 쳤다는 그 망할 녀석 얘기를 해줘봐요. 그 녀석 주소도 알려주고요."

토니가 말했다.

. 54 .

야오

"어디 아픈가? 왜 저렇게 얼굴을 문질러대는 거지?"

마샤가 물었다. 평소엔 살짝 눈치만 챌 수 있는 러시아 억양이 지금은 훨씬 뚜렷하게 들렸다. 야오의 부모님도 그랬다. 인터넷 서비스나 건강 문제 때문에 스트레스를 받을 때면 중국 억양이 훨씬 도드라졌다.

부모님에게 전화를 해야 하는지도 몰랐다. 지난번에 전화했을 때 야오의 엄마는 "그 여자 때문에 넌 인생을 낭비하고 있어"라고 말했다.

"야오?"

마샤는 딜라일라가 앉아 있던 자기 의자에 앉아 야오를 쳐다봤다. 커다란 초록색 눈에는 걱정이 잔뜩 담겨 있었고 아주 연약해 보였다. 마샤가 연약해 보이는 일은 거의 없었다. 그런 마샤를 볼 때면 야오는 예리한 고문을 당하는 느낌이 들었다.

"프랜시스는 폐경기입니다."

야오의 대답에 마샤가 몸을 바르르 떨었다.

"그래?"

야오는 마샤와 프랜시스가 비슷한 나이라는 사실을 알고 있었다. 하지만 마샤는 폐경기 증상은 겪고 있지 않은 것 같았다. 야오에게 마샤는 결코 풀지 못할 수수께끼였다. 신체에 관한 은밀한 얘기도 거침없이 했고, 누드에 관해서도 부끄러운 법이 없어서(그녀가 부끄러워할 이유가 없으니까?) 손님들이 없을 때는 나체로 돌아다닐 때도 많았지만, '폐경기'라는 말엔 자신에게는 결코 일어나선 알 될 혐오스러운 일이라는 듯 몸을 바르르 떠는 사람이 바로 마샤였다.

야오는 마샤의 목덜미를 물끄러미 봤다. 모기에 물린 자국이 있었다. 마샤의 아름다운 몸에서 자국을 본다는 건 아무래도 이상한 일이었다. 마샤가 목덜미로 손을 뻗어 모기 물린 곳을 긁었다.

"피 나겠어요."

야오가 마샤의 손을 막았다. 마샤는 짜증스럽다는 듯 야오의 손을 물리쳤다.

"딜라일라가 오래 걸리네요."

야오가 말했다.

"딜라일라는 갔어."

마샤가 화면에서 눈을 떼지 않고 말했다.

"알아요. 녹차를 만들러 갔잖아요."

"아니, 갔다니까. 오지 않을 거야."

"그게 무슨 말입니까?"

마샤가 한숨을 쉬면서 야오를 올려다봤다.

"이해가 안 돼? 딜라일라는 딜라일라를 돌보기로 한 거야."

마샤는 다시 화면을 봤다.

"너도 가려면 가. 모든 건 내가 책임질 테니까. 새 프로그램은 내가 생각한 거고, 내가 결정한 거니까."

의료 훈련을 받은 야오가 없었다면 마샤가 새 프로그램을 진행할 수 있을 리가 없었다. 그러니 책임져야 할 사람이 있다면, 그건 야오밖에 없었다.

"가지 않습니다. 무슨 일이 벌어져도요."

일 년도 전에 마샤는 실리콘 밸리에서 생산성, 기민성, 창조성을 향상하려고 LSD를 소량씩 복용한다는 기사를 읽었다. 소량만 복용한다면 LSD는 불안과 우울증 같은 정신과 질병을 치료하는 데도 효과가 있다고 했다. 마샤는 마샤다운 방법으로 그 기사에 매혹됐다. 야오는 갑자기 열정에 사로잡혀 미지의 영역으로 두려움 없이 성큼성큼 걸어 들어가는 마샤의 방식을 사랑했다.

마샤는 기사를 처음 쓴 사람을 찾아내 전화를 걸었다. 그 통화에서 환각제를 주입하는 환각치료법을 알게 됐다. 마샤는 금세 환각치료법에 사로잡혔다. 인터넷으로 책을 주문하고 전 세계 전문가들에게 계속해서 전화를 걸었다. 마샤는 답을 찾았다고 했다. 다음 단계로 올라갈 수 있는 방법을 발견했다고 했다. 환각치료는 깨달음을 얻을 수 있는 마법 같은 지름길이라고 했다. 실로사이빈을 복용한 사람의 뇌 사진은 깊은 명상에 잠긴 능숙한 명상자의 뇌 사진과 놀라울 정도로 닮았다는 말도 했다.

처음에 야오는 믿을 수가 없어서 그저 웃었다. 환각치료엔 전혀 관심이 없었다. 구급대원으로 일할 때 마약이 얼마나 끔찍한 결과를 내는지 잘 봤으니까. 야오의 목에 칼을 들이댄 남자는 메타암페타민 때문에 정신이 나가 있었다. 야오는 마약 중독자들을 다뤘다. 마약의 긍정적 효과 같은 건 어디에도 없었다. 하지만 마샤는 포기하지 않았다.

"내 말을 전혀 듣지 않고 있잖아. 그런 거랑 전혀 다르다니까. 헤로인이 들어 있다고 페니실린을 안 쓸 거야?"

"페니실린은 뇌에 영향을 미치는 물질이 아닙니다."

"좋아. 그럼 항우울제는 어때? 정신병약은?"

야오의 귓속으로 들어오는 저음의 이국적인 목소리, 야오의 눈에 닿는 매력적인 초록색 눈, 마샤의 아름다움은 야오를 지배했다.

"그냥 연구라도 해봐."

야오는 마샤의 말대로 했다. 야오는 정부 승인을 받아 말기 암 환자들의 불안을 환각성 마약으로 해소할 수 있는지를 연구한 임상실험 결과를 읽었다. 결과는 놀라웠다. 환각성 마약으로는 외상 후 스트레스 장애를 앓는 참전 용사들의 고통도 효과적으로 완화할 수 있었다.

야오는 호기심이 생겼고 흥미가 생겼다. 결국 직접 환각치료를 받아보는 것에 동의했다. 그래서 딜라일라는 마약 공급책에게 연락했고, 약물검사 도구까지 구입했다. 덕분에 야오는 모든 실험을 해볼 수 있었다. 야오와 딜라일라는 기꺼이 실험 동물이 되겠다고 나섰다. 환각치료사 역할은 마샤가 맡았다. 마샤에겐 어떤 자격증도 없었지만 이미 명상을 통해 초월을 경험했고, 누구나 아는 것처럼 죽음에 이른 경험도 있으니 잘해낼 게 분명했다.

환각치료는 마샤가 공언한 것처럼 놀라운 변화를 경험하게 해줬다. 설령 손님들에게 약을 먹인 게 잘못이라고 결론 난다 해도 야오는 결코 후회하지 않을 것이다. 야오의 여행은 워터슬라이드 같은 터널을 통과하는 것으로 시작했다(물은 야오를 전혀 젖지 않게 했다). 터널을 모두 통과하자 야오는 극장으로 떨어졌다. 빨간색 벨벳 의자에 앉은 야오는 버터 팝콘을 먹으며 그동안의 생애가 영화가 되어 펼쳐지는 모습을 지켜봤다. 화면에서는 야오가 태어났을 때부터 학교에 다니고 평온의 집에 오게 됐을 때까지의 모든 순간이 펼쳐졌다. 그런데 야오는 영화를 보기만 한 게 아니었다. 영화를 보는 동시에 모든 사건을, 모든 성공과 실패를 다시 경험했고, 그 모든 경험을 완벽하게 이해했다.

야오는 버나뎃이 자신을 사랑했던 것보다 자신이 더 그녀를 사랑했음을 알 수 있었고, 버나뎃은 결코 자신에게 어울리지 않는 사람이라는 사실도 이해했다. 야오의 부모님이 서로에게 적합한 배우자가 아니라는 사실도 이해할 수 있었고, 자신이 구급대원이 될 수 있는 특성이 없다는 것도 이해했다(야오는 아드레날린이 솟구치면 기운이 넘치는 사람이 아니라 기진맥진해지는 사람이었다). 무엇보다 큰 깨달음은 실수를 병적으로 두려워하는 성향은 어린 시절에 시작됐다는 것이었다. 모두 한 사건 때문에 시작됐는데, 부모님도 야오에게 말해준 적이 없고 야오도 기억하지 못했던 일이었다.

아마도 야오가 두 살 아니면 세 살 때였다. 사건이 일어난 곳은 옛날에 살았던 집의 부엌이었다. 그때 야오의 엄마는 잠시 부엌에서 나가 있었고 야오는 혼자 생각했다. 내가 젓는 거 도와줄 수 있어! 야오는 가스레인지 앞으로 의자를 가져가서는 똑똑한 해결책을 찾아냈다는 사실을 행복하게 즐겼다. 야오가 의자 위에 올라가 부글부글 끓는 소스 냄비로 손을 뻗으려는 순간, 엄마가 부엌으로 들어오더니 고함을 질렀다. 그것도 아주 크게. 야오의 심장은 가슴 밖으로 튀어나갔고 야오는 의자에서 떨어져 끝도 없이 깊은 공간 속으로 빠져들었는데, 엄마가 야오를 잡아채더니 세게 흔들어댔다. 야오는 자기 안에 있는 실수공포증이 실은 자신의 공포가 아니라 엄마의 공포가 내면화된 것임을 비로소 이해했다.

자신의 깨달음을 함께 나누려 하지 않았던 딜라일라는 야오의 깨달음에도 전혀 감동하지 않았다.

"그래서 네가 소심해진 이유가 너희 엄마 때문이라는 거야? 화상을 막아준 엄마 때문에 겁쟁이가 됐다고? 우와, 진짜 끔찍한 엄마네. 정말 상처 많이 받았겠다, 야오."

야오는 빈정대는 딜라일라는 무시해버렸다. 딜라일라는 가끔 야오 때문에 화가 난 것처럼 보였다. 야오는 그 이유를 알지 못했고, 신경도 쓰지 않았다. 환각치료를 받고 새로운 자유, 실수를 해도 되는 자유에 취한 상태로 잠에서 깨어났기 때문이다. 어쩌면 그것이 야오의 첫 번째 실수였는지도 몰랐다.

야오는 어떤 식으로든 전혀 변한 것처럼 보이지 않는 아홉 손님들을 봤다. 손님들은 피곤해 보였고 불안해 보였고 화가 나 보였다. 지금쯤이면 모두 밖으로 나와 변화의 다음 단계인 '새로 태어남'을 시작했어야 했다. '명상실 탈출하기'는 한 시간 안에 해결했어야 했다. 명상실 문을 열고 나오는 과정은 연대의식을 고취하는 재미있고 신나는 활동이어야 했다.

마샤가 회사에 다닐 때 워크숍에 가면 직원들과 비슷한 게임을 했는데 모두 좋아했다고 했다. 문을 열고 나왔을 때 사람들은 크게 웃으면서 서로 하이파이브를 했다고 했다. 마샤는 손님들의 환각 경험을 완성해줄 정교하고 미묘하며 상징적인 게임 방법을 찾아냈다고 했다("자화자찬 한번 끝내주네." 딜라일라는 그렇게 말했다. 야오는 딜라일라가 질투를 한다고 생각했다. 여자라면 모두 마샤를 질투하는 게 당연했으니까).

야오는 마샤가 고안한 게임을 손님들이 해낼 수 있을지 걱정이 됐지만, 사실 별 문제가 안 됐다. 한 시간 안에 명상실을 탈출하지 못하면 밖으로 데리고 나와 식당에서 신선한 과일과 무설탕 유기농 핫초콜릿으로 아침을 먹게 하면 되는 거였다. 야오는 자신과 마샤, 딜라일라가 쟁반을 높이 들고 식당으로 들어갈 때, 환하게 밝아질 손님들 표정을 상상하며 아침식사 시간을 고대했다. 세 사람을 본 손님들은 박수를 칠 거라고 생각했다.

환각치료를 받은 뒤 야오는 천도복숭아를 먹었다. 그 새콤달콤한 과일을 한 입 베어 물었을 때 치아에 느껴지던 감각을 지금도 생생하게 기억했다. 식사를 하고 나면 각자 경험하고 깨달은 내용을 발표할 예정이었다. 그다음엔 그 깨달음을 앞으로의 삶에 어떻게 적용할지 양장본 공책에 적어보는 시간을 가질 계획이었다.

하지만 계획은 예정대로 흘러가지 않았다. 계획이 어긋나고 있다는 느낌이 처음 든 건 헤더가 돌발 질문을 했을 때였다. "우리한테 약을 먹였어요?"라는 질문은, 마샤가 공격을 영리하게 받아넘겼다 곤 해도 치료 방법을 설명할 때 마샤로 하여금 방어적이 될 수밖에 없게 만들었다. 전적으로 자신들에게 도움이 되는 일이었는데도 손님들은 사악한 일을 당하고 있다는 듯 엄청나게 화를 냈다.

야오는 적정한 투여량과 혹시라도 있을지 모를 부작용과 손님들의 병력, 혈압을 점검하고 또 점검했다. 그러니 좋은 결과 외엔 나올 게 없었다. 밤새 손님들의 상태도 점검했다. 잘못된 건 아무것도 없었다. 예측하지 못할 부작용이 나타날 이유는 하나도 없었다. 나폴레옹이 불안해하긴 했지만 로라제팜을 주사하자 이내 평온해졌다.

야오의 관점에서 치료 결과는 사실 좀 시시했다. 실망스러울 만큼 시시한 환각을 경험하는 손님들도 있었다. 야오가 경험했던 초월적인 환각과 비교하면 말이다. 하지만 마샤는 감동했다. 손님들이 모두 잠든 뒤 명상실 문을 닫고 나오는 마샤의 얼굴은 해냈다는 기쁨으로 상기돼 있었다.

상황이 이런 식으로 진행되리라곤 생각지도 못했다. 시간이 계속 흐르자 야오와 딜라일라는 손님들을 꺼내줘야 한다고, 아니면 단서라도 줘야 한다고 말했다. 하지만 마샤는 손님들이 알아낼 수 있다고 확신했다.

"이건 새로 태어나는 과정에 꼭 필요한 일이야. 산도를 통과해야 하는 아기처럼 새로 태어나는 길을 빠져나오려고 안간힘을 써야 하는 거야."

그 말에 딜라일라는 기침을 하는 건지 비웃는 건지 모를 작은 소리를 냈다.

"이미 많은 힌트를 줬어. 저들이 그렇게 멍청하진 않을 거야."

마샤는 고집을 부렸다. 문제는 갇혀 있는 시간이 길어질수록 손님들은 더 배가 고파지고 더 화가 나고 더 멍청해졌다는 것이다.

"이제 문을 열고 나올 수 있다 해도 저들을 지배하는 감정은 분노일 거예요."

"그럴지도 모르지."

야오의 말에 마샤가 어깨를 으쓱했다.

"일단 지켜보자고."

야오의 눈에 의자에 서 있는 자신의 모습이 보였다. 어린 야오는 소스가 펄펄 끓고 있는 냄비를 향해 작고 통통한 손을 뻗고 있었다.

"마침내 진전을 이뤘군."

마샤가 화면을 가리키며 말했다.

. 55 .

프랜시스

프랜시스와 토니는 나란히 앉아 침묵을 즐기고 있었다. 나폴레옹을 뺀 나머지도 모두 앉아 있었다. 나폴레옹은 끊임없이 서성였고, 이제 닫힌 문의 비밀번호를 눌러보는 사람은 아무도 없었다.

누군가 노래를 흥얼거렸다.

"반짝반짝 작은 별."

속으로 프랜시스도 따라 불렀다. 아름답게 비치네. 서쪽 하늘에서도 동쪽 하늘에서도. 프랜시스는 별을 보며 명상하던 시간을, 질리언과 함께 별들 사이를 날아다니며 썰매를 타던 순간을 생각했다.

라스는 아까 〈루시 인 더 스카이 위드 다이아몬드〉를 불렀지. 침대에 누웠을 때 제일 먼저 들은 노래가 그 노래였는데. 프랜시스는 마음속으로 헤드폰으로 들었던 노래 목록을 쭉 적었다. 〈빈센트〉, 〈별에게 소원을〉, 〈월광 소나타〉. 어젯밤에 마샤가 뭐라고 했더라? '사는 내내 아래만 봤잖아요. 이제 위를 봐야 해요.' 그런 말을 했던 것 같은데.

"내 생각에 우린 위를 봐야 해요."

프랜시스가 일어서면서 말했다.

"위라니, 어디 말입니까?"

라스가 팔꿈치로 몸을 떠받치면서 말했다.

"노래가 모두 별과 달과 하늘에 관한 거잖아요. 마샤는 우리한테 위를 봐야 한다고 했고요."

젊은 사람들이 제일 먼저 반응했다. 조이와 벤과 제시카는 벌떡 일어나 명상실을 돌아다니면서 목을 쭉 빼고 나무 서까래가 받치고 있는 아치형 천장을 살펴봤다. 나이 든 사람들은 좀 더 천천히 신중하게 움직였다.

"우리가 뭘 찾아야 할까요?"

나폴레옹이 물었다.

"모르겠어요."

잠시 뒤에 프랜시스는 우울하게 말했다.

"아마 내가 틀린 것 같아요."

"저기요! 저기 보여요?"

헤더가 천장을 가리켰다.

"보여요!"

제시카가 대답했다.

"난 아무것도 안 보여요. 시력이 끔찍하게 나쁘거든요."

프랜시스가 말했다.

"스티커군요. 황금색 별 스티커요."

토니가 말했다.

"스티커가 무슨 소용 있어요?"

카멜이 물었다.

"스티커가 붙어 있는 서까래 위에 뭔가가 있어요."

조이가 말했다.

"꾸러미군."

나폴레옹이 말했다.

"난 안 보여요."

프랜시스가 말했다.

"갈색 종이 꾸러미예요."

헤더가 프랜시스의 손을 잡더니 정확한 방향을 짚어주려는 듯 천장을 향해 뻗게 했다.

"두 서까래가 맞닿은 삼각형 부분 속에 껴 있잖아요. 나무처럼 위장하고 있잖아요."

"아, 그렇네요. 이제 보여요."

프랜시스는 대답했지만, 여전히 보이지 않았다.

"좋았어. 내려보자. 내가 네 어깨에 올라탈게."

제시카가 벤에게 말했다.

"안 돼. 넌 임신했잖아. 임신했을 수도 있잖아."

벤이 대답했다.

"내가 올라갈게. 아빠가 제일 크니까."

조이가 나폴레옹에게 말했다.

"그래도 안 닿을 것 같은데."

나폴레옹이 고개를 쭉 빼고 높이를 가늠하며 말했다.

"내 어깨에 올라서도 닿지 않을 거야."

"뭐든 던져서 떨어뜨리는 게 제일 좋을 것 같은데요."

라스가 말했다.

"내가 도움닫기로 뛰어올라 떨어뜨리면 되겠어요. 몇 명이 지렛 대 역할만 해주면 됩니다."

토니가 눈을 빛내며 말했다.

"저렇게까지 높이 뛸 순 없어요."

프랜시스가 말했다.

"난 삼 년 연속으로 올해의 마크 상을 받았단 말입니다."

"올해의 마크 상이 뭔지 모르겠지만 저렇게 높이 뛸 순 없어요."

저기까지 뛰어오를 생각을 하다니, 농담이겠지?

"다칠 거예요."

프랜시스의 말에 토니가 그녀를 봤다.

"오시 룰스를 한 번도 본 적이 없죠, 프랜시스?"

"물론 당신이 정력적으로 뛰어다녔다는 건 알겠지만……."

"정력적으로 뛰어다녔다라. 정력적으로."

토니가 혼잣말처럼 중얼거렸다.

"아주 멋진 도약이었을 게 분명하지만요."

프랜시스가 서둘러 말했다.

헨리와 함께 살 때 쉰 살이 되면 행글라이더를 배우고 싶다는 말을 듣고 비웃은 적이 있었다. 그때 친구들은 모두 고개를 내저었다. 이런, 프랜시스. 중년의 위기를 겪고 있는 남자한텐 할 수 없을 거라고 말하면 안 되는 거야. 결국 헨리는 3개월 동안 행글라이더 수업을 받았고, 자기가 옳았음을 입증해 보이고 의기양양할 새도 없이 고관절을 심각하게 다쳐 고생해야 했다.

"내 최고 기록은 3.7미터에 달합니다. 저 정도는 문제없어요."

토니가 서까래를 올려다보면서 말했다.

"콜링 우드의 기록을 깬 거잖아요. 안 그래요? 지미 모예스였던가요? 나폴레옹이랑 나도 그 경기장에 있었어요."

헤더가 말했다.

"……천국으로, 명성을 향해, 전설이 되기 위해 도약한다. 그러다 날카로운 호루라기 소리가 들리면, 건지 조끼를 입은 이카루스는 다시 땅으로 떨어지고 만다."

"풋볼에 관한 시예요?"

나폴레옹이 읊조리는 소리를 듣고 프랜시스가 물었다.

"맞습니다, 프랜시스. 브루스 도우의 〈가장 높은 곳에 찍은 점〉이라는 시입니다. 풋볼 선수들이 도약한 높이는 날고자 하는 인류의 열망을 재현한 것이라고 말하는 시랍니다."

나폴레옹이 선생님처럼 말했다.

"멋진 시군요."

프랜시스가 말했다.

"실례지만 시와 풋볼은 일단 잊고 여기서 나갈 방법을 모색해보는 게 어떨까요?"

라스가 천장을 향해 빈 물병을 던지며 말했다. 물병은 서까래를 맞고 튕겨나왔다.

"내가 꺼낸다니까요."

토니가 공중전화 부스에서 방금 나온 슈퍼히어로처럼 가슴을 잔뜩 부풀리고 어깨를 뒤로 젖히며 말했다.

. 56 .

야오

"대체 뭘 하려는 걸까?"

마샤가 말했다.

"토니가 풋볼 선수였을 때 했던 것처럼 높이 뛰어서 잡으려는 것 같은데요."

"미쳤군. 토니는 너무 무겁단 말이야. 다칠 텐데."

"배고프고 피곤해서 제대로 생각을 못하는 겁니다."

"뭘 해야 하는지 빤한데도?"

"네, 그래도요."

야오는 라스의 생각이 옳다고 느꼈다.

"왜 그냥 인간 피라미드를 쌓아서 꺼낼 생각을 않는 거지?"

마샤가 말했고, 야오는 그 말이 진심인지 확인하려고 마샤를 봤었다.

"영리하지 못해서 그래. 우리가 처한 문제가 뭔지 알아, 야오? 저들이 영리한 사람들이 아니라는 거야."

마샤가 말했다.

. 57 .

프랜시스

나폴레옹과 벤이 서까래 밑에서 자세를 취했다. 머리를 숙이고 있는 두 사람의 몸은 팽팽하게 긴장해 있었다.

"우리도 동시에 뛰어야 할까요? 더 높이 올라갈 수 있도록?"

"아닙니다. 그저 가만히 서 있으세요."

나폴레옹의 말에 토니가 대답했다.

"좋은 생각이 아닌 거 같아요."

카멜이 말했다.

"터무니없는 생각이죠."

라스가 말했다.

"터무니없다는 말이 나왔으니 말인데……."

헤더가 입을 열었지만 이미 너무 늦었다. 토니는 전속력으로 앞으로 달려갔다. 수직으로 높이 뛰어올라 한쪽 무릎으로 나폴레옹의 등을 차고 다른 쪽 무릎으로 벤의 어깨를 힘껏 찼다. 아주 잠깐 프랜시스는 늙은 남자에게서 젊은 남자를 봤다. 길게 뻗은 몸과 결의에 찬 눈 속에 한때 토니가 소유했던 젊은 운동선수가 있었다.

마침내 토니는 도달했다. 놀라울 정도로 높이 날았다. 분명히 해냈다. 정말 슈퍼히어로였다! 토니는 한 손으로 서까래를 쳤다. 그러나 곧 엄청난 소리를 내면서 옆구리부터 쿵 하고 떨어졌다. 나폴레옹과 벤은 욕설을 내뱉으면서 서로 반대 방향으로 비틀거리며 물러났다.

"그래, 누가 이런 예상을 했겠어요."

라스가 한숨을 내뱉었다.

토니는 일어나 앉더니 한쪽 팔꿈치를 다른 손으로 받쳤다. 얼굴이 치약처럼 하얗게 질려 있었다. 프랜시스가 토니 옆에 무릎을 꿇고 앉았다. 무릎이 너무 아팠지만 토니를 도와주고 싶었다.

"괜찮아요?"

"괜찮습니다. 어깨가 어긋난 것뿐입니다."

토니가 이를 갈면서 말했다. 이상하게 어긋난 어깨를 보자 프랜시스의 위장은 뒤틀리는 것 같았다.

"움직이지 말아요."

헤더가 말했다.

"아닙니다. 오히려 움직여야죠. 이렇게 움직이면 어깨뼈가 펑 하고 제자리로 돌아갈 겁니다."

토니는 어깨를 움직였고, 정말로 펑 소리가 났다. 하얗게 질린 프랜시스는 토니의 무릎 위로 픽 쓰러져버렸다.

. 58 .

조이

불쌍한 아빠는 스마일리 호그번의 무게를 모두 감당한 등을 움켜잡고 있었다. 엄마가 아빠에게 그런 일을 하도록 허락해주다니, 놀라웠다. 어쩌면 약에 취해 있기 때문인지도 몰랐다. 약 때문에 화가 나서 판단력을 잃은 건지도 몰랐고, 아니면 그저 오스트레일리아 풋볼 리그의 전설을 만났다는 감격에 무슨 일이든 허락하고 싶었기 때문인지도 몰랐다.

"모두들 미안합니다. 어젯밤에 다시 뛰는 꿈을 꿨어요. 그래서…… 그래서 쉽게 할 수 있으리라고 생각했나봅니다. 자, 일어나요. 글 쓰는 숙녀 분."

토니는 가엾은 프랜시스의 뺨을 톡톡 두드렸다. 프랜시스는 멋쩍은 표정으로 일어나서 이마 한가운데를 손가락으로 꾹 누르며 고개를 이리저리 돌렸다.

"그래서 꾸러미는 내렸어요?"

"아닙니다. 하지만 거의 다 됐어요."

그 누구도 실패했다는 기분이 들기를 원치 않는 아빠가 말했다.

조이는 던질 수 있는 물건이 없는지 살펴보다가 물이 4분의 3 정도 차 있는 물병을 들어 꾸러미를 향해 던졌다. 물병은 꾸러미를 맞췄고, 떨어지는 꾸러미를 벤이 잡았다.

"잘했어요."

벤이 조이에게 꾸러미를 내밀었다.

"고마워요."

조이가 꾸러미를 받았다.

"열어봐요."

조이가 오랫동안 꾸러미를 열고 싶어 했다는 듯이 제시카가 말했다. 꾸러미를 열자 뽁뽁이에 싸인 딱딱한 물체가 나타났다. 조이는 생일 파티 때 조이와 잭을 쳐다보고 있는 사람들에 둘러싸여 선물을 풀던 기억이 났다.

내일은 두 사람의 스물한 번째 생일이었다. 이제는 항의할 때가 됐는지도 몰랐다. 멜버른으로 돌아가면 조이는 엄마 아빠에게 라파토리아에 가서 피자를 먹으며 자신의 스물한 번째 생일을 축하해달라고 말할지도 몰랐다. 잭이 죽은 뒤로 멈춰버렸던 일들을, 해낼 수 있을 것만 같았다. 잭이 없으니 결코 같을 수는 없을 것이다. 잭이 없으니 당연히 같을 수는 없을 것이다. 그래도 할 수 있을 것 같았다. 피자에서 올리브를 떼어내 잭이 먹을 수 있도록 접시 가장자리에 놓아둘 수도 있을 것 같았다. 지금 당장, 조이는 정말로 피자가 먹고 싶었다. 페퍼로니 생각을 하니 입에 침이 고였다. 다시는 페퍼로니를 당연하게 여기지 않을 것이다.

돌돌 말린 뽁뽁이를 풀자 목각인형이 나왔다. 머리에 스카프를 두르고 허리엔 앞치마를 두른 여자 인형이었다. 뺨은 발갛게 물들어 있었고 기묘하게도 화난 눈썹을 하고 있었다. 인형은 조이를 보면서 '어라, 안녕?' 하고 인사하는 것 같았다. 조이는 인형을 앞뒤로, 위아래로 뒤집어봤다.

"그거 러시아 인형이야."

엄마가 말했다.

"아, 맞다."

조이는 인형을 위아래로 잡고 반대쪽으로 비틀어 열었다. 안에는 작은 인형이 들어 있었다. 조이는 큰 인형을 엄마에게 주고 작은 인형을 비틀어 열었다. 잠시 뒤, 명상실 바닥엔 인형 다섯 개가 쭉 늘어서게 됐다.

"잠깐만요. 이게 마지막 인형 아니에요? 그런데 왜 비어 있죠? 원래 열리지 않는 제일 작은 인형이 마지막으로 들어 있어야 하는 거 아닌가요?"

제시카가 말했다.

"종이 같은 거 없어요? 마지막 인형에 비밀번호가 들어 있을 거라고 생각했는데?"

프랜시스가 말했다.

"도대체 무슨 생각일까요?"

벤이 말했다.

"모르겠어요."

조이는 하품을 눌러 참았다. 갑자기 너무 피곤했다. 방 침대에 누워 스마트폰을 하고 피자를 먹고 싶었고, 무엇보다 이 모든 일이 끝났으면 싶었다.

"슬슬 열받기 시작하는군요."

라스가 말했다.

· 59 ·

마샤

마샤는 야오의 얼굴에서 안도의 웃음이 사라지는 걸 지켜봤다.

"무슨 상황이죠? 왜 인형 안에 비밀번호가 없는 겁니까? 인형 안에 비밀번호를 넣기로 했잖아요."

마샤는 키보드 옆에 있는 마지막 인형을 손가락으로 들어올렸다.

"그랬지. 그게 원래 계획이었지."

"그랬죠…… 그런데 왜 넣지 않은 겁니까?"

"깨달은 게 있어서. 명상을 하다가 손님들이 환각 경험을 한 뒤 진정으로 변하려면 무엇이 필요한지 문득 깨달았거든. 그건 선문답이야."

야오는 분명히 마샤가 얼마나 탁월한 결정을 했는지 이해할 것이다. 하지만 야오는 전혀 이해하지 못했다는 표정으로 마샤를 봤다.

"선문답은 깨달음으로 이끄는 모순이야. 논리적인 사고가 얼마나 불완전한지 보여주는 방법이지."

"선문답이 뭔지는 압니다."

"일단 항복하고 해결 방법이 없음을 받아들이면, 그때 저들은 자유를 얻게 될 거야. 그게 선문답이 가진 가장 중요한 모순이지. 해결책이 없는 게 해결책이다."

"해결책이 없는 게 해결책이라고요?"

"바로 그거야. 선문답에 관한 얘기 기억해? 산에서 은둔해 살아가던 큰스님에게 한 남자가 찾아와 물었잖아. '스승님, 길이란 무엇입니까?' 큰스님은 '이 얼마나 좋은 산인가?'라고 대답해. 그 말을 듣고 좌절한 남자가 '저는 산을 물은 게 아닙니다. 길을 물었습니다'라고 말하자 큰스님은 대답해. '아들아, 네가 산을 넘지 못한다면 그 길을 찾지 못할 것이다.'"

"그래서 저 문이…… 산이란 말입니까?"

"세부 내용에 주목해."

마샤가 초조한 듯 말했다.

"잊지 마. 이건 우리가 쓸 책에 들어갈 중요한 내용이니까."

"너무 오래 갇혀 있었습니다. 배고프고 피곤할 거예요. 결국 정신을 잃고 말 겁니다."

"바로 그거야."

마샤 역시 기억할 수 없을 만큼 여러 날을 굶고 있었고, 환각치료를 진행한 전날 밤부터 잠을 자지 않고 있었다. 마샤는 야오의 가슴 한가운데를 손가락으로 가볍게 만졌다. 마샤는 자기 손길이 야오에게 얼마나 강력한 영향을 미치는지 알았다. 아직까진 자신의 힘을 전부 발휘하지 않았지만 필요하다면 모두 쓸 생각이었다.

"바로 그거야. 저 사람들은 정신이 나가야 해. 알잖아. 자아는 환상일 뿐이지. 자아란 건 존재하지 않아."

"좋습니다. 그건 좋아요. 하지만 마샤……. 우릴 경찰에 신고할 겁니다."

야오의 말에 마샤가 크게 웃었다.

"루미가 한 말을 잊지 마, 야오. '그른 생각과 옳은 생각 너머에는 들판이 하나 있다. 나는 그곳에서 너를 만날 것이다.' 정말 아름답지 않아?"

"경찰은 들판에는 관심이 없을 것 같은데요."

"저 사람들을 포기하지 마. 모두 여기까지 왔잖아."

마샤가 화면을 가리키면서 말했다.

"그래서 언제까지 가둬둘 생각입니까?"

야오의 목소리는 나이 든 남자처럼 가늘고 부자연스러웠다.

"그건 적절한 질문이 아니지."

마샤는 상냥한 목소리로 대답하면서 화면을 봤다. 문 주위로 몇 명이 모여 있었다. 그들은 의견을 주고받으면서 비밀번호를 입력하고 있었고, 라스는 골이 난 아이처럼 문을 주먹으로 치고 있었다.

"이제는 내보내줘야 할 것 같습니다."

"직접 열고 나와야 해."

"못 나올 겁니다."

"나올 거야."

마샤는 태어날 때부터 화사한 오스트레일리아인으로 살아온 사람들을 생각했다. 이 사람들은 무엇이든 선택할 수 있는 슈퍼마켓만 아는 사람들이었다. 인도에서 온 차 말고는 어떤 식품도 없는 식료품점을 경험해본 적이 없는 사람들이었다. 그러니 독창성이나 지략 같은 특징은 가질 필요가 없었다. 한 사람을 대신해 일할 준비가 돼 있는 지원자가 백 명이나 달려드는 곳에서 살지 않으니, 5시가 되면 그저 컴퓨터를 끄고 해변으로 나가면 되는 사람들이었다.

오스트레일리아 대사관 앞에 늘어선 끔찍한 줄에 서서 남편과 마샤가 몇 날 며칠이나 차례를 기다린 경험을 얘기하자, 한 오스트레일리아 여자는 "아, 알아요. U2 콘서트 입장권 살 때 나도 그랬어요"라고 했다. 마샤는 "맞아요. 그거랑 비슷해요"라고 대답해줄 수밖에 없었다.

마샤는 한창 이민 신청을 하고 있을 때 남편에게 KGB로 들어와 상황을 보고하라는 출두 명령서가 날아와 얼마나 놀랐는지를 기억했다. 그때 남편은 "다 괜찮을 거야. 걱정하지 마"라고 했다. "걱정하지 마"라니, 남편은 이미 오스트레일리아에 가 있는 것만 같았다. 소련 사람들은 KGB로 들어오라는 명령을 받으면 다시는 집으로 돌아오지 못했다.

마샤가 운전하는 차를 타고 거대한 회색 건물 앞에 섰을 때 남편은 마샤에게 입을 맞추고 "집에 가 있어"라고 했다. 하지만 마샤는 집으로 돌아갈 수 없었다. 다섯 시간 동안 차 안에서 기다렸다. 심장 속에서 끓어오르는 공포가 자동차 창문을 뿌옇게 만들 무렵, 오스트레일리아 해변에 있는 남자처럼 웃으면서 걸어오는 남편을 보고 엄청난 안도감이 온몸에서 폭발했던 기억을 마샤는 결코 잊을 수 없을 것이다.

몇 달 뒤에 마샤와 남편은 양말에 미국 달러를 숨긴 채 공항에 서 있었다. 두 사람은 고국을 떠나는 반역자들이었으니 비웃음을 띤 세관이 두 사람의 가방을 쏟아내 일일이 살펴보는 동안 마샤의 할머니가 준 목걸이는 산산이 부서져 구슬이 모두 흩어져버렸다. 모든 걸 잃을지도 모른다는 두려움에 떨어본 사람만이 행운에 진정으로 감사할 수 있다.

"공포에 질리게 해야 해. 저들에게 필요한 건 그거야."

"공포에 질리게 만든다고요? 우리가 손님들을 공포에 질리게 해도 될지 모르겠어요."

야오의 목소리는 떨리고 있었다. 야오도 피곤하고 배가 고플 것이다. 마샤는 일어섰다. 야오는 그녀의 아이처럼, 연인처럼 마샤를 올려다봤다. 마샤는 두 사람의 영혼이 끊어지지 않을 유대감으로 이어져 있음을 느꼈다. 야오는 결코 마샤에게 대항하지 않을 것이다.

"오늘 밤은 저들에게 영혼의 어두운 밤이 될 거야."

"영혼의 어두운 밤이라고요?"

"빠른 속도로 영혼이 진보하려면 영혼의 어두운 밤이 반드시 필요해. 야오도 그 밤을 보냈고 나도 그랬어. 우리가 저 사람들을 다시 만들려면 먼저 깨뜨려야 해. 알잖아, 야오."

마샤는 야오의 눈 속에서 파르르 떨리는 의심을 봤다. 마샤는 야오에게 다가갔다. 거의 닿을 만큼 가깝게 다가갔다.

"내일 저들은 다시 태어날 거야."

"난 잘 모르……."

마샤는 훨씬 더 가까이 다가가 아주 짧은 순간 자신의 두 눈이 야오의 입술을 보는 걸 허락했다. 이 사랑스러운 아이가 불가능을 가능하다고 생각하게 만들어야 했다.

"지금 우린 손님들을 위해 놀라운 일을 해주고 있어, 야오."

"손님들을 나오게 할 겁니다."

야오는 말했지만, 목소리에는 확신이 들어 있지 않았다.

"아니."

마샤는 주사기의 은빛 반짝임이 드러나지 않도록 조심스럽게 손을 들어 야오의 목을 부드럽게 어루만졌다.

"너는 할 수 없어."

. 60 .

프랜시스

프랜시스는 빈 물병을 손가락 위에 놓고 빙글빙글 돌렸고, 결국 물병은 멀리 날아가더니 바닥에 부딪혀 데굴데굴 굴러갔다.

"그만해요."

카멜이 엄하게 말했다. 말 안 듣는 딸을 혼낼 때 아마 저런 목소리를 낼 것이다.

"미안해요."

"미안해요."

프랜시스와 카멜이 동시에 사과했다.

나폴레옹의 시계대로라면 밤 9시였다. 벌써 서른 시간 넘게 지하에 있었고 이틀 넘게 아무것도 먹지 못했다. 사람들은 두통과 어지러움, 피로와 메스꺼움을 호소했다. 간헐적으로 짜증이 명상실을 휩쓸었다. 사람들은 사소한 일로 다투고 사과하고 그러다 또 고함을 질렀다. 감정이 실린 목소리는 떨렸고 신경질적인 웃음을 터뜨렸다. 깜빡 잠이 들었다가 헉, 하고 숨을 쉬면서 화들짝 깨어나는 사람들도 있었다. 침착한 상태를 유지하고 있는 사람은 나폴레옹뿐이었다. 나폴레옹은 그 어떤 지시도 하지 않았지만 그가 리더라는 느낌이 들었다.

"물을 너무 많이 마시지 말아요."

병에 물을 채워 화장실을 나오는 프랜시스에게 헤더가 말했다.

"목이 마를 때만 마셔야 해요. 안 그랬다가는 몸에서 염분이 다 빠져나가 죽을 수도 있어요. 갑자기 심장이 마비될 거예요."

"알았어요. 고마워요."

프랜시스는 체념한 목소리로 말했다. 프랜시스는 물을 마시면 배고픔이 사라질 거라고 생각했다. 사실 생각보다는 배가 고프지 않았다. 뭔가를 먹고 싶다는 욕망은 쓸모도 없는 러시아 인형을 찾기 직전에 가장 강했다. 그 뒤로는 계속해서 줄어들었다. 프랜시스는 분명히 뭔가 필요하다고 느꼈지만, 그게 음식은 아닌 것 같았다.

간헐적 단식에 열광하는 엘렌은 간헐적 단식을 할 때면 언제나 희열을 느낀다고 했다. 지금 프랜시스는 희열까지는 아니지만 왠지 마음이 깨끗하게 세탁한 것처럼 맑게 느껴졌다. 이런 기분이 드는 건 마약 때문일까, 단식 때문일까?

원인이 무엇이건 마음에 느껴지는 청명함은 사실 환상이었다. 왜냐하면 이곳에 온 뒤에 일어난 일들은 일어나지 않은 일들과 전혀 구별이 안 됐으니까. 수영장에서 코피를 흘렸던 건 꿈이었을까? 어젯밤에 아빠를 본 건 실제로 일어난 일이 아니겠지? 실제로 본 걸까? 아니, 그럴 리 없었다. 아빠는 삼십 년 전에 죽었으니까. 하지만 수영장에서 코피를 흘린 기억보다도 아빠와 얘기를 나눈 기억이 훨씬 더 선명하게 남아 있었다.

어떻게 그럴 수 있을까?

시간은 느려졌다.

그리고 더 느려졌고, 더 느려졌다.

더는 느려질 수 없을 정도로 시간은 점점 더 느려졌다.

곧 시간은 멈춰버릴 것이다. 문자 그대로 멈춰버려서 이곳에 있는 사람들은 영원히 한 순간에 갇혀버릴 것이다. 시간이 고무줄처럼 길게 늘어났다가 다시 줄어들기를 반복했던 지난밤의 경험을 한 뒤였기에, 어느 한 순간에 갇혀버린다는 생각은 그리 환상적이진 않았다.

사람들은 불을 끌지 말지, 끈다면 언제 끌지를 놓고 열띤 토론을 벌였다. 이곳에는 자연광이 없다는 생각을 프랜시스는 전혀 못했다. 그 사실을 지적한 사람은 나폴레옹이었다. 아침에 잠에서 깼을 때 나폴레옹은 전등 스위치를 찾아냈다. 그는 전등 스위치를 찾아낼 때까지 온 방을 기어다니고 온 벽을 더듬고 다녔다고 했다. 나폴레옹이 전등을 끄자 명상실은 한 치 앞도 안 보이는 짙고 두툼한 어둠에 잠겨서 마치 죽은 것 같은 기분이 들었다.

프랜시스는 자정엔 불을 끄자는 의견을 냈다. 프랜시스는 자고 싶었다. 잠을 자면 시간이 빨리 흐를 테니까. 하지만 이렇게 밝은 빛 아래에서는 잠을 못 잘 게 분명했다. 다른 사람들은 잠을 자는 위험을 감수할 수 없다고 했다. 언제라도 '행동할 수 있도록 만반의 준비'를 갖추고 있어야 한다고 했다.

"다음엔 무슨 일을 할지 어떻게 알아요."

제시카가 CCTV를 노려보며 말했다. 화장하지 않은 제시카는 열 살은 어려 보였다. 심지어 조이보다 어려 보였다. 임신을 하기에도 너무 어리고 부자가 되기에도 어려 보였다. 화장을 지우자 제시카가 받은 모든 수술 결과는 여드름처럼 보였다. 성장하면 모두 사라질 십대의 어두운 그림자처럼 보였다.

"한밤중에 무슨 일이 벌어질 것 같진 않아요."

카멜이 말했다.

"달빛명상을 하겠다고 깨우기도 했잖아요. 당연히 가능성 있어요."

헤더가 말했다.

"달빛명상 좋았어요."

카멜의 말에 헤더가 한숨을 쉬었다.

"카멜, 당신은 이곳에서 벌어지고 있는 일을 다른 식으로 생각할 필요가 있어요."

"난 불 끄는 거 찬성이에요."

프랜시스가 작은 소리로 말했다. 나폴레옹은 명상실 한쪽에 있는 마이크를 찾아냈다. 그는 평온의 집 사람들에게 알리고 싶지 않은 일을 아홉 사람이 공유할 때는 CCTV에 등을 돌리고 아주 작게 말해야 한다고 했다.

"마샤에게 우리가 완전히 받아들였다는 인상을 심어줘야 한다고 생각해요."

나폴레옹의 말에 조이도 속삭이듯 말했다.

"나도 그렇게 생각해요. 마샤는 11학년 때 우리 수학 선생님하고 똑같아요. 마샤한테는 자기가 이겼다는 확신을 심어줘야 해요."

"난 불은 켜두고 싶군요. 보지 못하면 불리해질 수 있으니까요."

토니가 말했다. 그래서 다수결에 따라 불은 켜두기로 했다.

사람들은 모두 앉아 있었고 불은 켜놓았으며 가끔 도서관이나 병원 대기실에서 들리는 것 같은 소곤거리는 소리가 들렸다. 하지만 대부분은 긴 침묵이 흘렀다.

프랜시스의 몸은 계속해서 씰룩거렸지만 그럴 때마다 그녀는 읽을 책도 없고 볼 영화도 없고 끝 침대 옆 램프도 없음을 기억해내야 했다. 가끔은 거의 일어선 다음에야 지금 해내려고 애쓰는 일이 이 방에서 빠져나가는 거라는 사실을 깨달을 때도 있었다. 프랜시스의 무의식은 그러니까 감금 상태를 인정하지 않고 있는 거였다.

카멜이 오더니 프랜시스 옆에 앉았다.

"아직 케토시스가 진행되지 않는 걸까요?"

"케토시스가 뭐예요?"

물론 케토시스가 뭔지 알았지만 프랜시스는 되물었다.

"우리 몸이 지방을 태우기 시작하는 걸 말해요."

"카멜은 살을 뺄 필요 없어요."

"예전엔 날씬했어요."

카멜은 완벽하게 정상인 다리를 앞으로 쭉 뻗었다.

"누구나 예전엔 날씬했죠."

프랜시스가 한숨을 쉬었다.

"어젯밤에 본 환상에선 내 몸이 없었어요. 무의식이 내게 무슨 말을 하려고 보여준 환상 같아요."

"너무 모호한데. 거기에 어떤 메시지가 있을 수 있을까?"

프랜시스가 혼잣말로 중얼거렸고, 카멜이 웃었다.

"알아요."

카멜은 뱃살을 움켜잡았다.

"난 자기혐오라는 쳇바퀴에 갇혀버린 거 같아요."

"아이들을 낳기 전엔 무슨 일을 했어요?"

프랜시스는 자기 몸을 미워하는 네 딸의 엄마가 아닌 다른 카멜이 있는지 알고 싶었다. 신인 작가 시절에 한 친구가 프랜시스는 엄마들을 한 가지 모습으로만 그린다고 불평했다. 그때 프랜시스는 속으로 '그럼 또 어떤 모습이 있는데?'라고 반론을 제기했다.

하지만 그 뒤로 엄마들을 좀 더 다양하고 깊이 있게 그리려고 노력했다. 엄마가 사랑에 빠지면 아이들은 누가 돌봐야 하지? 그런 의문이 들어도 엄마를 주인공으로 로맨스를 써나가기도 했다. 그럴 때면 조는 교정지에 "애들은 누가 봐요?"라는 말을 잔뜩 써서 보냈다. 결국 베이비시터를 구하는 장면을 추가해야 했다. 그건 정말 짜증나는 일이었다.

"사모펀드 매니저요."

카멜이 대답했다. 이런, 프랜시스는 그런 대답이 나오리라곤 상상도 못했다. 실은 사모펀드가 뭔지도 감이 안 잡혔다.

"그 직업은…… 좋아했어요?"

프랜시스는 안전해 보이는 질문을 했다.

"사랑했어요. 정말로요. 물론 오래전 일이지만요. 지금은 시간제로 일해요. 들어온 돈만 입력하는 초보적인 일만 하고 있어요. 하지만 그땐 야심이 있었어요. 매일 5시에 일어나 출근하기 전에 수영을 했어요. 그땐 먹고 싶은 건 모두 먹었고 몸무게 얘기를 하는 여자들을 끔찍하게 여겼어요."

카멜의 말에 프랜시스가 웃었다.

"그러다 결혼했고 아이가 생기면서 엄마 역할에만 함몰됐죠. 사실 아이는 둘만 낳으려고 했는데, 남편이 아들을 원하다 보니 넷이나 낳았어요. 그리고, 갑자기 남편이 나한테 더는 매력을 못 느끼겠다며 떠나버렸어요."

프랜시스는 중년 여성의 이혼에 너무나 자주 등장하는 이런 잔혹한 이야기가 여성의 자존감을 어떤 식으로 부숴버리는지 생각하느라 잠시 아무 말도 못했다.

"아직도 그 사람한테 매력을 느껴요?"

카멜은 잠시 생각에 잠겼다.

"어떨 때는요."

카멜은 손가락에 남아 있는 반지 자국을 엄지로 문질렀다.

"아직 그 사람을 사랑해요. 가끔 '아, 다행이다. 아직 나는 그를 사랑해'라고 생각할 때가 있어서 그건 알아요. 왠지 그 사람을 사랑하지 않으면 불편할 것 같아요."

프랜시스는 자신이 할 수 있는 모든 말을 속으로 생각했다. 당신은 더 좋은 사람을 만날 수 있어요. 당신을 완성하는 데 남자는 필요하지 않아요. 당신의 몸이 당신을 규정하지 않아요. 당신은 당신 자신과 사랑에 빠질 필요가 있어요. 남자 말고 다른 얘기를 해봐요. 이러다가는 우리, 벡델 테스트(Bechdel test, 영화나 소설 같은 매체의 성평등 정도를 측정하는 방법-옮긴이)를 통과하지 못하겠어요.

프랜시스는 말했다.

"그거 알아요? 카멜은 케토시스가 시작된 게 분명해요."

카멜이 웃었고, 그 순간 전등이 꺼졌다.

. 61 .

나폴레옹

"누가 불을 끈 겁니까?"

나폴레옹의 입에서 화가 난 선생님의 목소리가 나왔다. 교실에서 가장 버릇없고 나쁜 아이조차 자리에 앉아서 입을 다물게 하는 소리였다.

"난 아니에요."

"나도 아니에요."

"나도요."

명상실 곳곳에서 목소리가 들려왔다. 방 안은 너무나 컴컴해서 어디가 어디인지 도무지 알 수 없었다. 나폴레옹은 아침에 전등 스위치를 찾느라 그랬던 것처럼 맹목적으로 팔을 뻗었다.

"당신이야?"

헤더의 목소리가 들렸다. 헤더는 나폴레옹 옆에 앉아 있었다. 나폴레옹의 손을 잡는 헤더의 손이 느껴졌다.

"그래. 조이는 어디 있어?"

"여기 있어, 아빠."

저쪽에서 조이의 목소리가 들려왔다.

"스위치 가까이 있는 사람은 아무도 없군요."

나폴레옹은 자신의 심장이 빠른 속도로 뛰고 있음을 느꼈고, 기꺼이 공포를 즐겼다. 이 느낌은 오늘 아침에 깨어났을 때부터 몰려온 잿빛 감정을 잠시 잊을 수 있는 휴식이 돼줬다.

잿빛 감정은 두툼한 안개가 되어 부드러운 손으로 나폴레옹의 뇌를, 심장을, 몸을 움켜잡고는 말도 할 수 없고 고개도 들 수 없고 걷지도 못할 만큼 그를 내리눌렀다. 나폴레옹은 괜찮은 체 애를 써야 했다. 온 힘을 다해 안개와 싸우면서 평소처럼 행동하려고 애써야 했다. 괜찮아지고 있다고 자기 자신을 계속 속여야 했다. 이 상황은 일시적인 거야. 그냥 오늘만 그런 거야. 숙취 같은 거지. 내일이면 다시 정상으로 돌아올 거야.

"마샤가 우리한테 이만 자라고 하는 게 아닐까요?"

어둠 속에서 프랜시스의 밝고 유쾌한 목소리가 들려왔다. 나폴레옹은 프랜시스가 자신과 비슷한 사람이라고 생각했다. 둘 다 기본적으로는 낙관적인 사람들이라고. 이젠 아니었다. 나폴레옹의 희망은 고갈돼버렸다. 몸에서 모두 빠져나가 땀처럼 증발해버렸기에 나폴레옹은 완전히 소진되고 텅 비어 버렸다.

"난 피곤하지 않습니다."

라스가 말했다. 어쩌면 벤일 수도 있었다.

"진짜 짜증나는군요."

벤이었다. 아니면 라스일 수도 있었다.

"마샤가 무슨 일을 하려나봐요."

제시카가 분명했다. 제시카의 목소리는 얼굴을 보지 않으면 훨씬 지적으로 들렸다. 잠시 침묵이 흘렀다. 나폴레옹은 두 눈이 어둠에 적응해 조금이라도 볼 수 있길 바랐지만 그런 일은 일어나지 않았다. 그 무엇도 보이지 않았다. 어둠은 더욱 어두워진 것 같았다.

"오싹해요."

조이의 목소리가 떨리고 있었다. 나폴레옹과 헤더는 이런 어둠 속에서도 딸한테 당장 갈 수 있다는 듯 반사적으로 움직였다.

"그냥 어두운 것뿐이에요. 다 함께 있으니 안심해도 됩니다."

조이를 다독이는 건 분명히 스마일리 호그번이었다. 나폴레옹은 누군가에게 왕년의 스타 스마일리 호그번이랑 풋볼 비슷한 걸 했다고 말하고 싶었다. 그리고 그 누군가가 더는 존재하지 않는 자기 자신, 자신의 자아임을 깨달았다.

어둠이 더 무거워졌다. 오싹한 기분이 들었다.

"라스가 노래를 부르는 게 좋지 않을까요?"

프랜시스가 말했다.

"마침내 재능을 인정해주시는군요."

라스가 대답했다.

"우리 모두 노래할까요?"

카멜이 말했다.

"싫어요."

제시카가 대답했다.

"그럼 나랑 당신이 부르죠, 카멜."

라스가 〈이제 분명히 보여요〉를 부르기 시작했고 카멜이 따라 했다. 카멜은 노래를 잘 불렀다. 아름다웠다. 어둠 속에서 솟아오르는 카멜의 목소리는 놀라웠고 우아했다.

오늘 아침에 깨어났을 때 나폴레옹은 온몸으로 스며들고 있는 감정이 분노라고 생각했다. 왜냐하면 나폴레옹에게는 아내가 숨기고 있던 비밀에, 하필이면 이렇게 악몽 같은 순간에 비밀을 털어놓았다는 사실에 분노할 권리가 있었으니까. 물론 지금은 약효가 모두 사라져 일어난 일과 일어나지 않은 일을 분명하게 구분할 수 있었다. 잭은 꿈이었고 헤더의 고백은 꿈이 아니었다.

나폴레옹은 헤더에게 천식약에 부작용이 있는지 물은 기억이 없었다. 하지만 그런 질문에 헤더가 어떻게 반응할지는 알았다. 분명히 초조해할 것이다. 가족의 건강 문제를 결정할 책임자는 헤더였으니까. 헤더는 의료 교육을 받았고 나폴레옹은 교사였으니까. 나폴레옹이 맡아야 하는 건 아이들의 숙제였고, 헤더는 약을 담당했으니까. 헤더가 물어왔다면 나폴레옹은 행복했겠지만, 헤더는 아이들 교육에 관한 남편의 결정에 토를 달지 않는다는 데 자부심을 느꼈으니까. 나폴레옹은 토론을 좋아했지만 헤더는 주어진 일을 정확하고 신속하게 해결하기만을 원했으니까. 헤더는 부부 가운데 효율적이고 논리적인 사람은 자신이라고 믿었으니까. 일을 처리하는 사람은 자신이라고 믿었으니까.

자, 보라고. 당신이 어떻게 일을 처리했는지. 나폴레옹이라면 주의사항을 꼼꼼이 읽었을 거라는 헤더의 말은 옳았다. 나폴레옹은 아들을 주의 깊게 관찰하고 아들에게 말했을 것이다. "잭, 이 약이 네 감정에 영향을 미친대. 그러니까 네 마음을 자세히 관찰했다가 나한데 알려줘야 해"라고 말했을 것이다. 잭은 분명히 나폴레옹을 노려보면서 "부작용은 없을 거야, 아빠"라고 말했을 테고. 그랬다면 나폴레옹은 분명히, 확실히, 반드시, 어쩌면, 아들을 구해줄 수 있었을 것이다.

삼 년 동안 하루도 빠짐없이 매일 아침 잠에서 깨어나면 나폴레옹은 생각했다. *왜 그랬니?* 헤더는 그 이유를 알고 있었다. 아니, 알지 못했다 해도 한 가지 가능성을 추론해볼 기회를 줄 수 있었을 텐데도 죄책감 때문에 자신이 줄 수 있는 지식을 나폴레옹에게 주지 않았다. 나폴레옹의 사랑을 믿지 못했기 때문에 그런 걸까? 나폴레옹이 헤더를 비난하고 떠나버릴까봐?

더구나 두 사람에게는 이 일을 세상에 알릴 의무가 있었다. 마르코니 가족에게 일어난 일을 보건 당국에 알릴 의무가 있었다. 다른 아이들도 죽을 수 있으니 공동체가 천식약의 부작용을 진지하게 검토할 수 있도록 널리 알려야 했다. 자기 자신을 보호하려고 다른 사람들을 위험에 빠뜨리다니, 그렇게까지 이기적일 수 있다니, 믿을 수가 없었다. 이곳에서 나가자마자 나폴레옹은 닥터 창에게 전화를 할 것이다.

그리고 조이. 우리 예쁜 딸. 잭의 상태가 이상하다는 사실을 유일하게 눈치 챈 아이. 당연하다. 조이는 잭을 가장 잘 알았으니까. 그러니 조이는 단 한 마디만 하면 됐다. "오빠가 이상해"라는 말 한 마디만 했다면 나폴레옹이 조치를 취했을 것이다. 나폴레옹은 남자애들의 감정이 얼마나 위험해질 수 있는지 알았으니까. 그랬다면 나폴레옹은 분명히, 확실히, 반드시, 어쩌면, 아들을 구해줄 수 있었을 것이다.

저녁을 먹으면서 우울증에 관해 대화를 나눈 적이 있었다. 나폴레옹은 부모가 아이들에게 해줘야 할 말들을 모두 알고 있었고 아이들과 대화도 많이 했다. 인터넷에 개인 정보를 올리지 마라. 술 취한 사람이 운전하는 차는 타지 마라. 밤에는 언제든지 전화해라. 감정을 말해봐라. 괴롭히는 사람이 있으면 말해라. 우리가 해결해줄 수 있다. 약속하마. 우리가 반드시 해결해줄 수 있단다.

지금 나는 화가 난 걸까? 하루 종일 나폴레옹은 자신에게 묻고 또 물었다. 안개에 싸인 듯한 이 기분이 실은 분노의 다른 모습인지 궁금했다. 하지만 온몸의 세포에 스며든 이 기분은 분노보다 훨씬 큰 것이었고, 동시에 분노보다 훨씬 작은 것이었다. 이 기분은 젖은 시멘트의 무게와 질감을 가진 둔탁하면서도 실체가 없는 무(無)였다. 어둠 속에서 카멜과 카멜의 목소리가 돋보이도록 라스가 목소리를 낮추고 부르는 노래를 들으면서 문득 나폴레옹은 생각했다. 이게 잭이 느꼈던 감정인지도 몰라.

천식약이 원인이었는지, 십대 남자애의 호르몬이 미친 듯이 날뛴 결과였는지, 아니면 두 가지가 동시에 작용한 결과였는지는 몰라도 잭이 느낀 감정은 바로 이 감정일 수도 있었다. 몸과 마음과 영혼이 잿빛 안개에 파묻혀버린 느낌, 이 세상에 의미 있는 건 아무것도 없다는 느낌 말이다. 외부 세계와 똑같은 방식으로 행동하고 같은 모습으로 살아갈 순 있지만 사실 내면의 모든 것이 외부와는 전혀 다르다는 느낌 말이다.

이런, 아들. 넌 그저 아이였잖아. 난 어른이고. 그런데도 아직 하루도 안 지났는데 다 끝내고 싶어. 나폴레옹은 아들의 얼굴을 봤다. 이제 막 듬성듬성 나고 있는 수염과 눈썹이 보였다. 아들은 아빠의 시선을 피해 고개를 숙이고 있었다. 아들은 잘못한 일이 있을 때는 아빠와 눈을 마주치지 않았다. 나폴레옹은 아이들이 말썽을 부리는 걸 싫어했지만 그 불쌍한 아이는 늘 말썽을 일으켰다. 조이는 잭보다 똑똑했다. 이야기를 왜곡해 자신이 옳은 일을 한 것처럼 보이게 하는 능력이 있었다.

여자애들은 감정에 휘둘리는 것처럼 보이지만 진실은 그 반대다.

여자애들은 감정을 능숙하게 통제한다. 여자애들은 감정을 지휘봉처럼 마구 휘두른다. 나 울 거야. 이제는 웃을 거고. 다음에 내가 뭘 할지 아는 사람? 넌 절대 모를걸! 하지만 남자애들에게 감정은 기습적으로 공격해오는 야구 방망이 같은 것이다.

그 순간, 그날 아침에, 삼 년 전에 잭은 나쁜 선택을 한 게 아니다. 잭은 자신이 할 수 있는 유일한 선택을 한 것이다. 이런 기분이 드는데 도대체 뭘 할 수 있었겠는가? 이 기분은 불에 타는 탑 위에서 뛰어내리지 말라는 소리를 들을 때 느끼는 것과 같았다. 숨을 쉴 수 없다면 어떻게 해야 할까? 숨을 쉴 수 있는 일을 해야 한다. 그게 무엇이 됐건 말이다. 그러니 불타는 탑 위에서는 뛰어내려야 한다. 당연히 뛰어내려야 하는 것이다.

나폴레옹은 아들이 이해해주길 간절히 바라는 눈으로 자신을 쳐다보고 있음을 알았다. 나폴레옹은 잭이 어렸을 때 그랬던 것처럼 아이를 무릎에 앉히고 꼭 끌어안으며 귀에 대고 속삭이는 상상을 했다. 네가 말썽을 부린 게 아냐, 잭. 너한테 소리쳐서 미안해. 이젠 이해한다, 우리 아들. 넌 말썽을 부리지 않았어. 넌 말썽을 부린 게 아냐. 넌 말썽을 부린 게 아냐.

"나폴레옹?

헤더가 말했다. 나폴레옹이 헤더의 손을 너무 세게 잡고 있었다. 나폴레옹은 손에서 힘을 뺐다.

갑자기 TV 화면이 켜질 것처럼 치직거리며 불이 들어왔다. 카멜이 노래를 멈췄다.

"저게 뭐죠?"

라스가 말했다. 나폴레옹의 귀가 욱신거릴 정도로 마샤의 목소리가 크게 울려 퍼졌다.

"좋은 저녁이에요. 내 달콤한 파이들. 내 귀염둥이들."

마샤의 얼굴이 TV 화면 가득 나타났다. 마샤는 사랑을 가득 담은 얼굴로 웃고 있었다.

"세상에."

헤더가 작은 소리로 말했다.

. 62 .

프랜시스

저 여자는 미친 거였어. 제정신이 아냐.

지금까진 모두 재미있는 농담 같았다. 지금까지 프랜시스는 마샤가 독특하고 새롭고 강렬하고 엄청나게 키가 크고 이국적이며 모든 면에서 자신과는 다르다고만 생각했다. 마샤의 정신 상태가 이상하다는 생각은 해본 적이 없었다. 마샤가 천재일지 모른다는 생각은 했다. 원래 천재는 평범한 사람이 보기엔 미친 것처럼 보이니까.

마약을 먹였다는 말을 들었을 때도 프랜시스는 걱정하지 않았다. "LSD를 넣은 스무디 먹어볼래요?"라고 솔직히 말했어도 프랜시스는 "좋아요. 안 될 것 없죠"라고 대답했을 것이다. '연구'라는 말을 들으면 감동을 받았을 테고, 야오가 구급대원이었다는 사실에 안도했을 테고, 초월적인 경험을 할 수 있다는 말에 자극을 받았을 테고, 누군가 다른 사람이 먼저 "해볼래요"라는 말을 했다면 자신도 하겠다고 동의했을 것이다(십대였을 때 프랜시스의 엄마는 "친구들이 모두 벼랑에서 떨어진다고 하면 너도 떨어질래?" 하고 물은 적이 있었다. 그때 프랜시스는 진심으로 "당연하지"라고 대답했다).

하지만 이제, 어둠 속에 앉아서 TV 화면에 떠오른 마샤를 보고 있으니 분명하게 알 수 있었다. 마샤는 정상이 아니었다. 마샤의 초록색 눈은 어떤 논리도 이성도 받아들이지 않겠다는 복음주의자들의 열정으로 빛나고 있었다.

"모두 축하해요! 여러분이 진보를 이뤄냈군요. 첫날부터 지금까지 잘해주고 있어요."

마샤는 오스카 상을 받은 여배우처럼 두 손을 모았다.

"여러분의 여정은 이제 거의 완성됐어요!"

TV 화면이 유령 같은 빛줄기를 명상실 이곳저곳으로 뿌려주고 있었기에 프랜시스는 마샤를 보고 있는 사람들의 얼굴을 볼 수 있었다.

"빨리 내보내줘요!"

제시카가 소리를 질렀다.

"우리 소리를 들을 수 있을까요?"

카멜이 자신 없는 말투로 물었다.

"소리칠 필요 없어요, 제시카. 안녕, 카멜. 난 여러분을 볼 수도 있고 들을 수도 있어요. 모두 기술의 마법이죠. 놀랍지 않나요?"

마샤의 눈은 카메라 초점에서 벗어나 있었다. 그 때문에 마샤의 광기에 무릎을 꿇지는 않을 수 있었다.

"마트료시카를 찾아냈을 땐 얼마나 기뻤는지 몰라요."

"하지만 아무것도 없었어요."

프랜시스는 마트료시카가 텅 비어 있다는 사실을 알았을 때 정말로 화가 났다.

"인형 안에 비밀번호가 없었다고요."

"그랬죠. 프랜시스. 분명히 없어요."

"뭐라고요?"

"내가 기대했던 만큼은 아니지만 어쨌거나 여러분은 협동해서 문제를 해결했어요. 난 여러분이 모두 참여해서 인간 피라미드를 쌓을 거라고 생각했어요. 풋볼을 하는 대신."

'풋볼'이라는 말을 하는 마샤의 입이 비웃는 것처럼 비뚤어졌다. 프랜시스는 토니를 위해 대신 항의라도 해주고 싶었다.

"세로프에서 학교에 다닐 때, 아주 오래전 일이네요, 그때 우린 인간 피라미드를 만들었어요. 멋진 피라미드였죠. 결코 잊히지가 않아요."

마샤의 눈이 잠시 초점을 잃었다가 다시 돌아왔다.

"아무튼 그런 건 문제가 안 돼요. 결국 목표를 달성했으니까. 여러분은 인형을 손에 넣었고, 우린 여기까지 왔어요."

"인형으로 알게 된 건 하나도 없는걸요."

제시카가 말했다.

"그래요, 제시카."

마샤는 세상이 돌아가는 방식을 조금도 이해 못하는 어린애한테 설명하듯 인내하는 목소리로 말했다.

"도무지 말이 안 통해."

벤이 중얼거렸다.

"지금 당장 날 정말로 변화시킬 수 있는 건 뜨거운 물로 하는 샤워입니다."

라스가 그 멋진 얼굴에 자신의 모든 매력을 담아 마샤를 보며 웃었다. 그건 화면을 향해 번쩍이는 레이저 검을 들어올린 것과 같았다. 지금까지 라스는 저 미소로 엄청나게 많은 문을 열었음이 분명했다. 하지만 마샤는 그저 웃음을 되돌려줄 뿐이었다. 마샤와 라스는 지금 아름다움과 카리스마로 무장하고 전투를 벌이고 있었다.

한동안 칼을 들이밀던 라스가 결국 항복했다. 라스의 얼굴에서 미소가 사라졌다.

"마샤, 난 그저 여기서 나가고 싶을 뿐이란 말입니다."

"이런, 라스. 당신은 부처의 말을 기억해야 해요. 변화를 제외하면 영원히 변하는 것은 없다."

"이미 영원이 지나간 것처럼 느껴집니다."

라스의 말에 마샤가 빙그레 웃었다.

"당신이 고독을 즐긴다는 건 알아요, 라스. 하루 종일 낯선 사람들과 보내는 게 쉽지 않겠죠, 안 그래요?"

"다 좋은 분들이라 괜찮습니다."

"그냥 방으로 돌아가고 싶은 것뿐이라고요. 환각치료는 근사했어요. 고마워요. 하지만……."

헤더가 온순하고 이성적으로 말을 시작했다.

"정말 근사했죠? 그렇다면 말투를 고쳐요, 헤더."

마샤의 말투에는 한 줄기 공격성이 묻어 있었다.

"제발 진심에서 우러나는 말을 하란 말이에요. 당신이 신고하겠다는 말을 들었어요. 그 때문에 상처받았다는 걸 고백해야겠군요."

"흥분했기 때문이에요. 알겠지만, 오늘이 우리 아들 기일이니까. 내가 제정신이 아니었어요. 하지만 이제 이해해요."

헤더는 TV를 올려다봤다. 그러고는 정말 공감한다는 표정을 지었다.

"우리 모두 이해해요. 우리 모두 마샤가 해준 일에 진심으로 감사하고 있어요. 평범한 삶을 살았다면 절대로 경험할 수 없었을 일이니까요. 하지만 이젠 그저 방으로 돌아가서 평온의 집에서의 시간을 좀 더 즐기고 싶어요."

헤더의 말을 들으면서 프랜시스는 마샤의 입장이 돼보려고 애썼다. 마샤는 자기 자신을 예술가라고 생각할 것 같았다. 그렇다면 모든 예술가처럼 찬사를 바랄 것이다. 인정받고 존경받고 극찬을 받고 싶고 감사를 나타내는 후기를 기대할 것이다.

"우리 모두를 대표해서, 정말로 놀라운 경험을 했다는 말을 하고 싶어요. 우린 마샤에게 아주……."

그때 토니가 프랜시스의 말을 가로막았다.

"저기 뒤에, 야오 아닙니까?"

토니는 벌떡 일어나서 TV 화면을 뚫어지게 봤다.

"그래요, 야오도 여기 있어요."

마샤가 말했다. 마샤는 컴퓨터 앞에서 살짝 비켜나더니 굉장한 상을 보여주는 게임 속 모델처럼 우아하게 손짓을 했다. 손님들이 받을 상은 야오였다. 야오는 마샤의 책상에 엎어져 있었다. 고개를 옆으로 돌리고 있어 뺨은 책상에 짓눌려 있었고 두 팔은 머리 위에서 반원을 그리고 있었다.

"숨을 쉬고 있는 거예요?"

헤더도 벌떡 일어나서 TV 가까이 걸어갔다.

"왜 저런 거죠? 무슨 짓을 한 건가요?"

"살아있는 거예요?"

다들 공포에 질렸다.

"그냥 자고 있는 거예요. 피곤하니까. 여러분을 위해 일하느라 밤새 한숨도 못 잤으니까요."

마샤는 야오의 머리카락을 쓰다듬다가 명상실에 있는 사람들에겐 보이지 않는 야오의 머리 한 부분을 가리켰다.

"여기 마오의 반점이 있네요. 죽음을 경험했을 때 처음 봤죠."

마샤는 카메라를 보며 웃었고 프랜시스는 부르르 몸을 떨었다.

"그때 난 가장 경이롭고 멋진 방법으로 내가 죽을 수밖에 없는 운명임을 새삼 깨달았죠."

마샤의 눈이 빛났다.

"오늘 밤, 여러분도 여러분의 유한성을 대면하게 될 거예요. 안타깝지만 여러분에게 죽음을 직접 볼 수 있는 특권을 드리진 못해요. 조금이라도 볼 수 있게, 엿볼 순 있게 해드릴 거예요! 그 경험이 지금까지 한 고귀한 침묵과 환각치료, 탈출하기를 모두……."

마샤는 적절한 단어를 찾으려고 잠시 생각했고 이내 만족스러운 단어를 찾아냈다.

"병합해줄 거예요!"

"자는 것 같지 않아요. 도대체 뭘 먹인 거죠?"

헤더가 말했다.

"아, 헤더. 당신은 거의 의사라고 해야겠어요. 안 그래요? 하지만 분명히 말하는데, 야오는 자고 있는 거예요."

"딜라일라는 어디 있습니까?"

벤이 물었다.

"딜라일라는 이제 우리와 함께 있지 않아요."

마샤가 말했다.

"우리와 함께 있지 않다니, 그게 무슨 말입니까?"

벤이 계속 물었다.

"우리 곁을 떠났어요."

마샤는 대수롭지 않다는 듯 대답했다.

"자발적으로요?"

프랜시스가 물었다. 프랜시스는 평온의 집에 있는 또 다른 직원들을 생각했다. 사랑스럽게 웃으면서 음식을 내오는 요리사, 마법 같은 치유의 손을 가진 잰. 손님들은 갇혀 있고 야오는 마샤의 책상에 의식을 잃고 엎어져 있을 때, 그들은 대체 어디에 있는 걸까?

"모두 주의 깊게 들어줬으면 좋겠어요."

마샤는 프랜시스의 질문을 무시하고 말했다. 마샤가 다시 카메라 앞으로 몸을 이동했기 때문에 야오는 보이지 않았다.

"이제부터 재미있는 게임을 할 거예요. 부처는 전 세계에 끝없는 사랑을 퍼뜨려야 한다고 했어요. 이제부터 할 게임이 중요한 건 바로 그 때문이에요. 이 게임은 사랑에 관한 거예요. 이제 여러분은 서로를 더욱 잘 알게 될 거예요. 나는 이 게임 이름을 이렇게 부를 거예요. 사형 선고!"

마샤는 질문이나 항의가 쏟아지길 기다리는 사람처럼 잔뜩 기대하는 표정으로 아홉 손님들을 봤다. 하지만 아무도 반응하지 않았다.

"이름은 맘에 들어요?"

마샤는 거의 교태를 부리는 것처럼 고개를 숙이고 눈을 치켜들었다.

"마음에 들지 않습니다."

"아, 나폴레옹. 난 당신이 좋아요. 정말 정직한 사람이니까. 그럼 이제 이 게임을 어떻게 해야 하는지 설명해줄게요. 여러분 모두 사형 선고를 받았다고 상상해보는 거예요. 이제 곧 사형이 집행될 거예요. 음, 이게 더 좋은 이름 같은데요. 사형 집행. 맞아요. 이게 더 좋겠어요. 사형 집행이라고 부르기로 해요."

카멜이 흐느껴 울기 시작했다. 프랜시스는 카멜의 팔을 잡았다.

"자, 그럼 사형 집행 게임은 어떻게 하느냐? 설명해줄게요. 사형 선고를 받으면 어떻게 해야 할까요? 자신을 변호해야겠죠, 안 그래요? 관용을 베풀어달라거나 형 집행을 미뤄달라고 부탁해야 하지 않겠어요? 그러니까 누군가가 필요해요. 누구냐면 여러분의……."

마샤가 대답을 독려하듯이 눈썹을 위로 올렸다.

"변호사요."

제시카가 마샤의 말을 마무리했다.

"맞아요!"

마샤가 소리쳤다.

"여러분을 변호할 변호사가 있어야 해요. '이 사람은 죽으면 안 됩니다. 판사님, 이 사람은 좋은 사람입니다. 우리 공동체의 훌륭한 일원으로서 많은 기여를 하는 사람입니다'라고 말해줄 변호사가 있어야 하는 거예요. 내가 무슨 말을 하는지 알겠죠? 여러분 모두가 변호사가 되고 여러분 모두가 의뢰인이 돼야 하는 거예요. 이해할 수 있죠?"

아무도 마샤의 말에 대답하지 않았다.

"그럼 이제 의뢰인을 지정해줄게요. 이름을 불러줄 거예요."

마샤는 종이를 들고 읽어나갔다.

"프랜시스는 라스를 변호하세요. 라스는 벤을 변호하고요."

마샤가 고개를 들어 아홉 명을 봤다.

"듣고 있는 거죠? 한 번만 말해줄 거예요."

"듣고 있습니다."

나폴레옹이 말했다.

"헤더가 프랜시스를 변호하세요. 토니는 카멜을 변호하고 카멜은 조이를, 조이는 제시카를 변호하세요. 제시카는 헤더를 변호하고, 벤은 나폴레옹을 변호하고……."

마샤는 한껏 과장해 숨을 들이마셨다.

"나폴레옹은 토니를 변호하세요. 우와. 이상이에요."

마샤는 고개를 들었다.

"이제 모두 누굴 변호해야 하는지 알겠죠?"

아무도 대답하지 않았다. 그저 말없이 TV 화면만 쳐다봤다.

"토니, 누구를 변호해야 하죠?"

마샤가 물었다.

"카멜."

토니가 덤덤하게 대답했다.

"그리고 조이? 당신은요?"

"제시카를 변호해야 해요. 하지만 무슨 죄를 지었는지도 모르는걸요."

"죄는 상관없어요. 우린 모두 죄를 짓고 사니까요. 내 생각엔 조이도 알 것 같은데요. 무죄인 사람은 아무도 없어요."

"당신은 환각……."

"그래서 당신이 판사가 되겠다는 겁니까, 마샤?"

나폴레옹이 헤더의 말을 막으며 큰 소리로 물었다.

"바로 그거예요. 내가 판사가 될 거예요. 의뢰인을 변호할 시간은 오 분이에요. 긴 시간은 아니지만 충분한 시간이긴 해요. 빤한 소리를 하느라 시간을 낭비하지 말아요. 한 단어 한 단어 모두 쓸모 있는 말만 해야 할 거예요."

마샤가 아홉 사람을 둘러보며 주먹을 쥐어 보였다.

"오늘 밤에 준비하세요. 새벽에 시작할 테니까요. 내 의뢰인이 살아야 하는 이유가 뭔지 반드시 생각해내야 해요."

"누구나 살 권리는 있는 거니까."

토니가 말했다.

"여러분의 의뢰인이 특히 살아야 하는 이유를 생각해야 해요. 낙하산이 딱 하나만 남았다고 생각하는 거예요. 구명보트에 딱 한 자리만 남았다고 생각해봐요! 도대체 왜 다른 사람이 아니라 여러분의 의뢰인이 살아남아야 하는 걸까요? 그걸 생각해보세요."

"그럼 당연히 여자와 아이들이 먼저 살아야겠죠."

"하지만 토니, 모두 같은 성별이라면요? 나이도 같다면, 누가 살아야 할까요? 누가 죽어야 하죠?"

마샤가 물었다.

"그럼 게임 이름을 '마지막 낙하산'이라고 부르면 됩니까?"

그렇게 말하는 라스의 얼굴은 굳어 있었다.

"야오가 혼수상태로 책상에 엎어져 있는 동안 우린 여기 앉아서 철학과 1학년 학생들처럼 윤리적인 딜레마에 대해 토론하면 된다는 거죠? 멋지군요. 끝내주는 변화예요."

"조심해요."

토니가 작은 소리로 말했다.

"이건 중요한 활동이에요!"

고함을 지르는 마샤의 목 힘줄이 분노로 잔뜩 불거졌다. 프랜시스는 속이 메슥거렸다. 프랜시스는 질 게 분명했다. 이런 게임은 원래 잘 못하는 데다 그녀의 의뢰인인 라스가 판사의 분노를 샀으니까.

"한 가지만 설명해주실 수 있을까요, 마샤? 혹시 변호사가 의뢰인을 제대로 변호하지 못했다고 판사님이 결정하면 어떤 일이 생깁니까?"

벤이 달래는 말투로 말했다. 마샤는 깊이 숨을 들이마셨다.

"사형을 집행할 수 없는 건 분명해요. 그건 사업에 좋지 않을 테니까요."

마샤가 유쾌하게 웃었다.

"그럼, 그냥…… 모의재판인 겁니까?"

벤이 다시 물었다.

"이제 그만! 질문은 그 정도면 됐어요!"

마샤가 버럭 고함을 지르자 카멜은 깜짝 놀라 뒤로 물러나면서 프랜시스의 발가락을 세게 밟았다.

"이건 완전히 미친……."

헤더가 입을 열자마자 나폴레옹이 헤더의 팔을 세게 움켜잡았다.

"우리 모두 변호사가 될 겁니다. 이 게임은 아주…… 흥미진진할 겁니다!"

나폴레옹의 말에 마샤는 우아하게 고개를 끄덕였다.

"좋아요. 나폴레옹은 변하고 있군요. 정말로 변하고 있어요. 이제 깨달음을 위한 활동을 할 수 있게 불을 켜줘야겠군요."

마샤가 손을 뻗자 전등이 켜졌고 사람들은 눈이 부신 듯 눈을 깜박이면서 서로의 얼굴을 봤다.

"우리가 의뢰인을 변호하면 내보내주는 거예요?"

카멜이 눈을 비비면서 쉰 목소리로 물었다.

"그건 틀린 질문이에요, 카멜. 오직 당신만이 당신에게 자유를 줄 수 있어요. 이 세상에 영원한 건 없어요. 행복에도 고통에도 집착하지 말아요."

"이젠 정말 집에 가고 싶어요."

카멜의 말에 마샤가 딱하다는 듯 혀를 찼다.

"영혼이 깨어나는 건 정말로 힘든 일이죠, 카멜."

프랜시스가 손을 들었다.

"펜이 필요해요. 적지 못하면 변호할 말을 준비할 수 없어요. 쓸 걸 아무것도 안 가져왔어요."

프랜시스가 운동복 바지 주머니를 두드리면서 말했다. 마샤는 프랜시스의 말을 못 들은 체했다.

"자, 그럼 행운을 빌어요. 동이 트면 돌아올게요. 의뢰인에게 올바른 질문을 하고 마음으로 들으세요. 왜 여러분이 모두 살아남아야 하는지, 날 설득해주세요."

마샤는 야오가 잠든 아기인 양 다정하게 보더니 그의 머리를 토닥이다가 다시 고개를 돌렸다.

"오늘 해야 할 일을 최선을 다해 하라. 내일 죽음이 찾아올지 누가 아는가. 부처의 말이에요. 나마스테."

마샤는 두 손을 합장하고 고개를 숙였다.

. 63 .

라스

평온의 집 손님들은 명상실 한가운데 웅크리고 서서 작은 목소리로 속삭이고 있었다. 모두 고개를 숙이고 있는 것이 매섭게 추운 날 사무실에서 밖으로 나가 담배를 피워야 하는 흡연자들 같았다. 라스는 사람들의 시큼한 땀 냄새와 퀴퀴한 입 냄새를 맡을 수 있었다.

벤과 제시카는 손을 잡고 있었고, 카멜과 프랜시스는 손톱을 물어뜯고 있었다. 토니는 신경질적으로 아랫입술을 잡아당기고 있었고, 조이는 배를 주무르면서 발을 내려다 보고 있었다. 헤더와 나폴레옹은 딸을 보고 있었다.

"야오는 괜찮을 것 같아요. 그렇죠? 하지만 딜라일라는 어떻게 된 걸까요? 마샤는 다른 사람을 해칠 리가 없어요. 자기가 치료사라고 생각하잖아요."

라스는 프랜시스가 스스로 안심하려고 그런 말을 한다는 사실을 알았다. 지하에 있는 시간이 길어질수록 프랜시스는 계속 자신을 벗겨나갔다. 빨간 립스틱은 사라져버렸고 1995년쯤에 유행했던 탱탱하고 불룩한 금발은 기름에 절어 이마에 찰싹 달라붙어 있었다. 라스는 프랜시스가 좋았지만 사형수로서 변호사를 선임할 수 있다면 결코 그녀를 선택하진 않을 것이다. 그렇다고 누구를 변호사로 선택해야 할지 알 수 없었다. 더구나 변호사가 누구인지가 중요한

지도 알 수 없었다.

"어쨌거나 우리가 이 미친 짓에 동참하고 있다는 인상만 심어주면 될 것 같습니다."

라스가 말했다.

"나도 그렇게 생각합니다. 일단 장단을 맞춰주면서 어떻게든 빠져나갈 방법을 찾는 게 좋겠습니다."

나폴레옹이 말했다.

"난 마샤를 믿어요. 이 과정을 믿어요. 난 변하고 있다고 생각해요."

카멜이 손을 내두르면서 말했다.

"내가 당신을 변호해야 하고요. 그러니까 대화를 해야 해요. 정말, 나한텐 펜이 필요해요."

프랜시스가 불안한 얼굴로 라스에게 말했다.

"난 당신을 변호해야 하잖아요, 프랜시스. 이 괴상한…… 게임에서요. 그러니까 우리도 얘기를 해야 해요."

헤더가 한숨을 내쉬며 말했다.

"맞아요. 그래야죠. 하지만 내 의뢰인과 먼저 얘기를 해볼래요."

프랜시스의 숨이 가빠졌다. 프랜시스는 진정하려고 가슴을 손으로 세게 눌렀다. 라스는 그런 프랜시스를 보며 웃었다. 프랜시스는 가벼운 게임을 할 때도 생사가 달린 듯한 사랑스러운 진지함과 서툰 재능을 갖고 임할 사람처럼 보였다. 그러니 지금처럼 생사가 달린 게임(진짜일 리가 없지만!)엔 과호흡 상태에 빠지는 것이다.

"그럼 얘기를 해보죠, 프랜시스. 그 뒤에 헤더에게 당신이 살아야 하는 이유를 확신시켜주세요."

라스가 프랜시스를 달래며 말했다.

"정말로 황당한 일이에요."

프랜시스와 라스가 무리에서 빠져나갈 때 헤더가 말했다. 두 사람은 명상실 구석으로 갔다.

"좋아요."

프랜시스가 라스 앞에 양반다리를 하고 앉았다.

"당신의 모든 걸 말해봐요. 인생, 인간관계, 가족, 모두요."

"마샤에게 내가 자선활동가라고 말해주세요. 공동체를 위해 많은 일을 하고 있거든요. 봉사활동도 하고……."

"정말요?"

"당신은 소설을 쓰잖아요. 그냥 얘기를 만들어내면 되죠."

"저 여자는 미쳤는지도 몰라요. 하지만 거짓말은 2킬로미터 밖에서도 감지할 거예요. 우린 이 게임을 해야 할 뿐 아니라 정확하게 해야 해요. 당신은 모든 걸 말해줘야 해요, 라스. 지금 당장요. 농담 아니에요."

라스는 신음소리를 냈다. 그는 손가락으로 머리칼을 쓸어내렸다.

"난 여자들을 돕습니다. 이혼 소송에서 오직 여자만 변호해요."

"왜요?"

"제 고객은 모두 입소문으로 절 알게 된 사람들입니다. 모두 서로를 아는, 같이 테니스를 치는 여자들이죠."

"그러니까 부자 여자들만 변호한다는 거예요?"

"사랑 때문에 그런 건 아닙니다. 돈도 이미 많고요. 그저 특정 유형의 남자들이 자기가 저지른 죄의 대가를 치르게 하려는 것뿐이죠."

"사귀는 사람이 있어요?"

"네, 있습니다. 십오 년 동안 함께 있었죠. 이름은 레이입니다. 레이는 내가 사형 선고를 받는 걸 좋아하지 않을 거예요."

라스는 갑자기 레이가 너무나도 보고 싶었고 너무나도 집으로 돌아가고 싶었다. 집에서 음악을 듣고 구운 마늘을 먹고 일요일 아침을 즐기고 싶었다. 이제 건강휴양지에는 다신 가지 않을 것이다. 이곳을 나가자마자 레이와 함께 유럽으로 미식여행을 떠날 것이다. 레이는 지나치게 살이 빠지고 있다. 얼굴에서 눈만 보일 정도였다. 레이는 자전거에 집착했다. 시드니 언덕을 빠르게, 점점 더 빠르게 달리면서 엔도르핀이 몸 밖으로 범람해나가기를, 자신이 받는 것보다 주는 게 훨씬 많다는 사실을 잊으려 애썼다.

"아주 좋은 사람입니다."

라스는 갑자기 눈물이 날 것 같았다. 자신이 죽으면 레이를 진심으로 사랑하고 레이가 받아 마땅한 사랑을 줄 누군가가 나타나리라는 생각을 하니, 눈물이 날 것만 같았다.

"가엾은 레이."

라스의 생각을 알기라도 하는 것처럼 프랜시스가 중얼거렸다.

"왜 그런 말을 하는 거죠?"

"아, 그냥 당신은 너무 잘생겼잖아요. 젊었을 때 나도 아주 잘생긴 남자랑 사랑에 빠진 적이 있는데, 끔찍했어요. 당신은 너무…… 말이 안 되잖아요."

"모욕적인데요."

사람들이 라스처럼 생긴 남자에게 갖는 선입견은 너무 많았다. 사람들은 정말 너무 몰랐다.

"맞아요. 맞는 말이에요. 내가 한 말은 잊어버려요. 그럼, 음……

아이는 없고요?"

"네, 없습니다. 레이는 원하지만 내가 원하지 않습니다."

라스는 지난달 레이의 서른다섯 번째 생일 때 레이의 어머니가 한 말을 생각했다. 언제나처럼 '좀 양이 많은 샴페인 한 잔'을 마신, 그러니까 샴페인 두 잔을 마신 레이의 어머니는 말했다.

"우리 아들한테 아기를 갖게 해주면 안 될까, 라스? 그냥 작은 아기 한 명 말이야. 넌 손 하나 까딱할 필요 없을 거야. 내가 약속할게."

프랜시스가 또 다른 질문을 했다.

"환각치료로 인생을 새롭게 바라보게 된 통찰력을 얻었어요? 마샤는 그런 얘기를 듣고 싶어 할 거예요."

라스는 지난밤을 생각했다. 경이로운 부분도 몇 군데는 있었다. 한 번은 헤드폰으로 들리는 음악이 무지갯빛 파동으로 보이기도 했다. 마샤와 얘기도 나눴지만 특별히 통찰력을 얻은 것 같진 않았다. 라스는 마샤에게 음악이 띤 색을 길게 묘사했는데, 마샤가 몹시 지루해한다는 느낌을 받았다. 라스는 감동적이고 시적으로 얘기를 했기 때문에 그런 마샤의 태도에서 모욕을 느꼈다.

지난밤에 라스 앞에 나타난 소년에 관해서는 말하지 않았다. 마샤는 그런 얘기를 좋아했을 텐데. 얼굴이 더러운 그 검은 머리 아이가 자꾸 나타나는 이유는, 심리상담가라면 신이 나서 이끌어내고 싶어 하는 아동기의 트라우마를 떠오르게 하려는 것임을 라스는 잘 알았다.

하지만 라스는 어린 라스와 함께 가기를 거부했다.

"지금은 바빠."

해변에 누워 화려한 색의 음악을 즐기면서 라스는 어린 라스에게 말했다.

"다른 사람한테 가봐."

내 무의식이 말하고 싶어 하는 얘기에는 관심 없어. 고맙지만 사양할게.

딜라일라와도 얘기를 했는데, 그때는 치료를 받고 있다기보다는 수다를 떨고 있다는 느낌이 들었다. 정말로 해변에 앉아서 수다를 떠는 것처럼 바다 냄새도 맡을 수 있었다. 딜라일라는 말했다.

"라스, 당신은 나랑 비슷해요. 관심도 없는 거 맞죠? 신경도 안 쓸 거예요."

그때 딜라일라가 손에 담배를 들고 있었던가? 아니, 그럴 리는 없었다.

"그게 무슨 말입니까?"

라스가 나른하게 물었다.

"무슨 뜻인지 알잖아요."

딜라일라는 라스를 라스 자신보다 훨씬 더 잘 안다는 듯 확신을 갖고 말했다.

프랜시스가 살짝 주먹 쥔 손으로 자기 광대뼈를 빠른 속도로 치고 있었다.

"그러지 말아요."

라스가 말리자 프랜시스는 손을 내려놓았다.

"다른 사람을 변호해본 적이 없어요."

"여긴 법정이 아닙니다. 우스운 게임을 하고 있을 뿐이죠."

라스는 임신을 했다고 믿는 제시카를 봤다.

"프랜시스, 마샤에게 나와 레이가 아기를 가질 계획이라고 말하세요."

"거짓말은 할 수 없어요."

프랜시스는 라스에게 화가 난 게 분명했다. 프랜시스의 얼굴을 보니 라스에게 짜증이 났거나 실망했을 때 레이가 보이는 표정이 생각났다. 앙다문 입술, 체념으로 축 처진 어깨, 실망한 눈.

라스는 문득 지난밤에 본 소년이 누군지 깨달았다. 그 소년은 어린 라스가 아니었다. 그 아이의 눈동자는 적갈색이었다. 그건 레이의 눈이었다. 레이와 레이의 여동생, 레이의 어머니의 눈이었다. 놀라운 사랑과 믿음과 충성심을 담고 있어서 라스로 하여금 눈을 감고 싶게 만드는 눈이었다.

"마샤에게 나한테 사형을 선고한다면 잘못된 판결이니 내가 소송을 걸 거라고 말하세요. 그 소송은 내가 이길 겁니다. 장담하지만 내가 이깁니다."

"뭐라고요? 그건 말이 되지 않아요."

"어차피 말이 되는 건 없습니다. 아무것도요."

라스의 눈앞에 다시 검은 머리에 적갈색 눈을 가진 소년이 나타나 라스의 손을 잡아당겼다.

"보여줄 게 있다니까."

소년이 말했다.

. 64 .

제시카

제시카와 조이는 필라테스 수업에 참가한 사람들처럼 요가 매트 위에 양반다리를 하고 마주 앉았다. 당장 필라테스 수업을 받을 수 있다면 제시카는 무엇이든 내줄 수 있을 것 같았다. 복권에 당첨되기 전에 동네 엄마들과 함께 더러운 주민센터에서 하던 필라테스 수업이라도 상관없었다.

"이거, 심각한 상황인가요? 난 잘 모르겠어요."

조이는 재빨리 엄마 아빠를 보더니 다시 제시카를 봤다. 제시카는 전혀 손대지 않은 조이의 눈썹이 아주 예쁘다는 사실을 알아챌 수밖에 없었다.

"마샤라면, 음, 진짜 뭐든지 할 수 있을 것 같아요. 아주 불안정해 보였어요."

제시카는 호흡을 가다듬으려고 애썼다. 놀이기구를 타면 느끼는 메스꺼움처럼 두려움이 계속해서 솟구치다가 정점에 도달하면 희미해졌다.

"사람을 죽이거나 하진 않겠죠?"

자기가 농담을 하고 있다는 걸 보여주려는 사람처럼 조이는 살짝 신경질적으로 웃었다.

"당연하죠."

그렇게 대답은 했지만 제시카는 확신할 수 없었다. 그 여자가 못할 게 뭐가 있을까? 사람들에게 동의도 구하지 않고 마약을 먹였고, 야오와 딜라일라도 사실 어떻게 됐는지 아무도 모르잖아?

"아마도, 생각하게 만드는 훈련이겠죠. 바보 같은 훈련이에요."

"엄마가 마샤를 자극할까봐 걱정이에요."

조이가 재빨리 엄마를 보면서 말했다.

"걱정하지 마요. 내가 어머니를 잘 변호해드릴 테니까. 어머니는 조산원이잖아요. 새로운 생명이 이 세상에 오는 걸 돕는 분이잖아요. 게다가 난 토론대회에 나간 적도 있어요. 첫 번째 토론자로요."

성적표의 교사 의견란에 가장 많이 적히는 글이 바로 "제시카는 성실한 학생입니다"였다.

"나도 당신을 잘 변호해줄게요."

조이 역시 성실한 학생임을 드러내듯이 등을 쭉 펴면서 말했다.

"내 생각엔 임신한 사실을 말해야 할 것 같아요. 임신한 여자를 죽일 순 없잖아요. 그거, 무슨 전통에 어긋나는 거 맞죠?"

"아마도요."

제시카는 의심스럽다는 듯이 말했다. 어째서 이렇게 확신이 들지 않는 걸까? 아직 임신이 확정된 게 아니기 때문에? 임신했다는 걸 이용해먹는 듯한 기분이 들어서? 내가 살아야 하는 이유는 아이가 살아야 하기 때문이란 것 말고는 없단 말이야? 임신을 안 했다면 제시카가 살아야 하는 이유는 뭘까? 정말로 살고 싶어 하기 때문에? 지금은 서로 화가 난 상태지만 여동생이 제시카를 사랑하기 때문에? 인스타그램 친구들이 "제시카 덕분에 행복해요!"라고 말해주기 때문에? 제시카가 연봉으로 받던 것보다 훨씬 많은 돈을 기부했기 때문에?

"복권에 당첨됐을 때 우린, 음, 뭐랄까, 이기적이 되지 않도록 노력했어요. 그래서 사람들에게 나눠주고 기부도 한 거예요."

제시카는 손가락으로 머리칼을 빗으면서 목소리를 낮춰 말했다.

"하지만 그 돈을 모두 주진 않았어요."

"그래야 한다고 생각하는 사람은 아무도 없을 거예요. 복권에 당첨된 건 두 사람이잖아요."

"지난 삶에서 그리운 건 하나예요. 우리가 좋은 사람인지 아닌지를 생각할 필요가 없었다는 거요. 우리한테는 좋은 사람이 될 시간이 없었으니까. 근근이 살아가기도 벅찼거든요. 그런 삶이 훨씬 쉬웠어요."

제시카는 문득 얼굴을 찌푸렸다.

"내가 불평을 하고 있다는 생각은 말아줬음 좋겠어요. 맹세하는데, 그건 아니에요."

"복권에 당첨된 사람들이 흥청망청 돈을 쓰고 사람들하고는 완전히 틀어지고 많은 걸 잃은 뒤에 결국 정부 보조금을 받으면서 살아가는 경우가 많다는 얘기를 읽은 적이 있어요."

"알아요. 우리가 복권에 당첨됐을 때 나도 조사를 많이 했어요. 그래서, 음, 어떤 위험에 처할 수 있는지 잘 알아요."

"당신은 잘할 거예요."

"고마워요."

제시카는 진심으로 고마웠다. 가끔은 복권 당첨금을 잘 쓰고 있다는 걸 인정해줄 사람이 절실하게 필요할 때가 있었다.

제시카는 바르게 행동하는 복권 당첨자가 되려고 노력했다. 적절한 곳에 투자를 했고 적당히 나눠줬고 세무사를 고용했다. 고상한 사람들이 프랑스산 샴페인을 마시면서 경매에 나온 뭔지도 모르는 물건을 사들이는 데 터무니없는 돈을 쓰는 자선 파티에 참석하기도 했다. "좋은 목적으로 모이신 신사 숙녀 여러분!"이라는 말이 나오면 벤은 나비넥타이를 잡아당기면서 "저 망할 인간들은 뭐 하는 작자들이야?"라고 했는데.

자선 파티에서 좀 더 많은 돈을 써야 했을까? 아니면 좀 덜 써야 했을까? 그런 곳엔 가지 말아야 했을까? 그냥 수표를 보내는 게 옳았을까? 도대체 어떤 사람이었어야 살아도 될 좋은 사람이라고 인정받을 수 있을까? 복권에 당첨되기 전이었다면 조이는 마샤에게 무슨 말을 할 수 있을까? 박쥐 똥처럼 따분한 직장에서 열심히 일했다는 사실이 살아야 할 이유가 될 수 있을까? 일등석은커녕 비즈니스석에도 타본 적 없는 삶은 대체 어떤 삶이라고 묘사해야 하는 거지?

이젠 돈이 제시카를 규정했다. 돈이 없을 때의 제시카는 어떤 사람이었는지, 이젠 알 수 없었다.

"벤은 차를 사는 것 말곤 어떤 결정도 안 하고 싶어 했어요. 예전과 다름없이 살고 싶어 했죠. 당연히 그럴 수 없는데도 말이에요."

제시카는 자기 입술을 어루만지고 객관적으로 봤을 때 아름다운 게 당연한 가슴을 내려다봤다. 이런 모습이 아니라면 변호하기가 더 쉬울까? 몸에 돈을 너무 많이 들이지 않았다면?

"왜 그 끔찍한 카다시안 자매들처럼 보이고 싶어 하니?"

엄마는 언젠가 그렇게 물었다.

왜냐고? 그거야 카다시안 자매가 엄청나게 멋있어 보였으니까.

돈이 생기기 전에 벤은 끝내주는 차를 보면 침을 질질 흘렸고, 제시카는 모델이나 스타의 사진을 보면 침을 흘렸다. 포토샵을 한 몸매일 수도 있었지만 상관없었다. 그리고 벤은 차를 갖게 됐고 제시카는 그 몸을 갖게 됐다. 벤이 새로 산 차보다 제시카가 새로 가진 몸이 더 얄팍하다고 생각해야 하는 이유가 도대체 뭘까?

"미안해요."

제시카는 조이의 오빠가 자살했다는 사실을 기억해냈다. 어쩌면 조이는 제시카보다 얄팍한 사람은 못 만나봤을지도 모른다.

"내가 말한 거, 날 변호하는 데 전혀 도움이 안 되겠죠?"

제시카의 말에 조이는 웃음기 없는 눈으로 제시카를 똑바로 봤다.

"걱정하지 말아요. 내가 잘해낼 수 있으니까."

조이는 고개를 들어 마샤의 얼굴이 빛나던 TV를 쳐다봤다.

"다음엔 무슨 일이 일어날까요? 이 바보 같은 게임을 다 한 뒤에는요."

"모르겠어요. 무슨 일이든 일어날 수 있을 것 같아요."

제시카가 대답했다.

. 65 .

마샤

마샤는 라벤더 룸에서 쿠션을 가져왔다. 머리를 들어 쿠션으로 받쳐줄 때도 야오는 아무 소리도 내지 않았다. 파르르 떨리는 눈은 완전히 감기진 않아서 흰자위가 살짝 보였다.

마샤는 자고 있는 아주 작은 몸에 담요를 덮어주던 기억을 떠올렸다. 그 기억은 다른 사람의 기억처럼 느껴졌지만 마샤의 기억이었다. 그 기억엔 어떠한 질감도 냄새도 색도 없었다. 그 기억은 마치 건물 주위에 설치한 CCTV에 찍힌 화면처럼 느껴졌다.

아니, 그런 느낌은 옳지 않았다. 마샤가 선택만 한다면 그 기억에는 색도 질감도 입힐 수 있었다. 담요는 노란색이었다. 노 모어 티어스 샴푸 냄새도 났다. 천장에 매달아 천천히 돌아가는 장난감 모빌에서는 브람스의 〈자장가〉가 짤랑짤랑 울리고 있었다. 마샤의 손끝에는 따뜻하고 부드러운 피부가 만져졌다.

하지만 마샤는 지금은 그 기억을 떠올리지 않기로 결정했다. 컴퓨터도 껐다. 마샤는 손님들에게서 벗어나 쉴 필요가 있었다. 그들의 날카로운 목소리는 손톱으로 칠판을 긁는 소리처럼 듣기 괴로웠다.

야오에게 놓은 진정제는, 스무디에 나쁜 반응을 보여 다른 사람이나 본인 스스로에게 난폭해지거나 불안해하는 손님에게 사용하려고 준비해둔 것이었다. 몇 시간 푹 자면 야오는 괜찮아질 것이다.

마샤와 딜라일라에게 긴급 상황에서 주사를 놓는 법을 가르쳐준 사람은 야오 자신이었다. 이 시점에서 야오가 확신을 잃으면 심각한 문제가 생길 수밖에 없었다. 그러니 중요한 문제를 결정하는 과정에서 잠시 벗어나 있을 필요가 있었다.

마샤는 빨리 조치를 취해야 했고, 당연히 빠르게 조치를 취했다. 회사에서 무능한 직원을 내보내야 할 때나 전체 부서를 없애야 할 때 그랬던 것처럼 말이다. 변화가 필요한 순간에 재빨리 결정하고 결정한 내용을 실행하는 능력은 직장생활을 하는 내내 마샤가 발휘했던 엄청난 강점 가운데 하나였다. 기민함. 그것이 마샤의 특징이었다. 마샤는 은유적으로도 문자 그대로도 민첩하고 명민했다.

하지만 야오가 자고 있으니 이상하게도 외롭다는 기분이 들었다. 야오가 그리웠다. 딜라일라도 그리웠다. 야오와 딜라일라가 없으니 그녀의 행동을 보여줄 사람도, 그녀를 설명할 사람도, 그녀에게 가르침을 줄 사람도 없었다. 이상한 일이었다. 마샤는 인생의 대부분을 혼자 살았다. 평온의 집을 보수하고 프로그램을 짜고 다듬으면서 보내는 동안 마샤는 몇 달이나 사람 구경을 못했지만 아무렇지도 않았다. 하지만 요새는 혼자 있는 경우가 거의 없었다. 마샤의 집에는 늘 사람들이 있었다. 손님이 있었고 직원이 있었다. 사람에게 의존하다니, 그건 나약함을 뜻했다. 마샤가 해결해야 할 나약함이었다. 마샤는 아직도 진행 중인 작품이었다.

이건 전적으로 손님들을 위한 가상 게임이지만 당연히 손님들은 두려워해야 했다. 하지만 그들은 마샤가 원한 두려움을 충분히 드러내지 않았다. 냉소적이었고 의심했다. 무례하고 고마움을 몰랐으며, 솔직히 말해서 너무 멍청했다.

마약은 결코 싸지 않았다. 하지만 마샤는 이윤을 남기지 않고 손님들에게 약을 제공했다. 손님들의 이득을 위해 자신의 이득을 포기했다. 사랑스러운 야오는 손님들에게 맞는 복용량을 계산하느라 정말로 고생을 했다. 정확히 필요한 양을 결정하느라 많은 밤을 늦게까지 자지 못하고 일했다!

새로운 프로그램은 마샤의 경력에 중요했다. 이제 마샤는 좀 더 큰 세상으로 들어갈 준비가 끝났다. 마샤는 회사생활을 하면서 즐겼던 대중의 인지도가 그리웠다. 잡지에 기사가 실리고 대중에게 강연을 해주던 시절이 그리웠다. 잡지에 나고 간담회를 하고 대공연장에서 연설을 하고 싶었다. 이미 출판사와 접촉도 하고 있다. 마샤가 제안한 출간 기획은 긍정적인 답을 받았다. '깨달음과 변화는 오랫동안 대중이 관심을 가져온 주제'라며 진행 상황을 계속 알려달라고 한 편집자도 있었다.

마샤는 자신이 어떤 식으로 새로 태어났는지를 예전 동료들이 보게 되리라는 생각에 즐거웠다. 그들은 처음엔 마샤를 알아보지 못할 것이다. 마샤를 알아본 뒤로는 경외심을 느끼고 부러워할 것이다. 마샤는 극심한 생존 경쟁에서 벗어나 엄청난 일을 이룩했다. 잡지와 TV에서 수많은 인터뷰 요청이 들어올 것이다. 홍보를 맡을 사람도 따로 고용할 것이다. 감사의 글에서는 야오를 언급할 것이고, 순회 강연으로 바쁠 땐 평온의 집을 책임지고 관리할 수 있도록 승진도 시켜줄 것이다.

빛나는 미래가 눈앞에 놓여 있는데, 고마움을 모르는 멍청이들이 그 길에 훼방을 놓다니! 저들의 성공이 알려지면 일 년치 대기자 명단을 받게 될 것이다. 당연히 요금도 인상해야 할 것이다. 이 믿을 수 없는 프로그램을 헐값에 진행하고 있는데도 하는 짓이라곤 투덜대는 것밖에 없다니! 저 사람들은 자신이 배가 고프다고 생각한다. 배고픔이라니! 진짜 배고프다는 게 뭔지도 모르면서. 고작 오 분만 줄을 서면 음식을 마음껏 살 수 있는 곳에 사는 사람들이?

마샤는 다시 컴퓨터 화면을 켤까 생각했지만 지금은 손님들을 보고 싶지 않았다. 그들에게 화가 났다. 헤더 마르코니는 무례하기까지 했다. 마샤는 그 여자가 싫었다.

마샤는 책상 맨 위 서랍에서 열쇠를 꺼내 책상 가장 아래 서랍을 열었다. 마샤는 서랍 안에 든 물건을 물끄러미 봤다. 입에 침이 고였다. 급하게 몸을 숙여 도리토스 한 봉지와 살사소스 한 병을 꺼냈다. 통통하고 부드러운 도리토스 봉지는 마샤의 손에서 바스락 소리를 냈다.

마샤는 열여섯 시간을 일하고 밤늦게 돌아와 어두운 방 TV 앞에 앉아 아무 생각 없이 도리토스를 먹던 여자를 알고 있었다. 도리토스와 살사소스가 마샤의 저녁밥이었다. 그때 마샤는 몸매 따윈 상관이 없었다. 몸은 마샤에게 아무 의미가 없었다. 살이 쪘다는 사실을 인지할 때마다 좀 더 큰 옷을 사면 그뿐이었다. 마샤에게 중요한 건 오직 일이었다. 마샤는 담배를 피웠고 운동은 하지 않았다. 그리고 의사가 늘 말하던 대로 심장마비나 뇌졸중이 오길 기다리고 있었다.

마샤는 도리토스 봉지를 열고 그 안에 든 가짜 치즈와 소금 냄새를 맡았다. 입안이 침으로 흥건해졌다. 자기혐오로 위장은 미칠 듯이 꼬였다. 이런 타락하고 역겹고 탐욕스러운 행동을 마지막으로 했던 게 벌써 일 년도 전의 일이었다. 그때 마샤가 도리토스를 먹은 건 모두 한 손님 때문이었다.

　트립어드바이저에 별 하나짜리 평가를 남긴 그 남자는 평온의 집에 관해 거짓말을 늘어놓았다. 침대에는 벼룩이 있다며 벼룩 사진까지 올렸다. 당연히 평온의 집 침대에는 벼룩이 없었다. 그 남자가 거짓말을 늘어놓은 이유는 그가 떠나는 날 마샤가 앞으로 생활 습관을 고치지 않는다면 심장마비나 뇌졸중이 올 거라고 말했기 때문이다. 마샤는 그 남자가 과거의 마샤와 똑같은 사람임을 알아봤다. 문제는 마샤가 그 남자에게 뚱뚱하다고 말해서 기분이 상했다는 거였다. 하지만 그 남자는 정말 '뚱뚱'했다. 그게 그렇게 놀랄 일인가? 애초에 뚱뚱하지 않았다면 이곳에 오지도 않았을 거면서?

　혀 위에 도리토스를 올리자 마샤의 온몸이 그에 반응했다. 도리토스가 어느 정도의 열량을 공급할지, 그 열량을 소모하려면 얼마나 많은 운동을 해야 하는지 마샤는 잘 알았다(하지만 토하는 방법도 있었다). 마샤는 도리토스를 씹으며 손목을 세게 돌려 단번에 살사소스 병을 열었다. 마샤의 팔이 약한 존재였을 때는 병을 여는 게 힘들었다. 그 우울하고 뚱뚱한 여자는 TV 앞에서 욕을 해대며 뚜껑을 느슨하게 만들어보겠다고 뚜껑 사이로 숟가락을 밀어넣곤 했다.

　그보다 전의 인생에서는 병뚜껑을 열어줄 남자가 있었다. 마치 하인에게 하듯이 날카로운 목소리로 명령을 내리면 그 남자는 병뚜껑을 열어주고 웃으면서 마샤를 만졌다. 그는 언제나 마샤를 만졌다. 오랫동안, 몇 년이나 남자는 하루도 빠짐없이 마샤를 만졌다. 하지만 그 마샤는 이제 다른 사람이었다. 누군가가 사랑하는 손길로 마샤를 만져준 건 벌써 수십 년 전 일이다.

　마샤는 아까 자신을 만졌던 야오의 손을 생각했다. 마샤는 도리토스를 또 하나 꺼내고 번들거리는 붉은 살사소스를 한 숟가락 떠냈다. 야오가 아기처럼 작은 소리를 냈다. 붉은 뺨의 야오는 열병에 걸린 아기처럼 보였다. 야오의 이마를 짚어봤다. 열이 있는 것 같았다. 마샤는 점점 더 빠른 속도로 도리토스를 먹었다. 책상 위로, 드레스 위로 노란 가루가 우수수 떨어지는 동안 마샤는 오래전에 끝난 옛 인생의 마지막 날을 기억할 수 있는 자유를 자신에게 허락했다.

그날은 일요일이었다. 전남편은 느긋한 오스트레일리아 사람이 되려고 외출하고 없었다. 오스트레일리아 사람들은 그게 아주 좋은 특성이라도 되는 양 자신을 수식하는 말로 '느긋한'을 즐겨 썼다. 전남편은 페인트가 든 공을 서로에게 던지는 놀이를 하자는 직장 동료의 초청을 받아들였다. 그 놀이는 분명히 재미있고 웃을 일이 많을 거라고 했다. 마구 뛰어다니면서 서로 공을 던지다니, 정말이지 느긋한 소리로 들렸다.

다른 아내들은 모두 남편과 함께 갔지만 마샤는 아기와 함께 집에 남았다. 다른 아내들과 공통점이 없는 데다 그녀들이 입고 오는 끔찍한 옷을 보면 마샤는 우울해졌고 러시아가 그리워졌다. 마샤는 일하는 엄마였다. 해야 할 일이 있었다. 마샤는 함께 일하는 회사 내 모든 남자보다 열 배는 더 똑똑했지만, 마샤가 받아 마땅한 인정을 받으려면 그들보다 열 배는 더 열심히 일해야 했다.

마샤는 키가 너무 컸다. 마샤는 동료들보다 훨씬 더 영어를 잘했으나 그들은 마샤를 이해하지 못했다. 마샤는 동료들이 하는 농담을 알아들을 수 없어 제때 웃지 못했고 그들도 마샤의 농담을 알아듣지 못했다. 마샤가 재미있고 교묘하고 영리한 농담을 할 때면 그들은 당혹스러운 표정으로 마샤를 쳐다봤다.

러시아에서는 친구가 많았지만 오스트레일리아에서는 이상하게 수줍음을 많이 탔다. 러시아에서는 내성적이라는 말을 들어보지 못한 마샤였기에 오스트레일리아에서 듣는 평판은 그녀를 분개하게 만들었다. 비웃음을 받고 싶지 않아 잔뜩 긴장하고 있었기 때문에 마샤는 언제나 오해를 하거나 오해를 받을 가능성이 있었다. 그녀의 남편은 그런 일이 일어나도 신경 쓰지 않았다. 그저 재미있다고 생각했다. 오스트레일리아 사회에서 지켜야 하는 규칙을 잘 모를 때도 두려움 없이 그 속으로 풍덩 뛰어들었고, 사람들은 그런 남편을 사랑했다. 마샤도 그런 남편이 자랑스러웠지만 질투가 나기도 했다.

한 번은 상사가 마샤와 그녀의 남편을 파티에 초대했다. 마샤는 아주 멋지고 섹시하게 하이힐을 신고 드레스를 입었다. 하지만 마샤를 뺀 나머지 여자들은 모두 청바지를 입고 왔다. 그 파티는 '각자 음식을 갖고 오는' 파티였다. 마샤는 확신에 차서 말했다.

"아니, 절대 그럴 리 없어. 오스트레일리아식 농담이겠지. 재미있진 않지만 농담일 게 분명한데 정말로 음식을 가져간다고?"

하지만 청바지를 입은 여자들은 모두 비닐 쇼핑백을 어깨에 메고 왔다. 쇼핑백에는 조리하지 않은 음식이 담겨 있었다. 그것도 모두 2인분씩만 가져왔다. 스테이크 두 개, 소시지 네 개. 마샤는 눈으로 보고도 믿을 수가 없었다.

마샤의 남편이 재빨리 나섰고, 이마를 손으로 탁 치면서 말했다.

"이런, 음식을 집에 놓고 왔군요."

"걱정 없습니다. 음식을 넉넉하게 준비했으니까요."

직장 상사인 집주인이 말했다. 그는 관대하게도 초대한 손님들이 먹을 고기를 조금 준비해뒀다.

　마샤 부부가 집으로 들어가자 남자와 여자들은 서로 말을 하는 것이 금지된 사람들처럼 두 무리로 갈라졌다. 남자들은 몇 시간이나 익히고 있는 것 같은 바비큐 옆에 모여 있었고 음식은 먹을 수 있는 상태가 아니었고 의자는 없었다. 사람들은 아무 곳에나 앉았다. 옹벽에 앉은 여자도 세 명이나 있었다.

　그날 이후 마샤는 다시는 시드니에서 열리는 파티엔 가지 않기로 했다. 도대체가 의미 없는 활동이었다. 그녀에겐 11개월 된 아기가 있었고 직장이 있었고 남편이 있었다. 마샤의 인생은 너무나도 바빴고 만족스러웠고 정말로 행복했다. 그 어느 때보다 훨씬 행복했다. 그 행복은 마샤의 아기가 아름다움도 지능도 다른 아이들보다 월등히 뛰어나다는 사실이 분명해졌을 때 더욱 커졌다. 그건 엄마의 자부심이 아니었다. 객관적인 사실임을 남편도 인정했다.

　가끔 마샤는 햇빛을 받아 금발을 반짝이며(아기들도 나이 든 남자처럼 대머리인 경우가 많았다) 유모차에 우아하고 꼿꼿하게 앉아 그 커다란 초록색 눈으로 세상을 구경하는 자신의 아기를 다른 엄마들이 볼 때면 미안해졌다. 세상에서 재미있는 일을 발견할 때면(세상을 즐거워하는 재주는 아빠에게서 받았다) 그녀의 아기는 멀리서도 들을 수 있을 만큼 배 속에서 솟구쳐 나오는 웃음을 터뜨렸고, 그럴 때면 마샤는 주위에 있는 사람들과 예의상 짓는 미소가 아니라 진심으로 웃는 웃음을 주고받았다. 그럴 때면 마샤는 전혀 혼자가 아니었다. 마샤는 아기와 함께 밖으로 나온 엄마, 진정한 시드니 사람이었다.

　그날, 아기가 깼을 때 마샤는 거의 일을 끝낸 참이었다. 아기는 이제 잠에서 깼다고 울지는 않았다. 그저 자기 목소리를 갖고 노는

것처럼 "아아아아" 하는 노래 같은 소리를 냈다. 목소리를 높였다
가 낮췄다가, 계속해서 목소리를 갖고 놀았다. 아기의 목소리에도
가스레인지에서 냄비를 저으며 노래를 부르는 남편의 목소리처럼
행복이 가득 묻어 있었다. 그러다 어느 순간에 아이의 소리는 "엄,
마! 엄, 마!"로 바뀌었다. 정말 영리한 아기였다. 그 나이의 아기들
은 대부분 한 단어도 말하지 못했다.

"곧 갈게, 예쁜아!"

마샤는 소리쳤다. 오 분만 더 하면 일을 마무리할 수 있었다. 아
기는 다시 조용해졌고 마샤는 하던 일을 마무리할 수 있었다. 오 분
도 채 안 걸렸다.

"엄마 기다리는 거 심심했어? 우리 토끼?"

아기방의 문을 열면서 마샤는 말했다. 마샤는 아기가 다시 잠들
었다고 생각했다. 하지만 아니었다. 아기는 죽어 있었다. 아기는 창
문 블라인드에서 잡아당긴 하얀 줄에 목이 감겨 있었다. 나중에 마
샤는 그런 사고가 빈번하게 일어난다는 사실을 알았다. 마샤가 그
날 본 장면을 목격했던 여자들이 많다는 사실을 알았다. 떨리는 손
으로 소중한 아기의 목에서 끈을 풀어내야 하는 여자들이 많다는
사실을 알았다.

지금은 블라인드 줄에 경고문이 붙어 있다. 마샤는 어디든 방에
들어갈 때면 아무리 멀리 있어도 창문까지 걸어가 블라인드 줄을
확인했다. 마샤의 남편은 그 일은 그저 사고였다고, 용서를 하고 말
고 할 일이 아니라고, 공 던지기 게임을 하느라 페인트가 잔뜩 묻은
옷을 입고 병원에 서서 말했다. 마샤는 파란 비처럼 남편의 턱에 흩
뿌려져 있던 페인트를 기억했다. 그리고 아주 이상했던 순간도 기

억했다. 병원에서, 주위에 있는 낯선 사람들을 보면서 마샤는 엄마가 그리웠다. 단 한 번도 마샤를 사랑하기는커녕 칭찬해준 적도, 위로해준 적도 없는 엄마가 보고 싶었다. 슬픔에 빠진 순간에야 마샤는 엄마의 존재가 그리웠다.

마샤는 남편의 용서를 거부했다. 아기가 엄마를 찾았지만 마샤는 아기에게 가지 않았다. 마샤로서는 용납할 수 없는 일이었다. 마샤는 남편을 떠나보냈다. 마샤는 그가 다른 인생을 찾아야 한다고 우겼고, 그는 결국 다른 인생을 찾았다. 그가 떠났을 때 마샤는 정말로 안심했다. 이젠 두 사람의 아름다운 아들을 꼭 닮은 얼굴을 봐야 하는 고통을 경험할 필요가 없었으니까.

마샤는 전남편이 보내오는 모든 이메일을 읽지 않았고 그 사람에 관해서는 한 가지도 알고 싶지 않았지만, 전남편과 그날 페인트 공 던지기를 했고 그때까지도 친구로 지내는 사람을 푸드코트에서 우연히 만났다. 그는 전남편이 건강하고 행복하게 살고 있으며 오스트레일리아 여자를 만나 결혼을 해서 아들 둘을 낳았다는 사실을 전해줬다.

8월이면 마샤의 아들은 스물여덟 살이 된다. 그 아이가 살아있었다면 마샤와 힘든 관계를 맺고 있을 수도 있었다. 마샤가 엄마와 격렬하게 싸웠던 것처럼 그 아이와 마샤도 심각하게 싸우는 사이일 수 있었다. 하지만 마샤의 아기는 언제나 노래를 부르며 까르르 웃는 아기로, 빛의 호수를 건너 마샤에게 걸어오는 야구모자를 쓴 아름다운 젊은이로 남아 있다.

마샤는 텅 빈 도리토스 봉지를 봤다. 마샤의 손가락 끝은 니코틴으로 물들어 있던 아버지의 손처럼 노랗게 변해 있었다. 마샤는 손바닥 끝으로 입을 문질러 닦고 다시 컴퓨터 화면을 켰다. 손님들은 몇 명씩 모여 앉아 오스트레일리아식으로 느긋하게 얘기를 나누고 있었다. 이건 영혼의 어두운 밤이 아니었다. 그저 바비큐 파티를 하고 있는 것 같았다. 이 사람들은 자신이 사형 선고를 받으리라고 진심으로는 믿지 않는 것 같았다. 회사에서는 그 어떤 직원도 지금 이 사람들처럼 마샤에게 반항하는 사람이 없었다.

화면이 마치 살아있는 것처럼 꿈틀거렸다. 무슨 문제가 있는 걸까? 마샤는 화면에 손가락을 댔다. 컴퓨터 화면은 죽어가는 물고기처럼 파닥거리고 있었다. 잠시 당황했지만 마샤는 단호하게 결정을 내리고 명확하게 생각하려고 LSD를 75밀리그램 복용했다는 사실을 기억해냈다. 그러니까 이건 환각일 뿐이었다.

마샤는 방 안을 쭉 둘러봤다. 한쪽 구석에 얌전하게 놓인 진공청소기가 보였다. 진공청소기는 움직이지 않았다. 저 진공청소기는 분명히 현실이었다. 전엔 본 적이 없는 것 같은데. 청소부들이 놓고 간 모양이었다. 평온의 집 청소부들은 뛰어났다. 마샤는 최고가 아니면 모집하지도 고용하지도 않았다. 사업을 할 때는 모든 부분에서 최고의 품질을 유지하는 게 중요하다.

그런데 저 진공청소기는 어딘가 익숙한 데가 있었다.

"아!"

마샤의 아빠가 두 손으로 진공청소기를 힘겹게 들어올렸다. 진공청소기는 크고 무거웠다. 아빠는 진공청소기를 들고 문 앞으로 걸어가기 시작했다.

"안 돼요, 안 돼. 아빠! 그거 내려놔요. 가지 말아요!"

하지만 아빠는 마샤를 슬픈 얼굴로 돌아보며 웃더니 그대로 가버렸다. 이 세상에서 아빠처럼 마샤를 사랑했던 사람은 없었다. 아빠는 진짜가 아니었다. 마샤도 알았다. 무엇이 현실이고 무엇이 환각인지 아는 건 쉬웠다. 마샤의 마음은 현실과 환각을 구분할 수 있을 만큼 예리했으니까.

마샤는 눈을 감았다. 마샤의 아기가 엄마를 불렀다. 아냐. 이건 현실이 아냐. 마샤는 눈을 떴다. 아기가 옹알거리며 바닥을 기어다니고 있었다. 마샤는 재빨리 눈을 감았다. 아냐, 현실이 아냐. 마샤는 눈을 떴다. 담배를 피우면 진정할 수 있을 거야. 마샤는 비밀 서랍을 또 한 번 열어 뜯지 않은 담뱃갑과 라이터를 꺼냈다. 담뱃갑의 기하학적 구조가 마샤의 마음을 들뜨게 했다. 수학적으로 정렬된 네 각이 정말 좋았다.

마샤는 담뱃갑을 뜯어 담배를 하나 꺼내 들고 손가락으로 담배를 굴렸다. 주황색 라이터의 색은 깊고 아름다워서 놀라울 정도였다. 마샤는 엄지 끝에 힘을 줘 라이터의 점화장치를 굴렸다. 고분고분한 라이터가 즉시 황금색 화염을 내뿜었다. 마샤는 라이터를 끄고 다시 한 번 켰다. 라이터는 필요할 때마다 완벽한 화염을 만들어주는 작은 공장이었다. 그렇게 효과적으로 제품을 만들어 공급할 수 있다니, 몹시 아름다웠다.

명료한 생각이 떠올랐다. 평온의 집은 완전히 잊고 다시 비즈니스계로 돌아가야 했다. 마샤는 도약해야 했다. 어렵지도 않았다. 그저 링크드인(Linkedin, 인적 네크워크 서비스-옮긴이) 계정만 다시 활성화하면 된다. 그러면 빠른 시일 내에 좋은 자리로 스카우트될 것이다.

야구모자를 쓴 젊은이가 책상 반대편에 앉아 바닥으로 형광색 물을 뚝뚝 떨어뜨리고 있었다.

"어떻게 생각하니? 내가 어떻게 해야 할까?"

젊은이는 아무 말도 하지 않았지만 마샤는 그가 동의한다는 걸 알았다.

비즈니스계로 돌아가면 더는 권리만 내세우고 감사할 줄 모르는 손님들은 상대하지 않아도 된다. 다시 한 번 회계, 급여, 판매, 마케팅을 담당하는 사내 여러 부서를 오케스트라처럼 지휘할 수 있을 것이다. 보고서 양식 맨 위에 그녀의 이름이 인쇄되는 영광을 또다시 느낄 수 있게 되는 것이다. 비즈니스계로 돌아가면 소량의 마약을 복용해 생산성을 높일 것이다. 인력개발부에서는 온갖 이유를 늘어놓으며 반대하겠지만 직원들에게도 마약을 쓸 수 있을 것이다.

이민을 왔을 때도, 아들이 죽었을 때도, 심장이 멈췄을 때도 마샤는 새로운 인생을 시작했다. 이번에도 할 수 있었다. 평온의 집을 팔고 도시에 아파트를 사자. 아니면……. 마샤는 라이터 위에서 펄럭거리는 작은 화염을 물끄러미 봤다. 해답은 거기 있었다.

. 66 .

벤

"그러니까, 나폴레옹. 내가 당신을 차지한 거군요."

벤이 명상실 끝에서 끝까지 걷고 있는 나폴레옹 옆에 서면서 말했다.

"내가 당신을 변호한다고요."

벤은 나폴레옹을 마르코니 씨라거나 선생님이라고 불러야 하는 건 아닌지 고민이 됐다. 확실히 나폴레옹에겐 선생님 같은 분위기가 있었다. 학교를 떠난 뒤에도 자신을 기억해줬으면 하는 선생님, 훗날 상점에서 우연히 만나면 놀라울 정도로 작아 보이는 선생님 말이다. 물론 나폴레옹이 작아 보인다는 건 상상할 수도 없었지만.

"고맙군요, 벤."

나폴레옹은 마치 벤이 자신을 선택하기라도 했다는 듯 인사했다.

"뭐, 아닙니다."

벤은 배를 문질렀다. 지금까지 살아오면서 배가 고파봤던 적은 거의 없었다.

"나폴레옹이 집행유예를 받아야 하는 이유는 명확합니다. 남편이자 아버지이고, 또 이런 말을 해도 되는지 모르겠지만, 부인과 따님에게 또다시 가족을 잃는 슬픔을 겪게 하면 안 된다, 이 말을 해도 될까요?"

"원하는 대로 하세요. 사실이니까요."

나폴레옹이 슬픈 얼굴로 웃었다.

"게다가 당신은 선생님이잖아요. 당신에게 의지하는 학생들이 있다고 말할 겁니다."

"그애들은 그렇죠. 정말 그렇습니다."

나폴레옹은 주먹으로 벽을 툭툭 치면서 말했다. 벤은 명상실에 있으면서 나폴레옹이 느슨하게 끼워진 벽돌을 찾으면 밖으로 나갈 수 있다는 듯이 벽을 툭툭 치는 모습을 백 번도 넘게 봤다. 하지만 그럴 수 있을 리가 없었다. 이곳에서 나갈 방법은 오직 문을 여는 것뿐이다.

"해야 할 말이 더 있을까요?"

벤의 목소리는 갈라져 있었다. 피트의 결혼식에서 건배를 제안해야 했을 때는 긴장돼서 기절할 것만 같았다. 그런데 이젠 이 남자의 목숨을 지키려고 변호를 해야 한다고?

나폴레옹은 벽에서 몸을 돌려 벤을 봤다.

"친구, 당신이 무슨 말을 하든 중요하지 않다고 생각합니다. 이 게임은 심각한 게 아니니까요."

나폴레옹이 벤의 어깨를 툭 쳤다.

"마샤는 신경 써야 할 심각한 사람이지만 이 게임 자체는 그렇지 않아요."

"하필 제일 쓸모없는 변호사를 만나시게 됐네요. 죄송합니다. 난 운이 좋았어요. 내 변호사는 라스인데, 라스는 진짜 변호사니까요."

벤이 솔직하게 고백했다. 벤을 '만났을' 때 라스는 두세 가지 질문을 하더니 미처 대답하기도 전에 "이렇게 말하면 어떻겠습니까?"라고 묻고는 TV에 나오는 변호사처럼 유창하게 말했다. 벤은 윤리적인 청년으로 이제 곧 아버지가 될 테고, 결혼생활에 헌신적이며, 아내와 가족, 공동체에 수많은 기여를 하고 있다는 말을 길게 하면서도 중간에 "음"이나 "어" 같은 말도 전혀 하지 않았다. 마지막으로 라스는 "이렇게 말하면 효과가 있을까요?"라고 물었고, 완전히 감탄해버린 벤은 "물론이죠"라고 대답했다. 할 말을 모두 마친 라스는 변호사에게 적합한 외모를 준비하려고 화장실로 가버렸다.

"사람들 앞에만 서면 말이 안 나와요. 숨도 제대로 쉴 수 없고요."

벤이 나폴레옹에게 말했다.

"두려움과 신남의 차이는 단 하나, 호흡입니다. 두려울 때는 폐의 가장 위에 있는 공기를 꼭 붙잡고 있는 겁니다. 그럴 땐 숨을 내뱉는 게 필요해요. 이렇게요. 아흐흐흐흐."

나폴레옹은 가슴에 손을 얹고 천천히 숨을 내쉬는 시늉을 했다.

"사람들이 폭죽을 터뜨릴 때 내는 것 같은 소리를 내는 겁니다. 아흐흐흐흐."

"아흐흐흐흐."

벤이 따라 했다.

"그렇죠. 말하고 싶은 걸 그냥 말하세요. 나는 토니를 변호합니다. 일단 토니가 선수일 때 얘기를 장황하게 늘어놓아 마샤를 지루하게 만들려고 해요. 토니가 뛴 모든 시합 얘기를 할 겁니다. 눈에 보이는 것처럼 자세하게 묘사할 겁니다. 이거 보입니까?"

나폴레옹이 갑자기 걸음을 멈추더니 이름이 새겨진 벽돌을 가리키며 말했다.

"죄수가 새긴 글자 말입니까?"

평온의 집에 온 첫날 딜라일라가 알려주긴 했지만 벤과 제시카는 그 얘기가 특별히 흥미롭다는 생각은 하지 않았다.

"매혹적이죠, 안 그래요? 여기 오기 전에 이곳 역사를 읽고 왔어요. 이 석수 형제는 결국 이곳을 벗어났고, 덕망 있고 인기 많은 석조 장인이 됐다고 하더군요. 영국으로 돌아가지 않고 여기 남는 게 훨씬 성공한 삶을 살 수 있는 길이었죠. 이 지역엔 그 형제의 후손이 수천 명에 달한다고 합니다. 오스트레일리아 유배형을 선고받았을 때 형제는 절망했을 겁니다. 세상이 끝나는 것처럼 느껴졌겠죠. 하지만 그게 전화위복이 됐던 거죠. 가장 밑바닥에 떨어졌다고 생각했을 때 가장 높은 곳으로 갈 수 있는 게 인생입니다. 그래서 이 형제 얘기는 정말로……."

잠시 입을 다문 나폴레옹은 슬퍼 보였다.

"흥미롭게 느껴졌습니다."

벤은 왜 갑자기 엉엉 울고 싶은지 알 수 없었다. 배가 고파서 그런 게 분명했다. 벤은 집으로 돌아가면 아버지를 만나러 가야겠다는 생각을 했다. 아버지가 루시를 포기했다고 해서 벤이 아버지를 포기해야 하는 건 아니니까.

벤은 벽돌에 새겨진 글자를 어루만졌다. 사람들은 모두 복권에 당첨된 벤과 제시카가 굉장한 행운아라고 했지만, 전혀 그렇게 느껴지지 않을 때도 있었다. 벤은 제시카를 봤다. 정말로 아빠가 되는 걸까? 자신도 어떻게 인생을 살아가야 하는지 아직 모르겠는데, 아이에게 인생을 살아가는 법을 말해줄 수 있을까?

"숨을 내쉬는 거 잊지 말아요, 친구. 두려움을 뱉어버려야 해요."

나폴레옹이 말했다.

. 67 .

헤더

"난 정말 좋은 친구예요. 그걸 말해줘요. 난 친구들 생일을 모두 기억해요."

프랜시스가 손톱을 물어뜯으며 말했다.

"난 생일을 기억하는 데는 소질 없어요."

헤더가 말했다. 사실은 생일을 기억해야 하는 친구가 없었지만. 잭이 죽은 뒤로는 친구가 아무 의미 없이 느껴졌다. 친구를 갖는 게 사치로 느껴졌다.

"사실 올해는 제일 친한 친구 생일을 까맣게 잊어버렸어요. 하지만 그건 내가 연애 사기를 당해 정신이 완전히 나가 있었기 때문이거든요. 자정이 돼서야 그날이 친구 생일인 걸 기억해낸 거예요. 세상에, 모니카 생일이지! 하고요. 하지만 문자 메시지를 보내기엔 너무 늦어서……."

"가족들은 어때요?"

프랜시스의 입에서 모니카의 인생사가 줄줄 흘러나오기 전에 헤더는 급히 화제를 바꿨다. 헤더는 프랜시스가 좀 얄팍한 사람이라고 생각했다.

"가족이 있나요?"

헤더는 프랜시스 너머로 자기 가족을 보며 물었다. 조이는 친한 친구와 비밀을 나누는 것처럼 제시카와 머리를 맞대고 앉아 있었다.
나폴레옹과 벤은 걸으면서 대화 중이었는데 벤은 모범생처럼 예의
바르게 고개를 끄덕이면서 나폴레옹의 말을 경청하고 있었다. 헤더
는 지금 나폴레옹에게 무슨 일이 일어나고 있는지 몰랐다. 왠지 사
기꾼이 나폴레옹 흉내를 완벽하게 내고 있는 것만 같았다. 그는 정
확히 해야 할 말을 하고 정확히 해야 할 일을 해서 진짜 나폴레옹처
럼 보이는 데 성공할 뻔했지만, 분명히 뭔가 잘못된 게 있었다.

"있어요. 가족은 있어요."

말은 그렇게 했지만 프랜시스는 확신하지 못하는 것 같았다.

"아버지는 돌아가셨고 어머니는 재혼해서 외국에 살아요. 남프랑
스예요. 언니가 있긴 하지만 언니도 너무 바빠서 자주 만나진 못해
요. 내가 사라진다고 해도 가족들 일상이 바뀔 것 같지는 않아요."

"당연히 가족들 일상이 바뀌지는 않겠죠."

"그래도…… 내 무덤에서 춤을 추진 않을 거예요."

프랜시스는 불안한 얼굴로 꺼진 TV를 쳐다보며 말했다. 헤더는
깜짝 놀라 프랜시스를 똑바로 봤다. 프랜시스는 두려워하고 있었다.

"정말로 사형을 집행하진 않는다는 거 알잖아요. 이건 저 미치광
이가 벌이는 바보 같은 파워 게임일 뿐이에요."

"쉿! 들어요."

"상관없어요. 난 하나도 안 무서워요."

"난 당신이 무서워해야 할 것 같아요."

프랜시스가 다시 한 번 불안한 표정으로 TV를 쳐다봤다.

"괜찮아요. 제대로 변호할 거니까. 당신은 사형당하면 안 된다고
생각해요."

헤더는 가여운 여인을 안심시켰다.

"고마워요."

"그럼 내가 뭐라고 말하면 좋을까요?"

"마샤의 자부심을 만족시켜주는 게 좋겠어요. 지금까지 프랜시스의 삶은 솔직히 아무 의미가 없었다는 말로 시작하는 거예요. 하지만 이번에 치료를 받고 갱생했다고 말하는 거예요."

"갱생했다고요?"

"맞아요. 정확히 '갱생'이라는 말을 해야 해요. 마샤는 그런 말을 좋아할 거예요. 지금까지 방종하게 살았다는 걸 치료를 통해 깨달았다는 점을 분명하게 전달해줘야 해요. 이제부터는 운동을 하고 제대로 먹고 방부제가 든 음식은 멀리할 거다, 뚜렷한 목표를 세웠다, 그렇게 말해줘야 해요."

프랜시스는 마치 마약을 한 사람처럼 초조해하고 있었다.

"좋은 아침이군요, 귀염둥이들!"

TV 화면에 마샤의 얼굴이 떠오르더니 명상실 구석구석으로 마샤의 목소리가 퍼져나갔다. 프랜시스는 숨을 헉, 들이마시곤 욕을 하면서 헤더의 팔을 움켜잡았다.

"이제 시간이 됐어요!"

마샤는 담배를 길게 한 모금 빨아들이더니 입가로 연기를 길게 내뿜었다.

"사형 선고를 내릴 시간이에요. 잠깐만, 이름을 바꿨었죠? 뭐더라? 사형 집행! 이제 사형 집행을 할 시간이에요. 그 이름이 훨씬 괜찮죠? 누가 생각한 이름이었죠?"

"하지만 아직 시간이 안 됐잖아요."

헤더는 TV 화면을 뚫어지게 응시했다. 마샤는 담배를 피우고 있었다. 그렇게나 많은 일이 있었는데 마샤가 담배를 피운다는 사실에 이렇게 놀라다니. 이해할 수가 없었지만 담배를 피우는 마샤를 보는 건, 치마를 들어 가터벨트를 보여주는 일이 습관이 된 수녀를 보는 것처럼 놀라운 일이었고 괴로운 일이었다.

"담배를 피우네요?"

제시카가 비난하듯 말했다. 마샤는 크게 웃으면서 담배를 한 모금 더 빨았다.

"맞아요, 제시카. 가끔 스트레스를 받으면 담배를 피워요."

"마약도 했군요."

벤의 목소리는 슬펐다. 그 목소리에는 수년간 마약 중독자인 가족을 지켜볼 수밖에 없었던 사람의 체념과 실망이 담겨 있었다. 헤더는 벤의 말이 맞다고 생각했다. 마샤의 눈은 흐리멍덩했고, 자세는 이상하게 경직돼 있었고, 머리는 몸에 붙어 있지 않고 그저 얹혀져 있어서 떨어질까봐 걱정하는 사람처럼 보였다.

마샤는 빈 스무디 잔을 들어 보이며 말했다.

"더 높은 의식에 도달하려고 필요한 일을 했을 뿐이에요."

"야오는 괜찮은가요? 야오를 보여주세요."

목구멍은 미움으로 불타오르는 듯했지만 헤더는 마샤를 존경하고 있음을 충분히 드러내려고 애쓰며 물었다. 카메라는 처음과는 다른 각도로 틀어져 있었다. 확신할 순 없었지만 마샤는 집무실 창문 앞에 서 있었다.

"지금은 야오를 생각할 때가 아니에요. 이제 각자 의뢰인을 변호할 시간이죠. 의뢰인은 살아남게 될까요, 죽게 될까요? 정말 뇌를 자극하고 많은 생각을 해야 하는 놀라운 활동 아닌가요? 난 그렇게 생각하는데."

"아직 3시밖에 안 됐습니다. 날이 밝으려면 멀었습니다. 동이 틀 때 하겠다고 했잖습니까."

나폴레옹이 손목시계를 툭툭 치며 말했다. 카메라 앞으로 몸을 숙인 마샤는 담배로 나폴레옹을 가리키며 말했다.

"이곳에서 손님들은 시계를 갖고 있을 수 없어요."

나폴레옹이 주춤주춤 뒤로 물러났다.

"시계를 차면 안 된다는 말은 못 들었는데요."

"다른 기기를 낼 때 그것도 냈어야죠. 도대체 당신 행복 안내자가 누구죠?"

"내 잘못입니다, 마샤. 이 일에 책임은 내가 지겠습니다."

나폴레옹이 시계를 풀면서 말했다.

"야오! 맞죠?"

마샤가 미친 사람처럼 고함을 질렀다. 악마가 소리치는 듯한 마샤의 목소리가 명상실을 뒤흔들었다.

"세상에."

토니가 조용히 말했다.

조이가 헤더 옆으로 와서 엄마의 손을 잡았다. 어렸을 때 이후로는 하지 않던 행동이었다. 헤더도 조이의 손을 꼭 잡았다. 명상실에 갇힌 뒤 처음으로 헤더는 진짜 두려움을 느꼈다. 그리고 조산원으로 일하면서 경험한 순간들을 떠올렸다. 출산실의 분위기가 그저 집중해야 하는 분위기에서 극도로 집중해야 하는 분위기로 바뀌는 순간들 말이다.

출산실에서는 산모와 아기의 생명이 평형저울에서 정확히 평형을 이루고 있고, 출산실에 모인 사람들은 자신이 정확히 옳은 결정을 해야 한다는 사실을 알고 있다. 조산원 교육과 출산실에서의 경험을 제외하고 헤더는 다른 훈련을 받아본 적이 없었다. 헤더는 옳은 결정을 내리고 옳은 행동을 하고 싶었지만 그럴 능력이 없었다. 그날 아침, 잭의 목을 손가락으로 더듬을 수밖에 없었던 그날 아침에 느꼈던 극심한 무력감을 그저 느낄 수밖에 없었다.

"야오한테 실망했어요. 이건 용납할 수 없는 실수예요. 인사부에 알릴 거예요. 기록에 남길 거라고요. 경고장을 받게 될 거야!"

마샤는 분노를 주체하지 못했다. 나폴레옹이 재빨리 손목시계를 들어 보이면서 말했다.

"벗었습니다."

조이는 엄마의 손을 더욱 세게 잡았다.

"죄송합니다. 모두 제 잘못입니다."

나폴레옹은 총을 든 미친 사람을 달래는 사람처럼 천천히 신중하게 말했다.

"부숴버리겠습니다."

나폴레옹이 시계를 바닥에 던지고 발로 밟기 시작했다.

"그렇게까지 할 필요 없어요, 나폴레옹. 발 다치겠어요."

갑자기 기분이 좋아진 마샤는 파티에서 와인을 들고 즐겁게 대화하는 사람처럼 담배를 든 손을 명랑하게 휘저었다. 헤더는 조이가 숨을 가쁘게 쉬고 있음을 알았다. 겁에 질린 딸을 보니 저 미친 여자를 정말로 가만히 놔두고 싶지 않았다.

"난 관료처럼 규칙에 집착하는 사람은 아니에요. 유연해요. 큰 그림을 그리는 사람이죠. 성격검사에서 난 지휘자 유형이라고 했어요."

마샤는 담배를 길게 한 모금 빨았다.

"상황이 안 좋은 것 같아요."

라스는 손으로 얼굴을 가리고 활짝 펼친 손가락 사이로 화면을 쳐다봤다.

"이제 여신 흉내는 그만 내기로 했나보군."

토니가 중얼거렸다.

"영원한 것은 없다."

마샤가 불쑥 말했다.

"중요한 건 그거예요. 자, 누가 먼저 할까요?"

마샤는 찾는 물건이 있는 사람처럼 사람들을 쭉 둘러봤다.

"커피 마셨어요? 아직 못 마셨어요? 걱정하지 말아요. 딜라일라가 잘 준비해줄 겁니다."

마샤는 웃으면서 회의 탁자 상석에 앉은 사람처럼 두 팔을 앞으로 쫙 폈다. 갑자기 엄청난 두려움이 몰려와 헤더는 몸을 부르르 떨었다. 저 여자, 마약에 취했어. 마샤는 손에 쥔 담배를 내려다봤다. 한동안 시간이 흘렀지만 마샤는 담배에서 눈을 떼지 않았다.

"지금 뭐 하는 걸까요?"

카멜이 속삭였다.

"LSD를 해서 그래요. 담배의 타고난 아름다움을 전에는 알아보지 못했다는 사실에 놀라고 있는 거예요."

라스도 작은 목소리로 대답했다.

마침내 마샤가 고개를 들었다.

"누가 먼저 할까요?"

마샤는 차분하게 말하면서 담뱃재를 툭 털었다.

"내가 하겠습니다."

토니가 말했다.

"토니! 훌륭해요. 누구를 변호해야 하죠?"

"카멜입니다."

토니는 무릎을 굽혀 인사를 해야 할지 라스 뒤로 숨어야 할지 몰라 어색한 자세를 취하고 있는 카멜을 가리키며 말했다.

"좋아요. 해봐요, 토니."

마샤의 말에 토니는 헛기침을 하고 두 손을 깍지 끼더니 공손하게 TV를 올려다봤다.

"오늘 저는 카멜 슈나이더를 변호하려고 합니다. 카멜은 서른아홉 살로 이혼했고 어린 네 딸을 기르는 엄마입니다. 카멜이 가족을 부양하고 있습니다. 언니와 부모님과도 가까운 사이고요."

마샤는 따분한지 코를 쿵쿵거렸다. 토니의 목소리가 떨리기 시작했다.

"카멜은 건강이 안 좋은 어머니를 모시고 병원에 다닙니다. 카멜은 자신이 그저 최선을 다하는 평범한 사람이라고 말하지만, 혼자 네 아이를 기르는 사람은 누구든 대단하다고 생각합니다."

토니는 긴장이 되는지 넥타이를 바로 매는 것처럼 티셔츠 깃을 잡아당겼다.

"카멜은 도서관에서 난민들에게 영어를 가르치는 봉사도 하고 있습니다. 일주일에 한 번씩 빠지지 않고 갑니다. 열여덟 살 때부터 이십 년 넘게 해온 봉사입니다. 정말 감동적이라고 생각합니다."

토니는 팔을 앞으로 뻗고 손뼉을 쳤다.

"고맙습니다."

마샤는 연극배우처럼 크게 하품을 하며 말했다.

"그게 다예요?"

"카멜은 젊은 엄마란 말입니다. 도대체 무슨 소리를 듣고 싶었던 거예요? 카멜은 죽어서는 안된다고요!"

"당신은 기본을 잊었어요, 토니. 카멜만의 고유한 장점, 카멜을 특별하게 만드는 게 뭔지 말하지 않았잖아요."

"그건, 카멜이 특별한 이유는……."

토니는 절박하게 말했다.

"어째서 강점과 약점, 기회와 위협 등을 분석하면서 시작하지 않은 거죠? 게다가 자료가 하나도 없어요! 파워포인트로 간단한 슬라이드만 만들었어도 훨씬 그럴듯하게 들렸을 거예요."

헤더는 나폴레옹의 눈을 보면서 속으로 물었다. 어떻게 해야 해? 나폴레옹은 당혹스러워하고 있었고 두려워하고 있었다. 나폴레옹에게도 해답이 없다면 모두가 곤란해진 것이다. 헤더의 공포심은 점점 더 커졌다.

헤더는 잭을 응급실로 옮기고 밖에서 기다릴 때 자신이 지금 응급실 진료 순서를 정하는 멍청한 간호사를 상대해야 한다는 사실을 깨달았던 순간을 떠올렸다. 그때 나폴레옹과 헤더는 두 사람의 아이를 위해 자기가 해야 할 행동을 정확하게 알고 있었다. 하지만 이렇게 현기증이 날 만큼 논리가 결여된 사람은 어떻게 다뤄야 할지 도무지 알 수가 없었다.

"미안합니다. 분명히 파워포인트를 이용했으면 제대로 발표할 수 있었을 겁니다."

토니가 공손하게 말했다.

"미안하면 다예요?"

마샤가 고함을 질렀다.

"이제 내가 해도 될까요?"

마샤의 목소리 사이로 생각지도 않았던 목소리가 들렸다. 헤더는 깜짝 놀라 목소리가 나는 쪽으로 고개를 돌렸다. 고개를 높이 쳐들고 있는 카멜은 조금도 위축된 모습이 아니었다.

"난 조이 마르코니를 전략적으로 분석했고, 우리가 무얼 해야 하는지, 어느 방향으로 나가야 하는지를 생각했어요. 그러니까 내게 발언권을 주면 좋겠어요, 마샤."

굳었던 얼굴이 누그러진 마샤는 한 손을 들어올렸다.

"좋아요. 해봐요, 카멜."

카멜은 명상실 한가운데로 성큼성큼 걸어가더니 입고 있지도 않은 재킷을 똑바로 펴고는(카멜은 레깅스와 스팽글로 '하와이'라고 적힌 싱글릿 톱을 입고 있었다) 말했다.

"난 당신이 우리가 갇혀 있던 틀에서 나와 전혀 새로운 방식으로 생각해보길 바랐다는 걸 알아요."

지금 사람들 앞에서 당당하게 말하는 카멜과 몇 시간 전만 해도 집에 가고 싶다며 징징대던 여인이 동일 인물이라고 생각하긴 쉽지 않았다. 사람들은 카멜이 정말로 법정에 어울리는 정장을 입고 있다는 기분이 들었다. 혹시 카멜은 배우일까? 아니면 예전 직업의 기억을 떠올리고 있는 걸까?

"바로 그거예요."

마샤는 손날로 무언가를 경쾌하게 자르는 시늉을 했다.

"이렇게 표현하는 게 더 좋겠군요. 우리는 한계를 뛰어넘을 필요가 있다. 정말 인상적이에요, 카멜!"

지금 상황이 이토록 공포스럽지 않았다면 마샤의 반응은 재미있게 느껴졌을 것 같았다.

"지금 우리가 하는 일이 조이의 핵심 역량을 길러줄 수 있는 좋은 기회라고 생각해요. 조이가 제대로 살아갈 수 있는 최상의 방법을 알려줄 수 있는 기회이기도 하고요."

"잘했어요, 카멜."

프랜시스가 조용히 속삭였다.

"맞는 말이에요. 우린 언제나 제대로 살아갈 수 있는 최상의 방법을 찾아내야 해요."

엄마의 목소리에 반응하는 아기처럼 마샤가 이런 무의미한 얘기에 저토록 열심히 반응하다니, 놀라운 일이었다.

"문제는, 그것이 우리 회사의 가치에 부합한다고 생각해요?"

마샤가 날카롭게 물었다.

"물론이죠. 그리고 우리가 만반의 준비를 갖추면 그다음엔 이런 질문을 해야 해요. 이것은 확장 가능한가?"

"가능한가요?"

카멜의 말에 마샤가 또 물었다.

"물론이에요. 따라서 우리가 추구해야 하는 건……."

카멜의 목소리가 살짝 흔들렸다.

"시너지."

라스가 거들었다.

"시너지를 내는 거예요."

카멜이 안심하며 말했다.

"시너지를 내는 거라."

"봄날엔 파리로"라고 말하는 것처럼 마샤는 꿈꾸듯이 말했다.

"따라서 결론을 말하자면 우리에게 필요한 건 시너지……."

"필요한 말은 다 들었어요. 이제 말을 넘어 행동에 나서야 해요, 카멜."

마샤가 기분 좋게 카멜의 말을 잘랐다.

"반드시 그럴 거예요."

카멜이 대답했다. 마샤는 자기 뒤의 창틀에 담배를 비벼 끄고 창문에 기대더니 말했다.

"평온의 집에 오신 걸 환영합니다!"

이런 세상에, 또 어디론가 가버린 거야. 헤더는 생각했다.

마샤가 웃었다. 아무도 따라 웃지 않았다. 다들 자신은 자연 분만을 하리라고 생각하고 좋아하는 음악 CD를 준비해왔지만, 서른 시간이나 진통을 겪고 나서 상황이 심각하니 제왕절개 수술을 받아야 한다는 말을 들은 산모 같은 표정을 짓고 있었다.

"약속할게요. 앞으로 열흘 안에 당신은 지금과는 전혀 다른 사람으로 변해 있을 겁니다."

"젠장, 젠장, 젠장, 젠장."

제시카가 분통을 터뜨렸다.

"마약 때문이에요. 저 사람은 지금 자기가 무슨 말을 하고 있는지 모르는 겁니다."

라스가 말했다.

"그건 문제가 안 돼요. 문제는 저 여자는 자기가 무슨 일을 하는 지도 모른다는 겁니다."

벤이 대답했다.

마샤는 고개를 숙이더니 드레스의 목선을 어루만졌다.

"이제 모두 팔굽혀펴기를 할 거예요. 팔굽혀펴기는 완벽한 통합 운동이에요. 우리 몸의 모든 근육을 한꺼번에 움직일 수 있는 유일한 운동이죠. 20회 실시할 거예요. 실시!"

아무도 움직이지 않았다.

"뭐야, 왜 날 무시하는 거지? 팔굽혀펴기 시작하란 말이야. 빨리! 안 그러면 가만두지 않을 거야!"

어떤 식으로 가만두지 않겠다는 걸까? 하지만 그런 걸 생각할 시간이 없었다. 아홉 손님들은 모두 군인처럼 재빨리 바닥에 엎드렸다. 마샤가 "하나, 둘, 셋! 엉덩이 내려! 허리 올리지 말란 말이야!"라고 소리치는 동안 피곤하고 굶주린 몸을 내렸다가 들어올리려고 애썼다.

마샤는 아직도 환각 상태에 빠져 있을까? 이 사람들이 모두 자신을 진심을 따르고 있다고 믿는 걸까? 정말로 이곳에 있는 사람들을 모두 죽일 생각일까? 헤더는 온몸을 압도하는 공포를 느꼈다. 이곳에 딸을 데려온 건 헤더였다. 약에 절어 있는 미친 여자의 손에 조이의 목숨이 달려 있었다.

헤더는 사람들을 둘러봤다. 프랜시스는 무릎을 굽히고 하는 팔굽혀펴기를 하고 있었고, 제시카는 무릎부터 발끝까지 바닥에 붙인 채 울고 있었다. 전직 운동선수인 토니는 어깨를 다쳤지만 땀을 뻘뻘 흘리면서 다른 사람보다 두 배는 빠른 속도로 완벽한 팔굽혀펴기를 하는 중이었다. 헤더의 사랑스러운 남편은 일정한 속도로 빠르지도 느리지도 않게 팔굽혀펴기를 하고 있었다.

"열여덟, 열아홉, 스물. 쉬어! 좋았어요!"

헤더는 바닥에 엎어지면서 TV를 쳐다봤다. 마샤의 얼굴이 카메라 바로 앞에 있는지 아주 커다래진 마샤의 코와 입과 턱이 보였다.

"참 이상하네."

마샤의 육체에서 떨어져나온 듯한 입술이 말했다.

"아직 냄새 안 나요?"

아장아장 걷는 아기를 달래는 아빠처럼 차분하고 부드러운 말투로 대답한 사람은 나폴레옹이었다.

"무슨 냄새 말입니까, 마샤?"

"연기 냄새 말이에요."

마샤가 대답했다.

. 68 .

토니

수신이 끊긴 TV 화면은 지지직거리고 있었지만 마샤의 목소리는 계속해서 명상실에 울려 퍼졌다.

"여러분은 완전히 변할 수 있어요. 그러려면 먼저 기존의 생각과 믿음을 버려야 해요!"

"냄새가 나요."

조이의 얼굴이 창백해졌다.

"괜찮아요, 조이. 냄새가 나는 게 당연하죠. 이 집이, 우리 집이 불에 타고 있으니까요. 물건을 소유하는 건 아무 의미 없어요. 잿더미 위에서 다시 일어날 수 있을까요? 부처가 말하기를 우릴 구할 수 있는 건 우리 자신밖에 없다고 했죠."

마샤가 말했다.

"저기 봐요."

프랜시스가 속삭였다. 묵직한 떡갈나무 문 밑으로 검은 연기가 스멀스멀 새어 들어오고 있었다.

"우릴 내보내줘요! 내 말 들려요, 마샤? 당장 내보내줘요!"

제시카는 목이 쉴 정도로 소리를 질렀다.

TV 화면이 완전히 꺼졌다. 마샤가 사라진 명상실은 마샤가 있었던 명상실만큼이나 무시무시했다.

"일단 문틈을 막아야겠어요."

토니의 말이 채 끝나기도 전에 화재를 막는 일은 자신의 일인 것처럼, 이런 상황이 벌어지리라는 걸 정확히 알고 있었다는 것처럼 화장실로 뛰어 들어갔던 헤더와 나폴레옹이 젖은 수건을 돌돌 말아서 갖고 나왔다. 헤더와 나폴레옹이 문 앞에 도달했을 때는 엄청난 연기가 물처럼 쏟아져 들어와 사람들은 기침을 하기 시작했다. 토니는 가슴이 조여왔다.

"모두 뒤로 물러나세요!"

나폴레옹이 외쳤다. 나폴레옹과 헤더는 문과 바닥 사이에 수건을 밀어넣어 틈을 막았다.

명상실에 갇혔다는 사실을 알게 되면서 시작됐던 약한 폐소공포증은 이제 걷잡을 수 없는 공황장애로 변해가려 하고 있었다. 토니는 점점 더 숨을 쉬기가 어렵다는 기분이 들었다. 이런 세상에, 이 사람들 앞에서 토니는 또다시 실패하고 있었다. 토니가 해야 할 일이 하나도 없었다. 헤더와 나폴레옹이 이미 했기 때문에 수건으로 문틈을 막을 수도 없었다. 토니가 할 수 있는 일은 하나도 없었다. 안으로 잡아당겨 여는 문이라 문을 차 부술 수도 없었다. 누구와 싸울 수도 없었다. 두 눈 가득 눈물이 고이고 거칠게 기침이 나왔다.

프랜시스가 토니의 손을 잡아끌었다.

"문에서 멀리 떨어져요."

토니는 프랜시스의 손에 몸을 맡기고 걸어갔다. 프랜시스는 토니의 손을 놓지 않았다. 토니도 프랜시스가 손을 놓게 내버려두지 않았다.

모두 문에서 가장 먼 곳까지 달려갔다. 나폴레옹과 헤더도 사람

들이 있는 쪽으로 달려왔다. 두 사람의 눈은 연기 때문에 붉게 충혈
돼 있었다.

"문은 뜨겁지 않았어. 그건 좋은 징조야."

나폴레옹이 조이를 끌어당겨 꼭 안았다.

"소리가 들려요. 불에 타는 소리가 나요."

카멜의 말에 모두 입을 다물었다.

그 소리는 처음엔 굵은 빗방울이 떨어지는 소리처럼 들렸다. 하
지만 빗소리가 아니었다. 틀림없이 불에 타는 소리였다. 그때 머리
위에서 거대한 뭔가가 쿵, 떨어지는 소리가 났다. 벽이 내려앉은 걸
까? 곧이어 폭풍이 부는 것처럼 거대한 바람이 지나가는 소리가 들
렸고, 불에 타는 소리는 더욱 커졌다.

제시카가 흐느끼기 시작했다.

"우리 여기서 죽는 거야?"

조이가 믿을 수 없다는 표정으로 나폴레옹을 보며 말했다.

"정말로 우릴 여기서 다 죽이려는 거야?"

"절대로 그럴 리 없어."

그에겐 특별한 지식이 있다고 믿고 싶을 만큼 나폴레옹은 감정
을 배제하고 침착하게 대답했다.

"연기를 들이마시지 않도록 젖은 수건을 얼굴에 둘러야 해요."

헤더가 남편만큼이나 침착하고 단호한 목소리로 말했다. 토니도
자식이나 손녀가 함께 있었다면 저렇게 침착할 수 있을지도 몰랐
다. 토니는 자식들을 생각했다. 그애들은 토니가 죽으면 슬퍼할 것
이다. 당연히 손녀들도 슬퍼할 것이다. 최근엔 거의 보지 못했다고
해도 아이들은 아직 토니를 떠나보낼 준비를 하지 않았을 테니까.

이런 생각을 하다니, 놀라웠다. 토니는 그렇지 않다는 걸 잘 알면서도 아이들이 자신을 전혀 사랑하지 않는 것처럼 행동하고 생각해왔던 것이다. 세상에, 토니는 알고 있었다.

작년 말에 윌은 시차를 깜빡 잊고 자정에 전화를 걸어와 승진을 했다고 말했다. "미안. 아빠한테 제일 먼저 말하고 싶어서." 윌은 그렇게 말했다. 서른 살이나 먹은 녀석이 늘 아빠에게 칭찬을 듣고 싶어 했다.

미미는 제임스가 SNS에 토니의 현역 시절 사진을 올려놓는다고 귀띔해줬다. "늘 아빠 자랑을 해. 아빠의 명성을 이용해서 여자들을 꼬시려고 그러는 거라니까."

그리고 토니의 아기, 미미. 부지런히 아빠를 찾아와 집 안을 정리해주고 아빠를 돌봐주는 딸. 바보 같은 녀석과 헤어질 때마다 찾아와서 그놈 좀 혼내주라고 부탁하는 딸. 아직도 바보 같은 녀석들과 데이트를 하는 미미가 지금 아빠를 잃을 수는 없었다.

토니는 죽을 준비가 돼 있지 않았다. 쉰여섯 살은 아직 죽을 나이가 아니었다. 이 순간 토니는 자신에게 믿을 수 없을 만큼 풍부한 가능성이 있다는 생각이 들었다. 집을 다시 칠하고 싶었고 또 다른 개를 기르고 싶었다. 새로운 강아지를 기르는 일이 밴조를 배신하는 건 아닐 것이다. 한 마리 개를 떠나보내면 언제나 다른 강아지를 길러왔으니까. 해변에 가고 싶었고 거리 끝에 있는 카페에서 잘 차려진 아침을 먹으며 신문을 읽고 음악을 듣고 싶었다. 세상에, 지금까지 음악이 존재한다는 사실을 까맣게 잊고 살았다니! 네덜란드로 가서 손녀가 우스꽝스러운 아일랜드 전통 춤 경연대회에 나가는 모습도 보고 싶었다.

토니는 안경 때문에 괴짜 지식인일 거라고 생각했던 카멜을 봤다. 어떻게 난민에게 영어를 가르치게 됐는지 물었을 때 카멜은 아버지가 1950년대에 루마니아에서 온 난민인데, 이웃집 패트가 자청해서 아버지에게 영어를 가르쳐줬다고 했다.

"아빠는 언어에 소질이 없었어요. 참을성도 없었고요. 그런 아빠에게 영어를 가르치는 건 아주 힘들었을 거예요. 그래서 언니랑 내가 난민을 돕게 된 거예요. 패트의 고마움을 잊지 않으려고요."

이 세상에서 누가 토니에게 고마워할까? 토니가 도와준 사람이 있을까? 토니는 스포츠 분야에도 특별히 기여한 게 없었다. 미미는 오래전부터 그에게 지역 유소년 풋볼 팀에서 아이들을 가르쳐주라고 했다. "정말 재미있을 거야"라고 말했다. 어째서 딸의 의견을 계속 무시했을까? 지금 토니에겐 풋볼을 가르치며 찬란한 햇빛이 비치는 운동장에 서 있는 것보다 멋진 일은 없을 것 같았다.

토니는 여전히 자기 손을 잡고 있는 공포에 질린 여자의 눈을 봤다. 이 여자는 어딘지 이상했고 말이 너무 많았고 살면서 풋볼 경기는 단 한 번도 보지 않은 게 분명했다. 이 여자는 로맨스 소설을 써서 먹고산다고 했다. 토니는 고등학교를 졸업한 뒤로 로맨스 소설을 단 한 번도 읽지 않았다. 두 사람은 공통점이 하나도 없었다.

하지만 토니는 죽고 싶지 않았다.

. 69 .

프랜시스

평온의 집이 불타고 있는 동안 아홉 명은 젖은 수건으로 머리를 덮고 명상실 문에서 가장 먼 곳에 옹송그리고 모여 있었다.

프랜시스는 굶주린 화염이 평온의 집을 집어삼키는 소리를 들으면서 굉음을 내며 붕괴한 것이 아름다운 계단은 아닐까 생각했다. 프랜시스는 이 아름다운 집이 화염 속에서 불타는 모습을 상상했다.

"하늘에 계신 우리 아버지, 아버지의 이름이 거룩히 빛나시며."

제시카가 무릎에 얼굴을 묻고 계속해서 주기도문을 읊었다.

"하늘에 계신 우리 아버지, 아버지의 이름이 거룩히 빛나시며."

'아버지의 이름이 거룩히 빛나시며'에서 더는 나아가지 않는 걸 보니 신자는 아닌 듯했다.

영국 성공회교회 신자로 자랐지만 1980년대 말에 종교를 버린 프랜시스는 그토록 오랫동안 감사기도 한 번 해본 적이 없는데 이제 와서 구해달라고 기도하는 건 좋은 태도가 아닌 것 같았다. 하지만 신이니까 카드 한 장에 그동안의 고마움을 모두 담아 보내도 기뻐하시지 않을까?

솔과 유럽에서 끝내주게 길고 화끈한 섹스로 가득 찬 여름을 보내게 해주셔서 감사합니다. 헨리와 일 년 동안 행복한 신혼생활을 보낼 수 있게 해주셔서 감사합니다. 정말로 행복한 시간이었습니다.

즐거움 가득한 작가로서의 인생을 주셔서 감사하고, 그 서평 때문에 야단법석을 떤 건 미안합니다. 그 서평을 쓴 사람도 주님의 자녀임을 확신합니다.

늘 건강하게 해주셔서 감사합니다. 건강에 관해서는 불평할 일이 없습니다. 감기가 심하다고 그토록 짜증을 부리다니, 제가 무례했습니다.

가족보다 더 가족 같은 친구들을 만나게 해주셔서 감사합니다. 일찍 데려가시기는 했지만 다정한 아빠에게서 태어나게 해주셔서 감사합니다. 벨리니와 그 밖의 모든 샴페인 칵테일을 만들어주셔서 감사합니다.

잔혹한 행위 때문에 고통을 당하는 사람도 많은데 고작 종이에 벤 걸로 불만을 터뜨려서 미안합니다. 하지만 솔직히 말해서 내가 주님을 믿지 않게 된 건 바로 그 때문이에요. 종이에 베는 모든 사람과 잔혹한 행위에 고통받는 모든 사람들 때문이에요!

젖은 수건을 뒤집어쓴 카멜은 훌쩍훌쩍 울다가 또다시 쿵 소리가 나자 놀라서 펄쩍 뛰었다. 프랜시스는 자기 방 발코니가 비틀어지다가 땅으로 내려앉으면서 사방으로 불꽃이 튀는 모습을 상상했다.

"연기는 더 들어오지 않네요. 나폴레옹과 헤더가 잘 막은 것 같아요."

프랜시스는 카멜을 안심시키려고 말했다. 사실이기도 했다. 여전히 연기 냄새가 났지만 더 심해지진 않았다.

"모두 무사할 거예요."

프랜시스가 망설이면서 말했다.

"모두 괜찮을 겁니다. 모두 괜찮아질 겁니다."

아내와 딸의 손을 잡고 두 사람 가운데 앉아 있는 나폴레옹이 말했다. 그의 목소리는 확신에 차 있었기 때문에, 프랜시스는 나폴레옹이 수건을 매만지다가 드러낸 얼굴에 드리운 절망을 보지 않았으면 좋았을 거라는 생각을 했다.

이제 곧 우리한테 올 거야. 오고 말 거야. 하지만 도망갈 곳도 없는걸. 프랜시스는 살면서 시험에 들었던 기분을 느껴본 적이 있냐고 물었던 마샤의 말을 떠올렸다.

제시카가 무릎에서 고개를 들고 작은 소리로 말했다.

"하지만 우리가 준비한 변호를 다 듣지도 않았잖아요."

아직도 마샤의 행동에서 논리를 찾으려 하다니, 귀여웠다. 선생님이 숙제를 내주곤 검사하지 않고 지나가서 화를 내는 아이처럼 느껴졌다.

"야오는 아직 살아있을까요?"

조이가 물었다.

. 70 .

야오

야오는 꿈에서 핀을 봤다. 핀은 계속해서 야오를 깨우려고 했다.

"일어나."

핀은 포기하지 않고 끈질기게 말했다. 심벌즈를 쳐댔고 야오의 귀에 확성기를 대고 소리쳤다.

"이봐, 친구. 벌떡 일어나야 해!"

핀이 멀어지는 동안 야오는 의식이 돌아오기 시작했다. 뺨 밑에 부드러우면서도 따끔거리는 감촉이 느껴졌다. 야오는 머리를 들었다. 마샤의 책상 위에 쿠션이 있었다. 그러자 자신의 목을 찌르던 바늘이 기억났다. 그런 짓을 하다니, 놀라웠다.

뭔가가 타는 소리가 들렸다. 타는 냄새도 났다. 고개를 돌리니 창가에서 담배를 피우는 마샤가 보였다. 마샤는 야오를 보며 웃었다. 버나뎃이 파혼을 선언했을 때처럼 마샤는 슬프고 감정적이고 체념한 듯 보였다.

"안녕, 야오."

마샤가 말했다.

야오는 이제 끝났음을 알고 있었다. 더는 이 이상한 여자를 사랑했던 것처럼 다른 사람을 사랑할 수 없으리라는 사실도 알 수 있었다.

야오의 목에서 거친 목소리가 솟구쳐 올랐다.

"도대체 무슨 짓을 한 겁니까?"

. 71 .

프랜시스

평온의 집은 계속 불타고 있었고 뭔가가 끊임없이 무너져내렸다. 프랜시스의 공포는 하늘로 솟구쳐 올랐다가 평평해졌다. 심장은 느리게 뛰었고 극심한 피로가 온몸을 덮쳤다.

프랜시스는 목숨이 위험한 상황이 되면 어떤 기분이 들지 늘 궁금했다. 타고 있던 비행기가 땅으로 추락하면 어떤 기분이 들까? 미친 사람이 권총을 머리에 들이밀면 어떤 느낌이 들까? 정말로 죽을지도 모른다는 위기감을 느껴본 적이 있었던가?

이젠 알았다. 프랜시스는 자신이 죽는다는 사실을 진심으로는 믿지 않을 것이다. 그녀가 없으면 모든 이야기는 계속될 수 없기 때문에 프랜시스는 마지막까지 생각을 할 것이다. 프랜시스가 존재하는 한 이야기는 끝나지 않을 테니까. 살아있는 한 계속해서 사건은 일어날 테고, 마지막 페이지가 있으리라는 사실을 진심으로 믿기는 불가능할 테니까.

또다시 뭔가가 떨어지는 소리가 들렸다. 카멜이 또 한 번 소스라치게 놀랐다.

"잠깐만요. 아까하고 완전히 똑같은 소리잖아요."

라스가 큰 소리로 말했다. 프랜시스는 라스가 무슨 말을 하는지 이해할 수 없었다.

"패턴이 있는 거죠. 지지직거리면서 불에 타는 소리가 들리고, 바람이 지나는 소리가 들리고, 작은 쿵 소리가 들리고, 다시 세 번 지지직거리고 크게 쿵 소리가 들려요."

제시카가 말했다.

"미안하지만 무슨 말인지 모르겠어요."

프랜시스가 말했다.

"녹음기를 틀어놓았다는 거? 지금 우리가 녹음된 소리를 듣고 있다고?"

제시카를 향해 벤이 물었다. 프랜시스는 여전히 이해할 수가 없었다.

"불이 난 게 아니라요?"

머릿속에서 이렇게 선명하게 불이 보이는데?

"하지만 연기를 봤잖아요. 냄새도 났고."

"살짝 피우고 껐을 수도 있어요."

프랜시스에게 조이가 말했다.

"우리가 죽음을 맞닥뜨릴 수 있도록 이런 방법을 썼단 말이군."

토니가 말했다.

"우릴 죽일 리 없다는 거 알았어요."

카멜이 말했다.

라스는 젖은 수건을 바닥에 팽개치더니 TV 앞으로 걸어갔다.

"잘했어요, 마샤. 우리 모두 반쯤 죽다 살아났습니다. 이제 우린 절대로 전과 같은 사람은 될 수 없을 겁니다. 그러니 우리가 방에 돌아갈 수 있게 해주시죠."

라스가 소리쳤다. 하지만 아무 일도 일어나지 않았다.

"우릴 언제까지 여기에 둘 순 없잖습니까? 당신이 했던 말 있잖아요. '영원한 것은 없다.' 우릴 이곳에 영원히 가둬둘 순 없어요."

라스는 유감이라는 듯 웃으며 이마에 붙은 젖은 머리카락을 뒤로 넘겼다.

영원한 것은 없다. 프랜시스는 생각했다. 마샤는 계속 그렇게 말했다. 영원한 것은 없다. 영원한 것은 없다. 프랜시스가 인형 속에는 비밀번호가 들어 있지 않았다고 했을 때 마샤는 말했다. "분명히 없어요."

"누가 마지막으로 문을 열려고 했죠?"

프랜시스가 여덟 손님들에게 물었다.

"이미 비밀번호는 충분히 눌러봤습니다."

나폴레옹이 대답했다.

"비밀번호 말고요. 손잡이 말이에요. 마지막으로 손잡이를 돌려본 사람이 누구였죠?"

. 72 .

야오

"잘 잤어?"

마샤가 담배를 깊이 빨아들이며 말했다. 야오는 전문가의 눈으로 마샤를 살펴봤다. 동공은 팽창해 있었고 이마에는 땀방울이 송골송골 맺혀 있었다.

"스무디를 마셨습니까?"

야오는 책상 위에 있는 도리토스 봉지를 집어 들고 거꾸로 뒤집어 흔들어봤다. 노란 과자 부스러기가 후드득 떨어졌다. 도리토스를 먹었다면 마샤의 인격은 바뀌어 있을 게 분명했다. 야오로서는 그녀가 담배를 피우고 있다는 사실보다 도리토스를 먹었다는 사실이 더 끔찍했다.

"맞아."

마샤가 담배 연기를 길게 내뿜으면서 웃었다.

"스무디 맛있었어. 덕분에 여러 번 깨달음에 도달할 수 있었지."

야오는 마샤가 담배를 피우는 모습을 처음 봤다. 마샤는 담배를 피우는 모습조차 아름다웠다. 야오는 한 번도 담배를 피워본 적이 없었지만 지금은 담배가 피우고 싶었다. 마샤의 손가락 위로 느긋하게 올라가는 담배 연기는 자연스러우면서도 관능적으로 보였다. 문득 십 년 전 그 큰 집무실에서 처음 만났을 때 마샤에게서 나던 담배 냄새가 떠올랐다.

컴퓨터 화면에서는 이층집이 불에 타고 있었고 처마가 무너져 내리고 있었다.

"나한테 진정제를 놓았군요."

야오가 혀로 마른 입술을 닦았다. 충격 때문에 머리가 제대로 돌아가지 않는다는 기분이 들었다. 도대체 왜 마샤가 그런 짓을 했는지 이해되지 않았다.

"그랬지. 선택의 여지가 없었으니까."

마샤가 대답했다. 창밖으로 하늘이 밝아오기 시작했다.

"손님들은요? 아직도 밑에 있습니까?"

야오의 말에 마샤가 침울하게 어깨를 으쓱했다.

"몰라. 그 사람들, 너무 지겨워. 이 사업 자체가 너무 지겨워."

마샤는 담배를 다시 한 모금 빨더니 갑자기 얼굴이 환해졌다.

"결정했어. 난 FMCG로 돌아갈 거야."

"FMCG요?"

"일용소비재 사업으로 돌아갈 거야."

"일용소비재라니, 치약 같은 거요?"

"맞아, 치약 같은 거. 나랑 함께 가서 일하지 않을래?"

"뭐라고요? 아니, 싫습니다."

야오는 마샤를 뚫어지게 응시했다. 그녀는 여전히 마샤였고, 마샤의 몸은 여전히 경이로웠고 아름다운 드레스를 입고 있었지만 야오는 자신을 지배하던 마샤의 힘이 빠져나가고 있음을 느꼈다.

어떻게 그런 결정을 할 수 있는 거지? 야오는 부정을 고백하는 배우자를 보고 있는 듯한 배신감을 느꼈다. 이곳은 그저 직장이 아니었다. 야오의 인생이었고 집이었으며, 사실상 종교였다. 그런데 이 모든 걸 버리고 함께 치약이나 팔자고? 치약은 두 사람이 등을 돌린 평범한 세계에 속한 게 아니었나?

마샤가 진심일 리 없었다. 스무디 때문에 판단력이 흐려진 게 분명했다. 병력을 생각하면 마샤는 스무디를 마시면 안 된다. 하지만 이미 스무디를 마셨으니 어디라도 누워서 헤드폰을 끼고 치약에서 벗어나 환각 경험을 할 수 있도록 야오가 이끌어줘야 했다.

하지만 지금 야오는 아홉 손님들이 걱정이었다. 야오는 마샤에게서 눈길을 떼고 컴퓨터 화면에 떠 있는 불타는 집 영상을 껐다. 보안 프로그램을 클릭해 명상실을 비추게 했다. 명상실에는 아무도 없었다. 구겨진 수건만 여기저기 널브러져 있었다.

"모두 나갔군요. 어떻게 빠져나갔죠?"

야오의 말에 마샤가 콧방귀를 뀌었다.

"마침내 알아낸 거지. 저 문은 오래전에 이미 열려 있었다는 걸."

· 73 ·

카멜

명상실을 나와 지상으로 올라오는 동안, 남자들은 눈앞에 위험한 맹수나 스무디를 권한 행복 안내자가 나타나면 죽여버리겠다는 듯 여자들은 뒤에서 따라오게 했다. 카멜은 그런 행동이 친절하고 신사답다는 걸 인정했고 남자로 태어나지 않아 다행이라고 생각했지만, 사실 그런 기사도 정신은 필요 없을 듯했다. 평온의 집은 고요했고 텅 비어 있었다.

카멜은 화재가 없었다는 사실이 여전히 믿기지 않았다. 머릿속으로 상상했던 불은 진짜였다. 카멜은 다시는 딸들을 볼 수 없으리라 생각했다.

"열릴 리가 없다니까."

나폴레옹이 한 손으로 문손잡이를 잡은 채 "모두 뒤로 물러나요, 뒤로 물러나, 뒤로 물러나세요"를 반복할 때 헤더가 말했다.

하지만 문은 한 번에 열렸다. 문 앞엔 양철 쓰레기통 하나가 놓여 있었다. 나폴레옹은 양철 쓰레기통을 앞으로 기울여 안에 든 내용물을 보여줬다. 바닥엔 타다 만 신문지 조각이 깔려 있었고 그 위에는 불에 녹아 일그러진 플라스틱 물병들이 놓여 있었다. 아직 불씨가 남아 있었지만 그것이 아홉 사람이 상상했던 엄청난 화재가 남긴 흔적의 전부였다.

사람들은 고귀한 침묵 속에서 식사를 했던 식당으로 들어갔다. 창을 통해 희미한 아침 햇살이 들어오고 있었다. 까치가 울고 물총새가 물기 어린 웃음을 웃었다. 새벽의 코러스가 이렇게 서정적으로 들린 적은 없었다.

"일단 전화를 찾아야 해요. 경찰에 연락해야죠."

헤더가 말했다.

"그냥 떠나는 게 좋겠어요. 차를 찾아서 여기서 나가죠."

벤도 말했다. 하지만 누구도 아무 일도 하지 않았다.

카멜은 의자를 당겨 식탁 위에 팔꿈치를 대고 앉았다. 그녀는 출산 직후에 경험하는 황홀한 안도감을 느꼈다. 그 모든 공포, 그 모든 혼란이 이젠 전부 사라지고 없었다.

"혹시 여기 아무도 없는 게 아닐까요?"

"잠깐만요. 누가 오고 있어요."

카멜의 말에 라스가 대답했다. 누군가 복도를 걸어오고 있었다.

"좋은 아침입니다!"

야오였다. 야오는 열대 과일이 가득 담긴 쟁반을 들고 있었다. 피곤해 보였지만 건강에는 전혀 문제가 없는 것 같았다.

"다들 자리에 앉으세요. 여러분을 위해 맛있는 아침을 준비했습니다."

식탁에 쟁반을 놓으면서 야오가 말했다.

우와, 지금 모든 게 계획대로 진행된 것처럼 행동하는 거야. 카멜은 생각했다. 조이가 울음을 터뜨렸다.

"당신이 죽은 줄 알았어요."

"죽어요? 왜 그런 생각을 했을까요?"

야오가 어색하게 웃었다.

"정말로 죽은 것처럼 보였소, 친구."

토니가 말했다.

"우린 사형 집행이라는 게임을 해야 했어요."

문 옆의 안락의자에 앉아 있던 프랜시스가 말했다. 프랜시스는 자매들에게 재미있는 얘기를 들려주려고 하는 카멜의 딸 가운데 한 명 같았다.

"정말로 끔찍한 게임이었어요."

프랜시스의 목소리가 잦아들었다. 쟁반 옆으로 미끄러져내리는 포도송이를 다시 쟁반으로 올려놓으며 야오가 얼굴을 찡그렸다. 카멜이 프랜시스의 말을 받아 계속 말했다.

"우린 변호사인 체해야 했어요."

카멜은 자신이 내뱉는 무의미한 업계 용어를 마샤가 진지하게 받아들이던 신나는 순간을 떠올렸다. 끔찍했지만 근사한 경험이기도 했다.

"우린 의뢰인들이 집행유예를 받을 수 있도록 변호해야 했어요. 내가 변호한 사람은…… 조이예요."

카멜은 지금 자기가 하고 있는 말이 우습다는 생각이 들었다. 이건 그냥 게임에 관한 얘기였다. 그런데 왜 다들 게임을 그토록 심각하게 받아들였을까? 경찰에 이런 얘기를 한다면 모두 우스워지고 말 것이다.

"그래놓고 우리 말을 다 듣지도 않았어요."

제시카가 투덜댔다.

"맞아요. 난 내 차례를 정말로 기다리고 있었는데."

프랜시스가 말했다.

"아닐걸요."

헤더가 대꾸했다.

카멜은 특별히 배가 고프진 않았지만 포도를 하나 뜯어냈다. 이젠 배고픔을 느끼지 않는 경지에 도달했는지도 몰랐다. 카멜은 포도를 입에 넣었다. 세상에! 포도즙이 입안에서 터질 때 카멜은 기뻐서 몸이 떨릴 정도였다. 카멜을 구성하는 모든 세포가 생명을 지켜주는 이 작은 물질에 한꺼번에 반응하는 것 같았다. 카멜은 놀라울 만큼 복잡하지만 엄청나게 단순한 진실을, 음식의 귀중한 아름다움을 알게 된 것 같았다. 음식은 적이 아니었다. 음식은 생명을 주는 존재였다.

"어제 했던 활동이 좀…… 이상해 보였을 수도 있습니다."

야오의 목소리는 쉬어 있었다. 그는 지금 바다 밑으로 가라앉는 타이타닉 호에서 끝까지 바이올린을 연주하고 있었다.

"하지만 그 모든 게 여러분의 성장을 위해 계획된 일이었어요."

"그만하시죠. 이미 끝났다는 거 알잖습니까. 어젯밤에 우리가 겪은 일을 또 다른 사람들이 겪게 할 순 없습니다."

라스가 말했다.

"여긴 문을 닫아야 합니다."

토니가 말했다.

"당신 상사는 즉시 정신병원에 가둬야 한다고요."

헤더가 말했다.

"그런 데는 안 가요."

마샤가 대답했다.

순간, 카멜의 심장이 가슴 밖으로 튀어나오는 것만 같았다. 마샤는 그녀의 치수보다 세 치수는 더 커 보이고 십 년도 전에 유행이 지난 힐러리 클린턴 스타일의 정장을 입고 문 옆에 서 있었다.

"나는 비즈니스계로 돌아갈 거예요."

"마샤, 가서 쉬는 게 좋겠어요."

야오가 절망적으로 말했다.

"모두들 좋아 보여요. 훨씬 날씬해지고 훨씬 건강해졌어요. 다들 이 결과에 크게 기뻐하고 있을 거라 믿어요."

마샤가 사람들을 둘러보며 말했다.

"아주 신나네요, 마샤. 우리 모두 결과에 진짜 만족하고 있어요. 정말 평온한 경험이었어요."

헤더가 조롱하듯 말했다. 마샤는 화가 나서 콧구멍을 벌렁거렸다.

"그런 빈정대는 말투, 그만둬요. 나한텐 업무 보고를 해야죠. 모든 권한은 나한테……."

"이제 더는 안 돼요. 당신이 우리 상사라도 되나 보죠? 우린 모두 당신을 위해 일하고 있고? 지금 우리가 파워포인트라도 만들어서 보고해야 하는 거예요? 안 그러면…… 모두 사형에 처해버릴 테니까?"

헤더가 분노에 차서 말했다.

"그런 태도는 도움이 안 돼, 달링."

나폴레옹이 달래듯 말했다.

"난 당신에 관해 다 알아요, 헤더. 어젯밤에 나도 거기 있었으니까. 당신의 비밀을 들었으니까. 나한테 다 말했잖아요. 당신은 내가 당신 딸한테 약을 먹였다고, 아주 끔찍한 인간이라고 했죠. 내가 한 일은 모두 당신과 당신 가족을 도우려던 건데도. 자, 그럼 말해봐요. 도대체 아들한테 무슨 약을 먹인 거예요?"

마샤가 천천히 말하며 주먹을 꽉 쥐었다. 오른손에 뭔가를 쥐고 있었지만 카멜은 그게 뭔지 알 수 없었다.

"도대체 당신은 어떤 엄마인 거예요?"

마샤가 헤더에게 물었다. 두 여자 사이엔 카멜로서는 이해할 수 없는 기이하고 강렬한 적개심이 흐르고 있었다.

헤더가 마샤를 보고 깔보듯이 웃으며 대답했다.

"적어도 당신보단 나은 엄마야."

그 순간, 마샤가 짐승처럼 울부짖으며 은색 칼을 높이 쳐들고 헤더의 목을 향해 달려들었다.

나폴레옹이 아내 앞으로 뛰어가고 야오가 마샤 앞으로 뛰어가는 순간, 프랜시스가 의자에서 일어나 작은 탁자에서 촛대를 집어 들고 마샤의 머리를 향해 힘껏 휘둘렀다.

마샤는 바로 쓰러졌다. 프랜시스의 발밑에 엎어진 마샤는 움직이지 않았다.

"내가 죽인 거예요?"

촛대를 들고 서서 사람들을 둘러보는 프랜시스의 얼굴은 공포에 질려 있었다.

. 74 .

프랜시스

나중에 프랜시스는 자신의 뇌가 어떤 의사결정 과정을 거쳐 그런 일을 하게 했는지 알아내려 했지만 끝내 알아낼 수 없었다. 그건 마치 그녀의 뇌가 합선을 일으킨 것 같았다.

일단 프랜시스는 마샤의 손에서 200년 된 편지봉투 칼을 봤다. 그리고 마샤가 했던 말을 떠올렸다. "조심하세요. 단도처럼 날카로우니까. 그걸로 사람도 죽일 수 있을 거예요, 프랜시스."

마샤는 헤더를 향해 달려가고 있었고, 프랜시스는 손에 든 촛대가 생각보다 훨씬 무겁다는 사실을 알았다. 그다음으로 생각나는 일은 마샤가 프랜시스의 발밑에 누워 있었다는 것과 덩치가 큰 경찰이 프랜시스에게 총을 겨누며 "제발 움직이지 마세요!"라고 말했기 때문에 흉악한 범죄자처럼 두 손을 머리 위로 번쩍 올렸다는 것이다.

그 예의바른 경찰은 마사지사인 잰의 남자친구 거스였다. 거스는 프랜시스가 상상했던 것만큼 멋졌는데, 총을 내려놓는다면 더 멋질 것 같았다. 거스는 프랜시스를 살인죄로 체포하진 않았다. 마샤는 죽지 않았으니까. 끔찍한 순간이 지나자 마샤는 일어나서 손으로 뒤통수를 잡고는 프랜시스에게 당신은 해고라고, 그것도 지금 당장 해고할 거라고 소리를 질렀다.

여름 원피스를 입고 거스와 함께 들어온 잰은 자신의 직장에서 일어난 사건에 신이 나서 얼굴이 상기돼 있었다. 거스와 잰은 지난 밤 섹스를 하고 나서 얘기를 나눴다. 거스가 저녁에 본 노란 람보르기니를 탄 여자 얘기를 했다. 인상착의를 듣자마자 잰은 그 여자가 딜라일라임을 직감했고, 이 지역에 노란 람보르기니가 두 대나 있을 리 없다는 결론을 내렸다. 따라서 딜라일라는 손님의 차를 훔친 게 분명했다. 나머지 프로그램이 진행되는 동안 직원들은 평온의 집을 떠나야 한다는 통보를 받았을 때부터(요리사는 지금까지 이런 일은 한 번도 없었다고 말했다) 많은 게 의심스러웠던 잰은 거스에게 내일 날이 밝으면 같이 평온의 집에 가보자고 제안했다.

"뇌진탕을 일으켰는지도 모릅니다. 아니면 아직 약에서 깨지 않았던가요."

야오가 자신의 상사를 살펴보면서 말했다.

거스는 프랜시스를 폭행죄로 체포하지도 않을 거라고 말했다. 이미 여러 증인이 프랜시스가 재빨리 행동한 덕분에 헤더가 목숨을 구했다고 말했으니까. 하지만 프랜시스는 마샤의 목표가 헤더였다고 해도 정말로 위험해졌을 사람은 헤더를 옆으로 밀어낸 나폴레옹과 마샤를 막아선 야오라고 생각했다.

"고마워요, 프랜시스. 프랜시스가 아니었다면 정말 끔찍한 일이 벌어졌을 거예요."

헤더는 살인 무기가 실제로 꽂혔을지 모를 목을 문지르면서 말했다. 헤더는 구급차가 도착해 마샤를 병원으로 데리고 갈 때까지 마샤에게 한 마디도 하지 않았다. 파란 제복을 입은 구급대원들에게 이끌려 평온의 집을 나서면서 마샤는 명랑하게 소리쳤다.

"평온의 집에 와주셔서 감사해요! 트립어드바이저에 좋은 후기 남기는 거 잊지 말아요!"

더 많은 경찰이 평온의 집으로 와 다량의 마약을 찾아냈고, 잠시 뒤엔 첫 번째로 도착한 경찰들보다 훨씬 더 매서운 눈에 번쩍이는 구두를 신은 경찰들이 도착했다. 이 경찰들은 거스와 달리 사건과 관계없는 세세한 얘기에는 관심을 보이지 않았다.

야오는 경찰차에 실려 조사를 받으러 갔다. 떠나기 전에 손님들을 돌아보면서 "죄송합니다"라고 말했다. 야오는 부모님이 외출한 사이 집에 친구들을 데려와 난장판을 만들며 파티를 벌인 십대처럼 슬퍼 보였고 풀이 죽어 보였고 부끄러워 보였다.

벤의 람보르기니는 평온의 집에서 두 시간 거리에 있는 공항 주차장에서 발견됐다. 벤이 자세히 살펴봐야 확실하게 알 수 있겠지만 일단은 람보르기니에 손상된 곳은 없다는 소식을 전해 들었다. 딜라일라가 어디에 있는지는 아직 알아내지 못했다.

그 뒤로 아홉 손님들은 지루한 진술을 해야 했다. 모두 그 주에 일어났던 사건에 관해 경찰에 길고 상세한 설명을 해야 했다. 평온의 집에서 일어난 일들은 논리적으로 설명하기가 가끔은 아주 어렵기도 했다.

"그러니까 갇혔다고 생각했단 말입니까?"

"정말로 갇혔어요."

"하지만 그냥 손잡이를 돌려서 문을 열고 나왔다면서요?"

"그건, 우리가, 손잡이를 돌려볼 생각을 못해서 그런 거예요. 그걸 마샤가 우리한테 알려주려고 했던 거 같아요. 때로는 눈앞에 해답이 있다는 거요."

"알겠습니다."

하지만 경찰의 얼굴을 보면 전혀 이해하지 못하고 있다는 사실을, 자신은 그런 식으로 바보처럼 갇히지 않을 거라고 확신한다는 사실을 알 수 있었다.

"불이 났다고 생각하셨다고요?"

경찰은 또 물었다.

"분명 연기가 났어요. 불이 나는 소리도 들렸고요."

프랜시스는 여름날 아침처럼 신선하고 달콤한 망고의 샛노란 과육을 한입 가득 베어 문 입으로 대답했다.

"그런데 사실은 유튜브에서 나오는 화재 소리를 들려준 거고요."

경찰은 덤덤한 어조로 말했다.

"정말 불이 났다고 확신했어요."

프랜시스의 말투에 확신은 없었다.

"그랬을 거라고 믿습니다."

경찰이 황당하다는 표정을 드러내지 않으려고 무척 애쓰고 있다는 사실은 누가 봐도 알 수 있었다. 프랜시스는 끈적끈적한 턱을 문질러 닦았다.

"고마워요. 과일을 좋아하진 않나봐요?"

"그다지 팬은 아닙니다."

"과일의 팬이 아니라고요?"

아홉 손님들 가운데 유일하게 법을 잘 아는 라스는 여덟 사람에게 어떻게 진술해야 하는지 알려주려고 노력했다.

"우린 속은 겁니다. 이곳에 마약이 있다는 건 전혀 몰랐습니다. 스무디 안에 뭘 넣었는지도 말해주지 않았습니다."

라스는 자신이 경찰에게 진술한 내용을 다른 사람들이 들을 수 있도록 큰 소리로 말했다.

"마약이 있다는 건 전혀 몰랐어요. 우린 속은 거예요. 스무디에 뭘 넣었는지도 말해주지 않았는걸요."

프랜시스가 말했다.

"네, 알겠습니다. 그랬겠죠."

결국 경찰은 애쓰기를 포기하고 냉소적인 표정을 지었다.

"이제 가서 망고를 더 드셔도 됩니다."

경찰은 수첩을 접으면서 말했다. 한 경찰은 토니를 알아보더니 집으로 돌아가 찰턴 셔츠를 가져와 사인을 받고는 눈물을 글썽였다.

길었던 하루가 마침내 끝날 무렵이 되고 평온의 집에 있던 모든 마약을 경찰이 증거품으로 가져간 뒤에야 아홉 명은 추가 조사에 응하기만 한다면 집에 가도 좋다는 허락을 받았다.

"떠나도 좋다는 말은 남아도 된다는 말이에요?"

프랜시스가 마지막까지 남은 경찰 거스에게 물었다. 여섯 시간이나 운전해 집으로 가기엔 너무 늦은 시간이었다. 거스는 더는 범죄가 일어나는 장소가 아니니 좋을 대로 하라고 했다. 평온의 집에서 죽은 사람은 아무도 없었고 마약도 사라졌으며 아홉 사람이 낸 숙박비도 사실상 남았으니까. 하지만 거스는 그 말을 한 뒤 자기가 한 말이 법적으로 문제가 없는지를 곱씹어보는 듯했다.

잰은 손님들의 긴장을 풀어주려고 아홉 명에게 십 분간 마사지를 해줬다. 그녀는 손님들에게 가까운 병원으로 가서 몸 상태를 검사해보자고 했지만 아무도 그럴 생각은 없었고, 더군다나 마샤가 있는 곳이라면 더더욱 가고 싶지 않았다. 토니는 자기 어깨는 아무 문제도 없다고 했다.

"불편하게 느껴지면 뭐든지 하지 말라고 했잖아요. 그게 이런 의미였던 거예요?"

프랜시스의 말에 잰은 화들짝 놀랐다.

"버핏이나 점핑런지 같은 운동은 하지 말라는 뜻이었어요."

잰은 프랜시스의 어깨에 손가락으로 마법을 부리며 말했다.

"등이 아픈 사람들한테 버핏은 큰 문제가 될 수 있고, 점핑런지를 하려면 무릎이 좀 더 괜찮은 상태여야 하니까요."

잰은 고개를 절레절레 저었다.

"이런 일이 벌어지는 줄 알았으면 즉시 경찰에 알렸을 거예요."

잰은 사랑스러운 눈길로 거스를 봤다.

"거스한테 분명히 알렸을 거예요."

"남자친구는 휘파람 불 줄 알아요?"

프랜시스도 잰의 눈길을 따라 거스를 보며 물었다. 하지만 휘파람을 불 줄 알든 모르든 거스는 완벽에 가까운 남자였다.

거스와 잰이 떠나자 아홉 손님들은 부엌으로 들어가 저녁을 준비했다. 엄청난 자유를 만끽하면서 찬장을 열어젖혔고, 거대한 스테인리스 냉장고 문을 열고는 그 안에 빼곡하게 쌓여 있는 스테이크와 닭고기, 생선, 채소, 달걀을 보고는 잠시 아무 말도 못했다.

"오늘은 내 스물한 번째 생일이에요."

조이가 선언했다. 모두 조이를 쳐다봤다.

"오빠의 생일이기도 하고요. 오늘은 우리 생일이에요."

깊고도 불안정한 숨을 내쉬면서 조이가 말했다. 헤더와 나폴레옹이 조이의 양옆으로 다가갔다.

"오늘 저녁엔 한잔해야겠네요."

프랜시스가 말했다.

"음악도 틀고요."

벤이 말했다.

"케이크도 필요하겠죠."

카멜이 소매를 걷어붙이며 말했다.

"내가 또 생일 케이크의 달인이거든요."

"난 피자를 만들 줄 압니다. 밀가루가 있으면 피자 도우도 만들 수 있고요."

토니가 말했다.

"정말요?"

프랜시스가 물었다.

"그럼요."

토니가 활짝 웃었다.

조이는 자기 방으로 가서 숨겨둔 와인을 들고 왔다. 프랜시스는 평온의 집을 구석구석을 뒤지다 접수대 뒤의 자물쇠가 채워진 방에서 손님들이 빼앗겼다가 찾아가지 않은 보물들을 찾아냈다. 딱 보기에도 썩 괜찮은 와인을 포함해 와인이 여섯 병이나 있었다.

벤은 스마트폰을 찾아냈다. 아홉 손님들은 다시 세상과 접촉했고, 그동안 그리 많은 일이 벌어진 건 아니라는 걸 알았다. 스포츠 스캔들에는 토니와 나폴레옹만 흥분했고, 카다시안 자매 가운데 한 명이 이혼했다는 소식에는 제시카와 조이만 반응했으며, 사망자가 발생한 자연재해는 늘 그렇듯이 경고를 무시한 사람들 때문에 일어났다. 벤은 스마트폰으로 사람들의 신청을 받아 음악을 틀어주는 디제이 역할을 맡았다.

모두 와인을 마시고 음식을 먹었다. 제시카는 완벽한 미디움 레어 스테이크를 구웠고, 토니는 밀가루 반죽을 빙글빙글 돌리며 피자 도우를 만들었다. 프랜시스는 자신을 필요로 하는 모든 사람에게 다가가 부주방장 역할을 했다. 카멜은 믿을 수 없을 만큼 근사한 케이크를 만들었고 쏟아지는 찬사에 얼굴이 밝아져 아름다운 모습을 연출했다. 놀랍게도 많은 사람이 춤을 췄고 놀랍게도 많은 사람이 울음을 터뜨렸다.

라스는 춤을 출 줄 몰랐다. 전혀. 그런 라스를 지켜보는 일은 즐거웠다.

"일부러 그러는 거예요?"

프랜시스가 물었다.

"왜 사람들은 항상 그렇게 묻는 걸까요?"

라스가 대답했다.

토니는 춤을 출 줄 알았다. 그것도 아주 잘 췄다. 선수 시절에 발레는 훈련 과정의 하나였다고 했다.

"허벅지 뒤쪽 근육을 강화해주니까요."

프랜시스와 카멜이 발레복을 입고 빙글빙글 도는 토니를 상상하며 서로를 붙잡고 키득대는 동안 토니가 말했다. 두 사람의 반응에 토니는 완벽한 피루에트(pirouette, 한쪽 발로 서서 빠르게 도는 동작-옮긴이)로 화답했다.

프랜시스는 피자 도우를 만들고 피루에트를 추는 남자와는 사귀어본 적이 없었다. 그건 기록해둬야 할 재미있는 사실이었지 토니의 키스를 허락할 이유는 아니었다. 프랜시스는 토니가 자신에게 키스하고 싶어 한다는 사실을 알았다. 키스하고 싶어 하는 남자와 함께 있는 이런 기분을 처음 느꼈던 건 열다섯 살 때 나탈리의 생일 파티에서였다. 그런 기분을 느낄 때면 모든 일이 신났다. 환각성 마약을 한 것과 똑같은 상태가 되는 것이다.

모두들 조이와 잭을 위해 건배했다.

"난 쌍둥이를 낳고 싶지 않았어요."

레드 와인이 담긴 잔을 들며 헤더가 말했다.

"의사가 쌍둥이라는 말을 했을 때, 정말로 욕을 했다니까요."

"우와, 멋진 시작이야, 엄마."

조이가 말했다. 헤더가 딸의 말을 무시하고 계속 말했다.

"나는 조산원이니까요. 쌍둥이를 낳는 게 얼마나 힘든지 알았으니까요. 하지만 별 탈 없이 출산을 했어요. 자연분만이었고요."

헤더는 나폴레옹을 봤고 나폴레옹은 헤더의 손을 꼭 잡았다.

"출산하고 처음 몇 달은 너무 힘들었어요. 하지만 반년쯤 지나니까 아이들이 일정한 패턴으로 생활하기 시작하고 밤에도 푹 잘 수 있게 됐어요. 아이들을 보면서 '너희는 정말 특별하구나' 하고 생각했던 기억이 나요. 아이들은 교대로 하나씩 먼저 해냈어요. 잭은 조이보다 먼저 태어났고 조이는 잭보다 먼저 걸었어요. 잭은 조이보다 먼저 뛰었고요."

헤더의 목소리가 잦아들었다. 헤더는 와인을 한 모금 마시고 아직 딸의 생일을 축하하는 말을 완전히 끝내지 않았다는 사실을 기억해냈다.

"조이가 운전면허를 먼저 땄고, 당연하지만 그것 때문에 잭이 펄펄 뛰었죠."

헤더는 다시 입을 다물었다.

"둘이 어찌나 싸웠는지. 애들이 어떤 식으로 싸우는지 여러분은 상상도 못할 거예요. 서로 죽일 듯이 덤벼서 각자 방에 들어가 있으라고 명령해야 한다니까요. 하지만 오 분만 지나면 언제 싸웠냐는 듯 낄낄댈걸요."

헤더는 마치 잭이 죽지 않은 것처럼 말하고 있었다. 젊은이들은 눈을 흘기고 노인들은 눈물을 닦게 만드는, 자식에 대한 뿌듯함을 맘껏 드러내는 평범한 엄마처럼 말하고 있었다. 헤더가 와인 잔을 높이 들었다.

"조이와 잭을 위하여! 너희는 이 세상에서 가장 똑똑하고 가장 재미있고 가장 아름다운 아이들이야. 엄마 아빠는 너희를 정말 사랑한단다!"

모두 와인 잔을 높이 들어 "조이와 잭을 위하여!"라고 소리쳤다. 나폴레옹은 케이크에 꽂힌 초에 불을 붙였고, 여덟 손님은 생일 축하 노래를 불렀고, 조이는 촛불을 불어 껐지만 그 누구도 "소원을 빌어요"라는 말은 하지 않았다. 식당에 모여 있는 모든 사람의 소원은 같았으니까.

카멜의 (엄청나게 놀라운) 케이크를 모두의 접시에 담은 뒤 조이는 벤에게 프랜시스는 알지 못하는 노래를 틀어달라고 했다. 어린 세 사람은 그 노래에 맞춰 춤을 췄다. 모두 계속 연락하자고 약속했다. 서로 친구가 돼서 어떻게 살아가는지 알리자고 했다. 제시카가 왓츠앱에 모임을 만들어 모두를 초대했다.

피로에 제일 먼저 무릎을 꿇고 "그럼 모두 잘 자요"라며 자기 방으로 들어간 사람은 카멜이었다. 내일이면 다들 자기 집으로 떠날 것이다. 예정보다 이틀 먼저 돌아가는 것이기 때문에 다른 주에 사는 사람들은 비행 날짜를 변경해야 했다. 카멜은 애들레이드에서 왔고, 마르코니 가족과 토니는 멜버른에서 왔다. 토니는 다른 주에서 왔는데도 렌트카를 빌린 유일한 사람이라 벤과 제시카가 딜라일라가 버리고 간 차를 가져갈 수 있도록 공항까지 데려다주기로 했다. 라스와 프랜시스는 시드니에서 왔기 때문에 늦은 아침을 먹고 느긋하게 떠나겠다고 선언했다.

프랜시스는 내일 아침이면 모든 것이 다른 식으로 느껴지리라는 걸 알았다. 아홉 명 모두 옛 삶이 자신을 끌어당긴다는 기분을 느낄 것이다. 프랜시스는 단체 관광이나 크루즈를 해본 적이 있었다. 그러니 앞으로 어떻게 진행될지 잘 알았다.

평온의 집에서 멀어질수록 점점 더 "잠깐만, 도대체 그게 다 무슨 일이었을까? 그 사람들과 내가 어울릴 만한 공통점도 하나 없었는데?"라고 중얼거리게 될 것이다. 모든 일이 꿈처럼 느껴질 것이다. "내가 정말로 수영장 옆에서 하와이 춤을 췄단 말이야?" "우리 팀이 이기겠다고 내가 정말로 《카마수트라》(성애를 다룬 인도의 고대 경전-옮긴이)에 나오는 자세를 취했단 말이야?" "내가 정말로 마약을 하고 낯선 사람들이랑 지하에 갇혀 있었다고?"

마침내 긴 식탁에는 프랜시스와 토니만 앉아 마지막 와인을 마시고 있었다.

토니가 와인 병을 집어 들었다.

"더 마실래요?"

프랜시스는 와인 잔을 뚫어지게 보며 고민했다.

"아니, 안 마실래요."

토니는 자기 잔에 와인을 채우려다 마음을 바꾸고 와인 병을 식탁에 내려놓았다.

"내가 변한 게 분명해요. 평소라면 더 마신다고 했을 텐데."

"나도 그런 것 같군요."

토니는 단호하면서도 집중하는 표정을 지었다. 이젠 당신에게 키스할 시간이 됐다고 결정했을 때 남자의 얼굴에 떠오르는 표정이었다.

프랜시스는 나탈리의 생일 때 했던 첫 키스를 떠올렸다. 황홀하고 영광스러웠던 첫 키스를, 그 키스가 끝나고 난 뒤 남자애가 자기는 더 작은 가슴이 좋다고 말했던 사실을 기억해냈다.

질리언은 프랜시스에게 그녀가 쓴 소설에 나오는 여자처럼 행동하지 말라고 했는데. 토니는 멜버른에 살고 있었고, 분명히 그곳을 떠날 생각이 없을 것이다. 프랜시스는 자기가 남자 때문에 얼마나 자주 이사를 했는지, 존재하지도 않는 남자를 위해 기꺼이 인생을 정리하고 미국으로 떠날 준비를 얼마나 열정적으로 했는지 기억해냈다.

마샤의 말도 기억했다. 여기를 떠날 때 전혀 다른 사람이 돼 있고 싶은가요?

프랜시스는 토니에게 말했다.

"평소라면 좋다고 그랬을 거예요."

. 75 .

1주 뒤

"그러니까 임신하지 않은 거야. 임신했던 적은 없었던 거야. 그냥 내 상상이었던 거야."

제시카가 말했다. 소파에 앉아 있던 벤이 제시카를 쳐다봤다. 그는 TV 리모컨을 들어 보고 있던 자동차 프로그램을 껐다.

"그래."

벤이 말했다. 제시카는 벤의 옆에 앉아 그의 무릎에 손을 올렸다. 두 사람은 아무 말도 하지 않고 조용히 앉아 있었지만, 임신하지 않았다는 사실이 무슨 뜻인지 알고 있었다.

제시카가 임신을 했다면 두 사람은 함께했을 것이다. 두 사람에겐 아기를 위해 함께 살아갈 정도로는 사랑이 남아 있었으니까.

하지만 제시카가 임신하지 않았다면 얘기가 달랐다. 아기도 없는데 다시 노력해볼 만큼의 사랑은 남아 있지 않았다. 두 사람이 할 수 있는 노력은 단 하나, 서로 힘들지 않게 좋은 이혼을 하는 것뿐이었다.

2주 뒤

집 안에 진저브레드와 캐러멜, 버터 향기가 가득했다. 카멜은 집으로 돌아오는 네 딸을 위해 아이들이 좋아하는 음식을 만들고 있었다. 차가 진입로를 지나 현관 앞으로 들어오는 소리가 들렸다.

자동차 문이 활짝 열리면서 네 아이가 우르르 몰려나왔다. 아이들은 무릎을 꿇고 팔을 벌리고 있는 엄마에게 달려와 매달렸다. 카멜은 아이들의 머리카락에, 팔꿈치 안쪽에 코를 묻었다. 아이들은 엄마의 품을 파고들었고, 자기가 제일 좋아하는 봉제인형이라도 되는 것처럼 엄마를 놓고 싸우기 시작했다. 로지가 자매들 가운데 한 명의 팔꿈치에 눈을 맞고 울기 시작했다. 룰루가 앨리에게 고함을 질렀다.

"이제 내가 엄마 안을 차례란 말이야! 왜 엄마를 네가 몽땅 차지하고 있어!"

세이디는 엄마의 머리카락을 움켜잡고 엄마의 눈에서 눈물이 쏙 빠지게 만들고 있었다.

"너희들 진짜 뭐 하니? 엄마 좀 일어설 수 있게 해줘!"

조엘이 소리쳤다. 조엘은 늘 오래 비행기를 타면 상태가 안 좋았다. 카멜이 비틀거리며 간신히 일어섰다.

"다시는 엄마를 두고 가지 않을 거야!"

룰루가 격렬하게 말했다.

"룰루! 그런 말이 어디 있어? 넌 방금 가장 멋진 휴가를 즐기고 왔잖아!"

조엘이 버럭 화를 냈다.

"룰루한테 화내지 마. 모두 피곤하잖아."

소나가 말했다. 전남편을 나무라는 전남편의 여자친구를 보자 카멜은 마약 스무디를 마셨을 때 느꼈던 행복이 다시 느껴지는 것 같왔다.

"모두 안으로 들어가. 엄마가 간식 만들어놨어."

카멜의 말에 아이들이 모두 집 안으로 뛰어 들어갔다.

"아주 좋아 보여요, 카멜."

오랫동안 비행기를 타고 와 피곤해 보이는 소냐가 말했다.

"고마워요. 푹 쉬었거든요."

"살 빠졌죠?"

소냐가 물었다.

"모르겠어요."

카멜은 정말로 알지 못했다. 더 이상 몸무게 따위는 중요하게 느껴지지 않았으니까.

"음, 확실히 뭔가 변한 거 같아요. 피부도 아주 좋아 보이고, 머리카락도…… 모든 게요."

소냐의 목소리는 따뜻했다. 이런 젠장, 이제 우린 친구가 돼야 하는 거야? 카멜은 생각했다. 그리고 깨달았다. 조엘은 카멜의 변화를 전혀 눈치 채지 못한다는 것을. 남자들 앞에서 여자들의 외모는 전혀 변할 수가 없는 것이다. 여자들은 여자들 앞에서만 변했다. 여자들은 다들 자신과 다른 여자들의 체중과 피부를 세심하게 살피니까. 빠져나갈 수도 없고 빠져나가고 싶지도 않은 회전목마에 갇힌 것처럼 서로의 외모를 강박적으로 살피는 건 여자들이니까.

카멜이 완벽한 피부색에 운동으로 다진 멋진 몸매를 소유했고 손톱과 발톱을 근사하게 가꾸는 사람이었다 해도 조엘은 카멜을 떠났을 것이다. 조엘이 카멜에게 더 이상 매력을 못 느끼는 건 카멜과는 전혀 상관없는 일이었다. 조엘은 더 나은 여자를 찾아 떠난 게 아니니까. 조엘에게 필요한 건 새로운 여자였으니까.

"우리 좌석이 화장실 바로 옆이었거든. 사람들이 계속 들락날락 해서 한숨도 못 잤어."

조엘이 말했다.

"그게 뭐야? 왜 그랬어?"

카멜이 물었다.

"알아. 마일리지로 좌석을 바꾸려고 했지만, 운이 없었어."

카멜은 조엘의 말에 눈을 살짝 치켜뜨는 소나를 봤다. 그래, 분명히 친구가 된 거군.

"음, 올해는 방과 후에 애들 데려오는 걸 나눠서 하면 좋겠어. 작년엔 나 혼자 모든 걸 하니까 너무 힘들었거든. 새로 시작한 운동을 지금 시간대로 계속하고 싶어."

카멜이 조엘에게 말했다.

"물론이죠. 우리도 부모인걸요."

소나가 대신 대답했다.

"입안이 너무 찝찝해. 수분이 부족해서 그런가봐."

조엘이 말했다.

"애들 일정을 알려줘요. 함께 해낼 수 있을 거예요. 아, 괜찮으면 같이 커피 마시면서 의논해볼래요?"

소나는 넘지 말아야 할 선을 넘은 사람처럼 긴장한 모습으로 말했다.

"좋은 생각이에요."

카멜이 대답했다.

"난 일하는 시간을 마음대로 정할 수 있으니까 융통성 있게 시간을 사용할 수 있어요."

소냐의 목소리에 열정이 끓어올랐다.

"발레 학원은 언제라도 데려다줄 수 있어요. 발레 학원에서 애들 머리도 묶어주고 발레하는 것도 지켜보는 게 내 꿈이거든요. 알다시피 나는 아기를 갖지 못하니까······."

"아기를 갖지 못해요?"

"이런, 안다고 생각했어요."

소냐는 정신없이 자기 입안을 손가락으로 문지르고 있는 조엘을 흘끔 쳐다보며 말했다.

"몰랐어요. 미안해요."

"어머, 아니에요. 이젠 완전히 받아들였는걸요."

소냐가 다시 한 번 조엘을 흘끔 쳐다보는 모습에서 카멜은 아이를 못 갖는 것이 소냐에겐 안된 일이지만 조엘에겐 잘된 일임을 알 수 있었다.

"그래서 발레 학원에 가는 게 정말 좋은 거예요. 하지만 카멜이 계속하고 싶다면 당연히 그렇게 하세요."

"아니에요. 소냐가 데려다준다면 정말 고맙죠."

발레에 열의가 있는 엄마도 아니고 딸들이나 딸들의 발레 선생님이 만족할 정도로는 한 번도 머리를 묶어준 적이 없는 카멜로서는 조금도 아쉽지 않았다.

소냐는 귀한 선물을 받은 사람처럼 두 손을 모아 굳게 깍지를 꼈다. 행복한 마음을 가득 담아 고마워하는 소냐의 눈빛을 보니 카멜도 고마워서 울음이 나올 것만 같았다. 카멜의 딸들은 이복동생 때문에 혼란스러워할 일도 없었고, 카멜은 발레 학원에 가느라 허둥

거릴 일도 없어졌다. 발레 선생님은 소냐를 좋아하게 될 것이다. 소냐는 발레 대회에 나가 자발적으로 아이들 머리 묶는 걸 돕고 화장을 해줄 테니까. 이제 카멜은 발레 수업 때문에 더는 곤란해지지 않아도 되는 것이다.

오늘 밤에는 룰루한테 소냐와 함께 나갔을 때 사람들이 엄마를 닮았다고 해도 절대로 그 사실을 정정해주지 말라고 말해줄 생각이었다.

"진짜 좋은 일정 공유 앱을 찾아볼게요."

소냐는 핸드백에서 스마트폰을 꺼냈다. 카멜은 또다시 엄청난 행복을 느꼈다. 카멜은 남편을 잃고 아내를 얻었다. 효율적이고 에너지가 넘치는 젊은 아내를. 이건 절대적으로 카멜에게 이득인 장사였다. 카멜의 인생이 업그레이드된 것이다. 십 년쯤 뒤 조엘이 또다른 업그레이드를 위해 소냐의 곁을 떠난다면, 그때 카멜은 소냐 곁을 지켜줄 것이다.

"발레 얘기는 다음에 하면 안 될까? 빨리 가서 샤워하고 싶어."

조엘이 벌써 차 쪽으로 걸어가며 말했다.

"애들한테 작별인사는 해야지."

소냐가 말했다.

"물론이지."

조엘이 한숨을 내쉬었다. 조엘에게는 길고 힘든 휴가였음이 분명했다.

"팔레오를 섞어 먹은 거예요? 5:2로요? 아님 18:6?"

집으로 들어가면서 소냐가 카멜에게 조용히 물었다.

"건강휴양지에 다녀왔어요. 아주 멋진 곳이었어요. 내 인생이 바뀔 정도로요."

카멜이 대답했다.

3주 뒤

"프랜시스, 왜 이렇게 헉헉거려요?"

"팔굽혀펴기를 하고 있었어요."

프랜시스는 거실 바닥에 엎드린 채로 전화기를 귀에 댔다.

"팔굽혀펴기는 온몸의 근육을 다 쓰거든요."

"그럴 리가. 팔굽혀펴기 같은 걸 하는 분이 아니잖아요."

조가 콧방귀를 뀌었다.

"아이고, 이런. 혹시 내가 인 플라그란테 델릭토일 때 방해한 건 아닌가요?"

섹스 중이라는 뜻의 인 플라그란테 델릭토(in flagrante delicto)를 제대로 발음하고 쓸 수 있는 사람은 과거의 프랜시스 담당 편집자, 조뿐이었다.

"오전 11시에 팔굽혀펴기를 하는 것보다 섹스를 할 가능성이 더 높다고 생각하다니. 나, 지금 우쭐해져야 하는 거 아니에요?"

프랜시스는 몸을 일으켜 양반다리를 하고 앉았다. 평온의 집에서 돌아왔을 때 프랜시스는 3킬로그램이 빠져 있었지만, 몸무게는 곧 회복됐다. 하지만 그때부터 지금까지 운동을 좀 더 많이 하고 초콜 릿을 덜 먹고 마음챙김 호흡을 더 하고 와인을 좀 덜 마시는 생활습 관을 유지하려 노력했다. 기분은 좋았다.

엘렌은 프랜시스 눈의 흰자위가 훨씬 더 선명해졌다고 했다. 평온의 집 얘기를 들은 엘렌은 충격을 받았다.

"내가 그곳 운영 방법이 다르다고 한 건 각자에게 맞는 음식을 준다는 거지 LSD를 준다는 뜻이 아니었다고."

하지만 이 말을 하고 잠시 생각을 하던 엘렌은 아쉬운 듯 말했다.

"나도 LSD를 해봤으면 좋았을 텐데."

프랜시스가 조에게 물었다.

"은퇴생활은 어때요?"

"다시 일하려고요. 일이 더 쉬워요. 모두 내가 하루 종일 아무것도 안 한다고 생각한다니까. 형제들은 늙은 부모를 내가 전적으로 책임져야 한다고 생각하고, 아이들은 내가 손주들을 돌봐야 한다고 생각하고. 물론 손주들이야 예쁘지만, 그런 일을 하라고 보육시설이 있는 거잖아요."

"맞아요. 조는 은퇴하기엔 너무 젊어요."

프랜시스는 코를 무릎에 닿게 하려고 애쓰면서 대답했다. 스트레칭은 중요했다.

"내가 직접 임프린트를 만들려고요."

조가 말했다.

"정말요?"

프랜시스가 벌떡 몸을 일으켰다. 작은 희망이 솟아 올랐다.

"축하해요!"

"소설 읽어봤어요. 당연히, 아주 맘에 들어요. 그런데 계약을 제안하기 전에 한 가지 궁금한 게 있어요. 혹시 소설에 작은 유혈 사태를 끼워넣는 건 어때요? 살인도 좋고. 딱 한 가지 사건만 넣으면 될 것 같은데."

"살인을요? 내가 그런 걸 쓸 수 있을지 모르겠어요."

"오, 프랜시스. 당신의 그 낭만적인 심장 속엔 살인 본능이 잔뜩 웅크리고 있다니까요."

"내가요?"

프랜시스는 눈을 가늘게 떴다. 어쩌면 정말로 그런지도 몰랐다.

4주 뒤

그 말이 입에서 나오기 전까지, 라스는 자신이 그런 말을 하게 될 줄은 몰랐다. 집으로 돌아온 뒤로는 잠이 들면 적갈색 눈동자에 더러운 얼굴을 한 검은 머리 소년이 나타났고, 라스는 매번 새로운 발견이라도 한 것처럼 늘 정확하게 같은 생각을 하면서 잔뜩 짜증이 나서 눈을 번쩍 떴다. 적갈색 눈동자의 소년은 라스의 과거에 있었던 끔찍한 일을 보여주려고 나타나는 게 아니었다. 그 애는 라스의 미래에 생길 근사한 일을 보여주고 싶어 했다.

아니, 완전히 어처구니없는 일이야. 라스는 계속해서 자기 자신에게 말했다. 이건 다 마약 때문이야. 전에도 마약을 한 적이 있잖아. 이 망할 꿈은 미래를 보여주는 게 아니라 그냥 환각이야.

하지만 레이가 식료품 저장실에서 식료품을, 모든 단백질 셰이크를 치우고 있는 걸 보던 라스는 자기 입에서 "요즘은 아기를 갖는 게 어떨까 하는 생각을 하고 있어"라는 말이 나오는 소리를 들었다. 라스는 레이의 손이 멈추는 것을 봤다. 토마토 통조림 하나가 공중에서 멈춰버렸다. 레이는 말도 하지 않고 움직이지도 않고 돌아보지도 않았다.

"한번 해봐도 되지 않을까 싶어. 어쩌면 말이야."

라스는 속이 메슥거렸다. 지금 레이가 돌아본다면, 레이가 라스의 품으로 달려든다면, 사랑과 행복과 염원이 가득 담긴 얼굴로 돌아본다면, 라스는 토하고 말 것이다. 토할 게 분명했다.

하지만 레이는 라스를 잘 알았다. 레이는 돌아보지 않았다. 그저 천천히 토마토 통조림을 내려놓았을 뿐이다. 어떻든 상관없다는 듯이 "알았어"라고 말했을 뿐이다.

"아무튼 나중에 얘기하자."

라스는 의자에 주먹을 내리치면서 말했다. 손이 아팠다.

"그래."

레이가 말했다.

잠시 뒤 상점에 다녀오려고 나온 라스가 선글라스를 가지러 집으로 되돌아갔을 때, 그는 180센티미터가 넘는 남자가 팔짝팔짝 뛰고 있는 소리를 들었고, 레이의 여동생임이 분명한 목소리가 전화기 너머에서 깍깍대는 소리를 들었다.

"세상에, 세상에! 방금 일어난 일을 넌 절대 믿지 못할 거야!"

선글라스를 손에 든 채 라스는 잠시 멈춰 싱긋 웃었고, 햇살이 환한 밖을 향해 걷기 시작했다.

5주 뒤

TV에서 오스트레일리아 풋볼의 역사를 알려주는 다큐멘터리를 방영했다. 다큐멘터리를 다 본 프랜시스는 정말로 풋볼에 매혹됐다. 그녀는 토니에게 전화를 걸었다.

"TV에 나온 자기 경기를 봤어."

"프랜시스?"

토니는 헐떡거리고 있었다.

"팔굽혀펴기를 하는 중이야."

"나 이제 한 번에 열 개 하는데, 자기는 몇 개나 해?"

"백 개."

"으스대기는."

6주 뒤

나폴레옹은 주치의가 소개해준 정신과 병원 대기실에 앉아 있었다. 첫 상담을 잡기까지 6주의 시간이 걸렸다. 바로 이게 정신과 질병의 문제야. 도통 의사를 만날 수 없다는 거. 나폴레옹은 생각했다.

평온의 집에서 돌아온 뒤 나폴레옹은 자신이 해야 할 모든 일을 다 했다. 학생들을 가르쳤고 요리를 했고 아내와 딸과 대화했으며 치유 모임에 나가 아이 잃은 부모들을 이끌었다. 모두가 자신을 전혀 변하지 않은 사람처럼, 예전과 다름없이 대한다는 사실이 나폴레옹으로서는 놀라웠다. 사람들의 그런 태도는 비행기를 탔을 때 귀가 멍멍한 것과 같은 기분을 느끼게 했다. 자신의 목소리가 귓속에서 메아리처럼 울렸고, 하늘은 색을 잃어버렸다.

존재하려는 노력 자체가 너무나 피곤했기 때문에 나폴레옹은 반드시 해야 할 일이 아니면 아무것도 하지 않았다. 자고 싶을 때면 잤고 매일 아침이면 두터운 진흙 속에서 움직이는 듯한 기분을 느끼며 잠에서 깨어났다.

"아무 일 없는 거지?"

헤더는 가끔 나폴레옹에게 물었다.

"다 좋아."

나폴레옹은 그렇게 대답했다.

평온의 집에서 돌아온 뒤로 헤더는 변했다. 행복한 건 분명히 아니었지만 차분해졌다. 그녀는 집에서 조금만 가면 있는 공원의 태극권 수업에 나갔다. 일흔 살이 넘지 않은 사람은 헤더가 유일했다. 헤더는 사람들과 잘 어울리는 사람이 아니었는데도 노인들과 어울리는 데는 문제가 없었다.

"그분들 때문에 웃게 되니까. 게다가 나한테 요구하는 게 아무것도 없거든."

"그게 무슨 소리야? 엄마한테 맨날 이거 해달라 저거 해달라 요구하잖아."

헤더의 말에 조이가 반박했다. 조이의 말은 사실이었다. 헤더는 새로 생긴 노인 친구들 때문에 병원을 드나들어야 했고 처방전을 타러 돌아다녀야 했다.

조이는 새로 아르바이트를 구했다. 나폴레옹은 딸에게서 눈을 떼지 않았다. 아르바이트와 학과 공부 때문에 바쁘긴 했지만 조이는 괜찮아 보였다. 하루는 아침에, 평온의 집에서 돌아온 지 일주일쯤 됐을 때 나폴레옹은 욕실 앞에서 지난 삼 년 동안 전혀 듣지 못했던 소리를 들었다. 조이가 샤워를 하면서 음정과 박자가 마구 틀린 노래를 부르고 있었다.

"마르코니 씨?"

어딘지 모르게 프랜시스 웰티를 연상시키는 짧은 금발의 여자가 말했다.

"앨리슨입니다."

나폴레옹을 데리고 상담실로 들어온 정신과 의사는 영국 정원에 관한 책과 알로에베라 냄새가 나는 각티슈가 놓인 탁자의 반대편 의자를 가리키며 그에게 앉기를 권했다. 나폴레옹은 형식적인 인사는 하지 않았다. 나폴레옹에게는 허투루 쓸 시간이 없었다.

그는 곧바로 잭에 관해 말했다. 평온의 집에서 먹은 마약에 관해 말했고, 그때부터 우울증이라고 생각되는 증상과 싸워왔다고 말했다. 주치의가 항우울제 복용을 제안하기에 모든 항우울제를 조사하고 부작용을 알아봤으며, 원한다면 그 내용을 정리해놓은 스프레드시트를 보여줄 수도 있다고 했다. 또 항우울제를 복용한 초기에는 좋아지기는커녕 오히려 나빠지는 환자도 있고 자살 충동 때문에 괴로운 경우도 있는데, 그런 사실을 잘 아는 이유는 항우울제 때문에 자살한 자녀를 둔 사람들을 많이 알고 있기 때문이며, 자신은 약에 민감하게 반응하는 걸 알았지만 아들도 그런 줄은 몰랐다고 했다.

말을 다 쏟아낸 뒤 너무나 피곤한 듯 축 처진 채 숨을 고르던 나폴레옹이 이내 다시 입을 열었다.

"앨리슨 선생님, 저는 두렵습니다. 제가……."

앨리슨은 하던 말을 끝내라고 다그치지 않았다. 그저 탁자 위로 손을 뻗어 나폴레옹의 팔을 잡았다.

"이제 우린 한 팀이에요, 나폴레옹. 전략을 잘 세워서 물리치자고요, 알았죠?"

오래전에 나폴레옹을 가르쳤던 풋볼 감독처럼 앨리슨은 열정을 가득 담은 얼굴로 나폴레옹을 보며 말했다.

"우리가 쳐부술 거예요. 이길 겁니다."

두 달 뒤

프랜시스와 토니는 900킬로미터나 떨어진 시드니와 멜버른에서 각자 걷고 있었다. 처음엔 전화기를 귀에 대고 걸으면서 간단한 얘기만을 했지만, 토니의 딸 미미가 헤드폰을 쓰라고 조언을 해준 뒤로는 훨씬 오랫동안 걸으며 통화할 수 있었다.

"아직도 급경사?"

토니가 물었다.

"응. 하지만 내 숨소리 좀 들어봐. 이젠 헐떡이지 않지?"

"진짜 뛰어난 운동선수라니까. 아직 살인은 안 했고?"

"어제 했어. 내가 처음으로 등장인물을 죽였어."

"즐거웠어? 안녕, 곰아!"

곰은 토니가 산책길에 자주 만나는 초콜릿색 래브라도였다. 토니는 곰의 주인 이름은 몰랐지만 어쨌거나 늘 곰에게 인사를 했다. 토니는 곧 네덜란드로 가서 아들과 손녀들을 만날 거라고 했다.

"네덜란드는 한 번도 가본 적이 없어."

"그래? 난 한 번 가봤어. 지난번처럼 춥지 않으면 좋겠는데."

"난 한 번도 안 가봤어."

프랜시스가 또다시 말했다. 두 사람은 한동안 아무 말도 하지 않았다. 프랜시스는 걸음을 멈추고 정원에 물을 주고 있는 밀짚모자 쓴 여자를 보며 웃었다.

"그럼 나하고 네덜란드에 가지 않을래, 프랜시스?"

"좋아. 좋아, 그럴래."

두 사람은 콴타스항공 라운지에서 처음으로 키스했다.

석 달 뒤

헤더는 침대에 앉아 건조한 다리에 로션을 바르고 있었고, 나폴레옹은 다음 날 일어날 시각에 알람을 맞추고 있었다. 나폴레옹은 정신과 상담을 받고 있었지만, 헤더에게는 상담이 어떻게 진행되고 있는지 말해주지 않았다. 헤더는 협탁에 전화기를 올려놓는 나폴레옹을 물끄러미 봤다.

"당신은 나한테 소리를 질러야 해."

"그게 무슨 소리야? 내가 왜?"

나폴레옹이 깜짝 놀란 표정으로 헤더를 봤다.

"평온의 집에서 돌아온 뒤에도 우린 제대로 얘기하지 않았잖아. 천식약 말이야."

"써야 할 곳에 쓸 편지는 다 써서 보냈어. 제대로 접수도 됐고."

물론 나폴레옹은 해야 할 일을 했다. 닥터 창에게 곧바로 연락했고 필요한 모든 서류를 작성했다. 책임자를 찾아 고소할 생각은 없었지만 대중에게 알릴 수 있는 노력은 모두 했다. 제약회사를 관할하는 정부 부처에도 물론 편지를 썼다. 우리 아들 재커리 마르코니는 약을 복용한 뒤 스스로 목숨을…….

"하지만 당신은 내가 한 일에 관해선 아무 말도 하지 않았잖아."

"당신 때문에 잭이 죽은 게 아니잖아."

"알아. 당신이 그 때문에 날 비난하는 걸 바라진 않아. 하지만 난 당신이 나한테 화를 내야 한다고 생각해. 조이한테도. 하지만 조이한테 고함을 지를 순 없잖아."

"절대로 없어. 절대로 조이한텐 고함을 지르지 않을 거야."

나폴레옹은 생각만 해도 끔찍하다는 표정을 지었다.

"하지만 나한테 소릴 지를 수는 있잖아. 당신이 원하면."

헤더는 침대 옆에 선 나폴레옹을 올려다봤다. 나폴레옹은 침대에 발가락을 부딪치고 아파하는 사람처럼 얼굴을 잔뜩 찡그리고 있었다.

"절대로 안 그럴 거야. 그래봐야 나아지는 건 하나도 없어."

나폴레옹이 선생님 같은 말투로 말했다.

"나한테 필요한지도 몰라. 당신이 나한테 화내는 게."

"아냐. 그건…… 토할 거 같아. 이제 그만해."

나폴레옹이 고개를 돌렸다.

"제발."

헤더는 나폴레옹의 눈을 볼 수 있도록 무릎으로 침대를 지탱하면서 몸을 세웠다.

"나폴레옹?"

헤더는 가령 차 한잔하고 싶다는 가벼운 욕망을 표현하는 것 외엔 고함을 지르거나 웃거나 울거나 비명을 지르거나 작은 감정 표현조차 하지 않는 친정 식구들을 생각했다.

"제발."

"제발 말도 안 되는 소리 하지 마. 그만해."

"나한테 소리를 질러."

"아니, 안 할 거야. 그다음엔 어쩌라고? 때리라고?"

"당신은 날 못 때려. 하지만 난 당신 아내야, 나폴레옹. 그러니까 나한테 화내도 돼."

헤더는 나폴레옹의 분노가 발끝에서 솟구쳐 머리 꼭대기를 향해 치닫는 모습을 봤다. 그 분노는 나폴레옹의 얼굴로 쏟아져 들어갔고, 그 분노는 나폴레옹의 몸을 사시나무처럼 떨게 했다.

"그래, 그 망할 부작용이 있는지 알아봤어야지. 이게 당신이 듣고 싶은 말이야?"

나폴레옹의 목소리는 점점 더 높아져서 지금까지 헤더가 들어본 적 없는 높이까지 도달했다. 나폴레옹은 잭이 아홉 살이었을 때, 충분히 알 만한 나이였음에도 나폴레옹이 그냥 내버려두라고 했던 공을 쫓아가다가 차에 칠 뻔했을 때, 주차장에 있던 모든 사람이 걸음을 멈출 정도로 크게 "멈춰!"라고 소리쳤을 때보다도 더 크게 소리를 질러댔다.

나폴레옹이 자기 어깨를 잡고 마구 흔들었을 때는, 그가 헤더의 몸에는 전혀 손을 대지 않았는데도 그녀를 잡고 이가 부딪칠 정도로 마구 흔드는 듯한 느낌에 헤더는 심장이 터질 것 같았다.

"이제 행복해? 듣고 싶은 말을 들어서? 맞아. 난 너무나 화가 나. 우리 애가 먹는 약에 부작용은 없냐고 내가 물어봤을 때, 당신은 제대로 알아봐야 했다고!"

"맞아. 제대로 알아봐야 했어."

헤더가 조용히 말했다.

나폴레옹은 협탁 위의 전화기를 난폭하게 집어 들었다.

"이 망할 전화기 알람 정지 버튼을 누르지 말아야 했다고!"

나폴레옹은 벽을 향해 전화기를 힘껏 내던졌다. 헤더는 사방으로 튀는 유리 파편을 바라봤다. 한동안 두 사람은 아무 말도 하지 않았다. 나폴레옹의 가슴이 격하게 들썩이고 있었다. 헤더는 분노가 나폴레옹의 몸에서 떠나가는 모습을 지켜봤다.

나폴레옹은 침대에 털썩 주저앉았다. 헤더에게서 등을 돌리고 앉은 나폴레옹은 두 손에 얼굴을 파묻고 고통과 후회만 남은 비통한 목소리로 말했다.

"조이도 잭이 심상치 않았다는 걸 우리한테 알렸어야 해."

"그래, 우리한테 알렸어야 해."

헤더는 나폴레옹의 등에 뺨을 대고 두 사람의 심장 박동이 정상으로 돌아오길 기다렸다. 나폴레옹이 무슨 말을 했지만 헤더는 알아듣지 못했다.

"뭐라고?"

"그게 우리가 알 수 있는 전부일 거라고."

나폴레옹이 다시 말했다.

"맞아."

헤더가 대답했다.

"절대로, 그 정도로는 충분하지 않을 거야."

"맞아. 절대로 충분하지 않아."

그날 밤 헤더는 일곱 시간 동안 전혀 깨지 않고 꿈도 꾸지 않은 채 푹 잤다. 잭이 죽은 뒤로는 결코 가능하지 않던 일이었다. 잠에서 깨어났을 때 헤더는 지난 삼 년 동안 나폴레옹과 자신을 갈라놓았던 건널 수 없는 강이 처음부터 없었던 것처럼 사라져버린 사실을 깨달았다. 살면서 헤더는 여러 가지 나쁜 결정을 내리기도 했다. 하지만 답답한 모범생처럼 보였던 꺽다리 소년이 〈늑대와 춤을〉이라는 평판 좋은 영화를 보러 가자고 정중하게 요청했을 때 좋다고 말했던 건 정말로 잘한 일이었음을 알았다.

사랑을 나눌 때는 아이들을 생각하면 안 된다. 결혼한 부모의 성생활은 닫힌 문 뒤에서 은밀하게 이뤄져야 한다. 하지만 그날 아침은, 나폴레옹이 헤더를 부드럽게 끌어당겨 안았을 때는 아이를 생각했다. 두 사람의 두 아이를 생각했다. 결코 남자가 될 수 없는 아기 아들. 이제는 여자가 된 아기 딸. 그리고 남편과 아내, 아빠와 아들, 엄마와 아들, 아빠와 딸, 엄마와 딸, 오빠와 동생이라는 네 식구 사이에 언제나 흐르고 있는 강력한 사랑의 기류. 그건 모두 헤더가 같이 영화를 보러 가자는 나폴레옹의 제안에 응했기 때문이었다.

하지만 곧 헤더는 아무 생각도 하지 못했다. 그 모범생이 그때와 똑같이 움직이기 시작했으니까.

일 년 뒤

벤과 벤의 엄마는 이 순간을 너무나도 많이 상상해왔기 때문에 충분히 준비가 돼 있다고 생각했지만, 막상 그 순간이 왔을 때 두 사람은 전혀 준비가 돼 있지 않았다.

루시는 멀쩡했던 기간에, 이제 드디어 약에서 벗어나리라고 생각했던 순간에, 그래서 모든 사람들이 마음을 놓았던 순간에, 많은 중독자가 그렇듯이 약물 과다 복용으로 죽었다. 당시 루시는 인테리어 디자인을 배우기 시작했고, 직접 아이들을 학교에 등교시켰고, 큰아들을 위해 한 번도 가지 않았던 학부모-교사의 밤에도 참석했다. 루시의 눈은 분명 미래를 향해 있었다.

루시를 발견한 건 엄마였다. 루시는 낮잠 자는 소녀처럼, 자신을 놔주지 않는 괴물과의 싸움을 포기한 서른 살 소녀처럼 평화로워 보였다고 했다.

처음에 벤은 제시카에게 전화를 해야겠다는 생각을 했다. 두 사람은 좋은 관계를 유지하고 있었다. 비록 언론이 터뜨리기 전에 자신들의 진짜 얘기를 대중에게 발표해야 하는 유명인 부부처럼 제시카가 인스타그램에 이혼을 '선포'했을 때는 아주 당혹스러웠지만 말이다. 제시카는 "우리는 언제까지나 가장 친한 친구로 남겠지만, 이제는 애정을 간직한 채 헤어져야 할 시간이라는 결정을 내렸어요"라고 썼다.

지금 제시카는 리얼리티 TV쇼 〈독신자들〉 다음 시즌에 나가려고 오디션을 보고 있었다. 제시카는 사랑을 구하는 데는 관심이 없고 구할 수 있을 것 같지도 않지만, 일단 TV에 나가면 '프로필'이 좀 더 화려해질 테고 팔로우 수도 엄청나게 증가할 테니 시도해볼 가치가 있다고 했다. 하지만 벤으로서는 여러 자선단체의 '친선대사'인 제시카가 새로 사귄 상류층 친구들과 함께 직접 조직한, 우아한 정찬 파티 사진이 가득한 그녀의 인스타그램을 볼 때마다 결코 웃을 수 없었다.

벤은 옛 직장으로 돌아갔다. 처음엔 동료들 때문에 힘들었다. 동료들은 "돈이 부족해서 그래, 어?"라며 언짢아했지만 결국 포기했고, 벤이 부자라는 사실도 잊어버렸다. 벤은 여전히 람보르기니를 몰았고 좋은 집에 살았지만, 많은 돈을 엄마가 세우려는 마약 중독자 가족 지원 재단에 투자했다.

제시카와 벤이 서로에게 욕설을 퍼붓고 법원으로 달려가지 않을 수 있도록 라스가 적절하게 재산을 분배해줬다. 평온의 집에서 얻어온 성과 가운데 하나가 그거였다. 엄청나게 뛰어난 이혼 전문 변호사를 만난 것.

벤은 제시카에게 루시가 죽었다는 소식을 알리지 않았다. 전혀 놀라지 않을 제시카의 목소리를 듣고 참을 수는 없을 것만 같았다. 대신, 조이에게 전화를 걸었다. 두 사람은 온라인 친구였고 가끔 메시지를 주고받았지만 통화를 한 적은 없었다.

"안녕, 벤. 잘 지내지?"

조이가 명랑하게 말했다.

"내가 전화한 건……."

벤은 말을 이어나갈 수가 없었다. 그저 숨을 내뱉어야 한다는 사실만 기억했다. 그 순간 조이의 목소리가 달라졌다.

"누나구나? 루시, 맞지?"

조이는 루시의 장례식에 왔다. 벤의 눈은 조이에게서 떨어지지 않았다.

. 76 .

오년뒤

야오는 낮에는 TV를 켜는 일이 드물었다. 하지만 아이 친구 모임에서 스트레스 가득한 시간을 보내고 막 돌아왔으니 어쩔 수 없었다. 두 살짜리 야오의 딸은 친구의 팔에 잇자국을 깊게 남기더니 뱀파이어처럼 웃어젖혔다. 물고 나서 웃기까지 하다니, 당혹스러웠고 끔찍했다.

"아, 그거? 너도 어렸을 땐 잘 물었어. 너 닮은 거야."

야오의 엄마가 전화기 너머에서 사람을 무는 성향이 대대로 유전되는 멋진 특성이라도 되는 듯 말했다.

야오는 딸이 낮잠을 잘 수 있도록 침대에 앉히면서 단호한 손짓을 해 보였다.

"절대로, 다시는 그러면 안 돼."

그러자 딸도 손가락으로 단호하게 아빠를 가리키더니 "절대 다시는 안 돼!"라고 말했다. 그러고는 눕더니 손가락을 입에 넣고 눈을 감았다. 딸의 볼에서 보조개가 보였다. 그건 아이가 자는 체하면서 온몸으로 웃고 싶은 걸 꾹 참고 있다는 뜻이었다.

야오는 잠시 침대 옆에 서서 아이의 보조개를, 동글동글한 뺨을 보면서 경이를 느꼈다. 교외에 살며 육아와 가사를 전담하는 아빠의 삶이라는, 전혀 다른 인생에 안착할 수 있었다는 사실이 새삼 경이로웠다.

평온의 집에서 자신이 한 일을 모두 인정한 야오에게 법원은 14개월의 집행유예를 선고했다. 마샤는 새로운 프로그램을 진행했던 건 전적으로 자기 책임으로, 직원들은 그저 상사가 하라는 대로 따랐던 바보 멍청이들이라고 주장했다. 그녀는 스무디를 만든 게 자신이라고 말했고 그건 사실이었다. 하지만 그 자리엔 늘 야오도 함께 있었으며 정작 스무디에 넣는 마약을 두 번씩이나 점검한 건 야오였다.

엄마는 자기가 판사였다면 야오를 감옥에 보냈을 거라고 했다. 부모님은 엄청나게 화를 냈고 야오의 행동을 이해할 수 없어 했다. 야오도 자신이 했던 행동을 도무지 이해할 수 없었다. 그때는 완전히 논리적이고 이성적인 행동이라고 생각했는데. 저명한 학자들이, 학술지에 실린 논문들이 모두 야오가 행동할 이유를 만들어준다고 생각했는데.

"그 여자가 최면을 건 거야."

엄마는 야오가 환각치료를 받을 때 기억해낸 사건을 강하게 부정했다.

"절대로 그런 일은 없었어. 가스레인지에서 소스가 끓고 있는데 내가 널 부엌에 혼자 두고 밖으로 나갔다고? 내가 멍청이니? 너 같으면 네 애한테 그럴 거야? 절대로 안 그럴 거잖아."

엄마는 실수를 두려워하는 야오의 기질은 다른 누구도 아닌 야오 자신에게서 왔다고 했다.

"태어나길 그렇게 태어난 거야. 우리가 실수는 아무것도 아니라는 걸 너한테 이해시키려고 얼마나 노력했는지 알아? 실수란 건

해도 괜찮은 거고, 한번 해보기라도 하라고 얼마나 많이 말했는지 아니? 사람은 누구나 실수한다는 걸 보여주려고 너희 아빠는 일부러 물건을 떨어뜨리고 벽에 몸을 부딪치기까지 했단다."

야오는 무엇 때문에 자신이 부모님을 내내 오해했는지 이해할 수 없었다. 실망할지도 모르니 기대치를 낮추라고 말한 건 아들의 꿈을 믿지 않았기 때문이 아니었다. 아들을 보호하고 싶기 때문이었다. 게다가 야오의 아빠는 야오가 생각했던 것만큼 고리타분한 사람은 아니었다.

딜라일라는 재판을 받지 않았다. 그녀가 어디 있는지 아무도 몰랐으니까. 가끔 생각이 날 때마다 야오는 딜라일라의 행방이 궁금했다. 어쩌면 딜라일라는 야오가 가장 좋아하는 영화 〈쇼생크 탈출〉에 나오는 탈옥수처럼 무인도에서 탈출할 배를 수리하고 있는지도 몰랐다(딸아이 친구들 모임에 나온 한 엄마는 인터넷 데이트 사이트에서 만날 사람을 찾다가 알게 된 사실이라며 〈쇼생크 탈출〉이 이 세상 모든 독신 남자가 가장 좋아하는 영화라고 했다). 하지만 그보다는 도시 안으로 스며들어가 누군가의 비서로 일하고 있을 것만 같았다. 지금도 야오는 딜라일라가 마샤를 위해 일할 때 입었던 치마를 기억했다.

야오는 구급대원은 물론이고 건강사업 분야에서 일할 수 있는 모든 자격을 박탈당했다. 평온의 집에서 나오고 형이 확정된 뒤에 야오는 어머니 집과 아버지 집 사이에서 정확히 중간 지점에 있는 원룸 아파트로 이사했고 법률 문서를 번역하는 중국어 번역가가 됐다. 지루하고 힘든 일이었지만 생활비를 벌 수는 있었다. 그러다 어느 날 전화를 한 통 받았다. 그날 이후 야오는 이 세상엔 인생이 바뀔 거라는 사실을 알려주는 전화벨 소리가 있다고 생각하게 됐다.

그 전화벨이 울릴 때 야오는 1인 가구를 위해 출시된 샐러드를 먹고 있었는데, 전화벨 소리를 듣자마자 온몸이 떨리며 뭔가를 예감했기 때문이다.

전화를 한 사람은 버나뎃이었다. 옛 약혼자는 이따금씩 야오 생각을 했다고 했다. 아니 야오 생각을 아주 많이 했다고 했다. 가끔 인생은 알아차릴 수 없을 만큼 느리게 흘러가서, 어느 날 일어나 '내가 어떻게 여기까지 왔을까?'라고 생각하게 될 때가 있다. 하지만 나쁜 운이나 좋은 운이 번개처럼 덮쳐서 한순간에 인생을 바꿔버릴 때도 있다. 복권에 당첨되거나 건너면 안 될 시간에 건널목을 건너거나 정확히 와야 할 시간에 옛사랑이 전화를 해온다거나 하는 일 말이다.

두 사람은 다시 만난 지 일 년도 안 돼 결혼을 했고, 버나뎃은 바로 임신을 했다. 아기를 낳으면 버나뎃이 출근을 하고 야오는 집에 남아 아기를 돌보면서 번역 일을 하는 게 이치에 맞는 것 같았다.

딸이 더는 잠자는 흉내를 내지 않는 걸 확인한 야오는 거실로 가서 소파에 앉아 TV를 켰다. 일단 이십 분 동안 TV를 보면서 딸이 친구를 문 스트레스를 풀고 한 시간 동안 일을 한 뒤 저녁을 준비할 생각이었다.

TV가 켜지자 야오는 리모컨을 털썩 떨어뜨렸다.

"마샤!"

"마샤!"

야오가 있는 도시의 다른 쪽에서는 또 다른 한 남자가 스패너를 떨어뜨렸다. 그 남자도 원래 낮에는 TV를 안 봤지만, 아들이 숫자에는 밝아도 나머지 일들은 그렇지가 못했기 때문에 지금은 며느리 집에서 몇 가지 일을 하느라 TV를 켜놓고 있었다.

"저 사람 아세요?"

TV를 보면서 모유 수유를 하던 며느리가 아기를 안고 트림을 시키며 물었다.

"내가 알던 사람 같구나."

남자는 며느리를 보지 않으려고 조심하면서 말했다. 며느리의 가슴을 보게 될까봐 걱정됐기 때문이지만, 사실은 옛 아내에게서 눈을 뗄 수 없었으니 굳이 조심할 필요도 없었다. 마샤는 아름다웠다. 어깨까지 오는 머리카락은 갈색이 섞인 금발이었고, 두 눈을 에메랄드처럼 보이게 만드는 온갖 색조의 초록 드레스를 입고 있었다.

남자는 며느리 옆에 앉았다. 며느리는 호기심 어린 눈으로 남자를 봤지만 아무 말도 하지 않았다. 두 사람은 함께 TV를 지켜봤다. 마샤는 책을 썼다고 했다. 손님들에게 환각제를 먹이고 지하실에 가두고 공포를 체험하고 수수께끼를 풀게 하는 혁신적인 치료가 진행된 열흘간의 체험을 담은 책이었다.

"도대체 누가 저런 데 속아 넘어가겠어."

며느리가 중얼거렸다.

"그런데, 지금 말씀하신 약들은 모두 불법 아닌가요?"

사회자가 말했다.

"안됐지만, 맞아요. 하지만 계속 그러리라는 법은 없죠."

"그 프로그램을 진행하는 동안 손님들에게 불법 마약을 먹인 죄로 복역하신 걸로 아는데요."

남자는 무릎 위에 올려둔 스패너를 세게 쥐었다. 복역이라고?

"맞아요. 하지만 감옥에 있던 시간을 후회하진 않아요. 내겐 아주 중요한 일이었어요."

마샤는 턱을 치켜들었다.

"감옥에 있는 동안 나는 완전히 변하는 경험을 했어요. 많은 걸 배웠죠. 내가 배운 모든 걸 이 책에 담았어요. 이 책은 유명 서점에 가면 다 구할 수 있어요."

마샤는 얼굴 앞으로 책을 들어올렸다. 사회자가 헛기침을 했다.

"마샤, 지금 곳곳에 비밀 장소를 만들어두고 프로그램을 진행하면서 사람들에게 LSD와 환각제를 공급하고 있다는 소문이 있어요. 사실인가요?"

"절대로 사실이 아니에요. 그건 강하게 부정하고 싶군요."

"비밀 장소 같은 건 없다는 말씀입니까?"

"소수의 선택받은 사람들에게 독특한 맞춤형 자기계발 프로그램을 제공하고는 있지만, 단언컨대 불법인 건 절대 없습니다."

"프로그램에 참가하려면 오래 기다려야 한다고 알고 있습니다. 비용도 엄청나다고 들었고요."

"대기하는 분들이 있죠. 대기자 명단에 들려면 일단 홈페이지에서 등록을 하거나 무료 상담 전화를 이용하시면 돼요. 전화번호는 홈페이지 상단에 있어요. 지금부터 스물네 시간 안에 전화 상담을 받는 분에게는 특별한 혜택을 드리려고 해요."

"불법적인 게 없다면 어째서 장소를 비밀로 하고 계속 바꾸는 걸까요?"

사회자는 답변을 기대하는 얼굴로 마샤를 봤다.

"그거 질문인가요?"

마샤는 카메라를 보면서 매혹적으로 웃었다.

"완전히 미친 사람이네요."

남자의 며느리가 말했다.

"돈을 엄청 벌었겠죠?"

며느리는 시아버지에게 아기를 건네면서 말했다.

"잠깐 봐주세요. 차 끓여올게요."

남자는 손녀를 받아 안았다. 며느리가 거실에서 나갔다. 마샤는 '환각제를 쓰지 않고도 환각치료를 할 수 있는 홀로트로픽 숨 작업'을 설명하고 있었다.

"그러니까 아주 빨리 숨을 쉬면 환각 상태에 도달할 수 있다는 건가요?"

이제 사회자는 상당히 무례하면서도 냉소적으로 말했다.

"그보다는 훨씬 복잡하고 정교하답니다."

마샤가 대답했다. 이제 마샤는 컨퍼런스센터 같은 곳에서 귀에 마이크를 달고 무대에 서 있었고, 홀을 가득 메운 청중이 넋 나간 표정으로 마샤를 쳐다보고 있었다.

남자는 아기를 안아 올려 아기의 귀에 대고 모국어로 속삭였다.

"저 미친 여자가 바로 네 할머니란다."

남자는 둘째 아들이 태어나던 날을 기억했다. 첫째 아들이 사고로 죽고 정확히 석 달 뒤에 둘째가 태어났다.

"그 아이는 자기 거야."

마샤는 아들을 보지도 않으려 했다. 땀에 젖은 머리카락이 이마에 붙어 있는 얼굴을 한껏 돌린 마샤는 마치 대리석으로 조각한 사람 같았다.

"내 아이 아냐."

"처음엔 혼란스러워 해도 엄마들은 결국 아이를 받아들여요."

병원 간호사는 그렇게 말했다. 하지만 마샤의 감정은 혼란이 아니라 슬픔이었다. 마샤는 슬픔에서 벗어나지 못하고 있었다. 둘째를 임신하고 6개월이 됐을 때 첫째를 잃어야 했던 그 끔찍한 고통에서 벗어나지 못하고 있었다. 간호사는 마샤의 감정을 알지 못했다. 그 간호사는 마샤에 관해 아무것도 알지 못했다.

마샤는 곧바로 병원에서 나왔다. 아이를 낳은 그날 마샤는 바로 직장에 복귀하겠다고 했다. 그리고 돈을 보내겠다고 했다. 아기를 돌볼 수 있도록 충분한 돈을 보내겠지만, 아기를 위해서는 아무 일도 하지 않겠다고 했다. 마샤는 사업상 거래를 하고 있는 사람처럼 덤덤하게 말했다. 마샤가 화를 낸 건 단 한 번밖에 없었다. 남자가 무릎을 꿇고 매달리면서 가족으로 함께 살아가자고 애원했을 때뿐이었다. 마샤는 남자를 보면서 고함을 지르고 또 질렀다.

"난 엄마가 아냐! 이해 못하겠어? 난 엄마가 아니라고!"

그래서 마샤를 보내줬다. 그로서는 할 수 있는 게 없었으니까. 마샤는 자신이 하겠다던 대로 했다. 진짜로 돈을 보냈다. 마샤는 승승장구했고 해가 바뀔 때마다 더 많은 돈을 보냈다. 남자는 마샤에게 사진을 보냈다. 마샤는 한 번도 고맙다는 말을 하지 않았다. 남자는 마샤가 사진을 보긴 하는지 궁금했고, 아마도 보지 않으리라고 생각했다. 마샤는 산을 옮길 수도 있을 만큼 강인한 여자였다. 하지만 어린애처럼 약하기도 한 여자였다.

이 년 뒤에 남자는 재혼했다. 그의 아들은 남자의 오스트레일리아 아내를 '엄마'라고 불렀고, 오스트레일리아 사람 같은 말투를 익했고, 부부는 두 아들을 더 낳고 이 운 좋은 나라에서 오스트레일리아 사람으로 살아갔다. 크리스마스에는 다 같이 해변에 나가 크리켓을 했고, 뒤뜰에 수영장을 만들었다. 버스를 타고 학교에 다닌 아이들은 무더운 여름날이면 버스에서 내리자마자 집으로 달려 들어오며 옷을 벗어 던지고는 속옷 차림으로 수영장에 뛰어들었다.

남자의 가족은 친구가 많았고, 어떤 친구들은 전화도 없이 불쑥 찾아오기도 했다. 작은 시골 마을에서 자란 두 번째 아내는 '오지' 말투를 썼고, 덩치가 크고 행동이 느렸고, "큰일 아냐"라는 말을 입에 달고 살았다. 남자는 두 번째 아내를 사랑했지만 가끔은, 뒤뜰에서 바비큐를 구울 때, 스테이크를 뒤집을 때, 한 손에 맥주를 들고 있을 때, 매미가 울고 물총새가 웃을 때, 물이 튀고 살충제 냄새가 나고 초저녁 햇살이 여전히 목덜미를 뜨겁게 달굴 때면 마음속에서 마샤의 얼굴이 튀어나왔다. 자부심과 경멸이 섞여 있고 어린애 같은 당혹감을 동시에 담은 아름다운 녹색 눈을 이글이글 불태우면서 "저 사람들 봐. 정말 이해하기 힘든 사람들이야"라고 말하는 마샤의 얼굴이.

오랫동안 남자는 마샤에게 연락을 하지 않았다. 아들의 결혼식 때도 사진을 보내지 않았다. 하지만 오 년 전 첫 손자가 태어났을 때, 조부모가 되어 손자에게 격렬한 사랑을 느꼈을 때, 다시 이메일을 보냈다. 손자의 사진을 첨부해 '제발 메일을 읽어줘, 마샤'라고 제목을 썼다. 엄마가 되지 않기로 결정한 건 괜찮다. 당연히 이해한다. 하지만 원한다면 할머니는 될 수 있지 않을까? 할머니가 되는 건 정말로 근사하지 않을까? 남자는 이메일에 그렇게 적어 보냈다. 하지만 답장은 오지 않았다.

남자는 손녀를 봤다. 손녀의 눈은 어딘지 모르게 마샤를 떠오르게 했다. 남자는 한 손으로 아기를 안고 다른 손으로는 주머니에서 전화기를 꺼내 잠든 아기의 아름답고 섬세한 얼굴을 찍었다.

남자는 포기하지 않을 것이다. 언젠가는 마샤가 답장을 보내오겠지. 언젠가는 약해지거나, 아니 다시 강해져서 답장을 할지도 몰랐다. 남자는 누구보다 마샤를 잘 알고 있으니까.

언젠가는 분명히 답장을 보내올 것이다.

. 77 .

독자들이여, 그 여자는 결혼하지 않았다. 하지만 그 남자는 그 여자를 보려고 시드니로 옮겨왔고, 두 사람은 함께 살았다. 그녀가 원고를 고치는 동안 토니는 옆에 있어줬다.

프랜시스가 처음으로 집필한 '로맨스 서스펜스'는 놀랍게도 공전의 히트를 쳤다. 모든 사람이 놀랐지만 단 한 사람, 조는 아니었다. 프랜시스가 수정한 원고를 보낸 다음 날 전화를 걸어온 조는 전혀 할머니같지 않은 목소리로 "해낼 줄 알았다니까요"라고 말했다.

프랜시스는 네덜란드에서도 자신을 '프랜시스 할머니'라고 부르는 토니의 손녀들을 놀라게 했다. 토니는 시드니로 돌아온다는 아들의 결정은 프랜시스와는 전혀 상관없이 그저 시드니로 전근하기 때문임을 확인해줬다.

프랜시스는 토니의 손녀들에게 매혹됐다. 프랜시스의 친구들은 힘든 일은 모두 뛰어넘고 바로 좋은 곳에 안착하는 것이, 바로 아이들을 사랑해버려서 아이들 버릇을 망쳐놓고 되돌려주는 것이 프랜시스답다고 말해줬다. 하지만 친구들은 모두 프랜시스를 용서했다.

. 78 .

물론 누구나 해피엔딩으로 끝날 수는 없으며 누구나 딱 한 번의 기회만 얻는 것은 아니다. 삶은 그런 식으로 진행되지 않는다. 헬렌 이나트가 바로 그런 경우다.

프랜시스의 소설 《심장이 원하는 것》의 서평을 쓴 헬렌은 세간의 이목을 끈 가상화폐 사기 사건으로 평생 모은 돈을 다 잃고 남은 인생을 불행한 상태로 살아가야 했다. 하지만 헬렌은 깔끔하게 마무리되는 해피엔딩을 경멸했기 때문에 불행하다는 게 큰 문제는 되지 않았다.

· 79 ·

아, 독자들이여, 당연히 그 여자는 결국 결혼을 했다. 그녀는 예순 번째 생일이 될 때까지 기다렸다. 그날 신부는 터키석 목걸이를 했고, 신부 들러리만 열한 명이었는데 모두 마흔다섯 살 이상이었으며, 꽃을 든 소녀는 열세 명, 꽃을 든 소년은 한 명이었다.

작은 손에 성냥갑으로 만든 자동차를 꼭 쥐고 아장아장 걷는 아기도 결혼식에 참석했다. 그 아기 이름은 잭이었다.

피로연장에 있는 의자는 모두 뒤쪽으로 큼지막한 새틴 리본이 묶여 있었다. 세상에서 가장 아름답고 가장 터무니없는 결혼식이었다.

감사의 글

언제나 그렇듯이 이 책이 출간될 때까지 정말로 많은 분이 힘써 주셨어요! 여러 가지 면에서 《아홉 명의 완벽한 타인들》이 훨씬 나은 책이 될 수 있도록 애써준 재능 많은 편집자들, 맥신 히치콕, 조지아 더글러스, 케이트 피터슨, 에이미 아인소른, 알리 라바우, 힐러리 레이놀즈, 정말 감사합니다!

마샤라는 인물을 창조할 수 있도록 많은 시간을 할애해 나를 도와준 엘리나 레디에게 감사의 말을 전합니다. 엘리나는 멋진 화가이기도 하지만, 언어로도 눈으로 보이는 것처럼 선명하게 설명할 수 있는 능력의 소유자입니다. 마리아(마샤) 드미트리첸코는 스타라이트 어린이재단 자선행사장 경매에서 내 책의 등장인물에 이름을 싣는 자격을 낙찰받은 분입니다. 마리아! 이름을 빌려줘서 고마워요!

내 질문에 모든 답을 해준 니키 스탬프 박사님 감사합니다! 오스트레일리아에 있는 그다지 많지 않은 여성 심장 전문의 가운데 한 분으로, 마샤의 심장 전문의 대사는 그녀의 멋진 책 《마음이 부서지면 죽을 수 있을까?(Can You Die of a Broken Heart?)》에서 직접 인용했답니다.

러시아어와 풋볼에 관해 알려준 카트 루카시와 프라빈 나이두,

건강휴양지 얘기를 들려준 루시 존슨, 비포장도로에서 람보르기니를 몰면 어떤 기분인지를 물었을 때 표정으로 명확히 그 대답을 해준 제부 롭 오스트릭, 모두 고맙습니다. 메시지로 질문을 할 때마다 즉시 답해준 내 동생 피오나, 정말 고마워! 늘 해가 뜨는 모습을 봐야 했던 골든 도어 건강휴양지의 매력적인 손님들도 모두 고맙습니다. 다시 해 뜨는 모습을 봐야 할 필요는 느끼지 못하지만 정말 행복한 경험이었습니다.

나의 에이전트, 런던의 케이트 쿠퍼와 조너선 로이드, 시드니의 피오나 잉글리스와 벤 스티븐슨, 뉴욕의 페이 벤더, LA의 제리 칼라지안, 감사합니다. 인내를 가지고 할 수 있는 모든 일을 해준 홍보담당자, 런던의 게이비 영, 시드니의 드레이시 치담, 뉴욕의 말레나 비트너, 감사합니다. 코너 민처, 낸시 트라이퍼크, 캐시 보든도 감사합니다.

내가 평온의 집을 만들어낼 수 있도록 도와주고, 하루 종일 불쑥불쑥 이상한 질문을 해도 대답해주고, 커피로 나를 깨워주고 돌봐주고 언제나 내 곁에 있어주는 애덤, 고마워! 원고 교정을 도와주고 남프랑스로 떠나버리는 일은 절대로 하지 않을 우리 엄마, 다이앤 모리아티 씨! 정말 고마워요. 컴퓨터 파일로 내 원고를 읽어줄 때마다 욕설을 제대로 실감나게 표현할 수 있게 완성도를 높여준 조지와 애나, 감사합니다.

글 쓰는 일은 외로운 작업입니다. 그래서 같은 일을 하는 동료들에게도 고맙다는 말을 하고 싶습니다. 내 동생들, 재클린 모리아티와 니콜라 모리아티, 동료 작가인 다이안 블랙로크, 버 캐롤, 조조 모예스, 메리언 키스, 고맙습니다. 내 오디오북을 멋진 목소리로 읽어준 캐롤라인 리, 감사합니다.

단 한 단어도 읽지 않고도 이 책에 무한한 믿음을 보여준 니콜 키드먼, 퍼 사리, 브루나 파판드레아, 정말 고마워요!

독자들 모두 감사합니다. 프랜시스처럼 나도 전 세계에서 가장 사랑스러운 독자들이 있어요. 여러분, 매일, 늘, 고마워요!

이 책을 카티 모리아티와 아버지 버니 모리아티에게 바칩니다. 작년에 두 사람은 힘든 일을 겪으면서도 언제나 용감하고 과감하고 즐겁게 지냈습니다. 두 사람 모두 가장 힘든 시기에도 마샤보다 훨씬 더 많은 팔굽혀펴기를 할 수 있을 거라고 믿습니다.

이 책을 쓰는 동안 카를라 파인의 《작별인사를 할 시간도 없이(No Time to Say Goodbye)》, 톰 쉬로더의 《진정한 척도: LSD, 엑스터시와 치유 효과(Acid Test: LSD, Ecstasy and the Power to Heal)》, 프레더릭 메켈 피셔 박사의 《물질치료(Therapy with Substance)》, 올더스 헉슬리의 《지각의 문(The Doors of Perception)》을 참고했음을 밝힙니다.

훨씬 행복하게 되리라.
훨씬 건강하게 되리라.
훨씬 가볍게 되리라.
훨씬 자유롭게 되리라.

NINE PERFECT STRANGERS

아홉 명의 완벽한 타인들

제1판 1쇄 발행 | 2019년 10월 25일
제2판 1쇄 발행 | 2023년 8월 30일

지은이 | 리안 모리아티
옮긴이 | 김소정
펴낸이 | 김수언
펴낸곳 | 한국경제신문 한경BP
책임편집 | 이혜영
저작권 | 백상아
홍보 | 서은실 · 이여진 · 박도현
마케팅 | 김규형 · 정우연
디자인 | 지소영
본문디자인 | 디자인 현

주소 | 서울특별시 중구 청파로 463
기획출판팀 | 02-3604-590, 584
영업마케팅팀 | 02-3604-595, 562   FAX | 02-3604-599
H | http://bp.hankyung.com   E | bp@hankyung.com
F | www.facebook.com/hankyungbp
등록 | 제 2-315(1967. 5. 15)

ISBN 978-89-475-4909-7   03840